GOLDMANN

Buch

In der ersten Hälfte dieses Jahrhunderts wächst die junge Audrey Driscoll mit ihrer kleinen Schwester bei ihrem Großvater in San Francisco auf. Da sie sehr früh Haushaltspflichten übernehmen muß, kann sie sich erst nach langen, entbehrungsreichen Jahren ihren Lebenswunsch erfüllen: einmal auf Reisen zu gehen und die Welt kennenzulernen.

Unterwegs trifft sie auf den berühmten Reiseschriftsteller Charles Parker-Scott – und verliebt sich in ihn. Sie folgt ihm nach Venedig, Istanbul und schließlich in das von Revolutionswirren erschütterte China. Als Charles bald darauf nach Europa zurückkehren muß, trennen sich die Wege der beiden Liebenden. Und wieder scheint Audreys Glück für lange Jahre in weite Ferne gerückt zu sein…

Autorin

Danielle Steel wurde als Tochter eines deutschstämmigen Vaters in New York geboren. Sie studierte französische und italienische Literatur an der Universität von New York und schrieb danach zahlreiche Romane, die sie in wenigen Jahren zu einer der bekanntesten und erfolgreichsten Unterhaltungsautorinnen Amerikas haben werden lassen.

Von Danielle Steel sind als Goldmann-Taschenbücher außerdem erschienen:

Alle Liebe dieser Erde. Roman (6671) · Liebe zählt keine Stunden. Roman (6692) · Die Liebe eines Sommers. Roman (6700) · Glück kennt keine Jahreszeit. Roman (6732) · Vertrauter Fremder. Roman (6763) · Nur einmal im Leben. Roman (6781) · Nie mehr allein. Roman (6716) · Doch die Liebe bleibt. Roman (6412) · Der Ring aus Stein. Roman (6402) · Träume des Lebens. Roman (6860) · Palomino. Roman (6882) · Schiff über dunklem Grund. Roman (8449) · Es zählt nur die Liebe. Roman (8826) · Sag niemals adieu. Roman (8917) · Familienbilder. Roman (9230) · Das Haus hinter dem Wind. Roman (9412) · Verborgene Wünsche. Roman (9828)

DANIELLE

Steel

JENSEITS DES HORIZONTS

ROMAN

Aus dem Amerikanischen von
Dr. Ingrid Rothmann

GOLDMANN VERLAG

Die Originalausgabe erschien unter dem Titel
»Wanderlust« bei Delacorte Press, New York

Der Goldmann Verlag
ist ein Unternehmen der Verlagsgruppe Bertelsmann

Made in Germany · 12/90 · 1. Auflage

Umschlaggestaltung: Design Team München
Umschlagfoto: Paul Slaughter/The Image Bank, München
Druck: Elsnerdruck, Berlin
Verlagsnummer: 9905
SK · Herstellung: Heidrun Nawrot
ISBN 3-442-09905-6

Meinen zwei über alles geliebten Wanderern,
die den Amazonas oder die Mandschurei und ganz gewiß
den Orientexpreß
einem Spaziergang im Central Park vorziehen...
die in meinem Leben,
jeder auf seine Weise einen Anfang setzten...
jenem, dem der Beginn meines Lebens gehört...
und dem, dem ich alles andere schenkte
meinem Vater John
    und meinem Mann John...
Und einem ganz besonderen kleinen Mädchen.
Victoria, teures Kind.
Mögest du dich auf deinen Wanderungen nicht zu weit von mir entfernen, wenn die Zeit verstreicht,
sondern immer nur so weit, daß deine Seele Befriedigung findet.

Mit all meiner Liebe
d.s.

Wanderlust

Wandern, wandern,
wandern,
in Meandern,
der Drang zu streifen,
zu tanzen,
zu schweifen,
zu sein.
Nach Freiheit suchen,
sehen wollen,
gehen,
finden,
forschen,
tun.
Mein Verlangen,
rasch gestillt,
unweit der Heimat,
und deines so groß,
so nobel,
so wundersam.

Gipfel stürmen,
jagen
Tiger und Elefanten,
tanzende Bären,
nach fernen Sternen streben,
den Mars erreichen.
Und alles
so wild,
so unendlich,
so frei.

Und wenn du gewandert,
gewandert,
gewandert,
das Allerschönste –
befriedigt,
erschöpft
und beglückt –
ziehst du heimwärts
und wanderst zu mir.

1

Im Haus schimmerte alles in den Sonnenstrahlen, die durch die hohen französischen Fenster einfielen. Der Kaminsims aus kunstvoll geschnitztem Mahagoniholz in einem der zwei vorderen Salons war poliert worden, bis die Rosetten und weiblichen Büsten in ihrer makellosen Vollendung glänzten. Der lange, nicht weniger schöne Tisch mit den Einlegearbeiten in der Mitte des Raumes war ebenso gepflegt worden, obwohl er unter den ordentlich gestapelten Schätzen, die sich schon seit Wochen dort häuften, kaum mehr zu sehen war. Gegenstände aus Jade, riesige Silberplatten, Spitzentischtücher, zwei Dutzend herrliche Kristallschalen und mindestens drei Dutzend silberne Salz- und Pfefferstreuer, dazu vierzehn Silberleuchter – die Hochzeitsgeschenke waren auf dem Tisch aufgereiht, als warteten sie darauf, inspiziert zu werden. An einem Ende des Tisches lagen eine Liste und ein schwarzer Füller. Der Name des Schenkenden und das Geschenk mußten notiert werden, damit die Braut sich bedanken konnte, sobald sie Zeit dazu hatte. Eines der Hausmädchen staubte täglich die Geschenke ab, und der Butler sorgte dafür, daß das Silber so sorgfältig geputzt wurde wie alles im Hause Driscoll.

Es herrschte eine Atmosphäre von dezentem Luxus, von Wohlhabenheit, die deutlich sichtbar war, aber nie protzig zur Schau gestellt wurde. Schwere Samtportieren und Spitzengardinen im vorderen Salon hielten neugierige Blicke ab, ebenso wie der Zaun, die säuberlich geschnittenen Hecken und schließlich die Bäume dahinter. Das Haus Driscoll war einer Festung nicht unähnlich.

Von der geschwungenen Treppe in der großen Eingangshalle her war eine Frauenstimme zu hören. Es war keine laute, jedoch eine deutlich vernehmbare Stimme. Eine hochgewachsene junge Frau, in einen rosa Satinmorgenmantel gehüllt, schmalhüftig, langbeinig, mit schön geformten Schultern, betrat den vorderen Salon. Das rötliche Haar trug sie zu einem Knoten geschlungen. Dem Aussehen nach konnte sie nicht älter als Anfang Zwanzig sein. Der Satin ihres Morgenrockes umspielte weich ihre Formen, doch an ihr selbst war nichts Weiches. Aufrecht stand sie da und überblickte den mit Geschenken beladenen Tisch. Langsam ließ sie den Blick über die Schätze gleiten, nickte, trat sodann näher, um die Namen zu lesen, die sie notiert hatte... Astor... Tudor... Van Camp... Sterling... Flood... Watson... Crocker... Tobin... Freunde aus San Franzisko, ja aus ganz Kalifornien,... aus dem ganzen Land. Vornehme Namen, vornehme Menschen, schöne Geschenke. Und doch wirkte sie völlig unbeteiligt, als sie rasch ans Fenster trat und hinaussah in den Garten, der so tadellos instand gehalten wurde wie schon seit ihren Kindertagen. Sie hatte immer die Tulpen so geliebt, die ihre Großmutter alljährlich im Frühling gesetzt hatte, eine wahre Farbsymphonie und so ganz anders als die Blumen in Honolulu... immer schon hatte sie diesen Garten geliebt. Bei dem Gedanken, was sie an diesem Tag noch zu tun hatte, stieß sie einen tiefen Seufzer aus, vollführte eine Drehung auf dem rosa Satinabsatz und warf aus kritisch zusammengekniffenen dunkelblauen Augen einen letzten Blick auf den reich beladenen Tisch. Ja, die Geschenke waren sehr schön... auch die Braut würde sehr schön sein... wenn sie sich jemals entschließen würde, zur Anprobe zu gehen. Audrey Driscoll warf einen Blick auf ihr schmales Handgelenk mit der zierlichen diamantenbesetzten, mit einem rubinverzierten Armband festgehaltenen Uhr ihrer Mutter. Sie liebte diese Uhr sehr.

Im Erdgeschoß waren zwei Hausmädchen und ein Butler beschäftigt. Im ersten Stock ein Zimmermädchen, das sich um die Schlafräume kümmerte, und unten in der Küche eine Köchin mit einer Küchenhilfe und noch einem Mädchen... zwei Gärtner... ein Chauffeur... alles in allem gab es zehn Hausangestellte, die Audrey ziemlich in Trab hielten. Doch war sie das alles gewohnt. Sie führte das Haus jetzt seit vierzehn Jahren, seitdem sie von Hawaii hierhergekommen war. Damals, nach dem Tod ihrer Eltern, war sie elf gewesen und Annabelle sieben. Sie hatten nirgendwo sonst hingehen können. Ihre Gedanken wanderten zurück zu dem nebligen Morgen am Tag ihrer Ankunft, als Annabelle, heftig Audreys Hand umklammernd, laut und angsterfüllt geweint hatte. Ihr Großvater hatte seine Haushälterin nach Hawaii geschickt, um die Mädchen abzuholen. Sie und Annabelle waren die ganze Zeit über seekrank gewesen, nicht aber Audrey. Audrey niemals. Sie war es auch, die Mrs. Miller, die Haushälterin, pflegte, als sie vier Jahre später nach einer Grippe starb. Aber Mrs. Miller hatte Audrey unterdessen alles beigebracht, was man von der Führung eines so vornehmen alten Hauses wissen mußte. Ebenso hatte sie ihr genau beigebracht, was ihr Großvater erwartete. Und Audrey hatte ihre Lektionen brav gelernt. Sie führte den Haushalt tadellos.

Das leise Rascheln ihres Morgenmantels war das einzige Geräusch im Raum, als sie ins Speisezimmer lief, sich an den leeren Tisch setzte und auf den diskreten Klingelknopf aus Rubin und Jade neben ihrem Stuhl drückte. Sie nahm ihr Frühstück immer hier ein, anders als ihre Schwester, die oben aß und sich das Frühstück stets auf einem mit einer gestärkten Serviette zugedeckten Tablett bringen ließ.

Ein Mädchen in grauem Kleid mit gestärkter weißer Schürze und ebensolchen Manschetten und Häubchen erschien. Sie begegnete unruhig dem Blick der jungen Frau, die wie immer am Ende der Tafel aufrecht auf dem Queen-Anne-Stuhl saß.

»Ja, Miß Driscoll?«

»Für mich heute nur Kaffee, Mary.«

»Ja, Miß Driscoll.« Mit Augen, die aussahen wie blaues Glas, sah Audrey Mary an, ohne zu lächeln. Die Dienstboten fürchteten sie, die meisten jedenfalls, mit Ausnahme derjenigen, die sie gut kannten und die sie als kleines Mädchen auf dem Rasen herumtollen gesehen hatten... die Kinderspiele... das Fahrrad... ihren Sturz von der australischen Pinie...

Aber davon wußte Mary nichts. Sie kannte nur die strenge Frau mit den festen Ansichten und einem köstlichen Sinn für Humor, der im Verborgenen blühte. Er war versteckt in den dunkelblauen Augen... wartete dort, daß jemand es verstand, ihn aufzuspüren. Aber darauf verstanden sich nur wenige. Für die meisten war sie nur Miß Driscoll, das alte Mädchen.

Man nannte sie die altjüngferliche ältere Schwester. Annabelle war die ätherische Schönheit, die in den dreißiger Jahren so gefragt war... und in den Zwanzigern... und Jahrzehnte und Jahrhunderte davor... Annabelle, das Prinzeßchen, das Baby...

Audrey wußte noch, wie sie die Kleine in den Armen gehalten und sie beruhigt hatte, nachdem ihre Eltern auf der Rückfahrt von Bora-Bora umgekommen waren. Ihr Vater hatte einem Abenteuer nie widerstehen können, und ihre Mutter war ihm überallhin gefolgt, aus Angst, er würde sie verlassen, wenn sie es nicht täte. Schließlich war sie ihm bis auf den Grund des Ozeans gefolgt. Das Wrack war nie gefunden worden. Zwei Tage vor der Ankunft auf Papeete war das Schiff in einem Sturm untergegangen, und die Mädchen waren auf der Welt allein zurückgeblieben. Die arme Annabelle war zutiefst erschrocken, als sie den alten Herrn sah. Audrey hatte sie so fest gehalten, daß ihre Finger steif wurden, während er sie musterte... Die Erinnerung zauberte ein Lächeln auf Audreys Züge. Schon damals hatte er ihnen Angst eingejagt. Er hatte es zumindest versucht... besonders bei der kleinen Annie.

Der Kaffee wurde aus einer Silberkanne mit Elfenbeingriff eingegossen. Die Kanne war mit den Kindern aus Honolulu gekommen, zusammen mit anderen Kostbarkeiten, die ihren Eltern gehört hatten. Ihr Vater hatte nur wenig für diese Dinge übrig gehabt. Was ihre Mutter vom Festland mitgebracht hatte, war zum größten Teil in Kisten verpackt geblieben. Er war ein Weltenbummler gewesen, den in erster Linie seine Reisen interessierten. Seine Liebe galt den Fotoalben, die er jeweils nach der Rückkehr anlegte. Audrey bewahrte sie auf Bücherborden in ihrem Zimmer auf. Ihr Großvater konnte die Alben nicht ausstehen, da sie ihn nur an seinen Verlust erinnerten... an seinen einzigen Sohn... den Narren, wie er ihn stets nannte. Ein vergeudetes Leben, eigentlich zwei vergeudete Leben... und zwei kleine Mädchen, die er seither am Hals hatte. Damals hatte er so getan, als bedeuteten sie für ihn eine Last, und er hatte immer darauf bestanden, daß sie sich nützlich machten. Annabelle hatte sticken und nähen lernen müssen, und sie hatte sich gefügt, doch bei Audrey waren sämtliche Versuche fruchtlos geblieben: Ihr lagen weder Nähen noch Zeichnen, auch nicht Gartenarbeiten oder Backen. Sie war hoffnungslos im Umgang mit Wasserfarben, konnte keine Gedichte schreiben, haßte Museen, Konzerte noch mehr... statt dessen fotografierte sie gern, liebte Abenteuergeschichten und Beschreibungen ferner Länder. Sie besuchte Vorträge von weltfernen Gelehrten, und sie stand oft auf den Klippen über dem Meer. Mit geschlossenen Augen sog sie den Seegeruch ein und stellte sich die fernen Strände vor, die der Pazifik mit seinen Fingerspitzen berührte. Daneben führte sie das Haus, bewies eine gute Hand im Umgang mit Dienstboten, erledigte die wöchentlichen Abrechnungen, sorgte für Nachschub bei den Vorräten und gab acht, daß der Großvater auch nicht um einen einzigen Penny betrogen wurde. Audrey hätte eine ideale Geschäftsführerin abgegeben, doch gab es keine Firma für sie – nur das Haus Edward Driscolls.

»Ist der Tee fertig, Mary?« Ohne auf die Uhr zu sehen wußte sie, daß es Viertel nach acht war, ebenso wußte sie, daß ihr Großvater jeden Augenblick herunterkommen würde wie jeden Morgen, gekleidet, als müßte er ins Büro gehen. Er würde verdrossen sein, Audrey wie immer verärgert mustern, sich in Schweigen hüllen, ihr nur einige Male einen finsteren Blick zuwerfen, seinen Tee schlürfen, die Zeitung lesen, zwei weichgekochte Eier essen, dazu eine Scheibe Toast, eine zweite Tasse englischen Tee trinken und ihr dann guten Morgen wünschen. Sein morgendliches Ritual konnte Audrey, die seine Anwesenheit kaum zur Kenntnis zu nehmen schien, nicht aus der Ruhe bringen. Schon mit zwölf hatte sie angefangen, seine Zeitung zu lesen und ernsthaft mit ihm das Gelesene zu diskutieren, wann immer sich eine Gelegenheit bot. Zuerst hatte es ihn belustigt, mit der Zeit aber hatte er gemerkt, wieviel sie verstanden hatte und wie ausgewogen ihre Ansichten waren. An Audreys dreizehntem Geburtstag war es zu ihrer ersten größeren politischen Meinungsverschiedenheit gekommen. Eine Woche lang hatte sie zu seinem Entzücken nicht mit ihm gesprochen. Damals war er sehr stolz auf sie gewesen, und er war es noch immer. Als sie kurz danach an ihrem Frühstücksplatz eine eigene Ausgabe der Zeitung vorgefunden hatte, war das für sie eine freudige Überraschung. Seither las sie allmorgendlich die Zeitung, und wenn er mit ihr zu sprechen wünschte, war sie überglücklich, mit ihm alle Punkte zu erörtern, die sein Interesse geweckt hatten. Sie pflegten dann meist im weiteren Verlauf über vieles hitzig zu debattieren, von der Weltpolitik angefangen über Lokalnachrichten bis zu den Tratschgeschichten über die von Bekannten veranstalteten Dinnerpartys. Es gab kaum ein Thema, in dem sie übereinstimmten, ein Grund, warum Annabelle so ungern mit ihnen frühstückte.

»Ja, Miß. Der Tee ist bereit.« Das Mädchen in dem grauen Kleid sagte es, als knirsche es mit den Zähnen und müsse sich gegen eine feindliche Attacke wappnen, und gleich darauf kam diese auch. Großvaters achtsame Schritte in der Halle wurden hörbar, als seine makellos polierten Schuhe einen Augenblick den Perserteppich verließen, ehe sie im Speisezimmer auf den nächsten trafen. Er räusperte sich grollend, als er seinen Stuhl zurückzog, sich setzte und nur den Bruchteil eines Augenblicks zu Audrey hinsah, um dann sorgfältig die Zeitung zu entfalten. Das Mädchen goß unter seinem finsteren Blick Tee ein, den er vorsichtig schlürfte. Unterdessen hatte Audrey sich in die Nachrichten vertieft, ohne sich der Wirkung der Sommersonne auf ihrem Kupferhaar und ihren schmalen Händen bewußt zu sein. Einen Augenblick beobachtete er sie, gefangengenommen von ihrer Schönheit wie so oft, ohne daß sie es merkte. Der Umstand, daß sie keinen Gedanken daran verschwendete, machte sie um so reizvoller – anders als ihre Schwester, die außer ihrer Schönheit nichts im Kopf hatte.

»Guten Morgen.« Es mußten volle dreißig Minuten vergehen, ehe er diese Worte äußerte. Sein gepflegter weißer Bart bewegte sich beim Sprechen unmerklich, seine blauen Augen waren wie der Sommerhimmel und straften seine achtzig Jahre Lügen. Wie jeden Morgen machte das Mädchen fast einen Satz, als er sprach. Sie haßte es, ihm das Frühstück servieren zu müssen, so wie Annabelle es haßte, mit ihm an einem Tisch sitzen zu müssen. Nur Audrey schien seine barsche Art nicht zu stören. Sie benahm sich nicht anders, als wenn er gelächelt, ihr die Hand geküßt und sie jeden Morgen mit Kosenamen überschüttet hätte.

Edward Driscoll brachte keine Kosenamen über die Lippen. Das war nie anders gewesen. Eine Ausnahme hatte er bei seiner Frau gemacht, doch die war schon seit vielen Jahren tot. Seither tat er so, als wäre er verhärtet, was in vielfacher Hinsicht auch stimmte. Er war ein gutaussehender, tadellos gepflegter Mann, einst hochgewachsen und jetzt noch immer aufrecht, mit schneeweißem Haar, vollem Bart und stattlichen breiten Schultern. Er bewegte sich mit vorsichtigem, entschlossenem Schritt, einen Ebenholzstock mit Silberknauf in einer Hand, während er mit der anderen kraftvoll gestikulierte. So wie jetzt, während er Audrey ansah.

»Ich nehme an, du hast es gelesen. Er wurde nominiert, dieser Narr. Verdammte Narren, alle miteinander.« Seine Stimme dröhnte durch das getäfelte Speisezimmer, das junge Hausmädchen bebte, und Audrey unterdrückte nicht sehr erfolgreich ein Lächeln. Sie hielt seinem Blick mit ihren blauen Augen stand, in denen man einen Hauch von Ähnlichkeit mit den seinen erkannte.

»Ich dachte mir, daß es dich interessieren wird.«

»Interessieren!« rief er. »Gottlob hat er nicht die geringste Chance! Hoover wird wiedergewählt. Man hätte Smith anstelle dieses Idioten aufstellen sollen.« Er hatte in Lippmanns Kolumne von der Nominierung Franklin Roosevelts auf dem Parteikonvent der Demokraten in Chikago gelesen. Und Audrey hatte seine Reaktion vorausgesehen. Er war ein unbeirrbarer Anhänger Herbert Hoovers, ungeachtet der Tatsache, daß hinter ihnen das bislang schlimmste Jahr der Depression lag. Doch ihr Großvater weigerte sich, dies zur Kenntnis zu nehmen. Er hielt Hoover trotz der Massenarbeitslosigkeit noch immer für einen fähigen Mann. Die Depression hatte den Driscolls nichts anhaben können, und deshalb war ihr Großvater nicht imstande, zu erfassen, in welchem Umfang andere davon betroffen waren.

Aber Hoovers Politik war es, die Audreys ›Verrat‹, wie Edward Driscoll es nannte, verursacht hatte. Sie wollte diesmal ihre Stimme den Demokraten geben und fand Roosevelts Ernennung sehr erfreulich.

»Er wird es nicht schaffen, deswegen kannst du es dir ersparen, dich für ihn zu freuen.« Edward Driscoll legte aufgebracht die Zeitung beiseite.

»Er schafft es doch. Er sollte es schaffen.« Audreys Miene wurde ernst, als sie an die wirtschaftliche Lage des Landes dachte. Sie hätte gar nicht schlimmer sein können und lieferte ihr immer Grund zur Aufregung. Ihr Großvater wich diesem Thema aus, da er zu dem Eingeständnis gezwungen gewesen wäre, daß die Misere Hoovers Schuld war. Annabelle war das alles gleichgültig, aber Audrey war ganz, ganz anders. »Großvater«, setzte sie an und sah ihn aufmerksam an, wobei sie sich bewußt war, was sie tat und welche Reaktion von ihm zu erwarten war, »wie kannst du nur so tun, als würde sich da draußen nichts tun? Wir schreiben das Jahr 1932, in Chikago hat es kurz vor dem Parteikonvent eine Reihe von Bankzusammenbrüchen gegeben, das ganze Land ist arbeitslos, die Menschen verhungern auf den Straßen. Wie kannst du darüber hinwegsehen?«

»Das ist nicht Hoovers Schuld!« Er hieb mit der Faust auf den Tisch, in seinem Blick loderte es.

»Zum Teufel, das ist es doch!« Audrey stieß diese Worte hitzig und mit einem Unterton ironischer Offenheit hervor.

»Audrey! Deine Sprache!«

Sie hatte nicht das Gefühl, sich entschuldigen zu müssen. Er kannte sie gut, und sie kannte ihn. Und sie liebte ihn innig, ungeachtet seiner politischen Ansichten.

Als er sie unheildrohend anfunkelte, lächelte sie. »Ich wette jetzt schon mit dir, daß Roosevelt es schafft.«

»Unsinn!« Er tat die Behauptung mit einer Bewegung seiner Hand ab, die ein Leben lang republikanisch gewählt hatte.

»Fünf Dollar, daß er es schafft!«

Er kniff die Augen zusammen. »Weißt du, daß du trotz aller meiner Bemühungen, wie ein Lastwagenfahrer sprichst?«

Lachend stand Audrey Driscoll vom Tisch auf, alles andere als vulgär wirkend in ihrem rosa Morgenmantel aus Satin mit passenden Pantöffelchen, an den Ohren Diamantenklips. Wie die Uhr, so hatten auch die Ohrklips die sie ständig trug, ihrer Mutter gehört. »Was hast du heute vor, Großvater?« Viel war es nicht, was er tun wollte. Er traf sich mit Bekannten, aß in seinem Klub, dem Pacific Union, und gönnte sich dann zu Hause wie jeden Nachmittag ein Nickerchen – mit seinen achtzig Jahren sein gutes Recht. Früher hatte er zu den einflußreichsten Bankiers von San Franzisko gehört. Als er sich vor zehn Jahren ins Privatleben zurückgezogen hatte, wäre es in seinem Leben ganz still geworden, hätte er nicht seine zwei Enkeltöchter bei sich gehabt, von denen ihn eine nun bald verlassen würde. Da es aber Annabelle war, würde er sie nicht vermissen, wie er einem Freund anvertraut hatte. Sie war die anerkannte Schönheit, während Audrey über Haltung und Verstand verfügte. Audrey brauchte er, während er und Annabelle einander nie nähergekommen waren. Immer hatte Audrey zwischen ihnen gestanden, um ihre kleine Schwester zu beschützen. Annie war das Baby, das sie von ihrer Mutter geerbt hatte. Sie hatte Annabelle nie im Stich gelassen und würde es auch jetzt nicht tun. Die Hochzeit, die sie für Annabelle plante, würde großartig sein.

Edward Driscoll begegnete Audreys Blick. »Ich bin im Klub, während du mit deiner Schwester vermutlich zu Ranshoff gehst und mein Geld mit vollen Händen ausgibst.« Er gab sich besorgt, brauchte es aber trotz der Depression nicht zu sein. Sein gesamtes Vermögen war so geschickt angelegt, daß die schlechten Zeiten auf seinen privaten Gewässern kaum mehr als ein Wellengekräusel verursacht hatten.

»Wir werden unser Bestes tun.« Audrey bedachte ihn mit einem nüchternen Lächeln. Für sich selbst kaufte sie seit jeher sehr sparsam ein, aber Annabelle fehlten noch ein paar Sachen zur kompletten Ausstattung. Bei der Hochzeit würde es sieben Brautjungfern geben, und Audrey sollte als Ehrendame fungieren. Das Brautkleid stammte aus dem Salon J. Magrien – alte französische Spitze mit feinster Perlstickerei, ganz hochgeschlossen, der ideale Rahmen für Annabelles zartes Gesicht, dazu ein Schleier aus derselben alten Spitze und aus französischem Tüll auf dem Haar, das wie gesponnenes Gold schimmerte. Audrey war entzückt von der Wirkung von Schleier und Kleid, und Annie ebenso. Das einzige Problem waren die Anproben. Die Trauung sollte in drei Wochen in der St. Lukas Episkopalkirche stattfinden, und es gab noch tausend Einzelheiten, um die man sich kümmern mußte.

»Ach übrigens, Harcourt kommt heute zum Dinner.« Wie so oft erinnerte sie Großvater am Morgen daran. Hin und wieder vergaß er aber trotzdem, daß sie einen Gast erwarteten, und war dann wütend, ein fremdes oder auch ein vertrautes Gesicht ohne Vorwarnung bei Tisch anzutreffen. Jetzt starrte er sie an wie immer bei der Erwähnung von Annies künftigem Mann. Er war noch immer nicht ganz überzeugt, daß Audrey nicht eifersüchtig war. Man konnte sich schwer vorstellen, daß Annabelles Heirat nicht ihren Neid weckte. Annabelle war erst zwanzig, und Audrey war schließlich schon vierundzwanzig und in den Augen ihrer Umgebung nicht eben die Familienschönheit. Dazu kam, daß sie meist nichts aus sich machte, ihr Haar straff zurückkämmte, kein Rouge auf die Elfenbeinwangen auftrug, keine Wimperntusche, um ihre braunen Wimpern zu betonen, keinen Lippenstift, um die vollen Lippen nachzuzeichnen, die sinnlich gewirkt hätten, wenn sie es darauf angelegt hätte. Doch auf dies alles legte sie keinen Wert. Sie hatte keinen ernsthaften Verehrer. Im Laufe der Jahre hatte es ein paar Anwärter gegeben, doch ihr Großvater hatte alle vergrault. Und Audrey schien sich darum nicht zu kümmern. In ihren Augen waren alle zu bieder und langweilig. Manchmal träumte sie von einem Mann wie ihrem Vater, mit Abenteurerblut in den Adern und einer Leidenschaft für Exotik, doch nie war sie jemandem begegnet, der ihm auch nur annähernd ähnlich gewesen wäre. Und Harcourt entsprach diesem Idealbild schon gar nicht, wenngleich er für ihre Schwester ideal war.

»Ein hübscher Kerl, nicht?« Der Blick ihres Großvaters musterte sie, wie immer in Erwartung, etwas zu sehen, was nicht vorhanden war und das es nie gegeben hatte, auch wenn sie es war, die Harcourt eigentlich kennengelernt hatte und die einige Male mit ihm tanzen gegangen war. Audrey hatte ihn mit Freuden an ihre Schwester abgetreten. Trotz allem, was die Leute denken mochten, verzehrte sie sich nicht nach ihm und bedauerte es nicht, daß er sich für Annabelle entschieden hatte. Niemals wäre er imstande gewesen, die Sehnsucht in Audreys Seele zu stillen, und sie bezweifelte, ob jemals jemand dazu imstande sein würde. Die Erfüllung ihrer Träume fand sie in den Fotos, die sie machte, und in den abgegriffenen Alben ihres Vaters. Tief in ihrem Inneren lag etwas, das ihm sehr ähnlich war. Sogar ihre Fotografien waren ähnlich, der Blick, die Auffassung, die Sehnsucht nach dem Seltenen und Fernen... »Harcourt wird Annabelle ein guter Ehemann sein.« Das sagte ihr Großvater immer, als wolle er sie auf die Probe stellen oder ihre Reaktion beobachten. Er war immer noch der Meinung, es sei ein Fehler gewesen, daß sie zugunsten ihrer jüngeren Schwester auf Harcourt verzichtet hatte. Er begriff noch immer nicht, was in ihr steckte. Das wußten nur wenige. Eigentlich niemand. Aber ihr machte das nichts aus. Über Jahre hinweg hatte Audrey es sich zur Gewohnheit gemacht, ihre persönlichen Träume für sich zu behalten. Sie konnte sie sich ohnehin nicht erfüllen. Ihr Platz war hier, bei ihrem Großvater. Sie mußte ihm das Haus führen und für ihn da sein.

Sie lächelte ihrem Großvater zu. Es war ein langsames, aufblühendes Lächeln, das in ihren Augen seinen Ausgang nahm, sich behutsam zu ihren Lippen stahl und sie aussehen ließ, als müsse sie wahre Lachstürme zurückhalten. Man fragte sich, was der Rest des Scherzes sein mochte, als wüßte sie etwas, das man selbst nicht wußte... als gäbe es noch mehr, und es gab mehr, viel mehr um Audrey Driscoll, doch das ahnte niemand. Nicht einmal ihr Großvater konnte sich vorstellen, wie weit ihre Träume reichten und wie groß ihr Verlangen war, in die Fußstapfen ihres Vaters zu treten. Sie war nicht geschaffen für das Leben, das Frauen ihrer Zeit bestimmt war, das wußte sie nur zu gut. Lieber wäre sie gestorben, als Harcourts Frau zu werden und sich häuslich niederzulassen.

»Was veranlaßt dich zu der Meinung, daß er einen guten Ehemann abgeben wird?« Sie lächelte spitzbübisch. »Nur weil er wie du Republikaner ist?« neckte sie ihren Großvater, und er ging ihr auf den Leim.

Edward Driscolls Blick verfinsterte sich, und er war im Begriff, eine gebührende Antwort zu geben, als sie hinter sich einen Seufzer hörten. Es war Annabelle in einer Wolke aus blauer Seide und cremefarbener Spitze. Das Haar fiel ihr in gelockten Kaskaden über die Schultern. Verzweifelt sah sie Audrey an. Sie war fast einen Kopf kleiner als ihre ältere Schwester und schien überaus nervös zu sein. Das verrieten ihre Hände, die wie Vögelchen flatterten. Annabelle wirkte auf Audrey stets wie die personifizierte Anmut. Sie war in so vielerlei Hinsicht anders als Audrey und verließ sich voll und ganz auf ihre stille und tüchtige ältere Schwester.

»Sprecht ihr beide jetzt schon über Politik?« Sie strich sich gequält über die Augen, und Audrey lachte. Sie sprachen meist über Politik, in erster Linie, weil es ihnen Spaß machte. Sie genossen sogar ihre Streitgespräche, die sie belebten und Annabelle entsetzten, die politische Themen langweilig und ihre Debatten völlig enervierend fand.

»Franklin D. Roosevelt wurde gestern beim Parteikonvent der Demokraten zum Präsidentschaftskandidaten nominiert. Vielleicht interessiert es dich.« Audrey hielt es für wichtig, ihre

Schwester auf dem laufenden zu halten, obwohl Annabelle, die sie nun verständnislos ansah, sich nicht dafür interessierte.

»Warum?«

»Weil er Al Smith und John Garner schlug.« Audrey sagte es ganz nüchtern, und Annabelle schüttelte den Kopf. Sie sah schmollend und verärgert, aber sehr hübsch aus.

»Nein... aber warum sollte ich das wissen.«

»Weil es wichtig ist!« Audrey warf ihr einen ungewohnt finsteren Blick zu. Sie wollte diese Dummheit nicht dulden, obwohl sie schon seit Jahren wußte, daß es hoffnungslos war. Annabelle hatte für nichts Interesse außer für ihr Gesicht und ihre Kleider. »Annie, er wird vielleicht unser nächster Präsident. Du mußt dich für diese Dinge interessieren.« Sie versuchte es mit Freundlichkeit, konnte aber dennoch nicht verhindern, daß aus ihrem Ton eine gewisse Schärfe sprach. Immer hatte sie sich gewünscht, daß Annabelle mehr an den Vorgängen in der Welt Anteil nahm, vergeblich, wie es sich zeigte. Es war erstaunlich, wie stark sie sich voneinander unterschieden, und unglaublich, daß sie dieselben Eltern hatten. Das hatte sogar ihr Großvater einmal feststellen müssen.

»Harcourt sagt, bei Frauen sei Interesse für Politik vulgär.« Sie schüttelte ihre blonden Locken. In ihrem Blick lag Trotz. Edward Driscoll starrte sie fasziniert an. Ein erstaunliches Geschöpf – und sehr hübsch dazu. Sie war ihrer Mutter sehr ähnlich... aber Audrey... Audrey ähnelte dem Sohn, den er so geliebt hatte... wenn dieser nur nicht... aber es hatte keinen Sinn, jetzt daran zu denken... dieses verdammte Fernweh... er war im Laufe der Jahre überall gewesen, von Samoa bis in die Mandschurei, und was hatte es ihm genützt?

»Außerdem«, fuhr Annabelle fort, »ist es nicht bekömmlich, wenn man beim Frühstück über Politik spricht. Es ist schlecht für die Verdauung.«

Edward Driscoll machte ein verblüfftes Gesicht, und Audrey mußte sich abwenden, um ihre belustigte Miene zu verbergen. Und als sie sich wieder umdrehte, begegneten sich ihre Blicke über Annies Kopf. In seinen Augen lag eine verborgene Liebkosung für sie, ohne daß er vermocht hätte, sie in Worte zu kleiden.

»Ich sehe euch beide heute zum Dinner. Mit Harcourt.« Er

flüchtete in seine Bibliothek. Audrey sah ihm nach. Er ging etwas gebeugter als in den Jahren zuvor, aber nur andeutungsweise. Er war ein stolzer, starker Mensch, und Audrey hatte das Gefühl, daß sie ihm viel schuldig war, solange sie lebte, oder wenigstens den Rest seines Lebens. Er brauchte sie zur Führung des Hauses. Als sie daran dachte, sah sie ihre jüngere Schwester an. Annabelle mußte noch viel über Haushaltsführung lernen, doch hatte sie sich standhaft geweigert, sich von ihrer älteren Schwester unterweisen zu lassen. Sie hatte beharrlich behauptet, Harcourt hätte gesagt, sie brauche nur hübsch auszusehen und sich zu amüsieren, alles andere würde er für sie erledigen. Harcourt hielt es für vulgär, wenn eine Frau zu viel Verantwortung trug, sagte Annie bei jeder Gelegenheit, ohne sich der Stichelei bewußt zu sein, die gegen ihre Schwester gerichtet war. Diese zeigte sich von Harcourts Ansichten unberührt und ging lächelnd darüber hinweg.

»Vergiß nicht, daß du heute eine Anprobe für dein Brautkleid hast«, erinnerte sie Annabelle, als sie den Raum verließen. Gleichzeitig wurde die Tür zur Bibliothek zugeschlagen. Audrey wußte, daß ihr Großvater sich zu einer Zigarre zurückgezogen hatte, ehe er sich in den Pacific Union Club bringen ließ. Dabei pflegte er dazusitzen und vor sich hinzustarren, von alten Zeiten zu träumen, Briefe von Freunden zu lesen und im Kopf die Antworten zu entwerfen, ehe er sie am Nachmittag niederschrieb. Es blieb für ihn wenig zu tun, anders als für Audrey, die mit der Planung einer Hochzeit mit fünfhundert Gästen befaßt war und eine Schwester hatte, die sich in allem völlig auf sie verließ.

»Ich möchte heute nicht in die Stadt. Gestern war es so heiß, daß ich noch heute Kopfschmerzen habe.«

»Ach, du Ärmste! Nimm ein Aspirin, bevor du gehst. Bis zur Hochzeit sind es nur mehr drei Wochen. Hast du die Geschenke angesehen, die gestern gekommen sind?« Sie nahm Annabelle fest am Arm und schob sie sanft in den vorderen Salon. Der lange Tisch wurde stündlich voller mit Geschenken von ihren und Harcourts Freunden.

»O Gott...«, begann sie in dem leidenden Ton, der in Audrey stets den Wunsch weckte, sie zu schütteln, »...wie viele Dankbriefe ich schreiben muß!«

»Sieh dir lieber die schönen Geschenke an, die du bekommen hast. Sei dankbar und jammere nicht.« Audrey war für Annabelle eher eine Mutter als eine ältere Schwester. Seit vierzehn Jahren galt ihr Audreys ungeteilte Aufmerksamkeit in größerem Maße, als ihr die einer Mutter gegolten hätte. Audrey hatte sogar nicht weit von Mills studiert, damit sie in der Nähe ihrer Schwester sein konnte, die nach Miß Hamlins Institut kein College besucht hatte. Aber das hatte keiner erwartet, da es immer schon hieß, Audrey besäße den Verstand und Annabelle die Schönheit.

»Muß ich heute wirklich in die Stadt?« Flehend sah sie zu Audrey auf, die sie energisch nach oben dirigierte, dafür sorgte, daß sie sich anzog, und darauf bestand, daß sie sich hinsetzte und ein halbes Dutzend Dankschreiben verfaßte, während sie selbst sich anzog. Um halb elf waren sie fertig, als der Chauffeur in dem dunkelblauen Packard vorfuhr, den ihr Großvater für sie hielt. Es war ein schöner Sommertag, die erste Juliwoche, und der Himmel war blau wie einst in Hawaii.

»Weißt du noch, Annie?« fragte Audrey sie unterwegs, doch das hübsche blonde Mädchen im weißen Leinenkleid schüttelte den Kopf unter dem breitkrempigen Hut. Die Erinnerungen waren schon verblaßt, als sie noch klein war, anders als die Fotos in den wie Schätze gehüteten Alben ihres Vaters. Sie waren das einzige aus der Vergangenheit, an dem Audrey hing, aber Annabelle machte sich nichts aus ihnen. Für sie waren sie immer uninteressant gewesen, sonderbar, schrecklich ausländisch und ziemlich angsteinflößend. Genau aus diesem Grund liebte Audrey diese Bilder so sehr. Fast konnte man die fernen Orte riechen, wenn man die Fotografien der chinesischen Gebirge und japanischen Flüsse ansah... Menschen in exotischen Gewändern, sonderbare kleine Karren schiebend, an Flußufern angelnd und den Betrachter anstarrend, als wollten sie ihn in ihrer Sprache anreden... Als Kind war Audrey manchmal mit den Alben auf dem Schoß eingeschlafen und hatte geträumt, sie befinde sich an einem dieser fremden Orte... und jetzt schienen ihre eigenen Fotos etwas Ungewöhnliches und Fernes einzufangen, auch wenn sie ganz alltägliche Motive fotografierte.

»Aud?« Annabelle starrte sie an, während der Wagen sie zum

Salon J. Magrien brachte. Audrey fuhr zusammen und lächelte ihr zu. Sie hatte ihren Gedanken freien Lauf gelassen, das war für sie sehr ungewöhnlich. Sie war immer so beschäftigt und hatte eben jetzt sehr viele Vorbereitungen zu treffen. »Woran hast du eben gedacht?«

»Ich weiß nicht.« Audrey wandte den Blick ab. Sie hatte an ein vor zwanzig Jahren in China aufgenommenes Foto ihres Vaters gedacht. Es war ein Bild, dem Audreys Liebe immer speziell gegolten hatte. Es zeigte ihren lachenden Vater auf einem Eselchen reitend.

»Du hast so glücklich ausgesehen.« Annabelle war ganz Unschuld, und Audrey sah lächelnd aus dem Fenster. Dann sah sie ihre Schwester an.

»Ich muß wohl an dich ... und die Hochzeit gedacht haben ...« Sie stieg hinter Annabelle aus dem Wagen, und ein paar Leute auf dem Gehsteig starrten sie an. Ein Packard war in Zeiten wie diesen ein seltener Anblick. Die meisten Leute, die einen besessen hatten, waren längst gezwungen gewesen, ihn zu verkaufen. Annabelle schien nichts wahrzunehmen, als sie das Warenhaus betraten. Audrey folgte ihr und kam sich plötzlich sonderbar vor, als wäre sie aus großer Entfernung zurückgeholt worden – aus dem Foto, an das sie im Auto gedacht hatte, an diesen schrecklichen, weltlichen, hemmungslosen Ort. Der Übergang erschien ihr um so sonderbarer, als eine Symphonie französischer Parfumdüfte die Luft durchwehte und Hüte, Seidenblusen und Handschuhe vor ihren Augen zu tanzen schienen, alles sehr hübsch und sehr teuer. Audrey ertappte sich bei dem Gedanken, wie töricht das alles war, wie sinnlos ... wie falsch. Es gab anderes im Leben, das mehr zählte ... andere Menschen, die sich weder Essen noch warme Kleidung für ihre Kinder im Winter leisten konnten ... das Land war übersät mit desolaten Notunterkünften, in denen Menschen hausten, die kein Heim mehr hatten, und doch war sie mit ihrer jüngeren Schwester hier und kaufte teure Kleider und ein Brautkleid, das mehr kostete als eine ganze Collegeausbildung.

»Alles in Ordnung mit dir?« Annabelle sah sie im Ankleideraum, in dem sie ihr Brautkleid anzog, flüchtig an. Einen Augenblick hatte sie den Eindruck gehabt, Audrey sei grün im Gesicht, was auch stimmte. Ihr war übel geworden von dem Kontrast, den sie in Gedanken gesehen hatte.

»Mir geht es wunderbar. Ich finde es hier drinnen nur etwas stickig, das ist alles.« Zwei Verkäuferinnen beeilten sich, ihr ein Glas Wasser zu bringen, und als sie vor der Wasserleitung standen, flüsterten sie einander zu, was alle Welt dachte.

»Armes Ding... sie ist vor Neid ganz grün... die Ärmste... die alte Jungfer.«

Audrey vernahm diese Worte nicht, doch hatte sie sie schon oft genug zu hören bekommen. Sie hatte sich daran gewöhnt, und es kümmerte sie nicht mehr, nicht einmal, als sie abends im Salon saß und mit Harcourt Westerbrook IV Konversation machte, während sie darauf wartete, daß Annabelle herunterkam und ihr Großvater aus dem Klub zurückkehrte. Er hatte sich wie Annabelle verspätet, für ihn sehr ungewöhnlich, für Annabelle jedoch normal. Immer kam sie zu spät und war aufgeregt, außer wenn Audrey sich an ihrer Stelle ruhig und gelassen um alles kümmerte.

»Ist die Hochzeitsreise schon geplant?« Außer über die Hochzeit konnte Audrey mit ihm über nichts reden. Mit jedem anderen Mann hätte sie über die Nominierung des demokratischen Kandidaten diskutiert, doch kannte sie Harcourts Ansichten über Frauen, die Interesse an Politik zeigten. Audrey fragte sich, worüber sie sich unterhalten hatten, als sie zusammen tanzen gingen. Vielleicht über die Musik, oder war er der Meinung, daß auch diese Gespräche vulgär waren? Dieser Gedanke reizte ihre Lachmuskeln, so daß sie sich sehr zusammennehmen mußte. Harcourt beschrieb ihr eben eingehend die Pläne für die Flitterwochen. Sie wollten mit der Bahn nach New York fahren, dann mit der *Ile de France* nach Le Havre, per Bahn weiter nach Paris, von dort für einige Tage nach Cannes und dann an die italienische Riviera, schließlich nach Rom, dann nach London und wieder mit dem Schiff nach Hause. Sie wollten zwei Monate unterwegs sein, und es hörte sich sehr hübsch an, obwohl es nicht ganz das war, was Audrey geplant hätte. Sie wäre nach Venedig gefahren und hätte dann den Orient-Expreß bis Istanbul genommen... allein der Gedanke brachte ihre Augen zum Leuchten, doch Harcourts Stimme tönte weiter. Er sprach von einem Londoner Vetter, der versprochen hatte, eine Audienz beim König zu arrangieren. Audrey tat, als wäre sie ungemein beeindruckt, als ihr Großvater eintrat und Harcourt wild anstarrte. Er wollte schon sagen, daß niemand ihn vorgewarnt hätte, als Audrey zu ihm ging, seinen Arm drückte und ihn mit verbindlichem Lächeln zu Harcourt führte.

»Weißt du noch, daß ich sagte, Harcourt würde kommen?«

Er starrte sie böse an und kniff die Augen zusammen, dann fiel ihm ein, daß sie ihm am Morgen tatsächlich etwas gesagt hatte. »War das vor oder nach deinen dummen Bemerkungen über Roosevelt?« Er schien verärgert, aber nicht völlig mißgestimmt. Sie lachte, während Harcourt ein schockiertes Gesicht machte.

»Ein Pech, nicht wahr, Sir?«

»Ach was, spielt keine Rolle. Hoover wird wiedergewählt.«

»Das hoffe ich auch.« Noch ein glühender Republikaner! Audrey sah die beiden angewidert an.

»Wenn das geschieht, wird er das Land endgültig zugrunde richten.«

»Fang bloß nicht mit deinen Theorien an!« herrschte der Großvater sie an, verlor aber sofort seine Zuhörer, als Annabelle erschien, in einem Kleid aus hellblauer Seide, in dem sie aussah wie aus einem Gemälde entstiegen. Mit ihren großen blauen Augen, den engelhaften Zügen und dem blonden Haar, das wie ein Heiligenschein ihren Kopf umgab, sah sie umwerfend aus. Verständlich, daß Harcourt total hingerissen war und den Blick nicht von ihr wenden konnte. Er ließ sie erst aus den Augen, als er Audrey auf dem Weg ins Speisezimmer einen mißbilligenden Blick zuwarf.

»Hoffentlich war es dir nicht ernst mit Roosevelt.«

»Und ob! Die Nation erlebt das schlimmste Jahr ihrer Geschichte, und das haben wir mit Sicherheit Hoover zu verdanken.« Das sagte sie ganz ruhig und mit einer Gewißheit, der man nichts entgegensetzen konnte. Annabelle warf ihr einen bittenden Blick zu, während sie sich bei Harcourt unterhakte.

»Ihr werdet euch doch heute nicht über Politik unterhalten?« Die großen blauen Augen blickten vertrauensvoll und fast kindlich. Harcourt tätschelte beruhigend ihre Hand.

»Natürlich nicht.«

Audrey lachte, und ihr Großvater blinzelte ihr zu. Sie starb fast vor Neugierde, weil sie hören wollte, wie man in seinem Klub über die Neuigkeit dachte, obwohl die meisten Mitglieder natürlich Republikaner waren. Immer schon war sie der Meinung gewesen, Gespräche mit Männern seien viel interessanter als die mit Damen – ausgenommen mit Männern wie Harcourt, die es ablehnten, ernsthafte Themen mit Frauen zu diskutieren. Sie fand es ermüdend, den ganzen Abend oberflächlich zu plaudern und zu plappern und zu lächeln wie Annabelle. Sie war erschöpft, als Harcourt sich verabschiedete, Annabelle wie ein kleiner Engel glückselig die Treppe hinaufschwebte und sie selbst ihr langsamer am Arm des Großvaters folgte, der sich mit einer Hand auf seinen Stock stützte. Wie immer sah er stattlich und würdig aus. Fast wünschte sie, sie würde eines Tages einen Mann finden, der ihm ähnlich war. Bilder aus früheren Jahren zeigten ihn als eleganten, noblen Mann mit Stil. Dazu besaß er einen scharfen Verstand und feste Ansichten. Mit einem Mann wie ihm hätte sie sich das Leben gut vorstellen können. Und wenn es schon nicht leicht sein würde, dann wenigstens glücklich. Audrey stand mit dem alten Herrn, der auf sie herunterblickte, allein in der Halle. Er überragte sie um einen halben Kopf, obwohl ihn das Alter gebeugt hatte.

»Audrey, es tut dir doch nicht leid, oder?« Aus seinem Mund klang diese Frage komisch, die er noch dazu mit sehr ernsthaftem Ton äußerte. Seine Schroffheit und Verdrossenheit waren wie weggeblasen. Er wollte wissen, wie es um ihr Herz bestellt war. Er wollte um seines eigenen Seelenfriedens willen wissen, ob es ihr um Harcourt nicht leid täte.

»Was soll mir leid tun Opa?« So hatte sie ihn seit ihrer Kinderzeit nicht mehr genannt, doch ging ihr das Kosewort zwanglos über die Lippen.

»Ach, die Sache... mit dem jungen Westerbrook. Du hättest ihn selbst haben können.« Das sagte er ganz leise, aus Angst, jemand könnte es hören. »Du warst seine erste Wahl. Und du bist die Ältere... du wirst einmal die bessere Ehefrau abgeben... nicht, daß Annabelle schlecht wäre... sie ist nur so jung...« Und er konnte mit Annabelle nicht viel anfangen.

Audrey lächelte liebevoll, gerührt von seiner Besorgnis.

»Ich bin für eine Ehe noch nicht bereit. Und außerdem war er für mich ohnehin nicht der Richtige.« Lächelnd sah sie ihn an.

»Warum bist du noch nicht bereit?« Er stützte sich schwer auf den Stock. Sie waren allein in der dunklen Halle. Trotz seiner Müdigkeit drängte er auf eine Antwort, weil es wichtig für ihn war. Seufzend überlegte Audrey.

»Ich weiß nicht... doch ich weiß, daß es andere Dinge gibt, die ich vorher machen möchte.« Aber wie konnte sie ihm das erklären? Sie wollte reisen... Fotos machen... wundervolle eigene Alben anlegen... wie die ihres Vaters...

»Zum Beispiel?« Ihre Worte schienen ihn zu beunruhigen. Sie ließen eine alte Erinnerung anklingen, eine Erinnerung, die ihn seinen Sohn gekostet hatte... »Du hast doch wohl nichts Verrücktes im Sinn, oder?«

»Nein, Opa.« Sie wollte ihn um jeden Preis beruhigen. Das war sie ihm schuldig. Schließlich war er ein alter Mann.

»Ich weiß nicht mal, was ich will. Ich weiß nur, daß es Harcourt Westerbrook nicht ist. Da bin ich mir ganz sicher.«

Befriedigt nickte er und sah ihr tief in die Augen. »Dann ist es ja gut.« Und wenn nicht? Wenn sie Harcourt gern für sich gehabt hätte, was wäre dann anders? Das fragte sich Audrey, als sie ihrem Großvater einen Gutenachtkuß gab und sich dann umdrehte. Gleich darauf hörte sie, wie seine Tür geschlossen wurde. Sie blieb vor ihrem Zimmer stehen und dachte an das, was sie gesagt hatte. Sie wußte gar nicht, warum sie es gesagt hatte, wußte nur, daß es die Wahrheit war. Es gab etwas, was sie tun wollte, Orte, die sie sehen wollte... Menschen, denen sie begegnen wollte... Berge und Flüsse... Gerüche... Parfums... exotische Speisen... Als sie geräuschlos die Tür schloß, wußte sie, daß sie sich nie mit Harcourt abgefunden hätte, mit niemandem. Es gab etwas viel Größeres, nach dem ihre Seele verlangte. Vielleicht würde sie sehr bald gehen... in die Fußstapfen ihres Vaters treten und Bilder von ihren Reisen mitbringen, seine geheimnisumwitterten Reisen nachvollziehen, in Zügen, denen ein Zauber anhaftete, eine Reise in die Vergangenheit unternehmen, in die Alben... mit ihm.

2 Am Morgen des einundzwanzigsten Juli stand Audrey unten in der Eingangshalle, sah auf ihre Uhr und wartete instinktiv darauf, daß die Uhr im Speisezimmer zu schlagen begann und die Zeit anzeigte. Der Wagen war vorgefahren, und die Gäste hatten sich bereits in der Kirche versammelt. Audrey spürte die Blicke der Dienstboten von überall im Haus, die begierig waren, Annabelle im Brautkleid die Treppe herunterschreiten zu sehen. Das Warten hatte sich gelohnt. Annabelle kam wie ein Traumbild in einer weißen Wolke langsam heruntergeschwebt, einer Märchenprinzessin ähnlich oder einer blutjungen Königin, die über dem Boden dahinzugleiten schien. Ihre Füße steckten in cremefarbenen Satinschuhen, das Haar schimmerte golden unter dem Kopfschmuck aus alter Spitze und winzigen Perlchen, die schmale Taille schien wie aus einem Stück Elfenbein gemeißelt, und ihre Augen tanzten vor Entzücken. Sie war das schönste Mädchen, das Audrey je gesehen hatte. In ihrem Lächeln lag Zärtlichkeit und Stolz, als sie ihre Schwester ansah.

»Annie, du siehst zauberhaft aus.« Die Worte wurden dem Eindruck nicht gerecht, doch etwas anderes wollte Audrey nicht einfallen. Die endlosen Anproben hatten sich gelohnt, das Kleid paßte perfekt. Audrey trug pfirsichfarbene Seide unter alter, heller Spitze, die Kleider der Brautjungfern waren in denselben Farben gehalten, nur eine Spur heller. Der warme Pfirsichton machte Audrey mit ihrem kupferfarbenen Haar zu einer auffallenden Schönheit. Die Farbe brachte ihren hellen Teint zur Geltung, und ihre blauen Augen strahlten, als Annabelle das Lächeln ihrer Schwester erwiderte.

»Du siehst wunderbar aus, Aud...« So schön war Annabelle die ältere Schwester noch nie erschienen. Es war ein Eindruck, der sie in Erstaunen setzte. Es kam nicht oft vor, daß sie überhaupt einen Gedanken an Audrey verschwendete. Diese war stets zur Stelle, das war immer schon so gewesen.

Audrey sah sie beglückt an, befriedigt von dem Ergebnis monatelanger Bemühungen und vieler Jahre der Liebe. Annabelle hatte sich wunschgemäß entwickelt. Sie würde jetzt Harcourts Frau werden und in Burlingame glücklich und zufrieden leben. Es war das, wofür sie geschaffen war und was sie wollte. Sie würde eine hübsche, kleine Frau abgeben, häuslich sein... häuslich... das Wort hallte in Audreys Kopf wider. Beinahe überlief sie ein Schauer. Sie hatte dieses Wort immer gehaßt... Häuslich... Für sie klang es wie tot und begraben.

»Bist du glücklich, Annie?« Sie suchte den Blick ihrer jüngeren Schwester. So viele Jahre hatte sie sich um sie gekümmert, darauf geachtet, daß sie sich warm anzog, daß sie abends beim Schlafengehen ihre Lieblingspuppe hatte, nicht mehr an Alpträumen litt, daß sie nie allein war, daß ihre Freundinnen immer nett zu ihr waren, daß sie eine Schule besuchte, auf der sie sich wohl fühlte.

Audrey hatte darum mit Großvater heftig gekämpft. Annabelle hatte nicht auf der anderen Seite der Bucht auf das Internat von Katherine Branson gehen wollen, sie hatte den Wunsch, auf Miß Hamlins Institut zu gehen, und Audrey hatte es durchgesetzt. Audrey hatte für alles gesorgt bis zum heutigen Tag, bis zum winzigsten Detail des zauberhaften Brautkleides. Und sie wollte, daß Annabelle glücklich wurde. Das hatte sie sich immer für sie gewünscht... zu heftig vielleicht... sie hatte sie im Laufe der Jahre verwöhnt, mehr wahrscheinlich, als ihre Eltern es getan hätten, doch war Annie ihr immer als das kleine Mädchen erschienen. Das war auch jetzt noch so. Audreys Blick tastete Annabelles Gesicht ab, als wollte sie sich vergewissern, daß Annie das Gefühl hatte, das Richtige zu tun. »Du liebst ihn doch?«

Annabelles Lachen klang in der großen Halle wie ein Silberglöckchen, als sie, umflossen von ihrem weißen Schleier, dastand und einen Blick in den Spiegel warf. Ein faszinierender Anblick... noch nie hatte sie etwas so Schönes gesehen wie ihr Kleid, doch ihr Ton war vage, als sie ihrer Schwester antwortete: »Natürlich liebe ich ihn, Aud... mehr als alles...«

»Bist du sicher?« Audrey erschien eine Heirat wie ein gewaltiger Schritt, und das war es auch. Annie aber schien überhaupt nicht ängstlich, sie war nur aufgeregt.

»Hmmm?...« Sie zupfte ihren Schleier zurecht, als ihr Großvater am Arm des Butlers die Treppe heruntergeschritten kam.

»Annie?...« Audrey verspürte ein nervöses Flattern in der Magengrube. Was... wenn sie nicht das Richtige tat? Hatte sie am

Ende Annabelle zu etwas gezwungen? Hatte jemand anderer sie gedrängt, allein durch die Behauptung, Harcourt wäre für sie der Richtige? Und welche Rolle spielte das schon? Sie selbst hätte sich von Behauptungen dieser Art nie beeinflussen lassen, aber Annabelle...?

Mit strahlendem Lächeln wandte ihre jüngere Schwester sich ihr zu, und einen Augenblick lang empfand Audrey Erleichterung. »Aud, du machst dir zu viel Gedanken... heute ist der glücklichste Tag meines Lebens.« Ihre Blicke trafen sich. Annabelle wirkte tatsächlich sehr glücklich, wie Audrey sich eingestehen mußte. Aber war das genug? Plötzlich erhellte ein Lächeln Audreys Gesicht. Annabelle hatte recht. Sie machte sich zu viele Sorgen. Das kam nur daher, weil eine Heirat für sie selbst eine ganz andere Bedeutung hatte. Audrey konnte sich nicht genug darüber wundern, daß ihre Schwester keine Angst hatte, spürte, daß sie sich nicht fürchtete, als Annabelle nach ihrer Hand faßte, sie mit ihrer eigenen, in einem hellen Glacéhandschuh steckenden Hand festhielt und sie ganz ernst ansah. »Aud, du wirst mir fehlen...« Daran hatte Audrey selbst gedacht. Es würde merkwürdig sein, sie nicht mehr um sich zu haben. Vierzehn Jahre hatte sie sich um Annabelle wie um ein eigenes Kind gekümmert, und von nun an würde sie nicht mehr im Haus sein. Sie fühlte sich eher wie die Brautmutter als die Ehrendame unter den Brautjungfern, als sie einen letzten Augenblick in der Halle standen und die Straßenbahn draußen vorbeirumpeln hörten.

»Burlingame ist nicht sehr weit.« Dennoch wurden ihre Augen feucht, und sie drückte Annabelle sanft an sich, ganz behutsam, um den Schleier nicht zu zerdrücken. »Annie, ich hab' dich lieb... hoffentlich wirst du mit Harcourt glücklich.«

Annabelle lächelte nur, als sie sich losmachte und durch die Tür hinausschritt, nicht ohne ihr über die Schulter hinweg zuzuflüstern: »Natürlich werde ich das.«

Die Hupe des Rolls-Royce ertönte, und ihr Großvater war schon ungehalten, als Annabelle ihr voluminöses Brautkleid im Wagen um sich herum drapierte. Die Stoffmassen waren so umfangreich, daß für die anderen kaum genügend Platz blieb.

»Sollen die Gäste den ganzen Tag in der Kirche warten?«

knurrte ihr Großvater sie an, den Knauf seines Stockes mit den Händen umklammernd. Aus seinem Blick sprach jedoch die Rührung, die ihr Liebreiz in ihm erweckte. Sie erinnerte ihn so deutlich an eine Braut, die er vor sechsundzwanzig Jahren gesehen hatte. Sie war noch hübscher gewesen als dieses Kind... das Mädchen, das sein Sohn Roland geheiratet hatte... unheimlich, wie Annabelle ihr ähnelte. Und er hatte das Gefühl, eine Reise in die Vergangenheit unternommen zu haben, als er in der Kirche neben Audrey stand und miterlebte, wie Annabelle ihr Ehegelübde sprach und dabei selig zu Harcourt aufblickte.

Audrey liefen während der Zeremonie die Tränen über die Wangen, und später, als sie zusah, wie ihr Großvater Annabelle beim Empfang in einem langsamen anmutigen Walzer zum Tanz führte, waren ihre Augen wieder feucht. Kaum vorstellbar, daß er sonst am Stock ging. Auch er schien es vergessen zu haben, während er sich elegant auf der Tanzfläche drehte und die junge Frau dann ihrem Mann überließ. Nur einen Augenblick stand er da und sah verloren aus, dann entfernte er sich langsam und sah plötzlich wieder sehr alt aus, als Audrey seinen Arm berührte.

»Darf ich um diesen Tanz bitten, Mr. Driscoll?« Ihre Blicke begegneten einander, und er lächelte. Die Liebe, die sie füreinander empfanden, fand Ausdruck in dem Blick, den sie wechselten. Diesem Tag haftete ein sonderbar schmerzliches Gefühl an, so als feßle Annabelles Weggehen sie enger aneinander in einer fast eheähnlichen Bindung, und das spürten beide.

Nach ein paar Drehungen auf der Tanzfläche führte sie ihn liebevoll zu einem Sessel, ohne daß sie ihm damit das Gefühl vermittelt hätte, gebrechlich zu sein. Sie bestand darauf, daß sie sich um ein paar Dinge hinter den Kulissen zu kümmern hätte, und wie immer leistete sie ganze Arbeit. Alle lobten den festlichen Empfang in höchsten Tönen, und nachdem Annabelle in einem weißen Kostüm mit Harcourt unter einem Regen von Blüten und Reis das Haus verlassen hatte, konnte Audrey mit dem Verlauf der Feier sehr zufrieden sein. Sie verabschiedete sich von den Gästen und fuhr mit ihrem Großvater im Rolls nach Hause.

Jahre schienen vergangen zu sein, seitdem sie das Haus am Morgen verlassen hatte. Erschöpft ließ sie sich vor dem Kamin in der Bibliothek nieder, während der Nebel unerbittlich heranwallte und sie aus der Ferne die Nebelhörner hörte.

»Hübsch war es, nicht wahr, Großvater?« Nur mit Mühe unterdrückte sie ein Gähnen, als sie einen Schluck von dem Gläschen Sherry trank, das er ihr eingeschenkt hatte. Die Gäste hatten Unmengen von Champagner aus seinen privaten Beständen, die man diskret ins Hotel geschafft hatte, genossen, doch Audrey hatte kaum etwas getrunken. Der Sherry brachte ihr jetzt Entspannung, als sie ins Leere vor sich hinstarrte und an die Hochzeit ihrer Schwester dachte, die Hochzeit des kleinen Mädchens, um das sie sich gekümmert hatte, jahrelang, und das jetzt aus dem Haus gegangen war. Annie würde die Nacht mit Harcourt in einer Suite im Mark Hopkins Hotel verbringen. Am Morgen wollten sie den Zug nach New York nehmen, wo sie an Bord der *Ile de France* gehen und nach Europa fahren würden. Audrey hatte versprochen, vor der Abfahrt des Zuges dazusein, und als sie daran dachte, spürte sie einen Stich von Neid. Sie neidete ihnen nicht das, was sie heute nacht miteinander teilen würden, sondern die bevorstehende Reise. Es war zwar keine Reise, wie sie selbst sie geplant hätte, doch wurde ihr plötzlich klar, daß sie sie um das Entkommen beneidete. Von einem plötzlichen Schuldgefühl erfaßt, warf sie ihrem Großvater einen Blick zu, als fürchtete sie, er könne ihre Gedanken lesen. Ihr Fernweh erschien ihr wie ein Unrecht, und doch wurde manchmal das Verlangen, etwas Neues zu sehen, so heftig, daß sie es kaum ertrug. Dann genügte es ihr nicht mehr, die Alben ihres Vaters durchzublättern... sie wollte mehr... sie wollte zu den Menschen auf den verblaßten Bildern gehören.

»Wir sollten demnächst zusammen verreisen.« Die Worte waren ausgesprochen, ehe sie sie zurückhalten konnte, und ihr Großvater sah sie erschrocken an.

»Verreisen? Wohin denn?« Sie hatten für den August einen Aufenthalt am Lake Tahoe geplant. Wie immer. Doch er argwöhnte sofort, da müsse mehr dahinterstecken, und so wie sie es sagte, erinnerte es ihn zu stark an Roland.

»Nach Europa vielleicht, wie 1929, oder wieder nach Hawaii...« Und von dort in den Orient, hätte sie gern hinzugefügt, wagte es aber nicht.

»Warum sollten wir das tun?« Er wirkte verärgert, doch war es nicht Ärger, den er empfand, sondern Angst. Daß er Annabelle verloren hatte, machte ihm nichts aus, doch entsetzte ihn der Gedanke, Audrey zu verlieren. Ohne sie wäre das Leben nicht mehr dasselbe gewesen, ohne ihre fähige Hand, den scharfen Verstand, ihre Auffassungsgabe und die wundervollen Debatten, die sie jetzt seit so langen Jahren führten. »Ich bin schon zu alt für eine Reise um die halbe Welt.«

»Dann laß uns doch nach New York fahren.« Ihre Augen glänzten, und momentan tat sie ihm fast leid. Es gab nicht viel, was sie allein unternehmen konnte, und die meisten ihrer Schulfreundinnen waren längst verheiratet, hatten schon zwei oder drei Kinder und Ehemänner, die sie begleiteten, wohin sie wollten. Audrey wartete noch immer auf einen Mann, der überhaupt nie zu kommen schien. In gewisser Weise fühlte Edward Driscoll sich schuldig. Kein Wunder, daß sie keinen Mann gefunden hatte. Sie war zu beschäftigt gewesen mit dem Haushalt und ihrer Schwester. Jetzt war wenigstens Annabelle nicht mehr da... deswegen verspürte er kein Bedauern, als er Audreys hübsches Gesicht ansah, den hellen Hut, den sie abgelegt hatte, das dichte Haar im Brandy-Ton, das ihr auf die Schultern fiel. Ein verdammt hübsches Mädchen... eine gutaussehende Frau, setzte er stillschweigend hinzu. »Ja, warum nicht?« Sie sah ihn erwartungsvoll an, und er hatte ganz vergessen, was sie gesagt hatte, doch sie schien eine Antwort zu erwarten. »Warum nicht was?« Er war jetzt verwirrt und verärgert, und Audrey merkte, daß der lange Tag ihn ermüdet hatte. Wahrscheinlich hatte er auch dem Champagner zuviel zugesprochen – und jetzt trank er einen Kognak. Aber betrunken war er keinesfalls, als sie ihn hoffnungsvoll ansah.

»Warum fahren wir nicht nach New York, Großvater? Im September, wenn wir vom See zurückkommen.«

»Warum sollten wir?« Und doch wußte er, warum. Auch er war einmal jung gewesen und hatte eine Frau gehabt, aber die hatte mit dem Herumzigeunern nichts im Sinn. Roland war es gewesen, der diesen Tick gehabt hatte, ihr einziger Sohn, der seine Reise- und Abenteuerlust von Gott weiß wo mitbekommen hatte. Wahrscheinlich liegt es auch Audrey im Blut, vermutete Edward Driscoll insgeheim bekümmert. Das Fernweh hatte seinen Sohn getötet, und er würde nicht zulassen, daß Audrey diesem Verlangen nachgab. »New York ist höchst ungesund, viel zu bevölkert und zu weit weg. Am See wirst du dich besser fühlen. Wie immer.« Edward Driscoll sah auf die Uhr und stand mit wackligen Knien auf. Für ihn war es ein großer Tag gewesen, wenngleich er es nie eingestehen würde. »Ich gehe zu Bett, und für dich ist es am besten, wenn du es mir nachmachst, meine Liebe. Für dich war es auch ein langer Tag, aber jetzt ist das Kind unter die Haube gebracht.«

Er tätschelte ihren Arm, als sie auf der Treppe waren, für ihn eine ungewöhnliche Geste. Später stand er an seinem Schlafzimmerfenster, sah das Licht hinter Audreys Fenstern und fragte sich, was sie noch machte und was sie dachte. Er wäre erschrocken, hätte er sie vor ihrem Toilettentisch vor dem Spiegel sitzen gesehen, ins Nichts starrend, ihre Perlen in der Hand, in Gedanken bei der Reise um die halbe Welt und bei den Bildern, die sie überall machen wollte. Ihr Großvater, das Haus, ihre Schwester, die Hochzeit, das alles war vergessen, als Audrey dasaß, ihren Träumen hingegeben. Schließlich schüttelte sie den Kopf, um sich in die Gegenwart zurückzubringen, stand auf, streckte sich und ging in ihr Ankleidezimmer, um sich auszuziehen. Nach wenigen Minuten schlüpfte sie zwischen die kühlen Laken, schloß die Augen und versuchte, nicht an die vielen Dinge zu denken, die sie am nächsten Tag zu erledigen hatte. Sie hatte versprochen, sich während Annabelles Abwesenheit um alles zu kümmern und im neuen Haus nach dem Rechten zu sehen. Die Malerarbeiten und die Lieferung der Möbel mußten überwacht werden, außerdem galt es, die Hochzeitsgeschenke unterzubringen. Wie immer würde sie alles erledigen ... wie immer ... die treue Audrey. Sie schlief ein und träumte von Annabelle und Harcourt ... und einem Haus auf einer tropischen Insel, während die Stimme ihres Großvaters aus dem Hintergrund ertönte: »Komm zurück ... komm zurück ...« Aber sie kam nicht wieder.

3

Es war typisch für Audrey, daß sie trotz der drei am Lake Tahoe verbrachten Ferienwochen bis zu Annabelles und Harcourts Ankunft im September alles geschafft hatte. In dem hübschen kleinen gemauerten Haus, das Harcourt gekauft hatte, stand ein kleines, aber ausreichendes Team von Dienstboten bereit. Die Räume waren in den Farben gestrichen, die Annabelle sich gewünscht hatte, die Möbel standen an Ort und Stelle, der Wagen war beim Service gewesen, und Audrey hatte selbst dafür gesorgt, daß er in regelmäßigen Abständen gestartet wurde, damit die Batterie betriebsfähig blieb.

»Deine Schwester versteht es wirklich, ein Haus zu führen, das muß man ihr lassen«, bemerkte Harcourt beim Frühstück nach der ersten Nacht im neuen Haus, und Annabelle lächelte ihm zu. Sie freute sich, daß es ihm gefiel. Sie hatte schon befürchtet, er würde verärgert sein, weil sie Audrey diese Dinge überließ. Warum aber nicht, wenn sie alles so perfekt machte? Harcourt schien es in Ordnung zu finden.

In der California Street pries allerdings in diesem Augenblick niemand Audreys hausfrauliche Fähigkeiten. Ihr Großvater nörgelte, weil die Eier zu hart und sein Tee nicht wie gewohnt waren. Und was das Schlimmste war, er hatte seit Wochen kein anständiges Frühstück bekommen. Er machte seinem Groll Luft. Eine neue Köchin war eingestellt worden, und jetzt quälte er Audrey damit, das sie nicht so gut war wie die letzte.

»Kannst du denn keine anständige Köchin für dieses Haus auftreiben? Soll ich für den Rest meiner Tage dieses Zeug essen, oder versuchst du mich ins Grab zu bringen?«

Audrey unterdrückte auf diese Tirade hin ein Lächeln. Das alles war schon seit Tagen Gegenstand seiner Kritik, und sie suchte bereits nach einem Ersatz für die neue Köchin, die er nicht ausstehen konnte. Sie selbst war seine Schrullen gewöhnt, und an diesem Morgen war sie mehr damit beschäftigt, was in der Zeitung gestanden hatte. Der durchschnittliche Wochenlohn war von achtundzwanzig Dollar vor drei Jahren auf weniger als siebzehn Dollar gesunken, und überall sah man die Menschen um Gratisessen

Schlange stehen. Über fünftausend Banken waren zusammengebrochen, über achtzigtausend Firmen waren bankrott, und die Selbstmordrate war in die Höhe geschnellt. Die Lage der Nation wurde immer bedrohlicher. Und die Statistiken in der Morgenzeitungsausgabe waren erschreckend. Das Bruttosozialprodukt war auf die Hälfte des Standes von vor drei Jahren gefallen. Die Lage war ganz unmöglich, und diese Vorstellung bewirkte, daß sie beim Kaffeetrinken besorgt die Stirn runzelte.

»Großpapa, ich begreife nicht, wie du immer noch ignorieren kannst, was vor sich geht.« So nannte sie ihn nur, wenn sie auf ihn wütend war, und sie war wütend, wegen der Vorgänge im Land und weil er noch immer Herbert Hoover verteidigte.

»Würdest du mehr Zeit auf die Probleme in diesem Haus verwenden und weniger auf die der Welt, dann hätten wir eine bessere Köchin, und ich hätte ein anständiges Frühstück.«

»Die meisten haben überhaupt kein Frühstück. Hast du daran schon gedacht?« Er wußte, daß sie sich hineinsteigern würde. Es störte ihn nicht. Insgeheim genoß er diese Ausbrüche.

»Das ganze Land wird zum Teufel gehen.«

»Es steuert seit Jahren darauf zu, Audrey. Das ist nichts Neues. Und diese Situation ist nicht auf unser Land beschränkt.« Er deutete mit dem Finger auf die Zeitung. »Da drinnen steht, daß es in Deutschland von Arbeitslosen wimmelt, in England desgleichen. Die leiden also auch darunter. Na und? Soll ich zu Hause sitzen und Tränen darüber vergießen?«

Daß man dagegen nichts unternehmen konnte, war das Frustrierende daran. »Du könntest zumindest deine Wahlstimme vernünftig einsetzen.«

»Mir gefällt nicht, was du vernünftig nennst.« Er funkelte sie an, doch als die Wahlresultate bekanntgegeben wurden, Roosevelt Hoover geschlagen und sechzig Prozent der Stimmen bekommen hatte, da tobte er. Audrey war begeistert, und es gab wieder eine hitzige Auseinandersetzung. Sie stritten noch immer, als Annabelle und Harcourt an jenem Abend zum Essen kamen und dann sehr früh gingen. Annabelle sagte, die politische Debatte wäre schuld an ihren Kopfschmerzen, doch sie vertraute Audrey trotzdem ihr Geheimnis an. Sie erwartete ein Kind, und Audrey war entzückt. Sie würde Tante werden. Eine sonderbare Vorstellung, dachte sie, als sie mit ihrem Großvater hinaufging, der noch immer wegen Hoovers Niederlage grollte. Doch sie hörte nicht mehr hin, weil sie an Annabelle und das Baby dachte. Annie würde bei der Geburt im Mai einundzwanzig sein... einundzwanzig... und hatte alles, was sie sich immer gewünscht hatte. Audrey war fünfundzwanzig und hatte überhaupt nichts erreicht. Dieser Gedanke fing an, sie zu bedrücken, als die Regenzeit einsetzte. Sogar die Bücher, die sie las, kamen ihr düster vor. Doch mit dem Fortschreiten von Annabelles Schwangerschaft hatte sie immer weniger Zeit, sich bedrückenden Gedanken hinzugeben. Es gab so schrecklich viel zu erledigen. Sie mußte das Kinderbettchen kaufen, das Kinderzimmer einrichten, Kindermädchen suchen, denn Annie war zu erschöpft, um viel selbst machen zu können. Wie gewöhnlich organisierte Audrey alles für sie. Und kurz nach dem einundachtzigsten Geburtstag ihres Großvaters kam das Kind zur Welt, ein großer, gesunder Junge, der seine Mutter nicht allzuviel Schmerzen kostete. Audrey war die erste, die beide besuchte, nach Harcourt natürlich, und sie sorgte dafür, daß zu Hause alles in tadelloser Ordnung war, als Annie und der Kleine zwei Wochen später entlassen wurden.

Audrey stand im Kinderzimmer, faltete einen Stapel blauer Laken zusammen und machte Inventur in Klein-Winstons neuer Welt, als Harcourt in der Tür erschien. »Dachte ich mir's doch, daß ich dich hier finden würde.« Sein Blick bohrte sich in sie, als hätte er ihr eine wichtige Eröffnung zu machen, und Audrey drehte sich erstaunt um. Sie hatten einander nur wenig zu sagen. Meist hatte sie nur mit ihrer Schwester zu tun.

»Hast du es denn nicht schon satt, alles für sie zu erledigen?« Langsam trat er näher, und Audrey legte ein kleines blaues Laken aus der Hand. Lächelnd schüttelte sie den Kopf.

»Nein, eigentlich nicht. Ich mach' das alles schon so lange.«

»Und du hast die Absicht, es immer zu tun?« Eine sonderbare Frage in einem sonderbaren Ton geäußert, während er auf sie zuging. Audrey fragte sich, ob Harcourt getrunken hatte.

»Ach, darüber habe ich mir nie den Kopf zerbrochen. Ich organisiere diese Dinge für Annie sehr gern.«

»Ja?« Er hob eine Braue und stand so dicht vor ihr in dem sonnigen kleinen Raum, daß sie fast seinen Atem auf ihrem Gesicht fühlen konnte. Plötzlich streckte er die Hand aus und berührte sie. Seine Hand lag sanft auf ihrer Wange, als er den Finger langsam zu ihren Lippen gleiten ließ und dann versuchte, sie an sich zu ziehen. Sie war zunächst so schockiert, daß sie keinen Widerstand leistete, dann aber rückte sie jäh von ihm ab und wich seinen Lippen aus, die über ihr weiches Haar strichen. Da umfaßte er ihre Taille mit kräftigem Griff, als sie ihm zu entwischen drohte.

»Harcourt, laß das!«

»Sei nicht so prüde... du bist fünfundzwanzig, willst du ewig die Jungfrau spielen?« Das war sehr rüde, und seine Worte schmerzten mehr als seine Hände, als er an ihrem Haar zog, so daß sie den Kopf zurücklegen mußte und ihre Lippen ihm zugewandt waren. Ihr Protest wurde erstickt. Sie wehrte sich nun heftiger, und ihr Zorn wuchs.

»Harcourt, verdammt, laß das!« Atemlos entwand sie sich ihm und zog sich instinktiv auf die andere Seite des Raumes zurück, so daß das Kinderbett zwischen ihnen stand.

»Ist es Wahnsinn, wenn ich dich begehre? Ich hätte dich heiraten können, das weißt du.« Und genau das hätte ich tun sollen, dachte er bei sich, obwohl sie schwierig war mit ihren verdammten politischen Ansichten und den vielen Büchern, die sie las, und all ihrer Bildung. Doch hätte er ihr einigen Stoff zum Nachdenken gegeben, und sie verfügte wenigstens über mehr Verstand als seine Frau. Er hatte Annabelles Hilflosigkeit und ihr ununterbrochenes kindisches Gejammer satt. Harcourt wollte eine Frau. Eine richtige Frau. Eine Frau wie Audrey.

»Du scheinst mir ziemlich durcheinander.« Audrey sah ihn scharf an. »Du bist mit meiner Schwester verheiratet. Mich hättest du nie heiraten können.«

»Warum nicht? Glaubst du, du wärest zu gut für mich, Miß Arroganz? Zu klug?« Dieser Gedanke steigerte seine Wut. Tatsächlich war sie gescheiter als der Großteil ihres Bekanntenkreises, und das gefiel ihm nicht. »Du bist wie ein heißes kleines Mädchen, das auf den Richtigen wartet, und du hast einen großen Fehler gemacht, als du mir einen Korb gabst, Audrey Driscoll.«

»Vielleicht.« Sie unterdrückte ein Lächeln. Harcourt war lächerlich und zweifellos harmlos. Annie tat ihr leid, und plötzlich drängte sich ihr die Frage auf, ob er sämtliche Freundinnen Annies in letzter Zeit belästigt hatte. Sie hoffte inständig, daß es nicht der Fall war, weil es sich herumsprechen würde. »Harcourt, du bist mit Annabelle verheiratet und hast einen prächtigen Sohn. Ich schlage vor, du benimmst dich wie ein Familienoberhaupt und nicht wie ein verdammter Narr oder Schürzenjäger.«

In seinen Augen flammte es auf, als er ihr, nur durch das Bettchen getrennt, gegenüberstand und nach ihrem Arm faßte.

»Du bist die Närrin...« Und dann setzte er ganz ruhig hinzu: »Weißt du, daß wir allein im Haus sind? Vom Personal ist niemand da.«

Audrey spürte ein Aufflackern von Furcht. Doch sie ließ nicht zu, daß sie sich vor ihm ängstigte. Er war ein Tor und ein verzogener Junge dazu. Er würde sie nicht verletzen oder etwas tun, was er später bereute. Das wollte sie nicht zulassen. Und das alles sagte sie ihm in einem heftigen Ausbruch, der bewirkte, daß er sie losließ. Sie zog die Jacke ihres dunkelblauen Kostüms zurecht und nahm Handtasche und Handschuhe vom Wickeltisch.

»Harcourt, versuch das niemals wieder. Bei niemandem. Bei mir am allerwenigsten.« Sie kniff die Augen zusammen. »Wenn du es tust, werden deine Frau und dein Sohn so rasch in meinem Haus sein, daß du ihren Auszug nicht einmal bemerkst. Wenn du dich so benimmst, verdienst du es nicht, daß sie bei dir bleiben. Reiß dich zusammen, und zwar rasch.« Unheildrohend sah sie ihn von der Tür aus an. Sie war noch immer wütend, weil er sich so dumm benommen hatte.

Mit leerem Blick sah er sie an. Jetzt bemerkte sie, daß er ein wenig angetrunken war. Aber nicht genug, daß man damit sein rüpelhaftes Benehmen hätte entschuldigen können. »Sie kann niemanden lieben«, stieß er hervor. In Wahrheit war er auch nicht sicher, ob er es konnte, doch hatte er instinktiv gespürt, daß diese Frau sehr wohl dazu imstande war und daß mehr in der älteren Schwester seiner Frau steckte, als man ahnte. Und das alles war vergeudet und völlig unzugänglich und würde es wahrscheinlich bleiben.

»Annabelle ist verwöhnt, egoistisch und hilflos, und das weißt du genau. Es ist deine Schuld, weil du sie ihr Leben lang wie ein Baby verhätschelt hast.«

Audrey schüttelte den Kopf, loyal bis zum Schluß. »Wenn du netter zu ihr wärst, würde sie jetzt erwachsen werden.«

Achselzuckend lehnte er sich an die Kommode und starrte seine Schwägerin an. Würde sie seiner Frau sagen, was er getan hatte? Er war nicht mal sicher, ob es ihm etwas ausmachen würde. Irgend jemand würde ihr am Ende doch von seinen Eskapaden erzählen, es hatte nämlich schon einige andere Abenteuer gegeben. Er spielte dieses Spiel schon eine ganze Weile. Seit Monaten schon hatte er Annie satt. Sie konnte von nichts anderem reden als von dem Kind. Sie war sogar in ihr eigenes Zimmer umgezogen, um das Baby besser beaufsichtigen zu können ... vielleicht würde nun alles anders werden ... doch hatte er an der Abwechslung der vergangenen Monate Gefallen gefunden. Dazu kam der Reiz, kleine Affären mit Bekannten zu haben oder mit den Ehefrauen seiner Freunde. Das Leben wurde dadurch viel interessanter. Er sah Audrey an, und plötzlich kam er zu einer Einsicht, die ihr gewiß nicht angenehm war. »Weißt du, warum Annabelle so kindisch ist? Weil du sie so erzogen hast. Du hast ihr alles abgenommen. Alles. Und du tust es noch immer. Sie kann sich nicht mal selbst die Nase putzen. Sie sitzt da und erwartet, daß ein anderer alles für sie macht. Sie möchte, daß man sich ununterbrochen mit ihr befaßt und sich um sie kümmert, weil du das ihr Leben lang getan hast. Jetzt erwartet sie, daß ich deine Stelle einnehme, aber kein Mensch ist imstande, das zu tun, was du getan hast. Du bist ja nicht mal menschlich. Du bist eine Maschine, die den Haushalt führt, Gardinen aussucht und Dienstboten einstellt.« Das waren sehr lieblose Worte, aber nicht ganz unwahr. Seit dem Tod ihrer Eltern hatte sie Annabelle verhätschelt. Gut möglich, daß sie dabei zu viel des Guten getan hatte. Sie hatte sich selbst mehr als einmal darüber Gedanken gemacht. Aber wie sonst hätte sie ihre Schwester behandeln sollen? Annabelle zur Selbständigkeit erziehen? Sie wäre dazu nicht imstande gewesen ... das arme, hilflose kleine Ding ... Audreys Augen füllten sich mit Tränen bei dem Gedanken. Die Erinnerung an die kleine Annabelle, an ihr Schluchzen nach dem

Tod der Eltern, quälte sie noch immer ... es war so schrecklich gewesen, für sie beide ...

»Sie war noch klein, als unsere Mutter starb.« Audrey nahm Haltung an und kämpfte gegen die Tränen an, als könne sie dadurch ihre Handlungsweise vor ihm rechtfertigen, als müsse sie es tun. Was aber, wenn Harcourt recht hatte? Wenn sie Annie für das ganze Leben verdorben hatte? Und er hatte Audrey eine Maschine genannt ... eine Maschine, die Vorhänge aussuchte und Personal einstellte ... stimmte das? Besaß sie keine menschlichen Eigenschaften? Sahen alle in ihrer Umgebung sie so? In ihrer Verzweiflung vergaß sie, wie er sie nur einige Augenblicke zuvor beurteilt hatte. Wie menschlich und begehrenswert. Das Wort Maschine hatte Audrey bis ins Innerste getroffen.

»Eure Mutter ist schon über vierzehn Jahre tot, und du erledigst noch immer alles für Annie. Sieh doch« – er deutete auf den sauberen Wäschestapel, auf die Schühchen und Jäckchen, »du tust es noch immer. Sie selbst sorgt nicht für mich oder sich, auch nicht für das Baby. Du machst alles. Ebensogut hätte ich dich heiraten können.« Wieder lächelte er begehrlich, und sie ging rasch den Gang entlang, ehe er wieder zudringlich werden konnte. Sie hatte nicht die Absicht, wieder mit ihm zu ringen, noch wollte sie ihm antworten, als sie die Treppe hinunter weiter zur Tür lief. Er rief ihr nach, doch er blieb oben auf dem Treppenabsatz und blickte auf sie hinunter, als sie die Haustür aufriß. »Eines schönen Tages wirst du zur Besinnung kommen, Audrey. Eines Tages wirst du es satt haben, sie zu bemuttern, dich um deinen Großvater zu kümmern und Haushalte zu führen, die nicht deine eigenen sind. Und wenn es soweit ist, dann ruf mich an. Ich werde warten.« Die Antwort auf seine Worte war das Zuschlagen der Tür. Auf dem Weg zum Auto steckte ihr ein Schluchzen in der Kehle, das sich Bahn brach, als sie startete und in Richtung El Camino Real fuhr.

Wenn er nun recht hatte? Wenn ihr Leben tatsächlich nur daraus bestand, sich immer um Großvater und Annabelle zu kümmern? Sie lebte tatsächlich nicht ihr eigenes Leben. Doch im Grunde genommen störte es sie nicht. Sie war immer so beschäftigt ... und doch spürte sie eine nagende Verzweiflung, als sie wieder an seine Worte dachte ... sie täte nichts, als Vorhänge aussuchen und Personal einstellen ... und Babysachen für jemand anderen ordnen ... sie hätte kein richtiges Eigenleben. In letzter Zeit war das Fotografieren aus Zeitmangel bei ihr zu kurz gekommen. Seit Monaten hatte sie ihre Kamera nicht mehr in der Hand gehabt, und sämtliche Träume von Abenteuern und Reisen, die sie einst hegte, hatten warten müssen. Aber worauf? Worauf wartete sie? Daß Großvater starb? Und wenn er noch fünfzehn oder gar zwanzig Jahre lebte? Er konnte ohne weiteres hundert Jahre alt werden. Sein eigener Großvater war hundertzwei geworden, und seine Eltern waren hoch in den Neunzigern gestorben ... und was dann? Wie alt würde sie dann sein? Eine Vierzigerin, die ihr Leben vertan hatte. Der kleine Winston würde längst erwachsen sein ... Zum erstenmal im Leben hatte sie das Gefühl, das Leben hätte sie übergangen. Dieses Gefühl, mit einer immer heftiger werdenden Panik gepaart, verließ sie auf dem ganzen Heimweg nicht mehr und explodierte beinahe in ihr, als sie das Haus betrat und ihren Großvater, der seinen Stock vor zwei Mädchen und dem Butler hin und her schwang, wutentbrannt antraf. Der Chauffeur hatte den Wagen zu Schanden gefahren, als er um die Ecke bog und gegen die Straßenbahn stieß. Er war auf der Stelle gefeuert worden und hatte aussteigen müssen. Ihr Großvater hatte den Rolls, der nun etwas willkürlich draußen geparkt war, selbst nach Hause gefahren. Zornrot richtete er seinen Stock nun bedrohlich gegen Audrey.

»Und was ist mit dir? Kannst du nicht einmal einen anständigen Fahrer für mich auftreiben?!« Er hatte den Mann sieben Jahre lang gehabt und war überaus zufrieden mit ihm gewesen. Plötzlich starrte Audrey alle wild an und lief, in stoßweises Schluchzen ausbrechend, die Treppe hinauf, zwei Stufen auf einmal nehmend und von dem Gedanken erfüllt, daß Harcourt recht gehabt hatte. Dafür war sie gut ... schlimmer noch, es war das, was die anderen in ihr sahen ... eine Person, die Dienstboten einstellte und feuerte und den Haushalt führte ... Ihre Träume waren vergessen. Schluchzend lag sie auf ihrem Bett. Daß ihr Großvater nach einer Weile an die Tür klopfte, war für sie ein Grund zur Verwunderung. Es mußte ihr etwas zugestoßen sein, und das war es auch, doch war es nichts, was sie ihm erklären konnte. Sie hatte nicht die Absicht,

Harcourt zu verraten. Und das war ja auch nicht der wichtigste Punkt. Wichtig waren allein ihre Gefühle und die Erkenntnis, die ihr plötzlich gekommen war. Und ebenso gewiß wußte sie, daß sie etwas unternehmen mußte. Jetzt, bevor es zu spät war.

»Audrey?... Audrey... mein Liebes...« Behutsam trat ihr Großvater ein, und sie setzte sich mit gerötetem und tränenüberströmtem Gesicht wie ein Kind auf. Ihr dunkelblaues Kostüm war völlig verrutscht. Ihre Füße steckten noch immer in den weißblauen Pumps.

»Was ist denn?« Sie schüttelte den Kopf, noch immer weinend, und versuchte ihre Fassung wiederzufinden. Wie sollte sie ihm ihre Verfassung erklären? Wie sollte sie je von hier wegkommen? Und doch wußte sie, daß sie jetzt etwas ändern mußte. Sie konnte nicht länger warten. Es war Zeit, daß sie sich mit etwas anderem befaßte als mit Hausmädchen, dem Butler, den weichgekochten Frühstückseiern, dem täglichen Einerlei und Annabelle und dem Baby. Sie mußte fort von allem, ehe es zu spät sein würde.

»Großvater...« Ihre Augen suchten seinen Blick, und aus irgendeiner verborgenen Quelle strömte ihr eine kleine Aufwallung von Mut zu. Vorsichtig ließ er sich auf der Bettkante nieder, da er spürte, daß es etwas Bedeutsames war, was sie ihm zu sagen hatte. Vielleicht stand sie im Begriff, sich zu verheiraten, obwohl ihm nicht klar war, wen sie zum Mann nehmen wollte. Sie war ständig zu Hause mit ihm, von den seltenen Gelegenheiten abgesehen, wenn sie mit einer ihrer Freundinnen aus Miß Hamlins Institut auswärts speiste oder wenn sie nach Burlingame fuhr, um mit Harcourt und Annabelle zu essen. »Großvater...« Fast erstickte sie an den Worten, doch sie mußten heraus. Kopfüber stürzte sie sich in den Satz, voller Angst vor dem Schmerz, den sie ihm damit bereiten würde. Aber er hatte ganz andere Dinge überlebt... den Verlust des Sohnes... und den seiner Frau. »Großvater, ich gehe fort«, sagte sie.

Zunächst schien er nicht zu begreifen, als ihre Blicke ineinandertauchten. Doch dann sprach er in ruhigem Ton. Er hatte sie verstanden. Vor langer, langer Zeit war in diesem Raum ein ähnliches Gespräch geführt worden – mit Roland.

»Wohin gehst du?«

»Ich weiß noch nicht... das muß ich mir erst überlegen. Ich weiß nur, daß ich fort muß, nach Europa, nur für einige Monate.« Sie sagte es im Flüsterton, und er schloß kurz die Augen. Nur einen Moment, nur ganz flüchtig glaubte er, daß ihre Worte ihm das Herz brachen. Aber das würde er nicht zulassen. Er hatte zu lange gelebt, und am Ende taten einem alle dasselbe an. Sie taten einem weh, bis man es nicht mehr aushalten konnte. Es lohnte sich gar nicht, jemanden so ins Herz zu schließen, wie er Audrey ins Herz geschlossen hatte. Nein... und doch liebte er sie über alles, er konnte nichts dafür. Mit einem schmerzlichen Aufstöhnen reichte er ihr die Hand, und sie warf sich in seine Arme und ließ sich festhalten, er wünschte, er könnte sie immer so festhalten. Doch sie wünschte sich ebenso verzweifelt, ihn zu verlassen.

»Es tut mir ja so leid, Großvater. Ich weiß, wie du dich fühlen mußt. Aber ich verspreche dir, daß ich zurückkomme, das schwöre ich dir. Es wird nicht so sein wie bei Vater.« Sie wußte, was er dachte. Edward Driscoll nickte nur, während zwei Tränen über seine Wangen liefen.

4

Der Zug nach Chikago fuhr von Oakland ab. Annabelle, Harcourt und ihr Großvater hatten es sich nicht nehmen lassen, Audrey zum Bahnhof zu bringen. Sie hatte sich gegen einen Flug entschieden, um jeden Augenblick der Fahrt in den Osten genießen zu können, während sie im Zug saß. Unterwegs auf der Fähre plapperte Annabelle ununterbrochen, während Harcourt unterdessen über ihren Kopf hinweg Audrey vielsagend in die Augen sah, als stünde er im Begriff, sie vor den Augen seiner Frau in die Arme zu nehmen und ihr einen langen Abschiedskuß zu geben. Audrey hätte am liebsten laut über seinen Blick gelacht, wäre da nicht die Sorge um ihren Großvater gewesen, der seit Tagen schwieg und sie an diesem letzten Morgen noch keines Wortes gewürdigt hatte. Beim Frühstück hatte er nichts gesagt, hatte sein Ei nicht angerührt trotz der ausgezeichneten Köchin, die Audrey für ihn eingestellt hatte, und seine Zeitung war unberührt geblieben. Es war ihm anzusehen, wie schwer ihm ums Herz war, und Audrey machte sich große Sorgen, während sie die letzte Reisetasche zuklappte und sich dann ein letztes Mal in ihrem Zimmer umsah. Sie fürchtete, daß ihr Abschied einen Herz- oder Schlaganfall herbeiführen könnte, oder schlimmer noch, daß er einfach aufhören würde zu leben, sobald sie fort war. Aber zum erstenmal würden alle auf eigenen Füßen stehen müssen, ohne sie. Nur ein paar Monate... doch lange genug, daß sie selbst sich ein Stück von der Welt ansehen und ihre Reiselust befriedigen konnte. Tausendmal hatte sie ihm versprochen, daß sie bald wieder nach Hause kommen würde. Doch er schien ihr nicht zu glauben. »Wahrscheinlich werde ich im September zurück sein, spätestens im Oktober, Opa... das schwöre ich.« Er hatte sie ausdruckslos angesehen, den Kopf geschüttelt und wiederholt, daß er diese Worte schon vor langer Zeit gehört hätte, und dann sei Roland eines Tages doch nicht mehr von seinen Streifzügen zurückgekehrt.

»Das ist anders, Großvater...«

»Ach? Warum ist es anders? Was wird dich wieder nach Hause führen, Audrey? Das Gefühl der Verpflichtung mir gegenüber? Pflichtgefühl also? Wird dich das zurückbringen?« Das hatte er fast verbittert geäußert, und als sie schließlich anbot, zu Hause zu bleiben, hatte er doch darauf bestanden, daß sie ihre Reisepläne einhielt. Er wußte, wieviel ihr das alles bedeutete, und er wußte auch, daß er sie um ihretwillen weglassen mußte, mochte es für ihn auch noch so schmerzlich sein. Und schmerzlich war es. Er fühlte sich uralt, als hätte ihn plötzlich etwas, das er jahrelang im Zaum gehalten hatte, getroffen. Immer schon hatte er befürchtet, daß sie ihn verlassen und eines Tages in die Fußstapfen ihres Vaters treten würde. Sie war Roland so ähnlich, und sie hatte an diesen verdammten Fotoalben immer schon einen Narren gefressen. Sie ließ die Bände in ihrem Zimmer zurück, während sie auszog, die Abenteuer ihres Vaters zu neuem Leben zu erwecken, mit der eigenen Kamera, einer Leica, die sie wie einen Schatz hütete.

Auf dem Bahnhof klammerte sie sich an ihren Großvater, weil er ihr plötzlich sehr gebrechlich vorkam. Sie hielt ihn an sich gedrückt von Reue über ihre plötzliche Flucht, gleichzeitig aber auch von Haß auf Harcourt erfüllt, weil er ihr ganzes Leben in Frage gestellt hatte. Welches Recht hatte er dazu? Nur war es leider richtig gewesen, ihr diesen Schubs zu versetzen. Sie mußte tun, was sie jetzt tat. Sie mußte... mußte einfach... sich selbst zuliebe. Ich muß jetzt etwas für mich tun, nicht für Großvater oder Annie. Das rief sie sich ins Gedächtnis, als sie die Hände ihres Großvaters festhielt. Und als sie ihn umarmte, konnte sie die Tränen nicht zurückhalten. Die anderen standen ergriffen daneben. Audrey sah dem Großvater in die Augen, während ihr die Tränen über die Wangen rannen. Sie fühlte sich wie ein Kind, das zum erstenmal aus dem Haus geht, und plötzlich fiel ihr der Schmerz ein, den sie empfunden hatte, als sie Hawaii nach dem Tod der Eltern verlassen mußte.

»Großvater, ich hab' dich lieb... ich komme bald zurück. Das verspreche ich dir.« Zärtlich umfaßte er ihr Gesicht mit beiden Händen und küßte wortlos ihre feuchten Wangen. Seine Schroffheit war wie weggeblasen, und die rauhe Oberfläche war nun seiner Liebe zu ihr und dem Abschiedsschmerz ausgesetzt.

»Gib gut acht auf dich, Kind. Und komm zurück, wenn du dafür bereit bist. Wir erwarten dich alle.« Das sagte er ganz leise. Es hätte mehr seiner Art entsprochen, wenn er ihr gesagt hätte, daß er ohne sie zurechtkommen würde, aber er war nicht überzeugt davon. Er spürte, daß er Audrey ihre Freiheit lassen mußte. Sie hatte ihm in den vergangenen Jahren so viel gegeben, jetzt war sie an der Reihe, obwohl ihm nicht behagte, daß sie allein reiste. Audrey hingegen hörte nicht auf, beharrlich zu wiederholen, daß man das Jahr 1933 schreibe, daß es in der modernen Zeit keinen Grund gäbe, nicht allein zu reisen. Und sie führe ja nur nach Europa. Sie wollte Freunde ihres Vaters in Paris und London, in Mailand und Genf besuchen, falls sie dort hinkäme. Überall gab es Menschen, an die sie sich wenden konnte, doch im Moment hatte sie nur Augen für ihren Großvater, als er langsam aus dem Waggon stieg, den Stock in der Hand, den Hut auf dem Kopf, hochgewachsen und hager. Er blieb in aufrechter Haltung auf dem Bahnsteig stehen und sah sie mit durchdringendem Blick an. Und dann, ganz plötzlich, als der Zug sich in Bewegung setzte, lächelte er ihr zu. Es war sein Abschiedsgeschenk für sie, die Erlaubnis, daß sie auf Abenteuer ziehen durfte... Harcourt hatte sie beim Abschiedskuß zu fest umfangen, und Annabelle hatte nicht aufgehört zu plappern, verschreckt von dem Gedanken, was sie tun sollte, falls das Kindermädchen des kleinen Winston kündigte oder falls das Hausmädchen ging. Harcourt hatte recht gehabt, Audrey hatte für alle viel zuviel getan. Jetzt war sie selbst an der Reihe... Sie winkte, solange sie die Gestalten auf dem Bahnsteig sehen konnte, dann fuhr der Zug um eine Biegung, und sie waren verschwunden wie Trugbilder.

Die Fahrt nach Chikago dauerte zwei Tage und zwei Nächte. Audrey verbrachte die Zeit mit der Lektüre der mitgebrachten Bücher in ihrem Abteil, einem Salon mit einer Schlafnische. Am ersten Tag las sie ›Tod am Nachmittag‹ von Ernest Hemingway und war voll Bewunderung für seinen Abenteuergeist und beeindruckt von den geschilderten Stierkämpfen, die ihm so viel bedeuteten. Anschließend begann sie sofort mit ›Schöne neue Welt‹ von Huxley. Jedes dieser Bücher erschien ihrer entdeckungs- und abenteuerlustigen Stimmung angepaßt. Auf der Fahrt durch den Kontinent sprach sie kaum ein Wort mit einem Menschen. Von Zeit zu Zeit stieg Audrey aus, vertrat sich die Beine oder verzehrte eine ungenießbare Mahlzeit auf einer der Stationen. Sie las sogar beim Essen, und nachher naschte sie von den Süßigkeiten, die sie sich besorgt hatte. Sie verbrachte eine herrliche, selbstsüchtige Zeit, zum erstenmal seit Jahren nur mit sich selbst und ihren eigenen Wünschen befaßt. Sie brauchte sich nicht den Kopf über Speisenfolgen zu zerbrechen, sie brauchte kein Menü abzusegnen, kein Hausmädchen auszuschelten oder sich rechtzeitig fürs Dinner umzuziehen. Audrey trug auf der ganzen Fahrt einen grauen Flanellrock, zu dem sie sich einige Blusen gekauft hatte. Begonnen hatte sie mit einer züchtig hochgeschlossenen rosa Crêpe-de-Chine-Bluse mit Schleife am Hals. Dazu trug sie eine Perlenkette, das Geschenk ihres Großvaters zu ihrem einundzwanzigsten Geburtstag. Am zweiten Tag wählte sie graue Seide und am letzten Abend weißes Crêpe de Chine. Als der Zug in Denver hielt, legte sie gegen die Kälte eine Fuchsjacke um, auf der Weiterfahrt wurde es aber immer wärmer, je weiter sie nach Osten gelangten. In Chikago erschien Audrey in einem weißen Leinenkostüm, an den Füßen weiße Schuhe mit blauen Absätzen und blauer Ristspange.

Dies war der letzte Schrei, und sie kam sich sehr schick vor, als sie, einen großen Hut schräg auf dem Kopf, das kupferne Haar in Kaskaden um ihr Gesicht, dem Zug entsteigend einen Träger herbeiwinkte. Sie ließ ihr Gepäck ins La Salle Hotel schaffen, wo sie die Nacht verbrachte, ehe sie für die kurze Fahrt nach New York am nächsten Morgen wieder den Zug bestieg. Und plötzlich überwältigte Audrey die Erregung über das, was sie getan hatte. Sie war mit sich selbst so zufrieden, daß sie am liebsten auf der Straße stehengeblieben wäre und laut gelacht hätte. Sogar der Trennungsschmerz verblaßte allmählich.

Erst als sie mit ihrem Großvater telefonierte, erwachte der Schmerz wieder zum Leben, aber nur ganz kurz. Großvaters Stimme klang barsch, als Audrey anrief, doch vermochte seine Schroffheit nur unzulänglich die Einsamkeit zu verdecken, die sein Ton andeutete.

»Wer ist dort?« hatte er geschnarrt. Audrey sah lächelnd aus dem Fenster ihres Hotelzimmers, ohne etwas wahrzunehmen, während sie den Hörer in der Hand hielt.

»Ich bin's, Großvater, Audrey«, wiederholte sie. »Du kannst mich unmöglich schon vergessen haben.«

»Ich hörte mir eben Walter Winchell an.« Rasch berechnete sie die Zeitdifferenz und wußte sofort, daß er schwindelte. Sie sollte nicht wissen, daß er neben dem Telefon gesessen und gebetet hatte, sie möge anrufen. »Wo, zum Teufel, steckst du?«

»In Chikago, im La Salle.« Vor der Abreise hatte sie ihm ihren Reiseplan gegeben, zumindest das wenige, das sie vorausgeplant hatte. Das La Salle stand in der Aufstellung.

»Was ist das? Irgendeine billige Absteige?«

»Wo denkst du hin!« Sie lachte und stellte fest, daß er ihr schrecklich fehlte. Sie kam sich weit, ganz weit entfernt von der Heimat vor und hatte Heimweh nach ihm. »Es liegt unweit vom Loop. Du hast hier selbst schon gewohnt, hast du gesagt.«

»Kann mich nicht entsinnen.« Sie wußte, daß er sich sehr wohl erinnern konnte. Er gab sich schwierig, um die Einsamkeit zu lindern, an der er litt. »Wann geht es weiter nach New York?«

»Morgen früh.«

»Na, dann achte darauf, daß du in deinem Abteil bleibst. Wer weiß, was für Pöbel mit im Zug fährt. Du hast doch ein Abteil für dich, oder?« Das klang sehr besorgt, und sie war gerührt.

»Natürlich, Großvater.«

»Gut. Dann bewege dich nicht heraus.« Seine nächsten Worte klangen ganz sanft, fast demütig und für ihn so uncharakteristisch, daß ihr die Tränen kamen. »Wirst du mich von New York aus anrufen?«

»Sofort nach meiner Ankunft.« Ihre Stimme klang liebevoll in seinen Ohren, und er nickte. Er wollte sich bedanken und wußte nicht, wie. Er war sogar für den Anruf aus Chikago dankbar.

»Wo wirst du in New York wohnen?«

»Im Plaza.«

»Ach, richtig.« Dann trat Stille ein. »Audrey, gib acht auf dich«, ermahnte er sie schließlich.

»Mach' ich, Großvater, das verspreche ich. Aber du bist auch vorsichtig. Bleib heute nicht zu lange auf.«

»Sei im Zug auf der Hut!« Wieder war Besorgnis herauszuhören. »Bleib im Abteil.«

Natürlich hielt sie sich nicht an ihr Versprechen. Der Salonwagen mit der überfüllten Bar voller fröhlicher, plaudernder Menschen war zu verlockend. Der Speisewagen war ebenso luxuriös, und das Essen, das von einem Ober im Frack serviert wurde, erwies sich als superb. An Audreys Tisch saß ein junges Paar, das sich auf Hochzeitsreise befand, und ein sehr respektabel wirkender Anwalt aus Cleveland, der zu Hause Frau und vier Kinder hatte. Trotzdem bat er sie um ein Wiedersehen in New York und bot ihr sogar an, sie in seinem Taxi von der Penn-Station in ihr Hotel zu fahren, ein Angebot, das sie ablehnte. Sie nahm selbst ein Taxi und fing schon auf der Fahrt mit dem Fotografieren an. In dem geräumigen Wagen vorgebeugt, stützte sie sich auf die Lehne des Vordersitzes und fing an zu knipsen, Bilder von Wolkenkratzern und von Passanten. Dabei erwischte sie außergewöhnliche Blickwinkel, komische Hüte und Gesichter. Sie hatte ein echtes Gespür für das, was sich mit der Kamera gut einfangen ließ, und war völlig in ihre Tätigkeit versunken, als das Taxi vor dem Hotel vorfuhr, vor welchem einige Pferdedroschken standen. Der Fahrer sah sie neugierig an, als sie bezahlte.

»Sind Sie Touristin oder Profi?« Er wurde nicht klug aus ihr. Sie sah gut aus, war attraktiv und gut angezogen und machte den Eindruck, als verstünde sie wirklich etwas vom Umgang mit der Kamera.

Sie schenkte ihm ein Lächeln, während der Türsteher ihr Gepäck übernahm. »Ein wenig von beidem.«

»Möchten Sie eine Stadtrundfahrt machen?« fragte er hoffnungsvoll.

»Ja, sicher.« Sie warf einen Blick auf ihre Uhr. »Lassen Sie mir eine Stunde Zeit. Wir treffen uns hier unten.« Es war ein schöner, sonniger Nachmittag. Audrey hatte massenhaft Zeit zur Verfügung, und es galt, eine Stadt auf eigene Faust zu entdecken.

Der Fahrer versprach wiederzukommen, und er hielt Wort. Eine Stunde später saß sie wieder im Taxi und fuhr an Sehenswürdigkeiten vorüber, die sie während ihrer früheren Aufenthalte in New York nicht besichtigt hatte, das Empire State Building und Saint John the Divine. Sie brachte den Mann sogar dazu, sie durch Harlem zu fahren, wo ihre Kamera nicht zur Ruhe kam und sie Eistüten für zwei kleine Mädchen erstand, nachdem sie die beiden auf den Film gebannt hatte.

Es war ein himmlischer Tag, eine himmlische Fahrt, himmlische Augenblicke in einem Leben. Und wieder im Hotel hatte sie das Gefühl, alles gesehen zu haben. Sechs Filme hatte sie verschossen – Gebäude, Menschen, Straßen, den Central Park, East River, den Hudson, die George Washington Bridge, Wall Street und St. Patrick's Cathedral. Als sie an diesem Abend ihren Großvater anrief, sprudelte sie über vor Begeisterung und war noch immer in Hochstimmung, als sie sich selbst zum Dinner ins ›21‹ einlud, in die bekannteste Flüsterkneipe New Yorks, eine der wenigen, in die man sie ohne Begleiter einließ. Sie trug ihr schickes schwarzes Cocktailkleid, und zwei Männer näherten sich ihr, kaum daß sie Platz genommen hatte. Doch der Ober ersuchte die beiden sehr rasch, wieder an die Bar zurückzukehren, von der sie gekommen waren. Audrey kehrte ohne Begleiter, wie sie gekommen war, ins Plaza zurück.

Sie hatte in New York drei Tage zur Verfügung, ehe sie sich einschiffte, und sie nützte die Zeit gut. Sie besichtigte alles, was sie sehen wollte, und ging sogar ins Kino, um Filme mit Joan Crawford zu sehen, die sie liebte. ›Menschen im Hotel‹, in dem auch Greta Garbo spielte, und ›Regen‹ mit der Crawford und Walter Huston. Beide Filme waren im Jahr zuvor herausgekommen, doch Audrey hatte bis jetzt keine Zeit gehabt, sie anzusehen. Nach der Vorstellung fühlte sie sich ein wenig dekadent und sehr glücklich, so sehr, daß sie am nächsten Tag in einer Matineevorstellung einen Film mit Katherine Hepburn ansah.

Sie war ständig unterwegs, unternahm Schaufensterbummel und bedauerte nur, daß ihr der Nachtklub ›El Morocco‹, der vor eineinhalb Jahren eröffnet worden war, verschlossen blieb. Annie, die auf der Hochzeitsreise dort gewesen war, hatte ihr begeistert davon vorgeschwärmt. Das Innendekor war in Zebrastreifen gehalten, und die gesamte Caféhaus-Society gab sich dort regelmäßig ein Stelldichein, durchtanzte und durchtrank die Nächte – schöne Frauen in sagenhaften Kleidern und gutaussehende Männer mit einer Ausstrahlung, die sexy und romantisch war. Das war eine Szenerie, die Audrey sich zu gern angesehen hätte, obwohl es für sie keine annehmbare Möglichkeit gab, hineinzukommen. Sie kannte in New York keine Seele, und ihr wäre nicht im Traum eingefallen, allein hinzugehen, auch für den unwahrscheinlichen Fall, daß man sie eingelassen hätte.

Fasziniert bummelte sie die von schicken Frauen und gut angezogenen Männern bevölkerten Straßen entlang. Im Vergleich mit New York erschien ihr San Franzisko reichlich verschlafen, und das versuchte sie Annabelle zu beschreiben, als sie diese anrief.

»Aud, du bist zu beneiden ... was gäbe ich darum, wenn ich bei dir sein könnte.«

»Alles trägt diese ausgefallenen kleinen Hüte und todschicke Kleider.« Beide wußten, daß ›ausgefallene kleine Hüte‹ der Modehit des Jahres waren, doch wenn man plötzlich Dutzende um sich herum sah, erwachte ein bloßer Modegag plötzlich zum Leben. Alles war so viel größer, schöner und erregender als in Kalifornien. San Franzisko kam ihr nun gesetzt und bieder vor, was tatsächlich zutraf. Audrey war außer sich, daß sie dem allem entflohen war, wenn auch nur für kurze Zeit.

»Warst du im El Morocco?«

Audrey lachte und schüttelte den Kopf, den Blick aus dem Hotelfenster gerichtet, während sie mit ihrer Schwester telefonierte. »Natürlich nicht. Wie könnte ich? Ich kenne hier niemanden, der mich ausführen könnte.«

»Angeblich läßt man dort jeden ein, der gut aussieht und elegant ist...« In Annabelles Worten schwang ein hoffnungsvoller Unterton mit, und Audrey mußte wieder lachen. Sie hatte dasselbe gehört. Es war die einzige Möglichkeit, das Lokal während der Zeit der Depression zu füllen und ihm die Aura des Erfolges zu verleihen. Man ließ gepflegte, amüsante Menschen ein, damit es aussah, als wäre das Lokal gut besucht, und wenn dann auch die Stammgäste kamen, blieb der kleine Schwindel unentdeckt.

»Ich glaube, ohne Begleitung würde ich nicht weit kommen.« Das sagte sie ohne Bedauern, und Annabelle zog die Schultern hoch. Wie dumm von Audrey, allein auf Reisen zu gehen wie ein altes Weib. Dann aber sagte sie mit einem Seufzer:

»Vielleicht bist du so besser dran, Aud.« Mehr wollte sie nicht sagen. In ihrem Ton schwang etwas mit, und Audrey fragte sich sofort, was Harcourt wohl angestellt haben mochte.

»Ist alles in Ordnung?« Dabei flog ihr Herz ihrer jüngeren Schwester zu, die in ihren Augen noch ein Baby war. »Ist etwas passiert?« Sie fragte das wie eine Tigerin, die sich anschickt, ihr Junges zu verteidigen, doch Annabelle beteuerte, daß alles in Ordnung sei, und Audrey wollte ihr glauben.

»Alles ist bestens. Es ist nur... ohne dich ist es so schwierig. Ich weiß gar nicht, wie du alles schaffst und...« Zum Glück konnte Audrey die Tränen in ihren Augen nicht sehen.

»Ach, du machst alles wunderbar. Du mußt Geduld haben. Man kann nicht über Nacht alles lernen.«

»Harcourt glaubt aber, ich könnte es.« Ihr jämmerlichr Tonfall entlockte Audrey ein Lächeln.

»Männer verstehen das nicht. Denk an Großvater.« Annabelle lächelte unter Tränen. »Du machst alles wunderbar.« Es war dieselbe Ermutigung, die sie ihr schon ihr Leben lang angedeihen ließ. »Mit dem kleinen Winston gehst du genau richtig um.« Und das stimmte. Annabelle war wie ein kleines Mädchen, das mit der Puppe spielte.

»Ich habe solche Angst, daß ich etwas verkehrt mache...« versuchte sie ihren Ängsten Luft zu machen, doch Audrey schnitt ihr das Wort ab.

»Du wirst nichts verkehrt machen. Du bist die Mutter. Du weißt, was für den Kleinen am besten ist.« Plötzlich mußte sie daran denken, wie teuer dieser Anruf war. Sie hatte nur fünftausend Dollar von dem Geld, das ihre Eltern ihr hinterlassen hatten, mitgenommen, und das mußte für die gesamte Reise reichen. »Ich muß jetzt Schluß machen, Liebes. Ich rufe dich noch einmal an, bevor ich mich einschiffe.«

»Wann wird das sein?«

»In zwei Tagen.« Sie wußte, daß Annabelle sie um die Seereise nicht beneidete. Auf den Fahrten von und nach Hawaii hatte sie immer schrecklich unter Seekrankheit gelitten, und daran hatte sich nichts geändert. Harcourt hatte berichtet, daß sie ihre Kabine auf der *Ile de France* in den Flitterwochen während der gesamten Überfahrt nicht verlassen hätte. In Paris hatte sie sich jedoch sehr rasch wieder erholt. Chanel, Patou, Vionnet. Sie hatte die Runde in den Salons gemacht und ein Vermögen dort ausgegeben. »Gib auf dich acht und grüß Großvater von mir.«

»Er ruft mich nie an«, jammerte Annabelle.

»Dann ruf doch du ihn an, um Himmels willen!« Das klang verärgert. Annie dachte nie daran, von sich aus mit jemandem Kontakt aufzunehmen. Immer wartete sie, daß der andere den ersten Schritt tat. »Er braucht dich jetzt.«

»Na schön... ich werde ihn anrufen. Und du rufst mich an, wenn du im ›El Morocco‹ warst!« Audrey mußte lachen, als sie auflegte. Wie verschieden sie doch waren! Manchmal erschien es ihr richtig komisch. Annabelle wäre die Reise zuwider gewesen, die Audrey für sich in Europa geplant hatte. Besuche bei Chanel und Patou waren dabei gar nicht eingeplant. Sie hatte ganz andere Ziele.

Kaum war sie an Bord des Schiffes, spürte sie, wie ihr Herz höher schlug. Sie stand da und blickte zu den vier Rauchfängen der *Mauretania* hoch, und plötzlich hatte sie das Gefühl, ein Traum sei wahr geworden. Sogar die Alben ihres Vaters verblaßten in der Erinnerung. Ihre Gedanken galten einzig und allein den eigenen

Reisen, ihren eigenen Abenteuern, den eigenen Plänen, als sie ihre Kabine auf dem A-Deck bezog. Natürlich war niemand da, der ihr zum Abschied zuwinkte, doch sie ging an Deck, als das Schiff auslief, und sah zu, wie es sich langsam vom Dock löste und die Passagiere Papierschlangen und Konfetti warfen und ihren zurückbleibenden Freunden Grußworte zuriefen. Die Schiffssirene heulte und übertönte alle anderen Geräusche. Audrey bemerkte neben sich ein junges Paar Arm in Arm, sie in einem extravaganten rosa Seidenkostüm mit einem der exquisiten kleine Hüte, die Annabelle in Begeisterung versetzt hätten. Sie hatte rabenschwarzes Haar, große blaue Augen und einen hellen Teint. Die Riemchen der rosa Sandalen waren mit Gold abgesetzt, und als sie jemandem am Ufer zuwinkte, fiel Audrey ein breites Diamantarmband auf. Die Schiffsirene war verstummt, und man hörte nun Lachen. Audrey sah, wie die junge Dame den Mann an ihrer Seite küßte. In seiner weißen Leinenhose mit dem marineblauen Blazer, den Hut tief in der Stirn, sah er ebenso lässig-elegant aus wie seine Begleiterin. Als sie davonschlenderten, noch immer lachend, wirkten sie wie das ideale Paar. Immer wieder blieben sie stehen und küßten sich. Audrey vermutete, daß sie Hochzeitsreisende waren, und dieser Eindruck verstärkte sich, als sie die beiden vor dem Dinner in der Lounge Champagner trinken sah. Da bemerkte sie, daß die beiden zu ihr herüberblickten. Den ganzen Abend beobachtete sie über die Weite des Speisesaals hinweg das auffallende Paar. Die Frau trug ein hinreißendes weißes Abendkleid mit tiefem Ausschnitt, ihr Mann war in schwarzem Abendanzug erschienen. Audrey kam ihr eigenes graues Satinabendkleid nun viel weniger elegant vor als vor einigen Monaten in San Franzisko. Doch das trübte ihre Hochstimmung nicht.

Da sie es genoß, die Menschen zu beobachten, begab sie sich nach dem Dinner, ihre Silberfuchsjacke um die Schultern gelegt, an Deck. Dort sah sie die beiden wieder. Sie standen Hand in Hand im Mondschein. Audrey setzte sich in einen Liegestuhl, betrachtete den Mond und lächelte, als das Paar wieder an ihr vorüberging. Doch sie schrak zusammen, denn die Dame blieb stehen und lächelte ihr auch zu.

»Reisen Sie allein?« Die junge Frau sprach Audrey ohne Umschweife an, und Audrey sah, daß sie noch schöner war, wenn man in ihre saphirblauen Augen blickte.

»Ja, ich bin allein.« Plötzlich war sie befangen. Von Abenteuern zu träumen war eine Sache, eine ganz andere aber war es, allein auf Reisen zu gehen, neue Menschen kennenzulernen und ihnen alles erklären zu müssen. Plötzlich war sie verlegen und fühlte sich ganz jung, als die elegante junge Frau näher kam.

»Mein Name ist Violet Hawthorne, und das ist James, mein Mann.« Sie vollführte eine beiläufige Bewegung mit der Hand, die vorhin ein Diamantarmband geschmückt hatte. Jetzt trug sie einen sehr, sehr großen Smaragdring mit dem passenden Armband, und was sie zu erwähnen vergessen hatte, war der Umstand, daß ›James‹ eigentlich Lord James Hawthorne war und sie Lady Violet, eine Gräfin von Geburt. Ihr Blick war frei von Hochmut und Snobismus, als sie Audrey zulächelte, und auch ihr Mann trat nun näher und schüttelte Audrey die Hand, schalt aber seine Frau für ihre Aufdringlichkeit. Doch lag dabei Lachen in seinem Ton, und es sah aus, als könne er seinen Arm nicht wieder von der bildschönen Violet lösen, als er ihn um ihre Schultern legte.

»Sind Sie auf Hochzeitsreise?« Audrey konnte sich die Frage nicht verkneifen, was beide mit Lachen quittierten.

»Sehen wir so aus?« Violet hörte nicht auf zu lachen. »Wie schockierend ... dieser schrecklich begehrliche Blick, der allen anzeigt, daß man es kaum erwarten kann, ins Bett zu kommen. Liebling, wie schrecklich ...«

Audrey errötete auf diese offenen Worte hin, doch nun lachten alle drei, und Violet korrigierte Audrey hastig. »Nein, wir sind schon seit sechs Jahren verheiratet und werden zu Hause von zwei Kindern erwartet. Wir kommen aus den Ferien. James hat einen Vetter in Boston, und ich wollte New York sehen. Um diese Jahreszeit ist es wirklich wunderbar. Sind Sie New Yorkerin?« Sie fragte es mit einem Lächeln, ohne sich des ausnehmend hübschen Bildes bewußt zu sein, das sie in ihrem weißen Abendkleid mit der lässig getragenen Hermelin-Stola und den in der Schiffsbeleuchtung blitzenden Smaragden abgab. Audrey war überwältigt und kam sich daneben wie ein Aschenputtel vor.

»Nein, ich bin aus San Franzisko.« Lady Violet hob interessiert die Brauen. Sie hatte ein überaus ausdrucksvolles Gesicht und schien kaum älter als Audrey.

»Ach? Sind Sie dort geboren?« Sie liebte es, Fragen zu stellen, und ihr Mann beeilte sich, einzugreifen und schalt sie lachend.

»Vi, wirst du wohl aufhören, Menschen auszufragen. Wirklich, das mußt du dir abgewöhnen!« Doch die Amerikaner hatten sich in diesem Punkt sehr, sehr tolerant gezeigt, und nur wenige, wenn überhaupt jemand, hatten etwas einzuwenden.

»Ich habe nichts dagegen«, warf Audrey rasch ein, und Lady Violet beeilte sich zu sagen:

»Entschuldigen Sie, James hat recht. Ich habe die schreckliche Angewohnheit, zu viele Fragen zu stellen. In England hält man mich deswegen für ungehobelt. Amerikaner sind diesbezüglich lockerer.« Ihr Lächeln kam von Herzen, und Audrey lachte mit.

»Mich stört es nicht. Also, ich wurde in Hawaii geboren und kam mit elf Jahren nach San Franzisko. Meine Eltern stammten von dort.«

»Wie interessant.« Sie schien wirklich fasziniert, und Audrey lachte. Erst jetzt fiel ihr ein, daß sie sich noch nicht vorgestellt hatte. Sie streckte die Hand aus, und die förmliche Vorstellung wurde zu einem Ende gebracht. Dann lud James sie zu Champagner ein. Er war ein unglaublich gutaussehender Mann mit schimmerndem schwarzen Haar, breiten Schultern und schmalen aristokratischen Händen. Audrey mußte sich ermahnen, ihn nicht anzustarren. Er war so faszinierend, daß man ihm wie elektrisiert zuhörte, wenn er sprach. Es war wie in einem Film, wenn man die beiden zusammen sah. Sie stellte die Verkörperung von Glamour und Eleganz dar. Sie besaßen alles, waren schön, elegant, besaßen sagenhaften Schmuck und dazu ein selbstsicheres Auftreten, um das sie jeder beneiden mußte.

»Kommen Sie oft nach Europa?« Wieder war es Violet, die Fragen stellte, doch diesmal versuchte James nicht mehr, sie daran zu hindern.

»Erst einmal war ich drüben«, gestand Audrey. »Mit achtzehn. Ich fuhr damals mit meinem Großvater hin. Wir besuchten London und Paris und verbrachten dann eine Woche in einem Kurort am Genfer See. Dann fuhren wir wieder nach San Franzisko.«

»Wahrscheinlich waren Sie in Evian. Schrecklich langweilig, nicht?« Violet und Audrey lachten, James lehnte sich zurück und beobachtete seine Frau. Es war ihm anzusehen, daß er verrückt nach ihr war, und als Audrey sie anblickte, empfand sie Mitleid mit ihrer Schwester. So sollte eine Ehe sein, eine Verbindung zweier Menschen, die etwas füreinander empfanden, die sich an denselben Dingen erfreuten, keine Fremden, die nur daran interessiert waren, wie sie für andere aussahen. Lieber würde sie ihr Leben lang allein bleiben oder warten, bis sie einen Mann genau wie diesen fand. Trotzdem stellte Audrey fest, daß sie Violet nicht im mindesten beneidete. Sie genoß es, die beiden zu beobachten, und Violet plauderte weiter. »Meine Großmutter besaß ein komisches altes Haus in Bath. Dorthin pflegte sie immer zur Kur zu fahren, und jedes Jahr wurde ich mitgeschickt. Ich kann gar nicht schildern, wie verhaßt mir das war... bis auf einen Sommer, der nicht so schrecklich war«, wie sie mit strahlendem Lächeln hinzusetzte.

James berichtete weiter: »Nach einem Beinbruch, der mir auf der Jagd in Schottland passierte, mußte ich gegen meinen Willen Station bei meiner Großtante machen, jedoch... es gab auch ein paar Pluspunkte in Bath, die kleine Lady Vi gehörte dazu...« Er ließ den Satz vieldeutig in der Luft hängen, und sie griff den Hinweis gutgelaunt auf.

»Es gab also auch andere?«

»Ach, ein niedliches kleines Ding in der Bäckerei, wenn ich mich recht erinnere...«

»James, wie konntest du nur!«

Er wollte sie nur necken, wie sie sehr wohl wußte – ein Spiel, das sie liebte. Audrey verbrachte einen wundervollen Abend mit den Hawthornes. Sie lachten und scherzten und sprachen von den Orten, die Audrey in Europa sehen wollte.

»Audrey, wie lange wollen Sie bleiben?« fragte James sie in bester Laune, als er den Rest aus der zweiten Champagnerflasche einschenkte.

»Mehr oder weniger den ganzen Sommer. Ich habe meinem Großvater versprochen, dann wieder zurück zu sein. Sehen Sie, das alles ist leider ziemlich kompliziert. Ich lebe bei ihm, und er ist schon einundachtzig.«

»Das muß für Sie ja schrecklich trübselig sein, meine Liebe...«, ließ sich James voller Mitgefühl vernehmen, doch Audrey verneinte hastig mit einem Kopfschütteln, das ihrer Liebe und Loyalität entsprang. Sie hatte immer gern mit ihm zusammengelebt. Es war nur so, daß sie jetzt ein bißchen Abwechslung brauchte.

»Er ist ein wunderbarer Mensch, und wir kommen sehr gut miteinander aus.« Sie lächelte. »Zwar würde man das nicht meinen, wenn man uns zusammen sieht. Wir liegen uns ständig wegen der Politik in den Haaren.«

»Das ist gut für die Gesundheit. Ich zanke mich deswegen immer mit Violets Vater. Wir beide genießen das immer sehr.« Sie alle lächelten. An diesem Abend waren sie Freunde geworden. »So, und nun berichten Sie uns von Ihren Plänen.«

»Tja, erst London, dann Paris und anschließend könnte ich nach Südfrankreich fahren, dachte ich mir...«

»Fahren?« Er schien erstaunt, und sie nickte. »Allein oder mit Chauffeur?«

Sie lächelte. »Sie reden wie mein Großvater. Aber Sie würden sich wundern, ich bin eine gute Fahrerin.«

»Trotzdem...« James billigte dies sichtlich nicht, was Violet zu einer abschätzigen Bewegung ihrer smaragdringgeschmückten Hand bewog.

»Sei doch nicht so altmodisch. Ich bin sicher, Audrey schafft das. Und dann wohin?« Ihr interessierter Blick ruhte unverwandt auf Audrey.

»Ich bin mir nicht sicher. Ich dachte, ich könnte kurz an der Riviera bleiben und dann mit dem Wagen oder per Bahn nach Italien fahren. Ich möchte Rom sehen... Florenz... Mailand...« Als sie für den Bruchteil einer Sekunde zögerte, fiel es keinem auf, »... und wenn ich noch Zeit habe, könnte ich ein paar Tage in Venedig verbringen. Anschließend nehme ich den Zug nach Paris und trete die Rückreise an.«

»Und das alles bis September?«

»Na ja, was ich schaffe... es gibt noch anderes, was ich gern unternehmen würde, dazu fehlt mir aber wirklich die Zeit. Sehr gern würde ich Spanien kennenlernen, vielleicht auch die Schweiz... Österreich... Deutschland...« Und Indien, Japan... China...

dachte sie im stillen und hätte sich fast selbst ausgelacht. Die ganze Welt lockte wie ein riesiger Apfel, in den sie hineinbeißen wollte, immer wieder, bis sie den ganzen Apfel aufgegessen hatte, mit Stumpf und Stiel.

»Sie werden nicht mal die Hälfte schaffen, wenn Sie mich fragen.« James' Miene drückte seine Zweifel aus, und Violet machte ein skeptisches Gesicht.

»Das alles wollen Sie allein machen?« fragte sie, um auf Audreys Nicken hin zu sagen: »Sie haben viel Mut.«

»Nein, das habe ich nicht, glaube ich. Es ist nur...« Sie sah die beiden offen an und wirkte dabei sehr jung. »...immer schon wollte ich so etwas unternehmen... mein Vater war auch so veranlagt. Er hat die ganze Welt bereist und landete schließlich in Hawaii. Von dort aus war er auf den Fidschi-Inseln, Samoa und Bora-Bora... ich glaube, mir liegt die Reiselust auch im Blut. Mein Leben lang träumte ich davon, auf diese Art zu reisen, ganz allein – um Menschen kennenzulernen, Dinge zu tun – und jetzt, urplötzlich, bin ich da...« Sie sah aus, als wolle sie vor Freude zerspringen. Lady Violet umarmte sie.

»Audrey, Sie sind ein komisches Mädchen und ein sehr tapferes dazu. Ich weiß nicht, ob ich den Mut hätte, ohne James so etwas zu unternehmen.« Er lächelte ihr liebevoll zu. Langsam regte sich in ihm das Verlangen, mit ihr zu Bett zu gehen, und in einer Weile würden Audrey und ihre Abenteuer nicht mehr interessant für ihn sein. Er hatte jetzt nur noch Augen für seine Frau. »Haben Sie sich bis jetzt gut unterhalten?« Wie immer war Violet die Neugierige.

»Ja, und wie.« Audrey lächelte. Sie spürte das gesteigerte Interesse, das James seiner Frau plötzlich entgegenbrachte. Außerdem war es schon spät, und sie alle hatten einen langen Tag hinter sich. Sie stand auf und wechselte mit beiden einen Händedruck. »Es war ein wundervoller Abend. Danke, Ihnen beiden. Und vielen Dank auch für den Champagner.«

»Sollten wir nicht morgen etwas Hübsches unternehmen? Wie wär's, wenn wir uns zum Lunch wieder treffen?« fragte Violet, und Audrey nickte.

»Sehr gern. Also dann, bis morgen.« Sie verließ die beiden, die sofort ein angeregtes Gespräch miteinander begannen, und begab sich in ihre Kabine auf dem A-Deck. Es war ein herrlicher Abend gewesen, und ihre neuen Bekannten waren so ganz anders als die üblichen Reisebekanntschaften. Von Violet hatte sie im Laufe des Abends erfahren, daß sie achtundzwanzig war und James zweiunddreißig, daß sie einen fünfjährigen Sohn hatten, der ebenfalls James hieß, und ein dreijähriges Töchterchen namens Alexandra. Den größten Teil des Jahres lebten sie in London, besaßen aber auch ein Haus auf dem Lande, und den Sommer verbrachten sie in Cap d'Antibes. Sie führten ein lässiges Luxusleben, und doch waren sie weder Langweiler noch Snobs. Sie waren vielmehr wundervoll amüsante Menschen, so daß Audrey es kaum erwarten konnte, sich mit ihnen am nächsten Tag zum Lunch zu treffen.

Es sollte sich ergeben, daß sie den größten Teil der Überfahrt in der Gesellschaft der Hawthornes verbrachte. Sie wurden ein unzertrennliches Dreiergespann, scherzten und tanzten zusammen, erzählten Geschichten und tranken Champagner, bis sie aus dem Lachen nicht mehr herauskamen. Auch machten sie sich über andere Passagiere lustig und luden diese gelegentlich ein, mitzumachen. Insgesamt erwies sich das gutgelaunte Trio als großer Erfolg, und Audrey und die Hawthornes schlossen ungezwungen Freundschaft, die so herzlich war, daß der Abend vor ihrer Ankunft in England von wehmütiger Abschiedsstimmung geprägt wurde.

»Kommst du mit uns nach Cap d'Antibes?« Der Vorschlag kam von Violet, doch James leistete ihr sofort Schützenhilfe. »Du würdest dich gut amüsieren. Wir verbringen dort immer herrliche Ferien, weil wir mit wundervollen Menschen zusammenkommen.« Ihre liebsten Freunde waren die Murphys, Gerald und Sara, mit ihren endlosen Partys und interessanten Bekannten. Einmal war Hemingway dagewesen, Fitzgerald war ständiger Gast, ebenso Picasso und Dos Passos... aber vor allem waren die Murphys selbst ungeheuer amüsant. Die Hawthornes waren ganz verrückt nach ihnen und schätzten sich glücklich, zu ihrem Freundeskreis zu gehören. »Bitte, komm auch nach Antibes.« Violets blaue Augen sahen sie bittend an, und Audrey war schon versucht zuzusagen. »Du willst ohnehin nach Südfrankreich. Plane einfach etwas mehr Zeit dafür ein.«

»Ja«, sagte James lachend. »Zwei Monate etwa. Violets Bruder blieb letztes Jahr sieben Wochen bei uns, so gut hat er sich amüsiert.« Er sah seine Frau mit gespieltem Stirnrunzeln an. »Er kommt doch heuer auch, oder, Vi?«

»Jetzt fang nicht wieder damit an, James. Du weißt, er war schon zwei Wochen da. Und dieses Jahr kann er nur ein paar Tage bleiben.« Sie wandte ihre Aufmerksamkeit wieder Audrey zu. »Wir rechnen mit dir. Ab dem zweiten oder dritten Juli sind wir da, und du kommst einfach.«

»Mach' ich«, versprach sie, und plötzlich sah der Sommer noch aufregender aus.

Es galt, eine ganz neue Welt zu entdecken, mit den Menschen, welche die Hawthornes in Antibes kannten, und all den Abenteuern, die sie erleben würden. Sie hielten ihr diese erregenden Aussichten wie eine Handvoll Juwelen hin, und ihre Versprechungen tanzten koboldgleich in ihrem Kopf herum, als sie in jener Nacht in ihrer Kabine lag und sich alles noch einmal überlegte... ein Wochenende in St. Tropez... das Spielcasino in ›Monte Carl‹, wie Vi es in tadellosem, aber respektlosem Französisch nannte... Cannes... Nizza... Villefranche... die Namen allein erfüllten sie mit Erregung. Ihr Herz klopfte erwartungsvoll, während sie bis spät in die Nacht wach dalag und ihrem Glücksstern dankte, daß sie den beiden begegnet war.

5

Die Tage in London verflogen viel zu rasch. Audrey wurde von James und Vi ins Claridge gefahren und dem Manager ausdrücklich ans Herz gelegt. Sie hatte zwar im Connaught ein Zimmer reservieren lassen, doch James hatte auf dem Wechsel bestanden, weil er das Claridge vorzog. Einen triftigen Grund gab es nicht, und Audrey hätte sich überall wohl gefühlt, nur garantierte die Einführung durch James ihr eine Behandlung, die sie nie zuvor irgendwo erlebt hatte. Das versuchte sie Annabelle in einem Brief zu schildern, zerriß das Schreiben dann aber, weil sie befürchtete, ihre jüngere Schwester würde allzuviel Neid empfinden. Champagner in Strömen, immer wieder Körbe mit frischen Früchten, kleine Silbertabletts mit köstlichen Näschereien und Nachmittage mit Lady Vi beim Einkaufsbummel. Partys und Theaterstücke. Vi und James ließen es sich nicht nehmen, eine Party für Audrey zu geben und sie mit ihren besten Freunden bekannt zu machen. Audrey verliebte sich in ihre Kinder und war ungeheuer beeindruckt von ihrem Haus. Es war so groß und prunkvoll – elegant wie ein Palais. Auch in San Franzisko mit seinen Prachthäusern hatte sie dergleichen nicht gesehen.

Als sie Ende der Woche nach Paris weiterfuhr, war sie fast unglücklich. Einziger Trost war der Umstand, daß sie ihre neuen Freunde in wenigen Wochen in Antibes treffen würde. Sie konnte es kaum erwarten.

Ohne Violet und James erschien ihr Paris fast langweilig. Audrey kaufte bei Patou einen zauberhaften kleinen Hut für Violet und einen noch zauberhafteren für Annabelle, den sie nach Hause schickte. Fast alles, was sie an Modischem in Paris sah, schien ein Dschungelmuster zu tragen. Sie kaufte ein wildes Abendkleid mit Zebrastreifen, das sie in Antibes anziehen wollte, wenn sie bei Violet und James war, vielleicht sogar auf einer der tollen Partys, die die Murphys gaben, falls sie eingeladen wurde. Zum erstenmal im Leben fühlte sie sich völlig unabhängig und erwachsen. Sie mußte auf niemanden eingehen, für nichts die Verantwortung tragen. Es spielte keine Rolle, wann sie aß und wann sie aufstand. Sie durchstreifte den Montmartre bei Nacht und trank zu Mittag Rotwein. Sie wanderte das linke Seineufer entlang, und nach zwei Wochen herrlicher Freiheit nahm sie den Zug nach Südfrankreich.

Sie hatte sich schließlich doch entschieden, nicht mit dem Auto zu fahren – nicht etwa, weil sie Angst davor hätte, wie James darüber dachte, sondern vielmehr, weil sie faul geworden und eine Bahnfahrt nicht so anstrengend war. Als sie in Nizza ausstieg, trug sie einen langen schmalen Rock in Hellblau und ein Paar Espadrillos, die sie sich gekauft hatte, und dazu einen breitkrempigen Hut. Violet und James erwarteten sie ähnlich gekleidet. Violet hatte ein weißes Sonnenkleid gewählt, dazu einen großen Strohhut mit roter Rose. Auch ihre Schuhe waren rot. James hatte wie Audrey Espadrillos an den Füßen. Die beiden waren schon sonnengebräunt. Ihre Kinder warteten mit dem Mädchen im Auto. Audrey nahm Alexandra unterwegs auf die Knie, und James und Violet stimmten ein französisches Lied an. Alle lachten, als sie – viel zu schnell – mit offenem Verdeck dahinfuhren. Es war ein Sommer, geschaffen für Glück und Fröhlichkeit, und ihr ganzes Leben war bar jeglicher Angst und Sorgen.

Audrey verliebte sich sofort in das Haus und in die Menschen, die abends zu Besuch kamen. Es waren Künstler und Aristokraten, international gemischt. Franzosen, Römerinnen, ein halbes Dutzend Amerikaner, und das schönste Mädchen, das Audrey je zu Gesicht bekommen hatte und das darauf bestand, nackt im Pool zu schwimmen. Hemingway hätte auch kommen sollen, war jedoch zu einer anstrengenden Angelexpedition in die Karibik aufgebrochen. Es war zauberhaft und genauso, wie sie es sich erträumt hatte. Sie konnte kaum glauben, daß sie noch vor einem Monat brav zu Hause gesessen und dafür gesorgt hatte, daß die Frühstückseier für ihren Großvater nicht zu hart gerieten.

Jetzt begriff sie sogar, warum sie von den Weltneuigkeiten so besessen war. Es war ein Weg, sich an etwas Größeres anzuschließen, an eine Welt draußen, ein Leben, das jenseits ihres begrenzten Daseins lag. Und nun war sie ein Teil davon, Tag und Nacht, mit diesen Menschen, die sie erst seit kurzem kannte und nie wiedersehen würde, und mit deren außergewöhnlichen Freunden, von denen sie täglich mehr kennenlernte. Diese Leute nahmen das alles ganz selbstverständlich hin, weil sie es so gewohnt waren. Jeder hatte entweder ein Buch oder ein Theaterstück geschrieben, ein berühmtes Kunstwerk geschaffen, oder aber sie waren in eine adelige Familie hineingeboren worden. Es waren nicht einfach nur Leute, sie waren mehr, die Schöpfer einer geradezu magischen Epoche, und Audrey glaubte zu spüren, wie die Augenblicke gemeißelt wurden, spürte den Goldstaub in ihrem Haar, während sie ihnen zusah.

Jeden Tag hatte sie beim Erwachen das Gefühl, etwas Bemerkenswertes würde passieren, und es geschah wirklich. Jetzt begriff sie, wofür ihr Vater gelebt hatte und gestorben war, für die erregenden Augenblicke, ohne die er nicht hätte leben können. Die Fotoalben waren für sie zum Leben erwacht, nur war das hier alles viel schöner. Es war ihr Leben und nicht seines, und das waren ihre Freunde... und wie ihr Vater machte sie ununterbrochen Aufnahmen.

»Audrey, woran dachtest du eben?« Violet hatte sie beobachtet, während sie auf dem kleinen Sandstrand von Antibes saßen. »Du hast eben gelächelt und vor dich hingestarrt. Woran dachtest du?«

»Wie glücklich ich bin. Und wie weit weg von zu Hause.« Noch immer lächelnd sah sie ihre Freundin an. Sie spürte schon jetzt, wie ungern sie im Herbst zurückfahren würde. Sie mochte gar nicht daran denken. Am liebsten wäre sie für immer hiergeblieben, von dem Wunsch beseelt, daß der Zauber nie endete, doch das war natürlich unmöglich. Alle würden schließlich nach Hause fahren müssen. Dennoch war ihr der Gedanke zuwider.

»Es gefällt dir hier, nicht wahr?«

»Ja, sehr.« Audrey legte sich zurück in den Sand. Ihr schwarzer französischer Badeanzug schmiegte sich an ihre vollendete Figur. Violet neben ihr trug Weiß zu ihrem schwarzen Haar. Zusammen gaben sie ein auffallendes Gespann ab. Es war ein Bild, das Audrey zu gern aufgenommen hätte. Sie war ohnehin ständig am Knipsen. Sie ließ die Filme in einem Labor in Nizza entwickeln, und alle lobten ihre Bilder. Sogar Picasso äußerte sich eines Tages sehr anerkennend, als er einen Blick auf die Abzüge warf, die sie durchsah. Er hatte die Fotos mit Interesse betrachtet und Audrey sodann durchdringend angesehen. »Sie haben Talent. Sie sollten es nicht vergeuden.« Das sagte er mit einer gewissen, fast angsteinflößenden Strenge. Das Fotografieren war für sie ein Vergnügen. Nie hatte sie es als eine Gabe angesehen, die man ›vergeuden‹ konnte. Doch sein Ton hatte sie beeindruckt. Alles, was um sie herum geschah, beeindruckte sie, und das gefiel ihr.

»Warum bleibst du nicht?« fragte Violet. Sie lagen noch immer nebeneinander am Strand.

»In Antibes?«

»In Europa, meine ich. Es scheint mir für dich der richtige Kontinent zu sein.« Sie beobachtete Audreys Augen, aus denen Bedauern sprach, wenn sie an die Heimkehr dachte.

»Violet, nichts lieber als das. Aber es wäre nicht fair.«

»Wem gegenüber?«

»In der Hauptsache meinem Großvater gegenüber... er braucht mich. Vielleicht eines Tages...« Wann, das wollte sie nicht aussprechen, vielleicht, wenn er nicht mehr war. Diese Reise hatte ihr einen Geschmack von ihrem Lebenstraum vermittelt. Sie konnte immer wiederkehren. Eines Tages...

»Mir erscheint es unfair, daß du dein Leben so opfern mußt.«

Audrey sah sie ruhig an. »Ich habe ihn gern, Vi. Deswegen ist es ganz in Ordnung.«

»Aber was wird aus dir? Du kannst doch nicht immer so leben.« Und dann wurde ihr Blick neugierig. »Möchtest du nicht eines Tages heiraten?« Ihr erschien Audreys Leben sonderbar. Sie liebte James schon so lange. Ein Dasein ohne ihn konnte sie sich nicht annähernd vorstellen.

»Vielleicht. Aber eigentlich verschwende ich nicht viel Gedanken daran. Ich lebe nicht schlecht. Vielleicht ist es mir nicht bestimmt zu heiraten... vielleicht ist es im Großen Plan für mich nicht vorgesehen.« Sie wechselten ein Lächeln und legten sich wieder zurück in den Sand. Zum erstenmal hatte Audrey das Gefühl, daß es gar kein so übles Schicksal wäre, wenn sie nie heiratete. Es war angenehm, frei zu sein, besonders hier, im Sommer 1933 in Cap d'Antibes an der Riviera.

Am Abend besuchten sie eine Party wieder bei den Murphys, eine Kostümparty diesmal, und wie immer war Gerald Murphy äußerst beeindruckend. Er sah gut aus und war sehr gepflegt, doch er war noch mehr als das. Er war elegant wie nur wenige Männer, elegant und phantasievoll, und in allen Einzelheiten so perfekt, daß man sich am liebsten in eine Ecke gesetzt und ihn den ganzen Abend nur angesehen hätte. Er gehörte zu jenen ganz, ganz seltenen Wesen, deren Gefieder so fein, so kostbar ist, daß alle Welt sie bewundert. 1912 war er in Yale von seinem Jahrgang zum ›bestangezogenen Mann‹ gewählt worden, und das war erst der Anfang gewesen. Zwanzig Jahre später war er noch viel, viel wunderbarer, und seine Frau Sara geradezu göttlich. Sie pflegte ihre Perlen auch am Strand von Antibes zu tragen und behauptete, es ›täte ihnen gut‹. Oft saß sie mit Picasso da, der ständig seinen schwarzen Hut aufhatte, und plauderte mit ihm.

Es war für alle ein herrlicher Sommer, wenn auch für die Murphys selbst weniger als in den Jahren zuvor. Sie kämpften noch immer gegen die Tuberkulose ihres Sohnes Patrick an, aber wenigstens waren alle da, und jeder Tag hatte etwas Besonderes und Goldenes an sich. Auch Audrey spürte den magischen Zauber, wenn sie mit Violet Tag für Tag den Strand entlangschlenderte oder den Kindern zusah, in die Sonne blinzelte und den Sand zwischen den Füßen spürte – oder wenn sie sich faul ausstreckten und ihr Leben voller Geschichten, Lachen und Vertraulichkeiten voreinander ausbreiteten. Lady Vi war die Schwester, die Audrey nie besessen hatte, die vernünftige, die gute Freundin, nur zwei Jahre älter, eine Seelenverwandte. Sie gefunden zu haben war fast wie eine Heimkehr. Zwischen ihnen entstand etwas Warmes und Beständiges, wie Audrey es noch nie zuvor erlebt hatte. Und sie schätzte es mit jedem Tag mehr. Auch James war glücklich, sie da zu haben, sie waren ein unbekümmertes zwangloses Trio, aber er zeigte nie ein unziemliches Interesse an der Freundin seiner Frau. Er war ein Gentleman – wie ein Bruder, und das war alles.

»Was wirst du wirklich machen, wenn du zu Hause bist, Aud?« Violet sah das große, feingliedrige Mädchen mit dem kupferroten Haar an. Manchmal machte sie sich Sorgen um sie. Sie wußte, was für ein unausgefülltes Leben Audrey zu Hause führte, und hätte es gern gesehen, wenn sie mit ihnen in London geblieben wäre, trotz Audreys fortgesetzter Beteuerungen, daß das unmöglich sei. Sie mußte nach Kalifornien zurück.

»Ich weiß nicht. Vermutlich dasselbe wie vorher.« Sie warf Violet über die Schulter einen Blick zu. »Das ist gar nicht so übel.« Diese Worte sollten sie selbst mehr überzeugen als die Freundin. »Ich habe es zuvor schon gemacht ... Großvater den Haushalt geführt ...« Aber nichts würde mehr so sein wie ehedem. Niemals. Nicht nach diesen goldenen Tagen mit Menschen, von denen man nur träumte, an einem Ort, der diesen verzauberten Auserwählten vorbehalten war. Und jetzt war sie eine der ihren. Aber für wie lange? Früher oder später würde alles enden müssen. Das verlor Audrey nie aus den Augen. Es diente nur dazu, für sie alles um so kostbarer zu machen.

»Ich wünsche mir so sehr, du könntest noch eine Weile bleiben ...«

Bedauernd schüttelte Audrey den Kopf. »Eigentlich sollte ich schon nächste Woche fahren, falls ich meine Reisepläne einhalten möchte.« Seufzend blinzelte sie in die Sonne. »Ich wollte an die italienische Riviera und dann weiter.«

»Möchtest du das wirklich?« Audrey mußte über Violets niedergeschlagene Miene lachen.

»Ehrlich gesagt möchte ich für den Rest meines Lebens hierbleiben. Aber das ist vermutlich nicht sehr realistisch. Deswegen ist es besser, wenn ich allmählich in die wirkliche Welt zurückkehre. Ich werde erst Gott weiß wann wieder nach Europa kommen.«

Ihr Großvater wurde nicht jünger, und sie würde sich vielleicht erst in vielen Jahren wieder loseisen können. Annabelle hatte ihr von ihrer Befürchtung, wieder schwanger zu sein, geschrieben. So rasch hatte sie ein zweites Kind nicht gewollt, Harcourt war angeblich wütend auf sie. Offenbar hatte sie keine Vorsichtsmaßnahmen ergriffen. Und der einzige Brief ihres Großvaters war sehr typisch für ihn gewesen. Fast konnte man ihn beim Schreiben vor sich hingrollen hören. Er beklagte sich über Roosevelt und einige Ereignisse, die sich in Amerika zutrugen. Er behauptete, Roosevelt täte nichts, um der Wirtschaft auf die Beine zu helfen trotz seiner Versprechungen eines ›New Deal‹. Und er nannte ihn in seinen Briefen an Audrey stets ›deinen Freund FDR‹, und unterstrich das Wort ›deinen‹, was sie zum Lachen reizte. Doch der nächste Gedanke an ihn entlockte ihr wieder einen Seufzer. Wie weit entfernt ihr das alles nun erschien! Sie blickte den Strand entlang, James entgegen, als sie an zu Hause dachte. Er kam langsam auf sie zu in Begleitung eines großen, schlanken Mannes, dessen Haar noch dunkler war als das von James. Sein Begleiter gestikulierte lebhaft, während James lachte und auf sie deutete. Violet winkte und sah Audrey mit strahlendem Lächeln und sichtlich erfreut an.

»Weißt du, wer das ist?« Audrey schüttelte den Kopf, belustigt über die Begeisterung ihrer Freundin. Es war ein sehr attraktiver junger Mann, aber nicht attraktiver als zahllose andere. Violet hatte angefangen, lebhaft zu winken und schwang ihren großen weichen Hut, während Audrey lachte. »Das ist Charles Parker-Scott, der Reiseschriftsteller und Entdecker. Kennst du ihn nicht?

Er veröffentlicht viel in den Staaten. Seine Mutter war Amerikanerin.«

Audrey erschrak beinahe. Natürlich war ihr der Name ein Begriff. Der Mann war ein berühmter Autor, sie hatte nur immer angenommen, er sei viel älter als dieser hübsche junge Mann, der mit James den Strand entlangschlenderte. Für weitere Überlegungen war keine Zeit, da Vi sich ihm in die Arme warf.

»Benimm dich, altes Mädchen. Das ist keine Art für eine verheiratete Frau, einen Mann zu begrüßen.« James schalt sie mit einem Klaps auf die Kehrseite aus, schien aber nicht im mindesten ungehalten. Und Charles war sichtlich bezaubert von der Begrüßung.

»Ach, zum Teufel mit dir, James.« Vi strahlte, als der Neuankömmling sie in die Arme nahm und hochhob. »Charlie ist doch kein Mann!« Auf diese Worte reagierte dieser mit gespieltem Unmut, ließ sie einfach in den Sand fallen und starrte scheinbar wütend auf sie hinunter.

»Was soll das heißen, ich sei ›kein Mann‹?« Sein Akzent war eher amerikanisch als britisch, und Audrey fiel ein, daß sie gelesen hatte, er hätte in Yale studiert. Später sollte er ihr erklären, daß er alle Sommer seiner Kindheit in Maine verbracht hatte, in Bar Harbor bei der Familie seiner Mutter. Deswegen hatte er sich eine große Zuneigung für alles Amerikanische bewahrt.

»Damit habe ich gemeint, Charles Parker-Scott, daß du praktisch zur Familie gehörst.« Vi lag genüßlich im Sand und sah zu dem lachenden Charles auf, der sich dann neben ihr niederließ und sie herzlich umarmte, während sein Blick immer wieder zu Audrey wanderte. Sie las aufrichtiges Interesse darin, doch er zwang sich, aufmerksam Violet gegenüber zu sein.

»Na, wie geht's immer, Lady Vi?«

»Ausgezeichnet, Charlie. Doch der Sommer gewinnt ungemein durch deine Anwesenheit. Wie lange kannst du bleiben?«

»Ein paar Tage... eine Woche...« Charles kannte den hiesigen sommerlichen Trubel, weil er schon einige Male bei ihnen zu Besuch gewesen war und seinen Aufenthalt immer sehr genossen hatte. Ein gutaussehender Mann, dachte Audrey, die auf ihn hinuntersah. Warum sie ihn stets für einen älteren Herrn gehalten hatte, war ihr plötzlich schleierhaft. Vielleicht weil er so viel erreicht hatte... vielleicht weil seine ausgedehnten Reisen und seine vielen Erfahrungen sie irgendwie an ihren Vater erinnerten.

Er hatte schimmerndes schwarzes Haar, doch so dunkel, daß es fast einen Blaustich hatte, dazu einen glatten olivgetönten Teint, große dunkelbraune Augen und ein Lächeln, das sein Gesicht auf geradezu unglaubliche Weise erhellte. Er war lang, schlaksig und aristokratisch, wirkte aber gar nicht englisch. Eher spanisch oder französisch, italienisch womöglich... ja, wie ein italienischer Prinz. Sein dunkelblauer Badeanzug ließ seine langen kraftvollen Beine frei, wohlgeformte Arme und Schultern, die noch breiter waren als die von James. Vor Jahren waren die beiden gemeinsam in Eton zur Schule gegangen und in ihrer Jugend wie zwei Brüder gewesen. Sie waren es noch immer. James war es, der nun die Schultern seines Freundes umfing und ihn schüttelte.

»Wenn meine Frau endlich einmal den Mund halten würde, könnte ich dich unserer Freundin vorstellen. Das ist Audrey Driscoll aus Kalifornien.« Charles blickte mit seinen großen Augen zu ihr auf. Sein Lächeln hätte jede Frau dahinschmelzen lassen, und auch Audrey spürte seine Wirkung, als sie einen Händedruck mit ihm wechselte. Von seinem Aussehen unbeeindruckt zu bleiben war fast unmöglich, doch waren es vor allem seine Bücher, die sie interessierten, und sie hoffte, sich später mit ihm darüber unterhalten zu können... Nachmittags sprachen sie lange miteinander, ehe er eine Autofahrt mit James unternahm und Audrey und Violet wieder allein ließ.

»Unglaublich hübsch, findest du nicht?« meinte Vi lächelnd. Sie war sehr stolz auf ihren Freund.

»Ja, das kann man wohl sagen.« Audrey mußte lachen. Verzweifelt hatte sie den ganzen Nachmittag in seiner Nähe gegen ein Gefühl der Verlegenheit angekämpft, doch war Charles so wenig eingebildet und so zwanglos, daß man sein fabelhaftes Aussehen schließlich vergaß. Aber am Anfang war es nicht einfach. Er war wirklich auffallend.

»Weißt du, er ist sich seines Aussehens überhaupt nicht bewußt«, vertraute Violet ihr beim Champagner an, den sie auf der Veranda tranken, während sie auf James warteten. Beide trugen weiße Seidenkleider, die zu ihrer tiefbraunen Haut einen hübschen Kontrast bildeten. Audreys Haar war von der Sonne zu einem leuchtenden Rot gebleicht worden. »Einmal unterhielt ich mich mit ihm darüber, und ich sage dir, er hat keine Ahnung, wie er auf die Menschen wirkt. Überhaupt keine. Tatsächlich ...« Sie steckte sich ein paar gefüllte Pilze in den Mund und lächelte wie ein kleines Mädchen, während sie kaute. »Erstaunlich, nicht? Man möchte meinen, er ist es gewohnt, daß die Frauen bei seinem Anblick reihenweise in Ohnmacht fallen. Aber er ist von seinen Büchern so sehr in Anspruch genommen, daß es ihn überhaupt nicht kümmert.«

Das gefiel Audrey an ihm. Mehr noch, ihr gefiel sein ganzes Wesen. Sie hatte vor einiger Zeit zwei seiner Bücher gelesen und war völlig hingerissen gewesen. Es gab noch einen Autor auf diesem Gebiet, den sie mochte. Das war Nicol Smith, der Entdecker und Schriftsteller, von dem auch Charles sagte, daß er begeistert von ihm sei. Sie hatten am Nachmittag ein langes Gespräch über ihn geführt. Audrey hatte Charles faszinierend gefunden, als sie von Java, Nepal und Indien sprachen. »Lauter Gegenden, die du nie kennenlernen möchtest«, zog Audrey Vi auf, als diese gelangweilt stöhnte.

»Ich kann mir nicht vorstellen, was ihr an diesen Ländern so reizvoll findet. In meinen Ohren klingt das alles richtig schrecklich.« In Audreys Augen tanzten Lachfünkchen, als sie ihre Freundin anblickte. James erschien nun auf der Szene, bekleidet mit einem weißen Leinenanzug, in dem er mit seiner Sonnenbräune, dem dunklen Haar und den grünen Augen sehr exotisch wirkte.

»Hat sie wieder etwas Ungehöriges gesagt, Aud?« Er goß sich Champagner ein, bediente sich mit hors d'œvres und sah seine Frau voller Bewunderung an. »Hübsch siehst du aus, Lady Vi. Du solltest immer Weiß tragen, meine Liebe.« Er gab ihr einen leichten Kuß auf die Lippen, genehmigte sich einen gefüllten Pilz und lächelte dann wieder Audrey zu. Es war hübsch, sie hier zu haben, und jetzt ist auch Charles da, und sie würden sich sehr amüsieren. In den späteren Stunden dieses Abends wurde diese Möglichkeit immer wahrscheinlicher. Zu viert dinierten sie in einem winzigen

Restaurant in Cannes. Sie sprachen dem Wein zuviel zu und kamen den ganzen Weg nach Juan-les-Pins aus dem Lachen nicht mehr heraus. Dort gingen sie auf eine Party, von der James zufällig erfahren hatte, und blieben bis zwei Uhr. Dann zogen sie weiter und machten auf einer anderen Party in Cap d'Antibes Station, bis sie schließlich um vier zu Hause ankamen, weniger betrunken, als sie es vorher gewesen waren, entschlossen, aufzubleiben und das Heraufdämmern des Tages abzuwarten. James entkorkte noch eine Flasche Champagner und trank das meiste selbst. Lady Vi war auf der Couch eingeschlafen, und James trug sie schließlich unter dem Absingen eines Liedes ins Schlafzimmer. Zwei Stunden später saßen Audrey und Charles noch immer allein auf der Veranda, während die Sonne langsam über dem Horizont aufging und höher stieg. Charles sah Audrey mit einem ernsten Blick unverwandt an.

»Was führt Sie wirklich hierher?« Beide hatten die letzten zwei Stunden mit müßigem Geplauder verbracht, die gegenseitige Gesellschaft genossen und jene Themen berührt, die ihnen beiden am Herzen lagen, Reisen in die entfernten Winkel der Welt, den Sommer in Cap d'Antibes, ihre Freunde Vi und James. Aber jetzt sah Charles sie eindringlich an und fragte sich, wer sie in Wirklichkeit war, während sie von ähnlichen Fragen über ihn bedrängt wurde. Es war sonderbar, daß eine Laune des Schicksals sie beide gleichzeitig hierhergeführt hatte.

Sie entschloß sich, ganz offen zu sein. So aufrichtig wie nur möglich. »Ich mußte fort.«

»Fort wovon?« Seine Stimme klang im Licht der aufgehenden Sonne wie eine Liebkosung. Er glaubte, daß sie vor einem Mann davongelaufen war. Nach den Maßstäben der Zeit war sie schon zu alt, um noch unverheiratet zu sein. »Oder sollte ich lieber sagen, vor wem?« Er lächelte, in ihren Augen lag Offenheit, als sie den Kopf schüttelte.

»Nein, nicht das... oder vielleicht wollte ich nur vor mir und der Verantwortung, die ich mir aufgebürdet habe, fliehen?«

»Das klingt aber sehr ernst.« Er ließ sie nicht aus den Augen, erfüllt von dem unwiderstehlichen Verlangen, ihre Lippen mit den seinen zu berühren, mit den Fingerspitzen ihren langen anmutigen Nacken entlangzugleiten, doch er zwang sich, ihr zuzuhören und sein Begehren zu unterdrücken, zumindest vorläufig.

»Manchmal ist es ernst.« Seufzend lehnte sie sich zurück. »Ich habe einen Großvater, den ich von ganzem Herzen liebe... und eine Schwester, die mich verzweifelt braucht.«

»Ist sie krank?« Er zog die Brauen zusammen, und Audrey sah ihn erstaunt an.

»Nein... warum fragen Sie?«

»Ach, Sie betonten das Wort ›verzweifelt‹ so sonderbar.«

Den Blick aufs Meer gerichtet schüttelte sie den Kopf. Sie dachte an Annabelle und ließ in Gedanken all das Revue passieren, was Harcourt gesagt hatte. »Sie ist noch sehr jung...« Audrey suchte Charles' Blick. »Ich glaube, ich habe sie zu sehr verwöhnt, doch das war fast unvermeidlich. Wir verloren unsere Eltern, als wir noch klein waren, und ich habe Annie großgezogen.«

»Wie sonderbar.« In Charles' Miene lag etwas, das seine Betroffenheit zeigte.

»Warum sagen Sie das?«

»Wie alt waren Sie, als Ihre Eltern starben? Fanden beide gleichzeitig den Tod?«

Sie nickte, verwundert über seinen eindringlichen Blick. »Ich war damals elf, meine Schwester erst sieben... in Hawaii... ja, sie kamen bei einer Schiffskatastrophe um...« Es schmerzte noch immer, davon zu sprechen. »Anschließend gingen wir nach Kalifornien und lebten fortan bei unserem Großvater. Seit damals führe ich das Haus und bemuttere meine Schwester... zu intensiv vielleicht... zumindest sagt das ihr Mann.« Sie sah Charles offen an. »Er ist der Ansicht, ich hätte sie fürs Leben untauglich gemacht, so daß sie ohne meine Hilfe nichts zustande bringt. Vielleicht hat er sogar recht. Er sagte« – sie versuchte ein belustigtes Gesicht zu machen, was ihr nicht gelang – »ich täte nichts anderes als Gardinen bestellen und Hausmädchen feuern. Und je länger ich darüber nachdachte«, fuhr sie fort, und ihre Augen füllten sich zu ihrem Entsetzen mit Tränen, »desto weniger konnte ich ihm widersprechen, deshalb habe ich mich zu einer Reise entschlossen... und jetzt bin ich da.« Sie wandte den Blick ab. Charles faßte nach ihrer Hand.

»Ich verstehe.«

»So?« Wieder trafen ihre Blicke aufeinander. Audreys Wimpern waren feucht. »Wie können Sie das verstehen?«

»Weil mein Leben ähnlich verlaufen ist, nur hatte ich keinen Großvater. Statt dessen Onkel und Tante, aber die sind inzwischen längst gestorben. Mit siebzehn verlor ich meine Eltern bei einem Unfall. Mein Bruder war damals zwölf. Ein Jahr lang blieben wir bei Tante und Onkel in Amerika. Jeder einzelne Augenblick war uns verhaßt.« Er seufzte, und sein Griff um Audreys Hand wurde unmerklich fester. »So gut sie es meinten, sie verstanden keinen von uns. Ich war ihnen für mein Alter viel zu abenteuerlustig, zu unabhängig und in dieser Hinsicht auch viel zu offen, mein Bruder war für sie wieder nicht unabhängig genug. Der Tod der Eltern war für ihn ein schreckliches Trauma gewesen, und seine Gesundheit war ohnehin nie sehr stabil.

Als ich achtzehn wurde, gingen wir. Wir kehrten nach England zurück, und ich tat für ihn, was ich konnte...« Seine Kehle wurde eng, und Audrey strömte über vor Mitgefühl. »Er hatte nur mehr ein Jahr zu leben. Mit vierzehn starb er an Tuberkulose.« Aus seinem Blick sprach nie überwundener Schmerz. »Seither quält mich die Frage, ob das auch passiert wäre, wenn wir in Amerika geblieben wären... er wäre vielleicht nicht... er könnte jetzt vielleicht hier sein... wenn...«

»Charles, sagen Sie das nicht.« Spontan berührte sie seine Wange. »Auf diese Dinge hat man keinen Einfluß. Immer schon fühlte ich mich irgendwie schuldig an dem Tod meiner Eltern, doch ist das dumm und nutzlos. Wir können das Leben nicht nach Belieben steuern.«

Er nickte. Es war das erste Mal, daß er zu jemandem so offen sprach, noch dazu zu jemandem, den er kaum kannte. Audreys Warmherzigkeit und offenkundiges Mitgefühl hatten ihn dazu verleitet. Vom ersten Augenblick des Kennenlernens hatte er sich zu ihr hingezogen gefühlt und empfand dies jetzt noch viel stärker. Plötzlich hatte er das Bedürfnis, ihr alles zu sagen, über sich, sein Leben, über Sean, den verlorenen Bruder...

»Anschließend ging ich auf Reisen. Ich versuchte es mit der Universität, konnte mich aber nach Seans Tod auf nichts richtig konzentrieren. Alles erinnerte mich an ihn... jeder hatte einen jüngeren Bruder in seinem Alter... oder ich sah auf der Straße Jungen, die ihm sehr ähnlich waren... ich wollte irgendwohin, wo ich nicht ständig an ihn erinnert würde... deshalb ging ich nach Nepal... und nachher nach Indien, dann für ein Jahr nach Japan. Und mit einundzwanzig schrieb ich mein erstes Buch.« Er lächelte, zum erstenmal seit einer Stunde. »Und dann wurde das alles zu einer Lebensweise, in die ich mich verliebte.«

Audrey sah ihm lächelnd in die Augen.

»Ihre Arbeit ist faszinierend.« Sie war bewegt, weil er sich ihr anvertraut hatte, und sie konnte ihm seinen Schmerz nachfühlen. Sie mußte daran denken, was es für sie bedeutet hätte, wenn sie Annabelle verloren hätte. Der Gedanke war so unerträglich, daß ihr die Tränen kamen.

»Reisen füllt mein Leben nun aus«, gestand er fast schuldbewußt und sah dabei sehr jungenhaft aus.

»Das ist keine Sünde. Ehrlich gesagt, beneide ich Sie.« Sie seufzte und blickte in die Frühmorgensonne. »Mein Vater hat die ganze Welt bereist, und ich wünschte mir immer schon, es ihm gleichzutun.«

»Warum tun Sie es dann nicht?«

»Und Annabelle... und Großvater? Was wird aus ihnen?«

»Vermutlich kommen die beiden ganz gut ohne Sie aus.«

»Hm, das wird sich zeigen. Um diesen Punkt geht es eigentlich bei meiner Reise.«

»Antibes kann man aber kaum als exotisch bezeichnen, liebe Audrey.«

»Ich weiß.« Beide lachten. »Wenn die beiden aber meinen Aufenthalt hier überleben, dann kann ich mir vielleicht eines Tages ein abenteuerlicheres Ziel aussuchen.«

»Sie sollten jetzt reisen. Eines Tages werden Sie verheiratet sein und keine Möglichkeit mehr dazu haben.«

Sie lächelte. Das war nicht sehr wahrscheinlich. »Ich glaube nicht, daß diese Gefahr sehr groß ist.«

»Ach so? Gibt es etwas, das ich noch nicht weiß? Ein Familienfluch? Einen schrecklichen Charakterzug, den Sie verschwiegen haben?«

Seine Neckerei reizte Audrey zum Lachen. Sie schüttelte den Kopf, daß ihre kupferfarbige Mähne nur so flog. »Nein. Ich glaube nur, daß ich nicht der Typ zum Heiraten bin.«

»Eben erzählten Sie mir, daß Sie seit fünfzehn Jahren Ihrem Großvater das Haus führen. Reicht das nicht als Vorübung?«

»Tja, mit Großvater bin ich aber nicht verheiratet. Aber um ehrlich zu sein, die meisten Männer, die ich kennenlernte, erschienen mir nicht sehr anziehend.«

»Warum nicht?« Er war fasziniert von ihr, fasziniert von allem, was sie tat, was sie sagte und dachte. Noch nie war ihm eine Frau wie Audrey begegnet.

»Sie langweilen mich zu Tode. Wie mein Schwager beispielsweise. Alle haben sie vorgefaßte Meinungen über das, was Frauen sollten und nicht sollten. Frauen sollen nicht über Politik sprechen oder überhaupt an solche Dinge denken. Sie sollten Tee servieren können, für das Rote Kreuz arbeiten, sich mit Freundinnen zum Lunch treffen. Die Dinge, die mich wirklich interessieren, sind absolut tabu. Politik, Reisen, die Welt durchstreifen, vorzugsweise mit meiner Kamera.«

»Sie fotografieren?« Auf Audreys begeistertes Nicken setzte er hinzu: »Ich wette, daß Ihre Fotos gut sind.« Aus seinen Worten war so viel Vertrauen in sie herauszuhören, daß sie erstaunt war.

»Warum sagen Sie das?«

»Sie sind empfindsam, haben ein gutes Auffassungsvermögen... ein guter Fotograf muß eine ganz bestimmte Wesensart mitbringen... dazu ein scharfes Auge, einen geordneten Verstand.«

»Und ich bin all dessen für schuldig befunden?« Seine Analyse ihrer Persönlichkeit brachte sie zum Lachen. »Zu Hause nennt man mich eine alte Jungfer.«

Es tat Charles weh, diese Bezeichnung auch nur zu hören, und er sah sie zornig an.

»Wie unaussprechlich dumm. Das Schwierige im Leben ist, daß man auf Unverständnis stößt, wenn man sich nicht anpaßt. In mancher Hinsicht habe ich ähnliche Probleme. Ich möchte mich nicht einfach an irgend jemanden binden... das wollte ich nie... nicht nachdem...« Sie wußte, daß er an Sean dachte. »Das Leben ist zu kurz, zu flüchtig. Ich möchte es nicht vertun, indem ich mich anders gebe, als ich bin.«

»Und was sind Sie nicht?« Jetzt war es an Audrey, Fragen zu stellen. Sie war ebenso neugierig auf ihn wie er auf sie.

»Ich bin nicht der Mann, der sich so ohne weiteres irgendwo häuslich niederläßt. Das Abenteuer liegt mir im Blut. Ich liebe meine Lebensweise. Und es gibt nicht viele Frauen, die dafür Verständnis aufbringen. Erst tun sie so als ob, und dann möchten sie seßhaft werden. Das ist, als sperrte man einen Löwen in einen Käfig. Ich wurde für das Leben in freier Wildbahn geboren, und es gefällt mir. Ich fürchte, daß ich mich nicht mehr so leicht domestizieren lasse.« Charles' Lächeln war so voller Charme, daß ihr Herz einen kleinen Sprung machte. Er war ein ungemein liebenswerter Mensch, und was er da sagte, verstand sie nur zu gut, weil es auch sie berührte. »Ich weiß auch nicht, ob ich jemals Kinder möchte ... Auch das ist ein Handikap«, fuhr er fort. »Die meisten Frauen wünschen sich Kinder.« Sie wagte nicht, ihn zu fragen, warum er Kinder ablehnte, doch er gestand es ihr ungefragt: »Nach Sean ... ich hatte das Gefühl, ich würde niemals wieder jemanden so lieben wollen. Er war für mich eher wie ein eigenes Kind und nicht so sehr wie mein Bruder gewesen. Es war ein sehr schlimmer Verlust.« Charles' Augen füllten sich mit Tränen, doch er fuhr ohne Verlegenheit fort, sein Herz auszuschütten. »Ich könnte es nicht ertragen, meine eigenen Kinder so zu lieben und dann womöglich eines zu verlieren. Da erscheint es mir sicherer, allein zu bleiben. Und ich muß sagen, daß ich vollkommen glücklich bin.« Sich eine Träne von der Wange wischend lächelte er ihr zu, und in seinem Lächeln lag Bitterkeit und Süße zugleich. »Natürlich treibt das den Freundeskreis zur Raserei. Violet kann dem Drang nicht widerstehen, mich jeder Frau, die sie kennt, vorzustellen. Na, wenigstens sorge ich für ein wenig Verwirrung, wenn ich mich auf dieser Erdhälfte aufhalte.« Er zögerte und strich dann sanft über ihre Hand, die in der seinen ruhte. »Und Sie, liebe Audrey? Glauben Sie nicht, daß Sie eines Tages seßhaft werden?« Diesen Gedanken hatte sie fast aufgegeben. Es war für sie unwichtig geworden.

»Man muß so viel aufgeben ... was ich mir wünsche, paßt nicht zu einer Ehe, zu keiner konventionellen jedenfalls.«

»Und Kinder?«

Audrey holte tief Luft und sah ihn an. »Ich habe Annabelle.« Es entsprach der Wahrheit. Sie hatte ein Kind, auch wenn sie es nicht selbst geboren hatte. »Und jetzt ihren Sohn... und außerdem noch Großvater. Ich brauche keine eigenen Kinder.«

»Ein solches Leben können Sie nicht auf Dauer führen. Um ständig nur für andere Menschen dazusein, sind Sie zu schade. Sie haben Besseres verdient.«

»Woher wollen Sie das wissen?« Er schien instinktiv ihr Wesen zu spüren, und bislang hatte er sich nicht getäuscht. »Sie sind glücklich. Warum kann ich es nicht auch sein?« Audrey sah ihn fragend an.

»Weil ich genau das mache, was ich möchte. Und Sie nicht, oder?« Seine Stimme war sanft, obwohl er mit festem Griff ihre Hand hielt. Und sie konnte seiner Behauptung nichts entgegensetzen. Langsam schüttelte sie den Kopf. Sie tat das, was sie mußte und tun sollte für Menschen, die sie liebte, doch das war nicht das, was sie wirklich wollte.

In Audreys Lächeln lag philosophische Weisheit. Sie wußte, daß sie einen Freund gewonnen hatte, den sie sehr lange haben würde. »Sie haben recht, doch kann ich es nicht ändern, im Moment jedenfalls nicht. Mir bleibt nichts übrig, als diesen Sommer als Geschenk anzusehen und zurückzukehren, wenn es Zeit ist.«

»Und dann? Was kommt nachher? Wieviel von Ihren Wünschen sind Sie gewillt aufzugeben?«

Fast verschluckte sie sich an den Worten, als sie sagte: »Vermutlich alles. Etwas Halbes kann man nicht geben.« Das war es, was Charles angst machte, wieder ein Stück von sich zu verlieren... jemanden zu lieben *à tout jamais*, wie die Franzosen sagen, bis zum Grunde der Seele. Er hatte es fünfzehn Jahre lang nicht gekonnt, und plötzlich war sie da, eine Frau, die sein Innerstes zu verstehen schien, so wie er ihres verstand. Sonderbar, ihr ausgerechnet jetzt zu begegnen. Er hatte sie nicht gesucht, und er war auch nicht sicher, ob er sie finden wollte. Doch sie war da, und ihr Haar schoß kupferne Blitze auf ihn ab, als die Sonne am Himmel höherstieg. Charles saß da und starrte sie an.

»Ich weiß nicht, warum wir uns begegnet sind, aber ich glaube, ich bin dabei, mich in Sie zu verlieben.«

Auf diese Eröffnung war Audrey nicht vorbereitet. Ihr Herz schien abzusacken und ihm zu Füßen zu fallen.

»Ich... ich kann nicht...« Da Audrey die Worte fehlten, begnügte sie sich mit einem Nicken.

Er verstand alles... Harcourt... Annabelle... Großvater... ihr Verlangen, die Welt zu sehen... zu leben... frei zu sein... zu fotografieren... und den fernen Traum, den sie längst schon aufgegeben hatte, nämlich das alles mit jemandem zu teilen, jemanden zu finden, der alles mit ihr gemeinsam erleben würde... und plötzlich war er da, und ihre Wege kreuzten sich für Stunden oder Tage...

»Ich auch, glaube ich«, brachte Audrey heraus. Sie sah ihn benommen an. Zum erstenmal in ihrem Leben kam sie sich hilflos vor. Und als sie ihm die Arme entgegenstreckte, umfing er sie und hielt sie so fest, daß ihr der Atem stockte. Sie zweifelte nicht daran, daß derselbe Pfeil auch sie getroffen hatte. Charles' Lippen streiften zärtlich über ihr Haar, während er sie in den Armen hielt.

Audrey blickte zum ihm auf, und er lächelte. Dann küßte er sie, sanft, so wie er keine andere Frau zuvor geküßt hatte. Sie spürte, wie ihr Herz himmelwärts flog, als sie seine Lippen auf ihrem Mund spürte.

Es war der reinste Wahnsinn. Noch gestern waren sie Fremde gewesen. Und jetzt, ganz plötzlich, wußte Audrey, daß sie in ihn verliebt war. Und als sie langsam ins Haus gingen, legte er den Arm um sie, und sie spürte, wie seine Finger über ihren Nacken strichen. Sie hatte das Gefühl, in dieser Nacht an einem Wendepunkt ihres Lebens angelangt zu sein, das nie wieder so sein konnte wie früher.

»Audrey...« Er sah ihr direkt ins Gesicht, als sie vor der Tür zu ihrem Zimmer stehenblieben. »Du und ich, wir sind uns sehr ähnlich.« Nie hätte er gedacht, jemandem wie ihr zu begegnen.

»Erstaunlich, nicht?« Es erschien ihr wunderbar und gleichzeitig unfair. Alles, was sie sich wünschte, sah sie in ihm verkörpert, und in wenigen Tagen würde sie für immer von ihm Abschied nehmen müssen. »Wie lange bleibst du in Antibes?« Fast wagte sie nicht, diese geflüsterten Worte zu äußern: »So lange ich kann.«

Ihre Blicke trafen sich innig, und mit einem wortlosen Nicken schlüpfte Audrey in ihr Zimmer.

6

Eine weitere idyllische Woche war verflogen, und Charles war noch immer bei Vi und James zu Gast. Noch immer tollten sie wie Kinder in Antibes herum und unternahmen vieles zu viert. Dennoch schafften Audrey und Charles es täglich, auch allein zu sein. Für gewöhnlich machte sie sich irgendwohin auf den Weg, um zu fotografieren, und Charles sorgte dafür, daß er sie begleitete. Es war, als hätten sie seit seiner Ankunft nichts anderes getan, als das Leben des anderen zu erkunden, und es war kaum vorstellbar, daß sie sich zuvor nicht gekannt hatten.

Eben hatte sie das Objektiv ihrer Kamera auf ein altes Haus in dem kleinen Bergstädtchen Eze gerichtet, als sie bemerkte, daß Charles sie bewundernd ansah. Er hatte inzwischen unzählige ihrer Fotos begutachtet und wußte, wie gut sie mit der kleinen Leica umzugehen verstand, die sie so häufig benutzte.

»Aud, eines schönen Tages würde ich gern ein Buch mit Fotos von dir herausgeben. Was sagst du dazu?« Sie schoß zwei weitere Aufnahmen und drehte sich lächelnd zu ihm um, nur um ein Bild von ihm zu machen, das seine verblüffte Miene festhielt.

»Im Ernst, Charles?« Seit seiner Ankunft war sie geradezu aufgeblüht. Sie wirkte viel weiblicher und lockerer, und in ihren Augen lag ein anderer Ausdruck. Vi sprach zu James ständig davon, wenn sie allein waren. Sie hoffte inständig, es würde sich etwas daraus entwickeln, während James behauptete, das sei wenig wahrscheinlich. Charles war nicht der Typ eines Ehemannes. Das hatte er selbst seit Jahren schon von sich behauptet und auch, daß eine Ehe mit seinem Beruf nicht vereinbar sei. Doch sah auch James ganz klar, daß Charles für Audrey entflammt war, oder ›bis über beide Ohren verliebt‹, wie Violet sagte.

»Natürlich meine ich es ernst«, sagte Charles. »Deine Fotos sind verdammt gut. Besser als das, was ich schreibe.«

»Wohl kaum.« Audrey lachte über seine Bescheidenheit und trat ganz nahe neben ihn hin. »Na, hast du Lust auf den Lunch?« Sie hatten den riesigen Picknickkorb der Hawthornes ins Auto gepackt und öffneten ihn nun am Berghang, umgeben von blühenden Wiesenblumen, die Mauern von Eze im Rücken, das Mittelmeer zu Füßen. Es war ein so malerischer Ausblick, daß Audrey bezweifelte, ob ihre treue Leica imstande war, die Schönheit einzufangen. Sie streckte sich im Gras auf einen Ellbogen gestützt aus und sah zu Charles auf, einen Apfel in der Hand, ein Lächeln im Blick. »Ich bin hier so glücklich.«

»Ja, wirklich?« Er freute sich. »Und warum wohl, rate mal?« fuhr sie fort.

Er beugte sich über sie und hauchte einen Kuß auf ihr Haar. »Kannst du dir nicht denken, daß auch ich glücklich bin? Glücklicher als je im Leben?«

Sie strahlte, als er sich tiefer über sie beugte und sie voll auf die Lippen küßte. »Was machen wir, wenn es Zeit zur Heimkehr wird?« Langsam begann sie sich deswegen Sorgen zu machen. Früher oder später mußte die Idylle ein Ende finden, und sie hatte Angst davor. Beide hatten Angst.

»Wer kann das entscheiden, Aschenputtel? Woher sollen wir wissen, wann es Zeit zur Heimkehr ist?«

»Ich trete am vierzehnten September die Überfahrt an.« Den ganzen Weg zurück, den sie gekommen war... zurück in die Verantwortung und Pflicht... und zu Annabelle, die bereits mit den Unpäßlichkeiten der zweiten Schwangerschaft kämpfte. Im letzten Brief hatten ihre Tränen die Schrift fast vollständig verschmiert, und Audrey kämpfte mit Schuldgefühlen, weil sie so lange wie geplant ausbleiben wollte.

»Ist das in Stein gemeißelt?«

»Nein.« Sie seufzte. »Aber du weißt, daß ich zurück muß.«

»Warum?«

»Du weißt, warum.«

»Nein, das weiß ich nicht.« Er sagte es neckend, wollte Audrey aber prüfen, wie ernst es ihr war. Seit Tagen schon verfolgte ihn eine Idee. Er scheute sich aber, mit ihr darüber zu sprechen, weil er ihre Antwort fürchtete. Dabei wußte er, daß ihr Leben nie wieder dasselbe sein würde, wenn es ihm gelänge, sie dazu zu überreden... und seines auch nicht.

»Charles...« Sie sah ihn beschwörend an, und in ihrem Blick lag ein Kummer, den er noch nie gesehen hatte. Die meiste Zeit hatten sie damit verbracht, zu lachen, Champagner zu trinken und mit Violet und James Partys zu besuchen, doch auf diesen Ausflügen bot sich ihnen Gelegenheit, einander die Herzen zu öffnen.

»Warum machst du ein so trauriges Gesicht, meine Liebe?« Er ließ sich neben ihr im Gras nieder, und seine Körperwärme, die sie ganz nahe neben sich spürte, machte sie fast wahnsinnig. Für Charles empfand sie etwas, was sie nie für möglich gehalten hätte, und doch übte er auf sie keinen Druck aus, denn das hätte sie in Verlegenheit bringen können. Jetzt sah er sie zärtlich an und kitzelte ihr Ohr mit einer hellroten Blume.

»... bitte, bedränge mich nicht wegen meiner Heimfahrt. Ich kann meine Rückkehr nicht verschieben.«

»Warum nicht?«

»Es wäre nicht fair.«

»Nicht fair? Wem gegenüber?« Er fragte es mit Nachdruck, und die Antwort fiel ihr schwer.

»Großvater gegenüber. Ich weiß, was er bei meiner Abreise dachte, und ich möchte ihm beweisen, daß er sich irrte.«

»In welchem Punkt?« Charles stand vor einem Rätsel, bis sie es ihm erklärte.

»Ich glaube, er hatte bei meiner Abreise so etwas wie ein ›Déjà-vu‹-Erlebnis und litt unter der Angst, ich könnte tun, was mein Vater getan hat. Ich versprach ihm, daß ich wiederkomme. Nein, ich kann es ihm nicht antun, ihn länger allein zu lassen.«

»Das verstehe ich nicht.« Er streifte ihre Lippen mit seinem Mund, und Audrey konnte sich nur schwer auf das konzentrieren, was sie sagen wollte.

»Mein Vater ging fort und kam nie wieder. Jedenfalls nicht für länger. Er hatte es Großvater versprochen, aber seine Abenteuerlust war stärker als er... er konnte nicht zurück. Seine Leidenschaft galt den Orten, die er besuchte, den Menschen, denen er begegnete, den Abenteuern, die er erlebte ...« Die Erinnerung färbte ihre Worte mit Nachdenklichkeit. Ihr Vater mußte ein sehr romantischer Mensch gewesen sein. Das war ein Gedanke, der bewirkte, daß sie wieder zu Charles aufblickte. Die beiden waren so ähnlich, so sehr, daß sie es manchmal mit der Angst zu tun bekam.

»Ist das so schrecklich?« Charles hatte Verständnis dafür. Genauso hatte er die vergangenen fünfzehn Jahre verbracht. Der einzige Unterschied lag darin, daß ihn niemand erwartete. Es gab niemanden, den es interessierte, wo er wann war, von Freunden wie James und Violet abgesehen. Wenn er aufbrach, weinte ihm niemand eine Träne nach, und niemand zählte die Stunden bis zu seiner Wiederkehr. In gewisser Weise beneidete er Audrey darum. Es war der einzige Aspekt, der ihm an einer Ehe zugesagt hätte.

»Ich kann Großvater das nicht antun.« Ihre Stimme war sanft wie die Brise, welche die Luft bewegte.

»Und du selbst? Kannst du deine Träume aufgeben, Aud?«

»Das hier ist jetzt mein Traum.« Sie lächelte. »Eigentlich mehr als mein Traum.«

»Als wir uns kennenlernten, hast du mir etwas anderes gesagt.«

»Nein!« Sie errötete und fragte sich, was sie damals wohl gesagt hatte, an jenem ersten Abend, als sie bis zum Sonnenaufgang wach blieben, von ihren Träumen und ihrem Leben sprachen und einander gestanden, wer sie eigentlich waren.

»Du sagtest, du wolltest fremde Orte sehen ...«

Sie breitete die Arme aus, als wollte sie die grandiose Schönheit der Berglandschaft mitten in den See-Alpen umfassen. »Na, ist das nichts?«

»Das ist wohl kaum das, was du dir vorstelltest ... ich dachte, wir hätten damals von Nepal gesprochen?« Wieder neckte er sie, so daß sie ein bißchen verlegen wurde, ohne daß es besonderen Nachdrucks bedurft hätte. Er war darin sehr geschickt, doch Audrey war ihm gewachsen.

»Das reicht fürs erste.«

Plötzlich verdüsterte sich seine Miene. »Ich muß in ein paar Tagen fort.« Es war das erste Mal, daß sie davon hörte, und sie spürte, wie ihr Herz einen Satz machte. Sie saß da und starrte ihn mit aufgerissenen Augen an. Das Ende war nahe. Sie hatte gewußt, daß es kommen würde, doch hatte sie nicht geahnt, daß es so bald käme. »Ich muß für die Londoner *Times* eine Story schreiben.«

»Jetzt?« Es war ein kleines verängstigtes Wörtchen.

»Bald.«

»Wo?«

»Über Nanking, Schanghai, Peking...«

»Mein Gott...« Sie war schockiert, versuchte aber Haltung zu bewahren und lächelte, obwohl sie das Gefühl hatte, ihr Atem und das Glück schienen sie gleichzeitig zu verlassen. »Exotischer geht's wohl nicht mehr.«

Er nickte. »Ich wünschte, du könntest mitkommen.«

»Ich auch.« Das war aufrichtig gemeint. Die Namen dieser Städte klangen ihr wie Zauberworte in den Ohren. Es waren außergewöhnliche Namen, nicht bestimmt, in ihrem Leben eine Rolle zu spielen. Wenigstens jetzt nicht.

»Eine Reise, auf der du phantastische Aufnahmen machen könntest.« Er wandte alle Lockmittel an, und sie lachte bedauernd.

»Unter anderem.«

»Wann fährst du?« Instinktiv streckte Audrey die Hand nach ihm aus, und sie saßen wortlos Hand in Hand unter dem Sommerhimmel, erfüllt von der Vertrautheit, die zwischen ihnen in der kurzen Zeit ihrer Bekanntschaft entstanden war.

»Ich weiß nicht. Als erstes habe ich in Italien etwas zu erledigen, und danach wollte ich von Venedig aus mit dem Orient-Expreß weiterfahren.«

Sie hörte es und schloß die Augen. Charles beobachtete ihren Gesichtsausdruck und sah, daß zwei Tränen über ihre Wangen liefen, als sie ihn wieder ansah. »Du Glücklicher.«

Er schüttelte den Kopf und fühlte sich sehr unglücklich. »Nein, ich bin nicht glücklich. Die Frau, die ich liebe, wird durch die halbe Welt von mir getrennt sein... oder nicht?« Er drückte ihre Hand, und sie setzte sich auf. Sie mußte sich wie ein erwachsener Mensch benehmen. Es hatte keinen Zweck, dem nachzuweinen, was sie nicht haben konnte, und Charles konnte sie nicht haben. Jedenfalls nicht für lange. Es hatte keinen Sinn, sich etwas vorzumachen.

»Warum kommst du anschließend nicht nach San Franzisko?« Sie fragte es lächelnd, und er lachte auf.

»Einfach so? So wie du es sagst, klingt es sehr unkompliziert.«

»Ist es denn kompliziert?« Jetzt neckte sie ihn, und er küßte sie von neuem.

»Vielleicht komme ich. Und vielleicht entführe ich dich auf einem Schimmel, und du hältst eine Rose zwischen den Zähnen.«

»Das hört sich wunderbar an, Charles.«

»Ja, nicht wahr...« Wieder zog er sie neben sich ins Gras, und sie lagen eine Weile fest umschlungen da, bis ihre Umarmung zu leidenschaftlich wurde, ihre Zurückhaltung immer schwächer, und Audrey sich klugerweise losmachte, während er sie bedauernd ansah. Er respektierte sie, aber noch nie hatte er eine Frau so heftig begehrt, und sie hatten so wenig Zeit.

Der drohende Abschiedsschmerz verlieh nun der mit Vi und James gemeinsam verbrachten Zeit eine gezwungene Fröhlichkeit. Die Nächte wurden mit jedem Mal länger, der Champagner floß immer reichlicher. Und es fiel Audrey immer schwerer, sich in der Nacht von Charles loszureißen und auf ihr eigenes Zimmer zu gehen, doch sie wollte keine Dummheit begehen, ehe sie nach Hause fuhr. Mit den Konsequenzen wäre sie ein ganzes Leben lang konfrontiert gewesen. Und Charles wollte bei ihr kein Risiko eingehen, mochte sein Verlangen auch noch so groß sein. Dazu liebte er sie zu sehr.

»Ich glaube, ich werde mit kalten Duschen anfangen oder mit mitternächtlichen Bädern im Mittelmeer, das eigentlich gar nicht kalt genug ist. Leider wird es nichts nützen«, scherzte Charles eines Nachts, als sie von einer Party die Küste entlang heimschlenderten. »Du machst mich noch wahnsinnig, weißt du das?«

Audrey fühlte sich schuldig, denn es war nicht ihre Absicht, ihn zu reizen. »Es tut mir so leid, Charles...« Bewundernd blickte sie zu ihm auf, und er legte einen Arm um sie und zog sie an sich.

»Das ist nicht nötig. Es waren die schönsten Wochen meines Lebens, dank dir. Die Erinnerung daran werde ich bis ans Ende der Welt tragen.« Er lächelte ihr zu und küßte die kupfern schimmernden Locken, die ihr Gesicht umrahmten. Er wußte es noch nicht, daß sie eine Überraschung für ihn hatte, ein Album über die gemeinsamen Tage in Antibes, von ihr zusammengestellt, nachdem die Fotos vervielfältigt worden waren. Sie wollte alles fertig haben, ehe er Abschied nahm. Auf dem Weg nach Nanking konnte Charles dann darin blättern. Im Moment mochte sie noch gar nicht daran denken. Und doch konnte sie die bevorstehende Trennung nicht verdrängen. Er wollte in wenigen Tagen abreisen.

An ihrem letzten Abend saßen sie da und sahen die Sonne aufgehen wie am Tag ihres Kennenlernens vor wenigen Wochen. »Kaum zu glauben, nicht?« Er machte ein ernstes Gesicht, als er dasaß und ihre Hände hielt. Vi und James waren längst zu Bett gegangen, aber Charles und Audrey hatten es nicht eilig, einander zu verlassen. »Mir scheint, als hätte ich dich schon ein Leben lang gekannt.«

»Es wird sonderbar sein, wenn du wieder fort bist... so leer...« Sie war ganz aufrichtig. Mit Charles konnte sie über alles sprechen, und das tat sie auch. Er sah ihr in die Augen, unfähig, den Traum aufzugeben, sie könne bei ihm bleiben.

»Audrey, ich möchte dich etwas fragen. Und ich möchte, daß du dir die Antwort gut überlegst.« Er hielt inne und holte tief Luft, ehe er fortfuhr: »Möchtest du mit mir kommen?« Ihr Herz drohte auszusetzen, und das mußte in ihrem Blick gestanden haben. »Nur bis Istanbul. Du kannst dann noch rechtzeitig in London sein. Ich muß am dritten September von Venedig losfahren. Du erreichst noch dein Schiff am vierzehnten.« In seinen Augen loderte es, als er sie ansah. »Audrey...«

Sie schüttelte den Kopf. »Das kann ich nicht, Charles.«

»Warum nicht? Wann wir uns wiedersehen, steht in den Sternen. Bist du wirklich imstande, unser Beisammensein so abrupt abzubrechen, alles Gemeinsame zu verschwenden?« Erregt sprang er auf und fing an, auf der Terrasse auf und ab zu gehen. »Wie kannst du einfach so ablehnen? Verdammt, Audrey, nur dieses eine Mal... denk an dich selbst... denk an uns, bitte!« Sein Blick zerriß ihr das Herz. »Überleg es dir noch einmal.« Das versprach sie, doch diesmal waren es nicht ihre Verpflichtungen, die sie abhielten. Es war etwas anderes. Sie hatte Bedenken, mit ihm nach Venedig zu fahren. Sie wußte, was dort geschehen würde, wußte, was sie tun würde, wenn sie ganz allein mit ihm war. Sie würde alle Konventionen über Bord werfen. Sie war dazu schon in Antibes fast bereit, wollte es aber nicht. Fuhr sie mit ihm nach Venedig, dann würde es wie ein Sturz von der Klippe sein. Immer wieder suchte sie seinen Blick und dachte daran, um was er sie gebeten hatte, und als die Sonne aufging, wollte sie ihm sagen, daß sie nicht mit ihm gehen könnte, doch er brachte sie mit einem Kuß zum Schweigen. Plötzlich fing er an, von Sean zu sprechen, wie kurz das Leben doch sei, wie unendlich kostbar, wie teuer, und ihr wurde klar, was für ein Leben er eigentlich führte. Er ging nach China, um ein Interview mit Tschiang Kai-schek zu machen und um einen Artikel über das von den Japanern bedrohte Schanghai zu verfassen. Wenn er dort getötet würde und sie ihn nie wiedersah? Ein schrecklicher Gedanke, und als er sie wieder küßte und sie spürte, wie seine Hände über ihre Schenkel strichen, hielt sie den Atem an und unterdrückte ein Aufstöhnen.

»Bitte, Audrey, komm mit mir nach Italien...« Ein Blick in seine Augen zeigte ihr, wie verzweifelt er es sich wünschte. Sie konnte nicht nein sagen, auch sich selbst zuliebe nicht. Jetzt nicht mehr.

Als er ihren Nacken küßte und ihre Brüste streichelte, flüsterte sie: »Ich werde mich vor deiner Abfahrt mit dir in Venedig treffen.« Sie war schockiert von ihren eigenen Worten, doch als er sie wieder in die Arme nahm und sie festhielt, bereute sie ihr Versprechen nicht.

Es war das, was auch sie wollte. Sie würde vernünftig sein müssen und nichts Verrücktes tun... und was konnte schließlich passieren? Es war ja nur für zwei Tage, dann stieg er in den Orient-Expreß.

Sie waren sich einig, Vi und James nichts zu sagen, und als er sich am nächsten Tag verabschiedete, tat er es mit einem langen Kuß, damit alle es sehen konnten, und sie winkte ihm nach, bis der Wagen außer Sicht war. Lady Vi zeigte sich sehr mitfühlend.

»Alles in Ordnung, Aud?« Sie brachte ihr einen steifen Drink mit einer Miene, die andeutete, daß sie erwartete, Audrey in einem Weinkrampf zusammenbrechen zu sehen. Doch als Audrey einen Schluck trank und sich dann still in ihr Zimmer zurückzog, um sich hinzulegen, gab sie sich zufrieden. Auf dem Bett liegend dachte Audrey an Charles und an das Versprechen, das sie ihm gegeben hatte... sie war total verrückt und doch bedauerte sie nichts. Auf dem Markusplatz, am ersten September um sechs. Und danach mochte Gott weiß was passieren. Doch eines wußte Audrey mit Sicherheit: sie mußte Charles in Venedig treffen.

7

Die nächste Woche verging wie im Flug. Charles war abgereist, James' Bruder traf ein, und einige Tage darauf auch Vis Bruder. Schließlich kam auch das Gefühl, daß alles sehr rasch zu Ende sein würde. Audrey entschloß sich zur Abreise. Violet und James gegenüber ließ sie von Charles' Vorschlag nichts verlauten. Sie schwankte noch immer, ob sie wirklich ihr Versprechen halten sollte, ob sie nicht im Begriff stand, eine Torheit zu begehen, doch war Audrey der Gedanke unerträglich, zurück in die Staaten zu gehen, ohne Charles wiederzusehen. Sie mußte sich mit ihm in Venedig treffen, und sei es nur, um ihm noch einmal Lebwohl zu sagen und ihm das Album zu geben, das sie für ihn zusammengestellt hatte.

Schließlich kam es wieder zu einem tränenreichen Abschied, diesmal von Violet und James, und der Abschied von den Kindern war noch viel schlimmer. Für Alexandra hatte sie eine riesige wunderschöne Puppe in Cannes bei La Rêve d'Enfant gekauft und für den kleinen James einen hübschen Matrosenanzug und ein Modellsegelboot, das er zu Hause im Park schwimmen lassen konnte. Violet bekam eine hübsche Kristall- und Onyxbrosche und James eine Kiste Dom Pérignon. Das schönste Geschenk aber war der Stapel Fotos, die sie von ihnen geknipst hatte. Es waren wunderschöne Bilder von Violet in verschiedenen Kleidern und mit tollen Hüten, James übermütig am Strand und bei stillen Spaziergängen mit Charles, und eine Aufnahme, die James zeigte, wie er bei Sonnenuntergang Lady Vi mit einer Zärtlichkeit in den Augen ansah, die Audreys Augen feucht werden ließ, als sie das Bild vergrößerte. Das waren herrliche Souvenirs eines Sommers, den keiner von ihnen je vergessen würde. Audrey versuchte dies in

Worte zu fassen, als sie neben dem Auto stand, das sie gemietet hatte, doch war es ihr unmöglich, ihre Gefühle auszudrücken. Sie empfand zu viel. Für alle.

»Ein Wort des Dankes erscheint so lächerlich wenig für so viel...« Sie umarmte Vi und beide weinten, als Violet zurücktrat.

»Schreib bald! Du hast es versprochen!«

»Mach' ich, verlaß dich drauf...« Und dann umarmte sie James. Die Hawthornes würden noch nicht in London sein, wenn sie die Überfahrt auf der *Mauretania* antrat. James war für sie wie ein älterer Bruder, als er sie zärtlich auf beide Wangen küßte. Und sie ertappte sich bei dem Wunsch, Annabelle hätte einen Mann wie ihn geheiratet und nicht Harcourt. Nach einem letzten Kuß, mit dem sie von den Kindern Abschied nahm, umarmte sie Violet noch einmal.

Unter Tränen stieg sie in den Wagen und setzte sich ans Steuer, während Violet sich mit einem Spitzentaschentuch über die Augen fuhr, unter Tränen lächelnd. »So schrecklich habe ich mich seit Tante Hatties Tod letztes Jahr nicht mehr gefühlt.« Violet lachte und putzte sich die Nase. Audrey machte es ihr nach, während Vi sie ausschalt. »Du solltest nicht selbst am Steuer sitzen. Es ist zu gefährlich.«

»Ach was, das schaffe ich schon.«

»Du bist viel zu selbständig!« Violet bedauerte, daß sich die Beziehung zu Charles nicht weiter entwickelt hatte. Wäre es nach ihr gegangen, so hätte er bleiben und Audrey nach Italien fahren sollen, doch er hatte es sehr eilig gehabt, fortzukommen und mit der Arbeit an seinen Artikeln anzufangen. Vielleicht hatte James recht, entschied sie, als sie dem langsam davonfahrenden Wagen nachwinkten. Charles war als Ehemann völlig ungeeignet. »Wie schade!« rief sie James zu, als Audrey außer Sicht war.

»Ich habe sie nicht fortgeschickt, Liebling. Also laß deinen Unmut nicht an mir aus.« Er drückte sie an sich, und sie putzte sich wieder die Nase und schüttelte den Kopf.

»Das meinte ich nicht. Ich dachte an Charles.«

»Was ist mit Charles?« James war ratlos.

»Eine Schande, daß er nicht so viel Grips hat, um die Richtige zu erkennen, wenn sie vor ihm steht.«

»Das sag' ich doch. Er ist kein Mann zum Heiraten.«

»Genau das meinte ich!« Sie war richtig verärgert, und er lachte.

»Ach, darüber bist du wütend... er will einfach nicht, also quäle dich oder die arme Audrey nicht damit. In seinem Leben ist für eine Frau kein Platz. Welche Frau möchte einen Mann, der um die Welt reist, mit Beduinenstämmen und Kamelen und Gott weiß was zusammenlebt, von den Mädchen mal abgesehen.«

Aber Violet fand das gar nicht komisch und funkelte James an.

»Ein verdammter Narr ist er!«

»Vielleicht. Oder aber er kennt sich selbst zu gut, meine Liebe.« Plötzlich sah er seine Frau besorgt an. »Glaubst du, Audrey hat erwartet, daß etwas aus dieser Romanze wird?«

»Ich glaube, das weiß sie besser als wir. Und außerdem ist sie ebenso eigensinnig wie er. Sie hat nichts im Kopf außer ihren Großvater und diese lästige Schwester. Immer wenn ein Brief von ihr kam, war Audrey den ganzen Tag bedrückt. Das Mädchen muß eine richtige Heulsuse sein. Schwer vorstellbar, nicht? Audrey ist das genaue Gegenteil. Nein, ich glaube nicht, daß sie von Charles etwas erwartete, aber ich bin überzeugt, daß es bei beiden tiefer ging, als wir ahnen.«

»Was bringt dich zu dieser Ansicht?« James war immer wieder überrascht, wie seine Frau sich in andere Menschen hineindenken konnte. Oft durchschaute sie Situationen, für die er überhaupt kein Gespür hatte, und er fragte sich, was sie bei den beiden gesehen oder erahnt haben mochte. Charles war seit langem sein bester Freund, und Audrey hatte er während ihres Besuches liebgewonnen. »Hat sie vor ihrer Abreise etwas gesagt?«

»Nein.« Vi schüttelte den Kopf. »Und er auch nicht. Aber das ist es ja, was mich vermuten läßt, daß es ernster ist, als wir denken. Beide waren so eifrig bemüht, sich nichts anmerken zu lassen.«

James sah sie an, als hätte sie den Verstand verloren. »Manchmal bist du wirklich unvernünftig.« Er küßte sie sacht auf die Lippen. »Trotzdem liebe ich dich.«

»Danke, James.« Lächelnd lehnte sie sich in ihrem Lieblingsliegestuhl zurück und genoß die letzten Sommersonnenstrahlen.

Audrey fuhr über San Remo, Rapallo, Portofino und Viareggio die Küste entlang, um schließlich landeinwärts nach Pisa und Empoli abzubiegen, dann weiter gegen Süden nach Siena, Perugia, Spoleto, Viterbo und zuletzt nach Rom. In Rom angekommen, stellte sie fest, daß sie kaum Interesse für die Sehenswürdigkeiten aufbringen konnte. Ihre Gedanken kreisten ständig um Violet und James, um die Kinder, ihre Freunde und natürlich um Charles. Sie fühlte sich wie eine verlorene Seele, während sie durch Kirchen und Museen wanderte, das Kolosseum besichtigte, die Katakomben, den Vatikan. Irgendwie war sie wie betäubt, als sie Rom allein durchstreifte. Sie bereute, daß sie nach Italien gefahren war. Dieser Teil ihrer Reise kam ihr nun unnütz und überflüssig vor. Mit großer Erleichterung gab sie den Mietwagen auf und bestieg den Zug nach Florenz. Doch erging es ihr in Florenz nicht anders. Ihre Gedanken waren nicht bei den Sehenswürdigkeiten und Schönheiten, die sie besichtigte, und sämtliche Kirchen und Museen sahen für sie gleich aus. Sie dachte ausschließlich an Venedig und an das Wiedersehen mit Charles. Als sie schließlich im Zug nach Venedig saß, wäre sie am liebsten ausgestiegen und zu Fuß gelaufen, weil sie den Eindruck hatte, daß der Zug viel zu langsam vorankam. Menschen stiegen an den vielen Stationen scharenweise aus und ein, und mit jedem Aufenthalt hatte der Zug mehr Verspätung. Am späten Nachmittag wurde Audrey von Panik erfaßt. Es war jetzt klar, daß es Wahnsinn gewesen war, sich mit Charles auf einem öffentlichen Platz zu verabreden. Es war ihr sehr romantisch erschienen, und keinem von beiden kam es in den Sinn, wie unpraktisch es war, keiner hatte daran gedacht, daß in Italien Zugverspätungen an der Tagesordnung waren. Kurz nach acht kam sie an, und der Sonnenuntergang tauchte den Himmel in grellorangefarbene Flammen. In Audreys Augen brannten Tränen. Sie hatte sich um mehr als zwei Stunden verspätet, und Charles steckte Gott weiß wo. Inzwischen war er sicher längst am Treffpunkt gewesen und wieder gegangen. Sie hatten nicht einmal daran gedacht, sich auf ein Hotel zu einigen. Audrey hatte von Rom aus im Gritti ein Zimmer bestellt. Wo Charles abgestiegen war, wußte sie nicht, ebensowenig wie sie wußte, ob sie sich treffen würden. Noch nie im Leben hatte sie sich so hilflos gefühlt, wie in dem Augenblick, als sie dem Gondoliere zusah, der ihr Gepäck in seine Gondel lud. Sie nannte ihm den Namen ihres Hotels, und plötzlich entschloß sie sich, einen Versuch zu wagen.

»Können wir unterwegs am Markusplatz Station machen?«

»Sie meinen die *Piazza San Marco*?« Sie nickte, noch immer verzweifelt. »*Si, Signorina*.«

In seinem Blick lag Wärme, als er ihr zulächelte und sein lükkenhaftes Gebiß sehen ließ, auf dem Kopf den klassischen Hut der Gondoliere. Breitbeinig stand er da, während er seine anmutige Gondel durch das Wasser gleiten ließ. Audrey blickte sich um, sah die zahllosen Touristen, die in Gondeln die Kanäle befuhren, sah den Sonnenuntergang, der die Kuppeln aufblitzen ließ. Es war die schönste Stadt, die sie je gesehen hatte, und sie hatte sich noch nie so allein gefühlt, als sie ausstieg und zum Platz lief. Ihr Blick überflog die riesige Fläche, umfaßte den Campanile und die vielen Menschen, die aus den Cafés kamen oder sie betraten. Sie sah jeden an, lief eilig von einem Café zum nächsten und dann plötzlich sah sie dunkles Haar, einen britischen Regenmantel, eine Kopfform, die ihr bekannt vorkam, und sie flog an seine Seite, blickte zu ihm auf, als wäre sie in letzter Minute gerettet worden... nur um zu entdecken, daß es ein Fremder war. Enttäuscht und verlegen trat sie den Rückzug an. Nach einer halben Stunde mußte sie sich geschlagen geben. Charles war nirgends zu sehen. Vielleicht war er gar nicht hiergewesen, oder aber er war längst wieder gegangen, überzeugt, daß sie ihn versetzt hatte. Auf dem Weg ins Hotel mußte sie gegen ihre Tränen ankämpfen, und als Träger und Gondoliere ihr Gepäck ausluden, verschwand sie still im Hotel, das Gefühl der Niedergeschlagenheit im Herzen, Herzeleid im Blick. Man konnte ihr ansehen, daß ihr etwas Schlimmes zugestoßen war.

Die für sie reservierte Suite war viel großartiger als alles, was sie bisher irgendwo in einem Hotel gesehen hatte. Ein imposantes Renaissance-Himmelbett beherrschte diesen kostbar und antik ausgestatteten Raum mit seinen Marmortischen und Gobelins. Es war ein wunderbarer Eindruck, und sie kam sich richtig albern vor, als sie allein und verzweifelt dasaß, doch sie konnte im Moment nichts unternehmen. Inzwischen war es neun Uhr vorbei, und es wäre sinnlos gewesen, die Straßen auf der Suche nach Charles zu durchstreifen. Sie hatte den Portier gefragt, ob Mr. Parker-Scott auch hier reserviert hätte, und erhielt ein Nein zur Antwort. Damit mußte sie sich begnügen. Ihr blieb nichts übrig, als am nächsten Tag die besseren Hotels abzuklappern, in der Hoffnung, ihn irgendwo zu finden, und wenn das alles nichts nützte, konnte sie am dritten September versuchen, ihn am Bahnhof zu treffen, wenn er den Zug bestieg, der tags darauf in Österreich an den Orient-Expreß angehängt würde. Es war ein Jammer, in Venedig zwei Tage einfach so zu vertun, doch das ist vielleicht meine Strafe, ging es ihr durch den Kopf, als sie ein paar Bissen von dem Abendessen, das sie sich aufs Zimmer hatte kommen lassen, zu sich nahm... falls es ein Fehler gewesen war, sich mit ihm hier treffen zu wollen. Sie wußte, daß es falsch war, doch war sie nicht imstande gewesen abzulehnen, und jetzt war alles verloren. Der Gedanke an Charles ließ ihre Tränen wieder fließen, so daß sie erst das zweite Pochen an der Tür wahrnahm und heiser ›Herein‹ rief und sich die Nase putzte in der Annahme, es sei der Zimmerkellner, der das Tablett abholen wollte. Als die Tür aufging, sah sie kaum hin, und plötzlich hielt sie die Luft an und stand auf. Die Tür war nicht verschlossen gewesen, und er war einfach eingetreten.

»Mein Gott... wie bist du...« Ihr Herz schlug wie verrückt, als sie sich in seine Arme warf. Noch nie hatte sie sich über ein Wiedersehen so gefreut. Charles hielt sie in den Armen wie ein verlorenes Kind, so wie er einst seinen Bruder Sean gehalten hatte... er drückte sie so fest an sich, daß ihr die Luft wegblieb. »O Charles«, schluchzte sie wie ein kleines Mädchen, was ihr gar nicht ähnlich sah. »Ich dachte, ich würde dich nie wiedersehen.«

Er liebkoste sie mit leisen Worten und wiegte sie in den Armen. »So einfach wirst du mich nicht los, mein Liebling. Ich bekam einen schönen Schrecken, als du nicht kamst, und dann machte ich mich auf die Suche und entdeckte, daß du hier gebucht hast.« Hingerissen sah Audrey ihn an, und er lächelte.

»Ich war entsetzt... ich dachte schon...«

»Daß ich tot sei... mindestens?« Er sah ihre geröteten Augen, drückte sie wieder an sich und strich ihr liebevoll das in Unordnung geratene rote Haar glatt. »Aud, Unkraut verdirbt bekanntlich nicht. Und du ... ist bei dir alles in Ordnung?« Er blickte sich in der noblen Suite um. »Du meine Güte ...« Da lachte sie zum erstenmal. Und plötzlich kam sie ihm vor wie ein ganz junges Mädchen.

»Ziemlich großartig, nicht?«

»Ja, das kann man wohl sagen.« Er trat einen Schritt zurück, um sie mit einem erleichterten Blick zu mustern. Er war froh, daß er sie so rasch gefunden hatte. Wie Audrey hatte er vergeudete Tage befürchtet, erfüllt mit fruchtlosen Versuchen, sie zu finden. »Tut mir leid, daß du deswegen so viel Angst ausstehen mußtest. Ich hätte mich in Rom mit dir treffen sollen, aber ich hatte so verdammt viel zu tun.« Er warf seine Jacke über einen Sessel und setzte sich neben sie. Sein Blick ruhte ernst auf ihr, während sie versuchte, ihre Fassung wiederzugewinnen. »Du sollst wissen, daß ich niemals nach Istanbul gefahren wäre, ohne dich noch einmal zu sehen.«

Sie lächelte unter neuen Tränen, und ihre Stimme war heiser, als sie sprach, so erleichtert war sie, ihn zu sehen. »Fast hätte ich den Entschluß gefaßt, dich in Istanbul zu suchen ... ich wollte schon herausfinden, wann ich das nächste Schiff nach Hause erreichen könnte ...« Audrey schlang die Arme um seinen Nacken. »Ach, Charles ... ich liebe dich so sehr ...« Sie mußte diese Worte sagen, mußte ihm sagen, was sie empfand. Er bedeutete ihr so viel. Und er hielt sie umschlungen und fand ihre Lippen. Jetzt hielt sie nichts mehr zurück, weder Konventionen, die sie als Gäste in einem Haus einhalten mußten, noch Sorge um ihre Freunde, und sie vergaßen alles, als er sie in den Armen hielt und seine Hände über sie gleiten ließ. Sein Begehren war noch nie so groß gewesen wie in diesem Augenblick, und Audreys Sehnsucht kam der seinen gleich. »O Charles ...« Er sah sie eindringlich an, und beide hielten den Atem an. Sanft machte er sich los.

»Aud, ich sollte jetzt vielleicht lieber gehen ...« Sein Blick suchte in ihren Augen nach einem Hinweis, doch anders als bei dem letzten Beisammensein in Antibes schüttelte sie den Kopf, und er hielt den Atem an. »Du sollst nichts tun, was du bereuen müßtest.« Für beide war es ein gefühlsbeladener Abend gewesen, ein schwieriger Tag, mit Warten verbracht. Seit Charles Antibes verlassen hatte, waren sie beide nicht imstande gewesen, einen klaren Gedanken zu fassen. Audrey hatte darauf gewartet, wie sehr, das wurde ihr erst klar, als sie ihn wieder ansah. Sie wußte, warum sie gekommen war. Sie hatte Angst gehabt, es vor sich selbst einzugestehen, doch sie mußte dies tun, und sie wußte, daß sie es nie bereuen würde. Von diesem Tag an war sie sein.

»Ich will nicht, daß du gehst.« Ihre Stimme war tief, gelassen und voller Sinnlichkeit, als er ihre Hand nahm und ihre Fingerspitzen küßte. Ihr ganzer Körper vibrierte daraufhin vor Sehnsucht nach ihm. »Ich liebe dich, Charles.« So einfach war schließlich alles, so einfach wie diese Worte, die das ganze Ausmaß ihrer Gefühle ausdrückten.

»Niemals habe ich jemanden so geliebt«, flüsterte er, und dann stand er auf, hob sie hoch und trug sie in den anschließenden Raum. Sanftes Licht fiel von draußen herein, und als er die Tür schloß, leuchtete nur mehr der Mondschein ins Zimmer. Er sah ihr Gesicht, ihre Augen und Lippen, und er küßte sie sanft und zog sie im Dunkeln aus, sah mit Staunen ihren schimmernden Körper und streichelte sie. Sie war sich mit aller Deutlichkeit bewußt, daß sie zu ihm gehörte. Ein Schauer überlief sie, als sie zwischen die kühlen Laken glitt und ihm zusah, wie er sich auszog. Er kehrte ihr dabei den Rücken zu und stieg auf der anderen Seite ins Bett. Auf halbem Weg streckte er ihr die Arme entgegen, als sie näher zu ihm rückte und sich ihm ganz hingab. Ihr Körper bebte unter seiner Berührung, und er unterwies sie liebevoll und gekonnt, nahm sie erst, als sie bereit war, und dann, als sie ihn wieder begehrte. Er ließ sie den Rhythmus bestimmen und gab ihr alles von Körper, Seele, Verstand und Herz. Und von diesem Augenblick schienen ihre Herzen für immer verbunden. Als sie in seinen Armen lag und beide schliefen, sahen sie nichts vom Sonnenaufgang. Vom Campanile schlug die Stunde, und sie schlummerten erschöpft von ihrer Liebe.

8

Die zwei Tage in Venedig verliefen wie ein Traum. Charles zeigte Audrey alle Sehenswürdigkeiten, den Dogenpalast mit seinen prachtvollen Torflügeln, die Rialto-Brücke, Santa Maria della Salute und das Zollhaus mit der goldenen Wetterfahne... und noch bedeutsamer – die Seufzerbrücke, auf der Audrey den Atem anhalten mußte und er sie küßte und die unter ihnen dahingleitenden Gondoliere ihnen zusangen. Charles versicherte ihr, daß nun alle ihre Wünsche wahr werden würden, und Audrey lachte darüber. Die meiste Zeit aber verbrachten sie in ihrem Zimmer. Um den Schein zu wahren, nahm er ein kleineres Zimmer auf der gleichen Etage, doch ließ er nicht einmal sein Gepäck hinschaffen. Zwei Tage und zwei Nächte lebten sie wie Mann und Frau zusammen. Als die Stunde des Abschieds näherrückte, spürte Audrey, wie Panik sie zu erfassen drohte. Sie hatte für den Abend des Tages seiner Abreise einen Platz im Zug nach London reserviert. Charles' Zug fuhr nach Österreich und traf dort mit dem Orient-Expreß zusammen.

Der Abschied drückte so auf ihre Stimmung, daß Audrey kaum ein Wort herausbrachte, als sie sich in dem riesigen Marmorbad, in dem sie sich eben geliebt hatten, zum letzten Mal anzogen. Beim Gedanken an das Ende brach der Damm, und sie fing zu schluchzen an, den Blick fest auf ihn gerichtet.

»Liebling, nicht... nicht weinen.« Charles hatte es aufgegeben, sie zu drängen. Oft hatte er sie gebeten mitzukommen, und sie war fest geblieben und hatte behauptet, es sei ihr unmöglich. Eine weitere Anfrage wäre grausam gewesen, außerdem hatte er versprochen, damit aufzuhören. »Ich komme nach San Franzisko, sobald ich es schaffe und ich in Peking fertig bin. Dann nehme ich das nächste Schiff.« Er hielt sie in den Armen, und sie schluchzte hemmungslos. Sie hatte sich diesem Mann ganz hingegeben und konnte es nicht ertragen, ihn wieder zu verlassen. Sie gehörte zu Charles. Der Gedanke, ihn aufgeben zu müssen, berührte jede Faser ihres Seins, und doch wußte sie, daß der Abschied unvermeidbar war. Sie hatte keine andere Wahl. Seine Arme lagen um ihren Nacken, und es dauerte lange, bis sie ihre Fassung wiedergewonnen hatte.

Charles half ihr ins Kleid und sah zu, wie sie ihre Perlen anlegte, die Ohrklips festmachte und den großen Strohhut aufsetzte. Und während er ihr zusah, hätte er am liebsten die Zeit angehalten, so kostbar war für ihn dieser Augenblick. Ihm war aufgefallen, daß Audrey seit zwei Tagen ihre Kamera nicht angerührt hatte. Da war nichts, was man hätte festhalten können, es war eine Zeit voller Gefühle, voller schmerzender Sehnsüchte, die schließlich Erfüllung gefunden hatten. Es war eine Zeit, die sie beide nie vergessen würden. Beide waren sehr ernst, als sie die Rechnung bezahlten, das Hotel verließen und zusahen, wie ihr Gepäck in die Gondel verladen wurde.

»Charles, ich möchte nie wieder zurückkommen.«

»Warum nicht?« Er erschrak. Hatte er ihre Gefühle falsch verstanden? Das konnte nicht sein...

»Es könnte nie wieder so schön sein. Ich möchte es so in Erinnerung behalten... in meinem Bewußtsein« – ihre Augen wurden feucht, und er nahm ihre Hand – »in meinem Herzen...« Mit Augen, in denen Tränen schwammen, blickte sie zu ihm auf, und er hielt sie fest und half ihr in die Gondel. Er fürchtete den Abschied ebenso und zweifelte, ob er seine Fassung würde bewahren können. Der Gedanke an die Trennung drückte ihm die Kehle zu. Auf der Fahrt zum Bahnhof saßen sie aneinandergeschmiegt in der Gondel wie zwei verlorene Kinder. Charles begleitete Audrey zum Zug, da sie als erste, nämlich eine halbe Stunde früher als er, abfuhr. Er überwachte den Träger mit ihrem Gepäck und blieb dann noch bei ihr in ihrem Einzelabteil. Zu sagen gab es nichts mehr, nur Versprechen, die keiner von beiden halten konnte. Er hatte seine Arbeit, und sie hatte ihre Familie, und ihre Liebe war von einer Art, wie nur wenige Menschen sie erleben. Das wußten beide, als schließlich der tränenreiche Augenblick der Trennung gekommen war, als er dastand, sie festhielt, und sie einander mit geschlossenen Augen küßten.

Er machte sich zuerst los, da er es nicht mehr ertragen konnte. »Aud, ich liebe dich. Ich werde dich immer, immer lieben.« Wieder wollte er sie bitten, mit ihm nach Istanbul zu fahren, wagte es aber nicht mehr. Es wäre nicht fair gewesen, für beide nicht, wenn er sie wieder gedrängt hätte. Es war Zeit zum Abschiednehmen.

Man mußte der Tatsache ins Auge sehen. Und doch, es war das Schmerzlichste, was ihm seit Seans Tod zugestoßen war, und er war nicht sicher, ob er den Verlust ertragen konnte, doch auch er hatte keine Wahl.

»Ich liebe dich aus ganzem Herzen«, flüsterte sie ihm zu. »Gib acht auf dich und sei nicht zu übermütig...« Einen letzten Augenblick klammerte sie sich an ihn, und dann lief er aus dem Abteil hinaus, den Korridor entlang, die Stufen hinunter und sofort wieder zu ihrem Fenster. Sie schob es herunter und beugte sich vor, und wieder küßte er sie. Sie lächelten sich unter Tränen an. »Wir sehen uns nach Peking...« Doch sie wollte gar nicht daran denken. Er hatte selbst zugegeben, daß es einige Monate dauern würde... vielleicht sogar ein halbes Jahr. Charles hatte keine Ahnung, wie lange ihn seine Arbeit in China festhalten würde. Zum Jahresende mußten die Artikel fertig sein, wegen der Feindseligkeiten mit den Japanern war jedoch nicht abzusehen, was ihn erwartete.

»Ich werde dir schreiben, Aud.« Es war ein Versprechen, das er noch niemals jemandem gegeben hatte, und er hatte vor, es einzuhalten. Dann stand er da und sah sie an, wollte sie nur noch ein einziges Mal bitten, mit ihm nach Istanbul zu kommen – diese Worte blieben aber unausgesprochen. Noch ein Kuß, dann drehte er sich um und lief fort, ehe seine Fassung ihn im Stich ließ. Er hätte die schmerzliche Szene nicht ertragen, auf dem Bahnsteig stehend zusehen zu müssen, wie der Zug losfuhr. Er ging daher zu seinem Zug, setzte sich im Abteil hin und schloß die Augen, um die Abfahrt abzuwarten. Er zuckte zusammen wie ein Mensch vor einem Erschießungskommando, als er zwanzig Minuten später hörte, wie Audreys Zug sich langsam und keuchend in Bewegung setzte. Mit der Hand die Augen bedeckend lehnte er sich zurück, in Gedanken ganz bei ihr. Die Bilder, die er vor sich sah, waren so wirklich, daß er Audrey fast bei sich im Abteil zu spüren vermeinte, ihr Parfum zu riechen und ihre Stimme zu hören glaubte...

»Charles, jetzt kannst du die Augen aufmachen.« Vor Schreck zusammenzuckend ließ er die Hand fallen, schlug die Augen auf und sah sie an. Sie stand nur einen halben Meter von ihm entfernt und lächelte ihn an, während ein Träger verzweifelt mit ihrem Gepäck kämpfte.

»Was... meine Güte... um Himmels willen, Audrey! Fast hätte mich der Schlag gerührt!« rief er aus, während er aufsprang, sie hochhob und mit einem Schrei des Entzückens an sich drückte. Er küßte sie so stürmisch, daß es ihr den Atem raubte. »Was treibst du hier?«

»Ich dachte, ich könnte dich doch nach Istanbul begleiten.« Als er ausgestiegen war, hatte sie diesen Entschluß gefaßt. Audrey spürte deutlich, daß sie ihn noch nicht verlassen konnte. Sie war einfach noch nicht dazu imstande. Und ihr blieb genug Zeit, um nach London zu kommen und am vierzehnten die *Mauretania* zu erreichen, falls es keine längeren Verzögerungen gäbe. Und falls doch welche auftraten, würde sie das nächste Schiff nehmen. Sie wußte nur, daß sie um jeden Preis bei ihm sein mußte. »Gilt die Einladung noch?« Jetzt strahlte sie ihn an, und in ihm erwachte das verzweifelte Verlangen nach einem Drink, der ihm helfen würde, seine überbeanspruchten Nerven zu beruhigen.

»Ich denke schon.« Er sah sie kläglich an und zog sie ganz fest an sich, während der Träger die Tür zuschob und sie allein ließ. »Ich möchte nie wieder ohne dich sein, Aud... zumindest nicht für sehr lange Zeit... den Rest meines Lebens.« Er lächelte.

»Soll das ein Antrag sein?« Sie schien wie vor den Kopf geschlagen.

»So irgendwie. Ein Leben ohne dich kann ich mir nicht mehr vorstellen.«

Ihr ging es ganz ähnlich. Aber einer von ihnen würde alles aufgeben müssen. Sie ihre Familie oder er seinen Beruf. Und sie konnte sich beim besten Willen nicht vorstellen, daß einer von ihnen hinter sich lassen konnte, was er liebte. »Ich glaube, darüber brauchen wir uns noch keine Gedanken zu machen. Vielleicht sollten wir einfach genießen, was sich uns jetzt bietet.« Audrey war eine kluge Frau und hatte eine Entscheidung getroffen. Sie war entschlossen, bei ihm zu bleiben – in Istanbul jedenfalls. Und vielleicht darüber hinaus. Das würde sich noch zeigen.

9

Während der Zug durch die Nacht fuhr, auf die österreichische Grenze zu, liebten sie sich, und Audrey erwachte am nächsten Morgen mit wirrem Haar und großen Augen. Einen Augenblick lang hatte sie vergessen, wo sie war. Dann kam die Erinnerung wieder, als der Zug geräuschvoll anhielt und sie über Charles' Schulter aus dem Fenster lugte und auf der anderen Seite des Bahnsteigs die langgestreckten blauen Waggons mit den goldenen Lettern sah. ›COMPAGNIE INTERNATIONALE DES WAGON LITS DES GRANDS EXPRESS EUROPEENS‹ lautete die Aufschrift, und Audrey staunte mit großen Augen. Dies war der Zug, von dem sie so viel gelesen und gehört hatte. Auch ihr Großvater, der vor Jahren mit dem Orient-Expreß gefahren war, hatte ihr davon vorgeschwärmt. Außerdem hatte sie Fotos von diesem Zug im Album ihres Vaters entdeckt, und jetzt war sie da, sah ihn in all seiner Pracht und konnte es kaum erwarten, alle seine Geheimnisse zu entdecken.

»Charles... sieh doch...« Sie stieß ihn ungeduldig wie ein Kind an, und er regte sich verschlafen und sah mit trägem Lächeln zu ihr auf.

»Guten Morgen, Liebes.« Zärtlich strich er mit der Hand über ihre Kehrseite, und sie lächelte ihm zu, obwohl sie im Moment weitaus mehr Interesse an der Szene draußen hatte. Sogar zu dieser frühen Stunde stiegen faszinierende Menschen ein. Männer, die wie Bankleute aussahen, Frauen, die Konkubinen, Filmstars oder Präsidentengattinnen hätten sein können. Eine Dame trug einen Silberfuchs um sich drapiert, eine andere schleppte einen schweren Zobel trotz der warmen Septemberluft mit sich. Man sah Männer in Nadelstreifenanzügen, auf dem Kopf den Homburg, über der Weste schwere Uhrketten, welche die Leibesfülle einzudämmen schienen. Audrey nahm alles hingerissen wahr, und sie sah fast geistesabwesend über Charlie hinweg, nach etwas fassend, das hinter ihm lag, während er sich darüber amüsierte, daß der Gegenstand ihrer Faszination »nur ein Zug« war, wie er sich ausdrückte.

»Bist du wahnsinnig?« rief sie aufgeregt, als sie endlich das Gesuchte gefunden hatte, es war ihre Leica, die sie sofort auf die

Szene draußen auf dem Bahnsteig einstellte. »Dort drüben steht der Orient-Expreß, nicht nur irgendein Zug.«

Er lachte sie aus, und nachdem sie mindestens einen halben Film verknipst hatte, nahm er ihr die Kamera ab und stellte sie vorsichtig hin, ehe er Audrey mit seinem Körper festnagelte und hungrig auf sie hinunterblickte.

»Bist du deswegen mit mir gekommen? Nur um Fotos zu machen?« Er wollte sie damit necken, und sie lachte.

»Ganz recht. Was dachtest du denn?« Da küßte er sie, und beide lachten, als er sie immer wieder küßte, dann erstarb das Gelächter allmählich, und er liebte sie, sanft zunächst, nach einer Weile leidenschaftlicher, und sie wölbte sich ihm entgegen, als er sie reizte und mit ihr spielte und sie dann in die Arme nahm. Und als sie wieder friedlich umschlungen dalagen, sah sie beglückt zu ihm auf. »Ich bin froh, daß ich mit dir hier bin, Charles.«

»Ich auch, Liebling.«

Noch glücklicher war sie, als sie in den phantastischen Zug stiegen. Salon- und Speisewagen waren im Inneren mit Holz getäfelt. Überall blitzten Glasreliefs und schimmerte Messing. Das gemeinsame Abteil verfügte über einen Salon mit Plüschvorhängen und noch viel prunkvollerer Täfelung. Es sah eher wie ein Wohnzimmer als wie ein Zugabteil aus. Audrey blickte noch immer fast ehrfürchtig um sich, als sie zum Lunch Platz genommen hatten und warteten, daß die übrigen Passagiere einstiegen. Das Menü hatte sechs Gänge – die Speisenfolge war kleiner als die beim Dinner. Eine Zigeunerkapelle sorgte während des Essens für Stimmung. Als erstes brachte ihnen der Kellner eine Platte mit kleinen hors d'œuvres, Tatar und Räucherlachs auf Schwarzbrot. Fast war es Audrey peinlich, als sie entdeckte, wie hungrig sie war. Sie und Charles schafften es, die Platte leer zu essen. Es folgte nun eine Riesenportion Kaviar. Charles bemerkte, daß man damit offenbar das einwandfreie Funktionieren der Kühlanlage demonstrieren wolle. Dank dieser neuen Einrichtung konnte man den Gästen fast alles vorsetzen, und das tat man ja auch. Der Rest des Menüs war ebenso bemerkenswert... Spargel mit Sauce hollandaise, Lammrücken, Krabben, Mohrenköpfe... Nach dem köstlichen Kaffee nach Wiener Art hatte Audrey das Gefühl, kaum aufstehen zu können, und Charles steckte sich eine Zigarre an, für ihn ungewöhnlich, doch nach einem so opulenten Mahl war das der passende Abschluß.

Audrey lehnte sich zurück, sog den blauen Rauch aus Charles' Zigarre ein und beobachtete, wie die Mitreisenden nacheinander eintrafen. Es kam eine Frau im grauen Wollkostüm, einen Nerzmantel über den Schultern, die sich lachend mit einem Mann mit Homburg und Monokel unterhielt. Zwei winzige Pekinesenhündchen folgten ihnen kläffend und japsend. Weiter hinten kamen zwei Mädchen, die die Pelze für die Dame schleppten. Eine andere mondäne Mitreisende fiel durch ihr rotes Seidenkleid auf. Ihr Teint war makellos, das Haar straff zurückgekämmt und zu einem Knoten zusammengefaßt. An den Ohren funkelten riesige Rubine. Sie erweckte den Eindruck, als entstamme sie der Halbwelt, als sie beim Einsteigen eine ansehnliche Länge Bein enthüllte. Aufeinander abgestimmte Gepäckstücke und Schiffskoffer, die ihr nachgetragen wurden, waren kaum zu zählen.

Im gemütlichen Plüschsessel ihrer Suite saß Audrey behaglich zurückgelehnt und begann Charles von den Fotografien ihres Vaters zu erzählen. Bald waren sie in angeregtes Geplauder vertieft. Eine Reise mit Charles war wie eine Reise mit dem besten Freund. Sie fanden gleichzeitig Grund zum Lachen, fanden dieselben Leute amüsant, unerträglich oder lächerlich und waren fast immer einer Meinung. Charles war entzückt, weil sie so begeisterungsfähig war, und er schwebte im siebenten Himmel, weil sie mit ihm gekommen war. Er konnte es kaum erwarten, ihr Istanbul gleich nach der Ankunft zu zeigen und eine Nacht mit ihr in seinem Lieblingshotel zu verbringen, ehe er sie wieder für die Rückfahrt in den Zug setzte. Doch daran durfte er jetzt nicht denken. Die Reise hatte ja erst begonnen. Der Zeitpunkt des Abschieds war noch nicht gekommen. Noch nicht. Nicht jetzt. Der Spaß hatte eben erst begonnen.

Am Nachmittag vor der Abfahrt duschte Audrey und zog sich um. Als sie aus dem Schlafabteil ihrer Suite kam, trug sie ein Kleid, das er bezaubernd fand. Es war ein Kleid aus leichtem rosa Wollstoff mit einer Schrägdrapierung. Das kleine rosa Hütchen, ein Modell von Rose Descat, das sie in Cannes auf Drängen Lady Violets gekauft hatte, bildete eine modische Ergänzung. Audrey bereute den Kauf nicht. Ihre Aufmachung erschien ihr perfekt für den außergewöhnlichen Zug voller außergewöhnlicher Menschen. Für diese Gelegenheit hatte sie auch die großen Perlen ihrer Großmutter mit den passenden Ohrklips angelegt. Großvater hatte sie ihr geschenkt, und sie war jetzt froh, den Schmuck mitgenommen zu haben. Audrey kam sich sehr schick vor, als sie Arm in Arm mit Charles auf dem Bahnsteig spazierenging. Erstaunt sah sie, daß hier plötzlich Uniformierte auftauchten, die ihr zuvor nicht aufgefallen waren. Eine Gruppe dieser Männer umdrängte den Einstieg zu ihrem Waggon und beriet sich leise. Es sah aus, als warteten sie auf jemanden, was tatsächlich der Fall war.

»Wer sind diese Leute?« Audreys Neugierde war erwacht, und Charles warf einen flüchtigen Blick auf die Aufschläge der Uniformen, die nicht mit jenen identisch waren, die er in Deutschland gesehen hatte. Die Ähnlichkeit war aber nicht zu übersehen.

»Ich glaube, sie gehören zu den hiesigen Hitler-Anhängern.«

»Was... hier?« Ihre Verblüffung hätte nicht größer sein können. Hitler hatte in Deutschland die Macht ergriffen, aber hier war man schließlich in Österreich.

»Es gibt auch österreichische Nazis. Als ich im Juni in Wien war, konnte ich mich davon überzeugen. Man sieht sie allerdings nicht oft in Uniform. Dollfuß, der österreichische Bundeskanzler, hat die Nazi-Uniformen verboten. Daraufhin geriet Hitler außer sich und verlangte von Deutschen, die nach Österreich reisen wollten, eine hohe Abgabe, für den österreichischen Fremdenverkehr ein schwerer Schlag. Ich habe den Eindruck, viele Nazis hier kümmern sich um das Uniformverbot gar nicht. Aber vielleicht sind diese Burschen dort drüben in irgendeiner offiziellen Mission hier.«

Wieder warf Audrey, die noch neugieriger geworden war, einen Blick zu der Gruppe hin. Zu Hause in den Vereinigten Staaten hatte sie eine Menge über Hitler gelesen, und Vi und James hatten über diesen Mann viel zu sagen gewußt. Ihrer Meinung nach war er gefährlich, während sich in Amerika seinetwegen kaum jemand Sorgen zu machen schien.

Sie sah jetzt, daß die Uniformierten mit einem Ehepaar sprachen, in dessen Gesellschaft noch ein anderer Mann reiste. Alle drei waren gut gekleidet und in mittleren Jahren. Der größere der beiden Männer wirkte sehr ruhig, als er den zwei Nazis, die drohend die Stirn runzelten, etwas erklärte. Sie stellten eine knappe Frage, und der kleinere, ältere, zog zwei Pässe hervor, offenbar seinen eigenen und den seiner Frau.

»Charles, was können sie von den Leuten wollen?«

»Ihre Papiere wahrscheinlich.« Er schien nicht sonderlich interessiert und schenkte ihr Wein nach. »Mach dir keine Gedanken. Hierzulande gibt man sich sehr gern amtlich, aber uns wird man nicht behelligen.« Er wollte nicht, daß ihre Reise getrübt wurde. Schon vor einiger Zeit hatte er über das Nazi-Regime einiges gehört, das ihm Sorgen bereitete. Im allgemeinen herrschte die Meinung vor, die neuen Machthaber seien gut für Deutschland und daß sie darangingen, wunderbare neue Straßen zu bauen, doch der gewalttätige Antisemitismus wollte Charles nicht gefallen. Er folgte Audreys Blickrichtung, und plötzlich faßte einer der uniformierten Männer den älteren Herrn höchst unsanft an. Auf dem Bahnsteig griff lähmendes Entsetzen um sich, und die Dame, welche die Frau des Angegriffenen sein mußte, stieß einen Schrei aus. Man schlug ihrem Mann ins Gesicht, die Pässe verschwanden, die Frau und der andere Mann wurden mit ein paar knappen Worten abgefertigt. Der kleinere, ältere versuchte protestierend und gestikulierend etwas zu erklären und rief seinem Freund und seiner Frau etwas zu, wurde aber abgeführt.

»Was sagt er? Was hat er gesagt?« Audrey war durch das Gesehene zutiefst verstört und voll des Mitgefühls für die arme Frau, die sich nun in den Armen des Freundes ausweinte.

»Schon gut, Aud.« Charles legte den Arm um sie. »Er rief ihnen zu, sie sollten sich keine Sorgen machen, er würde die Sache in Ordnung bringen.« In diesem Moment sahen sie, wie das Gepäck der Leute aus dem Zug geschafft wurde. Die Frau weinte noch immer an der Schulter ihres Begleiters, als sie zum Ausgang gingen und außer Sicht kamen.

»Mein Gott, was ist da passiert?« Erregt stürzte Audrey aus dem Abteil und lief sofort dem Schaffner in die Arme. »Was ist mit diesem Mann geschehen?« Daß sie deswegen Wirbel machte, war ihr gar nicht peinlich. Alle anderen, die Zeugen der Szene geworden waren, sagten nichts und gingen ihrer Wege.

»Es ist gar nichts, Mademoiselle«, beeilte sich der Schaffner mit einem Lächeln zu versichern und warf über ihren Kopf hinweg Charles einen Blick zu, als hoffe er, bei diesem Verständnis zu finden. »Nur ein kleiner Gauner, der versuchte, in den Zug zu kommen.« Wie ein Gauner hatte der Mann aber nicht ausgesehen. Eher wie ein Bankier oder Geschäftsmann. Hut und Anzug waren teuer und geschmackvoll, und über der Weste hatte er eine goldene Uhrkette getragen. Auch seine Frau war gut gekleidet. »Das alles ist kein Problem.« Der Schaffner ging an ihr vorüber und bat den Kellner halblaut, den Herrschaften eine Flasche Champagner zu bringen. Als einige Augenblicke später jemand in den Zug einstieg, hörte sie, wie etwas geflüstert wurde. Sie verstand davon nur ein Wort und sah Charles erschrocken an.

»Die Frau sagte ›Juden‹ und hat diese Leute gemeint, nicht?«

»Ich weiß es nicht, Aud.« Er schien besorgt, wollte sie aber nicht noch mehr beunruhigen.

»Es waren Juden. Er zumindest. Mein Gott... dann stimmt es also, was behauptet wird? Mein Gott, Charles... wie schrecklich...«

Sanft faßte er nach ihrem Arm, als müsse er sie zurückholen, und sah ihr tief in die Augen. »Aud, da kann man gar nichts machen. Laß nicht zu, daß es dir die Reise verdirbt.« Daran war ihm in erster Linie gelegen. Und was er sagte, stimmte. Ihnen waren die Hände gebunden, warum sollten sie sich also quälen, zudem würde diesem Mann aller Wahrscheinlichkeit nach ohnehin nichts passieren.

In Audreys Augen blitzte es auf. »Seine Reise ist verdorben, oder nicht? Und die Reise seiner Frau... und die des Freundes.« Sie funkelte Charles an. »Und wenn es sich um James und Violet gehandelt hätte? Wenn man James einfach mitnähme, würdest du dann auch tatenlos zusehen oder etwas unternehmen?«

»Verdammt, das ist nicht dasselbe.« Ihre Argumente mißfielen ihm, und sein Blick wurde so zornig wie der ihre. »Natürlich würde ich es nicht zulassen, wenn es James träfe. Aber diesen

Mann kenne ich nicht mal, und wir können ohnehin nichts tun, also vergiß es am besten.«

Doch die Szene wollte beiden nicht aus dem Kopf gehen, bis der Zug endlich losfuhr und Charles sich neben sie auf das kleine Plüschsofa setzte und nach ihren Händen faßte.

»Aud, wir können nichts tun.« Als er den Arm um ihre Schulter legte, fing sie zu weinen an.

»Charles, ich fand die Szene gräßlich... warum haben wir gar nichts unternehmen können?«

»Weil es nicht immer geht. Man kann sich nicht gegen die Flut stemmen. Im Moment geschehen hierzulande schreckliche Dinge. Und vielleicht ist es wichtig, daß wir nicht hineingezogen werden.«

»Glaubst du das wirklich?« Audrey war schockiert über diese Ansicht.

»Es ist nicht wichtig für mich persönlich. Aber ich würde deine Sicherheit nie aufs Spiel setzen. Hätte ich da draußen heute eine Szene gemacht, wäre ich vielleicht hinter Gittern gelandet, und was wäre dann mit dir geschehen? Diese Hitler-Anhänger haben hier einigen Einfluß. Wir sind nicht in der Lage, etwas dagegen zu tun, und müssen uns damit abfinden. Hier ist nicht London oder New York. Du bist sehr, sehr weit weg von zu Hause.« Das empfand sie jetzt zum erstenmal und noch dazu auf diese unheilvolle Weise. Es fiel ihr schwer, den Mann, den man abgeführt hatte, aus dem Gedächtnis zu verdrängen.

»Aber man kommt sich so hilflos vor, findest du nicht auch?« Er nickte wortlos. An ihm war die Szene auch nicht spurlos vorbeigegangen. Und ihre Worte hatten ins Schwarze getroffen. Wenn es nun James gewesen wäre? Oder Audrey? Eine schreckliche Vorstellung. Er zog sie fest an sich, und sie fanden beide Trost in der Umarmung, bis eine Weile später das Begehren sie übermannte und sie sich auf dem Sofa liebten, während die Landschaft vorüberglitt. Beide hatten ihre Ruhe wiedergefunden, als sie sich am Abend zum Dinner umkleideten. Man hatte eher das Gefühl, in einem Hotel als in einem Zug zu sein. Charles folgte ihr wortlos in den Speisewagen, voller Bewunderung für den tiefen Rückenausschnitt ihres weißen Satinkleides, der ihre Rivierabräune zur Geltung brachte und in Charlie abermals brennendes Verlangen weckte.

Bei Tisch kam die Rede wieder auf den Zwischenfall auf dem Bahnsteig. Es brachte eine gewisse Erleichterung, wenn man darüber sprach. »Ist das hier in Österreich üblich? Geht man hier so gegen Juden vor?« Audrey schien noch immer bedrückt, als der Kellner kam und ihnen Wein brachte.

»Ich bin mir dessen nicht sicher. Im Juni hörte ich in Wien etwas in dieser Richtung und vor einigen Monaten auch in Berlin. Vielleicht handelt es sich nur um wahllose Übergriffe. Angeblich sollen nur Feinde des Reiches festgenommen werden, aber irgendwie traue ich Hitler nicht – und ihre Definition dieses Begriffes läßt sich sehr großzügig auslegen.«

Audrey, die sehr unruhig wirkte, gab ihm recht. »James sagte in Antibes dasselbe, als wir uns über dieses Thema unterhielten. Es ist erschreckend, wie Hitler das Land aufrüsten möchte. Das kann nur zu einem Krieg führen. Warum macht das den Menschen nicht angst?«

»Leider gibt es nicht viele, die unserer Meinung sind. Die meisten Amerikaner gehören nicht dazu. Ich habe den Eindruck, daß man in Amerika Hitler wunderbar findet.«

»Mir wird ganz elend.« Wieder mußte Audrey an den Mann auf dem Bahnhof denken. Charles machte ein ernstes Gesicht, als er sich diesmal die Zigarre anzündete. »Die Freiheit, derer wir uns erfreuen, ist ein Luxus.« Daran wurden sie wieder erinnert, als sie die Tschechoslowakei berührten, sodann durch Ungarn und Rumänien fuhren. An den wenigen Stationen, an denen der Zug hielt, stiegen jedesmal uniformierte Beamte ein. Aber auch in Augenblicken wie diesen bekam man niemals alle Mitreisenden zu Gesicht. Es war erstaunlich, wie viele sich in ihre Abteile zurückzogen, Partys für die Gruppe gaben, mit der sie reisten, oder einfach allein blieben, aus dem Fenster sahen oder Champagner mit ihren Geliebten oder Ehefrauen tranken. Audrey und Charles stiegen ein- oder zweimal aus, um sich die Beine zu vertreten, doch je näher sie Istanbul kamen, desto trauriger wurden sie. Bei ihrem letzten Spaziergang am Abend vor ihrer Ankunft machte Audrey kein Hehl aus ihrem Kummer. Die Tage in Venedig und die Fahrt mit dem Orient-Expreß waren wie Flitterwochen gewesen. Beide wollten nicht, daß sie jemals zu Ende gingen.

»Ich kann nicht glauben, daß wir fast am Ziel sind. Der Traum eines ganzen Lebens – und nach zwei Tagen ist alles vorüber. Findest du nicht auch, daß es länger dauern könnte?« schloß sie mit sehnsüchtigem Seufzen.

Charles lächelte und drückte ihre Hand im Weitergehen fester. Sie verbrachten Stunden damit, sich über Politik und Bücher zu unterhalten, über seine Reisen, die lange zurückliegenden Abenteuer ihres Vaters, über den Bruder, den er verloren hatte, über Annabelle, sogar über Harcourt... über ihre Fotos. Immer noch gab es etwas zu sagen, etwas zu besprechen, das sie vorhatten. Es war einfach unglaublich, daß sie schon am nächsten Tag in Istanbul sein würden und Audrey am Tag darauf wieder nach London fahren sollte. Wann sie sich wiedersehen würden, wußte Gott allein.

Wieder im Zug, saßen sie da und sahen zu, wie die Landschaft in der frühen Abenddämmerung vorüberglitt, wie Schafhirten mit ihren Herden auf dem Heimweg durch Wälder und Hügel zogen. In der einfallenden Nacht vermeinte man biblische Szenen zu sehen, und Audrey streckte unwillkürlich die Hand nach Charles aus.

»Ich denke ständig an den Mann und daran, was mit ihm passiert sein mag.«

Charles sah die Angelegenheit nüchterner. »Wahrscheinlich hat man ihn laufenlassen, und er konnte mit dem nächsten Zug fahren. Du darfst dich nicht damit quälen. Wir sind nicht in Amerika. Hier passieren oft seltsame Dinge. Man kann sich in die hiesigen Angelegenheiten nicht einmischen.« Das war einer der Gründe für seinen Erfolg mit Reisebeschreibungen aus fernen Ländern. Er blieb als professioneller Beobachter stets unbeteiligt. So hatte er sich, als er 1932 beim Angriff der Japaner auf Schanghai an Ort und Stelle war, dort frei bewegen, sogar die Stadt verlassen dürfen. Die Freiheiten, die er genoß, waren teils darin begründet, daß er sich in das Geschehen nie einmischte, mochte es auch noch so beunruhigend und tragisch sein, und das versuchte er ihr jetzt klarzumachen. »Das ist der Preis, den wir für das Privileg bezahlen, dabeisein zu dürfen. Man muß tun, als passiere es nicht... oder zumindest, als passiere es einem selbst nicht.«

»Das muß sehr schwer sein.«

»Ja, hin und wieder schon. Aber andernfalls würde man nicht unbeschadet davonkommen.« Seufzend lehnte er sich zurück. In Gedanken war er schon bei anderen Problemen. Er dachte an ihre letzten Augenblicke im Orient-Expreß. Anschließend blieb ihnen nur noch ein Tag, ehe Audrey wieder westwärts fuhr und er seine endlose Reise in den Fernen Osten antrat. Wie gern hätte er eines Tages eine solche Reise mit ihr unternommen, doch er scheute sich, auch nur eine Bemerkung darüber fallenzulassen. Statt dessen sah er hinaus in die Nacht, in Gedanken bei den Freuden Istanbuls. »Audrey, du wirst begeistert sein. Istanbul ist eine phantastische Stadt. Anders als alles, was du je gesehen hast.«

Es lag etwas Wundersames darin, daß er ihr die Stadt zeigen konnte wie eine ganz andere Welt, wie ein neues Leben, in das sie gemeinsam mit ihm hineingeboren wurde. Für beide war es ein berauschendes Erlebnis. Charles sprach von nichts anderem bei Tisch, und Audrey hörte ihm fasziniert zu und wünschte wie er, sie könnten öfter gemeinsam reisen. Nach dem sehr umfangreichen Abendessen zogen sie sich in ihr Abteil zurück. Beide spürten eine gewisse Melancholie, als Audrey ihm zu sagen versuchte, wie glücklich sie war, daß sie sich zum Mitkommen entschlossen hatte.

Doch es gab noch mehr, was sie nicht in Worte zu fassen vermochte. Wenn sie von Istanbul sprachen, blieb die Wirklichkeit immer ausgespart, als würde Audrey für immer bei ihm bleiben und nicht nur für einen Tag, bis sie wieder Abschied nehmen und sich trennen mußten, um in verschiedene Richtungen zu fahren – jeder in sein eigenes Leben. Audrey war es, die den Mut aufbrachte, die Worte auszusprechen, während Charles sie unglücklich ansah.

»Charles, ich kann mir ein Leben ohne dich gar nicht mehr vorstellen.« Das sagte sie ganz leise und kummervoll. »Ist das nicht merkwürdig, nach so kurzer Zeit?« Fast war es so, als hätten sie unterwegs irgendwo geheiratet, ohne es wahrzunehmen, oder als hätte der Liebesakt ein unzerstörbares Band zwischen ihnen geschaffen. Und doch war es anders als bei Harcourt und Annabelle. Es war eher so wie bei James und Violet. War es denn möglich, daß ihnen unversehens ein kostbares Geschenk zugefallen war? Aber was sollten sie daraus machen?

»Ich kann mir auch nicht mehr vorstellen, dich zu verlassen.« Charles machte sich Sorgen wegen ihrer Rückfahrt und wegen des Lebens, das sie danach führen würde. Es erschien ihm so unfair, daß sie nicht zusammen weiterreisen konnten für lange, lange Zeit. »Aber ich fürchte, daß ein Leben an meiner Seite ohnehin nichts für dich wäre.« Er sah ihr in die Augen, weil er wissen wollte, was sie dachte. Seufzend lehnte er sich zurück. »Könntest du dir vorstellen, eines Tages bei einem so unsteten Dasein glücklich zu sein?« Noch war er selbst zu einer Bindung nicht völlig bereit. Seit Antibes hatte er mit dem Gedanken gespielt und besonders intensiv in den Tagen der Bahnfahrt.

Doch Audrey war wie immer aufrichtig zu ihm. »Könnte sein«, sagte sie mit traurigem Lächeln, »wenn ich einmal nicht an meine Familie denken müßte.«

»Wie steht es mit deinem Recht auf ein eigenes Leben?« Ihre Antwort hatte ihn verärgert. Wäre sie mit der Erklärung gekommen, sie verabscheue das Reisen, hätte er eher Verständnis aufgebracht, doch von ihrer Verantwortung wollte er nichts mehr hören.

»Noch habe ich dieses Recht nicht, Charles.« Ihre Pflichten verlor sie nie aus den Augen. »Vielleicht ändert sich das eines Tages.«

»Wann denn? Wenn du fünfundvierzig bist und sämtliche Sprößlinge deiner Schwester großgezogen hast? Wann, glaubst du, wird man dich gehen lassen? Nächste Woche? Nächstes Jahr? In zehn Jahren? In fünf? Audrey, du machst dir selbst was vor. Sie werden dich nie gehen lassen. Warum sollten sie auch? Etwas Besseres als dich kriegen sie nie wieder.« Er war richtig wütend über diese Einstellung. Warum sollten die anderen bei ihr sein dürfen und er nicht? Audreys Familie war schuld, daß sie nicht mit ihm kommen wollte. Daß sie ohnehin nicht ewig mit ihm durch die Welt ziehen konnte ohne formale Bindung, nur aus Liebe, dieser Gedanke kam ihm gar nicht.

»Welchen Unterschied macht das schon aus?« Jetzt geriet auch

Audrey in Rage. Beide waren sie unglücklich, weil sich die gemeinsame Zeit dem Ende zuneigte und sie auf den letzten Kilometern der Fahrt, die sie so sehr genossen hatten, ihrer Mißstimmung Luft machen mußten. »Charles, möchtest du wirklich eines Tages verheiratet sein?« Sie war davon nicht überzeugt, und er wollte seine Unsicherheit nicht eingestehen.

»Warum nicht?«

»Warum nicht? ist wohl nicht die richtige Einstellung, oder?«

»Du hast es nötig, die Sachkundige in Ehefragen zu spielen. Du, die du dich als alte Jungfer siehst und dich zufriedengibst, auf alles zu verzichten.«

»Was macht das schon aus? Wäre es dir lieber, ich würde dich mit Heiratsplänen verfolgen? Möchtest du das? Das kann ich mir nicht vorstellen.« Audrey schrie es ihm entgegen und merkte es gar nicht, bis Charles auf sie zukam und sie aus dem Sessel hochzog. Ihre Schultern mit beiden Händen umfassend, sah er sie mit einem Blick an, als wollte er sie heftig schütteln.

»Weißt du, was ich möchte? Ich möchte, daß du bei mir bleibst. Ich möchte nicht, daß du mich in Istanbul verläßt, damit du dein verdammtes Schiff erreichst. Das ist es, was ich möchte.« Keine Versprechungen, kein Antrag und kein Gelöbnis, doch das kümmerte Audrey nicht. Der Gedanke an eine Ehe war gar nicht eingeplant, es hatte keine Abmachungen irgendwelcher Art gegeben. Es war so, daß sie diesen Mann liebte und sich nichts mehr wünschte, als mit ihm zusammenzusein. Auch sie wollte nicht zurück nach England, um ihr Schiff zu erreichen, doch sie mußte, und das versuchte sie ihm erneut zu erklären.

»Du bist alt genug. Du bist erwachsen. Tu, was du tun möchtest«, lautete Charles' Antwort.

»Du willst mich nicht verstehen.« Sie befreite sich aus seinem Griff, und er setzte sich neben sie auf das Sofa und hielt ihre Hand fest. Die Wut war bei beiden verraucht. So konnten keine Probleme gelöst werden, das wußten beide. »Charlie, Liebster, wenn du nicht so ungebunden wärst, dann könntest du auch nicht immer das tun, was du möchtest. Das Leben richtet sich nicht nach den Wünschen der Menschen, bei den meisten jedenfalls nicht.«

Resigniert blickte Charles sie an. Er hatte verstanden, obwohl er es nicht wollte. »Ich glaube, ich habe ganz vergessen, daß der Rest der Welt nicht so frei ist wie ich.« Die Erinnerung an Sean durchfuhr ihn wie ein Messerstich. »Ideal ist dieser Zustand auch nicht, vielleicht bist du sogar besser dran.« Das war auch der Grund, warum in ihm hin und wieder der Wunsch nach einer Familie erwachte, das heftige Verlangen, jemanden zu haben, für den man sorgen mußte. Damit verknüpft war aber unweigerlich die Erinnerung an Seans Tod, die immer Verlustängste in ihm wachrief. Dennoch fühlte er sich in gewisser Weise an Audrey gebunden. Es war ein Gefühl, das sich nicht verdrängen ließ, und er sah ihr nun mit einem flehenden Blick in die Augen. »Audrey... wie wär's, wenn du mit mir nach China kämest?«

Ihr verschlug es buchstäblich die Rede. Fassungslos sah sie ihn an. »Hast du den Verstand verloren? Kannst du dir nicht denken, was meine Familie dazu sagt? Zu Hause darf ich nicht mal erwähnen, daß ich so weit gekommen bin. Nicht auszudenken! Istanbul! Man würde mich für verrückt erklären!« Alle, außer Großvater natürlich, der nur zu gut wußte, was die Triebfeder ihres Tuns war – jenes angeborene Fernweh, jene Dämonen, denen er so viel Haß entgegenbrachte. Aber China? »Charles, du bist wahnsinnig.«

»Bin ich das? Bin ich so wahnsinnig, daß ich mit der Frau zusammensein möchte, die ich liebe?« Er saß da, starrte sie an, und Audrey konnte ihm keine Antwort geben. Sie wußte nicht, was sie sagen sollte. Es war das verlockendste Angebot, das sie je erhalten hatte, doch es war ganz ausgeschlossen, daß sie mit ihm ging. »Ende des Jahres könnten wir von Yokohama aus gemeinsam in die Staaten fahren.«

»Und wie soll ich denen zu Hause alles erklären? Charlie, ich gab Großvater mein Wort. Er ist ein alter Mann. Der Schock könnte für ihn zu groß sein.«

»Da kann ich nicht mithalten. Männer meines Alters erliegen keinem Schock.« In seinem Blick lag eine Andeutung von Verbitterung. Plötzlich regte sich in ihm heftige Eifersucht auf einen Einundachtzigjährigen. »Sie sterben auch nicht aus Kummer. Ich beneide ihn um deine Loyalität.«

»Sie gehört dir ebenso.« Das sagte Audrey ganz leise. »Und mein Herz auch.«

»Dann denk darüber nach. In Istanbul kannst du es mir sagen.«

»Charlie...« Sie sah ihn nur an. Es hatte keinen Sinn, sich mit dem zu quälen, was man nicht haben konnte. Und eine Reise nach China kam für sie nicht in Frage. Das sagte sie sich unzählige Male vor, als sie an diesem Abend zu Bett ging. Ein kurzer Augenblick in Istanbul, zwei Tage, eine Nacht, das lag im Bereich des Möglichen. Dann mußte sie nach Hause. Ich muß, redete sie sich mit Nachdruck ein, kurz bevor sie einschlief, und sie träumte die ganze Nacht von Charles, träumte, daß sie ihn suchte und ihn nirgends finden konnte. Mitten in der Nacht schreckte Audrey tränenüberströmt auf, von Panik geschüttelt, und klammerte sich weinend an ihn. Sie wagte nicht, ihm zu erklären, wie verzweifelt sie darüber war, daß sie ihn verlassen mußte. Sie fürchtete, er würde sie nicht gehen lassen, wenn sie es ihm gestand. Und für sie war es ganz klar, daß sie gehen mußte.

10

Die Einfahrt in Istanbul war so malerisch, daß Charles Audrey am nächsten Morgen sehr früh weckte, damit sie nur ja keinen Augenblick versäumte. Beim Erwachen sah sie, daß die Bahnstrecke parallel zur Küste verlief. Vogelschwärme zogen ganz tief über dem golden überhauchten Wasser dahin. Die Stadt, auf einer Seite vom Marmarameer begrenzt, auf der anderen vom Goldenen Horn, kam mit ihren von goldenen Kuppeln gekrönten Moscheen und Minaretten ins Blickfeld. Audrey glaubte, noch nie etwas so Prachtvolles gesehen zu haben. Mit dem Passieren der Serail-Spitze wurde der Topkapi-Palast sichtbar und ließ Bilder von Sultanen und Harems zum Leben erwachen, phantastische Träume und Märchen. Istanbul präsentierte sich als eine Stadt, die die Phantasie ungeheuer anregt. Als sie langsam in den Sirkeci-Bahnhof einfuhren, war Audrey überwältigt von dem eindeutig orientalischen Einfluß, der hier spürbar war. Es war ein Ort, wie sie ihn noch nie kennengelernt hatte, und sie war fasziniert, als Charles ihr auf der Fahrt ins Hotel die Sehenswürdigkeiten erklärte. Die Blaue Moschee, die berühmteste Moschee Istanbuls, und die Hagia Sophia, die einen großen Platz überblickende Konstantin-Säule, den Großen Basar und die unzähligen anderen Moscheen und Basars, die ihr alle faszinierend erschienen. Der Kummer wegen der bevorstehenden Trennung wurde von der Erregung des gemeinsamen Erlebens gedämpft. Mochte ihre gemeinsame Zeit auch noch so kurz sein, Audrey genoß sie in vollen Zügen. Ihre Kamera war bereits auf der Fahrt zum Hotel, das sich ebenfalls als staunenswert entpuppte, ständig im Einsatz.

Charles hatte Zimmer im Pera Palace reserviert, es gehörte zu seinen bevorzugten Hotels. Ein Dutzend Träger kümmerte sich um ihr Gepäck, während sie das Hotel betraten. Ihre Suite bestand aus zwei durch einen geräumigen Salon verbundenen Schlafzimmern. Audrey bestaunte die drei Meter hohen goldgerahmten Spiegel, die schwarze Täfelung, den Rokoko-Zierat und die unzähligen goldenen Putten. Auch die Empfangshalle des Hotels prangte in ähnlicher Pracht. Diese Üppigkeit fügte sich in die exotische Umgebung harmonisch ein, hätte anderswo sicher geschmacklos und überladen gewirkt. Hierher aber paßte der Prunk. Audrey fand alles phantastisch und fremdartig, als sie Charles zum Großen Basar begleitete und einen Film nach dem anderen belichtete, fasziniert von den Eindrücken, Gerüchen, von den gewundenen Gäßchen und von den Händlern, die sie mit ihren Angeboten hartnäckig verfolgten. Charlie sah mit Entzücken, daß sie alles geradezu in sich aufsog und in dieser Atmosphäre aufzublühen schien. Nicht einmal das türkische Essen in einer winzigen Kneipe vermochte sie einzuschüchtern. Audrey war begeistert von allem, ja sie schien für ein Leben wie dieses geboren. »Ein Vagabundenleben«, nannte sie es mit lachenden Augen, als sie die Küste entlangspazierten, zu der Einfahrt in die Stadt hinübersahen und einander an den Händen hielten.

Erst im Hotel schien wieder eine gewisse Melancholie von ihr Besitz zu ergreifen, und diesmal vermochte auch die Liebe sie nicht von ihren trüben Gedanken abzulenken. Es gab keine Möglichkeit mehr, der Wirklichkeit auszuweichen. Audrey würde am nächsten Tag den Zug nach Westen nehmen, und ihr kurzes romantisches und leidenschaftliches Zwischenspiel würde zu Ende sein, für immer vielleicht, wenn das Leben es nicht gut mit ihnen meinte. Wortlos lag sie an ihn geschmiegt und zeichnete mit einer Fingerspitze sanfte Kreise auf seine Brust, während er versuchte, seine Gefühle für sie nicht zu deutlich zu zeigen.

»Wann fährst du nach China?« Es hatte keinen Sinn, das Thema auszusparen. Früher oder später mußten sie sich ihm stellen. Und es war ohnehin schon spät genug.

»Morgen abend.« Charles' Blick war bekümmert.

»Und wie lange wirst du unterwegs sein?«

»Ein paar Wochen. Das hängt von den Verbindungen ab.«

Sie lächelte. »Klingt ja sehr verlockend.«

Er lachte. »Das kannst auch nur du sagen. Die meisten Frauen würden bei der Vorstellung erschrecken... die meisten Männer übrigens auch. Eine äußerst strapaziöse Fahrt.« In gewisser Hinsicht war er erleichtert, daß sie nicht mitkam, obwohl er sie aus selbstsüchtigen Gründen gern dabeigehabt hätte. »Wenn du den Komfort auf der *Mauretania* genießt, Champagner trinkst und mit attraktiven Männern tanzt« – bei dieser Vorstellung krampfte sich sein Innerstes zusammen – »werde ich mich über irgendeinen Bergrücken in Tibet schleppen und mir den Hintern abfrieren.«

Audrey sah ihn an, doch diesmal lächelte sie nicht. »Charles, ich werde mit niemandem tanzen.«

»Doch, du wirst.« Seine Worte wurden im Flüsterton geäußert, und in seinem Blick lag Traurigkeit. »Ich habe kein Recht zu erwarten, daß du darauf verzichtest.«

»Du vergißt eines.«

»Nämlich?«

»Ich werde es nicht wollen. Ich bin in dich verliebt, Charles.« Und dann sah sie ihn mit einem sonderbaren Blick an. »Ebensogut könnten wir verheiratet sein. In meinem Herzen sind wir es längst.« Sie fragte sich, ob ihn ihre Worte erschreckten, doch sie hatte sie aussprechen müssen.

»Wir sind es.« Das sagte er so feierlich, daß nun Audrey erschrak, und noch erschrockener war sie, als er mit einem Blick auf seine Hände den Siegelring vom kleinen Finger zog. Es war ein Ring mit seinem Familienwappen, und er steckte ihn ihr an jenen Finger der Rechten, auf den der Ehering gehörte. »Audrey, du sollst ihn tragen. Für immer.«

Ihr fehlten die Worte, um auszudrücken, was sie empfand. Tränen liefen ihr übers Gesicht, als er sie festhielt. Und während sie sich von neuem liebten, vermengte sich Süße mit Trauer. Audrey behielt den Ring am Finger und hielt ihre Hand fest geschlossen. Sie wußte, daß sie den Ring niemals wieder abnehmen würde.

Als es dämmerte, standen sie auf, und Charles schlug vor, zum Dinner auszugehen, doch sie schüttelte nur den Kopf. »Ich habe keinen Hunger.«

»Du solltest etwas essen.« Wieder schüttelte sie den Kopf. Es gab zu viel zu überlegen. Lange stand sie da, kehrte ihm den Rükken zu und starrte aus dem Fenster auf die bizarre Kulisse. Sie schien fasziniert von dem Anblick, tatsächlich aber sah sie gar nichts. Audrey blickte in ihr eigenes Herz und war dabei, eine Entscheidung zu treffen, eine Entscheidung, die sie beide anging.

Charles ließ sie in Ruhe, erst nach einer Weile berührte er sacht ihre Schulter. Erschrocken registrierte er, wie sich ihre Miene verändert hatte, als sie sich zu ihm umwandte und er ihr angespanntes Gesicht sah.

»O Liebling...« Er streckte die Arme nach ihr aus, und sie stand ganz still. Sie hatte keine andere Wahl. Das hätte sie schon in Venedig wissen müssen. Schon damals war im Grunde genommen für sie die Entscheidung gefallen. Vielleicht sogar schon vorher.

»Ich werde nicht nach London fahren.« Sie sagte es, als spräche sie ein auf ›lebenslänglich‹ lautendes Urteil aus, was es in gewisser Hinsicht auch war. Ihr eigenes Urteil, aber sie hatte es selbst gewählt. Audrey bedauerte nur, daß ihre Entscheidung anderen Schmerz zufügen würde.

Charles stand reglos da, im ungewissen, ob er richtig verstanden hatte. »Was meintest du?«

»Ich meine, daß ich mit dir gehe...« Plötzlich wirkte sie viel kleiner, so als wäre sie in der letzten Stunde geschrumpft.

»Nach China?« Er schien erschrocken, als sie nickte. »Bist du sicher, Aud?« Plötzlich hatte er Angst, daß sie diesen Entschluß bald bedauern würde. Und waren sie einmal losgefahren, gab es kein Zurück mehr. Sie würde die ganze Strecke bis Schanghai mit ihm fahren müssen, eine strapaziöse Reise, wie er mehrfach betont hatte.

»Ich bin ganz sicher.«

»Und was ist mit deinem Großvater?« Audrey stutzte und fragte sich, ob er sie nicht bei sich haben wollte, und er las die Kränkung in ihren Augen und nahm sie in die Arme. »Ich möchte nicht, daß du auf halbem Weg deine Meinung änderst.«

»Du meinst auf einem Bergrücken in Tibet?« Sie lächelte unter Tränen, und er erwiderte ihr Lächeln, als sie nickte.

»Genau.«

»Ich werde meine Absicht nicht ändern. Ich werde Großvater telegrafieren, daß ich zu Weihnachten zu Hause sein werde. Kann er mir irgendwohin schreiben?«

Charles schüttelte nach kurzer Überlegung den Kopf. »Nicht, ehe wir in Nanking sind. Er kann dir dorthin schreiben. Oder nach Schanghai. Ich werde dir die Namen der Hotels geben, in denen ich wohne. Er kann die Briefe an mich adressieren.« Da fiel ihm ein, daß dies wohl nicht sehr klug war. Die Vorstellung entlockte ihm ein Lächeln. »Schreib ihm einfach, ich sei eine Dame, die du auf der Reise kennengelernt hast.«

Sie sah den Mann, den sie liebte, mit verlegenem Lächeln an. »Lach nicht. Vielleicht mache ich es wirklich so.«

Er faßte nach ihren Händen und sah ihr in die Augen. »Audrey, hast du dir alles gründlich überlegt? Möchtest du das wirklich? Ich würde bis ans Ende der Welt mit dir gehen, aber ich habe nichts zu verlieren – du schon. Ich weiß, was deine Verantwortung und deine Pflichten für dich bedeuten, deine Familie, dein Großvater, Annabelle.«

»Vielleicht bin jetzt ich mal an der Reihe. Nur dieses eine Mal. Vielleicht kann ich es wagen, ohne daß ich mir ihren ewigen Haß zuziehe.«

Charles fragte nach kurzem Zögern: »Und nachher? Was wird dann aus uns?« Wenn sie jetzt nicht imstande war, ihn zu verlassen, wie würde es erst nach China sein?

»Darauf kann ich keine Antwort geben. Ich weiß es nicht. Früher oder später muß ich nach Hause zurück.«

Er lächelte voller Bedauern. »Es ist wie die Liebe zu einer verheirateten Frau.«

Audrey reizte der Vergleich zu einem Lächeln, doch hatte er

nicht ganz unrecht. »Wie du schon mal bemerkt hast, bin ich nicht so herrlich ungebunden wie du.«

»Vielleicht liebe ich dich gerade deswegen. Möglicherweise würde ich dich nicht so sehr lieben, wenn du ein heimatloser Vogel wärest wie ich.« Er lächelte auf sie nieder und strich ihr übers Haar, und sie umarmte ihn. Der Ring an ihrem Finger war deutlich spürbar. Sie hatte sich an Charles gebunden und fühlte sich gleichzeitig frei, freier als je zuvor im Leben, voller Staunen darüber, wie glücklich es sie machte.

11

Das Telefon läutete, als Edward Driscoll sich gerade niederlassen wollte, um Walter Winchells Radiosendung zu hören. Das Mädchen kam und klopfte an die Tür zur Bibliothek. Angstbebend näherte sie sich ihm. Er war viel quengeliger als vor ein, zwei Monaten, und sie wußte, wie sehr er Störungen haßte.

»Entschuldigen Sie, Sir...« Fast gaben ihre Knie nach, und sie spürte, wie das Spitzenhäubchen, das sie jeden Abend trug, langsam über ihr Ohr rutschte. Schiefe Häubchen haßte er fast ebenso wie Störungen. Tatsächlich verabscheute er in letzter Zeit fast alles und jeden. Wie ein Polizist streifte er durchs Haus, als hoffte er, vor Einbruch der Finsternis eine Festnahme vornehmen zu können. »Entschuldigung, Sir...« versuchte sie es von neuem. Beim ersten Mal hatte er nicht reagiert.

»Ja? Was ist?« kläffte er das Mädchen an, das vor Schreck einen Satz machte. »Hüpfen Sie nicht so, das macht mich nervös.«

»Telefon für Sie, Sir.«

»Ich möchte um diese Zeit niemanden sprechen. Fast schon Dinnerzeit. Kann ohnehin nichts Wichtiges sein. Niemand ruft mich jemals an.«

»Die Vermittlung sagte, es sei ein Ferngespräch.«

Seine Miene spannte sich an. Womöglich war Audrey etwas zugestoßen. Scharf sah er das Mädchen an. »Woher?«

»Istanbul, Türkei, Sir.«

»Türkei?« Fast schleuderte er ihr das Wort ins Gesicht. »Ich kenne dort keinen Menschen. Muß ein Irrtum sein... oder ein dummer Witz. Legen Sie auf. Verschwenden Sie keine Zeit mit albernen Witzbolden.« Hätte sie Frankreich gesagt, wäre er unverzüglich an den Apparat gestürzt. Oder auch bei Italien oder England. Aus Rom hatte er eine Karte bekommen. Aber die Türkei... Plötzlich machte sich in ihm ein ungutes Gefühl breit. Langsam stand er auf und befahl dem Mädchen: »Fragen Sie, wer dran ist, bevor Sie auflegen.«

»Ja, Sir.« Es verging keine Minute, bis sie wieder zur Stelle war – mit großen Augen und noch schieferem Häubchen, doch diesmal bemerkte er nichts. »Es ist Miß Driscoll. Aus der Türkei.«

Ohne an seinen Stock zu denken, lief der Alte an den Apparat, in den kleinen Raum, in dem das Telefon untergebracht war. Es war eine kahle Kammer mit widerhallenden Wänden. Ein schmaler, unbequemer Stuhl stand darin. Edward Driscoll konnte nicht einsehen, warum man beim Telefonieren sitzen mußte. Für ihn diente das Telefon raschen Erledigungen und nicht stundenlangem Gequassel. Das hatte er Annabelle oft genug gesagt, ohne daß sie auf ihn gehört hätte. »Ja?« rief er ins Telefon. »Ja?« Es gab so viele Nebengeräusche in der Leitung, daß er kaum etwas hören konnte, und er war so aufgeregt, daß er seine Grundsätze vergaß und sich hinsetzte, während das Mädchen in der Nähe lauerte, aus Angst, er würde sich zu sehr aufregen.

»Mr. Driscoll?«

»Ja, ja!«

»Wir haben für Sie ein Ferngespräch aus der Türkei.«

»Das weiß ich, Sie dumme Gans, also, wo ist sie?« Kaum hatte er die Worte ausgesprochen, als er ihre Stimme hörte... Seine Knie zitterten.

»Großvater... Kannst du mich hören?«

»Sehr schlecht. Audrey, wo steckst du, zum Teufel?«

»In Istanbul. Ich habe mit Bekannten den Orient-Expreß genommen.«

»Verdammt, das ist kein Ort für dich. Wann kommst du nach Hause?« Seine Stimme klang so alt und war so schrecklich weit weg, daß sie fast ihren Plan, mit Charlie nach China zu gehen, aufgegeben hätte. Aber auch jetzt war sie nicht dazu bereit. Sie mußte es ihm sagen. »Ich komme erst Weihnachten nach Hause.« Nun folgte lähmende Stille, und sie befürchtete schon, sie wären unterbrochen worden. »Großvater?«

Er lehnte sich schwer auf dem harten Stuhl zurück, und das Mädchen lief um ein Glas Wasser. Sein Gesicht war grau geworden, und sie hoffte, daß er keine schlechte Nachricht erhalten hatte. Er war zu alt, schlechte Nachrichten auszuhalten. »Was treibst du dort? Und mit wem bist du unterwegs?«

»Auf dem Schiff lernte ich ganz reizende Leute kennen. Engländer. Ich war mit ihnen in Südfrankreich.« Sie hoffte, daß er annahm, sie sei mit diesen reizenden Leuten in der Türkei.

»Warum nehmen sie dich nicht wieder nach England mit?«

»Das werden sie später. Aber zuerst fahre ich nach China.«

»Du tust... was?« Das Mädchen wollte ihm das Glas reichen, doch er stieß ihren Arm unwirsch weg. »Bist du total verrückt? Die Japaner sind in die Mandschurei eingefallen. Komm sofort zurück!«

»Großvater, ich verspreche dir, daß ich mich nicht in Gefahr begeben werde. Ich fahre nach Schanghai und Peking.« Sie hielt es für besser, ihm nicht zu sagen, daß sie nach Nanking gehen wollte, um Tschiang Kai-schek zu sehen. Er sollte sich nicht noch mehr Sorgen machen. »Und von dort kann ich direkt nach Hause.«

»Du könntest ebensogut den Orient-Expreß nach Paris und dann ein Schiff nehmen und in zwei Wochen hier sein. Das erschiene mir viel vernünftiger... Dummes Ding«, knurrte er, nicht laut genug, daß es bis an Audreys Ohren in der Türkei gedrungen wäre. Das Mädchen war genau wie ihr Vater.

»Großvater, bitte... ich möchte fahren. Und nachher komme ich nach Hause. Das schwöre ich.«

Tränen stiegen ihm in die Augen. »Du bist wie dein verdammter Vater. Unter deiner roten Mähne steckt kein Funken Verstand. China ist kein Land für eine Frau. Oder für irgend jemanden, bis auf Chinesen. Wie willst du dort hinkommen?« Der ganze Plan erschien ihm verrückt. Es war genau das, was Roland gemacht hätte, der verdammte Narr...

»Wir nehmen den Zug.«

»Von Istanbul nach China? Weißt du, wie weit das ist?«

»Ja... es wird schon gehen.«

»Sind es anständige Leute, mit denen du zusammen bist? Bist du sicher bei ihnen?«

»Sehr, das verspreche ich.«

»Deine verdammten Versprechungen kannst du dir sparen.« Er war wütend auf sie, doch war es schwierig, dies bei diesen Nebengeräuschen und der großen Entfernung auszudrücken. Acht Stunden hatte sie gewartet, bis die Verbindung hergestellt war.

»Geht es dir gut?«

»Ja, falls dich das noch was angeht.«

»Wie geht's Annie?«

»Sie kriegt wieder ein Kind. Im März.«

»Ich weiß. Ich werde viel früher da sein.«

»Du tust gut daran, sonst blüht dir etwas.«

»Großvater, ... es tut mir leid.«

»Nein, es tut dir nicht leid. Du bist wie dein Vater. Daß du eine Närrin bist, weiß ich, also sei wenigstens keine Lügnerin. Es tut dir überhaupt nicht leid. Verrückt bist du, das ist alles.«

»Ich hab' dich lieb.« Jetzt weinte sie, doch das merkte er nicht. Und er weinte auch, ohne daß sie es hörte.

»Was?«

»Ich hab' dich lieb!«

»Kann dich nicht verstehen.«

Sie durchschaute sein Spiel zu gut.

»Doch, das kannst du. Ich sagte, daß ich dich lieb habe! Und ich komme wieder nach Hause. Jetzt muß ich gehen. Ich werde dir meine Adressen in China mitteilen.«

»Erwarte nicht, daß ich dir schreibe.«

»Du sollst wenigstens wissen, wo ich bin.«

Er brummte etwas Unverständliches ins Telefon und sagte dann: »Sehr schön.«

»Ich lasse Annie herzlich grüßen.«

»Audrey, gib acht auf dich! Sag diesen Leuten, sie sollen vorsichtig sein.«

»Mach' ich... Gib du acht auf dich, Großvater.«

»Muß ich wohl. Wer gibt denn sonst auf mich acht.« Sie lächelte unter Tränen über seine Worte und verabschiedete sich gleich darauf. Charles hatte daneben gestanden, nahm sie jetzt in die Arme und hielt sie fest, solange sie weinte. Er fühlte sich so schuldig, weil sie seinetwegen ihrem Großvater Schmerz zufügte, und sie hätte sich noch elender gefühlt, hätte sie das Gesicht des alten Mannes gesehen, als er auflegte.

Edward Driscoll saß da und starrte die Wand in dem Kämmerchen an, und als er sich schließlich aufraffte, war er in zwanzig Minuten um zwanzig Jahre gealtert. Kaum hatte er sich am ganzen Leibe zitternd in seinem Sessel in der Bibliothek niedergelassen, als es an der Haustür schellte und er fast aus der Haut fuhr. Er schrie das Mädchen an: »Was, zum Teufel, ist jetzt schon wieder?« Er sah aus, als hätte er ein Gespenst gesehen, so bleich war er.

Der Butler ging an die Tür und ließ Annabelle und Harcourt ein, die zum Dinner eingeladen waren. »Was wollt ihr hier?« empfing er sie abweisend, was Annabelle zu einem verärgerten Schmollen veranlaßte. Den ganzen Sommer über hatte sie sich schlecht gefühlt, und der Alte machte sie nervös mit seinem Geschrei.

»Schrei mich nicht an, Großvater. Du hast uns zum Dinner eingeladen. Weißt du das nicht mehr?«

»Nein, davon habe ich keine Ahnung. Bist du sicher, daß du dir das nicht ausgedacht hast, um zu einem Gratisessen zu kommen?« Er sah sie finster an, und sie machte ein Gesicht, als wäre sie am liebsten sofort wieder gegangen. Harcourt beruhigte sie, indem er ihr zuraunte: »Er meint es nicht so. Du weißt doch, wie er ist, in seinem Alter...«

»Flüstert nicht hinter meinem Rücken. Das gehört sich nicht«, wies er sie zurecht. »Eben sprach ich mit deiner Schwester. Sie kommt erst zu Weihnachten.« Das sagte er auf dem Weg ins Speisezimmer, und weigerte sich, noch ein Wort darüber zu verlieren, bevor sie sich zu Tisch gesetzt hatten.

»Aber... sie sollte doch in ein paar Wochen kommen... Was ist passiert?« Annabelle hatte Angst, Audrey würde einen Mann kennenlernen und Heiratsabsichten äußern. Sie hatte fest mit ihrer Heimkehr gerechnet. Ihr Haushalt befand sich in einem chaotischen Zustand, und sie und Harcourt hatten damit gerechnet,

Urlaub nehmen zu können. Sie brauchte Audrey, damit diese beim kleinen Winston blieb, ganz zu schweigen von dem neuen Kindermädchen und der neuen Köchin und dem Chauffeur, die sie finden sollte. Annie war nicht imstande, tüchtige Leute aufzutreiben. Es war entschieden Zeit, daß Audrey kam. »Was macht sie? Wo ist sie? In Paris oder London?«

Einen Augenblick setzte er seine abweisende Maske auf, während er es insgeheim genoß, Annabelle zappeln zu lassen. »Nein. Sie ist in der Türkei.«

Harcourt wirkte richtig schockiert. »Was, um Himmels willen, treibt sie dort?«

»Sie nahm mit ein paar Freunden den Orient-Expreß, und jetzt will sie nach China.«

»Sie will wohin?« Fast schrie Annabelle diese Worte heraus, und Harcourt starrte den Alten verblüfft an. Das hielt ihn nicht davon ab, rasch mit seiner Meinung zur Hand zu sein. In den Augen Edward Driscolls zu rasch.

»Das Mädchen ist viel zu unabhängig. Das kann nicht gutgehen. Stell dir vor, was die Leute sagen werden. Eine junge Dame ihres Alters allein in China. Höchst unpassend!«

»Ist es nicht!« Edward Driscoll hieb mit der Faust auf den Tisch. »Was du hier unter meinem Dach über meine Enkelin äußerst, ist noch viel ungehöriger, wenn du mich fragst. Und in Zukunft behalte deine Meinungen für dich, wenn ich bitten darf. Das Mädchen hat mehr Unternehmungsgeist im großen Zeh als du im ganzen Leib. Und Annabelle hat überhaupt keinen Unternehmungsgeist, hat ihn nie gehabt und wird ihn nie haben. Sie hat so viel Mumm wie eine tote Maus, und das, obwohl sie meine Enkelin ist. Also, erzähl mir nichts von Audrey. Ehrlich gesagt, könnt ihr euch die Mühe sparen, mit mir zu essen. Wenn ich eure langen Gesichter sehe und dein Gejammer höre«, er wies auf Annabelle, die ihn offenen Mundes anstarrte, »dann melden sich meine Verdauungsbeschwerden.«

Er stand auf, faßte nach seinem Stock und marschierte in die Bibliothek und knallte die Tür hinter sich zu. Annabelle brach in Tränen aus, sprang auf, raffte ihre Sachen an sich und lief so schnell aus dem Haus, daß Harcourt kaum Schritt halten konnte.

Auf der Fahrt nach Burlingame heulte sie ununterbrochen und beschimpfte Harcourt als Schwächling, weil er sie nicht verteidigt hatte, und sie verwünschte Audrey, weil sie nicht kam und ihr half.

»Dieses egoistische Biest, bleibt einfach weg... China...! Sie weiß verdammt gut, daß ich Hilfe brauche, wenn ich schwanger bin. Sie tut es mit Absicht... sie hat nichts anderes zu tun, will sich vor der Verantwortung drücken... Seit Jahren schon ist sie auf mich eifersüchtig, diese häßliche lange Bohnenstange...« Harcourt bekam einiges in dieser Art zu hören. Es kümmerte ihn nicht. Sobald er seine Frau nach Hause gebracht hatte, würde er losfahren und nach Palo Alto gehen. Dort hatte er ein hübsches kleines Ding versteckt, ein richtig leidenschaftliches Mädchen. Die Sache lief schon den ganzen Sommer über, ohne daß Annabelle eine Ahnung hatte.

Auch Edward Driscoll ahnte nichts. Außerdem war es ihm einerlei. Als Harcourt und Annabelle zu Hause ankamen, saß er noch immer einsam in seiner Bibliothek. Er saß auch noch nach Stunden dort, in Gedanken bei Audrey... und irgendwie brachte er sie mit Roland durcheinander – sie war in China, das wußte er noch... China... aber war sie mit Roland da oder allein? Plötzlich waren ihm alle Einzelheiten entfallen. Er wußte nur noch, wie sehr sie ihm fehlte.

12

Die Strecke von Istanbul nach Schanghai betrug über fünftausend Meilen. Charles rechnete damit, daß sie dafür an die vierzehn Tage benötigen würden, falls alles völlig glatt ablief. Die Artikel, für die er Material sammeln sollte, galten der Regierung Tschiang Kai-scheks, die ihren Sitz in Nanking hatte. Außerdem sollte er über die entmilitarisierte Zone Schanghai schreiben und über Peking. Man hoffte, daß er auch Material über die kommunistischen Revolutionäre zusammenbekommen würde, die sich 1928 in die Berge zurückgezogen hatten. Seine Notizen waren bereits ziemlich umfangreich und seine Empfehlungsschreiben sicher sehr wichtig. Dennoch war schwer abzuschätzen, wie zugänglich sich die Leute zeigen würden, die es zu interviewen galt. Von den kommunistischen Banditen war mit Sicherheit kein Entgegenkommen zu erwarten. Es war sehr unwahrscheinlich, daß Charles eine Kontaktaufnahme überhaupt glücken würde. Hoffentlich war wenigstens Tschiang Kai-schek gewillt, Charles zu empfangen. Natürlich konnte später alles zu einem Artikel verarbeitet werden, was sich an Themen unterwegs zusätzlich anbot. Er machte sich sorgfältig Notizen und führte stets einen Aktenkoffer voller Notizblöcke und Papiere mit sich. Auf der Fahrt nach Ankara erklärte er Audrey spätabends, wie sein System funktionierte. Sie hatte längst das Gefühl, mit diesem Mann ein völlig neues Leben begonnen zu haben, und in vieler Hinsicht war es tatsächlich so. Diese Überzeugung festigte sich in ihr, als sie in Ankara umsteigen mußten. Die Erinnerung an den Orient-Expreß reizte ihre Lachmuskeln. Der Kontrast könnte gar nicht größer sein, dachte sie, als sie hinter zwei Frauen einstieg, die zwei lebendige Hähnchen und ein Zicklein als Gepäck mit sich führten.

Der Postzug, den sie in Ankara nahmen, brachte sie am Van-See und Urmia-See vorbei zur persischen Grenze und weiter über die Berge bis Teheran. Dort trafen sie auf dem von Menschen wimmelnden und von lautem Stimmengewirr erfüllten Bahnhof ein. Audrey beobachtete fasziniert die Menschen um sich herum und knipste drauflos, während Charlie Fahrkarten für den Nacht-Postzug nach Maschad besorgte, einer im Nordosten des Landes gelegenen Stadt, von der aus es noch hundert Meilen bis zur afghanischen Grenze waren. Maschad galt als heilige Stadt, und die meisten Mitreisenden sollten die Fahrt auf den Knien in Gebetshaltung verbringen.

Die Frauen, die Audrey auf dem Teheraner Bahnhof sah, wirkten überaus interessant, es gab darunter sogar einige Schönheiten, doch alle waren von Audrey, trotz der simplen Aufmachung, fasziniert und starrten sie neugierig an. Zwei junge Mädchen gingen so weit, ihr rotes Haar zu berühren, um sofort hinter ihren Schleiern kichernd die Flucht zu ergreifen. Für Audrey war es eine ganz neue Welt, in der sie plötzlich das Objekt von Neugierde und offenkundiger Mißbilligung wurde, da sie keinen Schleier trug wie die einheimischen Frauen.

Die Fahrt nach Maschad dauerte die ganze Nacht. Dann ging es südwärts nach Afghanistan, und es schien eine Ewigkeit zu vergehen, bis sie Kabul erreichten. Über zweitausend Meilen lagen nach einer Woche hinter ihnen. Langsam bekam Audrey das Gefühl, sie würde verrückt werden, wenn sie noch einen Zug zu sehen bekäme. Dennoch war sie nie glücklicher gewesen, als sie um sich blickend die stille Schönheit des Sonnenunterganges sah, die Bauern, die mit ihnen gefahren waren und nun mit ihren Ziegenlederbeuteln, in denen sie ihre spärlichen Habseligkeiten verwahrten, den Bahnhof verließen. Sie stand im Licht der untergehenden Sonne und sah Charles an, der ihr zulächelte. Beide waren schmutzig und müde. Seit vier Tagen hatten sie kein Bad nehmen können, was aber keinem von beiden viel auszumachen schien. Er legte den Arm um ihre Schulter und griff nach einer ihrer drei Reisetaschen. Schadenfroh sah er mit an, wie sie mit dem eleganten Kosmetikkoffer jonglierte, den sie seit über einer Woche nicht angerührt hatte.

»Es würde mich nicht wundern, wenn es nicht ganz das ist, was du dir vorgestellt hast, stimmt's?« Ab und zu machte er sich Sorgen, daß Audrey die Strapazen zuviel würden, doch sie schien alles in vollen Zügen zu genießen. Sie war die ideale Reisegefährtin. Auch als der Zug am Nanga-Parbat-Paß entgleiste und sie an die zehn Meilen laufen mußten, beklagte sie sich mit keinem Wort. Es gab keine andere Frau, mit der er sich eine solche Reise hätte vorstellen können. »Bedauerst du es sehr, daß du mitgekommen bist?«

»Überhaupt nicht«, äußerte sie strahlend. Es war, wie sie es sich erhofft hatte: wild, unbequem und schön, eine Welt, wie Gott sie gewollt hatte, ohne Wolkenkratzer, asphaltierte Straßen oder hupende Autos. Es war schön, alles war schön, und als sie die Nacht in einem windschiefen Bett in einem Hotel, das Charles von früher kannte, verbrachten, ließ sie ihre Hand sanft über Charles innere Schenkelseite gleiten, und er seufzte beglückt.

»Was treibst du da, du Wahnsinnige?« Er lächelte schläfrig. Das Pera Palace in Istanbul mit seinem Rokoko-Luxus lag jetzt weit hinter ihnen, Cap d'Antibes und die Hawthornes schienen überhaupt einem anderen Lebensabschnitt anzugehören. Aber genau das wollte Audrey, ein schmales Bett in einem leeren Raum und draußen eine fremde Welt. Es wurde ihr klar, während sie Nacht für Nacht neben dem Mann lag, den sie liebte.

»Charles?...« Beide lagen im Halbschlaf, als sie sich an ihn schmiegte und das Gefühl hatte, sie hätte in ihrem Leben nichts anderes getan.

»Hmmm?«

»Ich war niemals glücklicher.« Das hatte sie ihm schon tausendmal gesagt, mußte es ihm aber noch einmal sagen, und er lächelte, während sie einschlief, und flüsterte ihr zu: »Verrücktes Ding... schlaf schnell ein...«

Am nächsten Tag mußten sie um sechs Uhr aufstehen und bekamen Ziegenmilch und ein Stück Käse zum Frühstück, ehe sie zum Bahnhof liefen, um wieder einen Zug zu erreichen. Diesmal ging die Fahrt nach Islamabad und anschließend direkt nach Kaschmir. Zu Mittag waren sie am Ziel. Die nächste Etappe war nicht so schlimm, obwohl der Zug sehr alt und ramponiert ausgesehen hatte. Er brachte sie bis zum Ladakh-Paß, wo sie um vier Uhr morgens ankamen. Audrey schlief in Charlies Armen, während er mit dem Gefühl vollkommenen Friedens zu den Sternen aufsah. Zweimal hatte der Zug angehalten, doch man hatte sie nicht aufgefordert auszusteigen. Endlich hatte er es bis hinauf auf sechstausend Meter geschafft und machte sich nun langsam an die Talfahrt. Schließlich hatten sie Tibet erreicht, und vor ihnen lagen noch einmal knapp 1300 Kilometer bis Lhasa, wo sie einen Tag Rast einlegen konnten. Charlie kannte die Strecke gut. Er schätzte, daß sie vom Ladakh-Paß bis Lhasa zwei Tage brauchen würden. Es sollte sich jedoch herausstellen, daß sie drei Tage brauchten. Beide waren total erschöpft, als sie endlich in Lhasa ankamen. Seit zehn Tagen waren Sie unterwegs und hatten jetzt zwei Drittel der Strecke nach Schanghai zurückgelegt, doch sie hatten das Gefühl, als würden sie nie mehr ankommen. Charlie brachte sie in die Herberge, in der er schon einmal eingekehrt war. Hoch oben auf einem Bergrücken gelegen, mit Mönchen in orangefarbenen Gewändern bevölkert, die langsam Seite an Seite wandelten, singend oder schweigend. Hier fühlte man sich Gott näher, und die Gegend war so einsam, daß man sich eine Existenz einer anderen Welt außerhalb dieser nicht vorstellen konnte. Allein das Hiersein stellte fast eine mystische Erfahrung dar. Audrey stand lange, sehr lange am Fenster, dachte an ihren Vater und fragte sich, ob er auch hier gewesen war. Später, als sie bei Kerzenschein ein einfaches, aus Reis und Bohnensuppe mit Fleischbrocken bestehendes Abendessen zu sich nahmen, sprach sie mit Charles darüber. So bescheiden das Mahl war, es sättigte sie. Sie war zu hungrig gewesen, um überhaupt richtig wahrzunehmen, was sie zu sich nahmen – ein unbestreitbarer Vorteil, da sie später erfuhr, daß sie Schlangenfleisch gegessen hatte. Entsetzt verzog sie das Gesicht, und Charles lachte sie aus. Dann sah sie ihn nachdenklich an.

»Manchmal frage ich mich, ob es Bilder von diesem oder jenem Ort in den Fotoalben gab, die ich so liebte. Denn mit einemmal sind die Bilder in meiner Erinnerung verschwommen, und das hier ist so viel wirklicher.« Am Tag zuvor hatte sie ihrem Großvater geschrieben und versucht, ihm die Gründe für ihre Reise zu erklären. Doch es gab eigentlich nicht viel zu sagen. Hier erschien ihr alles so viel wirklicher und realer, und das alte Leben war so weit weg. Dennoch war sie sich auch der Tatsache bewußt, daß sie die Familie zum erstenmal im Stich ließ, und das bereitete ihr Sorgen. Annabelles Baby wurde im März erwartet, und sie würde sich, wenn sie wieder zu Hause war, um alles kümmern müssen. Hin und wieder fühlte sie sich schuldig, doch sie nahm sich vor, nach ihrer Rückkehr alles wiedergutzumachen. Charles hatte wahrscheinlich recht, wahrscheinlich werden Großvater und Annabelle sie eine Zeitlang ihren Unmut spüren lassen. Mochten sie ihr antun, was sie wollten. Sie hatte wunderschöne Erlebnisse gehabt.

Als sie auf Maultierrücken Lhasa hinter sich ließen und zur nächsten Bahnstation ritten, hatten sie Tränen in den Augen. Diesmal war die vor ihnen liegende Strecke sehr weit. Tausend Meilen über das Tahsueh Gebirge nach Chungking. Die Reise dauerte über dreißig Stunden in einem uralten kleinen Zug, und es blieb ihnen kaum Zeit, umzusteigen, doch die wenigen Augenblicke genügten, um die Veränderung wahrzunehmen. Das Wetter war rauher, die Menschen sahen anders aus, benahmen sich anders und waren anders gekleidet. Audrey staunte, so viele Männer mit Zigaretten zu sehen, und auch einige Frauen, kleinwüchsige, knorrige Alte, die an Kippen zogen und sie und Charles durch den Rauch neugierig anblinzelten. Plötzlich schien es sehr viel mehr Menschen zu geben, und sie waren längst nicht so freundlich wie bisher. Das fiel ihr besonders auf, während sie fotografierte und einen Film nach dem anderen verbrauchte. Die Menschen starrten sie unverwandt an, und beim Besteigen des Zuges nach Wuhan kam eine Gruppe von Kindern auf sie zugelaufen und faßte sie am Ärmel, als sie ihre Leica auf sie richtete. Kaum aber setzte sie die Kamera ab, um ihnen zuzulächeln, nahmen sie kreischend Reißaus.

Charles mußte sich mit ihren Gepäckstücken abplagen. Er war von der Zugfahrt der vergangenen Nacht so erschöpft, daß er einschlief, sobald sie sich im neuen Zug eingerichtet hatten – den Kopf gegen ihre Schulter gelehnt, leise schnarchend. Die anderen fünf Mitreisenden im Abteil starrten die Fremden an. Die Gegend hier schien dichter bevölkert zu sein, und es herrschte rege Betriebsamkeit. Die Eindrücke waren ganz anders als in der Türkei und in Tibet. Dort war ihr alles schroffer, primitiver, natürlicher erschienen, während einem hier vor allem die vielen Menschen auffielen. In mancher Hinsicht kam ihr China sehr fremd vor. Man zeigte hier an ihr viel mehr Interesse als bisher, und sie konnte es kaum erwarten, Charles über alles auszufragen. Endlich wachte er auf. Er gähnte und streckte sich, so gut es ging, obwohl für seine Beine fast kein Platz war. Deswegen war er froh über jeden Aufenthalt des Zuges. Dann konnte er mit Audrey aussteigen und sich die Beine vertreten.

Von Chungking nach Wuhan war es eine Tagesreise. Unterwegs fuhren sie an einem riesigen Stausee vorüber, doch diesmal war es Audrey, die schlief, und Charlie machte sich eifrig Notizen. Bis Nanking hatten sie noch einen weiteren Tag zu fahren. Er hoffte, dort Tschiang Kai-schek zu sprechen, und es galt, das bevorstehende Interview vorzubereiten. Er mußte sich die Fragen zurechtlegen, die er stellen wollte, die Richtung festlegen, die er einzuschlagen gedachte. Charlie durfte sich glücklich schätzen, wenn er den Generalissimus überhaupt zu Gesicht bekam. Möglicherweise mußte er drei Wochen warten, und er würde sich kalte Füße holen. Vielleicht aber auch nicht, falls die Empfehlungsschreiben seines Verlegers bei jemandem gehörig Eindruck machten oder aber jemand seine Bücher kannte. Charlies Hoffnungen waren nicht allzu groß. Er hatte die Absicht, höchstens eine Woche mit Warten zu verbringen und dann nach Schanghai weiterzufahren. Dort gab es für ihn ebenfalls viel zu tun, zudem war es eine Stadt, die er besonders liebte.

In Wuhan stiegen sie in einem winzigen Hotel ab, das nur drei Zimmer hatte und das Charlie von früher kannte. Die Reisenden mußten sich mit etwas Reis und grünem Tee zufriedengeben, und Audrey starrte angewidert in die Schüssel. Mit einem resignierten Lächeln wandte sie sich an Charles. Es war das erste Mal, daß ihr westliches Essen wirklich fehlte. Im Moment hätte sie ihren rechten Arm für ein Steak oder einen Hamburger gegeben und ertappte sich bei dem Gedanken an einen Schoko-Milchshake, als sie mit knurrendem Magen zu Bett gingen.

»Hast du keine Süßigkeiten mehr?« wandte sie sich hoffnungsvoll an Charlie.

»Leider nein. Möchtest du noch etwas Reis? Ich könnte ja versuchen, ihm zu sagen, du seist schwanger oder so...« Er grinste sie an, und Audrey hob abwehrend die Hände.

»Um Himmels willen, greifen Sie nicht zu so verzweifelten Maßnahmen, Mr. Parker-Scott. Ich werde es überleben, trotz nagenden Hungers.« Sie warf ihm einen koketten Blick zu, und er streichelte ihre Brüste, so daß Audrey ihren Hunger vergaß, allerdings nicht den Hunger nach ihm. In jener Nacht lagen sie noch lange wach in der Dunkelheit und flüsterten miteinander. Charles erzählte ihr Geschichten und Histörchen über die Städte, die sie besuchen würden. Nanking konnte es natürlich nicht mit Schanghai und Peking aufnehmen.

»Schanghai ist einfach unglaublich«, schwärmte er. »Dort leben Briten, Franzosen, Russen nebeneinander und jetzt auch noch Japaner. Eine durch und durch internationale Stadt, die gleichzeitig ganz chinesisch ist. Ich glaube, Schanghai ist die kosmopolitischste Stadt, die ich kenne.«

Die Japaner hatten keinen nachhaltigen Einfluß ausgeübt. Angriff und Okkupation lagen mittlerweile zwei Jahre zurück. Im Moment war die Stadt eine entmilitarisierte Zone, eine Lösung, die nicht von Dauer sein konnte. Tschiang Kai-schek hatte sich schon längst nach Nanking zurückgezogen, und die Armee der Route 19 hatte erbittert Widerstand geleistet, ehe sie sich ergab. Tschiang Kai-schek war gezwungen, den Kampf gegen die Kommunisten mit verminderter Härte zu führen, seitdem ihm die Japaner zu schaffen machten, und Mao Tse-tung war vom unmittelbaren Schauplatz verschwunden. Die in den Außenbezirken auf Stangen aufgespießten Kommunistenköpfe waren seltener geworden, da die Anwesenheit der Japaner eine Allianz zwischen Kommunisten und Nationalisten erzwungen hatte. Die Menschen hatten jetzt andere Sorgen als den Kommunismus – speziell die Menschen in der Mandschurei.

Als sie am nächsten Tag im Zug nach Nanking saßen, spürte Audrey, wie eine Woge der Erregung sie erfaßte. Sie waren fast angekommen. Von ihren Zielen Nanking, Schanghai und Peking waren sie jetzt nur mehr Stunden entfernt. Sie konnte die Ankunft kaum erwarten. Die Nacht verbrachten sie in einem Hotel in Nanking. Noch am Abend hatte Charlie Tschiang Kai-scheks Residenz aufgesucht, um seine Empfehlungsschreiben samt seiner Karte und einem überaus höflichen Brief abzugeben, in dem er um eine Audienz bat. Im Hotel sagte man ihnen, daß im Frühjahr George Bernard Shaw auf dem Weg nach Schanghai dagewesen war, und plötzlich verspürte Audrey wieder diesen Anflug von Erregung. Sie war begeistert von allem, was sie sah, von den vielen Menschen, ihrer Kleidung, den Speisen und Gerüchen. Im Hotel hatten sie fürstlich gegessen, ein köstlicher Gegensatz zum kargen Menü in Wuhan. Charlie fiel auf, daß sie abgenommen hatte. Sie waren jetzt über zwei Wochen unterwegs und hatten fünftausend Meilen zurückgelegt, seiner Arbeit und ihrem Traum zuliebe, und Audrey hatte das deutliche Gefühl, noch nie einem anderen Menschen so nahe gewesen zu sein, und sie war sicher, daß sich das auch in Zukunft nicht ändern würde, als sie wortlos die Straße vor dem Hotel entlangbummelten und den Rikschas und ein paar streunenden Katzen nachblickten. In einem Seitengäßchen geriet Audrey außer sich vor Entzücken. Sie stießen dort auf ein kleines

Haus mit gedämpfter Beleuchtung, aus dem absonderliche Düfte drangen. Neugierig blieb sie stehen, um das Parfüm zu schnuppern, das schwer in der Luft hing. Ihr Vorschlag, das Haus zu betreten, erregte bei Charlie große Heiterkeit.

»Ich glaube, das wäre höchst unpassend«, antwortete er schmunzelnd.

»Warum?« Sie war enttäuscht, und wieder mußte er über ihre Naivität lachen.

»Es handelt sich um eine Opiumhöhle.«

»Ach so...« Sie riß die Augen erstaunt auf. Ihre Neugierde war noch größer geworden. Sie wollte unbedingt hinein.

»Du kannst nicht hinein, Aud. Man würde uns beide hinauswerfen. Mich wahrscheinlich, und dich ganz sicher.«

»Aber warum denn? Können wir nicht einfach nur zusehen?« Sie stellte sich wohl etwas wie eine Bar vor. Charlie schüttelte nur den Kopf.

»Diese Etablissements werden üblicherweise nur von Männern aufgesucht.«

»Wie dumm.« Sie schien verärgert, und sie setzten ihren Spaziergang fort, in dessen Verlauf er ihr viel von der Geschichte Chinas erzählte. Es war eine Geschichte, die in Kunst- und Bauwerken höchst eindrucksvoll repräsentiert wurde. Der Gesprächsstoff ging ihnen noch stundenlang nicht aus, nachdem sie ins Hotel zurückgekehrt waren und sich auf ihr Zimmer zurückgezogen hatten.

Eine volle Woche verging, ehe Charles von Tschiang Kai-schek empfangen wurde. Diese Zeit nutzten sie zur Ruhe und Entspannung. Sie unternahmen ausgedehnte Spaziergänge und fuhren aufs Land hinaus, so daß auch die Wartezeit nicht vertan war. Das Interview mit dem Generalissimus gestaltete sich genauso, wie Charles es sich erhofft hatte. Er war überzeugt, daß sein Artikel großen Erfolg haben würde. Auf einer geborgten Schreibmaschine begann er im Hotel sofort mit der Arbeit. Als Audrey ins Zimmer kam, war er so vertieft, daß er ihre Anwesenheit gar nicht bemerkte. Still setzte sie sich in eine Ecke und begann, einen Brief an Annabelle zu schreiben, in dem sie ihrer Schwester zu schildern versuchte, was sie unternommen und gesehen hatte. Dabei wurde sie das entmutigende Gefühl nicht los, daß Annabelle all das nicht interessieren würde. Wahrscheinlich interessierte sich überhaupt niemand dafür. Auch ein Brief an ihren Großvater war wahrscheinlich vergebliche Liebesmühe.

Eine ganze Stunde verging, bevor Charles aufblickte und ihre Anwesenheit mit einem Lächeln zur Kenntnis nahm.

»Ich habe dich gar nicht bemerkt.«

Lächelnd ging sie zu ihm, beugte sich über ihn und gab ihm einen Kuß auf den Nacken, während er einen Arm um ihre Taille legte.

»Ich weiß. Du warst in deine Arbeit vertieft. Na, wie lief das Interview?«

»Es war faszinierend. Für den General ist die Sache verloren, wenngleich ich nicht sicher bin, ob er selbst das einsieht. Die Sowjets sind eifrig bemüht, Mao zu unterstützen und der Roten Armee hier unter die Arme zu greifen. Tschiang Kai-schek gibt sich der Meinung hin, er könnte gewinnen, eine Meinung, die ich nicht teile. Tatsächlich bereitet er sich momentan auf einen Generalangriff gegen Maos Streitkräfte vor.«

»Wirst du dies in dem Artikel zum Ausdruck bringen? Daß seine Sache verloren ist?«

»Mehr oder weniger, wenn auch nicht so unverblümt. Schließlich ist es ja nur meine persönliche Meinung. Ich möchte vor allem bringen, was er sagte, in aller Fairneß ihm gegenüber. Er ist ein sehr interessanter, wenn auch skrupelloser Mann. Ich wünschte, du hättest seine Frau kennenlernen können. Eine schöne und umwerfend charmante Person.«

Audrey hatte schon Gelegenheit zu einer Begegnung mit der Witwe Sun Yat-sens, als Charlie ein Interview mit ihr machte. Sie erlaubte Audrey, ein paar Aufnahmen zu schießen, die Charlie an die *Times* weiterzuleiten versprach.

»Willst du das wirklich?« Audrey war außer sich vor Freude.

»Natürlich. Du bist verdammt gut. So gut wie jeder Profi, mit dem ich zusammengearbeitet habe. Sogar besser als die meisten.«

Da sah sie ihn nachdenklich an. »War es dir ernst damit, als du sagtest, du möchtest eines Tages mit mir arbeiten?«

Er lachte. »Ich glaube, das tue ich bereits.« Es war der Nachmittag, an dem sie die Bilder von Sun Yat-sens Witwe gemacht hatte, und sie lächelten sich an. Ihr gefiel die Zusammenarbeit mit Charles, und sie hoffte auf weitere Gelegenheiten in Schanghai.

Am darauffolgenden Tag waren sie wieder reisefertig. Nach allem, was sie gehört hatte, konnte Audrey es kaum erwarten, Schanghai zu sehen. Sie erwartete eine Stadt, berstend von Menschen, voller Erregung, Handel, Glücksspiel, Prostitution und exotischen Düften. Sie stellte sich unter Schanghai das fernöstliche Äquivalent eines türkischen Basars vor. Nun war sie gespannt, ob ihre Erwartungen sich erfüllen würden.

Sie war dabei, ihre Sachen für die Reise zusammenzupacken, und Charlie beobachtete lächelnd, wie sie mit ihrem Gepäck kämpfte. Nach einem vielsagenden Blick auf ihren Kosmetikkoffer schnitt Audrey eine Grimasse.

»Eigentlich sollte ich das verdammte Ding wegwerfen oder es einfach verschenken. Vielleicht könnten wir es irgendwo gegen eine Ziege oder ein Schwein eintauschen.«

Die Vorstellung ließ Charles in schallendes Lachen ausbrechen. Er schüttelte lebhaft den Kopf. »Was wirst du auf der Schiffsreise ohne Schminkutensilien anfangen?« Sie kniff die Augen zusammen und überlegte. Die Heimreise schien in weite Ferne gerückt zu sein. Es war unglaublich, wie weit sie gekommen waren.

»Behalte den Koffer lieber«, schloß er.

»Ich wüßte nicht, warum. In den Spiegel habe ich schon lange nicht mehr gesehen. Ich bin gar nicht sicher, ob ich es jemals wieder tun werde.« Make-up erschien ihr unter den gegenwärtigen Umständen völlig sinnlos. Nach dem Verlassen von Istanbul hatte sie auf Nagellack verzichtet, und ihre modischen Schuhe mit dem Riemchen über dem Rist verschwanden zuunterst im Koffer. Seither hatte sie nur festes Schuhwerk, Blusen, Röcke und eine Jacke getragen. Daß sie nicht mehr vernünftige Sachen mitgenommen hatte, bereute sie jetzt sehr. Der Großteil ihrer Garderobe war ungeeignet. Die Seiden- und Leinenkostüme und leichten Kleider, die sie in Südfrankreich getragen hatte, die Badeanzüge und Abendkleider, die sie an Bord gezeigt hatte und auf der Heimreise wieder anziehen würde, waren hier fehl am Platz. Noch lächerlicher erschien ihr, daß sie den Pelz mitgeschleppt hatte. Obwohl

Madame Tschiang Kai-schek sich elegant kleidete und Nanking eine echte Großstadt war, schien man hier auf Kleidung wenig Wert zu legen. Am häufigsten begegnete man der unscheinbaren Einheitstracht der unteren Schichten, obwohl Charles behauptete, in Schanghai gäbe es todschicke Sachen in den Läden. Dort könne sie sich sogar ein paar Sachen anfertigen lassen. Audrey brauchte vor allem warme Kleidung. Der Herbst war da, und die große Kälte würde sie einholen, bevor sie nach Hause kam.

Nachdem sie in einem vom Portier empfohlenen Restaurant ein gewaltiges Abendessen zu sich genommen hatten, verbrachten sie die Nacht aneinandergeschmiegt auf ihrem Zimmer.

Wieder einmal mußten sie ein schmales, wackliges Bett miteinander teilen. Audrey wurde hier allgemein Mrs. Parker-Scott genannt. Der Mann am Empfang hatte geholfen, ihr Gesicht zu wahren, indem er beharrlich so tat, als wären sie auf Hochzeitsreise und hätten noch keine Zeit gefunden, den Namen in ihrem Paß zu ändern. Das hatte Audrey so belustigt, daß sie kein Wort dagegen sagte. »Stört es dich, Charles? Daß ich deine Frau spiele, meine ich...?«

»Nicht im geringsten.« Tatsächlich sah er so erfreut aus, als hätte sie ihn auf eine gute Idee gebracht, und auch sie fand die Vorstellung erheiternd. Alle Welt nahm an, sie wären verheiratet, und langsam fühlten sie sich auch so. Er hatte sogar bei Tschiang Kai-schek von Audrey gesprochen und sie ohne viel Federlesens als seine Frau bezeichnet. Und das war sie auch in einem bedeutsamen Sinn. Sie hatte sich für ihn entschieden und war mit ihm gekommen, weil sie ihm vertraute. Mit keinem Mann wäre sie so weit gefahren, und mit niemandem sonst hätte sie so großes Glück empfunden. Als sie ihn vor dem Einschlafen wieder küßte, lächelte sie ihm zu wie immer, wenn sie im Bett an seiner Seite lag. Sie hatten sich stürmisch geliebt, als sie nach Hause gekommen waren, und jetzt lagen sie befriedigt da und schmiegten sich in der kühlen Nacht aneinander.

»Charles, ich liebe dich... mehr als alles.« Die geflüsterten Worte entlockten ihm ein Lächeln. Liebevoll strich er ihr übers Haar.

»Ich dich auch.«

13

Im überfüllten Zug von Nanking nach Schanghai brachten Charles und Audrey sieben Stunden zu, und Audrey dachte schon, sie würden nie ankommen. Charles nützte die Zeit teilweise damit, sich Notizen zu machen, und sie las ein Buch, das er mitgebracht hatte, war aber viel zu sehr an den Mitreisenden interessiert, um sich konzentrieren zu können. Immer wieder sah sie zum Fenster hinaus und machte eifrig Fotos, während sie sich Schanghai näherten.

Aber nichts hatte sie auch nur annähernd auf das vorbereitet, was sie bei der Ankunft erwartete. Fassungslos nahm Audrey das Menschengewimmel auf den Bahnsteigen wahr, Menschenmassen, die irgendwohin strebten, andere wiederum, die angekommen waren, Bettler, Straßenjungen, Prostituierte, Ausländer, alles drängelte durcheinander und war bestrebt, den allgemeinen Lärm noch zu übertönen. Bettelnde Kinder zupften Audrey am Rock, ein leprakrankes Kind mit Armstümpfen bat um Almosen, Dirnen riefen Charles auf französisch etwas zu, eine Gruppe von Engländern hastete vorüber. Audrey konnte Charles kaum verstehen, während sie gegen den Strom der Menge ankämpfte und sich an ihren Kosmetikkoffer und an den Aktenkoffer klammerte, den er ihr anvertraut hatte, während er sich mit ihrem sonstigen Gepäck abmühte.

»Was?« Wieder hatte er etwas geäußert, das sie nicht verstanden hatte, und sie drängte sich näher an ihn heran.

»Was hast du gesagt?«

»Ich sagte, willkommen in Schanghai«, rief er grinsend zurück. Endlich fanden sie einen Träger, der sich bereitwillig ihres Gepäcks annahm und sie zu einer Reihe wartender Taxis dirigierte. Sie fuhren zum Hotel Schanghai, in dem Charlie gewöhnlich abstieg. Die meisten Gäste waren Engländer und Amerikaner. Der Service war exzellent.

»Fast wie zu Hause«, scherzte er, als der Träger das Gepäck in ihrem Zimmer abstellte. Sie hatten sich als Mr. und Mrs. Charles Parker-Scott eingetragen, und Audrey hatte sich mittlerweile an den Namen gewöhnt, wie sie ihm jetzt mit einem Lächeln zu verstehen gab.

»Weißt du, daß es mir sonderbar vorkommen wird, wieder Audrey Driscoll zu heißen?« Aber das lag noch ein ganzes Leben weit entfernt. Audrey Driscoll gehörte in eine andere Welt, in ein anderes Leben wie Annabelle, der Großvater und alles andere in San Franzisko. Das hier war die Wirklichkeit: die Faszination von Schanghai, die Menschen in den wimmelnden Straßen, als sie aus dem Fenster blickte. Dann sah sie wieder Charles an, der sie beobachtete. Ein Leben ohne Audrey an seiner Seite konnte er sich jetzt nicht mehr vorstellen. Sie waren um die halbe Welt gereist und würden schließlich wieder zurückfahren. Und was dann? Es überstieg seine Vorstellungskraft. Es kam ihm immer noch nicht in den Sinn, sich mit irgend jemandem häuslich einzurichten, ebensowenig konnte er den Gedanken ertragen, Audrey nicht mehr bei sich zu haben. Doch dieses Problem mußte nicht sofort gelöst werden.

Charles wollte, daß Audrey einen Eindruck von der Stadt erhielt, bevor sie sich zur Ruhe begaben. Nachdem sie gebadet und sich umgezogen hatte, gingen sie hinunter und nahmen wieder ein Taxi, das sie zuerst an den Bund bringen sollte, jene Straße, an der sich alle europäischen Geschäfte und Gebäude befanden, dann zurück in die mit Menschen vollgepackten Straßen mit den Heerscharen von Prostituierten, den Kindern, die spätabends noch auf der Straße waren, den unzähligen Bettlern und den zahlreichen Ausländern. Europäische Gesichter waren hier nichts Außergewöhnliches, es schien Hunderte zu geben, Italiener, Franzosen, Engländer, dazu auch Amerikaner und natürlich Japaner. Grelle Lichtreklamen lockten, hellerleuchtete Restaurants, Spielhöllen, Opiumhöhlen warteten auf Kunden. Hier gab es keine Geheimnisse, es gab nichts, was man nicht bekommen konnte, wenn man den Preis bezahlte. Hier war nichts von der stillen Würde des alten China zu spüren. Vor allem war die Stadt ganz anders, als Audrey erwartet hatte. Es herrschte ein atemberaubendes Tempo und eine Geschäftigkeit, wie Audrey sie noch nie erlebt hatte. In einem von Chinesen geführten französischen Restaurant aßen sie zu Abend.

Das Publikum, das hier verkehrte, war von interessantem, internationalen Zuschnitt, und viele der männlichen Gäste waren in

Begleitung junger Chinesinnen gekommen. Nach dem Dinner brachte Charlie Audrey ins Hotel. Ihr offenkundiges Staunen über die Vielfalt, die in jeder Hinsicht in den Straßen Schanghais herrschte, veranlaßte ihn, sie mit ihrer Unschuld zu necken. Unschuld gehörte zu den Eigenschaften, die in dieser Stadt kaum anzutreffen waren.

»Toll, findest du nicht?«

»Charles, es ist wirklich erstaunlich. Geht es immer so zu?« Es war unglaublich, daß diese Energie hier ständig wirksam war. Dazu kamen diese unglaublichen Menschenmassen, die Tag und Nacht die Straßen bevölkerten. Charlie lachte Audrey aus.

»Ja, so ist es immer. Manchmal vergesse ich völlig, wie es in dieser Stadt brodelt, und dann, wenn ich wieder hierherkomme, bin ich total von dem Trubel überrascht.«

Die Stadt war ein eindrucksvoller Kontrast zu den einsam dahindämmernden Dörfern, durch die sie in Tibet, in Afghanistan und im übrigen China gekommen waren. Schanghai traf auch Audrey völlig unvorbereitet.

»Ich möchte wissen, ob es zur Zeit meines Vaters auch so war.«

»Vermutlich. Ich glaube, hier war es immer so. Seit dem Angriff der Japaner ist es eher etwas ruhiger geworden. Die Menschen sind eine Spur zurückhaltender.«

Viel schien sich jedoch nicht geändert zu haben.

Sie hatten das Hotel erreicht und betraten die Lobby, Hand in Hand und angeregt plaudernd. Sie waren so ins Gespräch vertieft, daß Audrey das Paar nahe dem Treppenaufgang nicht bemerkte, das leise ein paar Worte wechselte und sie dann anstarrte, als sie mit Charles vorüberging.

Der Mann war Anfang Siebzig, die Frau etwa Mitte Fünfzig, elegant gekleidet, sie trug dezenten, aber kostbaren Schmuck. Der glatte, perfekt frisierte Chignon und die Diamantohrklips rundeten das Bild ab. Sie starrte Audrey sekundenlang an und raunte dann ihrem Mann, einem Hornbrillenträger in englischem Anzug, etwas zu. Er warf einen Blick auf Audrey, als diese im Begriff stand, die Treppe hinaufzugehen, nickte seiner Frau zu und wollte leise etwas zu ihr sagen, als sie auch schon Audrey nachrief:

»Miß Driscoll?« Audrey reagierte ohne Überlegung und drehte

sich erstaunt nach der Stimme um. Das Paar stand da und sah zu ihr und Charles auf.

»Ich... du meine Güte... ich hatte keine Ahnung, daß Sie auch hier sind...« Audrey errötete bis an die Haarwurzeln, während sie sich verzweifelt bemühte, ungezwungen zu wirken. Leichtfüßig lief sie die wenigen Stufen hinunter, ohne Charles Hand loszulassen. Mit einer entsprechenden Floskel stellte sie ihn als ihren Bekannten Charles Parker-Scott vor.

»Ach, sieh einer an.« Die Dame schien beeindruckt. »Ich kenne alle Ihre Bücher.«

»Parker-Scott sagten Sie?« Der Mann nickte und sah ihn mit gesteigertem Interesse an. »Verdammt gutes Buch, das Sie über Nepal geschrieben haben. Sie haben wohl eine ganze Weile dort zugebracht?«

»Ja, mehr als drei Jahre. Es war mein erstes Buch.«

»Sehr, sehr gut.«

Seine Frau konzentrierte sich jetzt auf Audrey und ließ ihren Blick fragend zwischen ihr und Charles wandern. Phillip und Muriel Browne waren Bekannte von Audreys Großvater. Sie war eine betriebsame Person, Vorsitzende der Freiwilligen Rot-Kreuz-Helferinnen und vieler Wohltätigkeitsvereine. Für ihren Einsatz im Krieg hatte man ihr einen französischen Orden verliehen. Sie war zum zweiten Mal verheiratet, vorher selbstverständlich verwitwet. Verschiedentlich wurde gemunkelt, Phillip Browne hätte sie ihres Vermögens wegen geheiratet. Andererseits führten sie ein so respektables Leben, daß es über sie nichts zu klatschen gab. Er war Mitglied des Pacific Union Clubs wie Audreys Großvater und Präsident der Boston Bank. Die Brownes bereisten den Orient fast jedes Jahr und gehörten zu den allerletzten, denen Audrey gern begegnet wäre.

Damit stand fest, daß ihr Großvater von Charlies Existenz erfahren würde. Sie entschloß sich spontan, alles zu tun, um unnötigen Redereien vorzubeugen.

»Großvater sagte mir kein Wort, daß Sie auch hier sein würden«, sagte Audrey.

»Wir waren erst sechs Wochen in Japan, aber einen Besuch in Schanghai und Hongkong lassen wir uns natürlich nicht entgehen.« Sie blickte mit übertriebenem Interesse von Audrey zu Charles. Was für ein gutaussehender junger Mann! Zu gern hätte sie gewußt, ob er eine alte Flamme von Audrey war. Vielleicht war er der Grund dafür, daß sie noch nicht geheiratet hatte, ein Umstand, der immer schon Muriel Brownes Verwunderung erregt hatte, obwohl Audrey in ihren Augen keine Schönheit war. Auf einmal kam sie ihr viel anziehender vor, viel weicher, mit ihrem locker gewellten Haar und den Fünkchen in den Augen, die sie nie zuvor bemerkt hatte. Ihre jüngere, sehr hübsche Schwester war mit dem jungen Westerbrook verheiratet, wenn Muriel sich recht entsann. »Sind Sie mit Freunden hier?« Mrs. Browne sah Audrey forschend in die Augen, und diese betete darum, daß sie nicht errötete, während sie sich selbst zuliebe die Rolle spielte.

»Ja, mit Londoner Freunden. Leider haben die heute schon etwas vor. Mr. Parker-Scott hatte sich liebenswürdigerweise bereit erklärt, mich herumzuführen. Eine faszinierende Stadt, finden Sie nicht auch?« Sie versuchte, unschuldig und nicht zu routiniert zu klingen, glaubte aber nicht, daß Muriel Browne sich hinters Licht führen ließ, und damit hatte sie recht.

»Und wo sind Sie abgestiegen, Mr. Parker-Scott?« Von dieser Frage wurde er total überrumpelt, außerdem war ihm nicht bewußt, wie sehr Audrey es darauf anlegte, die beiden abzuwimmeln.

»Ich wohne hier immer im Schanghai. Das Hotel gefällt mir.«

»Mir auch«, meldete sich Phillip Browne zu Wort, hocherfreut, daß ein Kenner wie Charles ihm Rückendeckung bot. Daran wollte er Muriel bei Gelegenheit erinnern. Eben erst hatte sie sich über das Hotel beklagt. Nun stand er mit seiner Meinung nicht allein. Das beste Hotel der Stadt – es mußte wohl so sein, wenn ein Mann wie Parker-Scott dort abstieg.

»Erst heute sagte ich zu meiner Frau...«

Muriel unterbrach ihn ungeniert. »Vor unserer Abreise müssen wir uns unbedingt noch einmal sehen. Wäre es zum Lunch recht, Audrey? Natürlich hätten wir Sie gern dabei, Mr. Parker-Scott.«

»Leider ist unsere Zeit sehr knapp bemessen. Wir fahren in ein oder zwei Tagen weiter nach Peking, und ich glaube«, antwortete

Audrey mit einem Lächeln und einem Blick zu Charles hin, der ihm zu verstehen geben sollte, worauf sie abzielte, »Mr. Parker-Scott arbeitet an einem Artikel...«

»Na ja, vielleicht ergibt es sich doch noch vor Ihrer Abreise...« Muriel ließ sich nicht beirren. »Fahren Sie etwa auch mit nach Peking?« Das ergab einen köstlichen Klatsch-Leckerbissen für daheim. Die steife Enkeltochter Edward Driscolls trieb sich in Schanghai mit einem Schriftsteller herum... sie konnte es kaum erwarten, ihren Freundinnen diese Neuigkeit aufzutischen. Und Charles tappte in die Falle, was Audrey mit einem inneren Aufstöhnen registrierte.

»Ja, ich schreibe an einem Artikel für die *Times.*«

»Ach, wie interessant!« gurrte Muriel und klatschte in die Hände. Audrey hätte sie am liebsten erwürgt, da sie genau wußte, was Mrs. Browne so interessant fand. Sie war insgeheim entzückt, daß sie Audrey mit Charles auf der Treppe ertappt hatte, auf dem Weg in ein Hotelzimmer. Audrey wußte auch, was Muriel witterte. Nun galt es einen Weg zu finden, daß es ihr Großvater nicht erfuhr. Audrey konnte sich ausmalen, daß Muriel Browne, kaum in San Franzisko angekommen, in der ganzen Stadt herumtratschen würde, was sie entdeckt hatte.

»Mr. Parker-Scott hat kürzlich Tschiang Kai-schek in Nanking interviewt.« Audrey wußte, daß Charles diese Wendung des Gesprächs unangenehm war, doch hoffte sie, die alte Klatschtante wenigstens vorübergehend abzulenken. Phillip Brown zeigte sich natürlich ungeheuer beeindruckt. Jetzt wandte Audrey sich wieder strahlend zu Charles.

»Du brauchst mich eigentlich nicht hinaufzubegleiten...« Sie lächelte Muriel zu. »Alle Welt fürchtet sich hier vor Banditen. Meine Freunde vertrauten mich Charles wie ein kleines Kind an.« Damit reichte sie Charles die Hand. »Ich bin in Gesellschaft der Brownes sicher, und ich weiß, daß du noch eine Verabredung hast.« Das sagte sie so, als würde er von mindestens zwanzig Frauen an der Straßenecke erwartet. Charles schien verblüfft über ihre Äußerung, begriff dann aber endlich. Ihm dämmerte, wie unglaublich dumm er sich benommen hatte. Rasch schlüpfte er in die ihm zugedachte Rolle, drückte ihr die Hand, verabschiedete sich mit Handschlag von den Brownes, nahm mit übertriebenem Getue seine Post an der Rezeption vom Portier in Empfang und verließ nach einem letzten Winken das Hotel, verfolgt von Mrs. Brownes sichtlich enttäuschtem Blick. Vielleicht hatte sie die Situation doch falsch eingeschätzt. Sie warf einen hastigen Blick auf Audrey, die, bereits auf dem Weg zur Treppe, mit Mr. Browne plauderte. Ihr Zimmer lag auf einem anderen Stockwerk, doch die Brownes lieferten Audrey vor ihrer Tür ab. Nach einem Händedruck zum Abschied schloß sie auf und stieß einen gewaltigen Seufzer der Erleichterung aus, als sie die Brownes weiter die Treppe hinaufgehen hörte. Ob man ihr geglaubt hatte, war zweifelhaft, doch hatte sie wenigstens alles getan, um ihren Ruf zu wahren. Zu gern hätte sie gewußt, was ihr Großvater, falls überhaupt, davon erfahren würde. Sie wäre sehr besorgt gewesen, hätte sie Mrs. Browne hören können, die ihrem Mann auf der Treppe zuflüsterte: »Ich glaube ihr kein Wort...«

»Wovon? Von seinem Interview mit dem General? Bist du verrückt, er ist der bekannteste Reiseschriftsteller, den wir haben...« Er schien ehrlich empört, und Muriel ärgerte sich wie gewöhnlich über ihn.

»Nein, nein, ich meine natürlich den Unsinn, den sie von sich gab, seine angebliche Verabredung mit Freunden und daß er Audrey nur zum Essen ausgeführt hätte, während ihre Bekannten anderweitig beschäftigt seien... sie schläft natürlich mit ihm, das sehe ich ihr an der Nasenspitze an.« Ihre Knopfaugen verengten sich, als ihr Mann das Zimmer aufsperrte. Er seufzte; immer mußte sie über alle möglichen Leute irgendwelche Tratschgeschichten in die Welt setzen, auch an einem Ort wie Schanghai, nachdem sie um die halbe Welt gefahren waren.

»Das kannst du nicht mit Sicherheit behaupten. Audrey Driscoll ist ein anständiges Mädchen. So etwas würde sie nicht tun.« Er fühlte sich bemüßigt, Audrey zu verteidigen, wenn auch nur seinem alten Freund Edward Driscoll zuliebe.

»Unsinn. Sie ist eine alte Jungfer. Sie hätte Harcourt Westerbrook geheiratet, wenn er sie genommen hätte. Ihre jüngere Schwester hat ihn ihr weggeschnappt. Man sieht Audrey kaum außer Haus, und sie spielt Kindermädchen für den alten Mann...

und jetzt ist sie hier und hat eine Affäre mit einem Kerl; hier, wo keiner davon erfährt...« Ihre Augen funkelten vor Erregung. Phillip Browne tat ihr Geschwätz mit einer matten Handbewegung ab.

»Hör endlich auf, dir Sachen auszudenken. Du weißt ja gar nichts Genaues. Ebensogut könnten die beiden verlobt sein oder sehr verliebt... oder nur gute Freunde oder gar nur Bekannte. Es muß doch nicht immer und an allen Geschehnissen etwas Zweideutiges sein.« Schon oft hatte er sich gefragt, warum ihre Gedanken stets um diese Dinge kreisten – erstaunlich war nur, daß sie sich nur selten irrte.

»Philipp, du bist naiv. Wenn man im Hotelregister nachsähe, würde es sich zeigen, daß sie zusammen ein Zimmer bewohnen, da bin ich ganz sicher. Sie sind so weit entfernt von zu Hause, daß sie sich in Sicherheit wiegen.« Natürlich hatte sie recht. Audrey wurde so heftig von Panik erfaßt, daß sie sofort hinunterlief, um in Charlies Namen ein zweites Zimmer auf einer anderen Etage zu buchen. Eine halbe Stunde später, als er das gemeinsam bewohnte Zimmer aufsperrte, lachte er sie deswegen aus.

»Der Mann am Empfang sagte mir, daß du mich rauswerfen willst.« Er lachte über die Erklärung, die man ihm gegeben hatte, denn er konnte sich denken, was Audrey in der kurzen Zeit gemacht hatte, die er auf einen Drink in die Bar gegenüber gegangen war... »Du warst in der Zwischenzeit sehr emsig, wie ich feststellen muß.«

Sie setzte sich aufs Bett und sah verzweifelt zu ihm auf.

»Charles, das ist gar nicht komisch. Die Brownes sind die allerletzten, denen ich hier gern über den Weg gelaufen wäre.«

»Das habe ich, wenn auch verspätet, doch noch mitbekommen. Ich könnte mir denken, daß die liebe Mrs. Browne über ein loses Mundwerk verfügt.«

»Sehr lose, und außerdem ist sie bösartig. Sie wird in ganz San Franzisko verbreiten, daß ich mit dir in Schanghai war.«

Er runzelte die Stirn und setzte sich neben sie. »Möchtest du wirklich, daß ich in das andere Zimmer umziehe?« Für Audrey hätte er alles getan. Manchmal fiel es ihm schwer, sich ins Gedächtnis zu rufen, daß sie beide auch noch andere Pflichten hatten, an die sie denken mußten, denn ihr gegenwärtiges Leben erschien ihm momentan als die einzige Wirklichkeit. Doch er wollte nichts tun, was ihr schaden konnte, schon gar, wenn er nicht zur Stelle sein würde, um sie zu schützen. »Aud, es tut mir wirklich leid. Ich habe nicht damit gerechnet, daß wir jemanden treffen würden, den du kennst...« In ihrem Blick lag Bedauern, als sie ihm zulachte. »Heutzutage ist die Welt klein geworden. Und um deine Frage zu beantworten, nein, ich möchte nicht, daß du umziehst. Ich möchte das alte Biest nur ablenken, damit sie meinem Großvater nicht weh tun kann. Mein Leben werde ich ihretwegen nicht ändern. Die Brownes bedeuten mir nichts.«

»Das kann sich ändern. Wenn du erst wieder zu Hause bist...« Der Satz blieb unvollendet. Der Gedanke, daß sie ein Zuhause hatte, das sie nicht mit ihm teilte, gefiel ihm gar nicht, doch war es eine Tatsache, auch wenn es irgendwo ganz weit weg war. »Ich möchte nicht, daß jemand dich kränkt.«

»Das alles war mir von Anfang an klar, konnte mich aber nicht davon abhalten, mein Schicksal mit dem deinen zu verbinden. Hätte ich wirklich Angst gehabt, dann würde ich mich noch immer zu Hause verkriechen... oder ich wäre inzwischen längst auf der Heimfahrt in die Staaten.« Es hörte sich an, als wäre sie stolz darauf, mit ihm zusammenzusein, und sie war tatsächlich stolz... »Du bist der Mann, den ich liebe, Charles Parker-Scott. Wenn das den anderen nicht paßt, ist das deren Problem. Solange wir darauf achten, daß niemandem Schaden zugefügt wird« – und das zweite Zimmer sollte mithelfen, dies zu verhindern – »dann geht alles übrige niemanden etwas an.«

Er hatte sie in den Armen gehalten, während sie all dies vorbrachte. Genau diese Eigenschaften liebte er an ihr: ihren Mut und ihre Bereitschaft, zu ihrer Überzeugung zu stehen. Er vermutete, daß sie es mit jedem aufnehmen würde, ginge es darum, für das einzutreten, was sie für richtig hielt. Er brachte ihr eine Hochachtung entgegen wie keinem Menschen zuvor.

Als sie an jenem Abend zu Bett gingen, folgten viele Stunden leidenschaftlicher Liebe. Nachher meinte Audrey mit schelmischem Lächeln: »Möchte wissen, was Mrs. Browne dazu sagen würde.«

»Der Neid würde sie fressen, meine Liebe!« Beide wußten, daß das die Wahrheit war. Audrey lachte, als sie sich Mrs. Browne vorstellte.

»Und Mr. Browne würde grimmig von sich geben: ›Sehr schön, sehr schön!‹«

Sie schliefen wie immer in inniger Umarmung ein, und es war kein Wunder, daß Audrey von ihrem Großvater träumte, doch am nächsten Morgen hatte sie seinetwegen keine Bedenken mehr. Sie hatten getan, was sie konnten, und wenn nötig würde sie ihrem Großvater erklären, Charlie sei ein Bekannter von James und Vi, mit dem sie »nur befreundet« sei. Das Zusammensein in Schanghai sei rein zufällig gewesen. Ihrem Großvater zuliebe war sie gewillt, bei dieser Lüge zu bleiben. Er brauchte nicht zu wissen, daß sie diesen Mann über alles liebte. Es hätte ihm nur Angst eingejagt. Seine Befürchtungen, sie zu verlieren, würden geweckt werden, und Audrey hatte schon längst entschieden, daß davon keine Rede sein konnte.

Audreys Aufmerksamkeit galt nun wieder ungeteilt den Wundern von Schanghai. Die Stadt war wirklich unglaublich. Die Menschen faszinierten sie besonders: Hier lebten neben den Chinesen auch Europäer, meist Engländer und Franzosen. Firmen wie Jardine, Matheson und Sassoon beschäftigten ein paar stockbritische Typen, die einen zusätzlichen Reiz boten.

»Die meisten Europäer geben sich nicht mit Chinesen ab«, erklärte Charles.

»Ziemlich dumm, nicht? Schließlich sind sie ja in China.«

Er nickte. Aber hier lief eben alles anders. »In gewisser Hinsicht herrscht hier noch die unbeugsame koloniale Haltung. Man tut, als wäre man nicht in China. Kein Mensch lernt Chinesisch. Ich entsinne mich eines Mannes, der es versuchte und von allen für verrückt gehalten wurde. Die Chinesen sprechen mit den Ausländern französisch oder englisch, und die Europäer erwarten es nicht anders.«

»Reichlich aufgeblasen, findest du nicht?« Diese Vorstellung ärgerte sie. Audrey hätte selbst nichts lieber getan, als Chinesisch zu lernen. Und was ist mit dir, Charles? Du sprichst doch ein paar Worte. Verstehst du die Menschen hier?«

»Sie sprechen einen anderen Dialekt, aber ich komme irgendwie durch«, erklärte er gutgelaunt, als er seine Hose auf einen Stuhl warf, »besonders wenn ich genügend betrunken bin«, und damit durchquerte er den Raum mit zwei großen Schritten und nahm sie in die Arme, »so wie eben jetzt.« Er biß sie spielerisch in den Nakken und plapperte auf chinesisch drauflos, bis sie lachend aufs Bett sanken. »Diese unverhüllte Dekadenz da draußen bewirkt, daß mein Verlangen nach dir unstillbar ist. Der Aufenthalt mit dir hier ist nicht einfach.«

Dazu lachte Audrey nur, und er hörte nicht auf, sie zu liebkosen. Jetzt erholten sie sich richtig von der Reise, bei der sie über fünftausend Meilen zurückgelegt hatten. Sehnsüchtig umarmte sie ihn, und er hielt sie fest an sich gedrückt, strich ihr mit langen schlanken Fingern über ihre Schenkel, bis sie in seinen Armen leise aufstöhnte. Sie rief seinen Namen, als er in sie eindrang, und ihr Liebesspiel dauerte lange, bis sie erschöpft nebeneinanderlagen. Ehe sie einschlief, flüsterte sie noch einmal seinen Namen. Sie konnte sich nicht vorstellen, jemals einen anderen zu lieben und hätte ihn ebensogut heiraten können, so rückhaltlos hatte sie ihm ihr Herz geschenkt. Für immer und ewig. Es war eine Liebe, die zwei Kontinente überquert hatte. Um mit Charles zusammenzusein, wäre sie überall hingegangen. Das spürte er deutlich, während er sie umarmte und, den Geräuschen von Schanghai lauschend, die Augen schloß.

14

Sie blieben eine Woche in Schanghai, dann fuhren sie nach Peking weiter, auf einem Schiff, dessen Ziel der Hafen Tsingtao war. Sie verbrachten eine romantische Nacht an Bord, hörten, wie das Wasser gegen den Rumpf klatschte, während sie sich liebten und sich dann noch bis spät in die Nacht im Flüsterton unterhielten. Fast tat es Audrey leid, Schanghai zu verlassen, da die Stadt viel Sehenswertes bot. Charlie war mit seiner Arbeit gut vorangekommen, jetzt lagen nur noch ein paar Tage in Peking vor ihnen, ehe sie sich auf die Rückreise machen würden.

Charles konnte in London letzte Hand an seine Artikel legen und diese vertragsgemäß bis Jahresende fertigstellen. Er war schon ein wenig nervös, weil er noch viel Arbeit vor sich sah, doch als sie auf der Überfahrt nach Tsingtao in ihren Kojen lagen, dachte er nicht an seine Artikel, sondern nur an die Frau, die ihn mit einer nie gekannten Leidenschaft erfüllte. Er konnte nicht genug von ihr bekommen, er liebte Audreys Ausstrahlung, ihr Aussehen und ihren Duft und konnte die Hände nicht von ihrer seidigen Haut nehmen, von dem leuchtend kupferroten Haar, er war nicht imstande, seinen Blick von ihr zu wenden, die Lippen von ihrem großzügigen Mund zu nehmen... ihn erregte alles an ihr, und er bekam das Gefühl, daß er für sie buchstäblich alles getan hätte.

»Möchtest du wirklich nach San Franzisko kommen und meinen Großvater kennenlernen?« flüsterte sie. Charles hatte davon gesprochen, und sie war in Gedanken schon auf der Rückfahrt, obwohl es ihr unerträglich erschien, ihn verlassen zu müssen, und die Stimmung sehr darunter litt.

»Wenn ich es schaffe, werde ich kommen, das heißt, wenn ich meine Arbeit abgeschlossen habe...« Er hoffte insgeheim, daß sie mit ihm nach London fuhr. Er hatte sich entschlossen, dort seine Artikel fertigzustellen. Anschließend hoffte er, einige Zeit frei zu sein. Schon einige Male hatte er angedeutet, daß er mit ihr zusammenbleiben wollte. Audrey konnte dieses Angebot jedoch nicht annehmen.

»Du weißt, daß ich das nicht tun kann. Ich muß zurück und mich vergewissern, daß Großvater wohlauf ist. Und Annabelles Baby soll im März kommen.« Auch aus diesem Grund war ihre Anwesenheit zu Hause erforderlich... »Warum kommst du nicht nach San Franzisko und schreibst dort deine Artikel? Oder du könntest zumindest kommen, wenn du damit fertig bist.« Audrey konnte sich nicht vorstellen, daß das Schreiben mehr Zeit beanspruchte als ein paar Wochen, und sie sah nicht ein, warum Charles nicht an jedem beliebigen Ort arbeiten konnte.

»Audrey, anschließend an diese Arbeit soll ich ein Buch schreiben. Ich kann nicht einfach auf und davon gehen, wenn mir danach zumute ist.« Das war eine Erkenntnis, die ihn jetzt sehr bedrückte. Er hatte keine Lust, etwas zu tun, was ihn von ihr fernhielt. Und doch mußte er an seine Arbeit denken. Er mußte Verträge erfüllen. Irgendwie würde sich schon eine Lösung finden. Es war jedenfalls sinnvoller, wenn er zunächst nach London fuhr und mit seinem Verleger sprach. Unterwegs wollte er ernsthaft über eine Lösung nachdenken. Davor aber lag für sie noch Peking als gemeinsames Erlebnis, und was sie dort zu sehen bekamen, war für Audrey überwältigend. Da war nichts von der Schrillheit und Dekadenz Schanghais. Peking stellte die Verkörperung chinesischer Geschichte dar. Die gewaltigen Dimensionen dieser Stadt, seit achthundert Jahren Hauptstadt und einst Residenz Kublai Khans, wirkten auf Audrey fast angsteinflößend, als sie mitten auf dem Tienanmen-Platz stand. In ihren Augen schimmerten Tränen beim Anblick der geschwungenen goldenen Dächer der Verbotenen Stadt, deren Mauern jahrhundertelang den Kaiserpalast der Ming- und Ching-Dynastien von der Welt abgeschirmt hatten. Sie verbrachte dort und in dem ohne einen einzigen Nagel erbauten Himmlischen Tempel aus Holz viele Stunden. Dieses Bauwerk, ihrem Empfinden nach das eindrucksvollste in ganz Peking, stand unweit des Tienanmen-Platzes. Sie wanderte durch die Stadt, ihre Kamera stets so diskret wie möglich verbergend, um nicht die Kinder zu erschrecken, die Fotoapparate noch immer für eine Erfindung der bösen Dämonen hielten. Möglichst unauffällig knipste sie alles und jeden, der ihr vor die Linse kam. In Schanghai hatte sie ihren Vorrat an Filmen ergänzen können, so daß sie für Peking gerüstet war. Eine zusätzliche Attraktion war der weiter im Norden gelegene Sommerpalast. Er war von der Kaiserinwitwe, die der Hitze Pekings entgehen wollte, erbaut worden. Leider fand Audrey es nur unmerklich kühler, doch die Hitze tat ihrer Begeisterung keinen Abbruch. Am schönsten fand sie hier die Marmorbarke, die tatsächlich funktionstüchtig war und, gefolgt von unzähligen anderen Barken mit Musikanten und Unterhaltungskünstlern, die sich in der warmen Nachtluft produzierten, den See überquerte.

Nach dem Sommerpalast besichtigten sie im Tal der Ming die Ming-Gräber, deren Hauptzugang von massiven Tierstatuen flankiert wurde, von knienden Kamelen, Löwen mit aufgerissenen

Mäulern, sprungbereiten Leoparden, dazu von zwölf menschlichen Figuren, von denen einige Feldherren der Ming-Zeit darstellten. Wieder raubten die Größe, die unglaubliche Schönheit und Detailgenauigkeit Audrey die Sprache, und immer wieder spürte sie, wie ihr die Augen feucht wurden, weil sie so hingerissen war. Doch das alles verblaßte im Vergleich mit der Großen Mauer. Es war ein Anblick, von dem sie überwältigt war. Sie waren nach Pa-ta-ling, fünfundzwanzig Meilen nordwestlich von Peking, gefahren und genossen dort das Bild der Mauer, die sich, so weit das Auge reichte, in anmutigen Windungen dahinzog. Die Tatsache, daß ausschließlich Menschenkraft die über fünfzehnhundert Meilen lange Mauer geschaffen hatte, die China gegen die Mongolei hin abschirmte, schien unglaublich. Sie hielt jetzt schon seit über zweitausend Jahren Wache, vier Pferderücken breit, damit die Wachpatrouillen, die nach räuberischen Mongolenhorden oder anderen Feinden Ausschau hielten, ausreichend Platz hatten. Diese Großartigkeit, die Endlosigkeit, mit der die Mauer die Welt zu teilen schien, war ein solches Wunder, daß es Audrey die Rede verschlug und sie mit staunenden Augen zu Charlie aufblickte.

»Es ist unglaublich, Charles... mein Gott, das muß das eindrucksvollste, von Menschenhand geschaffene Bauwerk sein.« Dieser Meinung war Charles schon früher gewesen. Der Umstand, daß er jetzt hier mit Audrey stand, machte den Eindruck für ihn noch kostbarer. Immer schon hatte er diesen Anblick mit jemandem teilen wollen, der ihm nahestand, doch war es nie dazu gekommen. Fünf- oder sechsmal war er schon an der Mauer gewesen und hatte sich immer gewünscht, mit seinem Empfinden nicht allein sein zu müssen. Hier spürte man die gewaltige Hand des Schicksals. Audrey hatte ein Gefühl dafür, und er wußte, daß sie ebenso empfand wie er, als er eine Aufnahme von ihr auf der Großen Mauer machte. Nur widerstrebend machten sie sich auf den Rückweg und nahmen am Abend den Zug nach Peking. Die Fahrt dauerte nur wenig länger als eine Stunde, und Audrey verbrachte sie in Gedanken versunken. Erst als sie in den Bahnhof von Peking einfuhren, sah sie Charles an.

»Diesen Tag werde ich niemals vergessen. Für den Rest meines Lebens werde ich die Mauer vor mir sehen.« Die Mauer, die über

Hunderte und Aberhunderte von Meilen in die Ewigkeit zu reichen schien. Sie wollte ihm danken, daß er sie mitgenommen hatte, und wußte nicht, wie. Charles hatte ihr ein unvergeßliches Erlebnis ermöglicht. Eigentlich war die ganze Reise unvergeßlich gewesen. Die in Südfrankreich verbrachten Sommerwochen erschienen ihr daneben leer und leichtfertig vertan. Das alles versuchte sie ihm beizubringen, als sie nach einer köstlichen Peking-Ente zum Abendessen, einem Leckerbissen, von dem sie schon viel gehört hatte, im Bett lagen.

»Aud, es ist im Leben Platz für beides. Für Orte wie Antibes und für Gegenden wie diese. Ich genieße den Kontrast zwischen beiden Lebensarten.« Sie war nicht sicher, ob sie mit ihm darin übereinstimmte. In mancher Hinsicht zog sie das Leben in China vor. Sie war in viel größerem Ausmaß die Tochter ihres Vaters, als sie ahnte, besonders jetzt, in dieser exotischen Umgebung. Ihre Gefühle wurden so übermächtig, daß sie in dieser Nacht keinen Schlaf fand. Noch immer war sie in Gedanken bei der Großen Mauer und den friedvollen ländlichen Szenen auf beiden Seiten. Sie waren dort kaum einer Menschenseele begegnet, waren allein gewesen mit diesem Erbe, das sich mehr als zwei Jahrtausende gehalten hatte, sorgsam zusammengefügt, Stein auf Stein, vier Rösser breit... das alles hatte sich in ihr Herz und in ihr Gedächtnis eingeprägt. Als Charles sich regte, war sie schon auf, ging aber wieder zu Bett und legte sich neben ihn. Seine Leidenschaft erwachte, doch sie schien in Gedanken weit weg, als sie sich liebten. Es gab da etwas, das sie unbedingt sehen wollte. Audrey zog es in den Norden, nach Harbin. Es war einer der Träume ihres Vaters, die er ihr hinterlassen hatte.

»Möchtest du wirklich dorthin, Aud?« Charles schien alles andere als begeistert. »Wir sollten lieber an die Heimreise denken.« Das sagte er in einem Ton, als sei es beschlossene Sache, daß sie mit ihm nach London fuhr, obwohl der Weg von Schanghai nach San Franzisko viel näher war. Audrey selbst hatte sich noch nicht zu einem Entschluß durchringen können. Sie wußte, daß Charles sie unbedingt bei sich in London haben wollte. Der Abstecher nach Harbin konnte bedeuten, daß ihr keine Zeit mehr bleiben würde, mit ihm zu fahren. Charles mochte Verzögerungen nicht, und das sagte er ihr klipp und klar. »Es wäre sehr unvernünftig.« Man hätte meinen können, ihr bräche das Herz.

»Charles, woher soll ich wissen, ob ich jemals wieder in diese Gegend komme? Harbin bedeutet mir sehr viel.«

»Warum denn? Nur weil dein Vater dort war? Audrey... Liebling, bitte, nimm Vernunft an.« Doch sie konnte ihre Tränen nicht mehr zurückhalten. Charles, der nichts mehr verabscheute, als sie enttäuschen zu müssen, versuchte sie zu überzeugen. »Dort oben kann es schrecklich kalt werden. Vor drei Jahren war ich im November da, und die Temperaturen sanken tief unter Null. Wir beide sind nicht entsprechend ausgerüstet.« Seine Ausflüchte klangen ziemlich lahm, und sie dachte nicht daran, nachzugeben.

»Wir könnten alles Nötige hier kaufen. So kalt kann es doch nicht werden. Charlie, ich möchte die Stadt nur sehen.« Beschwörend blickte sie ihn an. Die Fahrt nach Harbin hatte für sie die Bedeutung einer Pilgerfahrt angenommen.

»Bis Harbin sind es siebenhundert Meilen. Liebling, du mußt vernünftig sein.«

Genau das wollte sie nicht. »Wir sind zusammen sechstausend Meilen weit gereist, und genau in diesem Augenblick habe ich über elftausend Meilen zurückgelegt. Siebenhundert Meilen erscheinen mir als keine unüberwindliche Entfernung mehr.« Wenn sie es darauf anlegte, konnte sie sehr hartnäckig sein.

»Aud, du bist wirklich unvernünftig. Ich dachte, wir wollten schon morgen zurück nach Schanghai.«

»Charlie, bitte...« In ihren Augen lag ein Flehen, und er hatte nicht das Herz, ihr die Bitte abzuschlagen, doch ließ er sich von ihr das Versprechen geben, daß sie nur einen Tag in Harbin bleiben würden. Audrey versprach es ihm, und anschließend brachten sie den Nachmittag damit zu, sich warme Kleidung zu kaufen. Es war nicht ganz einfach, Kleidungsstücke zu finden, die Europäern paßten. In Schanghai hätten sie diesbezüglich keine Schwierigkeiten gehabt, doch sie mußten es auch so schaffen. Die Hosen, die Audrey kaufte, waren zu kurz, doch die Pelzjacke und die warmen Strümpfe paßten einigermaßen, und sie fand Männerstiefel, die ihre Größe hatten. Charlie hatte nicht so viel Glück, behauptete aber, die Sachen, die er sich besorgt hatte, würden genügen. Am nächsten Morgen fuhren sie mit der im japanischen Besitz befindlichen Chinese Eastern Railway die siebenhundert Meilen durch die mandschurische Ebene. Die Reise hätte achtzehn Stunden dauern sollen, nahm jedoch dank der zahllosen Aufenthalte und Verspätungen mehr als sechsundzwanzig Stunden in Anspruch. Immer wieder hielten die Japaner den Zug auf und durchsuchten auf jeder Station die Waggons. Die längsten Aufenthalte hatten sie in Chin-chou, Shen-yang, Shuang-liao und Fu-yü. Kurz vor Mittag des folgenden Tages kamen sie in Harbin an. Dort sahen sie als erstes auf dem Bahnsteig eine Schar alter Frauen, Russinnen, mit drei pausbäckigen, rosigen Kindern und einigen im Schnee schnüffelnden Hunden. Ein Feuer brannte in der Nähe, an dem sich Männer in mandschurischer Tracht die Hände wärmten und Pfeife rauchend miteinander schwatzten. Eine mit Pferden bespannte Dampfmaschine stand da. Dampfgeruch und der Schaum vor den Pferdemäulern deuteten darauf hin, daß die Maschine seit dem Morgen in Betrieb war. Charles hatte mit seiner Voraussage recht behalten, daß es hier kalt sein würde. Als sie ausstiegen und die lange Reihe der Wagen und Rikschas entlanggingen, war der Boden mit Schnee bedeckt. Audrey war entzückt, als sie ein uraltes Auto fanden, das sie das kurze Stück zum Hotel Moderne bringen sollte. Charlie schien alles andere als erfreut. Er wäre lieber auf dem Weg nach Schanghai gewesen, auf dem ersten Abschnitt der Rückreise in den Westen, doch Audrey hatte sich als so entschlossen erwiesen, daß er nachgab. Hin und wieder hielt sie eigensinnig an der eigenen Meinung fest, so wie in diesem Fall. Es zeigte sich, daß das Hotel belegt war, da die halbe Anzahl der Zimmer frisch gestrichen wurde. Man schickte sie weiter in ein kleines gemütliches Hotel, in dessen Aufenthaltsraum, der gleichzeitig als Empfang diente, ein Kaminfeuer prasselte. Seit Monaten waren hier keine Gäste mehr abgestiegen, und der Alte an der Rezeption war überglücklich, sie zu empfangen. Er lieferte ihnen eine Schilderung der Überschwemmung des Jahres 1932 und wies ihnen eines der zwei Gästezimmer zu. Audrey sah sich händereibend im Zimmer um und strahlte Charlie glücklich an.

»Ist es nicht herrlich?« Sie war so glücklich, daß er lachen mußte. »Es ist mehr russisch als chinesisch.« Auf dem Weg zum

Hotel hörten sie viele Menschen Russisch sprechen... Ein Indiz dafür, daß die Stadtbevölkerung einen hohen russischen Anteil aufwies. Bis zur russischen Grenze waren es nur zweihundert Meilen.

Charles war längst nicht so entzückt. »Sicher möchtest du als nächstes nach Moskau.«

»Nein, das möchte ich nicht, Charles, jetzt nimm doch Vernunft an. Gib zu, daß es schade gewesen wäre, wenn ich das hier versäumt hätte.« Alles sah aus wie eine Szene auf einer Weihnachtskarte, aber Charlie war gar nicht weihnachtlich zumute.

Er drohte ihr mit dem Finger, als sie sich die Hände am Feuer wärmte. »Morgen geht es zurück. Klar?«

»Klar. In diesem Fall möchte ich mich heute aber noch gründlich umsehen. Hast du meine Kamera?« Er gab ihr den Apparat, und sie nahm ihre Jacke, die gegen die Kälte kaum Schutz bot.

»Wohin gehen wir?« Mit übertrieben schmerzlicher Miene sah er sie an. »Ich nehme an, du hast dir die Tagestortur für mich schon genau ausgedacht.« Audrey wußte immer ganz genau, was sie unternehmen wollte. Und der Portier sagte, daß Hu-lan interessant sei. Es sei zwanzig Meilen entfernt, und den Wagen, der sie vom Bahnhof ins Hotel gefahren hatte, konnten sie wieder mieten. Das sagte Audrey dem entsetzt aufstöhnenden Charles. »Können wir nicht im Haus bleiben? Sind wir für einen Tag nicht schon weit genug gefahren?«

Leicht verärgert sah sie ihn an und nahm Jacke und Kamera.

»Wenn du willst, dann bleib hier. Zum Abendessen bin ich zurück.«

»Und zu Mittag?« Er machte ein Gesicht wie ein bekümmertes Kind, als er ihr in den Gesellschaftsraum folgte. Die Frau des Mannes, der ihnen das Zimmer vermietet hatte, winkte ihnen von der Küchentür aus zu. Sie hatte Piroschki und heißen Borschtsch für sie bereit. Nach dem Essen war Charles einigermaßen besänftigt, als sie hinaus in die Kälte traten und den Wagen vorfanden, der sie vom Bahnhof ins Hotel gefahren hatte.

Audrey war in Hochstimmung, als sie durch die Straßen Harbins fuhren, in denen die Schilder chinesisch und russisch beschriftet waren. In mancher Hinsicht aber machte die Stadt eher einen europäischen als fernöstlichen Eindruck, und wie in Schanghai hörte man auch hier ein Sprachengewirr. Französisch, Russisch, weniger Englisch als in Schanghai, und neben einem mandschurischen Dialekt Kantonesisch. Audrey war fasziniert von der Kleidung der Menschen, den Pelzmützen, den aparten kurzen Jäckchen. Wie überall in China, so schien auch hier jedermann zu rauchen.

Der Fahrer zeigte ihnen die American Bank und fuhr sie in Richtung Hu-lan, behauptete aber, die Straße sei kurz davor unpassierbar, so daß er sie nicht bis ganz ans Ziel bringen könnte. Statt dessen fuhr er sie über enge gewundene Straßen, an deren Rand sich der Schnee häufte, vorüber an malerischen kleinen Gehöften und Häusern, während er die Bedeutung der Sojabohne erklärte. Eine halbe Stunde außerhalb von Harbin kamen sie an einem Steinkirchlein vorüber, und auf Audreys Frage erklärte der Fahrer, daß es eine französische Kirche sei. Kaum hatte er das gesagt, als ein junges Mädchen in einem dünnen Seidengewand auf die Straße gelaufen kam und sie durch Winken aufzuhalten versuchte. Auf den ersten Blick schien sie barfuß zu sein, beim Näherkommen sah man, daß sie Baumwollpantoffeln trug. Ihre Füße waren klein, aber nicht eingebunden. Sie redete nun heftig auf den Fahrer ein, in einem Dialekt, der Charles unbekannt vorkam, und deutete verzweifelt auf ein Holzhaus.

»Was will sie?« Audrey beugte sich vor. Sie spürte, daß die Kleine irgendwie gefährdet war. Achselzuckend drehte der Fahrer sich zu ihr um.

»Sie sagt, Banditen hätten die zwei Nonnen ermordet, die das Waisenhaus leiteten. Die Banditen wollten sich in der Kirche verstecken, was ihnen die Nonnen verwehrt hatten.« Das sagte er in korrektem Englisch, und die ganze Zeit über hörte das Mädchen nicht auf zu jammern, verzweifelt auf die Kirche und die anschließenden Gebäude deutend. »Man müßte sie begraben, doch ist es dafür im Moment zu kalt. Und jemand müßte sich um die Kinder kümmern.«

»Wo sind die anderen?« fragte Audrey hastig, während Charles dem Wortwechsel lauschte. »Wie viele Nonnen gibt es?« Wieder fragte der Fahrer das Mädchen in einem lauten Singsang, und das

Mädchen antwortete. Er drehte sich um und übersetzte für Audrey und Charles, der zum wiederholten Mal heftig bedauerte, daß sie sich auf diesen unglückseligen Abstecher eingelassen hatten.

»Sie sagt, es gäbe nur die zwei, die getötet worden sind. Die anderen zwei seien vorigen Monat nach Schanghai gegangen. Nächsten Monat sollen zwei andere kommen. Jetzt sind hier gar keine Nonnen. Nur Kinder. Lauter Waisen.«

»Wie viele?«

Wieder fragte er, und die Antwort kam in einem lauten kummervollen Klageton. »Sie sagt, einundzwanzig. Die meisten sind noch sehr klein. Sie und ihre Schwester sind die ältesten. Sie ist vierzehn, die Schwester elf. Und die Nonnen liegen tot in der Kirche.« Er schien ziemlich ratlos. Audrey, die entsetzt über diese Zustände war, öffnete die Tür und wollte aussteigen, als Charles fast gleichzeitig nach ihrem Arm faßte und sie festhielt.

»Wohin willst du?«

»Was glaubst du? Soll ich sie hier mit zwei toten Nonnen alleinlassen? Um Himmels willen, Charles, wir könnten ihnen wenigstens helfen, sich zurechtzufinden, während jemand irgendeine Behörde verständigt.«

»Audrey, das hier ist nicht San Franzisko oder New York. Wir sind in China, eigentlich in der Mandschurei. Manchukuo, wie die Japaner es nennen, die das Land okkupiert haben. Ein Bürgerkrieg steht bevor, es wimmelt von Banditen, das ganze Land ist übersät mit Waisen und hungernden Kindern. Hier sterben Babys wie die Fliegen ... und Nonnen ebenso. Du kannst hier nichts tun.« In ihren Augen loderte Zorn, als sie sich von ihm losriß. Sofort sank sie im Schnee ein. Sie sah das Mädchen eindringlich an. »Sprichst du Englisch?« Sie sprach die Worte übertrieben deutlich aus, worauf das Mädchen sie erst verständnislos ansah und dann verzweifelt drauflosplapperte und auf die Kirche deutete. »Ich weiß, was passiert ist«, sagte Audrey. O Gott, wie sollte sie sich dem Mädchen verständlich machen? Plötzlich fiel ihr ein, was der Fahrer gesagt hatte. Die Nonnen waren Französinnen.

»Vous parlez français?«

In der Schule hatte sie Französisch gelernt. Ihre ziemlich eingerosteten Kenntnisse hatten ihr an der Riviera einigermaßen weitergeholfen. Sofort antwortete ihr das Mädchen in stockendem Französisch, noch immer auf die Kirche deutend, während Audrey ihr folgte, langsam auf sie einredete und ihr versicherte, daß sie versuchen würde zu helfen. Auf den Anblick, der sich ihr beim Betreten der Kirche bot, war sie jedoch in keiner Weise vorbereitet.

Die zwei Nonnen lagen nackt da. Man hatte ihnen die Kleider vom Leibe gerissen. Sie waren vergewaltigt worden, dann hatte man ihnen die Köpfe abgeschlagen. Audrey wurde von einem Schwächeanfall übermannt, als sie die Blutlachen sah. Dankbar nahm sie den starken Arm wahr, der sie stützte, als sie sich würgend übergab. Sie drehte sich um und sah Charles bleich und mit verkniffenen Lippen dastehen. Entschlossen drängte er sie und das Mädchen den Weg zurück, den sie gekommen waren, fort von dem gräßlichen Anblick.

»Raus hier, ihr beiden! Ich hole Hilfe.« Audrey packte den Arm des Mädchens und stieß sie aus der Kirche hinaus, doch die Kleine zog sie zu dem anderen Gebäude hin. Auf den Anblick, der sie dort erwartete, war Audrey noch weniger vorbereitet. Kaum wurde die Tür geöffnet, als sie sofort von entzückenden chinesischen Kindergesichtern umringt wurde, die sich alle ängstlich und sehr ernst ihr zuwandten. Einige weinten. Die meisten waren vier oder fünf, einige sechs oder sieben, die anderen, etwa ein halbes Dutzend, waren Kleinkinder. Verblüfft sah Audrey sie an, von der Frage bewegt, was mit ihnen geschehen sollte. Die Vierzehnjährige und ihre Schwester konnten sich nicht um alle kümmern. Da die Nonnen nicht mehr am Leben waren, gab es niemanden, der sich ihrer annehmen konnte, von einem methodistischen Geistlichen aus der Stadt abgesehen, der sich aber seit einigen Wochen irgendwo weit draußen auf dem Land befand. Audrey wandte sich an das Mädchen, das sie auf der Straße aufgehalten hatte, und fragte sie, an wen man sich um Hilfe wenden könne. Erschrocken aufgerissene Augen und ein Kopfschütteln waren die einzige Reaktion. In stockendem Französisch erklärte das Mädchen, daß es niemanden gäbe.

»Aber es muß jemanden geben«, beharrte Audrey in dem Ton, mit dem sie im Haus ihres Großvaters lange Jahre Befehle erteilt hatte. Das Mädchen wiederholte die Antwort und erklärte, daß die zwei erwarteten Nonnen im nächsten Monat kommen würden. »Novembre«, sagte sie beharrlich. »Novembre.« »Und bis dahin?« Das Mädchen hob die Hände und wandte sich dann den Kindern zu, neunzehn an der Zahl, sie und ihre Schwester eingeschlossen. Automatisch ertappte Audrey sich bei dem Gedanken, ob die Kinder schon etwas gegessen hatten. Sie wußte nicht, wie lange die Nonnen schon tot waren. Keines der Kinder war alt genug, um für sich selbst zu sorgen, bis auf das Mädchen, das Französisch sprach und deren Schwester. Auf ihre Frage hin entdeckte sie, daß die Kleinen seit dem Vortag nichts bekommen hatten. Um so bemerkenswerter war es, daß sie nicht jammerten und klagten. »Wo ist die Küche?« Das Mädchen ging voraus, und Audrey fand eine saubere und ordentliche, wenn auch mit primitiven Mitteln eingerichtete Küche vor. Ein kleiner Herd war vorhanden, und eine Kühlkammer. Die Nonnen hatten zwei Kühe gehalten, eine Ziege und etliche Hühner. Sie hatten einen großen Reisvorrat angelegt und Trockenobst vom Sommer eingelagert. Es gab auch einen kleinen, sorgfältig aufbewahrten Fleischvorrat, und im Herbst hatten die Nonnen Obst eingekocht. So rasch wie möglich briet Audrey Eier, toastete für jedes Kind eine dünne Scheibe Brot und teilte an alle eine Schnitte Ziegenkäse und ein paar getrocknete Aprikosen aus. Es war die reichhaltigste Mahlzeit, die sie seit langer, langer Zeit bekommen hatten. Sie sahen sie mit großen Augen an, während sie das Essen ohne viel Umstände austeilte und dann stehenblieb und die Szene beobachtete. Sie hatte dabei die Schürze umgebunden, die die Nonnen getragen hatten, und wurde aufmerksam beobachtet, während sie jedem ein Glas Milch eingoß.

Nur die zwei älteren Mädchen hielten sich zurück. Sie waren es, die die Nonnen gefunden hatten, und es war ihnen anzumerken, wie erschüttert sie waren. Audrey redete ihnen gut zu, etwas zu essen, und schließlich nahmen sie zögernd einen kleinen Teller mit Ei und etwas Ziegenkäse. Sie flüsterten miteinander und ließen Audrey nicht aus den Augen.

Als Charles hereinkam, war sie eben dabei, die Küche aufzuräumen. Er sah grimmig drein, Hände und Hose waren blutbefleckt. »Wir haben sie in Säcke gewickelt und sie draußen in einen Schuppen gebracht. Der Fahrer will später einige zuständige Beamte herausbringen, die sollen dann die Leichen fortschaffen. Ich werde das französische Konsulat in Harbin verständigen, wenn wir in der Stadt sind.« Er wirkte erschöpft und erregt von dem grausigen Geschehen, mit dem er eben konfrontiert worden war. Audrey reichte ihm wortlos einen Teller mit Brot und Ziegenkäse. Sie goß frischen Tee auf, und er bedauerte sehr, daß nichts Stärkeres da war. Er hätte etwas Hochprozentiges gebraucht, zumindest einen Brandy.

»Man muß jemanden herausschicken, der sich um die Kinder kümmert. Hier ist niemand, Charles. Zwei Nonnen sind letzten Monat abgereist, und zwei andere, die sie ablösen sollen, werden erst im November erwartet. Im Moment ist kein Mensch für die Kinder da.«

Charles deutete verstohlen auf die zwei älteren Mädchen.

»Die beiden könnten für eine Weile alles übernehmen.«

»Ist das dein Ernst? Die sind doch erst vierzehn und elf. Sie können unmöglich neunzehn Kinder versorgen. Seit gestern hatten sie nichts mehr zu essen.«

Charles wurde von einer plötzlichen Befürchtung erfaßt.

»Audrey, was möchtest du damit sagen?«

Sie hielt seinem Blick unbeirrt stand. »Ich will damit sagen, daß jemand kommen und sich um diese Kinder kümmern muß.«

»Ich verstehe. Das ist mir auch klar. Und was geschieht bis dahin?«

»Du fährst in die Stadt, sprichst mit dem Konsul und verlangst, daß jemand geschickt wird.« Das äußerte sie in sehr knappem Ton, und das behagte ihm nicht. Charles wurde das ungute Gefühl nicht los, daß ihm das, was sie vorhatte, nicht gefallen würde. Gleich darauf sollte er feststellen, daß er mit seiner Vermutung richtig lag.

»Und wo bleibst du, während ich mit dem Konsul verhandle?«

»Hier, bei den Kindern. Wir können sie nicht allein lassen. Das geht einfach nicht. Sieh sie dir doch an, die meisten sind nicht älter als zwei oder drei Jahre.«

»Ach, um Himmels willen.« Er knallte den Teller auf den Tisch und durchschritt wütend den Raum. »Dachte ich mir's doch, daß du das sagen würdest. Verdammt, sieh doch ein, hier ist Krieg, vielmehr wird es sehr bald zu einem kommen. Die Japaner haben das Land besetzt, die Kommunisten rufen zum Kampf auf. Du bist Amerikanerin, ich habe einen britischen Paß, wir haben mit den hiesigen Vorgängen absolut nichts zu schaffen. Und wenn zwei verdammte französische Nonnen von Banditen umgebracht wurden, ist das nicht unser Problem. Hättest du mehr Vernunft an den Tag gelegt, dann wären wir inzwischen in Schanghai und würden schon morgen die Rückfahrt antreten.«

»Aber das haben wir nicht getan, verdammt noch mal! Ob es dir gefällt oder nicht, wir sind in Harbin, und da sind einundzwanzig Kinder, verlassene Waisen, um die sich keine Menschenseele kümmert, und ich lasse sie nicht im Stich, ehe nicht Ersatz kommt. Charlie, überleg doch, die Kinder würden sterben. Die können sich ja selbst nicht einmal eine Mahlzeit zubereiten.«

»Und wer hat dich zu ihrer Hüterin bestimmt?«

»Wer? Ich weiß nicht. O Gott! Was soll ich tun? Einfach einsteigen und sie vergessen?«

»Vielleicht. Ich sagte schon, in ganz China verhungern unzählige Kinder. Sie sterben auch in Indien, Tibet, Persien ... was willst du tun, Audrey? Sie alle retten?«

»Nein.« Sie stieß das Wort zähneknirschend hervor. Doch sie hatte in den vergangenen Wochen zahllose dieser Kinder gesehen und wurde jedesmal von Verzweiflung gepackt. Im Grunde genommen kam sie sich völlig hilflos vor, doch diesmal würde sie dem Elend nicht den Rücken zukehren. Sie war dazu nicht imstande. Sie würde bei den Kindern bleiben, bis jemand sich um sie kümmerte. Es war eine Seite an Audrey, die Charles noch nicht kannte und die ihn ganz verrückt machte.

»Ich werde bleiben, bis jemand kommt, und du siehst schleunigst zu, daß du nach Harbin kommst und mit dem Konsul sprichst.«

Während seiner Abwesenheit brachte Audrey ein halbes Dutzend Kinder zu Bett, fütterte sie, räumte von neuem die Küche auf und sah zu, wie zwei Kinder die Kühe molken. Alles schien hier gut eingespielt, und sie freute sich, als Charles um sechs Uhr wieder zur Stelle war. Leider deutete seine Miene auf nichts Gutes hin, als er aus dem Wagen stieg. Es sah aus, als hätte ihm der Konsul keinen günstigen Bescheid gegeben. Audrey sollte nicht lange im Ungewissen bleiben. Charles knallte die Haustür zu und nahm vor Audrey Aufstellung. Seine Lippen hatte er zu einem schmalen entschlossenen Strich zusammengepreßt.

»Na, was ist?« Er merkte, daß sie nicht bereit war, auch nur eine Handbreit nachzugeben, und er hätte sie am liebsten heftig geschüttelt. Hinter ihm lag ein grauenhafter Nachmittag, der mit dem Wegschaffen der Leichen begonnen und mit seinem Kampf mit dem Konsul geendet hatte.

»Er sagt, er hätte keinen Einfluß auf Institutionen der katholischen Kirche. Die Nonnen fielen nicht in seinen Verantwortungsbereich. Sieht so aus, als hätten sie ihm schon seit Jahren Probleme bereitet. Deswegen hatte er ihnen schon vor zwei Jahren geraten, von hier zu verschwinden. Morgen oder übermorgen wird er jemanden schicken, der die Leichen abholt, doch will er keine Verantwortung für die Waisen übernehmen. Wenn es nach ihm ginge, sollte das Waisenhaus aufgelöst werden.«

»Aufgelöst? Was soll das heißen? Soll man die Kinder in den Schnee jagen und sie verhungern lassen?« Noch nie war sie so wütend auf ihn gewesen.

»Vielleicht, ich weiß es nicht. Übergib die Kinder den Einheimischen. Was hast du denn vor? Wirst du sie am Ende adoptieren?«

»Sei nicht so verdammt unvernünftig, Charlie. Ich kann diese Kinder nicht im Stich lassen.«

»Warum, zum Teufel, nicht?« In seiner Wut und Enttäuschung brüllte er sie an. »Audrey, du mußt, verdammt noch mal. Wir müssen nach Hause! Ich habe meine Artikel zu schreiben, du mußt zurück in die Staaten... was willst du in Harbin mit einundzwanzig Waisenkindern?« Das klang so verzweifelt, daß es ihr ein Lächeln entlockte. Sie küßte ihn. Ihre eigene Wut war wie weggeblasen. Sie hatte sich nur so große Sorgen um die armen Kinder gemacht.

»Ich liebe dich, Charles Parker-Scott, es tut mir leid, daß ich uns in diese Lage brachte, aber ich kann jetzt nicht fort. Wir müssen die Sache irgendwie in Ordnung bringen. Wir müssen die Leute im Hotel fragen, ob wir die Kinder notdürftig bei den Einheimischen unterbringen können.« Wenn dies möglich gewesen wäre, hätten die Nonnen längst schon dafür gesorgt, also war klar, daß es nicht ging. Und die ganze Zeit über sahen die Kinder sie an, während sie stritten.

Charles fehlten die Worte, als Audrey dastand und ihn über die Köpfe der Kinder hinweg anblickte. So unabhängig und eigensinnig kannte er sie nicht. Es war eine Seite an ihr, die ihm allmählich auf die Nerven ging. »Willst du etwa die Nacht hier verbringen?« Seine Verzweiflung und Ratlosigkeit waren grenzenlos. Er sah keinen Ausweg aus dem Schlamassel, in das sie unversehens geraten waren, seitdem der Besuch bei den französischen Behörden sich als fruchtlos erwiesen hatte.

»Was würdest du vorschlagen, Charles?«

»Ich habe eine Idee. Suchen wir eine andere Kirche, und lassen wir die Kinder dort. Es muß in Harbin doch noch andere Kirchen geben.« Er sehnte verzweifelt eine Lösung des Problems herbei, weil er zurück nach Schanghai wollte. Immer mehr festigte sich in ihm das Gefühl, daß sie gar nicht hätten herkommen dürfen, doch Audrey erwies sich seinen Vorschlägen gegenüber als unzugänglich. Und die Kinder um sie herum plapperten in einem fort.

»Eine gute Idee. Du gehst, und ich warte hier. Wenn du jemanden mitbringst, können wir fahren. Andernfalls werden wir sie im Taxi zu einer anderen Mission bringen.« Taxi war eine beschönigende Bezeichnung für die uralte Klapperkiste, die sie zur Kirche gebracht hatte. Ihr Vorschlag entlockte Charles ein Aufstöhnen. An ihm lag es jetzt, eine Missionsstation zu finden, die bereit war, einundzwanzig Waisen aufzunehmen. Das wäre mitten in Philadelphia keine leichte Aufgabe gewesen, hier in Harbin war es hoffnungslos. Insgeheim verwünschte er die Stunde, in der er sich einverstanden erklärt hatte, nach Harbin zu fahren. Doch nach einer hastig getrunkenen Tasse grünen Tees ging er, holte den Fahrer und machte sich auf die Suche nach einer Kirche, die gewillt war, die Kinder aufzunehmen.

Während seiner Abwesenheit wechselte Audrey Windeln, kochte Reis, getrocknetes Fleisch und Suppe fürs Abendessen und versuchte Ordnung in dem Haus zu halten. Es herrschte nur wenig Chaos, die beiden älteren Mädchen hatten sich erstaunlich gut um die Kleineren gekümmert, mit Ausnahme der Mahlzeiten, die sie irgendwie vergessen hatten. Die Älteste versuchte Audrey auf französisch zu erklären, was passiert war, daß die Kommunisten von Zeit zu Zeit aus den Bergen kämen und sich in der Kirche zu verstecken suchten, wie einheimische Mandschus sich dort verborgen hatten, als vor zwei Jahren die Japaner gekommen waren. Daß überall Banditen wären, die Menschen töteten. Ling Hwei, wie sie gerufen wurde, berichtete Audrey in ihrem stockenden Französisch, wie diese Japaner ihre Eltern und drei Brüder getötet hätten. Sie und ihre Schwester Shin Yu hatten als einzige der Familie überlebt, und die Nonnen hätten sie mit den kleineren Kindern aufgenommen, von denen einige durch die Choleraepidemie des Vorjahres die Eltern verloren hatten. In gewissen Abständen wurden immer wieder größere Gruppen von Kindern in das Mutterhaus nach Lyon gebracht oder aber in ein zweites vom Orden geführtes Waisenhaus in Belgien. In Südchina existierte noch ein Waisenhaus dieses Ordens, aber Ling Hwei und Shin Yu hatten Harbin nicht verlassen wollen, und die Nonnen hatten sie gern behalten, weil die Mädchen ihnen so geschickt zur Hand gingen.

»Gibt es hier in Harbin noch andere Kirchen, mit denen die Nonnen Kontakt hatten?« fragte Audrey, und das Mädchen schüttelte den Kopf und erklärte, dies seien in Harbin die einzigen Nonnen gewesen. Die meisten christlichen Missionen in der Stadt seien russisch-orthodox und würden von alten Männern betreut. Audrey wußte daher im voraus, was Charlie ihr berichten würde, als er von seiner Exkursion zurückkehrte.

Sie hatte nicht weit daneben getippt. Er kam sehr spät, als die Kinder schon im Bett waren, bis auf die zwei älteren Mädchen, die leise in einer Ecke miteinander flüsterten. Charlie schien erschöpft, und aus seinem Blick sprach totale Enttäuschung.

»Aud, es gibt hier niemanden. Ich war in jeder Kirche der Stadt. Ich bat im Hotel um Hilfe. Diese Nonnen müssen ein völlig abgeschiedenes Leben geführt haben. Niemand ist gewillt, ihre Bürde zu übernehmen. Nahrungsmittel sind knapp, die Menschen fürchten sowohl die Japaner als auch die Kommunisten. Jeder kümmert sich nur um die eigenen Angelegenheiten. Niemand will hier herauskommen und sich um die Kinder kümmern oder sie gar übernehmen, weder einzeln noch in Gruppen. Ich versuchte alles, überall. Der russische Priester riet mir, wir sollten sie ihrem Schicksal überlassen, sie würden ihren Weg allein machen.« Er sah Audrey kläglich an und wußte im voraus, was sie davon halten würde. Ihr halblautes Gemurmel war Bestätigung seiner ärgsten Befürchtungen. Er war schon im Zweifel, ob er sie hier je wieder loseisen konnte. »Der Priester sagte, in China gäbe es überall Straßenkinder. Die Starken überleben.« Selbst Charles empfand dies als furchtbar grausam, Audrey aber war so außer sich, daß sie ihrer Empörung in der primitiven Küche des Waisenhauses lautstark Luft machte.

»Was sagst du da? Ich soll sie in die Kälte hinausstoßen? Wie soll ein Zweijähriger sich als Straßenkind durchschlagen? Die meisten sind kaum älter.« Obwohl beide Scharen von Drei- und Vierjährigen bettelnd in den Straßen Schanghais gesehen hatten, wollte Charles ebensowenig wie sie, daß diese Kinder hier dieses Schicksal erleiden mußten. Er wußte nur nicht, wie sie selbst dem Schicksal entgehen konnten, das sie an diesem Ort ereilt hatte. Bekümmert sah er Audrey an. Er fror und war erschöpft.

»Aud, ich weiß nicht, was ich sagen soll.« Matt ließ er sich auf eine Holzbank sinken und sah sie an. Sofort wurde ihre Miene weicher, und sie faßte nach seiner Hand.

»Charlie, ich danke dir, daß du es versucht hast.« Sie sahen sich einem schrecklichen Dilemma gegenüber, da alle ihre Bemühungen vergebens gewesen waren.

»Was wäre, wenn wir sie mit nach Schanghai nehmen und dort ein Heim für sie suchten?«

»Und was, wenn niemand sie nimmt? In den Straßen Schanghais wimmelt es von verlassenen Kindern. Das hast du mit eigenen Augen gesehen. Sie dort ihrem Schicksal zu überlassen, wäre nicht viel gnädiger, als wenn wir es hier tun, nur ist es dort wärmer. Hier jedoch haben sie wenigstens ein Dach über dem Kopf, Nahrung für eine Weile, und für sie ist es die vertraute Umgebung.« Außerdem erschien es ihm kein einfaches Unterfangen, eine Bahnfahrt von fast tausend Meilen mit einundzwanzig Kindern zu organisieren, und er irrte sich darin nicht.

»Ich weiß gar nicht, ob die Behörden hier zulassen würden, daß wir sie mitnehmen. Die Japaner sind ziemlich aufmerksam im Hinblick darauf, wer mit wem wohin geht, wenigstens in größeren Gruppen.«

In ihren Augen flammte es auf, während sie in der aufgeräumten Küche auf und ab ging. »Wenn sie schon so aufmerksam sind, warum übernehmen sie die Kinder nicht selbst?« Da fiel ihr Ling Hweis Schilderung des Schicksals ihrer Familie ein. Nein, es war besser, wenn die Japaner die Kinder nicht übernahmen, da dies vermutlich deren Tod bedeutet hätte. Sie zu töten, war der einfachste Weg, das Problem zu lösen. Mutlos ließ sie sich neben Charles auf der Bank nieder. Sie war am Ende ihrer Weisheit angelangt. »Sollten wir nicht ein Telegramm an das Mutterhaus des Ordens schicken? Vielleicht weiß man dort Rat?«

»Gute Idee, falls sie uns rasch antworten. Vielleicht haben sie eine Zwischenlösung parat. Oder sie haben hier in der Nähe jemanden, den sie herbeordern könnten.« Der Gedanke ließ seine Augen aufleuchten.

»Wir fahren zum Bahnhof und geben gleich am Morgen ein Telegramm auf.«

Gemeinsam durchsuchten sie den Schreibtisch im winzigen Schlafraum der Nonnen und stießen tatsächlich auf die Adresse des Mutterhauses in Lyon. Es war der Orden des heiligen Michael, Telefonnummer und Adresse waren angegeben. Audrey war sogar versucht, einen Telefonanruf zu riskieren, Charles hingegen hielt es für einfacher zu kabeln, als sich mit unmöglichen Verbindungen herumzuschlagen und womöglich kaum etwas zu hören. Gemeinsam setzten sie in der Küche bei Kerzenlicht das Telegramm auf und schliefen dann in den schmalen Betten der Nonnen, Seite an Seite, zitternd vor Kälte, während Charles um eine prompte Lösung ihrer Probleme betete.

Das Telegramm, das er am nächsten Tag aufgab, war, von Audrey und Ling Hwei mühsam übersetzt, in Französisch abgefaßt. Wenn auch nicht so wohlformuliert, wie es auf englisch möglich gewesen wäre, klärte es doch die Nonnen in Frankreich über die hiesige Situation auf. »Bedauern mitzuteilen, daß Nonnen von St. Michael im Waisenhaus von Harbin, China, von Banditen getötet. Einundzwanzig Waisen bedürfen sofortiger Hilfe. Wir erbitten

Rat.« Er hatte mit Parker-Scott unterzeichnet, ohne nähere Erklärungen zu seiner Person. Das Telegrafenamt in Harbin war als Adresse angegeben. Zwei Tage lang warteten sie auf Antwort von den Nonnen in Lyon, während Audrey sich der Kinder annahm und Charles ruhelos in der Küche auf und ab lief. Er hatte bereits gedroht, am nächsten Tag abzureisen und Audrey nötigenfalls mit Gewalt zum Bahnhof zu schaffen, Telegramm oder nicht.

Schließlich kam die Antwort, doch brachte sie keine Erleichterung. Mit finsterer Miene zeigte Charles Audrey das Telegramm, als er aus Harbin zurückkam. Er wußte, was ihm bevorstand, und es war ihm mittlerweile gleichgültig, was Audrey sagen würde. Es stand fest, daß sie fahren würden.

Nous regrettons. Aucune possibilité de secours avant fin Novembre. Vos sœurs au Japon combattent une épidemie parmi leurs chargés! L'orphelinat à Linqing fermé depuis Septembre. Nous vous enverrons de l'aide fin Novembre. Que dieu vous bénisse! Unterschrieben *Mère André.* Charles hätte am liebsten mit der Faust gegen die Wand geschlagen, nachdem er die Nachricht gelesen hatte. So viel Französisch konnte er, daß er den Inhalt verstand. Was er in diesem Fall gar nicht wollte. In dem Telegramm wurde mitgeteilt, daß die Nonnen in Japan mit einer Epidemie zu kämpfen hätten und das zweite in China befindliche Waisenhaus des Ordens seit September geschlossen sei. Für Ende November wurde Hilfe versprochen, doch bis dahin war es noch lange Zeit. Die Nachricht schloß mit einem Segenswunsch, auf den Charles leicht hätte verzichten können. Er wollte Audrey innerhalb der nächsten Tage aus Harbin loseisen und wußte nicht, wie er das anfangen sollte. Griff er zu einer Lüge und sagte ihr, Hilfe würde in wenigen Tagen unterwegs sein, dann würde sie bleiben wollen, bis der Ersatz zur Stelle war. Außerdem war sie zu klug, um sich so hinters Licht führen zu lassen. Sie würde das Telegramm sehen wollen, und als er es ihr mittags zeigte, las sie es mit ernstem Blick.

»Und was jetzt, Charlie?« Zutiefst beunruhigt begegnete sie seinem Blick. Sie war eine zähe Person.

Er seufzte tief, ehe er ihr Antwort gab, wohl wissend, daß es ohne Kampf nicht abgehen würde. »Ich glaube, du mußt dich einfach damit abfinden, daß nicht alles nach deinem Herzen geht.«

Ihr Blick wurde hart, doch er hatte vorausgeahnt, was sie erwidern würde, und war bereit, ihren Argumenten zu begegnen.

»Was soll das heißen?«

»Es heißt, daß wir fahren, ob es dir paßt oder nicht. Die Kinder haben ein Dach über dem Kopf. Sie haben für eine Zeitlang genug zu essen und irgend jemand wird sich ihrer sicher erbarmen. Und in einem Monat kommen die Nonnen.«

»Und wenn es wieder eine Verzögerung gibt? Wenn sie nicht kommen? Wenn sie unterwegs getötet werden wie die anderen?«

»Das ist sehr unwahrscheinlich.«

Mit trotzig vorgeschobenem Kinn sah sie den Mann an, den sie liebte. »Ebenso unwahrscheinlich ist es, daß ich fahre.« Wieder seufzte Charles. Die vergangenen Tage waren für ihn anstrengend und sehr unangenehm gewesen. »Aud, du mußt endlich Vernunft annehmen. Wir müssen unbedingt zurück. Wir können hier nicht ewig herumtrödeln.«

»Was heißt herumtrödeln... Wir kümmern uns um diese Kinder.«

»Ich muß mich wegen meiner unpassenden Wortwahl entschuldigen.« Sein Halsmuskel verkrampfte sich. »Tatsache bleibt, daß wir fahren.«

»Wir nicht. Du fährst.«

»Den Teufel werde ich tun, Audrey Driscoll.« Er stand auf und blickte sie kampflustig an. »Du kommst mit.«

»Ich lasse diese Kinder nicht allein.«

»Die älteren können sich um die Kleinen kümmern.« Das sagte er ganz fest. In ihrer Miene lag ein Eigensinn, der ihm angst machte. Er konnte sie unmöglich in der japanisch besetzten Mandschurei zurücklassen. Allein der Gedanke an das Schicksal der zwei Nonnen ließ ihn erschaudern. Er rief ihr das grauenhafte Geschehen unverblümt in Erinnerung.

»Ich kann ganz gut auf mich achtgeben«, erwiderte sie trotzig.

»Wirklich? Seit wann denn?«

»Immer schon. Seit meinem elften Lebensjahr bin ich selbständig.«

»Hast du den Verstand verloren? Du hast in einer zivilisierten amerikanischen Großstadt gelebt und im Haus deines Großvaters ein verwöhntes Dasein geführt. Was, um Himmels willen, bringt dich zu der Meinung, du könntest in der Mandschurei unversehrt überleben, während um dich herum Kommunisten, feindselige Japaner und Banditen ihr Unwesen treiben? Unter Menschen, denen es völlig einerlei ist, ob du tot oder lebendig bist!«

Er war außer sich, daß sie überhaupt auf die Idee kommen konnte, sie könne mit alldem fertig werden. Nichts, aber auch gar nichts in ihrem Leben hatte sie auf das alles vorbereitet, wie er genau wußte, nichts außer ihrem Abenteuergeist und den verdammten Fotoalben ihres Vaters. Doch das hier war die Wirklichkeit. Die Nonnen mit den abgeschlagenen Köpfen in der verlassenen Kapelle waren eine grauenhafte Realität gewesen, und er würde nicht zulassen, daß Audrey ähnliches widerführe. Doch sie dachte nicht an sich – nur an die Kinder, als sie die Kleinen ansah und dann wieder Charles.

»Was bringt dich zu der Meinung, diese Kinder wären befähigt, mit allem fertig zu werden, wenn wir sie verlassen?« Schon allein der Gedanke trieb ihr die Tränen in die Augen. Die meisten waren noch ganz klein, und in den wenigen Tagen ihres Hierseins hatte sie die Kleinen liebgewonnen. Zwei stritten sich ständig darum, wer auf ihrem Schoß sitzen durfte, und eines hatte sich die ganze Nacht im Bett an sie geklammert, sehr zu Charlies Enttäuschung, und Ling Hwei und ihre Schwester Shin Yu waren so unglaublich sanft und vertrauensvoll. Wie hätte sie diese hilflose Schar verlassen können? Als sie Charles ansah, lag Angst in ihrem Blick.

»Ich weiß, Liebling, es ist schrecklich, sie zu verlassen. Doch wir müssen fort. Das ganze Land ist voller Kummer, Hunger und verlassenen Kindern, doch kann man diese Übel nicht heilen, und diese Situation hier ist nicht anders.«

Und doch war sie anders. Für Audrey war sie anders. Jetzt kannte sie diese Kinder, wenngleich sie nicht alle ihre Namen wußte. Und sie war ebensowenig imstande, sie zu verlassen, wie sie nicht imstande gewesen war, ihre Schwester vor Jahren in Hawaii im Stich zu lassen. Sie hatte Annabelle unter ihre Fittiche genommen und sich die ganze Zeit um sie gekümmert, vom letzten halben Jahr abgesehen.

»Ich kann sie nicht verlassen, Charlie. Ich bringe es einfach nicht fertig. Auch wenn dies bedeuten sollte, daß ich noch einen ganzen Monat bleiben muß, bis die Nonnen kommen.«

Auf diese Worte hin sank sein Herz klaftertief. Er sah Audrey an, daß das ihr voller Ernst war. Sie war kein Kind, keine Achtzehnjährige, die man herumschubsen konnte und die sich etwas einreden ließ. Sie hatte ihren eigenen Kopf. Und das jagte ihm jetzt gehörig Angst ein. Was tun, wenn sie sich ernsthaft weigerte, China zu verlassen?

»Und was ist, wenn die Nonnen ganze sechs Monate nicht kommen? Auch das ist möglich. Die politische Lage hier könnte so untragbar werden, daß sie das Waisenhaus überhaupt aufgeben. Du säßest dann hier auf Jahre in der Falle.« Das war auch für Audrey ein schrecklicher Gedanke, doch war sie entschlossen, diese süßen Gesichtchen und zugreifenden Händchen nicht im Stich zu lassen. Man konnte sie nicht einfach ihrem Schicksal überlassen.

»Ich glaube, daß ich dann eben dieses Risiko auch auf mich nehmen muß.« Das sagte sie mit aufgesetztem Mut, der ihre Furcht überspielen sollte. Charles sah sie verzweifelt an, von dem Gefühl belastet, daß sich etwas Schreckliches zwischen ihnen ereignete.

»Audrey, bitte...« Er nahm sie in die Arme und hielt sie fest. Dabei spürte er, wie sie zitterte. Er wußte, daß sie Angst haben mußte, doch war er nicht gewillt, die nächsten Wochen oder die nächsten zwei, zehn oder zwölf Monate zu bleiben. Er mußte London bald erreichen. Die bislang aufgetretene Verzögerung machte ihn ohnehin schon nervös. In einem solchen Dilemma hatte er noch nie gesteckt. Er konnte Audrey nicht einfach hier allein lassen – ein schrecklicher Gedanke –, andererseits konnte er selbst nicht für unbestimmte Zeit bleiben. Auf keinen Fall wollte er Audrey verlassen, das versuchte er ihr zu erklären, während die Kinder herumtollten. Sie schien zu verstehen, was er sagte. »Audrey, ich muß zurück. Meine ganze Arbeit hängt davon ab. Und du hast hier eigentlich nichts verloren. Das sagtest du mir jedenfalls unterwegs. Was ist mit der Verantwortung deiner Familie gegenüber, von der so viel die Rede war?«

»Vielleicht ist das hier im Moment wichtiger.« So wie Audrey es sagte, fühlte er sich verletzt. Warum war sie bereit, ihn zu verlassen, aber nicht diese Kinder?

»Und was ist mit uns?« Sein trauriger Blick sprach Bände. »Liegt dir daran nichts?«

»Doch, natürlich.« Seine Worte schienen sie zu treffen. »Du weißt, daß ich dich liebe, aber wir müssen auch ehrlich miteinander sein.« Das sagte sie mit belegter Stimme. Sie senkte den Blick und sah erst nach einer Weile wieder zu ihm auf.

»Wir hätten uns ohnehin irgendwann trennen müssen. Und wenn du nicht hier mit mir bleiben kannst, ist vielleicht jetzt dieser Zeitpunkt gekommen. Ich weiß nur, daß ich im Moment diese Kinder nicht verlassen kann, ebensowenig wie ich vor Jahren Annabelle nicht im Stich lassen konnte oder wie du Sean nicht allein lassen konntest.«

Die Erwähnung seines kleinen Bruders, den er so sehr geliebt hatte, war wie ein körperlicher Schlag, unter dem er zusammenzuckte.

Audrey entging es nicht. »Tut mir leid, ich wollte dich nicht verletzen... nur...« Sie sah ihn aus kummervollen Augen an.

»Zwischen uns ändert sich nichts. Es bedeutet nur, daß ich eine Weile hierbleibe, bevor ich nach Hause fahre.« So wie sie Charles in Venedig und Istanbul nicht hatte verlassen wollen, so wußte sie jetzt, daß es notwendig war. Fast hatte sie das Gefühl, alles sei ihr als eine Art Prüfung auferlegt worden, so wie es seinerzeit für sie eine Prüfung gewesen war, den Tod der Eltern zu überwinden... und für Annabelle da zu sein und Großvater beizustehen...

»Und wenn ich dich jetzt heirate, Audrey?« Erstaunt sah sie ihn an. Charles wirkte sehr bedrückt, als er diese Worte aussprach.

»Im Ernst?« Sie war fassungslos.

»Wenn es die einzige Möglichkeit ist, dich hier wegzulotsen, dann will ich dich heiraten.«

»Charles, das ist doch wohl kaum ein Grund für eine Ehe«, sagte sie leise und war sehr gerührt. Sein Antrag hatte sie ziemlich verwirrt.

»Zufällig liebe ich dich auch.«

»Ich liebe dich auch. Das weißt du. Aber was kommt nach Harbin? Ich kann meinen Großvater nicht für immer allein lassen.«

»Dieses Problem scheint dir im Moment wenig Kopfzerbrechen zu bereiten.« Wieder war ihm anzusehen, wie gekränkt er war.

Audrey konnte sich nicht entsinnen, jemals so schwere Augenblicke durchgemacht zu haben.

»Das ist doch nur vorübergehend. Anschließend fahre ich nach Hause. Wie wär's, wenn du nach San Franzisko zögest?«

Er seufzte und sah auf seine Hände nieder, während er überlegte. Dann sah er Audrey in die Augen und gab ihr eine aufrichtige Antwort.

»Du weißt, daß ich das nicht tun kann. Meine Arbeit erlaubt nicht, daß ich mich an einem Ort niederlasse. Zehn Monate im Jahr bin ich in der ganzen Welt unterwegs. Du müßtest mit mir kommen. Ansonsten hätte eine Ehe wohl wenig Sinn, oder?« Doch der Sinn lag darin, daß sie einander so sehr liebten. Dies war das erste Hindernis, das sich ihnen in den Weg stellte, und es erschien ihnen unüberwindlich. Mit unsicherer Stimme stellte sie ihm die nächste Frage:

»Wirst du mir je verzeihen, wenn ich hierbleibe?«

»Die Frage sollte vielmehr lauten: Werde ich mir je vergeben? Ich kann dich nicht in der Mandschurei allein lassen. Ich kann es nicht.« Er hieb mit der Faust gegen seine Handfläche. »Verstehst du das nicht? Ich liebe dich. Ich werde dich hier nicht zurücklassen. Aber ich kann nicht für immer bleiben. Ich habe einen Vertrag und Termine, die ich einhalten muß. Für mich sind das wichtige geschäftliche Beziehungen.«

»Für diese Kinder geht es um Leben und Tod, Charlie. Was ist, wenn Banditen kommen und sie töten?«

»Banditen töten keine Waisenkinder.« Beide wußten, daß dies nicht unbedingt stimmte. Nicht in China.

»Auch die Japaner könnten ihnen etwas antun. Hier ist alles möglich. Und die Wirklichkeit sieht so aus, daß du mich verlassen mußt, weil du nicht bleiben kannst. Charlie, verstehst du nicht, daß es eine Entscheidung ist, die ich für mich allein treffe? Ich bin eine erwachsene Frau. Ich habe ein Recht auf eigene Entscheidungen... so wie damals in Venedig, als ich zu dir in den Zug stieg, oder in Istanbul, als ich mich entschloß, mit dir nach China zu fahren. Jetzt ist es wieder meine Entscheidung... so wie ich mich entscheiden werde, wieder nach Hause zu Großvater zu gehen. Ich muß meiner Bestimmung folgen...« Sie wandte sich ab. »Ich wünschte nur...« Sie brach in Tränen aus. »Ich wünschte nur, daß mein Schicksal und deines sich verbinden. Im Moment halte ich das für unmöglich.« Aus ihrem Blick sprach Resignation. »Charlie, du mußt mich hierlassen. Den Kindern zuliebe.« Und dann sagte sie noch etwas, das für ihn einen echten Schock bedeutete:

»Stell dir vor, eines dieser Kinder wäre das unsere. Stell dir vor, jemand hätte die Möglichkeit, es zu retten und täte es nicht.« Allein die Vorstellung, ein gemeinsames Kind zu haben, brachte sie einander wieder näher.

»Hätten wir ein Kind, würde ich dich nie wieder aus den Augen lassen.« Das sagte er mit einer Eindringlichkeit, die ihr ein Lächeln entlockte, gleich darauf aber sah er sie besorgt an. »Besteht diese Möglichkeit momentan?« Seit Istanbul hatte er sich darüber kaum den Kopf zerbrochen. Audrey hatte es sich zur Gewohnheit gemacht, ihre gefährlichen Tage zu berechnen und ihm zu verstehen zu geben, wenn Enthaltsamkeit angebracht war. Beide wollten kein ungeplantes Kind, doch plötzlich hatte er seine Bedenken. Immerhin besteht ja die Möglichkeit, dachte er – und das nicht zum erstenmal.

»Nein.« Sie schüttelte den Kopf. »Ich glaube nicht. Aber stell es dir ruhig vor... denk an diese Kinder, als wären es unsere. Könntest du mir je wieder Achtung entgegenbringen, wenn ich sie verließe?«

Er lächelte über ihren Idealismus. Audrey hatte vom Charakter Asiens nichts begriffen. Vielleicht war es gut so. »Audrey, wir sind in China. Die meisten dieser Kinder wurden ausgesetzt oder von ihren Eltern für einen Sack Reis verkauft. Sie würden sie sehr bald wieder verkaufen oder sie eher verhungern lassen, als sie durchzufüttern.« Diese Vorstellung bereitete ihr Übelkeit, und sie schüttelte den Kopf, als wolle sie die Wahrheit dessen, was er sagte, abstreiten.

»Das kann ich nicht zulassen.«

»Und ich kann nicht bleiben. Also, was werden wir tun?«

»Charles, du fährst zurück nach London, wie es geplant war, bevor dies passierte. Und ich bleibe so lange, bis die Nonnen kommen. Dann fahre ich über Schanghai und Yokohama nach Hause.

Wenn wir Glück haben, hast du dann Zeit, mich in San Franzisko zu besuchen.«

»Bei dir hört sich das alles so einfach an. Und was ist, wenn dir etwas passiert?« Das war für ihn ein unerträglicher Gedanke.

»Mir wird schon nichts passieren. Laß mich in Gottes Hand.« Es war das erste Mal, daß sie zu ihm von Gott sprach, und er war bewegt. Der letzte, mit dem er von Gott gesprochen hatte, war Sean gewesen...

»Ich weiß nicht, ob mein Gottvertrauen sich mit deinem messen kann.«

»Wir haben keine Wahl.« Audrey hatte ihre Ruhe wiedergefunden.

»Und was ist mit deiner Familie? Glaubst du nicht auch, du bist es ihr schuldig, jetzt endlich zurückzukommen?« Er kämpfte mit allen Mitteln, doch auch das nützte nichts.

»Mit etwas Glück werde ich vor Jahresende zu Hause sein. Wenn die Nonnen im November kommen, schaffe ich es vielleicht noch vor Weihnachten.«

»Audrey, du bist wahnsinnig!« Charles' Befürchtungen bestätigten sich. »Du bist ganz und gar unrealistisch. Das hier ist China, nicht New York. Hier läuft nichts nach Plan. Ich sagte dir schon, es kann Monate dauern, bis diese Nonnen hier aufkreuzen.«

»Charlie, ich kann nicht anders.« Wieder kamen ihr die Tränen. Langsam hatte sie von diesen Debatten genug.

»Ich wüßte nicht, was ich anderes tun sollte.« Und während er dastand und sie ansah, zerfloß sie buchstäblich in Tränen und warf sich weinend in seine Arme.

»Audrey, bitte... Liebling, ich liebe dich...« Das tat er, und doch konnte er nicht bei ihr bleiben. Er mußte zurück an seine Arbeit, zurück zu seinen Verpflichtungen. Das alles war ohnehin schon viel zu weit gegangen. Jetzt konnte er unmöglich länger bei ihr bleiben. Andererseits hatte er ernste Bedenken, sie allein in Harbin zu lassen. »Bitte, mein Schatz, nimm Vernunft an... komm mit mir nach Hause...«

»Ich kann nicht.« In ihren tränennassen Augen lag eine Entschlossenheit, die ihn betroffen machte.

»Es ist dir also tatsächlich ernst?« Sein Herz sank. Audreys Entschluß war unumstößlich. Sie würde ausharren.

Danach blieb er noch eine volle Woche und tat alles, um Audrey umzustimmen, sie aber hatte eindeutig Stellung bezogen. Sie war vollauf mit ihren kleinen Schützlingen beschäftigt und hatte inzwischen ein sehr gut funktionierendes System entwickelt. Ling Hwei und Shin Yu waren unschätzbare Hilfen, und sogar Charles wurde eingespannt und mußte des öfteren für ein halbes Dutzend Waisenkinder Babysitter spielen, während sie die Kühe molk, kochte oder mit den anderen an die frische Luft ging, damit sie in ihren winzigen pelzgefütterten Stiefelchen und Ziegenfellmützen im Schnee spielen konnten. Die Nonnen hatten für die Kinder sogar Fäustlinge gestrickt.

Charles, der ihr zusah, stellte fest, daß er sie noch nie so zufrieden und ausgeglichen erlebt hatte. Er erkannte in ihr eine Frau, die gewöhnt war, etwas energisch anzupacken. Sie war furchtlos und scheute die Last der Verantwortung nicht. Das war eine Eigenschaft, die er an ihr bewunderte. Tatsächlich aber liebte er alles an ihr und fürchtete den Tag des Abschieds.

Ihre letzte gemeinsame Nacht sollte für beide unvergeßlich bleiben. Audrey schob leise einen Stuhl vor die Tür, und sie liebten sich in der Kälte des winzigen Raumes bis zum Morgen, und schließlich lagen sie umschlungen da und vergossen heiße Tränen. Er wollte sie nicht verlassen, und sie wollte nicht verlassen werden, doch taten beide, was sie tun mußten. Er hatte seine Arbeit zu einem Ende zu bringen, und sie mußte hierbleiben und sich um die Waisenkinder kümmern. Es war eine für beide schmerzliche Entscheidung. Beide empfanden den Konflikt und bedauerten ihn, hielten aber beharrlich an ihren Entscheidungen fest. Audrey war nicht so ängstlich, vielmehr traurig, und sie überließ Ling Hwei die Aufsicht über die Kinder, als sie am Morgen Charles zum Bahnhof begleitete. Sie stand neben ihm in den komischen Kleidungsstücken, die sie gemeinsam in Peking gekauft hatten. Er blickte sie mit Tränen in den Augen an, nicht imstande, ein Wort zu sagen, als der Zug langsam in den Bahnhof keuchte. Er würde Charles südwärts nach Peking und weiter nach Tsingtao bringen, von wo aus er per Schiff nach Schanghai weiterfahren würde. Dort nahm dann die lange Reise westwärts ihren Anfang. Keiner dachte an diese Dinge, als sie sich zum letzten Mal küßten. Er spürte ihren Atem auf seinem Gesicht, als sie seinen Namen aussprach und unter Tränen lächelte. Es erschien Audrey unfaßlich, daß sie sich trennten. Sie konnte sich keinen Augenblick ohne ihn vorstellen.

»Ich liebe dich, Charlie. Ich werde dich immer lieben.« Sie schluchzte so heftig, daß sie kaum sprechen konnte. »Wir werden uns bald wiedersehen.« Doch diese Worte klangen jetzt auch in ihren Ohren wie eine leere Versprechung.

Er spürte, wie sein Herz pochte, und er sehnte sich nach ihr. Er konnte sie nicht hierlassen ... er konnte es nicht. Zwei bewaffnete japanische Posten patrouillierten auf dem Bahnhof, und er sah auf Audrey nieder.

»Aud, kommst du nicht doch mit? Wenn du möchtest, nehme ich den nächsten Zug.« Doch sie schloß nur die Augen, weil der Abschiedsschmerz sie übermannte. Plötzlich hatte sie Angst, ihn nie mehr wiederzusehen, dazu kam das Gefühl, als würde sie nie mehr in ihre eigene Welt zurückkehren. Charles empfand ganz ähnlich.

»Grüß Violet und James von mir.« Doch er gab keine Antwort, weil seine Kehle so eng geworden war. Er umklammerte Audrey, bis der Stationsvorsteher seine Singsang-Stimme ertönen ließ. Beide wußten, was dies bedeutete. Einen Augenblick lang wurden sie von Panik und Reue erfaßt, und sie spürten alle Zärtlichkeit, die sie monatelang füreinander empfunden hatten. So unerträglich der Gedanke war, ihn gehen zu lassen, sie mußte es ertragen. Sie konnte die Kinder nicht im Stich lassen, und sie fühlte insgeheim, daß es einen Grund dafür geben mußte, daß das Schicksal ihr die Kleinen in den Weg gestellt hatte, ein Gedanke, über den sie mit Charles nicht gesprochen hatte. Sie konnte sich im Augenblick zwar nicht vorstellen, was das sein sollte, doch sie konnte auch nicht einfach auf und davon gehen. Die Kinder waren zu klein und zu hilflos. Dennoch spürte sie, daß sie sehr viel aufgab, wenn sie bei ihnen blieb. Sie trennte sich von dem Mann, den sie liebte, und sie hatte das Gefühl, ihr Herz müßte brechen, als er sich von ihr losriß und zum Zug lief. Er mußte auf den Waggon springen, da der Zug sich schon in Bewegung gesetzt hatte. Auf dem Trittbrett blieb er stehen und streckte die Hand nach ihr aus. Zu gern hätte er sie hochgehoben und mitgenommen, ohne ein einziges Gepäckstück. Aber Audrey blieb stehen, wo sie war, während ihr die Tränen über die Wangen liefen und sie ihm nachwinkte. Er stand da und schwenkte langsam den Arm, von Abschiedsschmerz ebenso überwältigt wie sie.

15

In Harbin wurde es von nun an mit jedem Tag kälter, bis man weder Milch noch Wasser im Freien stehen lassen konnte. Flüssigkeiten gefroren fast augenblicklich und mußten mühsam wieder aufgetaut werden. Die Kinder gingen kaum mehr vors Haus, und Audrey hatte das Gefühl, noch nie im Leben so gefroren zu haben, als es Dezember wurde und die Nonnen nicht kamen. Charlie hatte recht gehabt. Hier gab es das geordnete Leben nicht, das sie von zu Hause gewohnt war. Nichts geschah pünktlich oder nach Plan.

Die Japaner waren einige Male gekommen, hatten Audreys Paß kontrolliert und sie gefragt, wie lange sie bleiben wolle, und sie gab ihnen jedesmal zur Antwort: »Bis die Nonnen kommen.« Das schien ihnen zu genügen, und sie ließen sie in Ruhe, obwohl einer die Neigung zeigte, noch zu bleiben und Ling Hwei Blicke zuzuwerfen, doch sein Kamerad hatte ihn barsch auf Japanisch angefahren, worauf die beiden sich nie wieder blicken ließen. Ling Hwei war tief errötet, als Audrey sie ermahnte, vorsichtig zu sein. Seit Audreys Ankunft hatte sie immer formlose Gewänder getragen, jetzt aber fiel Audrey auf, daß das Mädchen immer fülliger wurde, bis Ling Hwei ihr im Dezember unter Tränen und schamrot ein Geständnis machte. Sie bat Audrey inständig, das Geheimnis ihrer Schwester nicht zu verraten, obwohl man es ohnehin nicht mehr lange verbergen konnte. Sie hatte im Mai oder Juni »bei einem japanischen Soldaten gelegen«. Das bedeutete, daß das Kind im Februar oder März kommen würde, ein Gedanke, der Audrey ein bekümmertes Seufzen entlockte. Sie konnte nur hoffen, daß die Nonnen bis dahin eingetroffen waren. In den Wochen seit Charles' Abschied hatte sie ihm bereits ein halbes Dutzend Briefe geschrieben, und an ihren Großvater einen langen und ausführlichen Bericht, in dem sie ihn um Vergebung wegen ihrer langen Abwesenheit bat und ihm versprach, daß sich das nie wiederholen würde. Gleichzeitig gab sie ihrer Dankbarkeit Ausdruck, daß er sie überhaupt hatte wegfahren lassen. Audrey war jetzt überzeugt, daß damit ihr Fernweh endgültig gestillt war, und sie versprach weiter, daß sie nie wieder ihr Zuhause verlassen würde, doch während sie dies zu Papier brachte, war sie in Gedanken bei Charles und fragte sich, wann sie wieder zusammensein würden. Sicher würde es anders sein als während der Zeit der gemeinsamen Reise. Sie war überzeugt, daß Ähnliches sich nie wiederholen würde. Um so dankbarer war sie, daß sie es hatte erleben dürfen, obwohl ihr Verhalten in gewisser Weise anstößig war. Hätte jemand davon erfahren, wäre sie für immer gebrandmarkt, doch es würde hoffentlich ihr Geheimnis bleiben, wenn die Brownes nichts weitererzählten. Aber die kümmerten sie ohnehin nicht mehr. Ihre Gedanken galten einzig und allein Charlie. Sie bedauerte nicht einen Augenblick, was sie getan hatte. Er war der einzige Mann, den sie je lieben würde. Irgendwie hatte sie das Gefühl, daß sie irgendwann wieder zusammenkommen würden, mochten die Hindernisse jetzt auch unüberwindlich erscheinen. Doch allein der Gedanke an Charlie brachte ihr Herz zum Klopfen, und sie lächelte beglückt, trotz des öden mandschurischen Wintertages. Noch immer trug sie Charles' Ring am Finger.

Erschrocken und überrascht stellte sie erst zwei Tage vor Weihnachten fest, daß das Fest vor der Tür stand, und am Heiligen Abend sang sie den Kindern, die wie gebannt dasaßen und sie anstarrten, Weihnachtslieder vor. Nur Ling Hwei und Shin Yu kannten ›Stille Nacht, heilige Nacht‹, ansonsten waren die meisten Lieder, die ihnen geläufig waren, französische Weisen. Die Kleinen waren entzückt, als die Älteren mitsangen, und Audrey steckte sie an diesem Abend mit einem mütterlichen Kuß besonders liebevoll ins Bett. Drei ihrer Schützlinge litten schon seit Wochen an einem bösen Husten. Sie war deswegen in großen Sorgen, weil sie keine Medizin hatte, und die Kälte so schrecklich war. In der Nacht nahm sie zwei Kinder, die ununterbrochen husteten, zu sich ins Bett, um sie zu wärmen. Am nächsten Morgen ging es dem einen Jungen etwas besser. Der andere hatte gerötete, fieberglänzende Augen und gab keine Antwort, als Ling Hwei ihn ansprach. Sie beeilte sich, es Audrey zu sagen.

»Ich glaube, Shih Hwa sehr schlecht. Wir Doktor rufen?«

»Ja... ja...« Sie war Ling Hwei für ihre Hilfe so dankbar. Das Mädchen war ja selbst kaum älter als ein Kind, verfügte aber über unbegrenzte Liebe zu ihrer Schwester und zu diesen Waisen. Diese Liebe galt jetzt auch Audrey, der sie ihren einzigen Schatz als Weihnachtsgeschenk gegeben hatte, ein zart besticktes Taschentuch, das ihrer Mutter gehört hatte. Audrey war zu Tränen gerührt, als sie es in der Hand hielt und Ling Hwei umarmte. Es gab Augenblicke, da war sie glücklich, daß sie geblieben war, und überdies gab es jetzt ohnehin kein Zurück mehr. Sie hatte ihr Schicksal mit dem dieser Kinder verbunden, und sie würde mit ihnen sterben oder überleben, bis Hilfe kam. Aber sie dachte jetzt nicht an sich, nur an Shih Hwa, der nach Atem ringend und grau im Gesicht dalag. Er fieberte, reagierte nicht, als sie seinen Namen rief. Audrey kühlte seine Stirn mit Schnee, den sie in Tücher wikkelte, während sie auf Shin Yus Rückkehr wartete, die den Arzt holte. Ling Hwei hatte sie nicht geschickt, damit sie nicht ausrutschte und dem Kind und sich schadete.

Stunden schienen zu vergehen, ehe Shin Yu wiederkam, mit einem uralten Männchen mit komischem Hut und langem Bart. Er sprach einen Dialekt, den Audrey noch nie gehört hatte, Shin Yu und Ling Hwei hielten in seiner Gegenwart die ganze Zeit über die Blicke gesenkt. Sie nickten nur, und als er ging, weinten sie. Audrey bestand darauf, daß sie ihr sagten, was er festgestellt hätte.

»Er sagt, Shih Hwa noch vor morgen sterben.« Das konnte Audrey selbst sehen, und sie war wütend, daß dieser Kerl hier als ›Doktor‹ angesehen wurde. Sie zog Jacke und Stiefel an und lief hinaus in den Schnee, entschlossen, den besten russischen Arzt der Stadt aufzutreiben. Doch als sie sein Haus erreichte, wurde ihr mitgeteilt, daß er nicht da war. Es sei Weihnachten, sagte man ihr, und sie bat die Bedienstete, dem Arzt zu sagen, er möge nach seiner Rückkehr ins Waisenhaus kommen. Er ließ sich jedoch nicht blicken. Sterbende chinesische Kinder waren für niemanden von besonderem Interesse, außer für ihre Eltern, und in diesem Fall für Ling Hwei, Shin Yu, Audrey und die anderen, die alt genug waren zu begreifen. Der Kleine starb in jener Nacht in Audreys Armen, und sie weinte um ihn, wie sie um ein eigenes Kind geweint hätte. Innerhalb der nächsten zwei Wochen starben vier weitere Kinder an der Krankheit, die Audrey für Bronchitis hielt. Es war schlimm, daß sie nichts unternehmen konnte, doch war sie nicht einmal imstande, ausreichend Dampf zu erzeugen, der den erstickenden Schleim gelöst hätte.

Jetzt waren es nur mehr sechzehn Waisen, eigentlich vierzehn, da die zwei älteren Mädchen eher Helferinnen als Schützlinge waren. Allen war das Herz schwer nach dem Tod der zwei Jungen und drei Mädchen, von denen keines älter als fünf gewesen war, das Jüngste gar nur ein knappes Jahr. Audrey hatte mit dem herzlosen Gott gehadert, als das Kleine in ihren Armen starb, und dabei fiel ihr unwillkürlich Ling Hweis Kind ein. Was sollte sie mit einem halbjapanischen Kind, oder vielmehr überhaupt mit einem Neugeborenen anfangen? Kinder wurden hier oft für einen Sack Mehl verkauft. Und Ling Hwei selbst war selbst noch fast ein Kind und sah nicht älter aus als neun oder zehn. Sie war schlank und zierlich, schmalhüftig mit kleinen anmutigen Händen und einem Lächeln, das sie gern zeigte, seitdem sie Audrey näher kannte. Sie liebte es, ihr Streiche zu spielen und zu scherzen, und sie brachte damit auch immer die anderen zum Lachen, auch wenn diese hungrig oder traurig waren. Dazu bemühte sie sich, von Audrey so viel wie nur möglich zu lernen. Sie war sehr begabt für Sprachen und lernte jetzt Englisch, so wie sie von den Nonnen Französisch gelernt hatte. Dazu sprach sie mehrere Dialekte ihrer Muttersprache, und als wieder die Japaner kamen, merkte Audrey, daß sie auch deren Sprache sprach, doch war es ihr unangenehm, es einzugestehen. Von den anderen wäre es als Verrat angesehen worden. Sie hatte es von dem jungen Mann gelernt, der sie geschwängert hatte. Ling Hwei erzählte, sie hätte ihn im Frühling kennengelernt, und er sei oft ins Waisenhaus gekommen und hätte sie besucht. Sie traf sich mit ihm in der Kirche, und die Nonnen fanden ihn sehr nett. Er brachte ihnen Geflügel, und die Ziege, die sie besaßen, war ebenfalls ein Geschenk von ihm. Der junge Japaner war neunzehn gewesen, und sie wußte, daß er sie wirklich geliebt hatte. Im Juli aber war er versetzt worden. Damals hatte sie noch nichts von ihrer Schwangerschaft gewußt. Und jetzt wußte sie nicht, wo er war. Sie hatte nie wieder von ihm gehört, so wie Audrey seit Oktober nichts mehr von Charles gehört hatte, sie hatte inzwischen eigentlich Nachricht erwartet, obwohl ein Brief bestimmt sehr lange brauchte. Nur von ihrem Großvater hatte sie Nachricht bekommen. Der alte Herr war außer sich über ihr Verhalten und nahe daran, ihr die Heimkehr zu verbieten. So weit war er dann doch nicht gegangen, doch konnte Audrey beim Lesen hören, wie seine Stimme vor Wut bebte. Man sah, daß seine Hand beim Schreiben gezittert hatte. Sie war sicher, die undeutliche Schrift war seinem Zorn und nicht seiner Gebrechlichkeit zuzuschreiben. Seine Empörung reizte sie zum Lachen. Seine Anschuldigungen und Vorwürfe gaben ihr einen Vorgeschmack auf zu Hause. Sie schrieb ihm daraufhin einen langen, zerknirschten Brief, in dem sie ihm versprach, sehr bald zurückzukehren – sobald die Nonnen einträfen jedenfalls, ein Ereignis, das ihrem Gefühl nach sehr bald eintreten würde. Nach Weihnachten schickte sie eine telegraphische Anfrage nach Frankreich und erkundigte sich nach dem Stand der Dinge. Eine Antwort war noch nicht gekommen. Zweifellos hielt man sie dort für ungeduldig, oder aber man wußte nicht, was aus den Nonnen geworden war, die ja schon vor geraumer Zeit aufgebrochen sein mußten. Doch war eine Reise quer durch China im Winter besonders mühsam, wie Audrey sich vorstellen konnte. Noch nie hatte sie so eine große Kälte erlebt wie in jenem Winter in der Mandschurei. Sie erlaubte Ling Hwei nicht mehr hinauszugehen, weil sie Angst hatte, der unbarmherzige Frost könnte dem Kind schaden. Jetzt war ihr Zustand kein Geheimnis mehr, ihr großer Bauch sagte alles, und ihre Schwester hatte ihr mit großen Augen Fragen gestellt. Ling Hwei hatte Shin Yu eingeredet, das Kind sei ein Geschenk Gottes wie der kleine Jesus, von dem die Nonnen gesprochen hatten, und Audrey lächelte.

»Ling Hwei, es wird eine Zeit kommen, da sie es nicht mehr glauben wird, doch im Moment mag es genügen.« Sie tauschten wissende Blicke, und in gewisser Hinsicht beneidete Audrey Ling

Hwei. Es gab Augenblicke, da bedauerte sie es heftig, daß sie kein Kind von Charles hatte. Ihr jetziges Leben war so fern und entrückt von allem, und die gesellschaftlichen Konventionen erschienen ihr längst nicht mehr bindend. Charles fehlte ihr sehr. Nacht für Nacht, die sie im Bett lag, dachte sie an die gemeinsamen Nächte und an die Tage, an denen sie miteinander gelacht hatten... die endlose Bahnfahrt, die Entdeckung der Wunder in Peking, die herrlichen Tage im Orient-Expreß, als alles anfing... ihre leidenschaftlichen Nächte in Istanbul... wie fern ihr das jetzt alles erschien. Ohne Charles verzweifelte sie fast vor Einsamkeit.

16

Der Brief, den Audrey Charles am Weihnachtsabend geschrieben hatte, erreichte ihn vier Wochen später. Er las ihn spätabends in seinem Londoner Wohnzimmer. Mit einem Glas Brandy in der Hand las er vor dem Kaminfeuer sitzend den Brief immer wieder... von Shih Hwas Tod, von Ling Hweis Baby und dann Audreys Worte: »Wie ich mir wünschte, das Kind wäre unseres, mein Liebling... wie leid es mir jetzt tut, daß wir so vorsichtig waren...« Sonderbar, er konnte es ihr nachfühlen. Wie oft hatte er sich Vorwürfe gemacht, wegen allem... weil er sie in Harbin gelassen hatte, weil er sie nicht gezwungen hatte, mit ihm zu kommen und ihn zu heiraten... weil er sie bei den Japanern zurückgelassen hatte, sie einfach verlassen hatte... verlassen... Seither hatte er nicht einen Augenblick Ruhe gefunden. Und schließlich hatte er in seiner Verzweiflung James alles gestanden, der sich darüber sehr schockiert gezeigt hatte.

»Erstaunlich... Violet war überzeugt, letzten Sommer wäre es zwischen euch ernst gewesen, und ich sagte noch, sie sei verrückt. Das Mädchen kann einen manchmal das Staunen lehren...« Er lächelte. »Fast immer hat Violet recht. Aber an deiner Stelle würde ich ihr nichts davon sagen... du ziehst dir womöglich ihren Zorn zu!«

Charles hatte gelächelt und sich gewünscht, er könnte Lady Violets Allwissenheit amüsant finden. »Das ist mir egal. Ich war ja wirklich ein verdammter Narr, weil ich Audrey zurückließ. Ich darf gar nicht daran denken, was ihr dort alles passieren kann. Das ahnte ich schon, als wir nach Harbin aufbrachen. Ich war außer mir.«

»Charles, du mußt dein eigenes Leben leben.« James war wie immer sehr mitfühlend, und besonders jetzt, in einer stillen Ecke seines Klubs bei einem Glas Port. »Niemand kann von dir erwarten, daß du das nächste Jahr in der Mandschurei verbringst und dich dort der Waisenkinder annimmst. Obwohl ich sagen muß, daß ich mich nicht genug wundern kann. Ich hätte nicht gedacht, daß so etwas auf Audreys Linie liegt. Hättest du mir gesagt, sie sei geblieben, weil sie Fotos machen wollte, dann hätte ich das sofort geglaubt, aber das ...« Er lächelte seinem alten Freund zu. »Sie muß ein gutes Herz haben, weil sie sich um diese Kinder kümmert, findest du nicht auch?«

»Verrückt ist sie«, sagte dieser finster. Und Violet hatte ihm dieses Kompliment heimgezahlt, als ihr Mann die ganze Geschichte berichtete.

»Er hat was getan?« hatte sie entsetzt ausgerufen, während James sie erstaunt ansah. »Er hat Audrey dortgelassen? In der besetzten Mandschurei? Hat er denn den Verstand verloren?«

»Liebling, schließlich ist sie eine erwachsene Frau. Audrey hat ein Recht auf eigene Entscheidungen, und sie hat eine getroffen.«

»Warum hat er sie dort zurückgelassen? Er hat sie bis dorthin mitgeschleppt und hätte bei ihr bleiben müssen, bis sie zurückfahren konnte.«

»Offenbar war der Abstecher nach Harbin ihre Idee, und sie war es auch, die sich beharrlich weigerte, die Kinder im Stich zu lassen.«

»Kann ich mir vorstellen.« Violet hatte vollstes Verständnis für Audreys Haltung und hielt sie deswegen geradezu für eine Heilige.

»Er konnte doch nicht vertragsbrüchig werden und sich seinen Verpflichtungen entziehen!« James war geneigt, Charles für alles zu entschuldigen, weit mehr, als dieser selbst es tat. Charles war mit Violet einer Meinung und hielt sich selbst für den gemeinsten Kerl auf Gottes weiter Welt, weil er Audrey in China gelassen hatte. Es verging nicht ein Tag, an dem er sich nicht die größten Vorwürfe machte, weil er ohne sie abgefahren war, doch in Audreys Briefen konnte er keine Spur von Vorwurf entdecken. Sie schrieb zärtliche, liebevolle Briefe, aus denen einwandfrei hervorging, daß sie die Ankunft der Nonnen kaum erwarten konnte. Inzwischen war sie schon über zwei Monate in Harbin und machte sich Gedanken über ihre Heimfahrt.

Charles schrieb ihr so oft wie möglich, schien aber so wenig zu sagen zu haben. Er als Schriftsteller mußte feststellen, daß ihm die Worte fehlten, wenn er vor dem Blatt Papier saß, auf dem oben ihr Name stand: Liebste Audrey... Und dann nichts mehr. Was konnte er ihr sagen? Wie schrecklich leid es ihm tat? Was für ein Riesenerfolg sein letztes Buch war? Daß man ihn im Frühjahr nach Indien und im Herbst nach Ägypten eingeladen hatte? Daß Lady Vi und James im kommenden Sommer wieder in Antibes mit ihm rechneten? Das alles erschien ihm albern und belanglos. Wichtig war nur, daß sie ihm so sehr fehlte. Seit dem Augenblick des Abschieds litt er an dem Gefühl, kein vollständiger Mensch mehr zu sein. Und immer wieder rief er sich ins Gedächtnis, was sie gesagt hatte, bevor er fuhr... »Was, wenn diese Kinder unsere wären?« ...Und was sie über Ling Hweis Baby geschrieben hatte..., daß sie sich wünschte, sie bekäme sein Kind. Das Schmerzliche daran war, daß er sich jetzt dasselbe wünschte. Gleichzeitig wußte er, wie sinnlos es war, sie wieder zu bitten, ihn zu heiraten oder mit ihm nach Indien oder Ägypten zu reisen. Sie konnte nicht mit ihm gehen. Sie mußte nach Hause zu ihrer Familie, von der er das Gefühl hatte, daß sie Audrey allzusehr ausnützte. Insgeheim empfand er Haß auf Annabelle, die ihr so viel abforderte, die erwartete, daß Audrey ihre Kinder großzog, sich um ihren Haushalt kümmerte und alles für sie erledigte. Wann würde Audrey je die Chance bekommen, ein eigenes Leben zu führen? Und wann würde er sie wiedersehen? Das war es, was ihn am meisten beschäftigte und was ihn dazu brachte, allabendlich vor dem Zubettgehen nach der Kognakflasche zu greifen. Er ertrug die Leere seines Bettes nicht, wenn er an die Nächte in Venedig dachte, in Nanking und Schanghai und an die endlosen Stunden in den Bummelzügen. Charles tat nichts, außer zu arbeiten und an Audrey zu denken. Er ging kaum noch aus, und Lady Vi hörte schließlich auf, ihm Audreys wegen Vorwürfe zu machen, weil sie sehen konnte, wie sehr er litt. James machte sich große Sorgen, wenn er Charles' leeren Blick sah.

Schließlich schrieb Lady Vi Audrey selbst, und diese war entzückt, als sie den Brief in Händen hielt, sehr erleichtert darüber, daß ihre Freundin über ihre Liebe zu Charles Bescheid wußte. Sie schrieb Vi, wann immer ein Augenblick Zeit war, was nicht sehr oft der Fall war. Oder nicht oft genug. Und wenn Vi einen Brief bekam, rief sie immer sofort Charles an.

»Was schreibt sie?« Als ihn Violet Mitte Februar anrief, stellte er diese Frage ziemlich ungeduldig.

»Die Nonnen waren noch nicht da, als sie den Brief schrieb. Natürlich können sie inzwischen schon eingetroffen sein. Ich hoffe es wenigstens. Armes Mädchen, Audrey ist die tapferste Person, die mir je begegnet ist.« Und das sagte Violet auch, als sie eine Dinnerparty gab, zu der sie Charles und seinen berühmten Verleger Henry Beardsley einlud. Sie kannte Beardsley schon länger und fand den mächtigen, polternden Mann mit dem brillanten Verstand und dem etwas derben Auftreten sehr nett, nicht zuletzt, weil er es verstand, bei Tisch interessante Konversation zu machen. James fand es wiederum amüsant, seinem aristokratischen Bekanntenkreis ›frisches Blut‹ zuzuführen. Diesmal hatte Beardsley sie mit der Bitte erstaunt, seine Tochter Charlotte mitbringen zu dürfen. Charlotte war eine attraktive Person Ende Zwanzig, sehr gepflegt und elegant. Wenngleich nicht schön im klassischen Sinn, war sie doch ungemein anziehend und sehr klug. Sie hatte das sehr angesehene amerikanische Vassar-College besucht und Literatur studiert, was sie zu einer hochgeschätzten Mitarbeiterin ihres Vaters machte. Es war dem Alten anzumerken, wie stolz er auf seine Tochter war. Vi war nicht wenig erstaunt, als sie bei dieser Gelegenheit erfuhr, daß Charlotte trotz ihrer neunundzwanzig Jahre, die sie offen eingestand, noch immer bei ihrem verwitweten Vater lebte.

»Eigentlich hätte ich viel lieber Jura studiert«, antwortete Charlotte auf eine diesbezügliche Frage Violets, die sich schon immer für amerikanische Colleges interessiert hatte. Charlotte hielt dabei ihren Blick über den Tisch hinweg lächelnd auf Charles gerichtet. »Aber mein Vater war dagegen«, fuhr Charlotte fort. »Er sagte, er brauchte keinen Juristen. Statt dessen würde er eines Tages einen Verlagsleiter benötigen.« Vater und Tochter tauschten einen wissenden Blick. Es war in Verlegerkreisen kein Geheimnis, daß er sie für diese Rolle ausersehen hatte. Charles hatte Charlottes Bekanntschaft bereits gemacht. Allerdings hatte er geschäftlich meist mit ihrem Vater zu tun, und er war von Charlotte noch nie so beeindruckt gewesen wie an diesem Abend. Sie war eine überaus kluge und sehr angenehme Frau, und Vi spürte deutlich, daß sie an Charles sehr interessiert war.

»Ach, um Himmels willen, Vi...« James warf seiner Frau spätabends beim Auskleiden einen mißbilligenden Blick zu. »Du witterst doch ständig irgendeine Romanze.«

»Na, und habe ich nicht immer recht? Außerdem habe ich diesmal nicht von einer Romanze gesprochen, oder?«

»Was soll das nun wieder heißen?« Sein Interesse war geweckt. Violet war für ihn stets die angenehmste und anregendste Gesellschaft. Sie waren nicht nur Mann und Frau, sie waren auch seit vielen Jahren die besten Freunde.

»Um ehrlich zu sein, Liebling, ich bin nicht ganz sicher. Weißt du, was ich glaube? Ich halte sie für eiskalt. Ihr gefällt in erster Linie das, was Charles darstellt. Sie ist neunundzwanzig, hochintelligent, hat Geld und braucht einen passenden Ehemann. Charles wäre für sie ideal.«

»Lieber Himmel, du verlierst wieder mal keine Zeit. Hoffentlich ist sie nicht so berechnend wie du.«

»Da wäre ich nicht so sicher.« Sie warf ihm einen Mata-Hari-Blick zu, und er lachte, als sie in einer Wolke französischen Parfums und in einem rosa Satinneglige im Bad verschwand.

Zwei Wochen später mußte er sich ernsthaft fragen, ob Violet nicht doch scharfsichtiger war, als er angenommen hatte, denn er traf zufällig Charles, der mit Charlotte Beardsley zum Lunch verabredet war.

»Nett, Sie wiederzusehen, Miß Beardsley... na, Charles, alter Junge, benimmst du dich auch ordentlich?« Sie plauderten ein paar Minuten, dann stieß James zu den Leuten, mit denen er selbst verabredet war, doch er bemerkte, daß sein Freund sehr locker wirkte und sich gut zu unterhalten schien, und als er ihn deswegen am nächsten Tag befragte, schob Charles alles aufs Geschäft.

»Sie ist aber ein gutaussehendes Mädchen.« James konnte es sich nicht verkneifen nachzuhaken, als sie mit lässig ausgestreckten Beinen vor dem Feuer im Klub saßen. Charles lachte.

»Sei nicht albern, James, und deiner Frau kannst du ausrichten, sie möge ihre Spürhunde zurückpfeifen. Charlotte möchte anstelle ihres Vaters meine Verträge machen. Sie sagt, er würde allmählich zu alt, um meine sachlichen und zeitgemäßen Arbeiten richtig betreuen zu können. Ich finde nichts dabei, mit ihr zu verhandeln. Sie kommt auch gut mit meinem Agenten zurecht, mit dem sie irgendwie weitläufig verwandt ist.« Charlie schien keine anderen Motive hinter Charlottes Bestrebungen zu vermuten, so daß James seiner Frau gegenüber behauptete, daß sie sich diesmal irren müsse. Violet wollte es nicht glauben.

»Sei nicht albern, Vi. Ich versichere dir, daß er ständig nur an Audrey denkt. Ist heute ein Brief von ihr gekommen?« Es war inzwischen März geworden, und alle fragten sich, ob sie es je schaffen würde, aus Harbin fortzukommen.

Das fragte sich Audrey ebenfalls. Seit Wochen schon, in denen die Kälte anhielt und Ling Hweis Entbindungstermin immer näher rückte.

17

Es war Mitte März, und Audrey dachte im Bett liegend an die Nächte mit Charlie, als sie ein Rumpeln und gedämpftes Poltern in der Küche unter ihrer Kammer hörte. Sie setzte sich auf und lauschte, sofort hellwach vor Angst, die Kommunisten könnten gekommen sein, um sich hier zu verstecken, oder, ärger noch, Banditen, wie diejenigen, die die Nonnen getötet hatten. Starr vor Schreck faßte sie nach dem Revolver, den Ling Hwei ihr vor einiger Zeit anvertraut hatte. Sie wußte nicht, woher das Mädchen das Ding hatte, und sie stellte ihr auch keine Fragen, weil sie erleichtert war, überhaupt eine Waffe im Haus zu haben.

Wieder vernahm sie das dumpfe Gerumpel – und dann ein Geräusch, als würde etwas Schweres über den Boden geschleppt. Kein Zweifel, jemand befand sich mit ihnen im Haus, und als sie in einem der dicken, wollenen Nachtgewänder der Nonnen, die sie sich schon längst angeeignet hatte, aus der Kammer schlich, sah sie Ling Hwei, die aus dem Zimmer kam, das sie sich mit einem halben Dutzend der kleineren Kinder teilte. Die Schwangerschaft hatte sie unförmig gemacht, und Audrey scheuchte sie mit strengem Blick zurück in den Schlafraum. Sie wollte nicht, daß dem Mädchen etwas passierte, und die Erinnerung an die enthaupteten Nonnen überfiel sie nun, als sie sich beklommen fragte, wer sich da unten herumtreiben mochte. Seit ihrer Ankunft hatte es in der Gegend keine Gefechte mit den Kommunisten mehr gegeben, dennoch hatten die Japaner eine Zeitlang die Zügel fester in die Hand genommen. Audrey wußte nur, daß sich ein Eindringling im Haus befand, und schlich auf Zehenspitzen die Treppe hinunter, die geladene Pistole entsichert in der Hand, bereit, jeden über den Haufen zu schießen, dem sie begegnete, Blick und Nerven angespannt, als sie den dunklen Raum im Erdgeschoß betrat. Ihr Herz schlug so heftig, daß es ihr in den Ohren dröhnte und sie sich schon fragte, ob sie den Eindringling rechtzeitig hören würde, um sich wehren zu können, doch plötzlich vernahm sie ein schweres Atmen, als sie auch schon sah, wie sich die Umrisse einer Gestalt vom helleren Fenster abhoben. Sie zauderte nur einen Augenblick, den Finger am Abzug. Ihr war klar, daß es kein Zögern geben durfte. Sie mußte ihn töten, doch seine Stimme drang aus der Finsternis an ihr Ohr. Er wußte, daß sie ihn gesehen hatte. Was sie erschreckte, war der Umstand, daß er sie französisch angesprochen hatte, in der Annahme, er hätte eine der Nonnen vor sich.

Eine tiefe atemlose Stimme hatte wie unter großen Schmerzen gesagt: »Je ne vous ferai pas mal.« Ich tue Ihnen nichts. Er sprach mit einem sonderbaren Akzent, wie sie ihn noch nie gehört hatte, doch war er deutlich zu verstehen. Aber wie sollte sie wissen, ob er in friedlicher Absicht gekommen war oder ob er sie anlog?

»Qui êtes-vous?« flüsterte sie in der Finsternis, während ihr Herz wie eine Urwaldtrommel dröhnte. Sie hatte ihn gefragt, wer er sei, und wartete beklommen auf Antwort.

»Le General Chang.« Diesmal sprach er ganz deutlich. Noch immer hielt sie die Pistole auf ihn gerichtet.

»Que faites-vous ici?« Was machen Sie hier?

»Je suis blessé.« Nun trat Stille ein, nachdem er ihr gesagt hatte, daß er verwundet sei. Ein paar Schritte näher tretend, faßte sie nach einer Kerze, machte unbeholfen Licht, während sie seine Gestalt nicht aus den Augen ließ und die Pistole weiterhin festhielt. Sie ermahnte den Eindringling, sich nicht zu bewegen und hielt die Kerze in die Höhe. Vor ihr stand ein stämmiger, mittelgroßer Mann in der Tracht der Mongolen. Zu seinen Füßen hatten sich Pfützen von Schneewasser gebildet, und plötzlich sah sie im flakkernden Kerzenlicht, daß eine blutende Wunde an seiner Schulter mit blutgetränkten Lappen verbunden war. Er hielt sich die Schulter, während er dastand und sie ansah. In seinem Gürtel steckte eine große Pistole, an der Seite hing ein Säbel, über einer Schulter ein Patronengürtel, doch hatte er keine seiner Waffen auf sie gerichtet. Er beobachtete sie wachsam und fragte sie, ob sie eine der Nonnen sei. Audrey, die zunächst nicht wußte, ob es ratsam war, sich als Nonne auszugeben, entschied sich für die Wahrheit. Sie schüttelte den Kopf, den Blick unentwegt auf ihn gerichtet, während sie hörte, wie Ling Hwei im Oberstock umherging. Sie fürchtete, er würde dem Mädchen etwas antun, wenn er es zu sehen bekäme, doch bei näherem Hinsehen schien er gar nicht in der Verfassung, jemandem Schaden zuzufügen. Er sah ebenso erschrokken aus wie Audrey.

»Darf ich den Tag über bleiben?« fragte er wieder auf französisch, und sie wurde das sonderbare Gefühl nicht los, daß er schon einmal hier gewesen sein mußte. Seine nächsten Worte bestätigten ihre Vermutung. »Ich könnte mich wie seinerzeit im Keller verstecken.« Dabei sah er sie bittend an. Jetzt erst bemerkte Audrey an seiner Mütze Goldlitzen. Auch seine Uniformjacke war mit Litzen geschmückt, doch die Blutflecken machten den Eindruck der Rangabzeichen zunichte und ließen ihn kläglich erscheinen. Da fiel ihr ein, was er gesagt hatte. Ehe sie ihm zu bleiben erlaubte, mußte sie ihm ein paar Fragen stellen. Daß er womöglich die Kinder gefährdete, konnte sie nicht zulassen.

»Sie sind General?«

»Ich bin General meiner Provinz, loyaler Anhänger der Nationalarmee.«

Dann gehörte er zu Tschiang Kai-scheks Anhängern und war offensichtlich irgendwo in einen Kampf mit den Kommunisten geraten. Sie wollte ihn schon fragen, welche Provinz er unter sich habe, doch er erklärte es ihr ungefragt, während sie ihn nicht aus den Augen ließ. »Ich komme aus Baruun Urta hinter den Khingan-Bergen. Wir wollten uns mit Leuten Tschiang Kai-scheks treffen, stießen statt dessen auf die Japaner. Drei meiner Leute warten in der Kirche auf mich. Wenn Sie mir nicht erlauben zu bleiben, werden die mir weiterhelfen. Haben Sie keine Angst.« Er war von ausgesuchter Höflichkeit, und sein Französisch war viel besser als ihres, für einen mongolischen General sehr ungewöhnlich. »Die Schwestern haben mir schon mehrmals Obdach gewährt. Zweimal war ich schon hier, wenn wir in diese Gegend kamen. Ich möchte aber weder Sie noch die Kinder gefährden. Wenn Sie wollen, daß ich gehe, dann werde ich gehen.« Er war um eine aufrechte Haltung bemüht, konnte aber nicht verhindern, daß er immer wieder zusammenzuckte. Der Schmerz in der Schulter machte ihm so zu schaffen, daß er ins Taumeln geriet.

»Hat jemand Sie gesehen?« Audrey versuchte, zu einer Entscheidung zu gelangen, als Shin Yu die Treppe herunterkam und hinter ihr stehenblieb. Sie erschrak, als sie merkte, daß es nicht Ling Hwei war. Shin Yu versuchte ihr etwas zu verstehen zu geben, aber Audrey scheuchte sie nach oben und versuchte sich darauf zu konzentrieren, was der mongolische General sagte.

»Ich glaube nicht, daß uns jemand gesehen hat, Mademoiselle.« Er wirkte sehr geschwächt, und sie sah, daß seine Wunde stark blutete. »Wir werden Sie nicht stören. Wir brauchen nur einen Platz zum Ausruhen, bis es dunkel wird. Wir sind zu Fuß unterwegs und müssen zurück zu unseren Leuten.« Was immer ihre Mission gewesen sein mochte, sie hatten sie erfüllt. Doch Audrey hatte Bedenken, ihnen Obdach zu gewähren. Was, wenn ihnen als Folge davon Repressalien der Japaner drohten? Bislang waren sie unbehelligt geblieben, und ihr lag der Kinder wegen daran, daß es so blieb, andererseits war der General verwundet, und würde es ohne Ruhepause und Pflege nicht weit schaffen.

»Legen Sie die Waffen nieder.«

»Wie bitte?« Er schien erschrocken und tat, als hätte er nicht verstanden. Shin Yu kam wieder die Treppe herunter, und Audrey befahl ihr, oben zu bleiben.

»Ich sagte, Sie sollen mir Pistole, Patronen und Säbel aushändigen. Andernfalls dürfen Sie nicht bleiben.«

Er überlegte angespannt, während er den Blick lange und eindringlich auf sie richtete. Seine Miene blieb undeutbar.

»Sehen Sie in mir eine Bedrohung?« fragte er.

»Ich weiß nicht, wer Sie sind. Ich kann nicht zulassen, daß den Kindern etwas geschieht.«

»Wir werden ihnen nichts tun. Meine Männer verstecken sich draußen im Schuppen, und ich bleibe im Keller, wenn Sie gestatten. Ich bin der General meiner Provinz, Mademoiselle. Ich bin ein Ehrenmann.« Das sagte er mit so viel Würde, daß Audrey der Widersinn der Situation, in der sie sich befanden, überdeutlich bewußt wurde, doch durfte sie in ihrer Wachsamkeit nicht nachlassen. Was seine Identität betraf, besaß sie nur sein Wort. Ebensogut hätte er ein Bandit sein können, der sie und die Kinder skrupellos überfallen würde.

»Sie haben mein Wort. Sie und die Kinder sind sicher. Ich benötige nur ein paar Stunden, um wieder zu Kräften zu kommen.« Ihre Miene ließ erkennen, daß er aus diesem Disput nicht als Sieger hervorgehen würde. Deswegen zog er die Pistole aus dem Gürtel, den Säbel aus der Scheide und nahm mit etwas mehr Mühe den Patronengürtel von der Schulter. Sie konnte nicht wissen, daß er unter der Jacke noch eine Pistole versteckt hatte und in seinem Ärmel ein scharfes Messer. Er hatte weder die Absicht, diese Waffen gegen sie anzuwenden, noch war er so töricht, alle seine Waffen zu übergeben. Dazu war er zu klug, und hätte Audrey Zeit gehabt, gründlicher zu überlegen, hätte sie argwöhnen müssen, daß er noch andere Waffen bei sich haben mußte.

»Woher soll ich wissen, daß sie die Kinder verschonen werden?«

»Sie haben mein Wort, Mademoiselle.«

»Und Ihre Leute?« Sie dachte an die geköpften Nonnen in der Kirche, die sie und Charles gefunden hatten.

»Ich werde mit meinen Männern reden, sie werden sich verstecken. Niemand wird sie zu sehen bekommen, das verspreche ich.« Jetzt lächelte er. Sein seltsames, interessantes Gesicht mit den schmalen Augen und hohen Backenknochen ließ ihn völlig anders aussehen als die Chinesen aus der Umgebung von Harbin oder alle anderen, die Audrey in Nanking, Peking oder Schanghai gesehen hatte. »Wir haben darin große Übung.« So große auch wieder nicht, dachte sie, sonst wäre er nicht verwundet worden.

»Brauchen Sie einen frischen Verband für Ihre Wunde?« Audrey stand noch immer wachsam an der Treppe und hatte ihn angewiesen, Abstand zwischen sich und die Waffen zu bringen. Der General schob sich die Wand entlang zur anderen Seite der Küche hin. Sie hob seine Pistole und den Säbel auf und wich an den Fuß der Treppe zurück, als sie Shin Yu rufen hörte. Das Kind war sichtlich verängstigt durch die Unruhe im Haus. Nachdem sie der Kleinen zugerufen hatte, daß sie gleich kommen würde, wandte sie ihre Aufmerksamkeit wieder dem Mongolen-General zu.

»Wenn Sie ein paar alte Fetzen übrig hätten...«, setzte er zögernd an, »aber ich glaube, was ich habe, reicht ohnehin...« Er deutete auf die blutdurchtränkten Streifen zerschnittener Bettlaken, mit denen die Wunde notdürftig verbunden worden war. Audrey hielt die Kerze höher, um die Verwundung besser sehen zu können. Dabei nahm sie unwillkürlich wahr, daß sie einen attraktiven Mann vor sich hatte, doch war sie noch immer nicht sicher, ob man ihm trauen konnte, obwohl sie in seinem Blick Aufrichtigkeit und Rechtschaffenheit zu erkennen glaubte. »Ich habe selbst Kinder, Mademoiselle, und ich war schon einmal hier, wie ich Ihnen sagte. Die Nonnen kannten mich gut. Als junger Mann war ich in Grenoble auf der Universität.« Audrey fand es bemerkenswert, daß er in sein Land, das rückständig war und keine Annehmlichkeiten bot, zurückgekehrt war. Ihr Gefühl sagte ihr, daß er die Wahrheit sprach.

»Ich gebe Ihnen erst frisches Verbandszeug, und dann bekommen Sie etwas zu essen. Aber Sie müssen in der Nacht fort.« Sie sah ihm fest in die Augen und sprach in einem so eindringlichen Ton, als hätte sie es mit einem der Kinder zu tun.

»Sie haben mein Wort. Jetzt muß ich mit meinen Leuten sprechen.« Ehe sie etwas einwenden konnte, verschwand er, und sie sah seinen Schatten zum Schuppen huschen, der zwischen Waisenhaus und Kirche stand. Audrey nützte die Zeit und schnitt zwei Handtücher in Streifen, goß heißes Wasser in eine Schüssel, schnitt Käse, Brot und Trockenfleisch auf, und als der General wiederkam, wies sie mit einer Handbewegung auf den Küchentisch und stellte Teewasser auf. Der General machte einen geschwächten Eindruck, als er sich auf die Küchenbank fallen ließ und dankbar zu ihr aufblickte. »Danke.« Hastig machte er sich über Fleisch und Käse her. Zum Wechseln des Verbandes schien er fast zu müde, und Audrey hatte Hemmungen, es für ihn zu tun. Sie sah ihm zu, wie er die Stoffstreifen entfernte und die häßliche Wunde freilegte. Der tiefe Schnitt, den der Säbelhieb hinterlassen hatte, war rot und blutete. Der General holte ein kleines Döschen aus der Tasche. Darin war ein medizinischer Puder, den Audrey in die Wunde stäubte, nachdem sie ihm in Wasser getauchte Stoffstreifen gereicht hatte. Zusammen säuberten sie die Wunde, und Audrey verband sie dann unter seinen aufmerksamen Blicken... »Sie beweisen Mut, weil Sie mir vertrauen. Wie kommen Sie hierher, wenn Sie keine Nonne sind?«

Audrey erklärte ihm, daß die Nonnen getötet worden seien und sie zufällig in Harbin gewesen sei. Von Charles sagte sie nichts. Sie hielt den Blick unverwandt auf den Verband gerichtet, während sie mit dem Verbinden beschäftigt war. Ihr fiel an dem Mann eine gewisse ungestüme Schönheit auf, eine Männlichkeit, wie sie sie noch nie bei jemandem gespürt hatte. Man hatte das Gefühl, als ströme er männliche Kraft aus, so daß sie zwischen Angst und Bewunderung für ihn schwankte. In gewisser Hinsicht war er furchteinflößend, da man spürte, daß er, sprungbereit wie ein Tiger, mit einer einzigen raschen Bewegung zu töten vermochte, und doch erschien er ihr ganz sanft, als er mit ihr sprach. Sie bemerkte seine kraftvollen schmalen Hände und beobachtete ihn, als er rasch im Keller verschwand. Der General hatte die Wahrheit gesagt. Er wußte genau, wo der Keller lag und wie man hinuntergelangte. Ein letztes Mal blickte er sich nach ihr um, dann verschwand er in der Dunkelheit und schloß leise die Tür hinter sich, während sie allein in der Küche stand, in der Hand die Schüssel mit dem blutigen Wasser und den Lappen, den einzigen Spuren seiner Anwesenheit. Rasch schüttete sie das Wasser vor die Küchentür, bedeckte den roten Fleck mit Schnee und begrub auch die blutigen Lappen darin. Es würde Frühjahr werden, bis jemand die Verbände entdeckte. Dann war er längst über alle Berge. Als sie ins Haus zurückging, wurde sie schon voller Ungeduld von Shin Yu erwartet, die verzweifelt war und sie entsetzt anstarrte.

»Es geht um Ling Hwei«, erklärte das Mädchen, »es ist bei ihr soweit. Das Baby, das sie von Gott hat, kommt jetzt... sie ist sehr krank... es geht ihr ganz schlecht... Miß Audrey...« Im Nachthemd lief Audrey die Treppe hinauf, in der Hand noch immer die Waffen, die eigene und die des Generals, die sie alle unter ihr Bett schob und mit einer Decke bedeckte. Dann lief sie in den Schlafraum, in dem Ling Hwei lag, nur um zu entdecken, daß die anderen Kinder noch schliefen, während das junge Mädchen sich an ihre dünne Decke klammerte, die Zähne zusammenbiß und voller Angst und Qual vor sich hinstarrte. Audrey strich ihr sacht über die Stirn, doch das Mädchen, das sich vor Schmerzen wand, gab keinen Ton von sich und faßte plötzlich nach Audreys Arm.

»Schon gut... schon gut... ich bringe dich in meine Kammer«, versuchte Audrey sie zu beruhigen. Sie nahm das Mädchen in die Arme und trug es in ihre eigene Schlafkammer, nachdem sie Shin Yu gebeten hatte, bei den anderen Kindern zu bleiben. Die Kleine, die um ihre Schwester besorgt war, wollte mitgehen, Audrey aber wußte, daß es besser war, wenn sie nicht mit ansehen mußte, was Ling Hwei durchzumachen hatte. Seit Monaten hatte Audrey gefürchtet, die Entbindung würde nicht leicht werden, da das Mädchen sehr schmalhüftig war. Sie hatte einen der russischen Ärzte holen wollen, wußte aber aus Erfahrung, daß kein Mensch sich dieser kleinen Chinesin annehmen würde. Sie stellte nichts Besonderes dar, zudem wurde hierzulande zu Hause unter Mithilfe der Mütter, Schwestern und anderen weiblichen Familienmitgliedern entbunden. Doch dieses Mädchen hatte als einzige Hilfe Audrey, die auf diesem Gebiet über keinerlei Erfahrung verfügte. Sie war noch nie bei einer Geburt zugegen gewesen und saß nun da und hielt Ling Hweis Hand, während diese stumm mit den Wehen kämpfte. Kein Laut kam über ihre Lippen. Audrey wäre es lieber gewesen, sie hätte geschrien. Als die anderen Kinder wach wurden, bat Audrey Shin Yu, ihnen das Frühstück zu machen und auf sie achtzugeben. Sie betete darum, daß der General in seinem Versteck blieb. Ihre Befürchtung war ganz unbegründet, und doch war sie den ganzen Morgen über nervös. Sie konnte Ling Hwei nicht allein lassen, die schreckliche Schmerzen litt und ihr heiseres Stöhnen nicht mehr unterdrücken konnte. Sie verfiel in ein Delirium, während sie sich laut schreiend im Bett wälzte, nach Audreys Arm faßte und sie anflehte, ihr zu helfen.

Am Spätnachmittag schließlich, als ihr vorkam, daß die Wehen schon ungewöhnlich lange dauerten, zwang sie Ling Hwei, sie nachsehen zu lassen, ob das Baby schon käme. Das Mädchen schrie herzzerreißend wie ein kleines Kind, und Audrey wurde unwillkürlich an das Schluchzen Shih Hwas kurz vor dessen Tod erinnert, doch Ling Hwei lag nicht im Sterben, sie brachte das Kind zur Welt, das sie von dem jungen Japaner empfangen hatte. Audrey war sicher, daß sie in ihrer Qual bitterlich bereute, was sie getan hatte, doch jetzt war es zu spät. Vom Kopf des Kindes war noch nichts zu sehen, obwohl Ling Hwei jetzt seit über zwölf Stunden in den Wehen lag.

Shin Yu brachte die Kinder abends an Audreys Stelle zu Bett, nachdem sie sich auch den ganzen Tag um sie gekümmert hatte. Von Zeit zu Zeit kam sie, um nachzusehen und sich Anweisungen zu holen, doch Audrey ließ nicht zu, daß sie ihre Schwester zu sehen bekam. Sie selbst hatte den ganzen Tag nichts gegessen, und Ling Hwei hatte sogar Tee abgelehnt. Bis auf einige kleine Schlückchen Wasser hatte sie nichts zu sich genommen. Sie schrie jetzt fast ununterbrochen, und Audrey war so in Anspruch genommen, daß sie die Schritte hinter sich überhörte, als der General auf leisen Sohlen um Mitternacht eintrat. Der Schatten an der Wand ließ sie mit einem erstickten Schrei auffahren. Es war zu spät, um nach der unter dem Bett versteckten Pistole zu greifen. Sie sprang auf, drehte sich blitzartig um, doch seine Miene blieb ganz friedlich.

»Keine Angst.« Sein Blick glitt über das sich vor Schmerzen windende Mädchen und wanderte dann zu Audrey zurück. »Eines der Kinder?« Audrey nickte, und das Mädchen schrie auf. So ging es schon seit Stunden, und es war kein Fortschritt zu sehen. »Sie wurde von den Japanern vergewaltigt.« Die Wahrheit, nämlich daß sie willig mit einem der Soldaten geschlafen hatte, behielt Audrey lieber für sich.

»Diese Bestien.« Seine Stimme klang leise in dem stickigen Raum, in dem es beißend nach Schweiß und Mühsal des langen Tages und der Nacht roch. Ling Hwei sah den General an, ohne ihn wahrzunehmen.

Die Schmerzen schienen nun überhaupt nicht mehr nachzulassen, und die ganze letzte Stunde hatte Audrey mit ihr gelitten. So hilflos war sie sich noch nie vorgekommen. Sie warf dem General, der Ling Hwei beobachtete, einen Blick zu. »Sie hat starke Wehen.« Er machte den Eindruck, zu wissen, worauf es ankam, und Audrey wandte sich ihm widerstrebend zu. Sie war noch immer nicht sicher, ob man ihm trauen konnte, obwohl er sein Wort gehalten hatte und den Tag über in seinem Kellerversteck geblieben war. Sie fragte sich insgeheim, ob er vielleicht so anständig war, wie er aussah, und ob er dem Mädchen irgendwie helfen konnte.

»Seit gestern, als sie kamen, liegt sie in den Wehen. Seit fast vierundzwanzig Stunden.« Audrey merkte selbst, wie verzweifelt das klang. Sie bangte um Ling Hwei und konnte selbst nicht mehr für sie tun, außer ihr die Hand zu halten und zu warten, bis das Kind kam. Wie man dem Mädchen die Qualen erleichtern konnte oder ob das überhaupt möglich war, wußte sie nicht.

»Kann man den Kopf schon sehen?« Audrey verneinte die Frage des Generals, und er nickte bedächtig. »Dann wird sie sterben.« Das stellte er wie selbstverständlich fest. Mit seinen vierzig Jahren hatte er sehr viel vom Leben, Geburten und Tod gesehen, Krieg, Verzweiflung und Hunger. Seine Schulter schmerzte nicht mehr so stark, und er wirkte ausgeruhter als am Abend zuvor.

Seine Bemerkung machte Audrey angst. »Woher wollen Sie das wissen?« flüsterte sie.

»Es steht ihr ins Gesicht geschrieben. Mein Erstgeborener brauchte drei Tage, um zu kommen. Ein Sohn.« Augen und Mund blieben ernst. »Aber sie wird immer schwächer, und jung ist sie auch. Ich kann es sehen.« Er kniff die Augen zusammen und sah dann Audrey an.

»Wir sollten einen Arzt holen.«

Er schüttelte den Kopf. »Es würde keiner kommen. Und keiner könnte ihr helfen. Man kann das Kind retten, aber wer will schon einen Japaner-Bastard.«

»Was soll das heißen?« Von General Chang zu Ling Hwei blikkend fragte sie sich, ob er das Mädchen sterben lassen würde.

»Kann man denn gar nichts unternehmen?« Audrey hatte keine Ahnung von den Vorgängen bei einer Entbindung und bereute jetzt sehr, daß sie den Berichten ihrer Schwester nie mehr Interesse entgegengebracht hatte. Aber Annabelle mußte es viel leichter gehabt haben, und außerdem hatte sie bei der Geburt Chloroform bekommen. Das gab es hier nicht. Sie wandte sich an den mongolischen General, und als sie ihn ansah, kam ihr der Gedanke, daß er genauso aussah, wie man sich einen Kriegsherrn vorstellte. Er schien die Lage abzuschätzen und Dinge einzukalkulieren, die Audrey nicht wissen konnte, dann begegnete er ihrem Blick.

»Man könnte sie schneiden.« Das hörte sich grauenvoll an, und Audrey war nicht sicher, was er meinte, als er fortfuhr: »Mit einem gereinigten Messer. Es müßte eine Frau machen oder ein heiliger Mann. Aber Sie können das nicht, das sehe ich.«

»Und Sie?«

»Ich habe einmal zugesehen. Meine Frau wurde einmal geschnitten. Bei meinem zweiten Sohn.«

»Und sie überlebte?« Mehr wollte Audrey nicht wissen. Sie wollte das Mädchen retten und sie von dem Kind erlösen, das ihr so große Qualen bereitete. Shin Yu klopfte leise an, und Audrey schickte sie mit gedämpften Worten fort. Sie wollte nicht, daß sie den General oder ihre gepeinigte Schwester sah.

»Ja.« Er nickte auf ihre Frage. »Sie überlebte. Das Kind auch. Vielleicht wird auch dieses Mädchen überleben, wenn wir uns beeilen. Als erstes muß man das Kind herunterdrücken.« Ohne weitere Umstände ging er zu Ling Hwei, sprach ein paar Worte zu ihr und betrachtete die Auswölbung ihres Leibes. Vorsichtig tastete er nach dem Kind und ließ sich dann plötzlich ohne Vorwarnung mit der nächsten Wehe voll auf sie fallen, als sie aufschrie. Er drückte das Kind nach unten, damit es rascher herauskommen konnte. Er wiederholte den Druck noch zweimal, obwohl sie sich heftig wehrte. Audrey befürchtete, er würde sie mit dem Druck seines kraftvollen Körpers töten, doch als er gleich nachher Audrey bat nachzusehen, konnte sie einen kleinen Teil des Kinderkopfes mit schwarzem Haar sehen. Sie warf ihm einen erleichterten Blick zu. »Ich kann das Kind sehen.« Er erwiderte nichts, drückte noch zweimal, und der kreisrunde Kopfteil des Kindes wurde größer. Dann trat der General zurück und sah Audrey an.

»Wir brauchen saubere Tücher und Decken.« Sie entnahm seinen Worten, daß das Kind schon kam, und als sie mit einer Armladung Tücher zurückkam, sah sie mit Entsetzen, wie er mit einer einzigen Bewegung ein Messer mit langer Klinge aus dem Ärmel holte und es durch die Kerzenflamme führte, immer wieder, bis es glühend heiß und somit desinfiziert war. Damit wurde ihr auch klar, daß er ihr nicht alle seine Waffen übergeben hatte, doch sie ließ keine Bemerkung darüber fallen. Er hatte sich bislang an sein Wort gehalten, und wenn er ihr jetzt bei Ling Hwei beistand, war sie ihm zu ewigem Dank verpflichtet. Er hielt die Klinge in die Höhe, und Audrey war nicht ganz sicher, wo er den Schnitt machen würde. »Sehen Sie nach, ob jetzt schon mehr vom Kopf zu sehen ist«, wies er sie an, doch das kleine Stückchen Kopf war nicht größer geworden, seitdem er aufgehört hatte, auf den Leib der Gebärenden Druck auszuüben. Die Ärmste schrie entsetzlich, während das Kind vorwärtsdrängte.

»Halten Sie die Beine.« Er sagte es fest und hart, und einen Augenblick lang empfand Audrey Furcht. Sie vertraute diesem Mann, aber was blieb ihr sonst auch übrig? Es gab niemanden außer ihm, der ihr helfen konnte.

»Was werden Sie tun?« In seinem Blick lag etwas Beruhigendes.

»Ich versuche, die Öffnung zu vergrößern, damit der Kopf austreten kann. Schnell, die Klinge darf nicht erkalten.«

Audrey zögerte nur eine Sekunde und ließ sich dann mit beruhigenden Worten neben Ling Hwei nieder, indem sie die Beine mit aller Kraft weit nach hinten drückte und sie festhielt. Aber Ling Hwei leistete kaum Widerstand. Sie verfügte über keine Kraftreserven mehr. Audrey sah, daß der General mit sicherer Hand einen Schnitt machte. Zuerst gab es kein Blut, dann ganz plötzlich schoß ein großer Schwall auf die Tücher, die sie Ling Hwei untergelegt hatte. In erregtem Ton wies der General Audrey an, auf den Leib zu drücken, und als sie seiner Aufforderung zu behutsam nachkam, herrschte er sie an, weil es schnell gehen mußte. Gott allein mochte wissen, wie viele Menschen dieser Mann getötet hatte, und doch kämpfte er nun mit Audrey zusammen um ein Leben. Sie hielt den Atem an, drückte so fest sie konnte, als er die Klinge wieder erhitzte und den Schnitt erweiterte. Unter Ling Hweis schrecklichem Stöhnen erschien die Schädeldecke des Kindes, sodann langsam die Stirn, zwei winzige Ohren, Nase und Mund. Dann war der ganze Kopf frei, während Audrey staunend zusah, und der General sie anwies, weiter zu drücken. Von Ling Hwei war jetzt kein Laut mehr zu hören, sie hatte große Mengen Blut verloren und war den Schmerzen nicht mehr gewachsen. Als ihr kleines Mädchen zur Welt kam, war sie bewußtlos. Der General hielt das Kind mit Siegermiene in die Höhe, als wäre es sein eigenes, und sah Audrey mit breitem Lächeln an. Rasch wurde die Kleine in Decken gehüllt und mit einem sauberen Handtuch gereinigt. Als das Baby schrie, spürte Audrey, wie ihr die Tränen über die Wangen liefen. Mit Staunen nahm sie die Lichtstreifen wahr, die sich wie Finger in den Raum tasteten. Seit Mitternacht waren sie gemeinsam am Werk gewesen. General Chang hatte Ling Hwei und ihr Kind gerettet. Sein Blick war ernst, als er das Mädchen ansah und dann den Schnitt begutachtete, den er mit seinem Messer gemacht hatte. Er verschwieg Audrey seine Befürchtungen, nämlich, daß er bezweifelte, ob Ling Hwei den großen Blutverlust verkraften würde. Nur das Kind würde es schaffen, es sei denn die junge Mutter hatte großes Glück und erholte sich von den Strapazen der Geburt.

»Sie müssen die Wunde nähen«, sagte er leise. Rasch nahm Audrey die einzige Nadel, die sie besaß, und einen starken weißen Faden. Sie hielt die Nadelspitze ins Feuer, ehe sie sich daranmachte, den Schnitt zu nähen. Es war die schwierigste Aufgabe, der sie sich je gegenüber gesehen hatte. Bei jedem Stich zitterte ihre Hand, und sie betete für das Mädchen. Wenn Ling Hwei jetzt sterben mußte, wäre das eine himmelschreiende Ungerechtigkeit.

Es durfte nicht sein. Tränen brannten in Audreys Augen, und es dauerte lange, bis sie mit der Naht fertig war. Dann säuberte sie Ling Hwei mit kaltem Wasser und einem sauberen Tuch und deckte sie zu, während der General das schlafende Neugeborene hielt, als wäre es sein eigenes. Keiner der beiden dachte daran, daß das Kleine halb japanisch war. Das war jetzt unwichtig. Es war ein neues Leben, ihr Kind, das Baby, das sie in einer Nacht voller Mühsal gerettet hatten.

»Sie haben sich gut gehalten.« Seine Stimme klang sanft, während er zusah, wie Audrey mit der Bewußtlosen hantierte. Ling Hweis aschfahles Gesicht veranlaßte Audrey zu einem fragenden Blick.

»Sie ist so bleich«, sagte sie zu dem General.

»Das macht der Blutverlust.« Zwar hatte er selbst auch viel Blut verloren, doch war er ein Mann, der schon oft verwundet worden war. Frauen im Kindbett waren etwas anderes. Sein Bruder hatte auf diese Weise zwei Frauen verloren, doch waren ihm zwei Söhne geblieben. Da blickte er auf das Kind nieder und dachte an seine eigenen – daran, wie sie geboren worden waren und er sie das erste Mal in den Armen gehalten hatte. Das schien nun so lange zurückzuliegen, sein Jüngster war achtzehn und war mit Tschiang Kaischeks Armee in den Bergen, doch das Gefühl war dasselbe, das ehrfürchtige Staunen, daß so etwas möglich war, ein neues Leben, das aus einem alten hervorbrach.

»Wird sie es überstehen?« Audrey fragte es leise beim flackernden Kerzenlicht. Sie ließ die Kerze verlöschen. Das Licht der Morgendämmerung reichte aus, um die junge Wöchnerin beobachten zu können.

»Ich weiß es nicht.« Der General sah auf das Kind nieder.

»Das Kind braucht Milch, wenn es von der Mutter keine bekommen kann.«

Als Shin Yu wenig später an die Tür kam, bat Audrey sie, die Kuh zu melken, doch General Chang hielt Ziegenmilch für geeigneter, deswegen ließ Audrey sich beides bringen. Da fiel ihr etwas ein, und sie sah den General verzweifelt an. Sie hatten kein Fläschchen, um das Kleine zu füttern. Wie durch ein Wunder fand sich ein Lederhandschuh, der einer Nonne gehört hatte. Nachdem

Audrey ihn auf dem Küchenherd ausgekocht hatte, gossen sie Ziegenmilch hinein und das Kleine nuckelte zufrieden an einem Finger, in den sie ein kleines Loch gebohrt hatte. Dann schlief es ein.

Ling Hwei war noch immer nicht zu sich gekommen, und Audrey befürchtete nun auch, daß sie die Qualen der Geburt nicht überleben würde. Den Tag verbrachte der General wieder im Keller. Es war zu spät, um sich jetzt davonzustehlen, doch außer Audrey wußte nur Shin Yu von seiner Anwesenheit. Als er nach Einbruch der Dunkelheit wieder aus dem Keller kam, war Audrey noch immer auf ihrem Posten, gab dem Kind alle paar Stunden Milch und kümmerte sich um Ling Hwei, die kaum atmete und seit der Geburt nicht wieder das Bewußtsein erlangt hatte. Chang hielt das Kind in der Nacht in den Armen und gab ihm aus dem Handschuh zu trinken, während Audrey schweigend Ling Hwei umfangen hielt und sie nicht aus den Augen ließ, bis das Mädchen mit einem leisen Seufzer in Audreys Armen sein Leben aushauchte.

Audrey hielt sie noch lange fest und dachte daran, was für ein reizendes Mädchen Ling Hwei gewesen war, und an das qualvolle Leben, das dem mutterlosen Kleinen nun bevorstand. Dieser Gedanke traf sie bis ins Innere, als sie an ihre eigene Mutter dachte und an das einsame Leben, das Ling Hweis Töchterchen erwartete, in einer Welt, in der sie keine Liebe finden würde, verdammt von Japanern und Chinesen gleichermaßen, in einer Gesellschaft, die zuließ, daß ein Mädchen für Reis, Bohnen oder Mehl verhökert wurde. Tränen liefen Audrey übers Gesicht, als sie Ling Hwei zudeckte und das Kleine in den Arm nahm. Chang ging hinunter und machte Tee, und als es dämmerte, weckte sie Shin Yu und sagte ihr, daß ihre Schwester gestorben war. Das Mädchen weinte, schlug die Hände vors Gesicht und warf sich Audrey in die Arme. Und wieder konnte Audrey den Schmerz nachfühlen, als sie daran dachte, wie Annabelle sich nach dem Tod ihrer Eltern benommen hatte. General Chang sah dies alles mit an. Er hatte zwei Nächte hier verbracht und jedesmal, wenn er hatte aufbrechen wollen, hatte ihn etwas aufgehalten. Ehe er wieder für den Tag im Keller verschwand, sagte er mit eindringlichem Blick zu Audrey: »Wenn es dunkel wird, muß ich gehen. Meine Männer werden schon ungeduldig.« Sie hatte ihnen Essen in den Schuppen gestellt, aber niemanden zu Gesicht bekommen. Bislang war der General nicht wortbrüchig geworden, und sie fürchtete ihn nicht mehr. Nicht nach allem, was sie gemeinsam durchgestanden hatten. Zwischen ihnen bestand jetzt eine Bindung, die sie nie vergessen würden, weil sie etwas ganz Besonderes war.

»Danke für Ihre Hilfe.« Sie sah ihm tief in die Augen. In ihrem Blick lag mehr als Dankbarkeit.

»Was werden Sie mit dem Kind anfangen?« Sonderbar, wie er sie ansah... Er fand sie faszinierend, da sie in vielerlei Hinsicht eine ungewöhnliche Frau war. Wie sie in diese Gegend geraten war, begriff er noch immer nicht ganz. Sie kam von so weit her und nahm die Verantwortung für ihre Schützlinge so ungemein ernst.

»Werden Sie das Kind behalten?«

Eine sonderbare Frage. Audrey suchte seinen Blick.

»Ich nehme an, es wird unter den Kindern hier im Waisenhaus aufwachsen. Es sieht nicht anders aus als die anderen.«

»Und Sie? Hat Sie das Erlebnis verändert? Gehört das Kind jetzt nicht auch ein ganz klein wenig Ihnen, nachdem Sie es auf die Welt kommen sahen?« Sein Blick ruhte bedeutungsschwer auf ihr, und Audrey nickte gedankenvoll. Er hatte recht. Sie empfand anders, seitdem das Baby da war, als hätte ein Teil ihrer selbst Erfüllung gefunden. Ihr Kummer Ling Hweis wegen hatte zunächst verhindert, daß sie sich über das Baby so freute, wie es sonst der Fall gewesen wäre.

»Vielleicht nehmen Sie die Kleine eines Tages mit sich und ermöglichen ihr ein besseres Leben«, sagte er in hoffnungsvollem Ton. Fast war es so, als wäre es ihr gemeinsames Kind. Er wollte erreichen, daß Audrey es mitnahm, wenn sie China verließ. Seufzend nahm sie diese Idee zur Kenntnis. »Ich würde sie alle gern nach Hause mitnehmen. Aber ich kann nicht. Sobald die Nonnen eintreffen, muß ich fahren.« Ihr Blick bat um Verständnis, und doch hatte sie das Gefühl, als würde sie ihn und die Kinder im Stich lassen.

»Damit verdammen Sie das Kind zu einem Leben in Hunger und Unwissenheit, Mademoiselle. Wenn Sie die Kleine mitnehmen, hat sie großes Glück.« Sein Blick war so eindringlich, daß sie sich sonderbar zu ihm hingezogen fühlte, als wäre er ein alter Freund, Teil einer vertrauten Welt und kein mongolischer Kriegsherr. Oder ist dies hier die einzige Welt, die mir vertraut ist? fragte sie sich, während er sie aus weisen Augen ansah. »Ich hatte großes Glück, daß man mich nach Grenoble schickte.« Er lächelte wehmütig. »Ich möchte, daß es diesem Kind ähnlich ergeht.« Er wußte nur zu gut, welches Leben der Kleinen bevorstand, wenn Audrey sie nicht davor bewahrte.

»Und doch sind Sie zurückgekommen?«

»Das war meine Pflicht. Aber dieses Kind hat hier keine Verpflichtungen. Niemand wird es wollen, weil es halb japanisch ist.« Man konnte es dem Neugeborenen schon ansehen. Das Baby sah nicht rein chinesisch aus und war es auch nicht. »Vielleicht wird man das Mädchen eines Tages deswegen töten. Retten Sie das Kind, Mademoiselle. Nehmen Sie es mit, wenn Sie gehen.« Es war ihr unangenehm, daß er sie so drängte. An all das wollte sie aber jetzt nicht denken. Ling Hwei hatte eben erst den letzten Atemzug getan, und Audrey mußte auch an all die anderen Kinder denken, nicht nur an das Neugeborene.

»Und die anderen?«

»Die werden Sie verlassen, wie Sie sie vorgefunden haben. Aber die Kleine war nicht da, als Sie kamen. Vielleicht gehört sie jetzt zu Ihnen.«

Es war, als kämpfe er für dieses kleine Leben, für das Leben, das er zuerst nicht hatte retten wollen. Als Audrey die Kleine den ganzen Tag an ihre Brust gedrückt hielt, dachte sie an seine Worte, und sie entdeckte, daß sie das Kind nicht fortgeben wollte.

Ling Hweis Tod mußte den örtlichen Behörden gemeldet werden, doch hatte sie Angst, es zu tun, während Chang und seine Männer da waren. Sie hüllte die Tote in Decken und schaffte sie in den Schuppen. Am nächsten Tag, wenn die Soldaten längst fort waren, wollte sie den Todesfall melden. In der Zwischenzeit hatte sie alle Hände voll zu tun. Sie mußte Shin Yu trösten und die anderen Kinder samt dem Baby versorgen. Damit war sie auch abgelenkt und konnte nicht an General Chang denken, und das war gut so, denn wenn sie an ihn dachte, war sie verwirrt.

Abends, als die Kinder in ihren Betten lagen, kam Chang an ihre Tür und klopfte leise an. Er wollte Pistole und Säbel wiederhaben und sah Audrey lange an. Er empfand große Achtung vor dieser Frau und fragte sich, ob sie einander jemals wieder begegnen würden. Sie war schöner als die Frauen, denen er seinerzeit in Grenoble begegnet war. Damals, in seiner Jugend, hatte er sich nach Frauen seiner eigenen Rasse gesehnt. Jetzt aber rief Audrey ihm eine längst vergangene Zeit ins Gedächtnis, so daß er die Hand ausstreckte und ihre Wange berührte. Niemals hatte sie eine sanftere Berührung gespürt oder liebevollere Augen gesehen. Jetzt ahnte sie, daß sie von ihm nie etwas zu befürchten gehabt hatte. Sie war sich auch bewußt, wie anziehend sie ihn fand, doch beiden war klar, daß sich daraus nichts entwickeln konnte.

»*Au revoir*, Mademoiselle. Vielleicht begegnen wir uns eines Tages wieder.« Ihm hätte nichts besser gefallen, doch mußte er in ein anderes Leben zurück, in ein Leben, in dem sie keinen Platz hatte und nie einen haben würde.

»Wohin gehen Sie jetzt?« In ihrem Blick mischten sich Besorgnis, Angst, Bewunderung und Zuneigung.

»Über die Berge zurück nach Baruun Urta. Irgendwann werden wir diesen Weg wieder zurückkommen, aber bis dahin werden Sie längst fort sein – in Ihrer Heimat.« Ihre Blicke hielten einander lange fest, und sie empfand eine Sehnsucht nach ihm, so stark, daß es ihr beinahe angst machte. Doch hatte sie jemanden wie ihn noch nie kennengelernt. In diesem Augenblick erschien ihr sogar die Erinnerung an Charles undeutlich und verschwommen.

»Achten Sie auf Ihre Schulter, General.« Lächelnd blickte er auf das Kind in ihren Armen nieder. Die Kleine schlief zufrieden wie ein kleiner Engel.

»Geben Sie acht auf unser Baby«, flüsterte er ihr zu, strich ihr sanft über die Wange, liebkoste sie mit den Augen, und gleich darauf war er fort. Sie vernahm nur mehr ein gedämpftes Knirschen im Schnee und dann nichts mehr. Als sie wieder im Bett lag, das Kind an ihre Brust gedrückt, um es vor der Kälte zu schützen, war sie in Gedanken bei all dem, was er gesagt hatte... sie solle das Kind mitnehmen... unser Kind... und während sie daran dachte, spürte sie eine Aufwallung von Liebe wie nie zuvor, Liebe für das schlafende Kind in ihren Armen. Dazu kam die Erinnerung an den mongolischen General, der es gerettet hatte. Audrey lehnte sich zurück in die Kissen und schlief ein. Sie träumte wirres Zeug von ihrem Großvater, von dem Baby, von Charles ... und vom General.

18

Mai Li war zwei Monate alt, als der Wagen, der Audrey und Charles vom Bahnhof abgeholt hatte, vor dem Waisenhaus vorfuhr und zwei Frauen in dunkelblauem Habit mit schwarzen Pelerinen und gestärkter weißer Nonnenhaube ausstiegen. Sie kamen weder aus Frankreich oder Japan noch aus dem anderen Waisenhaus des Ordens in China, sondern aus Belgien, und sie hatten eine sehr lange Reise hinter sich. Ein Telegramm, das einen Monat zuvor gekommen war, hatte Audrey davon in Kenntnis gesetzt, daß sie unterwegs seien, und Gott allein wußte, wann sie eintreffen würden. Die beiden waren sehr erstaunt, Audrey an Stelle ihrer Mitschwestern vorzufinden. Es war sonderbar, ihnen alles erklären zu müssen und sie herumzuführen, und Audrey stellte fest, daß sie inzwischen jedes einzelne der sechzehn Kinder als ihr eigenes ansah. Es waren jetzt ›ihre‹ Kinder, besonders die Kleinsten, die völlig von ihr abhängig waren, und Shin Yu, die zu ihr aufsah wie seinerzeit Ling Hwei, sowie Mai Li, die jedesmal lächelte, wenn Audrey oder jemand anderer ihren Namen aussprach. Sie war ein glückliches, zutrauliches Baby, wohlgenährt und von den anderen über alles geliebt.

Audrey erklärte den Nonnen – die es noch immer nicht fassen konnten, daß sie aus purer Anständigkeit geblieben war –, was sie nach Harbin geführt hatte. Sie sagte, daß sie mit ›Freunden‹ auf Reisen gewesen sei und diese Freunde vor sieben Monaten nach England zurückkehren mußten, während sie geblieben war. Ihr stand es jetzt frei zu gehen, doch fiel es ihr sehr schwer, sich loszureißen. Sie konnte den Gedanken nicht ertragen, die Kinder zu verlassen. Shin Yu hatte sogar angefangen, ihr Chinesisch beizubringen. Stockend versuchte sie dem Mädchen beizubringen, wie leid es ihr täte, daß sie fortmüßte, und das hübsche junge Ding sah sie bekümmert an. Shin Yu hatte all ihre Lieben verloren, ihre Eltern, die Brüder, die Schwester und jetzt auch Audrey, die für sie so etwas wie ein Schutzengel geworden war.

»Du wirst Mai Li haben, Shin Yu«, aber Shin Yu schüttelte abwehrend den Kopf. Ihre Miene ließ auf nichts Gutes schließen. Sie war jetzt zwölf. In der Zeit, die Audrey hier verbracht hatte, war sie sehr erwachsen geworden.

»Mai Li schlechtes Baby... schlechtes Baby.«

»Wie kannst du so etwas sagen?« flüchtete Audrey sich ins Französische. Erschrocken über Shin Yus Reaktion.

»Sie ist nicht chinesisch, und sie ist auch nicht Gottes Kind. Sie ist japanisch. Deshalb Ling Hwei gestorben. Strafe für japanisches Baby.«

»Wer sagt das?« Audrey war entsetzt über diese Deutung der Dinge. Es war niemand da, der dies dem Mädchen hätte einreden können. Aber Shin Yu deutete auf die Augen des Kindes.

»Ich sehe es. Mai Li nicht chinesisch. Sie ist japanisch. Und ich weiß noch den Jungen, den Ling Hwei hatte...« Sie machte ein Gesicht, als sei sie selbst entehrt worden. »Ling Hwei mich angelogen. Das ist nicht Gottes Kind.«

»Alle Kinder sind Gottes Kinder. Und deine Schwester hat dich sehr lieb gehabt, Shin Yu.« Das Mädchen gab keine Antwort. Audrey mußte an die Worte des Generals denken, der gesagt hatte, das Kind würde sein Leben lang verachtet werden, weil es weder japanisch noch chinesisch war. Es brach ihr fast das Herz, wenn sie sich vorstellte, daß das Baby, das sie so liebgewonnen hatte, von den eigenen Leuten nie akzeptiert werden würde. Während sie packte und sich reisefertig machte, wurde Audreys Herz immer schwerer.

An jenem Nachmittag ging sie auf die Post und gab zwei Telegramme auf. Das erste an Charles, weil sie ihm mitteilen wollte, daß sie frei war und in Kürze nach San Franzisko zurückkehren würde. Er würde erleichtert sein, es zu hören, und sie wollte nicht, daß er sehnsüchtig auf einen Brief warten mußte, der ihn womöglich erst nach Wochen erreichen würde.

Die Nachricht, die sie ihm schickte, war einfach und direkt.

Nonnen endlich da. Verlasse Harbin in Kürze. Fahre nach San Franzisko via Yokohama. Alles in Ordnung. Liebe dich ewig. Audrey.

Ihrem Großvater kabelte sie praktisch dasselbe und versprach ihm, ihr genaues Ankunftsdatum bekanntzugeben, sobald sie es wüßte.

Doch sie erschrak, als zwei Tage später ein Botenjunge vom Telegrafenbüro mit einem Telegramm für sie kam. Sie gab ihm eine Münze, und er empfahl sich mit freudigem Grinsen, während sie mit zitternden Händen das dünne Papier entfaltete. Sie hatte große Angst, die Nachricht könne ihren Großvater betreffen. Womöglich war sie zu lange in Harbin geblieben ... Plötzlich kamen ihr die Tränen, und sie wandte sich ab, während die Nonnen sie beobachteten und diskret die Kinder hinausschickten. Eine der Nonnen kam wieder und erkundigte sich besorgt: »Sehr schlechte Nachrichten, Mademoiselle?«

Audrey schüttelte den Kopf, unter Tränen lächelnd.

»Nein, das ist es nicht... erst fürchtete ich, es könnte mein Großvater sein, doch es handelt sich um etwas anderes, um etwas ganz anderes. Ich war nur so überrascht«, sie verdrängte die neuen Tränen, »und sehr gerührt.« Das Telegramm war von Charles, und sie ging in ihre Kammer, um es noch einmal, diesmal allein, zu lesen, und anschließend unternahm sie einen Spaziergang. Sie wußte, daß sie ihm bald antworten mußte. Ein Brief würde ihn nicht rechtzeitig erreichen, und er verdiente eine schnelle Antwort. Der Inhalt seines Telegramms hatte sie völlig überrascht.

Gott sei Dank. Fährst du über London nach Hause? Muß ernsthaften Vorschlag mit Dir besprechen. Möchtest du mich heiraten? Ich liebe Dich! Charles.

Darin stand alles, was sie hören wollte, und doch wußte sie, daß sie ihn nicht heiraten konnte. Wenigstens jetzt noch nicht. Sie hatte zwischen den Zeilen jener Briefe gelesen, die ihr Großvater ihr geschrieben hatte. Seine Hände schienen mit jedem Tag mehr zu zittern, und er kam ihr plötzlich sehr alt vor. Er schien niedergeschlagen und glaubte ihr nicht mehr, daß sie nach Hause kommen wollte. Über London konnte sie also auf keinen Fall fahren. Dies Charles zu erklären, würde nicht leicht sein; aber sie hatte keine andere Wahl. Sie wußte bereits, daß Annabelle außer sich war, weil sie zur Geburt ihres Töchterchens, das sie nach ihrer Mutter Hannah genannt hatte, nicht da gewesen war, doch Annie hatte einen Mann, den man sich als Hilfe zwar kaum vorstellen konnte, und sie hatte Personal und eine Schwiegermutter, die ihr nötigenfalls helfen konnte, während die Kinder, bei denen Audrey ausgeharrt hatte, niemanden hatten. Es war jedoch wenig wahrscheinlich, daß Annabelle dafür Verständnis aufbringen würde.

Aber nicht Annabelle war es, die ihr Sorgen machte. Es war ihr Großvater, und das versuchte sie Charles in dem Telegramm klarzumachen, das sie ihm schickte und dessen Abfassung für sie sehr schmerzlich war.

Liebling. Würde gern über London fahren. Kann aber nicht. Großvater braucht mich sofort. Muß rasch nach San Franzisko. Kannst Du mir verzeihen? Rufe Dich von zu Hause sofort an, um den Vorschlag zu besprechen. Hört sich wunderbar an. Kannst Du mich in San Franzisko besuchen? In Liebe. Audrey!

Diese Antwort kam ihr unzulänglich vor. Audrey befürchtete, ihre Weigerung würde Charles sehr treffen, doch hatte sie keine andere Wahl und sah auch in naher Zukunft keine Möglichkeit, ihren Großvater allein zu lassen und Charles zu heiraten. Als Realistin rechnete sie damit, daß Großvater erwartete, daß sie bei ihm zu Hause blieb, zumindest für eine gewisse Zeit. Obwohl sie sich nichts mehr wünschte, als Charles zu heiraten, mußte sie diese schmerzliche Entscheidung treffen, daneben gab es aber noch andere Entscheidungen, die nicht weniger schmerzlich waren.

General Changs Worte von dem Kind, dem sie gemeinsam auf die Welt verholfen hatten, klangen in ihrem Bewußtsein nach... »Nehmen Sie die Kleine mit, Mademoiselle.« Zu ihrem Bedauern sah sie keine Möglichkeit, dies zu realisieren. Sie hatte schon daran gedacht, auch Shin Yu mitzunehmen, doch das Mädchen war erschrocken, als Audrey davon gesprochen hatte. Shin Yu wollte China nicht verlassen. Sie kannte nur Harbin und die nähere Umgebung und wollte unter ihresgleichen bleiben. Inzwischen hatte sie sich sogar an das Waisenhaus gewöhnt wie viele der Kinder, denn das Leben war dort nicht so übel. Es fehlten ihnen nur Mutter und Vater. Und Audrey war in den langen Monaten ihres Hierseins wie eine Mutter zu ihnen gewesen. Die Nonnen versicherten ihr immer wieder, daß ihr ein Platz im Himmel sicher sei, nach allem, was sie für die Kinder getan hatte.

Audrey bestellte in Schanghai telegrafisch ein Hotelzimmer und eine Kabine auf der *President Coolidge*, die über Yokohama nach San Franzisko fuhr. Sie hatte jetzt keine Zeit zu verlieren. Zwei Wochen nach dem Eintreffen der belgischen Nonnen hatte sie alles gepackt und verbrachte den letzten Abend mit den Kindern.

»Wir werden für Sie beten, Mademoiselle Driscoll«, versicherten ihr die Nonnen, die für sie an jenem Abend ein Festessen gaben, bei dem die Kinder ihre Lieder sangen. Die jüngere der Nonnen hatten die Kleinen liebgewonnen, bei der anderen, die etwas strenger war, schwankten sie noch, doch Audrey, an die sie jetzt sehr gewöhnt waren, hatten sie besonders ins Herz geschlossen. Am nächsten Tag würde es am Bahnhof ein schmerzliches Abschiednehmen geben, da alle versprochen hatten mitzukommen und nachzuwinken.

Vor dem Zubettgehen vertraute Audrey den zwei Nonnen noch an, daß sie General Chang im Fall eines erneuten Besuches nicht zu fürchten hätten. Und zum erstenmal stellte sie das Körbchen Mai Lis in das Zimmer der anderen Kinder. Falls das Baby in der Nacht erwachen sollte, würde eine der beiden Nonnen es hören und ihm Ziegenmilch geben. Es war Zeit, daß Audrey die Kleine an jemanden anderen gewöhnte. Die ganze Nacht mußte sie dagegen ankämpfen, nicht auf das schmerzliche Geschrei zu reagieren, das an ihr Ohr drang. Sie wußte, daß das Kleine nach ihr schrie. Zwei Monate lang hatte sie das Kind Tag und Nacht in den Armen gehalten. Audrey war die einzige Mutter, die es kannte, und jetzt sollte es auch sie verlieren. Es zerriß Audrey das Herz, als sie die ganze Nacht wach dalag und sich nach dem Kind mit dem seidigen schwarzen Haar und den großen dunklen Augen in dem lieben Gesichtchen sehnte, das Audrey zahnlos anlächelte, wenn sie sich über das Kind beugte. Sie mußte ihren ganzen Mut zusammennehmen, als sie am nächsten Tag auf Zehenspitzen zum Körbchen schlich und hineinsah. Das Baby sah mit großen fragenden Augen zu ihr auf, und damit war es um Audreys Fassung geschehen. Sie nahm die Kleine hoch, hielt sie in den Armen und redete liebevoll auf sie ein, während ihr die Tränen über die Wangen liefen. In Gedanken war sie bei dem liebenswerten Geschöpf, das diesem Kind das Leben geschenkt hatte. Audrey spürte, daß ihre Liebe sie zu überwältigen drohte. Sie war so vertieft, als sie das Kleine in den Armen hielt, daß sie überhörte, wie eine Schwester leise hereinhuschte und eine Weile zusah, wie Audrey um das Kind weinte. Verständnisvoll legte sie den Arm um Audrey.

»Nehmen Sie das Kind mit, Mademoiselle... nehmen Sie die Kleine, Sie bringen es nicht übers Herz, sie zu verlassen.«

»Ich weiß.« Es waren schmerzliche Worte. Audrey drehte sich um und blickte die ältere Nonne an, die ebenfalls feuchte Augen hatte und in deren Miene sie Mitgefühl las.

»Sie dürfen ein Wesen, das Sie so lieben, nicht zurücklassen. Die Kleine hätte hier ja doch kein schönes Leben. Mit der Zeit würde sie hier von allen verachtet werden, da sie weder Japanerin noch Chinesin ist. Sie gehört zu Ihnen, sie ist in Ihrem Herzen längst Ihr Kind, und das ist das einzige, was zählt.«

»Und was wird in San Franzisko aus ihr?« Diese Frage stellte sie mehr sich selbst als der Nonne, doch sie vermeinte die Worte des Generals zu hören... »Nehmen Sie sie mit, wenn Sie gehen...« »Und was wird man ihr dort antun?«

»Sie werden da sein und sie beschützen.«

Und Großvater? Und Annabelle? Und Harcourt? Und Charles? Würde er dafür Verständnis haben? Doch sie konnte im Moment nur an das winzige Baby denken, das sie so liebhatte. Die Nonne hatte recht. Sie konnte Mai Li nicht zurücklassen. Sie konnte es einfach nicht. Audrey drückte Mai Li an sich, während ihr die Tränen über das Gesicht liefen.

»Was muß ich machen, damit ich sie mitnehmen kann?«

Die Nonne lächelte unter Tränen. Audrey war die erstaunlichste Person, die ihr begegnet war, das stand für sie fest.

»Wir packen ihre Sachen und ihr Körbchen, und Sie nehmen Mai Li mit einem Vorrat Ziegenmilch und viel Liebe mit.«

»Brauche ich keine Papiere für das Kind? Einen Paß?« In zwei Stunden ging ihr Zug, und sie hatte an dergleichen Dinge nicht gedacht. Plötzlich wollte sie Shin Yu auch mitnehmen und alle anderen, doch das war ganz unmöglich. Aber Mai Li war etwas anderes, Mai Li hatte von Anfang an zu ihr gehört, und wenn sie das Kind hier zurückließ, würde es nie wieder von jemandem geliebt werden. Dieser Gedanke zerriß ihr fast das Herz, und die Nonne sah es ihr an.

»Wir geben Ihnen eine Bestätigung mit, daß sie Waise ist und aus diesem Waisenhaus stammt. Diese Bestätigung zeigen Sie vor Verlassen des Landes den Behörden in Schanghai. Man wird Sie nicht hindern, die Kleine mitzunehmen. Man will sie hier nicht. Und in Ihre Heimat dürfen Sie sie mitbringen, wenn Sie erklären, daß Sie die Verantwortung für die Kleine übernehmen und sie adoptieren wollen. Zudem ist der Seeweg für Sie ohnehin einfacher, weil Sie nicht so viele Grenzen queren müssen.« Das alles hörte sich so einfach an, und plötzlich flogen Audreys Hände, als sie für das Baby zu packen begann.

In weniger als einer Stunde waren sie alle am Bahnhof, und es gab nur nasse Augen. Den Nonnen hatte sie einen ansehnlichen Scheck, einlösbar auf der Amerikanischen Bank in Harbin, hinterlassen. Das Geld sollte für die Kinder verwendet werden. Shin Yu hatte sie angeboten, sie könne jederzeit nachkommen, falls sie ihre Meinung ändern sollte. Aber Shin Yu schüttelte weinend den Kopf und klammerte sich an die Hand der jüngeren Nonne. Sie wollte bleiben und weigerte sich, Mai Li einen Kuß zu geben. Von allen anderen bekam Audrey einen Abschiedskuß, und schließlich auch von Shin Yu. Audrey schluchzte noch, als der Zug losfuhr und sie Mai Li in den Armen hielt.

Sie wußte, daß sie niemals zurückkehren würde, zumindest war das sehr unwahrscheinlich, und sie ließ alle hinter sich ... alle Kinder, die sie acht Monate geliebt und versorgt hatte, die Erinnerung an Ling Hwei ... an General Chang. Sie sah auf das schlafende Kind nieder, während sie die Erinnerungen Revue passieren ließ. Endlich hatte sie die Heimreise antreten können, mit Mai Li in den Armen. Sie dachte an diejenigen, die sie verließ, und an die, zu denen sie zurückkehrte. Dabei fragte sie sich, wie diese zwei Welten sich in einem einzigen Leben verbinden ließen.

19

Ehe sie am nächsten Tag an Bord der *President Coolidge* ging, verbrachte Audrey eine Nacht in einem Hotel in Schanghai. Von Harbin war sie nach Peking gefahren und hatte dort einen der neuen Schlafwagen direkt nach Schanghai genommen. Jetzt lag ihr daran, keine Zeit mehr zu verlieren. In Schanghai angelangt, kreisten alle ihre Gedanken wieder um Charles. Sie dachte an die hier mit ihm gemeinsam verbrachte Zeit und machte sich Sorgen, weil auf ihr Telegramm, in dem sie ihm mitteilte, daß sie nicht über London fahren konnte, noch keine Antwort gekommen war. Doch sie mußte auch an anderes denken. Die Nonne hatte recht behalten. Die Bestätigung, die sie ihr mitgegeben hatte, genügte den Behörden als Nachweis für Mai Lis Herkunft. Sie machten Audrey nicht die geringsten Schwierigkeiten bei der Ausreise und die Japaner ebensowenig. Sie konnte nur staunen, wie einfach alles war, und sie atmete erleichtert auf, als sie an Bord des amerikanischen Schiffes war. Inzwischen war es fast Juni geworden, und sie war ein ganzes Jahr fortgewesen. Sie hatte nach Hause telegrafiert, mit welchem Schiff sie eintreffen würde, und sie wollte versuchen, von Honolulu aus anzurufen.

Erste Station aber war Kobe, das sie zwei Tage nach dem Auslaufen aus Schanghai erreichten. Von dort aus ging es nach Yokohama und weiter nach Honolulu. Audrey, die es sich mit Mai Li in der Kabine gemütlich gemacht hatte, fühlte sich fast schon wie zu Hause. Sie traf mit nur wenigen Menschen zusammen, da sie sich die meiste Zeit über mit der Kleinen in der Kabine aufhielt. Zwischendurch ging sie an Deck spazieren, um Luft zu schnappen, und kam auch mit einigen Leuten ins Gespräch, doch die Mahlzeiten ließ sie sich in ihre Kabine bringen, um das Kind nicht allein zu lassen, da sie keine Fremden als Babysitter wollte. Auf diese Weise verlief die Schiffsreise für sie sehr still, so daß sie sich in aller Ruhe ihren Gedanken hingeben konnte. Sie stürzte sich auf die gut bestückte Schiffsbibliothek und konnte einige jener Bücher bekommen, die ihr im letzten Jahr entgangen waren wie ›Gottes kleiner Acker‹ von Erskine Caldwell, ›Irgendwo in Tibet‹ von James Hilton und ›Zärtlich ist die Nacht‹ von F. Scott Fitzgerald. Nach knapp zwölf Tagen erreichten sie Hawaii. Über Nacht blieb

Audrey an Bord, und am nächsten Tag lief das Schiff wieder aus. Es kam ihr wie ein Wunder vor, als das Schiff sechs Tage später in die Bucht von San Franzisko einlief und am Embarcadero festmachte. Mit klopfendem Herzen spähte sie zum Dock hinunter, um zu sehen, ob jemand gekommen war, um sie abzuholen. Von Honolulu aus hatte sie versucht, ihren Großvater telefonisch zu erreichen, hatte es aber nicht geschafft und statt dessen ein Telegramm geschickt. Und als sie ihn tatsächlich erspähte, schossen ihr Tränen in die Augen. Die vertraute Gestalt, gestützt auf den Silberknauf-Stock, stand am Kai, allein, zum Schiff emporstarrend. Aus der Nähe hätte sie die Tränen sehen können, die ihm über die Wangen liefen. Als sie einander dann gegenüberstanden, waren seine Augen trocken.

Langsam kam sie die Gangway herunter, mit zitternden Knien, Mai Li eng an sich drückend. Die Kleine sah aus wie ein winziges rundes Bündelchen. Man konnte gar nicht richtig sehen, was es war. Audrey blieb stehen und sah den Großvater an, während ihr Tränen übers Gesicht liefen. Er sah hinfälliger aus als im Jahr zuvor, war aber noch immer aufrecht und wirkte vornehm, ganz der Großvater, den sie ihr Leben lang geliebt hatte. Am liebsten hätte sie die Arme um seinen Hals geworfen, doch sie näherte sich ihm mit geheimer Furcht. Sie wußte, wie sehr er unter ihrer langen Abwesenheit gelitten hatte, und sie war gar nicht sicher, ob er ihr je vergeben würde. Und doch war er gekommen, um sie abzuholen, was bedeuten mußte, daß er ihr verziehen hatte. Schließlich war sie – anders als ihr Vater – zu ihm zurückgekehrt. Die ganze Zeit über hatte sie daran denken müssen, daß ihr Vater ihn enttäuscht hatte. Eigentlich waren Annie und sie deswegen bei ihm, weil ihr Vater nicht zurückgekommen war. Dazu gesellte sich das Gefühl, daß sie ihm etwas schuldig war. Sie wollte an ihm gutmachen, was er verloren hatte, obwohl sie selbst etwas sehr Teures aufgegeben hatte, als sie sich zur Heimkehr entschloß. Sie konnte nur andeutungsweise ahnen, wie Charles ihre Absage aufgefaßt haben mußte. Erst hatte sie darauf beharrt, in Harbin zu bleiben, und dann hatte sie darauf bestanden, zu ihrem Großvater nach Hause zu fahren, ohne in London Station zu machen. Doch als sie am unteren Ende der Gangway stand und ihren Großvater ansah, wußte sie, daß sie das Richtige getan hatte. Langsam ging sie auf ihn zu, Mai Li an sich drückend, während sie seinen Blick suchte. Er starrte sie finster an. Edward Driscoll sagte kein Wort, und sie standen einander eine kleine Ewigkeit gegenüber. Um ihren Mund zuckte es, und sie legte einen Arm um seinen Hals. Plötzlich öffneten sich alle Schleusen, und sie konnte nicht aufhören zu weinen. Er legte zögernd seine Arme um sie, und als sie sich losmachte, sah sie, daß seine Augen feucht waren. Er brachte die Worte nur mühsam heraus, während er mit jener Würde auf sie niedersah, die sie so gut in Erinnerung hatte und an die sie sich in den einsamen Nächten in Harbin oft erinnert hatte.

»Audrey, ich hätte nie gedacht, dich wiederzusehen.«

»Es tut mir leid, daß es so lange gedauert hat.«

Er nickte und riß sich sichtlich zusammen, doch sie sah, wie schwer er sich auf seinen Stock stützen mußte. Sein Blick wanderte zu Mai Li, die in ihren Armen schlief.

»Was ist denn das?« Stirnrunzelnd schwenkte er den Stock in ihre Richtung.

Audreys Lächeln kam zögernd. Mit Herzklopfen drehte sie sich um, damit er das süße kleine Gesichtchen sehen konnte, das an ihrer Brust ruhte und von den seidenen Haltebändchen fast verdeckt wurde, mit denen sie an Audrey festgebunden war.

»Das ist Mai Li, Großvater.« Die Worte ließen ihn zurückschrecken. Sein Blick suchte entsetzt den Audreys.

»Du tatest recht, nicht nach Hause zu kommen.« Das war kaum mehr als ein Flüsterton, und einen Augenblick fürchtete Audrey schon, ihn würde mitten auf dem Embarcadero der Schlag treffen. »Du bist eine Schande für die Familie! Muriel Browne hatte recht... als sie es mir sagte, glaubte ich es nicht... und all dieser Humbug von ermordeten Nonnen und verlassenen Waisenkindern!« Noch nie hatte sie soviel Zorn gesehen wie jetzt in seinem Blick. Sie schüttelte den Kopf, erstaunt über das, was sie hörte. Nie wäre sie auf die Idee gekommen, er könnte Mai Li für ihr Kind halten. Doch der Name Muriel Browne in diesem Zusammenhang sagte alles.

»Und was hat Mrs. Browne dir berichtet?« Jetzt flammte es auch in ihren Augen auf.

»Daß du mit einem Mann herumziehen würdest.« Er sah Audrey mit unverhüllter Wut an. »Ich sagte ihr, sie hätte sich geirrt. Audrey, du kennst offenbar weder Anstand noch Scham... einfach so nach Hause kommen, mit diesem... diesem Bastard...«, stieß er hervor, unfähig, weiterzusprechen. Noch nie hatte sie ihn aufrechter gesehen. »Wie kannst du es wagen!«

»Wie ich es wagen kann? Wie ich es wagen kann, dieses Kind zu lieben? Ist es etwa eine Sünde? Nein, es ist nicht mein Kind, sondern eines der Waisenkinder. Hätte ich sie in China gelassen, wäre sie getötet worden, oder man hätte sie verhungern oder an einer Krankheit sterben lassen. Vielleicht hätte man sie als Konkubine verkauft, wenn sie lange genug gelebt hätte. Sie ist halb Japanerin, halb Chinesin, und ich habe sie mitgebracht, weil ich sie liebhabe.« Wieder weinte sie, und sie rückte sichtlich von ihm ab.

»Ich wußte ja nicht... ich dachte...« Er bereute seinen Ausbruch, als er in ihrer Miene etwas las, das er noch nie gesehen hatte, eine blinde Liebe, eine kämpferische Leidenschaft, Liebe zu dem Kind, die ihn an das erinnerte, was er für sie empfunden hatte, als sie aus Hawaii gekommen war, um bei ihm zu bleiben. »Ich...« Langsam drehte er sich um, von Trauer und Erleichterung überwältigt. Es tat gut, sie wiederzusehen. Er hatte schon geglaubt, sie sei für ihn für immer verloren. Und jetzt war sie mit diesem Kind gekommen, und er war der Meinung gewesen... Er sah sie an. Jung und stolz stand sie da mit dem Kind in den Armen, und sein Herz flog ihr zu wie immer. Mit einem tiefen Blick sagte er: »Ich bin froh, daß du da bist.«

Sie lächelte unter Tränen und ging langsam auf ihn zu.

»Ich auch, Großvater, ich auch...« Er legte den Arm um ihre Schulter und führte sie zum Auto. Sie stieg mit Mai Li zuerst ein, und er folgte ihr. Er hatte den Rolls bis an den Pier fahren lassen und überließ es nun dem Chauffeur, ihre Sachen zu holen. Gottlob hatten die Einwanderungsbehörden ihr Mai Lis wegen keine Schwierigkeiten gemacht. Aufseufzend lehnte Audrey sich in der luxuriösen Lederpolsterung zurück und sah ihren Großvater an. Ein Menschenalter schien vergangen, seit sie ihm hier Lebewohl gesagt hatte. Sie spürte, daß er sie beobachtete, fast als könne er nicht fassen, daß sie tatsächlich neben ihm saß.

»Ist sie gesund?« Er starrte das schlafende Kind an und versuchte, einen Blick auf das Gesichtchen zu erhaschen. Seine Besorgtheit rührte Audrey.

»Ja, es geht ihr gut.« Lächelnd beugte sie sich zu ihm hinüber und küßte ihn auf die Wange. Sie roch das Rasierwasser, das sie stets an ihn erinnerte. Er schloß die Augen vor Erleichterung.

»Was ist in dich gefahren, ein Kind mitzubringen?«

»Wie ich schon sagte, ich konnte sie nicht zurücklassen. In China wäre sie ums Leben gekommen.« Diese Worte schockierten ihn und brachten ihn zum Schweigen, als das Baby sich rührte und einen leisen, gurrenden Laut von sich gab. Audrey drehte die Kleine so, daß er ihr zartes Gesichtchen sehen konnte. Er starrte das Baby wie gebannt an, um sodann Audrey anzusehen.

»Bist du sicher, daß es nicht dein Kind ist?« Lange genug war sie fort gewesen, und Muriel Browne hatte gesagt...

Audrey lächelte. »Ganz sicher. Ich wünschte, sie wäre meines.« Auf sein schockiertes Gesicht hin setzte sie lachend hinzu: »Nur um Mrs. Browne Grund zum Klatschen zu geben.«

Zunächst gab er keine Antwort, dann seufzte er und sah aus dem Fenster zu dem Schiff hin, das sie nach Hause gebracht hatte. Dann blickte er wieder Audrey an. »Eine Zeitlang dachte ich, sie hätte recht. Sie sagte, dein Begleiter sei ein bekannter Autor.« Sein Blick musterte sie, und er sah etwas, das seine Verwunderung weckte.

»Sie meinte einen Freund meiner englischen Bekannten. Charles Parker-Scott.« Ihr Herz hüpfte, als sie den Namen nannte, und ihr Großvater ließ sie nicht aus den Augen. Audrey verriet nichts. Noch nicht jedenfalls, und als sie sich zurücklehnte, sah ihr Großvater wieder das Kind an.

»Wie sagtest du war doch gleich ihr Name?« Er war fasziniert von dem Kind, mehr als von Annabelles Baby, das fast genau gleich alt war. Doch Annabelles Kleine sah aus wie Harcourt und brüllte zuviel.

Audrey lächelte: »Sie heißt Mai Li.« Es schien ihr ein Wunder, wieder neben ihm zu sitzen und Ling Hweis Kind in den Armen zu halten.

»Molly?« fragte er stirnrunzelnd. »Sagtest du Molly?«

»Molly paßt wunderbar.« Sie wechselten einen Blick, und plötzlich streckte er seine Hand aus und nahm Audreys kraftvolle junge Hand in seine gebrechliche. Edward Driscoll war jetzt zweiundachtzig.

»Audrey, laß mich nie wieder allein.« Das wollte er mit Nachdruck, ja voller Wut sagen, doch es klang wie ein Flehen aus tiefstem Herzen. Audrey kamen wieder die Tränen, und sie gab ihm einen Kuß.

»Das verspreche ich dir, Großvater, das verspreche ich...« Und als sie es sagte, zwang sie sich, nicht an Charles zu denken.

20

»Sie hat was getan?« In London sah Lady Vi James entrüstet an. Er hatte ihr eben etwas erzählt, was er eigentlich für sich hätte behalten sollen, doch ihn beschäftigte Charles' Unglück so sehr, daß er Violet davon berichten mußte.

»Sie hat ihm eine ablehnende Antwort gegeben. Er schickte ihr ein Telegramm und bat sie, ihn zu heiraten und nach London zu kommen, und sie kabelte zurück, daß sie nicht könne.«

»Was kann sie nicht? Nach London kommen oder ihn heiraten?«

»Beides, denke ich. So genau habe ich ihn nicht gefragt. Außerdem war er ziemlich angetrunken, als er es mir gestand, der arme Junge. Er ist momentan in einer schrecklichen Verfassung. Ich glaube, er klammerte sich an die Hoffnung, daß sie zu ihm kommen würde, sobald die Nonnen eintrafen. Jetzt ist die Sache für ihn wohl endgültig erledigt.«

»Aber du weißt doch, daß Audrey ihrem Großvater verpflichtet ist. Vielleicht mußte sie unbedingt zu ihm. Könnte ja sein.« Lady Vi hatte wieder einmal den Nagel auf den Kopf getroffen, doch James schüttelte den Kopf. Er hatte sich am Abend zuvor eine alkoholisierte Version der Geschichte von Charles anhören müssen. Gemeinsame Freunde hatten durchblicken lassen, daß er schon seit einiger Zeit trank. James hatte ihn in seiner Wohnung besucht, während Lady Vi allein mit ihrer Mutter dinierte.

»Ich glaube nicht, daß Charles es so sieht. Seiner Ansicht nach hat sie ihm mit ihrer Absage einen Korb gegeben. Ich glaube auch, er sieht noch mehr dahinter. Für ihn ist es jedenfalls das Ende der Romanze.«

»Meine Güte...« Violet konnte sich gut vorstellen, was ein endgültiges Ende für Audrey bedeuten würde. »Wird er sie in Amerika besuchen?«

»Das glaube ich nicht, vielmehr, ich bezweifle es sehr. Er hat einen Vertrag für das Indien-Buch abgeschlossen und muß sehr bald wieder auf Reisen gehen.«

»Und ich kann mir gut vorstellen, wer ihm überallhin folgen wird...« Ihr mißbilligender Blick veranlaßte ihn, ihr mit dem Zeigefinger zu drohen.

»Violet, Charlotte mag vielleicht nicht dein Fall sein, sie ist aber eine kluge und interessante Frau und tut Charles im Moment vielleicht sehr gut.« Genau das hoffte auch Charlotte, doch Violet war ganz anderer Meinung.

Charlotte hatte sich schließlich entschlossen, den Stier bei den Hörnern zu packen, und war bei Charles mit leckerem Frühstücksgebäck und frischen Früchten aufgetaucht, hatte ihm Orangensaft ausgepreßt, Spiegeleier gebraten und Pfannkuchen gemacht, ihm schwarzen Kaffee gekocht, und dann hatte er ihr sein Herz ausschütten dürfen. Seine Bücher hatten die beiden zu Freunden gemacht. In seinen Augen war Charlotte fast wie ein Mann. Sie war mit Intelligenz und einem klaren Verstand ausgestattet, sie verfügte über Geschick in geschäftlichen Belangen und war eine vernünftige Person, mit der man gut reden konnte. Und sie war völlig anders als Audrey.

»Alles andere kommt bei Audrey an erster Stelle... kam immer an erster Stelle...« Es war das erste Mal, daß er sich zwang, von ihr in der Vergangenheit zu sprechen. Neun Monate hatte er sie nicht gesehen. Es wurde höchste Zeit, daß er sich jeden Gedanken an ein Wiedersehen aus dem Kopf schlug. Es würde nie dazu kommen, es sei denn, er ging nach San Franzisko, und das wollte er nicht. Außerdem hatte er keine Zeit dazu. Charlotte und ihr Vater waren der Meinung, er solle das Material für sein Buch vor Ort sammeln, um die Stimmung richtig zu erfassen. Charlotte drängte auf eine baldige Abreise. Das Buch mußte fertig sein, wenn er im Herbst nach Ägypten aufbrach. Charlotte hatte Großes mit ihm vor, und in ihren Plänen war ein Wiedersehen mit Audrey nicht vorgesehen.

»Du wirst dich besser fühlen, wenn du hier wegkommst«, sagte Charlotte ganz sachlich, als sie ihm noch eine Tasse dampfenden Kaffee eingoß. Dankbar sah er sie an. Sie wußte genau, was er jetzt brauchte: zärtliche, liebevolle Fürsorge und einen scharfen Verstand. Sie war bereit, alles für ihn zu organisieren, und sie schien genau zu wissen, wie die Bedürfnisse eines Autors beschaffen waren. Sie erwartete von ihm nichts, nur daß er schrieb, und war bereit, ihm Frieden und Ruhe zu verschaffen, die er dazu brauchte. Charlotte hatte ihm sogar ihr Jagdhaus angeboten, falls ihm nach Alleinsein zumute war, und das rief sie ihm jetzt wieder in Erinnerung. »Möglicherweise täte es dir gut, Charles. Ein Tapetenwechsel, frische Luft...« Sie lächelte, und er lehnte sich seufzend zurück.

»Womit habe ich das alles verdient?« Ein stärkerer Gegensatz zu Audrey, die ihn verlassen hatte, wie er es nannte, war nicht vorstellbar.

»Du gehörst zu den bedeutendsten Autoren unseres Hauses, und da gehört es sich, daß wir uns deiner annehmen, meinst du nicht auch?« Sie stellte ihm sogar den Wagen der Beardsleys zur Verfügung, der ihn zum Jagdhaus bringen sollte. Er hatte darauf beharrt, daß er selbst fuhr, doch sie war der Meinung, er solle sich um gar nichts kümmern müssen. Als er im Fond des Rolls saß und sich einen Drink einschenkte, mußte er zugeben, daß er den Luxus sehr genoß. Kaum aber war er angekommen, überfielen ihn die Erinnerungen an Audrey.

Er unternahm bei Sonnenuntergang einen sehr langen Spaziergang und wünschte sich, er wäre gar nicht gekommen. Die Erinnerung an die letzten Tage in Harbin wollten ihm keine Ruhe lassen. Er wünschte, er wäre dort geblieben, wünschte, sie wäre noch bei ihm.

Langsam wanderte er in der Dämmerung zum Haus zurück. Voller Bedauern darüber, daß er nicht selbst gefahren war, denn plötzlich wollte er nichts wie zurück nach Hause, nach London. Er wußte zu schätzen, was Charlotte ihm bot, doch er gehörte nicht hierher. Er wollte zurück in seine eigene Wohnung. Einfach albern, zwei Tage lang hier zu sitzen und so zu tun, als ob man sich entspanne. Er dachte daran, am nächsten Tag James und Vi anzurufen und sie einzuladen, doch als er die Tür des Jagdhauses öffnete, sah er erstaunt ein Feuer im Kamin, das vorhin nicht gebrannt hatte. Er ging in den Wohnraum und zuckte zusammen, als er eine bekannte Stimme hörte.

»Hallo, Charles.« Hinter ihm stand Charlotte, in einem verführerischen grauen Seidenkleid, ein Glas Champagner in der Hand, das sie ihm reichte. Die Situation erinnerte ihn an die Szene eines Films, den er jüngst gesehen hatte, und er lächelte, als er auf sie zuging. Sie war eine sehr anziehende Frau, und er sah sie plötzlich in ganz anderem Licht, als sie ihn mit ihrer heiseren Stimme begrüßte.

»Ich wußte nicht, daß dies Teil der Abmachung war, Charlotte.« Er nahm das Glas und sah ihr in die Augen. Dabei kam er ihr ganz nahe. Sie war blond und hatte große, dunkelbraune Augen. Es waren die Augen einer erfahrenen und sämtliche Verführungskünste beherrschenden Frau.

»Nein, war es nicht.« Ihre Stimme klang seidig weich, und ihm fiel erst jetzt auf, daß sie eine Platte aufgelegt hatte. »Ich wollte nur vorbeikommen und nachsehen, was du machst.« Beide wußten, daß mehr dahintersteckte, aber plötzlich war es ihm egal. Er war so lange einsam gewesen und hatte es satt, sich nach Audrey zu sehnen.

Er setzte sich neben sie auf die Couch, und als die Champagnerflasche nur mehr halb voll war, gingen sie in das große, behagliche Schlafzimmer.

Es war Charlotte, die ihn auszog und die Hände gekonnt über seinen Körper gleiten ließ, sie war es, die ihren Mund ins Spiel brachte, daß er fast den Verstand verlor, die an den Innenseiten seiner Schenkel kleine Bißspuren hinterließ.

Und als er in sie drang, schrie Charlotte vor Wonne auf und zog ihn wieder an sich, immer wieder, die ganze Nacht über. Sie verschlang sein Fleisch hemmungslos, doch in gewisser Weise war sie genau das, was er brauchte. Sie wollte nur eines, nämlich ihm gefallen, und zwar auf jede ihr bekannte Weise. Sie erreichte ihr Ziel. Sein Körper hatte nie solche Freuden kennengelernt, bis auf... doch er verbot sich, daran zu denken. Es war vorbei, was ihn betraf.

21

Audreys Wiedersehen mit Annabelle verlief ganz anders als erwartet. Sie hatte damit gerechnet, daß ihre Schwester wütend sein würde, weil sie nicht früher gekommen war, doch das Ausmaß ihres Zorns hatte sie unterschätzt. In dem Jahr, das Audrey im Ausland verbracht hatte, waren Veränderungen eingetreten. Weitaus mehr, als Audrey erwartet hatte. Harcourts kleine Affäre in Palo Alto war aufgeflogen, seine nächsten zwei Affären mit Annabelles besten Freundinnen ebenso. Jetzt herrschte zwischen den beiden offener Krieg. Annabelle hatte selbst eine Affäre gehabt, wie sie Audrey beiläufig erzählte, als sie im Wohnzimmer ihres Großvaters an ihrem Drink schlürfte. Die Prohibition war aufgehoben worden, und alle Welt trank nun viel offener. Annabelle besuchte mit ihren Bekannten gern elegante Restaurants und bestellte sich Drinks zum Lunch, manchmal nicht weniger als vier, und Audrey war schockiert, als sie ihre Schwester beobachtete, die auf und ab lief, wie eine gereizte Katze, und mit einem Glas in der Hand von dem Mann sprach, mit dem sie geschlafen hatte.

»Annie, was ist los mit dir? So lange war ich doch nicht fort. Bist du mit Harcourt unglücklich?« Es war so, bedauerlicherweise. Audrey hatte sich nie viel aus ihm gemacht, doch Annabelle hatte ihn unbedingt haben wollen, und schließlich hatten sie zwei Kinder. »Glaubst du, daß sich alles wieder einrenkt?«

Annabelle reagierte mit einem gleichgültigen Hochziehen der Schultern. »Vielleicht.« Sie trug ein modisches Kostüm, und Audrey fiel auf, daß ihre Schwester sich sehr teuer kleidete. Zu ihrer Rache an Harcourt gehörte es, daß sie so viel Geld ausgab, wie sie nur konnte, und sie konnte es sehr gut, wie Audrey jetzt sah.

»Wie geht es dem Baby.«

»Ach, es schreit ständig.« Annabelles Blick traf den Audreys, die darin etwas las, was ihr nicht gefiel, doch hätte sie nicht präzisieren können, was es war. Es war, als hätte sich Annabelle im vergangenen Jahr radikal verändert. Sie hatte sich in eine verwöhnte, boshafte Person verwandelt. Der ganze Schmelz der Jugend schien dahin, und Audrey brach das Herz, als sie es merkte.

»Annie, es tut mir leid, daß ich nicht rechtzeitig kommen konnte, um dir zu helfen.« Ihr Ton war sanft, und ihre Worte aufrichtig, doch Annabelle glaubte ihr nicht.

»Kann ich mir vorstellen.« Das Lächeln, mit dem sie ihre ältere Schwester ansah, war bösartig. »Wie man hört, hast du dich da drüben ganz schön amüsiert.«

»Was soll das heißen?« Audrey war entsetzt über den feindseligen Ton.

»Muriel Browne sagt, du hättest dich in Schanghai mit einem Kerl zusammengetan.«

»Wie nett von ihr.« Audreys Ärger wuchs.

»Stimmt es?« Annabelles Augen glitzerten schadenfroh. Audrey schüttelte den Kopf. Das was Annie meinte, war ekelhaft und entsprach nicht der Wahrheit. Sie hatte sich nicht ›mit einem Kerl zusammengetan‹, sie war mit dem Mann, den sie liebte, zusammen gewesen.

»Nein, es stimmt nicht«, sagte sie.

»Du mußt aber drüben etwas getrieben haben. Den Unsinn mit dem Waisenhaus nehme ich dir nicht ab.«

»Zu schade, Annabelle, weil es nämlich genau das war, was mich dort festgehalten hat.«

»Ach?« Mit zusammengekniffenen Augen sah sie ihre Schwester an. »Nun, ich hatte eher den Eindruck, du würdest dich vielleicht vor deinen hiesigen Pflichten drücken wollen. Deswegen hast du uns alle im Stich gelassen. Vermutlich hast du gehofft, Großvater würde tot umfallen und du könntest abkassieren, sobald du heimkommst. So ein Pech, jetzt lebt er noch immer, und ich auch. Und wenn du glaubst, ich würde mich an deiner Stelle um ihn kümmern, dann irrst du dich gewaltig.«

Audrey stand auf, entsetzt über diese Worte. »Was ist los mit dir? Was ist im letzten Jahr passiert? Was ist aus der Annabelle, die ich kannte, geworden?« Sie trat zu ihr und mußte sich zurückhalten, um sie nicht zu schütteln.

»Ich bin erwachsen geworden, das ist alles.« Annabelle sah ihre Schwester, von der sie das Gefühl hatte, sie hätte sie verlassen, gleichgültig an. Nachdem sie ihr vierzehn Jahre ihres Lebens geschenkt hatte, wollte Annie mehr, aber Audrey fühlte sich nicht mehr verpflichtet, es ihr zu geben. Es war höchste Zeit, daß Annie sich auf eigene Füße stellte, aber Audrey war entsetzt über die Art, wie sie es machte. Sie war zu einer teuren Hure geworden, zu einer schlechten Ehefrau, zu einer miserablen Mutter, zu einem Menschen, dem Dankbarkeit fremd war.

»Das würde ich nicht als Erwachsenwerden bezeichnen. Ich nenne es einen widerwärtigen Charakterzug. Du solltest dir zweimal überlegen, wohin du steuerst, Annabelle. Du stehst im Begriff, deine Ehe zu zerstören und gleichzeitig aller Wahrscheinlichkeit nach auch das Leben deiner Kinder.«

»Was weißt du schon davon, Miß Ewige Jungfrau? Oder hat sich das inzwischen geändert?« Audrey hätte am liebsten die Hände um Annies Hals gelegt und zugedrückt, doch wurde diese durch den Umstand gerettet, daß ihr Großvater eintrat. Audrey hielt sich zurück. Da er spürte, daß dicke Luft herrschte, fragte er um der Entspannung willen, ob Annabelle Molly schon gesehen hätte. »Wer ist das?« Verwirrt sah sie Audrey an, und Audrey erwiderte den Blick mit kaum verhülltem Zorn.

»Meine Tochter.«

»Was?« Der schrille Ausruf war durch das ganze Haus zu hören, und der Großvater konnte sein Lächeln nicht verbergen.

»So würde ich sie nicht nennen, Audrey«, sagte er.

»Sie ist es aber.« Audreys Stimme und Miene waren unnachgiebig, als sie ihn und ihre Schwester ansah.

»Wer ist das?« Annabelle wollte ihren Ohren nicht trauen, und flog die Treppe hinauf zu Audreys Zimmer, wo sie das winzige Kind mit den Mandelaugen schlafend in dem Körbchen vorfand, das Audrey neben ihr Bett gestellt hatte. Annabelle war sofort wieder zurück. »Ich will verdammt sein... hatte Muriel Browne also doch recht... und noch dazu mit einem Chinesen!« Annabelle schien in boshafter Schadenfreude zu schwelgen.

»Muriel Browne hatte nicht recht, Annabelle. Mai Li war eines der Waisenkinder, um das ich mich kümmerte.«

»Kann ich mir vorstellen!« Sie lachte voller Gemeinheit über das, was in ihren Augen die Schande ihrer Schwester war, und Audrey beobachtete sie, wie sie vor dem Spiegel ihren Hut zurechtrückte.

»Annabelle, warum plötzlich dieser Haß auf mich? Was habe ich dir angetan?« Sie fragte es in schmerzlichem Ton, und Annabelle vollführte eine langsame Drehung auf ihrem Absatz, um Audrey anzusehen.

»Du hast mich im Stich gelassen. Alles hast du mir hingeschmissen, Haushalt, Kinder, Personal, unseren Urlaub hast du ruiniert... mein Leben, sogar meine Ehe...« Es war ganz klar, daß Annabelle tatsächlich dieser Meinung war.

»Und wie soll ich das getan haben?«

»Du hast dich um nichts gekümmert, und dann bist du auf und davon, einfach so, für ein ganzes Jahr. Es war dir egal, daß ich schwanger war, daß ich dich brauchte...« Sie zog die Schultern hoch. »Ach, es ist ja auch wirklich einerlei.«

»Mir nicht, Annie.« Audrey sagte es bekümmert, während ihr Großvater sie beobachtete. »Als ich wegging, hatte ich eine Schwester. Jetzt habe ich offenbar keine mehr. Ich dachte, wir wären Freundinnen und du hättest Verständnis dafür, daß ich einmal etwas von der Welt sehen wollte. Was du da aufzählst, gehört nicht zu meinen Pflichten, sondern zu deinen.«

Annabelle sah es anders. »Das war aber früher nicht so.«

»Darum geht es ja. Es wurde Zeit, daß du dein Leben selbst in die Hand nimmst... Harcourt wollte, daß du...«

»Zum Teufel mit Harcourt.« Annabelle schüttete den Rest ihres Drinks hinunter und ging mit einem letzten Blick über die Schulter zur Tür. »Und wenn ich es recht überlege, auch zum Teufel mit dir. Es hat dich keinen Deut gekümmert, wie es mir ging, als du weg warst, und jetzt kannst du mir den Buckel runterrutschen.«

Als Annie die Tür hinter sich zuknallte, fragte Audrey sich, ob dies nicht schon seit jeher der Fall gewesen war. Langsam ging sie hinauf zu Molly, von den Blicken ihres Großvaters begleitet.

22

In den ersten Tagen nach ihrer Rückkehr kam Audrey sich wie eine völlig Fremde vor. Zwei der Hausmädchen, die sie vor ihrer Abreise für ihren Großvater engagiert hatte, hatten in ihrer Abwesenheit gekündigt, und der alte Butler hatte seinen Ruhestand angetreten. Doch waren es nicht so sehr die Veränderungen im Haushalt, die sie erschreckten, sondern die Veränderungen in der Welt. Sie hatte den Eindruck, das vergangene Jahr auf einem anderen Planeten verbracht zu haben, und jetzt dachte sie, alles bewege sich zu rasch. In Harbin hatte sie nur selten Neuigkeiten erfahren und von den Ereignissen in Amerika so gut wie gar nichts.

Die wirtschaftliche Lage ließ langsam Anzeichen von Besserung erkennen, und San Franzisko schien bei ihrer Rückkehr in Hochstimmung. Ihr Großvater führte zwar noch immer Klage über Roosevelt und hielt dessen ›Kaminplaudereien‹ für absurd, doch als sie darauf beharrte, daß es dem Land besser ginge, knurrte er nur und riet ihr ›abzuwarten‹. Für ihn stand zweifelsfrei fest, daß FDR noch viel Ärger machen würde, wenngleich er sich über die Art dieses Ärgers nicht näher ausließ.

Nur wenige Tage nach ihrer Rückkehr hörte man von einer blutigen Säuberungsaktion der Nazis in Deutschland, bei der angebliche Verschwörer gegen Hitler liquidiert wurden. Es waren an die Hundert, die den Tod fanden, und die ganze Welt war schokkiert über dieses Vorgehen. Am sechzehnten Juli wurde in den Vereinigten Staaten ein Generalstreik ausgerufen, der als Sympathieaktion mit den internationalen Hafenarbeitern begann. Neun Tage darauf wurde der österreichische Bundeskanzler Dollfuß ermordet. Berlin wies jegliche Schuld an diesem Verbrechen zurück. Am zweiten August starb Reichspräsident Hindenburg, die Air France wurde gegründet, und in den Vereinigten Staaten hatten sowohl American als auch Continental den Betrieb aufgenommen. Es gab einige neue Zugverbindungen, von denen es aber keine an Eleganz mit dem Orient-Expreß aufnehmen konnte. Alles in allem konnte Audrey mit den Ereignissen kaum Schritt halten, weil ihr während ihrer langen Abwesenheit so viel entgangen war.

Aber mehr als alles andere schien sie sich selbst verändert zu haben. Sie nahm viel weniger Anteil am Leben ihrer Umgebung, und San Franzisko kam ihr plötzlich provinziell und abgeschieden vor. Die Leute tratschten in einem fort über Kleider, Ehemänner und Dinnerpartys, und irgendwie konnte Audrey sich dafür nicht mehr erwärmen. Sie war nicht einmal imstande, so zu tun als ob. Charles war das einzige, das ihre Gedanken ausfüllte, doch hatte er ihre letzten zwei Briefe nicht beantwortet.

Hatte sie früher einigermaßen am gesellschaftlichen Leben teilgenommen und war von Zeit zu Zeit ausgegangen, so blieb sie jetzt am liebsten zu Hause bei ihrem Großvater und dem Baby. Auch ihrem Großvater fiel das auf. Zunächst glaubte er, sie sei noch müde von der Reise, doch nach einigen Wochen begann er sie aufmerksamer zu beobachten. Sie hatte noch keine ihrer alten Freundinnen getroffen. Er argwöhnte, daß sie sich auf der Reise in jemanden verliebt hatte, und betete darum, daß es kein Orientale war. Manchmal machte ihm das Kind noch Kopfzerbrechen, doch sah die Kleine nicht wie eine Eurasierin aus, sie war unverkennbar rein asiatisch, und er mußte zugeben, daß sie ganz reizend war. Sie war ein glückliches strahlendes kleines Ding, das Audrey nicht aus den Augen ließ. Er bestand darauf, sie Molly zu nennen.

Audrey staunte immer wieder, wie viele Menschen argwöhnten, daß das Kind ihres sei. Nicht, daß es ihr etwas ausmachte. Die kleinen Geister waren der Meinung, sie hätte sich aus dem Staub gemacht, um ein außereheliches Chinesenkind zur Welt zu bringen. Sie staunte aber, daß man überhaupt auf diese Idee kommen konnte.

Annabelle kam nie wieder ins Haus, während Audrey da war. In der Zeitung stand, daß sie mit Freunden nach Carmel gefahren sei. Und ihr Großvater sprach mit keiner der beiden Enkelinnen darüber, obwohl er von der Kluft zwischen ihnen wußte. Aber Audrey beklagte sich nicht, und sie war zu beschäftigt, alles für den Urlaub am See vorzubereiten. In diesem Jahr wollte der Großvater nur ein paar Wochen dort verbringen. Er ermüdete jetzt viel rascher und fürchtete, sein Wohlbefinden könnte durch den Höhenunterschied leiden. Edward Driscoll war jetzt zweiundachtzig. Im letzten Jahr war er um vieles langsamer geworden, an seinen Ansichten aber hielt er eisern fest. Und als sie eines Morgens am Frühstückstisch in ihren ersten heftigen Streit gerieten, bei dem es um den Tee ging, lehnte Audrey sich zurück und fing lauthals zu lachen an. So glücklich hatte sie seit Wochen nicht ausgesehen.

»Wie in alten Zeiten, findest du nicht, Großvater?« Sie wußte noch, wieviel Stoff für Streitgespräche Roosevelt inzwischen abgegeben hatte. Sie sah ihren Großvater liebevoll an, während er sich ein Lächeln verbiß.

»Du bist im vergangenen Jahr auch nicht klüger geworden«, knurrte er. »Aber Roland hatte schließlich auch nichts davon, daß er wie ein Narr um die Welt raste. Wenigstens hatte er so viel Verstand, nicht mit fremden Gören nach Hause zu kommen.« Doch in seinem Ton lag nichts Gemeines, und Audrey stellte nicht die Stacheln auf, wie es noch vor einigen Wochen der Fall gewesen wäre. Sie hatte beobachtet, wie er mit dem Kind spielte, wenn er sich allein wähnte, und er war entzückt, wenn das Baby lallte, und behauptete, es würde nach ihm rufen.

»Sie sagte ganz deutlich Opa, Audrey! Ich habe es gehört... ein blitzgescheites kleines Ding...« Dennoch war er der Meinung, Audrey hätte sich eine gewaltige Last aufgehalst, indem sie das Kind mitnahm. Als sie versuchte, ihm das Schicksal zu schildern, dem sie das Kind überantwortet hätte, taten ihm beide leid, Audrey, weil sie so viel auf sich genommen hatte, und das Kind, weil es in den Vereinigten Staaten seiner Meinung nach nie akzeptiert werden würde.

»Sie wird als mein Kind aufwachsen«, sagte Audrey. Genau das war es, was er fürchtete.

Bedächtig schüttelte er den Kopf, als sie eines Abends am See davon sprachen. »So wie du dir das vorstellst, wird es nicht gehen. Und auch wenn das der Fall wäre, so wird dich jetzt kein Mann mehr heiraten. Jeder wird vermuten, daß es dein Kind ist.«

»Und würde mich das so unakzeptabel machen, wenn es der Fall wäre?« Das klang sehr müde. Man hatte hier mit so vielem zu kämpfen, mit Vorurteilen und Selbstsucht und mit dem Gerede der Leute in der ganzen Stadt. In China war alles viel einfacher, da sorgte man sich wegen der Banditen, um Überschwemmungen, um die knappen Lebensmittel oder um das saubere Wasser. Hier war das Leben viel komplizierter. Langsam gerieten die Erlebnisse in Harbin in Vergessenheit, die Ängste, die Hilflosigkeit und die Ohnmacht, die sie spürte, als Shih Hwa und die anderen starben, ihre Trauer um Ling Hwei... In Erinnerung waren ihr vor allem die kleinen Gesichter geblieben, die sie so geliebt hatte, die Kleinen und... Shin Yu. Sehr oft fragte sie sich, wie es ihnen gehen mochte. Nach ihrer Ankunft hatte sie an die American Bank sofort einen Scheck geschickt, damit die Kinder versorgt waren, doch es war so wenig, was sie tun konnte. »Wie können die Menschen hier Mai Li ein anständiges Leben mißgönnen, Großvater?«

»Weil sie anders ist als die anderen, Audrey.« Er sagte es leise. »Das macht den Menschen angst. Nicht alle haben ein offenes Wesen wie du.«

»Ich bin da, um sie zu beschützen.« So wie sie für Annabelle da gewesen war, so lange sie konnte. Er tätschelte ihre Hand.

»Ich weiß, Kind. So wie du für mich und Annie und alle da warst. Du bist zu gut für uns.« Es war das erste Mal, daß er so etwas zu ihr sagte, und sie war gerührt. »Dein Herz ist viel zu groß. Du solltest anfangen, an dich zu denken.«

Sie lachte leise. Sie saßen in Schaukelstühlen auf der Veranda und sahen zu den Sternen empor. »Jetzt sag bloß, daß du auch befürchtest, ich könnte eine alte Jungfer werden.«

Er lächelte. Es hätte nichts genützt, wenn er etwas gesagt hätte. Er kannte sie zu gut und wußte, daß sie mit ihrem Leben genau das tun würde, was sie wollte, besonders wenn er nicht mehr wäre. Und es gab wenige Männer, die Größe besaßen, Größe des Wesens, des Herzens, des Geistes. Er warf ihr einen Blick zu, während sie dasaßen und schaukelten, und er bemerkte ihre Schönheit, die sich im letzten Jahr noch mehr entwickelt hatte. Sie war jetzt mehr als schön, sie leuchtete von innen heraus. Sie war hinreißend und sehr, sehr hübsch.

»Audrey, du bist ein hübsches Mädchen. Du wirst eines Tages den Richtigen finden.«

Fast hätte sie ihm von Charles erzählt, wollte aber nicht, daß er sich Sorgen machte. Er war so alt und hinfällig geworden. Sie wollte nicht, daß er glaubte, er hindere sie an einer Heirat. So viel war sie ihm schuldig.

»Sollen wir hineingehen, Großvater?«

»Ich glaube ja, meine Liebe.« Er sah sie liebevoll an, voll des Bewußtseins, wie gut sie zu ihm war.

Am Lake Tahoe war es wie jeden Sommer, den sie mit ihm dort verbracht hatte. Die Dollars gaben Einladungen wie immer. Die Drums waren da und die Allens. Doch Audrey ging selten aus und traf sich mit niemandem. Sie blieb daheim bei ihrem Großvater und Mai Li, die inzwischen für alle ›Molly‹ geworden war, auch für Audrey. Die Kleine war ein halbes Jahr alt und lachte ständig. Und am Tag ihrer Rückkehr nach San Franzisko fing sie zu krabbeln an. Es war der Tag, an dem die *S. S. Monro Castle* vor New Jersey in Brand geriet und unterging. Es war eine schreckliche Tragödie, die mehrere hundert Menschenleben forderte. Audrey hörte die Berichte darüber im Radio und sah die grausigen Bilder, die in der Presse erschienen. Doch die Nation war noch aufgebrachter, als knapp zwei Monate später Bruno Richard Hauptmann verhaftet wurde, nachdem man bei ihm Geld gefunden hatte, das aus dem Lösegeld für das Lindbergh-Baby stammte. Das Baby war tot, und das Drama hatte allen Beteiligten unbeschreiblichen Kummer verursacht. Obwohl es unmöglich war, einen unumstößlichen Beweis für Hauptmanns Schuld zu erbringen, wurde er für schuldig befunden. Audrey diskutierte den Fall ausführlich mit ihrem Großvater. Sie spielte gerade mit Molly und war am Spätnachmittag noch immer in Gedanken bei dem Fall, als der Butler hereinkam und meldete, für sie sei ein Anruf gekommen. Er wisse nicht, wer der Herr sei, teilte er ihr mit mißbilligender Miene mit. Sie folgte ihm ans Telefon, nachdem sie Molly einem der Mädchen übergeben hatte.

»Hallo?« Sie war in Gedanken noch immer bei der Lindbergh-Entführung, als sie den Anruf mit verwundertem Stirnrunzeln entgegennahm.

»Wer spricht?«

Eine kurze Pause. Und dann setzte ihr Herzschlag aus, als sie die Stimme hörte. Es war Charlie.

23

»Audrey?« In ihren Ohren dröhnte es, und ihr Mund war so trocken, daß sie kaum sprechen konnte.

»Ja.« Es klang wie aus nächster Nähe. »Wo bist du?« Sie brauchte nicht zu fragen, wer es war. Seine Stimme hätte sie überall erkannt. Sie hörte sie Nacht für Nacht in ihren Träumen, und sie hörte sie jetzt, kaum lauter als ihr pochendes Herz.

»Ich bin in Kalifornien. In Los Angeles.« Er klang viel britischer als früher. Die Erinnerungen überfielen sie wie Sturzwogen.

»Seit wann bist du zurück?« Auf ihr zweites Telegramm aus Harbin hatte er ihr nicht geantwortet. Er hatte seinerseits nichts mehr zu sagen gehabt, nachdem sie seinen Heiratsantrag abgelehnt hatte. Und er hatte sehr mit sich gekämpft, ob er sie anrufen sollte. Zwei Tage hatte er gebraucht, um einen Entschluß zu fassen. Zwei schmerzliche Tage, in denen er sich zu zwingen versuchte, sie nicht anzurufen. Aber schließlich hielt er es nicht mehr aus. Er war auf sein Zimmer gelaufen, hatte nach dem Hörer gegriffen und sich von der Auskunft die Nummer geben lassen. Und jetzt war sie am Apparat, und ihre Stimme war so wie in seiner Erinnerung.

»Ich bin seit Juni zurück.«

»Dein Großvater ist wohlauf?«

»Mehr oder weniger. Im letzten Jahr ist es mit ihm ziemlich bergab gegangen.« Seufzend setzte sie hinzu: »Er war sehr froh über meine Rückkehr.« Charlie nickte... er dachte an all die Diskussionen, die sie über ihren Großvater, ihre Schwester und ihre Pflichten in San Franzisko geführt hatten.

»Und deine Schwester?«

Wieder seufzte Audrey. »Die ist in meiner Abwesenheit nicht umgänglicher geworden...« Sie suchte nach den richtigen Worten. »Sie hat sich verändert... ich glaube nicht, daß ihr Leben gut verläuft.«

Das wunderte ihn nicht. Er hatte aus Audreys Schilderungen den Eindruck gewonnen, daß es sich bei Annabelle um einen verzogenen Fratzen handelte, und Audrey sah es jetzt aus einer gewissen Distanz ebenso.

»Und du? Wie lange bleibst du?« fragte sie bang.

»Nur einige Tage. Erst war ich in New York, dann kam ich hierher. Eines meiner Bücher soll verfilmt werden. Eigentlich sehr schmeichelhaft.«

Sie lächelte mit geschlossenen Augen, während sie sich sein Gesicht vorstellte. »Spielst du mit?« Der Gedanke brachte ihn zum Lachen. »Großer Gott, nein. Was für eine Idee!«

»Du wärest sicher wunderbar.« Ihre Stimme war so sanft und seidig, daß es ihm einen Stich ins Herz gab. Er wünschte sich verzweifelt ein Wiedersehen.

»Und du? Was machst du jetzt mit deinem Leben?« Sonderbar, eine solche Frage zu stellen. Es war doch gar nicht so lange her, daß sie einander alles auf der Welt bedeutet hatten. Aber es waren jetzt elf Monate seit ihrem letzten Beisammensein vergangen.

»Ich mache, was ich immer gemacht habe. Ich kümmere mich um Großvater und...« Sie war nahe daran zu sagen ›und um Molly‹, da fiel ihr ein, daß er von der Kleinen nichts wußte. Am Telefon ließ sich die Sache schwer erklären, zudem hielt ein vages Gefühl sie ab, es ihm zu sagen.

»Und um deine Schwester?«

»Mehr oder weniger.« Ebenso schwierig war es, diesen Punkt zu erklären, und es trat Stille ein, während er mit sich kämpfte, ob er sie fragen sollte oder nicht. Schließlich schlug er alle Vorsicht in den Wind. Er war so weit gegangen, ebensogut konnte er...

»Audrey?«

»Ja?« Sie wartete gespannt.

»Möchtest du, daß ich komme?«

Als sie nickte, hatte sie das Gefühl, jemand drücke ihr das Herz ab. Sie hatte nicht die Kraft, nein zu sagen. Sie wollte ihn sehen, auch wenn es nur für einen Augenblick war, mochte es auch noch so hoffnungslos und ihre Leben in San Franzisko noch so festgefahren sein. »Ja... das möchte ich, mehr als alles.« Sie hatte keine Angst, ihn merken zu lassen, wie sehr sie ihn noch immer liebte. »Wirst du es schaffen?«

»Ich glaube schon. Morgen bin ich hier fertig. Morgen am Abend könnte ich fliegen. Wirst du frei sein?«

Die Frage brachte sie zum Lachen. Sie war für den Rest ihres Lebens frei, besonders für Charlie.

»Ich glaube, das läßt sich einrichten.« Sie klang wie immer. Ein Anflug von Humor in der Stimme, dazu ein Hauch von Leidenschaft. Sie verfügte nicht über die unverhüllte Sinnlichkeit Charlottes, aber schließlich waren es zwei Frauen, die gar nicht verschiedener hätten sein können. Mit Charlotte konnte man spielen, reden, arbeiten... aber Audrey... Audrey war Teil seiner Seele, Teil seines Fleisches, der wichtigste Teil seines Wesens. »Kann ich dich am Flughafen abholen?«

»Möchtest du?«

»Sehr gern.«

»Ich werde dich wissen lassen, wann ich ankomme.«

»Ich werde da sein... und noch etwas, Charlie...«

»Ja?«

»Danke.«

Sein Herz flog ihr zu, und er legte überglücklich, daß er sie angerufen hatte, auf. Der nächste Tag schleppte sich für beide unerträglich langsam dahin. Sie fuhr mit ihrem Großvater in die Stadt und brachte Molly für eine Impfung zum Arzt. Sie erwog, zum Friseur zu gehen, bevor sie ihn abholte, doch das war genau das, was ihre Schwester getan hätte, und überdies wäre sie ihm wie eine Fremde gegenübergetreten. Statt dessen legte sie zu ihrem neuen grauen Wollkleid ihre Perlen an und ließ das kupferne Haar lose in Wellen auf die Schultern fallen, wie Charles es am liebsten hatte. Als sie aus dem Wagen ausstieg und das Flughafengebäude betrat, trug sie ihre Fuchsjacke über dem Arm.

Unwillkürlich tastete sie nach seinem goldenen Siegelring, den sie noch immer am Finger trug. Auch ihrem Großvater war der Ring aufgefallen, doch hatte er sie nie gefragt, woher sie ihn hatte. Bis zur Landung seiner Maschine blieben ihr zehn Minuten Zeit, die sie damit verbrachte, auf und ab zu laufen und an das letzte Beisammensein mit Charles zu denken. Sie dachte an sein Gesicht bei der Abfahrt aus Harbin, an die Tränen in seinen Augen, seinen Blick – und plötzlich wurde die Landung angekündigt. Audrey durchfuhr die Mitteilung wie ein elektrischer Schlag.

Sie stand da, sah die Menschen aussteigen und von der Maschine zum Gebäude gehen, und sie hielt fast den Atem an, als eine Gruppe von Männern an ihr vorüberlief... und auf einmal war

Charles da, das tiefschwarze Haar, die tief in den Höhlen liegenden Augen ... der Mund, der sie so oft und so zärtlich geküßt hatte. Atemlos stand sie da, sah ihm entgegen, und ehe sie wußte, was ihr geschah, hatte er sie in die Arme genommen und geküßt. Er hielt sie so fest wie im Jahr zuvor, und sie standen sehr lange da, brachten kein Wort über die Lippen und dachten daran, was sie gemeinsam erlebt hatten.

»Hallo.« Während ringsum Menschen vorüberfluteten, sah Charles sie mit seinem jungenhaften Lächeln an, und sie lachte über die Funken, die in seinen Augen blitzten.

»Hallo, Charlie. Willkommen ...« Ja, aber wo willkommen? In ihrem Leben? Und wie lange würde er bleiben? Einen Tag? Zwei? Drei? Kaum trafen sie zusammen, wußte sie schon, daß sie sich in Kürze wieder trennen würden. Das verlieh ihrem Wiedersehen einen bitteren Beigeschmack. Als sie zum Wagen gingen, sah sie, daß er nur einen Regenmantel, einen kleinen Übernachtungskoffer und seinen Aktenkoffer bei sich hatte. »Was macht der Film?«

»Das kann ich noch nicht sagen. Der Vertrag ist unterschrieben, aber bei diesen verdrehten Typen kann man sich kaum vorstellen, daß sie ernsthafte Geschäfte machen.« Audrey lächelte dazu. Wie schön, daß er so erfolgreich war. Das war etwas an ihm, was sie bewunderte, wenn es auch andere Seiten an ihm gab, die ihr wichtiger waren. »Bist du deswegen nervös?« Sie sperrte den Wagen auf, setzte sich ans Steuer und öffnete die Tür auf seiner Seite. Er legte seine Sachen auf den Rücksitz und stieg ein.

»Ja, bin ich.« Aber viel aufgeregter war er, weil er sie wiedersah. Insgeheim hatte er sich Vorwürfe gemacht, daß er nur deswegen den Filmvertrag angenommen hatte, damit er nach Kalifornien kommen konnte – etwas, was er Charlotte gegenüber nie zugegeben hätte. Charlotte aber schien alle seine Eigenheiten zu tolerieren, nur konnte sie es nicht ertragen, ihn von Audrey sprechen zu hören. Nie versäumte sie, ihm ins Gedächtnis zu rufen, daß Audrey nicht gekommen war, als er sie darum gebeten hatte. In ihren Augen war das eine unverzeihliche Sünde. Und er ertappte sich wieder bei dem Gedanken, wie verschieden sie doch waren, als Audrey den Wagen rückwärts aus dem Parkplatz manövrierte und in die Stadt fuhr. Sie bemerkte sehr wohl, wie er sie beobachtete.

»Charlie, ich weiß nicht, was ich sagen soll.«

»Worüber?« Doch er wußte es genau. Sie war immer sehr offen und direkt gewesen, und er hatte das Gefühl, daß sich daran nichts geändert hatte.

»Über das, was geschah... die Telegramme...«

»Was gibt es da noch zu sagen? Deine Antwort ließ an Deutlichkeit nichts zu wünschen übrig.«

»Meine Gründe auch?« Immer hatte sie das Gefühl gehabt, daß er sie nicht verstand, und in gewisser Weise stimmte das auch.

»Weißt du, daß ich meinen rechten Arm und mein Herz gegeben hätte, wenn ich alles hinwerfen und dich hätte heiraten können? Aber ich konnte ja nicht einfach nach London kommen und Großvater noch länger allein lassen. Ich war ein ganzes Jahr fort... und er ist so alt und hinfällig...«

»Ich begreife nicht, warum du diese Opfer bringst.« Er sah aus dem Fenster und dachte an den Schmerz, den ihre Ablehnung ihm gebracht hatte. »Es war der zweite Korb, den du mir gegeben hast.« Audrey fand seinen Vorwurf nicht gerechtfertigt.

»Beim ersten Mal war es kein ernsthafter Antrag. Du warst so verzweifelt bemüht, mich von Harbin loszubekommen, daß du mich sogar geheiratet hättest, um dies zu erreichen.« Sie lächelte ihm zu, und er stritt ihre Behauptung nicht ab. Sie kannte ihn sehr gut. Besser als Charlotte. Audrey kannte an ihm eine andere Seite als Charlotte, eine sanftere Seite. Er liebte das Gefühl, das Audrey in ihm weckte, die Sanftheit ihrer Seele, die Integrität, die Güte. Plötzlich drehte er sich ihr mit einem Lächeln zu.

»Weißt du, daß du die eigensinnigste Frau bist, der ich je begegnet bin, Audrey Driscoll!«

Sie lächelte und warf ihm einen flüchtigen Blick zu, um sofort wieder auf die Straße zu sehen. »Ist das ein Kompliment oder eine Feststellung?«

Kopfschüttelnd erwiderte er ihr Lachen. »Weder noch. Es ist eine Anschuldigung.« Und plötzlich lachte Audrey wieder, worauf er ausrief: »Du bist ein richtiges Biest, verdammt... ein Biest!« Er bekam eine dichte Haarsträhne zu fassen und zog ihren Kopf gerade genug zurück, um ihre Aufmerksamkeit zu wecken, als er sie auf den Nacken küßte. »Nach deinem verdammten Telegramm war ich einen Monat lang betrunken. Einen ganzen Monat!« Was er ihr nicht sagte, war der Umstand, daß Charlotte ihm wieder zur Normalität verholfen hatte – falls man das so nennen konnte. Sie hatte nichts mit seinen Gefühlen für Audrey zu tun.

Ihre Miene wurde ernst, als er ihre Mähne losließ und sie sich der Stadt näherten. »Charlie, es war für mich nicht einfach, im Gegenteil. So schwer ist mir noch nie etwas gefallen... dies und mein Aufenthalt in Harbin.«

»Der kann nicht so hart gewesen sein. Du warst so überzeugt von dem, was du deiner Meinung nach tun mußtest, daß ich mir ein Bedauern nicht vorstellen kann.«

»Soll das dein Ernst sein? Nach den vielen Monaten, die ich dort verbrachte... Du bist verrückt. Aber ich war der Meinung, ich hätte das Richtige getan. Leider war der Preis, den ich dafür bezahlte, sehr hoch.« Sie sah ihn direkt an, als sie vor einer roten Ampel hielten. Und sie hatte eine köstliche Belohnung mitbekommen... Molly... Nachdenklich ruhte ihr Blick auf Charles.

»Ach, wo wohnst du übrigens?«

»Das Studio hat für mich im Saint Prancis eine Zimmerreservierung vorgenommen. Wie ist das Hotel?«

»Ausgezeichnet.« Und beide dachten gleichzeitig an das Gritti und an das Pera Palas, aber keiner sagte ein Wort. Jetzt war er an der Reihe, sie nachdenklich anzusehen.

»Möchtest du heute abend mit mir essen, Audrey?«

Sie nickte. Sonderbar, sich mit ihm förmlich zu verabreden, nach der langen gemeinsamen Reise. Ihr Zusammensein war einer Ehe so ähnlich gewesen, und jetzt hatten sie einen Schritt zurück getan, zurück zu den Tagen von Antibes, als sie einander begegneten und keiner so richtig wußte, was vom anderen zu halten war. Charles aber fiel auf, daß sie seinen Ring am Finger trug.

»Möchtest du zu uns kommen und meinen Großvater kennenlernen?«

»Ja, gern.« Er sagte es langsam und mit Bedacht. Er wollte den Mann sehen, an den er sie verloren hatte. Und als sie ihn vor seinem Hotel absetzte, küßte er sie sanft auf die Lippen, und ihr Herz tat einen Sprung ungeachtet aller vernünftigen Dinge, die sie sich auf der Heimfahrt einzureden versuchte. Sie wollte nicht zulassen, daß sie sich wieder an ihn verlor... Charles war ja nur für einige Tage da... es hatte keinen Sinn, doch sie hatte den Wogen ihres Gefühls nichts entgegenzusetzen, eines Gefühls, das sie seit dem ersten Tag ihres Kennenlernens empfunden hatte. Ihr Großvater sah sie hereinkommen und blickte von der Abendzeitung auf, die er mit gerunzelter Stirn las. »Wo warst du, Audrey?«

Einen Moment wußte sie nicht, was sie sagen sollte, dann entschied sie sich, ihm die Wahrheit oder zumindest einen Teil der Wahrheit zu sagen. »Ich war am Flughafen, um einen Bekannten abzuholen.«

»Ach?« Das Stirnrunzeln vertiefte sich.

»Jemanden, den ich in Europa kennengelernt habe. Er bleibt für ein, zwei Tage in San Franzisko.«

»Hm... Kenne ich ihn?«

»Nein«, sie lächelte. »Aber du wirst seine Bekanntschaft machen. In einer Stunde kommt er auf einen Drink. Er sagte, er möchte dich gern kennenlernen.«

»Muß einer dieser jungen Taugenichtse sein.« Er tat, als wäre er verärgert, aber Audrey ließ sich nicht hinters Licht führen. Sie wußte, daß er es gern hatte, wenn sie hin und wieder mit Bekannten zusammenkam, und er schalt sie oft, weil sie nicht mehr ausging. Es gab jedoch kaum jemanden, der sie sonderlich interessierte, und niemanden, der einem Vergleich mit Charles auch nur annähernd standgehalten hätte. Und jetzt war er da... Sie sah auf ihre Uhr und entschied, daß es Zeit war, hinaufzugehen und nach Molly zu sehen, ehe sie sich zum Dinner umzog.

Als könne er ihre Gedanken lesen, sagte ihr Großvater ihr durch die Zeitung hindurch: »Heute hat sie einen neuen Zahn gekriegt.«

»Die Kleine?«

»Nein, das Hausmädchen.«

Audrey lachte. »Na, für ihr halbes Jahr hat sie schon genug Zähne.«

»Sie ist für ihr Alter alles in allem gut entwickelt. Das bestätigte mir Mrs. Williams, die Haushälterin. Sie sagt, ihr Enkel hat weder Zähne noch Haare und ist fast ein Jahr. Paß auf, Molly läuft noch vor ihrem ersten Geburtstag.«

Audrey war gerührt, weil er so stolz auf ihr Adoptivkind war. Er zeigte viel mehr Interesse für Molly als für Annabelles Sprößlinge. Daß die Kleine Asiatin war, schien ihm nichts mehr auszumachen. Hin und wieder ging er sogar mit Audrey spazieren und half ihr, den Wagen zu schieben.

»Ich bin gleich wieder da, Großvater.«

Und als sie wieder herunterkam, trug sie ein Cocktailkleid von Ransohoff aus schimmernder schwarzer Seide, das sie noch nie angehabt hatte. Mit seinem tropfenförmigen Rückenausschnitt war es hochmodern. Auch ihrem Großvater fiel auf, wie schön das Kleid war und wie sorgfältig Audrey ihr Haar zurechtgemacht hatte, und er schloß daraus auf die Bedeutung des Gastes... auf die Bedeutung für Audrey.

»Wie hieß er doch gleich?« fragte er, kurz bevor es an der Tür läutete.

»Charles Parker-Scott. Er ist Schriftsteller.«

»Habe ich den Namen nicht schon irgendwo gehört?« Er runzelte nachdenklich die Stirn, als es klingelte und Audrey hinaus in die Halle ging. Der Butler öffnete, und Charles trat ein. Ihre Blicke trafen einander, Charles war sichtlich beeindruckt von ihrer Schönheit. Er wurde an unzählige Momente der Gemeinsamkeit erinnert, doch war er nicht sicher, ob sie jemals so reizvoll ausgesehen hatte wie an diesem Abend.

»Hallo, Audrey.« Er kam sich vor wie ein Halbwüchsiger, als sie ihm lächelnd einen Kuß auf die Wange gab und ihn ins Wohnzimmer geleitete, damit sie ihn ihrem Großvater vorstellen konnte.

»Charles Parker-Scott – mein Großvater Edward Driscoll.« Die zwei Männer wechselten einen Händedruck und schätzten einander ab. Beide waren positiv beeindruckt, obwohl beide das Gegenteil erhofft hatten, besonders Charles, der geglaubt hatte, er würde auf Anhieb Antipathie gegen den Mann empfinden, der Audrey abgehalten hatte, zu ihm nach London zu kommen.

»Guten Abend, Sir. Wie geht es Ihnen?«

»Sehr gut. Wie kommt es, daß ich Ihren Namen kenne?« Edward Driscoll war nicht sicher, ob Audrey schon einmal von ihm gesprochen hatte oder ob er eine Berühmtheit vor sich hatte. Er konnte sich nicht entsinnen. Eigentlich traf beides zu, doch war Charles viel zu bescheiden, um es auszusprechen.

»Charles ist Schriftsteller, Großvater. Er schreibt wunderbare Reisebücher«, erklärte Audrey.

Der alte Mann runzelte die Stirn und nickte bedächtig. Irgendwie klingelte es bei ihm, doch wieder spielte ihm sein Erinnerungsvermögen einen Streich, und Audrey war erleichtert. Sicher hatte Muriel Browne den Namen erwähnt. Sie wollte ihren Großvater jetzt nicht daran erinnern, weil er sich dann ausrechnen konnte, daß Charles ihr sehr viel bedeutete. Großvater war ja nicht auf den Kopf gefallen, und obwohl er ihr keine Fragen mehr stellte, argwöhnte er, daß sie sich im Ausland mit einem Mann eingelassen hatte.

»Er hat ein Buch an eine Filmgesellschaft verkauft, und deswegen ist er hier.«

Der Butler brachte ihnen Drinks, und Charles unterhielt sich zwanglos mit dem alten Mann, nahm dessen wache Augen wahr, die schmalen Hände, die ein wenig zitterten, als sie das Glas hielten. Doch als Edward Driscoll aufstand, um Charles seine Bibliothek zu zeigen, wirkte er nicht annähernd so hinfällig, wie Audrey immer behauptet hatte. Charles begann sich zu fragen, ob sie ihren Großvater nicht als Vorwand benutzte. Vielleicht wollte sie überhaupt nicht heiraten, einen Gedanken, den er verwarf, da er sie zu gut kannte. Er folgte Mr. Driscoll zu den Regalen voller alter Bücher, unter denen sich wertvolle Erstausgaben und schöne ledergebundene Prachtbände befanden, Schätze, die der alte Mann in einem langen Leben gesammelt hatte. Die Qualität der Sammlung überraschte Charles. Das ganze Haus war wunderschön und gediegen, mit den vielen wertvollen Antiquitäten und exotischen Kostbarkeiten, von denen viele Audreys Vater von seinen Reisen mitgebracht hatte. Daß Audrey aus einem so vornehmen Haus kam, überraschte ihn ein wenig, wenngleich Wohlerzogenheit und Anspruchslosigkeit ihm ihre gute Kinderstube verraten hatten.

»Sie besitzen eine wunderschöne Sammlung, Sir«, lobte Charles lächelnd, nachdem sie sich gesetzt hatten. Der alte Herr war ihm sympathisch, wie er sich eingestehen mußte. Mr. Driscoll erwiderte das Lächeln. Schade, daß Audrey nicht öfter Bekannte mitbrachte. Es war nett, hin und wieder einen jungen

Mann zu sehen, denn das erinnerte ihn an Roland, als er noch hier war... wie lange das nun schon zurücklag... aber eigentlich war dieser junge Mann seinem Sohn erstaunlich ähnlich, stellte er fest, als er ihn näher ansah, und er sprach seine Meinung laut aus.

»Sie sind meinem Sohn sehr ähnlich, finde ich. Hat Audrey Ihnen das schon gesagt?«

»Eigentlich nicht... nur, daß wir beide gern reisen.«

»Verdammter Narr...« Edward Driscolls Miene umwölkte sich, und Charles fürchtete schon, er hätte etwas zu Schmerzliches angesprochen. Da sah der Alte auf und blickte Audrey erleichtert an. »Sie ist wenigstens zur Vernunft gekommen. Wußten Sie, daß sie tatsächlich in China war?« Charles nickte ernst und unterdrückte ein Lächeln.

»Sie lebte mehrere Monate in der Mandschurei, in einer Stadt, die Harbin heißt... und kam sogar mit einem Baby zurück.«

Audrey befürchtete, Charles würde aus dem Sessel kippen, so bleich wurde er. Audrey versuchte verzweifelt, ihm etwas zu erklären, doch ihr Großvater ließ ihr keine Zeit. »Reizendes kleines Dingelchen. Wir rufen sie Molly«, fuhr er unbeirrt fort.

»Hm, ich verstehe.« Charles war weiß wie die Wand. Am liebsten hätte Audrey die Hand ausgestreckt und ihn berührt, doch ihr blieb nichts übrig, als ihm so, als wäre es eigentlich nebensächlich, zu erklären, was sich ereignet hatte.

»Sie war eines der Kinder in dem Waisenhaus, in dem ich lebte... eigentlich war sie das Kind eines meiner Schützlinge. Die junge Mutter starb bei der Geburt.«

»Audrey!« Ihr Großvater war schockiert. »Du brauchst unseren Gast nicht mit Einzelheiten zu langweilen.«

Da sie nichts Besseres zu sagen wußte, fragte sie mit verzweifeltem Blick: »Möchtest du sie sehen?« Sie sah Charles an, daß er ablehnen wollte, doch ihre Augen flehten ihn an, mitzukommen. Verlegen stand er auf.

»Also gut.« Er folgte ihr wortlos zur Treppe und ging mit ihr hinauf. Erst im Oberstock flüsterte er ihr mit belegter Stimme zu: »Das war es also... warum hast du mir nichts davon gesagt? Warum hast du zugelassen, daß ich mich zum Narren mache? Was ist sie? Halbchinesin?«

»Ja.«

»Dein Großvater hat recht«, stieß er zähneknirschend hervor und faßte vor der Schlafzimmertür nach ihrem Arm. »Du bist eine verdammte Närrin. Wie konntest du so etwas tun? Warum hast du dich des Babys vor der Heimfahrt nicht entledigt?«

Ihre Augen füllten sich mit Tränen. Sie wußte, was er jetzt dachte, und sie wollte sich nicht verteidigen müssen.

»Was hättest du wohl vorgeschlagen? Hätte ich es töten sollen? Ich brachte es mit, weil ich es liebhabe... und der verdammte Narr bist du... nicht ich.«

Sie ging durchs Zimmer und hob das Baby hoch, während das junge Mädchen, das ihr bei Mollys Pflege half, diskret hinausging. Audrey hielt das Baby in den Armen, das darauf sofort mit breitem Lächeln und fröhlichem Lallen reagierte. Die Kleine hatte ein süßes rundes Gesichtchen, dem man nicht ansah, ob es chinesisch, japanisch oder einfach nur sehr niedlich war. Charles sah verblüfft vom Baby zu Audrey und wieder zurück.

»Sie ist nicht...« Plötzlich kam er sich sehr dumm vor und schämte sich seines Verdachts... doch ihre Ablehnung, zu ihm nach London zu kommen, wäre für ihn dadurch eher zu akzeptieren gewesen. Er wollte alles glauben, nur nicht, daß sie ihn aus Pflichtgefühl aufgegeben hatte. »Audrey... es tut mir leid. Sie ist nicht dein Kind, oder? Ich meine, es ist nicht so, wie ich es annahm...«

Bekümmert schüttelte Audrey den Kopf, wie so oft von dem Wunsch beseelt, Molly wäre tatsächlich ihr Kind. »Sie ist Ling Hweis Kind; Ling starb bei der Geburt. Der Vater war ein Japaner... ein Soldat, und ich brachte es nicht übers Herz, das Kind dort zu lassen. Du weißt, was mit ihr geschehen wäre.«

Charles nickte. Er wußte es zu gut. »Jetzt verstehe ich. Warum hast du es mir nicht erzählt?«

»Das hätte ich sicher, doch nach dem Telegramm hast du meine Briefe nicht beantwortet, und ich wußte nicht, wie du es aufnehmen würdest.«

Er lächelte dem offensichtlich glücklichen Kind zu, das sich an Audrey schmiegte. »Süß ist die Kleine. Wie alt ist sie jetzt?«

»Ein halbes Jahr. Wir nennen sie Molly.« Beide lächelten. Das

Kind war ein Geschenk, das sie an die gemeinsame Zeit in China erinnerte. Sacht strich er mit dem Finger über die runde Babywange, und Molly versuchte nach dem Finger zu fassen und ihre neuen Zähne daran zu erproben, als er sie kitzelte. Das Baby lachte. »Möchtest du sie halten?« Zunächst zögerte er, dann aber drückte sie ihm das Kind in den Arm, und Molly kreischte vor Entzücken und krähte, als er ihr Gesicht an seines drückte und ihr einen Kuß gab. Sie roch nach Seife und Babypuder, alles an ihr war sauber und hübsch, ein Zeichen, daß sie geliebt und umsorgt wurde. Jetzt war ihm klar, was Audrey seit ihrer Rückkehr gemacht hatte. Und als er sich im Kinderzimmer umblickte, sah er Dutzende von Fotos, die sie von dem Kind gemacht hatte. »Ist sie nicht wundervoll, Charlie?« Ganz plötzlich waren sie wieder Freunde, als er das Baby ins Bettchen legte. Sie ließen sich daneben nieder und sahen zu, wie die Kleine strampelte und mit fröhlichem Krähen nach ihren Zehen zu fassen versuchte. Beide mußten lachen und sahen sich mit jener Zärtlichkeit an, die sie noch immer verband. Jetzt wagte Audrey, ihm zu sagen, was sie fühlte – mehr als je zuvor.

»Ich wünschte, sie wäre dein Kind, Charles.«

»Ich auch.« Ihre Blicke trafen sich, und er liebte sie so sehr wie früher, vielleicht sogar noch mehr. Daß er sie zusammen mit dem Kind sah, berührte eine empfindliche Stelle in seinem Inneren. Er begehrte sie in diesem Augenblick mehr denn je, und sie mußten sich richtig zusammennehmen, um wieder hinunter zu ihrem Großvater zu gehen. Ihm erstatteten sie genau Bericht über Mollys Kapriolen, und Edward Driscoll lächelte entzückt. Er prahlte mit ihren Fähigkeiten. Kein Mensch hätte vermutet, wie schokkiert er über Mollys Ankunft gewesen war. Wenn man ihn so hörte, konnte man meinen, das Baby sei aus seinem eigenen Fleisch und Blut.

»Sie ist das prachtvollste kleine Mädchen der Welt.« Und dann setzte er mit einem Lächeln zu Audrey hinzu: »Dieses da war auch nicht übel, aber das ist schon eine ganze Weile her...« Er sah sie liebevoll an.

Schließlich standen sie auf, und Charles beteuerte, wie sehr es ihn gefreut hätte, seine Bekanntschaft gemacht zu haben. Er hatte einen Tisch im Blue Fox reservieren lassen, doch weder Audrey noch Charles schienen Interesse daran zu haben, wo sie essen würden. Plötzlich hatte sie das Bedürfnis, ihm alles zu erzählen, ihre letzten Augenblicke in Harbin, Mollys Geburt, sogar das Auftauchen des mongolischen Generals.

»Gott im Himmel, er hätte dich vergewaltigen können.« Oder ermorden. Doch das ließ er unausgesprochen.

»Rückblickend kann ich sagen, daß mir in diesen Monaten sehr viel hätte zustoßen können ... aber ich weiß nicht, Charlie ... damals erschien es mir, als täte ich genau das Richtige. Und ich bekam dafür Molly.«

Er lächelte. Er fand es bewegend, sie zusammen mit einem Kind zu sehen, und seine Sehnsucht nach ihren gemeinsamen Träumen erwachte.

»Und jetzt, Aud? Was gedenkst du mit dem Rest deines Lebens anzufangen?«

»Ich weiß nicht. Ich werde hierbleiben, zumindest solange Großvater lebt.«

»Er ist ein wunderbarer Mensch.« Das klang fast bedauernd, und Audrey lächelte.

»Ich weiß, deshalb bin ich zurückgekommen. Ich verdanke ihm alles.«

»Auch deine Zukunft? Mir kommt das irgendwie nicht gerecht vor.«

»Jedenfalls meine Gegenwart.«

»Und Annabelle? Hat sie auch das Gefühl, daß sie ihm etwas schuldet?«

»Leider stellt sie solche Überlegungen nicht an.«

Charlie lächelte bedauernd. »Pech, daß ich mich in die Pflichtbewußte verlieben mußte.« Und dann beim Dessert nahm er seinen ganzen Mut zusammen. »Kann ich dich nicht wenigstens für eine Weile loseisen?«

»Für wie lange? Für ein Wochenende in Carmel oder ein Jahr im Fernen Osten?« Beide lächelten. Der Gegensatz war ziemlich groß. Sie wäre mit ihm am liebsten bis ans Ende der Welt gegangen, was natürlich unmöglich war. Sie hätte sich höchstens für ein paar Tage freimachen können.

»Ich komme eben aus Indien zurück. Dort habe ich für mein nächstes Buch Informationen gesammelt.«

»Das klingt ja sehr interessant.« Doch sie wußte, daß noch mehr dahintersteckte.

»... und bald breche ich nach Ägypten auf.« Innehaltend faßte er nach ihrer Hand. »Kommst du mit?« Diese Worte bewirkten, daß ihr Herz fast aussetzte. Nichts wünschte sie sich mehr als das. Sie wäre überallhin mit ihm gegangen – Ägypten, das klang wie ein Märchen.

»Wann fährst du?«

»Ende des Jahres, vielleicht erst im Frühjahr. Spielt es für dich eine Rolle, wann ich fahre?«

Sie seufzte. »Wahrscheinlich nicht. Ich kann mir denken, daß Großvater nicht noch einmal nachgibt und mir eine Reise gestattet, schon gar nicht in Anbetracht dessen, was beim letzten Mal passierte, als ich meine Abwesenheit immer wieder verlängerte.« Plötzlich meldete sich sein Unmut darüber wieder, daß sie in Harbin geblieben war, falls es bedeutete, daß sie jetzt nicht mit ihm fahren konnte.

»Ich weiß nicht, Charles ... ich wüßte nicht, wie ich das schaffe, und jetzt habe ich auch noch an Molly zu denken.«

»Nimm sie doch mit.« Das hörte sich so aufrichtig an, daß Audrey ihm einen Kuß auf die Wange gab.

»Charles, ich werde dich immer lieben. Weißt du das?«

»Manchmal ist das schwer zu glauben.« Er lehnte sich zurück und blickte sie forschend an. »Ich möchte nicht, daß du mir heute schon Antwort gibst. Überleg es dir noch. Stell dir Ägypten im Frühling vor. Gibt es etwas Romantischeres?«

Lächelnd schüttelte sie den Kopf. »Charles, du brauchst es mir nicht anzupreisen. Das hat gar nichts damit zu tun. Mit dir wäre ich auch auf einer Kuhweide in Oklahoma glücklich.«

»Das wäre zu überlegen.« Er lachte, und bei beiden hob sich plötzlich die Stimmung. Charles schlug vor, in sein Hotel tanzen zu gehen. Kaum aber trafen ihre Körper aufeinander, spürten sie den alten Zauber wieder. Ihre Lippen trafen sich, ihre Körper berührten einander, und die alte Leidenschaft loderte ihn ihnen. Charles' Nähe war mehr, als Audrey ertragen konnte.

»Charles, ich glaube, ich werde dir nie widerstehen können. Wenn du eines schönen Tages eine andere heiratest, kann das ganz schön peinlich werden.«

»Nun, es gibt Wege, dies zu verhindern«, sagte er ihr ganz ernst ins Ohr und führte sie unauffällig hinaus. Auf dem Korridor wechselten sie ein paar Worte. Er wollte sie nicht in Verlegenheit bringen, und doch schienen ihre Herzen im Einklang zu sein. Als sie nickte, drückte er ihr wortlos seinen Zimmerschlüssel in die Hand, ging dann an die Rezeption und bat um einen zweiten Schlüssel, während sie im Lift hinauffuhr, sehr elegant und sehr schön. Der Lift-Boy konnte seinen bewundernden Blick nicht von ihr reißen. Nie wäre er auf den Gedanken gekommen, sie sei keine verheiratete Frau, und sie dankte ihm, als sie mit Herzklopfen ausstieg, und betrat Charles' Zimmer. Er folgte ihr kurz danach. Er öffnete die Tür, und sie lächelte ihn verlegen an.

»Stell dir vor, jemand hätte mich gesehen! Man würde mich teeren und federn und aus der Stadt jagen.«

»Da wärest du vermutlich nicht die erste. Aber wie ich schon sagte, gibt es immer Wege, dies zu verhindern...« Und es gab einen, den er besonders im Sinn hatte, doch sie vergaßen alles, als er sie in die Arme nahm. Gleich darauf lagen ihre Kleider in einem Haufen auf dem Boden, und Audrey schmiegte sich an ihn. Ein ganzes Leben, ein Jahr war vergangen, etliche Ozeane und Kontinente hatten sie getrennt, und plötzlich wußte sie gar nicht mehr, wie sie es geschafft hatte, ohne ihn zu leben. Und Charles wiederum wußte nur zu gut, wie leer sein Leben ohne sie gewesen war. Es war vier Uhr, als sie sich von ihm trennte. Mit einem Blick auf den Wecker auf dem Nachttischchen murmelte sie ungehalten:

»Verdammt... ich muß nach Hause.« Das war ganz anders als auf ihrer Reise, auf der sie monatelang wie Mann und Frau zusammengelebt hatten. Hier waren Anstand und äußerer Schein und Ehrbarkeit sehr wichtig, und das machte ihr sehr zu schaffen. Charles sah ihr beim Anziehen zu und rauchte dabei eine Zigarette, um sich sodann selbst anzuziehen, damit er sie in einem Taxi nach Hause begleiten konnte. Vor dem Haus küßte er sie nochmals und beobachtete, wie sie die Tür aufschloß. Dann sah er das

Licht in Audreys Zimmer im Obergeschoß, die Spitzengardine wurde beiseite geschoben, und Audrey winkte ihm zu. Auf der Fahrt ins Hotel überfiel ihn wieder verzweifelte Einsamkeit.

Das Bett roch noch nach ihrem Parfum und ihrer Haut, und auf seinem Kissen entdeckte er wie ein Abschiedsgeschenk ein langes rotes Haar. Er wollte sie anrufen und sie zurückholen, damit er wieder neben ihr liegen konnte, doch er mußte bis zum folgenden Nachmittag auf ein Wiedersehen warten. Sie stahlen sich ganz diskret auf sein Zimmer. Dort lagen sie bis zehn Uhr abends und bestellten dann etwas beim Zimmerservice. Audrey saß in seinem Bademantel auf der Couch und rauchte eine Zigarette. Es tat so wohl, mit ihm zusammenzusein, doch lag in seinem Blick heute etwas sehr Ernstes, und als der Kellner hinausging, wußte sie, daß ihn etwas bedrückte. Sie kannte ihn zu gut, als daß er sie lange hätte täuschen können.

»Was gibt es, Charles?« Ihre Stimme war sanft wie immer.

»Ich muß dir etwas sagen.«

»Na, so schlimm kann das auch wieder nicht sein.« Sie streckte eine Hand nach ihm aus, doch er war zu nervös, um sie zu berühren. Er stand auf, lief auf und ab und warf ihr immer wieder einen Blick zu. Schließlich setzte er sich wieder und sah in die blauen Augen, die ihn so lange verfolgt hatten.

»Morgen muß ich nach New York.« Es waren Worte, die sie wie ein Messer durchschnitten.

»Ach so...«

»Ich muß zu einer Besprechung mit einem amerikanischen Verleger. Man hat dieses Treffen vorverlegt.« Sie fürchtete schon, er wollte sie bitten, mit ihm zu kommen, doch es kam viel schlimmer. »Wenn ich fahre, sollten wie beide wissen, wie wir zueinander stehen. So kann es nicht weitergehen, Aud... die vergangenen Monate ohne dich waren die schwierigsten meines ganzen Lebens – abgesehen von der Zeit nach Seans Tod.« Er war ganz aufrichtig. »Und es wird nicht einfach sein, dich wieder zu verlassen. So können wir nicht weiterleben.«

Sie wollte fragen, warum nicht, warum es nicht eine Weile so weitergehen konnte, bis sie das Gefühl hatte, ihren Großvater ruhigen Gewissens verlassen zu können, bis... bis wann, fragte sie sich. Auf dieses Problem gab es keine einfache Antwort. »Ich möchte dich heiraten. Ich möchte, daß du mit mir nach England kommst. Mir ist klar, daß es eine Weile dauern kann ... einen Monat, vielleicht auch zwei. Damit kann ich leben. Aber ich möchte dich heiraten, Audrey! Ich liebe dich und möchte dir alles geben, was ich habe ...«

Genau von diesen Worten hatte sie immer geträumt, und sie wußte, daß er der einzige Mann war, den sie jemals lieben würde. Und doch konnte sie nicht tun, um was er sie bat ... konnte es nicht ... warum konnte er das nicht verstehen und noch eine Weile warten?

Ihre Augen füllten sich mit Tränen, als sie langsam ihre Kupfermähne schüttelte und mit ihren Fingerspitzen sein Gesicht berührte. »Weißt du denn nicht, wie sehr ich dich liebe, Charles? Wie sehr ich mir genau dasselbe wünsche wie du? Aber ich kann nicht ... ich kann einfach nicht!« Sie stand auf, ging durchs Zimmer und starrte aus dem Fenster auf den Union Square. »Begreifst du nicht, daß ich Großvater nicht allein lassen kann?«

»Glaubst du wirklich, daß er das von dir erwartet? Du kannst seinetwegen doch nicht dein ganzes Leben aufgeben.«

»Es würde ihm das Herz brechen.«

»Und was ist mit meinem Herzen?« Er fragte das ganz leise, während in seinen Augen Tränen glänzten. Audrey konnte ihm nicht die Antwort geben, die er hören wollte.

»Ich liebe dich.« Ihre Augen flehten um Verständnis, während ihre Lippen diese Worte aussprachen, doch er schüttelte den Kopf.

»Das genügt nicht. Dein Entschluß wird uns beide umbringen. Möchtest du mich heiraten?« Jetzt gab es kein Ausweichen, und sie fühlte sich ganz jämmerlich. Es war ein Opfer, das sie bringen mußte ... so ähnlich wie damals in Harbin ... nur war es jetzt viel, viel schlimmer ...

»Audrey, gib mir eine Antwort.« Er stand da, den Blick unverwandt auf sie gerichtet. Es war ein Blick, der sagte, daß es ihm ernst war und daß es keine andere Chance mehr geben würde ... daß es das letzte Mal war ... »Audrey?« Sie standen einander durch die Länge des Raumes getrennt gegenüber, aber ebensogut hätte ein Universum sie trennen können.

»Charlie, ich kann nicht... nicht gleich jetzt...«

»Wann denn? Nächsten Monat? Nächstes Jahr? Ich wollte niemals jemanden heiraten... bis ich dich traf... und jetzt biete ich dir alles, was ich zu geben habe... mein Leben, mein Heim, mein Herz... was ich an Vermögen habe, meine Tantiemen, alles, was ich geben kann, ist dein... aber ich möchte nicht zehn Jahre warten müssen. Ich möchte nicht dein und mein Leben mit dem Warten auf den Tod eines Menschen vergeuden. Übrigens habe ich den Eindruck, daß dein Großvater sich für dich etwas Besseres wünscht. Soll ich ihn fragen? Ich würde es nur zu gern tun.«

Doch sie schüttelte den Kopf. »Das kann ich ihm nicht antun, Charles. Er würde natürlich sagen, daß ich gehen soll. Und dann würde er sich hinlegen und sterben. Er hat nur mich.«

»Ich habe auch nur dich.«

»Und du bist der einzige Mann, den ich je lieben werde.«

»Dann heirate mich.«

Da stand sie nun und sah ihn unendlich lange an, doch sie schüttelte den Kopf, setzte sich und brach in Tränen aus. »Charlie, ich kann nicht.«

Er wandte sich abrupt ab. »Dann ist es zwischen uns aus, wenn ich abfahre. Ich möchte dich niemals mehr wiedersehen. Dieses Spiel mache ich nicht länger mit.«

»Das ist kein Spiel, Charlie. Es ist mein Leben und deines auch. Denk daran, bevor du mich auf diese Weise daraus verbannst.« Charles schüttelte nur den Kopf. Schließlich wandte er sich ihr wieder zu, und als er sie ansah, lag tiefer Kummer in seinem Blick.

»Wenn ich mich weiter an dich gebunden fühle, so ganz lose, als ständige Verlockung, dann quälen wir uns beide. Und was hätten wir davon? Einsamkeit... Versprechungen... Lügen... du sagtest, du wünschtest, Molly wäre mein... ich wünschte es ebenso. Eines Tages möchte ich Kinder haben, und du willst sie auch. Aber auf diese Weise werden wir sie nie haben – und sollten es auch nicht. Ich möchte ein richtiges Leben, mit einer richtigen Frau und mit Kindern – wie James und Vi.«

Für sie hörte sich das alles sehr vernünftig an. »Dann komm nach San Franzisko und lebe hier mit mir.«

»Und was soll ich hier tun? Für eine hiesige Zeitung schreiben?

Schuhe verkaufen? Audrey, ich schreibe Reisebücher. Du weißt, wie mein Leben abläuft. Wenn ich mich hier niederlasse, kann ich nicht das tun, was ich tun möchte. Einer von uns wird ein Opfer bringen müssen, und diesmal wirst du es sein. Du mußt mit mir kommen.«

»Charlie, ich kann nicht.« Audrey brachte die Worte vor Schluchzen kaum heraus.

»Denk darüber nach. Ich werde bis vier Uhr bleiben. Meine Maschine fliegt um sechs.« Das waren nicht ganz vierundzwanzig Stunden, und in dieser Zeit würde sich nichts Entscheidendes ändern.

»Mein Entschluß steht fest. Du bist unvernünftig.«

»Ich tue, was für uns beide das beste ist. Du mußt endlich zu einer Entscheidung kommen.«

»Du tust, als hätte ich eine Wahl... als wäre ich launisch und kapriziös, obwohl ich nur meine Pflicht erfülle.«

»Und was ist mit deinen Verpflichtungen mir gegenüber? Dir gegenüber? Diesem Kind gegenüber? Schuldest du jedem von uns nicht mehr, nämlich den Mut, dir zu nehmen, was du möchtest... falls du es wirklich möchtest.«

»Du weißt, was ich möchte.«

»Dann komm mit mir. Oder versprich mir wenigstens, daß du bald nachkommen wirst.«

»Das kann ich nicht versprechen.« Sie schlug die Hände vors Gesicht, verzweifelt über das Dilemma, dem sie sich gegenübersah. Er nickte. Er hatte um das Risiko gewußt, als er nach San Franzisko gekommen war. Wenigstens war jetzt alles vorüber. Sie würde ihn entweder heiraten, oder er würde die Tür hinter allem schließen. Weder mit ihr noch mit sich selbst würde er mehr spielen. Das war er sich schuldig.

Im Taxi herrschte Schweigen, als er sie nach Hause brachte. Ganz sacht berührte er ihr Gesicht, ehe er ihr einen Gutenachtkuß gab. »Ich möchte nicht grausam sein, doch wir müssen einen klaren Schnitt machen, wenn es sein muß... uns beiden zuliebe.«

»Warum?« Sie verstand das nicht. »Warum jetzt? Gibt es eine andere?« Bis zu diesem Augenblick war sie gar nicht auf die Idee gekommen. Er schüttelte den Kopf.

»Ich tue das, weil ich ohne dich nicht leben kann. Aber wenn es sein muß, möchte ich auch nicht mehr an dich denken. Jetzt, sofort.«

»Du bist unfair.« Für unfair hatte sie ihn auch gehalten, weil er ihr nicht mehr geschrieben hatte, nachdem sie seinen telegrafischen Heiratsantrag abgelehnt hatte. »Denk an die Verpflichtungen, die ich habe.«

»Für dich wird es immer etwas dieser Art geben, Audrey. Du mußt dich jetzt entscheiden.«

Audrey schüttelte den Kopf, und man sah ihr an, wie verzweifelt sie war. Charles stieg mit ihr aus und küßte sie noch einmal. »Ich liebe dich.«

»Ich dich auch.« Und doch konnte sie ihm keine andere Antwort geben. Und als sie auf ihr Zimmer ging, nahm sie das schlafende Baby in die Arme, spürte seine Wärme und lauschte seinen leisen Atemzügen. Sie dachte an alles, was Charles gesagt hatte, daß er sie heiraten wollte ... an die Kinder, die er sich wünschte ... es war ein Jammer, daß er ihr keine Zeit ließ.

Am nächsten Tag saß sie am Frühstückstisch und hielt den Blick mit steinerner Miene auf den Teller gerichtet. In dieser Nacht hatte sie kaum ein Auge zugemacht. Und ihr Großvater starrte sie verdrossen an, um seine eigene Besorgnis zu tarnen. Er spürte, wie unglücklich sie war.

»Hast du gestern zuviel getrunken?« Sie schüttelte den Kopf auf seine Frage hin und versuchte ein Lächeln. »Du siehst schrecklich aus. Bist du krank?«

»Nein, nur müde.«

Und plötzlich stellte er ihr in so sonderbarem Ton, als hätte er Angst, eine Frage, und das rief ihr Mitleid auf den Plan. »Liegt dir sehr viel an ihm?«

»Wir sind gute Freunde.«

»Und was bedeutet das?«

»Eigentlich möchte ich darüber nicht sprechen«, erwiderte sie mit halbherzigem Lächeln, bemüht, ihn abzulenken.

»Warum nicht?«

Weil es zu weh tat. Aber das sprach sie nicht aus.

»Wir sind nur Freunde, Großvater.«

»Na, ich habe den Eindruck, daß mehr dahintersteckt, zumindest von seiner Seite. Gut, daß es von dir aus nichts ist.«

»Warum sagst du das?«

»Das ist kein Leben für ein anständiges Mädchen, mit einem Kerl dieser Sorte durch die ganze Welt zu zigeunern, Kamele und Elefanten zu jagen... denk doch an den Gestank!« Er machte ein entsetztes Gesicht, und sie lachte auf bei dieser Vorstellung.

»So habe ich das noch nie gesehen.«

»Außerdem wäre es nicht gut für das Kind...« Und für ihn selbst auch nicht. Sie wußte, daß er auch daran dachte. Und das war sein gutes Recht, er war fast dreiundachtzig und brauchte sie. Das wußte sie nur zu gut.

»Großvater, es ist nichts Ernstes. Also, mach dir keine Sorgen.« Doch er war betrübt, das las sie in seinem Blick. Und sie fühlte sich bleischwer, als sie Charlie anrief. Sie hatte versprochen, sich mit ihm zum Lunch in der Stadt zu treffen, und als sie sich trafen, waren beide in gedrückter Stimmung. Zu vieles lastete auf ihnen. Zunächst sprachen sie über Belanglosigkeiten, und dann sah er sie fest an. Sie hatten noch nicht einmal ihr Essen bestellt.

»Na?«

Sie erwiderte den Blick, von dem Wunsch nach Aufschub beseelt, doch es gab kein Entrinnen. »Charles, du kennst die Antwort. Ich liebe dich, aber ich kann dich nicht heiraten. Jetzt noch nicht.«

Er nickte, kaum fähig zu sprechen. Seine Augen blieben trokken.

»Ich ahnte, daß du bei deiner Entscheidung bleiben würdest. Deinem Großvater zuliebe?« Sie nickte stumm. »Tut mir leid, Aud.« Er berührte ihre Hand und stand dann auf. »Ich halte es für besser, wenn wir nicht zusammen essen. Du nicht auch? Wenn ich mich beeile, erreiche ich sogar noch die frühere Maschine.« Jetzt ging alles viel zu schnell. In seinem Blick lag Zorn, Wut, Kränkung, und sie spürte den Drang nach Vergeltung, und als sie ihm aus dem Restaurant folgte, hatte sie das Gefühl, gegen eine Wand zu prallen. Dann saß sie im Taxi, wieder ging alles zu schnell, und sie stand vor dem Haus, während Charles beim Wagen blieb. Er sah sie an mit seinem flammenden, verletzten Blick, und sie wollte ihm einen Abschiedskuß geben, doch er trat einen Schritt zurück, die Hand abwehrend erhoben, schüttelte den Kopf und verschwand mit einem gemurmelten Abschiedsgruß im Taxi. Der Wagen fuhr los, und nach all dieser Zeit, diesen Augenblicken, diesen vielen Meilen und so viel Liebe... war er weg. Für immer.

24

Als Audrey die Halle des großväterlichen Hauses betrat und der Butler lautlos die Tür hinter ihr schloß, spürte sie sofort, daß im Oberstock Unruhe herrschte. Ihr Blick fiel auf ein Durcheinander von Kisten und Koffern am Fuß der Treppe. Und plötzlich bemerkte sie, daß ihre Schwester sie von der Tür zur Bibliothek her beobachtete. Es war das erste Mal, daß sie einander nach jener unerquicklichen Begegnung nach Audreys Rückkehr trafen. Unwillkürlich war Audrey auf der Hut, ohne zu wissen, was Annabelle hierhergeführt hatte. Stand sie im Begriff eine Reise anzutreten? Und plötzlich wußte sie, was passiert war. Ihr Herz wurde noch schwerer.

»Ist etwas passiert?«

»Harcourt hat mich verlassen.«

Audrey nickte stumm. Sie konnte so leicht nichts mehr erschüttern. Blieb nur die Frage, was Annabelle hier wollte.

»Warum bist du gekommen?« Das fragte sie in einem Ton, der ihren Kummer verriet, doch hatte Annabelle kein Ohr dafür. Aber auch wenn es ihr aufgefallen wäre, so wäre es ihr gleichgültig gewesen. Sie hatte genug eigene Probleme.

»Ich wollte nicht in Burlingame bleiben. Ich hasse diesen Ort.«

»Hast du es in einem Hotel versucht?« Audreys Stimme klang so verbittert, daß Annabelle erschrak.

»Hier ist mein Zuhause, ebensogut wie deines.«

»Hast du Großvater gefragt, ob du bleiben kannst?«

»Nein«, ließ sich seine Stimme aus dem Hintergrund vernehmen. Keine der beiden hatte gewußt, daß er zu Hause war.

»Sie hat mich nicht gefragt. Annabelle, würdest du so gut sein und eine Erklärung abgeben?«

Beide fühlten sich wie einst als Kinder, wenn er sie bei etwas Verbotenem ertappt hatte. Audrey machte sich Vorwürfe, daß sie ungerechtfertigt barsch gewesen war, und Annabelle wußte, daß sie vorher hätte anrufen sollen, anstatt einfach hereinzuschneien.

»Ich ... ich versuchte, dich heute morgen zu erreichen, Großvater, aber ...«

»Das ist eine Lüge.« Jetzt geriet er in Rage. »Du solltest wenigstens so viel Anstand aufbringen, die Wahrheit zu sagen. Wo ist dein Mann?«

»Ich weiß es nicht. Er ist mit Bekannten weggefahren.«

»Und du hast dich entschieden, ihn zu verlassen?«

»Ich ...« Es war sehr peinlich, ihm das alles in der Halle erklären zu müssen, doch machte er keine Anstalten, sie in die Bibliothek zu bitten. »Er möchte sich scheiden lassen.«

»Wie zuvorkommend von dir, darauf einzugehen. Ist dir klar, daß du dich weigern kannst?«

Sie nickte. »Aber ich ...«

»Du möchtest die Sache beenden?« Er legte ihr die passenden Worte in den Mund, und sie nickte. »Verstehe. Wie praktisch. Und jetzt kommst du nach Hause zurück, zu mir und zu deiner Schwester, so ist es doch, Annabelle?« Sie errötete ein wenig und nickte wieder. »Aus einem bestimmten Grund? Wegen der Adresse vielleicht? Wegen meines exzellenten Personals und der Vorteile wegen, die ein Stadthaus bietet? Oder vielleicht, weil deine Schwester mit deinen Kindern so fabelhaft umgehen kann?« Er traf ins Schwarze, und Audrey hätte fast gelacht, als sie Annabelles Unbehagen bemerkte.

»Ich ... ich dachte ... nur für eine Weile ...«

»Wie lang soll diese Weile dauern? Eine Woche? Zwei? Weniger vielleicht?« Er genoß die Wirkung seiner Worte. Fast empfand Audrey Mitleid mit ihrer Schwester – fast, aber nicht ganz. Annabelle verdiente kein Mitleid mehr. Sie war zu egoistisch und zu verwöhnt, sie trank zuviel, und sie ließ sich zu häufig etwas zuschulden kommen.

»Also, wie lange beabsichtigst du zu bleiben?«

»Bis ich ein Haus finde ... was meinst du?«

»Frag mich nicht, sag es mir ... also gut. Bis du ein Haus findest. Ich bin einverstanden, dich hier solange wohnen zu lassen, aber sieh zu, daß du bald eines findest.« Er sah Audrey an, als er das sagte, und bemerkte Annabelles triumphierende Miene. »Und achte darauf, daß du deine Schwester nicht über Gebühr in Anspruch nimmst.« Das waren weise Worte, doch das Problem bestand darin, daß Audrey und Annabelle die Worte über Gebühr verschieden auslegten.

Es vergingen keine zwei Stunden, und Annie brachte es fertig, ihre Kinder in Audreys Zimmer abzuladen. Klein-Winston machte sich über ihre Bücher her, und Hannah war einfach in Mollys Bettchen gelegt worden, worauf die kleine Gastgeberin den Gast in die Zehe biß, sehr zu Annabelles Entsetzen.

»Dieses chinesische Straßengör!« kreischte sie, worauf Audrey ihr ohne weitere Umstände eine Ohrfeige versetzte. Eine saftige Ohrfeige war genau das, was Annabelle brauchte. Danach verhielt sie sich etwas zurückhaltender, doch wurde es fünf Uhr, bis Audrey die Tür ihres Zimmers schließen, Ruhe finden und über Charlies Verhalten nachdenken konnte. Unglaublich, daß sie noch vor wenigen Stunden beisammen gewesen waren. Unter Tränen fragte sie sich, ob sie ihn jemals wiedersehen würde. Es erschien ihr sehr unwahrscheinlich, und als ihr langsam zu Bewußtsein kam, was das bedeutete – sie war gefangen, hier mit Großvater und Annabelle –, fing sie zu schluchzen an. In Gedanken war sie bei dem Mann, den sie verloren hatte, für immer verloren, wie sie jetzt wußte. Ihre Augen waren noch gerötet, als sie zum Dinner hinunterging, doch fiel es niemandem auf. Der Großvater war in seine eigenen Gedanken vertieft, und Annabelle präsentierte ihnen üble Geschichten von Harcourts Untreue. Beim Nachtisch fühlte sich Audrey richtig elend.

Die nächsten Monate wurden zu einem wahren Alptraum. Keines der von Annabelle engagierten Kindermädchen hielt es aus, da weder Annabelle noch ihre Kinder zu ertragen waren. Das übrige Personal lehnte die Neuankömmlinge und die zusätzliche Arbeit, die sie verursachten, ab. Annabelle war fast ständig außer Haus und machte es sich zur Gewohnheit, Audrey die Kinder zu überlassen.

Auch ihren Großvater ermüdete dies alles. Sein Interesse an der kleinen Molly, die ihm vor wenigen Monaten noch so viel Freude bereitet hatte, ließ immer mehr nach. Es gab nichts mehr, was ihm Freude zu machen schien, und Audrey war auch nicht in der Lage, ihn aufzuheitern. Ihr Herz wurde mit jedem Tag schwerer. Molly allein bedeutete für sie ein wenig Trost. Ständig kreisten ihre Gedanken um Charles. Ein halbes Dutzend Briefe hatte sie bereits begonnen, um dann alle wegzuwerfen. Was hätte sie ihm auch schreiben können? Nichts hatte sich geändert. Nichts würde je anders werden. Und zu alledem kam die Tatsache, daß die Kräfte ihres Großvaters rapide nachließen. Er kümmerte sich nicht mehr um Politik, las selten Zeitungen und ging auch nicht mehr in den Klub zum ›Lunch‹. Audrey sprach einige Male mit Annabelle über ihre Bedenken, der aber war nichts aufgefallen. Ihr ein und alles waren ihre neuen Freunde, mit denen sie fast jeden Abend ausging. Sie war ein paarmal in der Oper gewesen, kannte sämtliche schicken Treffpunkte, ging oft in Restaurants oder tanzen und wollte nichts von ihrem Großvater, von ihrer Schwester oder ihren Kindern hören.

»Verdammt noch mal, du könntest ihm hin und wieder wenigstens eine Stunde widmen.« Am Weihnachtsabend war Audreys Geduld zu Ende, als Annabelle ankündigte, sie ginge mit Freunden aus und habe keine Zeit, mit Audrey und ihrem Großvater zu dinieren. »Vergiß nicht, daß er dich und deine Kinder durchfüttert.« Audreys Ton war so frostig, wie noch nie zuvor.

»Na und? Sonst hat er ja für niemanden zu sorgen. Und dich erhält er auch. Verbring du deine Zeit mit ihm. Du hast ja sonst nichts zu tun.«

Annabelle hatte für ihre ältere Schwester nur Verachtung übrig. Audrey war immer zur Stelle gewesen und hatte sie ihr Leben lang umhegt. Sie sah nicht ein, warum sich das jetzt ändern sollte. Audrey war mittlerweile ohnehin eine alte Jungfer, oder nicht? Welcher Mann würde sie jetzt noch haben wollen, seitdem sie sich dieses schreckliche Chinesenbaby aufgehalst hatte. Ihren Freunden gegenüber machte sie kein Hehl aus ihrer Verachtung, ja, sie hatte mehr als einmal angedeutet, daß »der Bastard« Audreys Kind sein könnte. Doch das kümmerte Audrey nicht. Sie liebte Molly wie ein eigenes Kind und machte sich aus dem Klatsch überhaupt nichts. Es tat ihr nur leid, mit ansehen zu müssen, wie Annabelle sich kaputtmachte, indem sie ein hemmungsloses Leben führte. Für gutes Zureden und Vorhaltungen hatte sie taube Ohren. Sie war entschlossen, ihr Leben mit schwachen Männern und starken Drinks zu vergeuden, und Audrey gab es schließlich auf, sie ändern zu wollen. Aus Annabelle war eine verzogene, unausstehliche Person geworden. Audrey hatte jetzt Molly, bei der sie Zuflucht suchte. Es schmerzte sie zwar immer noch, wenn sie Annabelles Tun und Treiben mit ansehen mußte, doch war ihr klar, daß sie nichts daran ändern konnte. Leider war Annabelle immer sehr verwöhnt und egoistisch gewesen, nun kamen aber ihre Vorliebe für Alkohol und andere Ausschweifungen dazu und machten die Sache noch schlimmer. Audrey bekümmerte es, daß Annies Scheidung zu einer bitterbösen Angelegenheit ausartete und Harcourt mehr als einmal im Haus erschien und sich über Annabelle und ihre Anwälte unflätig äußerte. Daraufhin hatte ihr Großvater den Butler angewiesen, Harcourt nicht mehr einzulassen, denn wenn er kam, war er meist betrunken, und es kam zu häßlichen Szenen zwischen ihm und Annabelle, bei denen beide wenig Vernunft erkennen ließen. Daß während dieser Szenen mit Vasen und anderen Gegenständen geworfen wurde, ging ihrem Großvater entschieden zu weit.

»Großvater, es tut mir leid, daß du das alles über dich ergehen lassen mußt«, sagte Audrey, als er sich ihr gegenüber darüber beklagte.

»Ich glaube, ich sollte ihr irgendwo ein Haus kaufen«, äußerte er seufzend. »Aber ich bin schon zu alt, um mir darüber den Kopf zu zerbrechen. Bald werde ich unter der Erde sein. Wenn ich nicht mehr bin, wird euch beiden dieses Haus gehören. Es ist gewiß groß genug für euch und eure buntgemischte Kinderschar«, schloß er lächelnd.

Er wollte ihnen auch das Haus am Lake Tahoe gemeinsam vermachen, und Audrey hatte ihre Zweifel, ob das sehr klug war. Sie hätte es vorgezogen, allein irgendwo zu leben und nicht alles mit Annabelle teilen zu müssen, da das Zusammenleben mit ihr alles andere als angenehm war.

Aber davon sagte sie ihrem Großvater nichts, hingegen schalt sie ihn, wenn er von seinem baldigen Tod sprach, während sie insgeheim befürchtete, er könnte recht haben. In den letzten Monaten hatte er ziemlich an Gewicht verloren und schlief fast die ganze Zeit über. Sie mußte ihm sehr zureden, seinen täglichen Spaziergang zu machen, und wenn sie und Molly vor dem Dinner oder am frühen Nachmittag zu ihm kamen, dann war er meist wieder eingenickt.

Molly konnte schon laufen und trippelte vorsichtig schwankend durch den Raum, das Haar senkrecht nach oben stehend, die Augen groß und glänzend vor Begeisterung.

Am Weihnachtsabend zog Audrey ihr ein rotes Samtkleidchen an und band ihr ein winziges rotes Satinschleifchen ins seidige schwarze Haar. Dazu trug die Kleine weiße Strümpfe und schwarze Schuhe. Seit ihrer Geburt hatte sie einen langen, langen Weg zurückgelegt, dachte Audrey immer wieder, wenn sie die Kleine voller Stolz musterte und sie ihrem Großvater reichte. Hannah schlummerte bereits in ihrem Bettchen, und Winston war von einem Mädchen schmählich ins Obergeschoß geschleppt worden, nachdem er eine Kristallvase zerbrochen und die Ruhe seines Großvaters empfindlich gestört hatte. Molly und Hannah hatten im Moment kein Kindermädchen, da Audrey sich die meiste Zeit um sie kümmerte. Annabelle war fast nie zu Hause anzutreffen.

Edward Driscoll, der Molly, wie sie mittlerweile von allen gerufen wurde, auf den Knien hielt, sah Audrey an.

»Wo ist deine Schwester heute?«

»Ich glaube, sie ist zum Dinner im Stanton.«

»Wie ungewöhnlich, daß sie außer Haus ist«, bemerkte er sarkastisch und runzelte die Stirn. »Audrey, du mußt etwas aus deinem Leben machen und nicht ständig Babysitter für ihre Gören spielen.«

»Mit der Zeit wird sich sicher alles einspielen.« Doch daran glaubte Audrey selbst längst nicht mehr. Sie mußte endlich reinen Tisch machen, wollte aber die häusliche Atmosphäre nicht noch mehr belasten. Das hätte Großvater nur aufgeregt. Inzwischen machte ihn fast alles nervös, die Türklingel, das Telefon, die Autos, die draußen vorüberfuhren. Er beklagte sich, daß alles zu schnell und zu laut sei – und das, obwohl er immer schwerhöriger wurde. Die Welt, die er in Erinnerung hatte, war viel beschaulicher gewesen. In letzter Zeit regten ihn sämtliche Veränderungen in seiner Umgebung auf. Audrey beruhigte ihn, so gut es ging, und hatte alle Hände voll zu tun, ihn halbwegs bei Laune zu halten und ihn gut zu versorgen. Es war mittlerweile sehr schwierig geworden, Hauspersonal zu finden. Den Leuten ging es viel besser als noch vor ein paar Jahren, und sie arbeiteten lieber in Fabriken oder Geschäften. Die Einschränkungen, denen Hausangestellte unterworfen waren, wollte niemand mehr auf sich nehmen. Audrey mußte oft selbst Hand anlegen, saubermachen, einen Teppich ausklopfen oder mit dem Staubsauger durch die Räume gehen, die sie bewohnten. Das war ihr aber jetzt nicht anzumerken, als sie am Weihnachtsabend in einem dunkelbraunen seidenen Abendkleid vor dem Kamin saß, während Edward Driscoll vor sich hindöste. Nachdem sie Molly ins Bett gebracht hatte, saßen sie noch lange bei einem Glas Sherry beisammen, und sie erinnerte sich an ihr letztes Weihnachten, das sie in China mit den Kindern im Waisenhaus verbracht hatte. Natürlich dachte sie auch an Charlie. Sie fragte sich vor allem, ob er schon in Ägypten war. Allein der Gedanke an ihn machte ihr das Herz schwer, doch jetzt wußte sie, daß alles vorbei war. Schon vor Monaten hatte sie seinen Ring abgenommen und ihn sorgfältig in ihrer Schmuckschatulle verwahrt. Von James und Vi war eine Weihnachtskarte gekommen, auf der Charles mit keinem Wort erwähnt wurde. Sie schrieben nur, daß sie hofften, Audrey 1935 wiederzusehen, und drängten sie, nächsten Sommer wieder nach Antibes zu kommen. Sie hätte nichts lieber getan, doch da ihr Großvater immer gebrechlicher wurde, konnte sie sich nicht vorstellen, ihn den Sommer über allein zu lassen.

Im März feierte Molly ihren ersten Geburtstag, und zwei Tage darauf erlitt Edward Driscoll einen Schlaganfall, der ihm das Sprechvermögen raubte und seine linke Seite lähmte. Sein Blick lag gequält auf Audrey, die sich lautlos in seinem Zimmer bewegte, den Pflegerinnen Anweisungen gab und auf die Besuche des Arztes wartete, der morgens und abends kam.

Es hatte zwei Tage gedauert, bis sie Annabelle ausfindig machen und sie von der traurigen Nachricht in Kenntnis setzen konnte.

Annabelle war eine Woche lang in Los Angeles gewesen, hatte mit Freunden die Rennen besucht und die Nächte nicht in ihrem Hotelzimmer verbracht. Sie hatte auch nicht auf die Nachrichten reagiert, die Audrey für sie hinterlassen hatte. Audrey war außer sich, als sie Annabelle endlich fand.

»Was wäre denn, wenn einem deiner Kinder etwas zustieße?«

»Du bist doch da, oder nicht?« Die treue, verläßliche Audrey, die nie aus dem Haus ging, mit der man immer rechnen konnte. Plötzlich spürte sie eine Aufwallung siedendheißer Wut. Wäre Annabelle zur Stelle gewesen, sie hätte sie wieder geschlagen. Sie war schon zum allgemeinen Gespött geworden, trieb es mit unverheirateten und verheirateten Männern und schien es an Zügellosigkeit mit Harcourt aufnehmen zu können, der eine skandalöse Affäre mit der Frau eines seiner besten Freunde hatte und fast täglich in den Klatschspalten erwähnt wurde. Zu schade, daß die beiden nicht zusammengeblieben waren, wie ihr Großvater einmal konstatiert hatte, sie verdienten einander voll und ganz. Aber jetzt dachte Audrey nicht an Harcourt, als Annabelle ihr am Telefon gelangweilt antwortete.

»Annie, Großvater hatte vor zwei Tagen einen Schlaganfall. Du tätest gut daran, nach Hause zu kommen.«

»Warum?« Audrey spürte, wie die Antwort ihren ganzen Körper erstarren ließ.

»Warum? Weil er ein schwerkranker alter Mann ist und sterben könnte, darum. Und weil er dein Leben lang für dich gesorgt hat und du ihm deswegen etwas schuldest, oder ist dir dieser Gedanke noch nie gekommen?« Annabelle war der selbstsüchtigste Mensch, der ihr je untergekommen war. Langsam regte sich so etwas wie Haß in ihr.

»Aud, ich kann nichts für ihn tun. Und in einem Krankenhaus bin ich ohnehin zu nichts nütze.« Das hatte Audrey entdecken müssen, als der kleine Winston die Windpocken bekam und sowohl Hannah als auch Molly angesteckt hatte. Annabelle war damals für drei Wochen nach Santa Barbara und hatte ihre Kinder in Audreys Obhut zurückgelassen. Und sie hatte nicht ein einziges Mal angerufen und gefragt, wie es ihnen ging.

»Du gehörst hierher.« Audreys Stimme war eisig. »Du solltest jetzt nicht in Los Angeles herumlungern. Beweg deinen Allerwertesten noch heute hierher. Ist das klar?«

»Wie sprichst du eigentlich mit mir, du eifersüchtiges Biest!« Schockiert hörte Audrey das Gift in der Stimme ihrer Schwester. Zwischen ihnen herrschte nicht einmal mehr der Anschein von Zuneigung. »Ich werde kommen, wann es mir paßt, verdammt noch mal.« Und warum? Der Erbschaft wegen? Doch als Audrey dies dachte, wurde ihr etwas klar, was sie ohnehin gewußt hatte. Sie würde in diesem Haus mit ihrer Schwester nie leben können. War ihr Großvater einmal nicht mehr am Leben, dann würde auch sie gehen. Dann hielt sie im Haus oder in San Franzisko gar nichts. Und sie schuldete Annabelle nichts. Ihr halbes Leben hatte sie ihr gewidmet, und jetzt hatte sie ihr nichts mehr zu geben. Es wurde Zeit, daß Annabelle ihren Pflichten selbst nachkam und sich um ihre Kinder kümmerte.

Audrey saß nur einen Augenblick in Gedanken versunken da und nickte sodann. Für sie war eben etwas zu Ende gegangen. Es war das Ende einer Ära. »Sehr gut, Annabelle, dann komm, wann es dir beliebt.« Und als sie auflegte, hatte sie das Gefühl, mit einer Fremden gesprochen zu haben.

25

Edward Driscoll siechte bis Anfang Juni dahin und tat dann seinen letzten Atemzug, während Audrey seine Hand hielt und sachte seine Finger küßte. Doch schon, als sie ihm die Augen zudrückte und spürte, wie ihr die Tränen über die Wangen liefen, wußte sie, daß der Tod eine Gnade war. Für ihn, der ein kraftvoller, starker und stolzer Mensch gewesen war, war es die ärgste Strafe, in der Falle eines nutzlosen Körpers mit nachlassendem Verstand zu leben, mit einem Mund, der der Sprache nicht mehr mächtig war. Es war Zeit für ihn, sich zu befreien. Er war dreiundachtzig geworden und sehr, sehr müde.

Audrey kümmerte sich schweren Herzens um alles Nötige. Sie hatte gar nicht geahnt, wie viele traurige Einzelheiten es zu bedenken galt, von der Wahl des Sarges angefangen bis zur musikalischen Umrahmung der Beerdigung. Ein Geistlicher, den sie gut kannte, hielt die Andacht. Audrey saß schwarz gekleidet in der ersten Reihe – schwarzer Schleier, schwarzes strenges Kostüm, schwarze Strümpfe und Schuhe. An diesem Tag hinterließ sogar Annabelle einen seriösen Eindruck, obwohl sie diesen Eindruck bei der Testamentseröffnung sofort wieder zunichte machte. Lächelnd schlug sie die Beine übereinander und zündete sich eine Zigarette an. Ihr Großvater hinterließ ein größeres Vermögen, als sie erhofft hatte. Neben den Häusern in San Franzisko und in Meeks Bay am Lake Tahoe besaß er einen soliden Aktienbestand, von dem die Mädchen ihr Leben bestreiten konnten, wenn sie vernünftig mit dem Vermögen umgingen. Audrey war sehr gerührt, daß er Mai Li, die er als ›meine Urenkelin Molly Driscoll‹ bezeichnete, ein kleines eigenes Legat hinterließ. Audreys Augen wurden feucht, doch Annabelle schien nicht annähernd so gerührt. Ein Nachsatz besagte, daß jede der beiden die andere ausbezahlen und ihren Hausanteil erwerben konnte, falls sie nicht gemeinsam unter einem Dach wohnen wollten. Audrey wußte mit Sicherheit, daß sie das nicht wollte.

In den nächsten Wochen packte sie ganz still ihre Sachen und verstaute sie in Kisten, die sie im Keller abstellte. Es waren Packkisten und Schiffskoffer und ein Karton mit Kleidern, aus denen Molly herausgewachsen war. Auch die Alben ihres Vaters wurden, sorgfältig in Seidenpapier und Leinen gewickelt, in Kisten untergebracht. Audrey wollte auf ihre für ein paar Monate geplante Europareise nur ein paar Koffer mitnehmen. Hinterher wollte sie dann entscheiden, wo sie wohnen würde. Sie wollte Violet und James wiedersehen, und noch viel wichtiger: Sie wollte Charles treffen. Bei ihm zu sein, wünschte sie sich mehr als alles andere. Sie war jetzt ganz frei und hatte bis auf Molly niemanden mehr, für den sie sorgen mußte. Seit Charles im September San Franzisko verlassen hatte, war keine Nachricht mehr von ihm gekommen. Noch immer tat ihr das Herz weh, wenn sie an den Antrag dachte, den sie aus Pflichtgefühl abgelehnt hatte, und sie fragte sich, ob Charles sie überhaupt würde sehen wollen. Sie hoffte es. Charles war der eigentliche Grund für ihre Europareise.

Es war Ende Juli, als sie alles verstaut und geregelt hatte. Ihre ganzen Sachen waren verpackt und verstaut. Ihre Angelegenheiten waren in Ordnung, sie hatte alles Notwendige in bezug auf die Hinterlassenschaft geregelt, und schließlich kam es auch zu der endgültigen Aussprache mit Annabelle.

Annabelle machte sich gerade zum Ausgehen zurecht und trug nach Audreys Ansicht zu viel Rouge auf. Auf dem Bett ausgebreitet lagen ein Hosenanzug und eine cremefarbene Seidenbluse. Annie war dabei, ihr Haar aufzustecken. In letzter Zeit hatte sie den Stil Marlene Dietrichs nachgeahmt und glaubte, in San Franzisko eine ebenso große Sensation zu sein wie die Dietrich in Europa.

»Du bist viel zu hübsch, um Hosen zu tragen.« Audrey lächelte ihrer jüngeren Schwester zu, als sie sich setzte, was ihr einen argwöhnischen Blick Annabelles eintrug. Seit dem Tod ihres Großvaters hatten sie miteinander nur das Nötigste gesprochen. Erst gestern war eine Notiz über Annabelle in der Zeitung gestanden, in der über ihren Flirt mit einem verheirateten Mann berichtet wurde. Sie war eigentlich auf eine Moralpauke gefaßt.

»Aud, ich habe es sehr eilig.« Das sagte sie hastig und wich dabei Audreys Blick aus, während eine Zigarette in einem rosa Aschenbecher auf dem Toilettentisch qualmte. Im angrenzenden Raum konnten sie Winston, Hannah und Molly hören, die miteinander spielten und sich um die Spielsachen zankten. Es war eine ungestüme kleine Bande, doch die beiden waren für Molly die richtige Gesellschaft gewesen, Audrey wußte, daß ihr Annabelles Kinder fehlen würden.

»Annie, ich werde nicht viel von deiner Zeit in Anspruch nehmen.« Sie trug ein einfaches schwarzes Seidenkleid und sah darin älter aus, als es ihren Jahren entsprach. Sie trug noch immer Schwarz, weil sie um ihren Großvater trauerte, doch daran schien Annabelle nicht mehr zu denken. »Ich fahre in einigen Tagen nach Europa. Ich dachte mir, daß du das wissen solltest.«

»Du machst was?« Annabelle war sichtlich entsetzt, ein Umstand, der Audrey erstaunte. Sie sahen sich nur selten, und wenn sie sich trafen, war es nie erfreulich. »Wann hast du dich dazu entschlossen?« Annie drehte sich auf dem Hocker vor dem Toilettentisch um und starrte ihre Schwester an. Eine Braue wurde nachgezogen, die andere zögerte noch. Audrey lächelte.

»Schon vor ein paar Wochen. Annie, in diesem Haus ist für uns beide nicht Platz genug. Außerdem sehe ich keinen Grund hierzubleiben. Ich blieb nur Großvater zuliebe hier, und der ist nun tot.«

»Und was ist mit mir?« Audrey starrte sie enttäuscht an. Sie konnte unmöglich erwarten, daß Audrey bleiben und sich um sie kümmern würde.

»Und was ist mit meinen Kindern? Wer wird das Haus führen?« Also das war es. Fast hätte Audrey über ihr entsetztes Gesicht gelacht.

»Annie, das ist jetzt deine Sache. Du bist dran. Ich habe achtzehn Jahre lang deine Angelegenheiten geregelt.« Sie war jetzt neunundzwanzig und hatte sich um das Haus des Großvaters seit ihrem elften Lebensjahr gekümmert. Mehr noch, sie hatte sich der Kinder Annabelles angenommen, seitdem diese vor zehn Monaten eingezogen war, und es war an der Zeit, daß Annabelle diese Pflicht selbst übernahm.

»Ich überlasse jetzt alles dir.« Audrey stand mit einem kalten Lächeln auf. Sie litt noch immer unter der Leere nach dem schweren Verlust, und jedesmal, wenn sie durch die Halle ging, spürte sie, wie sehr der Großvater ihr fehlte. Sie brachte es auch nicht mehr fertig, zum Frühstück ins Speisezimmer zu gehen. Wenn sie seinen leeren Platz sah und unwillkürlich auf ihn und die Debatten über die Zeitungsartikel wartete, schnürte sich ihr die Kehle zu.

»Wohin willst du gehen?« Annabelle machte aus ihrer Panik kein Hehl.

»Nach England. Danach nach Südfrankreich, und dann werde ich sehen, was ich mache.«

»Wann kommst du zurück?«

»Das weiß ich noch nicht. Wahrscheinlich erst in einigen Monaten. Ich habe es nicht eilig.«

»Den Teufel hast du.« Annabelle knallte die Haarbürste auf den Tisch und stand auf. »Du kannst mich doch nicht einfach im Stich lassen!«

Auch Audrey stand auf und blickte auf ihre viel kleinere Schwester hinunter. Sie war kleiner an Gestalt und an Geist. »Ich hätte nicht gedacht, daß es dir überhaupt auffallen würde.«

»Was soll das nun wieder heißen?«

»Annie, wir stehen uns doch nicht mehr nahe, oder?« Ihre Stimme war sanft und ihr Blick traurig. Es hätte nicht so enden sollen, aber nun war es so gekommen. Zwischen ihnen gab es nichts mehr, nur Lieblosigkeit, harte Gefühle und gegenseitige Ablehnung.

»Warum tust du mir das an?« Annabelle weinte, bis ihr die Wimperntusche in schwarzen Rinnsalen über die Wangen lief. Sie sah schrecklich aus, als sie sich wieder setzte und Audrey anstarrte. »Du haßt mich, stimmt's?«

»Nein, das tue ich nicht.«

»Du bist eifersüchtig auf mich, weil du nie einen Mann hattest.«

Audrey mußte lachen. Einen Mann wie Harcourt hatte sie nie gewollt, und den einzigen Mann, den sie jemals geliebt hatte, hatte sie abgewiesen. »Hoffentlich glaubst du das nicht wirklich, Annie. Ich mißgönne dir keineswegs, was du hattest, und hoffe, daß du eines Tages wieder heiraten wirst. Vielleicht ist deine Wahl dann etwas vernünftiger.« Obwohl das angesichts ihres Geschmacks und wilden Lebens sehr unwahrscheinlich war. »Es wird Zeit, daß ich gehe. Vermutlich bin ich Vater nachgeraten. Ich muß mir Bewegung verschaffen.« Von Charlie sagte sie nichts.

»Was fange ich mit den Kindern an?« jammerte Annie.

»Besorg dir ein Kindermädchen.«

»Keines will bleiben.« Das tat Audrey zwar leid, doch sie war auch nicht gewillt zu bleiben, außerdem würde es für Annabelle gut sein, wenn sie sich zur Abwechslung selbst um die Kinder kümmern mußte. Audrey freute sich auf die Aussicht, mit Molly allein sein zu können. Die Kleine lernte gerade sprechen, und jeder Augenblick, den sie mit ihr verbrachte, war ein Vergnügen.

Audrey stand da und sah auf ihre Schwester hinunter. »Es tut mir leid, Annie.«

»Raus aus meinem Zimmer!« schrie Annabelle sie an und schleuderte die Haarbürste gegen die Tür. »Verschwinde aus diesem Haus!« Audrey schloß leise die Tür hinter sich, im Ohr das klirrende Geräusch von zerbrechendem Glas.

Vier Tage später schloß sie die letzte Reisetasche und sah sich in ihrem Zimmer um. Sie empfand kein Bedauern. Im Gegenteil, sie konnte es kaum abwarten, wegzukommen, obwohl Annabelle am Abend zuvor heulend zu ihr gekommen war und sie gebeten hatte, nicht zu fahren. Zwei Mädchen hatten gekündigt, als sie erfuhren, daß Audrey das Haus verlassen wollte, und Köchin und Butler waren im Monat zuvor, kurz nach dem Tod des Großvaters, weggegangen. Es war Zeit für einen Neubeginn – für Annabelle ebenso wie für Audrey. Zum erstenmal im Leben war Annabelle gezwungen, auf eigenen Füßen zu stehen. Als sie die Tasche in der Halle seufzend abstellte, fragte Audrey sich, wie lange ihre Schwester das aushalten würde. Und als sie sich in der Halle umsah, überlegte sie, wann und ob sie dieses Haus wiedersah. Es würde dann sicher nicht mehr dasselbe sein. Wenn Annabelle sich an ihre Selbständigkeit gewöhnt hatte, würde sie sicher über die Stränge schlagen, alles verkaufen oder alles hinauswerfen und das Haus neu einrichten. Es war höchst unwahrscheinlich, daß sie so viel Anstand aufbringen und Audreys Erlaubnis einholen würde.

Annabelle stand nicht auf, um ihr Lebewohl zu sagen, und auch die Kinder schliefen noch. Audrey zog Molly leise an und frühstückte dann mit ihr in der Küche, ehe der Chauffeur sie mit dem Gepäck zum Flughafen brachte. Sie hatte sich aus Gründen der Zeitersparnis entschlossen, nach New York zu fliegen, anstatt mit der Bahn zu fahren. Anschließend würden sie mit der *Normandie*, dem neuesten und schönsten Schiff der französischen Linie, den Atlantik überqueren und in Southampton an Land gehen. Sie hoffte auf ein Wiedersehen mit Charles und wollte ihn von London aus sofort anrufen. Möglicherweise war er noch immer böse auf sie, und vielleicht war der Schaden nicht wiedergutzumachen. Versuchen wollte sie es jedenfalls. Das war sie sich schuldig, denn er war der einzige Mann, den sie jemals geliebt hatte. Vor dem Verlassen des Hauses verabschiedete sie sich mit einem Händedruck von den Dienstboten, nahm Molly auf einen Arm und ging die Eingangsstufen mit dem Kosmetikkoffer in der Hand hinunter. Es war dasselbe Köfferchen, das sie mit nach China genommen hatte. Sie lächelte, als sie an die endlose Zugfahrt dachte, während der sie das nutzlose Stück auf dem Schoß hielt. Charles drohte damals, es aus dem Fenster zu werfen oder gegen ein paar saftige Hähnchen einzutauschen. Sie konnte es kaum erwarten, ihn wiederzusehen. Der Flug nach New York schien nur Minuten in Anspruch zu nehmen, da sie in Gedanken schon an ihrem endgültigen Ziel war. Audrey bereute es keinen Augenblick, San Franzisko den Rücken gekehrt zu haben, und sie bekam Herzklopfen, als die Maschine abhob. Eine Reise war so berauschend, einerlei, wohin... dasselbe Gefühl hatte sie auch, als sie in New York an Bord der *Normandie* ging und an die erst zwei Jahre zurückliegende Begegnung mit Violet und James auf der *Mauretania* dachte. Diesmal war niemand an Bord, an den sie sich während der Überfahrt anschließen wollte. Obwohl die *Normandie* in jeder Hinsicht außergewöhnlich war, verbrachte sie die meiste Zeit mit Molly oder saß in einem Liegestuhl an Deck, während die Kleine in der Nähe spielte. Die Mahlzeiten ließ sie sich in ihre Kabine bringen. Sie wollte das Kind nicht unter der Aufsicht einer fremden Person lassen, während sie in den Speisesaal ging, und gab sich mit diesem zurückgezogenen Leben völlig zufrieden. Sie trug meist Trauerkleidung, gab sich ihren Gedanken hin und freute sich auf Charles. Sie hatte ihn nicht mehr gesehen, seitdem er sie auf dem Gehsteig hatte stehenlassen und fortgefahren war, nachdem sie seinen Antrag zurückgewiesen hatte. Dieser Gedanke lastete auf ihrem Herzen, und sie empfand denselben dumpfen Schmerz wie immer, wenn sie an ihn dachte.

Das Anlegen in Southampton war ein erhabenes Gefühl. Sie war jetzt nur noch Stunden entfernt von ihm, und die Fahrt nach London verging wie im Flug. Wieder stieg sie im Claridge ab wie damals und bat die Vermittlung, sie mit Charles' Nummer zu verbinden. Er war nicht da, als sie anrief, doch war es ja erst Nachmittag. Wahrscheinlich war er ausgegangen, vielleicht sogar für ein paar Tage außer Haus. Konnte sie ihn am nächsten Tag nicht erreichen, blieb noch die Möglichkeit, ihm eine schriftliche Nachricht zukommen zu lassen. Oder Violet und James zu fragen, wo er steckte, wenn sie die beiden morgen in Antibes anrief. Lady Vi kam an den Apparat... Die Verbindung war schrecklich.

»Violet? Hörst du mich. Audrey hier... Audrey Driscoll. Was? Was hast du gesagt?«

»Ich sagte... wo steckst du?« Die Verbindung war so miserabel, daß Audrey sie kaum verstehen konnte.

»Ich bin in London.«

»Wo wohnst du?«

»Im Claridge.«

»Wo? Ach, einerlei. Wann kommst du her?« Sie waren seit Juni in Antibes, und Audrey konnte sich vorstellen, daß es dort lebhaft zuging wie immer.

»Vielleicht Ende der Woche.«

»Was?«

»Ende der Woche.«

»Sehr schön. Wie geht's dir?«

»Fein.« Sie hatte ihr von Molly erzählen wollen, aber war noch nicht dazu gekommen. Dieses Thema mußte warten. Es war unmöglich, per Telefon bei einer so schlechten Verbindung darüber zu reden. »Wie geht es dir und James und den Kindern?«

»Uns geht es gut...« Audrey verstand nur noch ein Wort, das sich anhörte wie ›Zeit‹.

»Was hast du gesagt? Die gräßlichen Nebengeräusche...«

»Ja, schrecklich. Ich sagte, wir kamen eben von.., ...zeit.« Wieder war es aus, und Audrey entschlüpfte ein verzweifeltes Stöhnen.

»Woher kommt ihr?«

Plötzlich war die Verbindung wieder klar, als hätten sich Wolken geteilt und die Sonne freigegeben, und Audrey fiel fast in Ohnmacht, als sie schließlich die Worte verstand: »Von Charles' Hochzeit.«

»Was?« Audrey saß stocksteif auf dem Bett, als hätte sie einen Schlag empfunden.

»Ich sagte... wir sind eben von Charles' Hochzeit zurück... es war sehr hübsch...«

O Gott, nein, bitte, lieber Gott, nicht Charlie... stöhnte Audrey im stillen.

»Ich... ach.« Es war wirklich wie ein Schlag, so daß ihr momentan die Worte fehlten.

»Bist du noch da? Audrey, hörst du mich?«

»Ja, ganz schwach... Wen hat er geheiratet?«... Obwohl das keine Rolle spielte.

»Charlotte Beardsley, die Tochter seines Verlegers...« Es hatte keinen Sinn, ihr zu erklären, daß das Mädchen lange Jagd auf ihn gemacht hatte, ihm bis nach Ägypten nachgelaufen war und ihm buchstäblich zu Füßen gelegen hatte. James sagte zwar, es wäre nichts Dauerhaftes, nur eine Besessenheit, die sie bald satt haben würde, wenn sie Charles besser kannte. Er konnte sich nicht denken, warum Charles schließlich nachgegeben hatte. Vi argwöhnte jedoch, daß es einen Grund dafür geben mußte. »Die Trauung war in Hampshire... Wir sind eben erst zurückgekommen.«

Audrey war noch immer wie betäubt und hielt mühsam die Tränen zurück, die sie zu ersticken drohten. »Wie nett...« Es war so schwach, daß Violet es nicht hörte, aber diesmal war nicht die schlechte Verbindung daran schuld.

»Wann kommst du?«

»Ich weiß nicht... ich...« Plötzlich fiel ihr ein, warum sie nach London gekommen war. Jetzt hatte es keinen Sinn mehr zu bleiben. Deswegen war er in seiner Wohnung nicht zu erreichen gewesen. Sie schauderte bei der Vorstellung, daß seine Frau an den Apparat hätte gehen können, Charlotte, die nun Charlotte Parker-Scott hieß. Auf einmal wollte Audrey schleunigst weg aus London. »Wie wär's mit morgen? Ist das zu früh?« Sie sah Molly an, die auf dem Boden saß und spielte.

»Das wäre toll, Audrey! Fliegst du?«

Jetzt hatte sie es nicht mehr eilig. »Ich fahre mit der Bahn. Und noch etwas, Violet... Ich bringe meine Tochter mit.«

»Deine was?« Wieder knisterte es in der Leitung.

»Meine Tochter!« rief Audrey ganz laut.

»Sag mir, wann du ankommst. Wen immer du mitbringst, es wird uns freuen. Wir haben genügend Platz.«

»Danke...« Mit bebenden Lippen verabschiedete sie sich.

»Wir sehen uns morgen.«

»*Au revoir!* Wir holen dich von der Bahn ab.«

»Sehr schön.« Beide legten auf, und Audrey saß da und starrte sehr lange vor sich hin und dachte an die Neuigkeit, die sie von ihrer Freundin erfahren hatte. Irgendwie unglaublich. Charlie, den sie so sehr geliebt hatte und um dessentwillen sie gekommen war, war nun mit einer Frau namens Charlotte verheiratet.

26

Am nächsten Morgen um acht Uhr dreiundvierzig kam der Zug in Antibes an. Audrey saß in einem hellblauen Leinenkostüm und den Espadrillos, die sie zwei Jahre zuvor bei ihrem letzten Besuch gekauft hatte, am Fenster. Molly sah in ihrem rosa Baumwollkleidchen mit weißer Schürze und einem rosa Schleifchen im Haar wie ein kleiner chinesischer Engel aus. Sie saß auf Audreys Schoß, als der Zug einfuhr, und war von dem Leben und Treiben um sie herum fasziniert. In der Hoffnung, Violet und James in der Menge auszumachen, schaute Audrey hinaus, konnte die beiden aber zunächst nicht entdecken. Sie war auf der Suche nach einem Träger für ihr Gepäck, als sie sie endlich sah. Sie hatten sich nicht verändert. Violet sah in ihrem durchscheinenden weißen Kleid und mit dem riesigen weißen Hut sehr elegant aus. Dazu trug sie einen rosa Schal um den Hals, der eine Kette aus Perlen von Mottenkugelgröße nur unzulänglich verbarg. James wirkte in seinem marineblau-weiß gestreiften Hemd und den weiten weißen Hosen mehr französisch als englisch. Violet kam als erste auf Audrey zugelaufen. Sie hielt abrupt inne, als sie sie erreichte und in ihren Armen Molly bemerkte, die die schöne Dame fasziniert und mit großen Augen anstarrte.

»Hut!« sagte sie mit ausgestrecktem Zeigefinger, und beide lachten, als Violet Audrey fragend ansah.

»Und wer ist das?« Die Frage klang nicht anklagend, nur neugierig. James wies den Träger an, das Gepäck zum Wagen zu bringen.

Audrey lachte. »Das versuchte ich dir schon gestern am Telefon klarzumachen, leider war die Verbindung so schlecht. Das ist meine Tochter Molly.«

»Sieh mal einer an...« Violet drohte ihr scherzhaft mit dem Finger. »Das hast du also dort drüben getrieben. Ich muß schon sagen, sehr niedlich ist sie...« Violet strich über Mollys seidenweiches Haar. »Und wer war ihr Vater, meine Liebe?«

»Ehrlich gesagt, weiß ich das nicht genau.« Audreys Antwort bewirkte, daß Violets Augen vor Überraschung noch größer wurden. »Ich glaube, es war ein japanischer Soldat.«

Violet schürzte die Lippen. »Das behalte lieber für dich. Tu lieber so, als wäre er ein bekannter Philosoph gewesen. Oder jemand aus der Regierung, ein schrecklich wichtiger Mann.«

»Hallo, wer ist denn das?« Jetzt trat James zu der kleinen Gruppe und begrüßte Audrey mit einer herzlichen Umarmung und einem Kuß auf die Wange, ohne den Blick von dem Kind zu wenden.

Violet antwortete an Audreys Stelle. »Sieh mal, Liebling, Audrey hat ein kleines chinesisches Baby bekommen.« Audrey lachte über diese Feststellung und entschied, daß es höchste Zeit war, ihren guten Ruf zu retten, ehe das Spiel zu weit ging, obwohl weder Violet noch James sich sonderlich darüber aufzuregen schienen, daß sie ein uneheliches chinesisches Kind haben könnte. Es war erstaunlich, wie aufgeschlossen sie waren. Audrey konnte sich nicht vorstellen, daß irgend etwas sie überhaupt noch schokkieren konnte.

»Eigentlich war es ... ihre Mutter starb im Waisenhaus, als ich da war, und ich nahm Mai Li mit und adoptierte sie.«

James führte sie lächelnd zum Wagen, während Violet mit Molly spielte und sie kitzelte, bis sie kicherte. »Sicher hat dein Großvater sich riesig gefreut.« Als Audrey an seine erste Reaktion dachte, mußte sie lachen ... aber später war er zu Molly so gut gewesen und hatte sie in seinem Testament sogar als »meine Urenkelin Molly Driscoll« bezeichnet. Das hatte Audrey sehr bewegt.

»Er hat sich an sie gewöhnt und gewann sie sehr lieb.«

Violet sah sie mit gerunzelter Stirn an, als sie sich in den riesigen Mercedes gesetzt hatten. »Charles erzählte uns kein Wort davon, nach seinem Besuch bei dir. Das sieht ihm wieder mal ähnlich.« Dabei sah sie James an, und beide lachten, während Audrey sich verzweifelt darum bemühte, daß man ihrer Miene den Schmerz nicht anmerkte. Allein die Nennung dieses Namens bewirkte, daß sie innerlich erstarrte. Sie konnte nur hoffen, daß die beiden ihr nichts von der Hochzeit erzählen würden. Andererseits mußte und wollte sie erfahren, wen er geheiratet hatte, und warum. Es mußte eine Erklärung für sein Verhalten geben. Es erschien ihr unmöglich, daß er sich im letzten Jahr verliebt und sich so rasch entschlossen hatte zu heiraten. So ein Typ war er nicht ... sie kämpfte heroisch darum, ihn aus ihrem Bewußtsein zu verdrängen und lenkte ihre Gedanken zu Violet und James. Unter unbeschwertem Geplauder kamen sie bei der Villa an, und Audrey war entzückt, daß sich sehr wenig verändert hatte. Sie bekam wieder das Zimmer, das sie vor zwei Jahren bewohnt hatte und von dem aus man einen herrlichen Blick aufs Meer hatte. Zwischen ihrem und dem angrenzenden Gästezimmer wurde eine Tür geöffnet, in dem Molly untergebracht wurde. Zum Glück herrschte im Haus im Moment eine gewisse »Gästeflaute«, da die Hawthornes eben erst von Charlies Hochzeit zurückgekommen waren.

Als sie auf der Terrasse saßen und den Sonnenuntergang genossen, fragte Audrey Violet nach dem Mädchen, das Charlie geheiratet hatte. Sie mußte unbedingt etwas über diese Charlotte erfahren. Sie mußte... und James war gerade im Haus und entkorkte Weinflaschen, damit der Wein, der zum Dinner serviert würde, ›atmen‹ konnte. Seine besondere Vorliebe galt dem Haut-Brion, den sie bei ihrem letzten Besuch scherzhaft ›O'Brien‹ getauft hatten, und dem Mouton-Rothschild, der ihm noch besser schmeckte. In Südfrankreich hielt man viel auf gutes Essen und guten Wein, doch war Audrey in Gedanken nicht bei kulinarischen Freuden.

»In San Franzisko erzählte mir Charlie kein Wort von einer Frau.« Das brachte sie zögernd vor, weil es ihr peinlich war, zuzugeben, wie sehr es sie berührte. Das wollte sie sogar Violet gegenüber nicht zugeben.

»Sie macht schon seit zwei Jahren Jagd auf ihn«, begann Violet. Sie beobachtete Audreys Blick, der nichts verriet und der aufs Meer gerichtet war. Violet legte behutsam ihre Hand auf die ihrer Freundin. »Audrey, du bist doch nicht etwa noch in ihn verliebt?«

Es hatte keinen Zweck, ihr etwas zu verheimlichen, Violet ahnte ohnehin alles. Audrey sah ihre Freundin an, und in ihren Augen lag Schmerz. Tränen schimmerten in den Wimpern.

»Ach, meine Liebe... arme Audrey, es tut mir ja so leid... und ich habe es dir am Telefon so schonungslos beigebracht. Irgendwie glaubte ich, zwischen euch sei alles aus. Als er aus San Franzisko zurückkam, war Charles dessen so sicher.«

Audrey sah ihre Freundin bekümmert an. »Was sagte er?«

»Eigentlich nicht viel, nur daß eure Beziehung zu Ende sei. Du hättest dich dort wieder eingelebt, und er müßte sein eigenes Leben führen. Und ich muß sagen, er hat sich in dieses Leben geradezu hineingestürzt, als gäbe es etwas nachzuholen.«

Audrey nickte. Sie verstand ihn nur zu gut. »Er bat mich noch einmal, ihn zu heiraten.« Gequält sah sie Violet an. »Aber ich konnte nicht. Wie hätte ich damals meinen Großvater allein lassen können? Es wäre nicht richtig gewesen... ich konnte einfach nicht. Ich schlug vor, daß Charles eine Zeitlang in San Franzisko leben solle. Natürlich konnte er das nicht... wir beide sind Gefangene unserer Verpflichtungen gewesen.«

»Und als er ging, war er vermutlich sehr gekränkt.« Violet kannte ihn gut, und Audrey nickte.

»Er war wütend. Natürlich war er ebenso verletzt wie verärgert. Er wollte einfach nicht verstehen, was mich dort hielt.«

»Audrey, du mußt dir klarmachen, daß Charles keine Familie hat, sie praktisch nie gehabt hat... von seinem jüngeren Bruder abgesehen. Aber damals war er ja selbst noch ein halbes Kind, und die Reiselust war in ihm noch nicht erwacht. Wenn man die einmal im Blut hat, kommt man nie wieder zur Ruhe. Ich bin nicht sicher, ob er je seßhaft wird. Wenigstens nicht im konventionellen Sinn. Doch das Erstaunliche an dir ist, daß dir dieses verrückte Herumzigeunern ebenso liegt wie ihm.« Audrey lächelte und wischte sich mit einem Taschentuch über die Augen. James, der die beiden vom Speisezimmer aus beobachtete, dachte, daß sie ein reizvolles Bild abgaben. Er blieb im Haus, weil er spürte, daß die beiden ein vertrauliches Gespräch führten, bei dem er nicht stören wollte.

»Dieses verdammte Biest«, schimpfte Vi, die ihre Meinung über Charlotte offen aussprach. Sie hatte von Anfang an kein Geheimnis aus ihrer Abneigung gemacht. Einmal hatte sie sich auch bei Charles kein Blatt vor den Mund genommen, doch er hatte ihr nicht glauben wollen.

»Das Dumme ist, daß Charlotte ihn meiner Überzeugung nach nicht liebt. Sie wollte ihn für sich haben... das ja, ganz verzweifelt, wie einen Gegenstand, den man haben muß, oder wie ein sagenhaft teures Stück oder ein Schloß... Ich glaube, die Heirat mit Charles ist für sie tatsächlich eine Errungenschaft.«

Audrey hörte es mit Betroffenheit. »Aber er muß sie doch lieben.« Wieder putzte sie sich die Nase und tupfte die Augen ab, da der Tränenstrom nicht versiegen wollte. Die Offenheit im Gespräch mit Violet tat ihr gut. Sie hatte das Bedürfnis, sich mit jemandem über Charles auszusprechen.

»Also, ich war nie ganz sicher«, sagte Vi, als sie sich nachdenklich im Liegestuhl zurücksinken ließ. »Ich glaube eher, er hat es sich eingeredet. Und Charlotte macht ihm das Leben leicht, das muß man ihr lassen. Sie tut buchstäblich alles für ihn – gerade, daß sie ihm nicht die Schuhe anzieht. Eigentlich widerwärtig.«

»Und ich bin das genaue Gegenteil von ihr und nicht bereit, auch nur eine Handbreit nachzugeben. Ich bin jemand, der versucht, seine Pflicht zu erfüllen.«

»Dafür kann man dich nicht verurteilen.« Lady Vi hatte Charlie die Heirat mit Charlotte Beardsley nicht verziehen. Und sie hatte bei der Hochzeit heiße Tränen vergossen, aber nicht, weil die Zeremonie sie gerührt hätte. James hatte ihr dringend geraten, ihre Meinung nicht auszusprechen, weil es sie sonst Charlies Freundschaft kosten würde. Er schien entschlossen, Charlotte um jeden Preis zu verteidigen. Vielleicht, weil er wußte, daß er der einzige war, der das tun würde.

»Ist sie sehr schön?« Audreys Miene war die eines Kindes mit gebrochenem Herzen, als sie diese Frage stellte.

Lady Vi schüttelte den Kopf. »Nein, das ist sie nicht... vielleicht ganz hübsch, besser gesagt apart. Vor allem ist sie sehr teuer zurechtgemacht. Immer todschick, alles nur vom Besten. Ich glaube, ihr Vater hat sie ganz unglaublich verwöhnt. Die Beardsleys sind sehr vermögend.« Diese Worte klangen fast wie ein Todesurteil, Vi wollte damit aber nur zum Ausdruck bringen, daß die Beardsleys über Geld und keine Klasse verfügten, obwohl ihr nie eingefallen wäre, dies so unverblümt zu formulieren. »Charles behauptet, Charlotte verfüge über einen ausgeprägten Geschäftssinn. Sie betreut seine Bücher und hat sich darin als sehr geschickt erwiesen. Es ist ihr sogar geglückt, die Filmrechte für zwei seiner Titel zu verkaufen, eine Sache, auf die Charles von sich aus nie gekommen wäre.«

»Das hört sich an, als wäre sie gut für ihn.« Und dann stellte Audrey die Frage, die sie eigentlich interessierte.

»Ist er glücklich?«

Lady Violet überlegte lange, dann sah sie ihre Freundin offen an. »Nein, das ist er nicht. Er behauptet es zwar, doch ganz ehrlich gesagt, glaube ich ihm nicht. James würde mich umbringen, wenn er wüßte, daß ich dir so etwas sage, doch es ist meine Meinung. Ich glaube, er macht sich da selbst etwas vor. Er war entschlossen zu heiraten, und Charlotte war zur Stelle und wäre für ihn durch brennende Reifen gesprungen. Deswegen redet er sich ein, sie sei die Richtige. Doch man vermißt zwischen ihnen die Freude, den Funken, die Erregung... es ist ganz anders, als es zwischen euch von Anfang an war. Sprach er von dir, dann war es für ihn Himmel oder Hölle« – beide mußten daran denken, daß sie sich geweigert hatte, aus Harbin fortzugehen – »aber von all dem ist jetzt nichts zu merken. Er wirkt nicht ganz lebendig. Eher wie betäubt. Und das, trotz seiner Behauptung, es ginge ihm glänzend. Na, selbst wenn das stimmen sollte, wird es nicht lange anhalten. Ich glaube nämlich, daß Charlotte Beardsley hinter ihrer gelassenen Fassade eine sehr schwierige Frau ist. Es muß seinen Grund haben, daß sie bis jetzt unverheiratet war. Sicher hat sie im Leben erreicht, was sie wollte. Sie wollte berufliche Karriere machen, das hat sie geschafft, großartig sogar, und dann fiel ihr ein, daß sie auch einen Ehemann brauchte, und sie hat sich einen verschafft. Was sie jetzt mit ihm anfängt, ist mir nicht klar. Sie wird ihn vermutlich wie eine Marionette tanzen lassen, und Charlie wird dieses Leben bald verabscheuen. Charlotte wird ihn zu einem Bücher- und Filmstoffproduzenten ummodeln wollen und Geld damit scheffeln. Es ist das einzige, von dem sie wirklich etwas versteht... sie hat kein Gefühl dafür, was bei Menschen wie dir und Charles die eigentliche Triebfeder ist, jene herrliche Wanderlust, die euch in die Welt hinausführt, nur damit ihr exotische Gerüche schnuppern und Fotos von ungewöhnlichen Menschen machen könnt.«

»Fotos wovon?« James, der sich nun zu ihnen gesellte, warf seiner Frau einen argwöhnischen Blick zu. Er hatte sie eindringlich gebeten, mit Audrey nicht über Charles zu sprechen. Es hatte keinen Sinn, alte Wunden aufzureißen. Er wußte, daß Charlie auf dieses Thema noch immer sehr empfindlich reagierte, und er hielt dies auch bei Audrey für möglich. Jetzt war ganz klar, daß die Beziehung ihnen beiden viel bedeutet hatte. Und es tat ihm ihretwegen sehr leid, daß die Sache kein gutes Ende gefunden hatte. Audrey und Charles waren sich so ähnlich – Charlotte war ganz anders.

Die zwei Freundinnen sprachen nicht mehr über dieses Thema, doch alles, was Vi gesagt hatte, blieb in Audreys Bewußtsein hängen, während sie sich immer wieder sagte, daß es aus war, daß sie ihn nicht mehr lieben durfte... Charles war verheiratet.

Glauben konnte sie es immer noch nicht richtig. Im Vordergrund ihrer Erinnerung standen die endlosen Stunden der Liebe im Orient-Expreß oder die Wunder eines Sonnenaufganges, den sie in Tibet von einem kleinen uralten Zug aus beobachtet hatten. Jetzt war sie um so dankbarer, daß sie das alles erlebt hatte. Ohne diese Reise hätte sie keine Erinnerungen gehabt, von denen sie hätte zehren können. Und immer wieder mußte sie an das denken, was Vi über Charlotte gesagt hatte..., daß diese ihm das Leben so sehr erleichtere... »sie wäre für ihn durch brennende Reifen gesprungen.« ... Doch war dies kein ausreichender Heiratsgrund. Charles war anders, das wußte sie, und das allein wäre für ihn kein Grund für eine Ehe gewesen, wenn sie selbst ihn nicht durch ihre Ablehnung dazu getrieben hätte. Er hatte aus Enttäuschung geheiratet. Aber eigentlich war er viel zu vernünftig dazu. Nachts lag sie in ihrem Bett, dachte an ihn und sagte sich, daß es keine Rolle spielte, warum er Charlotte geheiratet hatte. Es war passiert. Und jetzt mußte Audrey ihn vergessen.

Während der schönen Wochen in Antibes versuchte sie vergebens, ihn aus ihren Gedanken zu verbannen, obwohl es an Ablenkung nicht fehlte.

Audrey fand es richtig aufregend, als sie Wallis Simpson und Edward, dem Prince of Wales begegneten, der mit James ein paar Worte wechselte. Audrey wurde beiden vorgestellt. James schien der Meinung zu sein, sie hätte mit Mrs. Simpson etwas gemeinsam, da sie beide Amerikanerinnen seien. Mrs. Simpson wechselte nur einen Händedruck mit ihr, aber Audrey war hingerissen von ihrer Eleganz, die sie auch in Antibes zur Schau trug. Das schlichte Leinenkleid, die untadelige Frisur unter dem schicken Strohhut ließen Mrs. Simpson wie ein Modell für das Titelblatt von der *Vogue* aussehen. Auch ihre Schuhe waren maßgefertigt. Audrey hatten es besonders die wertvollen Perlen von Mrs. Simpson angetan. Ihr fiel auf, wie bewundernd der Prince of Wales seine ständige Begleiterin ansah, als sie sich entfernten. Er selbst war ein außerordentlich gutaussehender Mann, und Audrey fand es aufregend, daß sie den beiden begegnet war. Mit Vi sprach sie später ausführlich über das auffallende Paar und das Ausmaß des Skandals, den diese Verbindung verursacht hatte. Natürlich war Mrs. Simpson inzwischen geschieden, dennoch war alle Welt über die Beziehung des Thronfolgers zu ihr schockiert. Audrey hatte auch gehofft, wieder mit den Murphys zusammenzukommen, doch waren diese von einer Tragödie betroffen worden, so daß sie Gesellschaft mieden. Sie hatten ihren Sohn verloren, der im März an spinaler Meningitis gestorben war. Bei Patrick, ihrem zweiten Sohn, war von neuem sein Lungenleiden akut geworden. Ihr Leben, das vergoldet schien, hatte seinen Glanz eingebüßt. An ihrer Stelle fand sich ein anderes Paar in der Villa ein, das für Ablenkung sorgte. Es waren gute Freunde von Violet und James, zumindest war die junge Frau mit den Hawthornes befreundet. Baroneß Ursula von Mann war eine ehemalige Pensionatsfreundin Violets. Sie hatte erst vor kurzem den Wirtschaftswissenschaftler Karl Rosen geheiratet und hieß jetzt nur noch Ursula Rosen. Uschi, wie sie allgemein gerufen wurde, hatte blonde Locken, große grüne Augen, Sommersprossen und Grübchen, und sie verfügte über ein herrliches Lachen und gab gern schockierende Geschichten über ihre Freunde und über ihre in München lebende Familie zum besten. Die Familie von Mann bewohnte ein schloßähnliches Haus, aus dem Uschi alljährlich nach Südfrankreich flüchtete, wie sie mit ihrem deutschen Akzent erzählte. Heuer befand sie sich auf Hochzeitsreise. Das junge Paar hatte Wien und Paris besucht und beabsichtigte, im September nach Venedig und Rom zu fahren, ehe es anschließend zurück nach Berlin fuhr, wo Karl lebte. Uschis Vater hatte darauf bestanden, ihnen ein riesiges Haus zu kaufen. Daß Karl Jude war, bereitete ihm zwar einige Sorgen, war für ihn aber kein übermäßiger Grund zur Aufregung. Uschi erklärte, daß es tatsächlich im Moment eine gewisse Stimmungsmache gegen Juden gäbe, und ihr Vater sie ermahnt hatte, sich bei Begegnungen mit hochgestellten Nazis unauffällig zu verhalten. Ihre Ansichten, die sie nur im Ausland laut äußern konnte, waren denen des Nazi-Regimes strikt entgegengesetzt, aber beide Rosens glaubten, daß Hitler gegen Juden von Rang und Namen nichts unternehmen würde. Immerhin war Karl ein anerkannter Wissenschaftler, Verfasser mehrerer Bücher, Inhaber eines Lehrstuhls an der Universität Berlin – in Deutschland ein wichtiger und angesehener Mann. Er war daneben auch ein sehr humoriger Mensch, besonders wenn er dem Champagner reichlich zugesprochen hatte. Zu fünft verbrachten sie eine herrliche Zeit in Antibes, nicht zuletzt, weil sich hier wieder ein großer Freundeskreis traf. Als die letzte Augustwoche anbrach, war Audrey entspannt, glücklich und sonnengebräunt. Sie begann, Pläne für die nächste Zukunft zu schmieden. Aus den Wochen oder Monaten mit Charles in London wurde ja nun nichts.

»Komm doch mit uns nach Venedig«, schlug Uschi vor, als sie auf der Terrasse liegend die Sonne genossen. Uschi hatte Karls Strohhut auf die goldenen Locken gedrückt und sah ungeheuer reizvoll aus.

Audrey lachte über den Vorschlag. »Auf deiner Hochzeitsreise? Was für eine Idee. Ich kann mir Karls Begeisterung vorstellen.«

»Ja, er wäre sicher begeistert.« Seine Stimme ertönte dröhnend von der Tür her. Er kam und setzte sich auf die Kante von Uschis Liegestuhl. »Warum kommst du nicht mit uns, Audrey?«

»Karl, das geht nicht.«

»Warum nicht?«

»Ihr wollt doch allein sein. Es ist eure Hochzeitsreise.«

Da beugte er sich zu ihr hinüber und raunte ihr so laut, daß es alle hören konnten, zu: »Wie wär's mit einer ménage à trois?«

»Kommt nicht in Frage.« Lachend drehte Audrey sich um und sah zufällig einen Wagen vorfahren, dem zwei Personen entstiegen. Der Mann drehte ihr den Rücken zu, seine große und überschlanke Begleiterin trug einen breitkrempigen Hut und ein auf Figur gearbeitetes weißes Kleid mit gepolsterten Schultern. Man hörte englische Satzfetzen, als Vi die Gäste im Garten begrüßte. Gemeinsam ging man ins Haus, während das Personal sich um das Gepäck kümmerte. Vi hatte nichts von neuen Gästen verlauten lassen, und Audrey überlegte schon, ob sie den Neuankömmlingen nicht Mollys Zimmer abtreten sollte. Vi war im Hinblick auf unangemeldete Besucher bekanntermaßen so großzügig, daß Audrey sehr bezweifelte, ob die zwei Neuankömmlinge sich angesagt hatten.

»Hast du eine Ahnung, wer das ist?« fragte Uschi träge, und Audrey schüttelte den Kopf. Und dann sah Uschi ihre neue Freundin mit einem Lächeln an, aus dem aufrichtige Zuneigung sprach. »Ich bin so froh, daß wir deine Bekanntschaft machen durften... und die der kleinen Molly.« Uschi hoffte sehr bald auf ein Kind. Schließlich war sie schon einunddreißig und Karl fünfunddreißig. Sie waren im Alter von Vi und James. Mit ihren neunundzwanzig Jahren war Audrey die Jüngste der Runde und wurde von den anderen deswegen zuweilen geneckt. Während sie so plaudernd beisammensaßen, kam plötzlich Violet mit einem großen Krug Limonade auf die Terrasse und warf dabei einen nervösen Blick zu Audrey hin. Uschi fiel es auf, während Audrey, die sich angeregt mit Karl unterhielt, nichts zu bemerken schien. Violet war eben dabei, für jeden ein Glas vollzuschenken, als die neuen Gäste auf die Terrasse kamen. Für den Mann, der hinter der eleganten Engländerin aus der Tür trat, war Audreys Anblick sichtlich ein Schock. Die anderen bemerkten das, noch bevor Audrey sich umdrehte. Kaum hatte sie ihn angesehen, erstarrte sie, und das Glas glitt ihr aus der Hand und zerbrach klirrend auf dem Terrassenboden. In ihrer Verwirrung trat sie auf eine Scherbe und schnitt sich in den Fuß. Alles bemühte sich sofort um sie. Sie wurde zu einem Stuhl geführt, und Karl bot ihr eine weiße Damastserviette an, mit der sie das Blut stillen konnte, doch sie bat um ein Handtuch, da sie Violets Servietten nicht ruinieren wollte.

»Ach, Audrey, sei nicht albern.« Violet selbst tupfte die Wunde mit der Serviette ab. In dem allgemeinen Wirbel trafen sich Audreys und Charles' Blicke. Sie konnten sich schließlich nicht immer ausweichen. Violet glaubte Audreys Schmerz zu fühlen, als diese Charlie die Hand reichte.

»Hallo, Charles. Tut mir leid, daß ich für Wirbel sorge. So linkisch bin ich nicht immer.« Sie lächelte und spürte, wie sie am ganzen Leibe zitterte, als sie ihn und dann seine Frau ansah. Niemand machte Anstalten, sie einander vorzustellen. Die Atmosphäre war so spannungsgeladen, daß es fast schmerzte.

»Ich bin Audrey Driscoll, freut mich, Sie kennenzulernen.« Sie streckte ihr die Hand entgegen, und die hochgewachsene aparte junge Frau musterte sie kritisch, ehe sie die dargebotene Rechte ergriff. Ihrem Blick mangelte es an jeglicher Wärme.

»Ich bin Charlotte Parker-Scott. Sehr erfreut.«

»Also, Leute, wie wär's, wenn wir hineingingen, damit hier saubergemacht werden kann.« Der Terrassenboden war mit Glasscherben übersät, und Violet wirkte wie ein nervöses Wrack. »Denkt daran, hier nicht barfuß herumzulaufen.« Sie scheuchte alle ins Haus, und Audrey entschuldigte sich überschwenglich für das Chaos, das sie angerichtet hatte. Beide kannten den Grund, und auch Uschi spürte, daß die Ankunft dieses Mannes für Audrey einen Schock bedeutet hatte, doch sah man ihr nichts mehr davon an, als sie mit Karls Hilfe hineinhumpelte. Er bot ihr an, sie zu tragen, doch sie lehnte ab. Anschließend suchte sie Zuflucht in ihrem Zimmer, um sich zu säubern und die Wunde zu verbinden. Augenblicke später kam Violet zu ihr, händeringend und mit verzweifelter Miene. »Audrey, ich hatte keine Ahnung... das mußt du mir glauben... das sieht Charles wieder ähnlich, einfach so aufzukreuzen. Wir haben sie nicht erwartet.«

»Spielt keine Rolle, Vi. Früher oder später wäre es doch passiert.«

»Aber nicht hier. Um Himmels willen, du bist doch gekommen, um ihn zu vergessen, nehme ich an.«

»Vielleicht ist das die beste Kur. Vielleicht werde ich bald gegen Charles Parker-Scott immun sein.« Einen feuchten Lappen auf die Wunde drückend, sah sie ihre Freundin unglücklich an. »Sie ist sehr hübsch, Vi. Vielleicht ist das die Erklärung.«

Violet tat dies mit einer Handbewegung ab. »Lächerlich. Sie kann dir nicht das Wasser reichen. Und sie ist kalt wie ein Eisberg.« Audrey hatte in den kurzen Augenblicken ihrer Begegnung dasselbe Gefühl gehabt. Charlotte war sachlich kühl und ungemein beherrscht. »Sie bleiben nur über Nacht. Ich sagte Charles, daß sie nicht hier wohnen können. Ich kann nicht zulassen, daß du in eine derart peinliche Situation gebracht wirst.«

»Lächerlich, Vi. Außerdem wollte ich ohnehin noch eine kleine Reise anschließen. Uschi und Karl schlugen mir vor, sie nach Italien zu begleiten.« Eigentlich wollte sie das Angebot nicht annehmen, weil es ihr nicht richtig vorkam, doch war es immer noch besser, als zu bleiben. Sie konnte die Rosens als Vorwand benutzen und sich dann nach einem oder zwei Tagen von ihnen trennen. Auf keinen Fall wollte sie mit Charlie und seiner Frau länger unter einem Dach bleiben.

»Bitte, Audrey, sie fahren morgen wieder ab, das schwöre ich...« Violet war die Szene auf der Terrasse noch immer peinlich. Dabei war Audreys kleiner Unfall noch das Geringste... Viel schlimmer war ihr Gesichtsausdruck bei Charlies Anblick gewesen. In ihrer Miene hatten so viel Schmerz und Verzweiflung gelegen, daß es einem das Herz brach. Man hatte ihr angesehen, wie schwer sie ihren Verlust empfand. Es war unwahrscheinlich, daß Charlie dies nicht bemerkt hatte. Leider war es auch Charlotte nicht entgangen, die in diesem Augenblick ihrem Mann auf der Terrasse in gedämpftem Ton Vorwürfe machte.

»Du hast mir nicht gesagt, daß sie hier ist.« Sie wußte genau, wer Audrey war, und sie ahnte, was sie für Charlie bedeutet hatte. Nach seiner Rückkehr aus San Fanzisko hatte sie alle Anzeichen richtig gedeutet, und seinen Entschluß, die Vergangenheit zu vergessen, weidlich ausgenutzt. Sie wollte keinesfalls, daß die Erinnerungen wieder zum Leben erwachten. Sie hatte Charlie für sich gewonnen und gedachte, ihn zu behalten.

»Ich hatte keine Ahnung davon.« Charlie war schmerzlich bedrückt, und ihre Blicke trafen sich. »Die Idee, daß sie hier sein könnte, wäre mir nie gekommen.« Er fragte sich selbst, wie sie es geschafft hatte, ihren Großvater in San Franzisko allein zu lassen.

»Ich glaube, wir sollten lieber in ein Hotel ziehen.«

Seine Miene zeigte eine Entschlossenheit, die Charlotte nicht gefiel. »Ich werde nicht vor ihr davonlaufen.«

»Und ich bleibe nicht mit ihr unter einem Dach.« Charlottes Augen waren wie schwarze Steine, und um ihre Mundpartie lag ein verkniffener Zug, als sie die Worte zähneknirschend hervorstieß. »Außerdem schaden mir Aufregungen.«

Er sah sie seufzend an. Die vor ihnen liegenden Monate würden sehr lang werden. Immer wenn Charlotte ihm ihren Zustand ins Gedächtnis rief, konnte sie alles durchsetzen, denn Charles war nicht gewillt, irgendein Risiko auf sich zu nehmen.

»Laß uns diese Nacht hierbleiben. Wenn es unerträglich wird, können wir morgen immer noch in ein Hotel ziehen. Das verspreche ich dir. Wenn wir jetzt gleich gehen, fällt es nur unangenehm auf, und Vi und James kränken sich womöglich.«

Charlotte war klug genug, ihn nicht zu drängen. Sie ließ ihn jedoch nicht aus den Augen, schon gar nicht, als Audrey wenig später in einem weißen Hosenanzug à la Dietrich auftauchte. Das schneeige Weiß kontrastierte wundervoll mit ihrer Sonnenbräune und ihrem kupferfarbenen Haar. Charles hatte das Gefühl, daß sie nie zuvor so reizvoll ausgesehen hatte. Er drehte sich um und holte sich noch einen Drink. Charlotte hatte recht – einfach würde es nicht werden.

Den Rest des Nachmittags verbrachte Audrey mit einem Einkaufsbummel in Gesellschaft von Uschi und Karl, und als sie zurückkam, ging sie mit Molly in die Küche, um sie zu füttern. Alle Hausangestellten waren in das kleine Mädchen so vernarrt, daß es an hingebungsvollen Babysittern nicht mangelte, dennoch ließ Audrey das Kind nur selten allein. In einer Situation wie dieser war die tägliche Routine für sie ein Trost. Sie schnitt für Molly gekochtes Huhn in Stücke und lächelte, als die Kleine lachte und hinter ihrem Lätzchen Verstecken spielte. Molly war der einzige Sonnenstrahl in Audreys Leben, und jetzt war ihr klar, daß das immer so bleiben würde. Das Zusammensein mit Charles war für sie so qualvoll, daß sie an diesem Abend ihren ganzen Mut zusammennehmen mußte, um zum Dinner hinunterzugehen. Und sie gab sich besondere Mühe, gut auszusehen. Denn trotz Violets abschätziger Meinung hielt sie Charlotte für eine beachtliche Rivalin. Sie war exquisit gekleidet und verfügte über einen unfehlbaren Geschmack, so daß Audrey sich neben ihr richtig hausbacken vorkam. Charlotte gehörte zu den Frauen, die nach Geld und Macht rochen, und hätte sie daneben nicht auch noch Witz und Verstand gehabt, wäre Audrey enttäuscht gewesen, daß Charles sich für eine Frau wie sie entschieden hatte. Aber Charlotte war genau der Typ Frau, mit dem Männer gern debattierten.

»Reizend siehst du heute aus«, rief James aus, als Audrey in einem Seidenkleid eintrat, das die gleiche blaue Farbe wie ihre Augen hatte und ihre honigfarbenen Schultern frei ließ. Er wußte, daß sie jetzt als Stütze einen starken Arm brauchte, und er bot ihr den seinen, als sie eine Weile später ins Speisezimmer gingen. Violet hatte sie bei Tisch möglichst weit von Charles entfernt gesetzt und sogar noch ein paar Freunde zusätzlich eingeladen, damit die Gruppe größer wurde und Audrey und Charles abgelenkt würden. So kam es, daß der Abend erstaunlich ungezwungen verlief. Nur Audrey und die Gastgeber wußten, wie schwer es für sie war. Niemand anderer hätte etwas vermutet, von Charlotte abgesehen, die Charles genau im Auge behielt, und sich den ganzen Abend besonders charmant und humorvoll gab... wie um Audrey zu zeigen, was für eine famose Frau Charles an ihrer Stelle geheiratet hatte. Schlimmer noch, sie wollte ihr zeigen, daß sie ohnehin nie an sie herangereicht hätte.

»Und was machen Sie?« fragte sie Audrey mit besonderer Betonung, als eine Pause in den Tischgesprächen eintrat.

Audrey sah sie lächelnd an und antwortete ganz ruhig:

»Ich kümmere mich um meine Tochter.« Niemand sah, wie ihre Hände dabei zitterten.

»Wie nett.« Charlotte lächelte. Alle Welt wußte, daß sie die zukünftige Verlagsleiterin bei Beardsley war.

»Du bist viel zu bescheiden, was deine Fotos anlangt, Audrey«, meldete sich die Gastgeberin vom anderen Ende der Tafel. »Sie ist eine ausgezeichnete Fotografin.« Violet sah Charlotte mit kaum verhülltem Zorn an, während Charles auf seinen Teller starrte. Er und Audrey dachten beide an die Porträtaufnahme von Madame Sun Yat-sen, die in der Londoner *Times* zusammen mit seinem Artikel erschienen war. Audrey hatte sich damals sehr darüber gefreut.

Nun schwappte wieder die allgemeine Konversation über ihnen zusammen wie ein Fluß, der sich über Steine ergießt, und es kam zu keiner weiteren direkten Konfrontation. Audrey hatte das Gefühl, den anstrengendsten Abend ihres Lebens überstanden zu haben. Sie ging auf die Terrasse, um frische Luft zu schöpfen, während einige der anderen drinnen Scharaden spielten. James und Vi pflegten mit ihren Gästen gern Spiele zu veranstalten, und sogar Charlotte machte mit und entpuppte sich als Motor der ganzen Gesellschaft. Alle wollten mit ihr spielen, weil sie im Erraten so gut war. Charlotte war tatsächlich klug wie der Teufel. Ein Jammer, daß es ihr an menschlicher Wärme mangelte.

Audrey ließ sich in einem der bequemen Korbsessel auf der mondbeschienenen Terrasse nieder, schloß seufzend die Augen und lehnte sich zurück. Als sie dicht neben sich Charlies Stimme im Flüsterton hörte, fuhr sie erschrocken auf.

»Einfach ist es nicht, stimmt's, Aud?« Sie schlug die Augen auf, sagte zunächst gar nichts und nickte dann zurückhaltend.

»Ich hätte nicht kommen dürfen. Violet und James sind deine Freunde, Charles.« Es war das erste Mal, daß sie ihn direkt ansprach, und ihrer beider Augen erzählten eine lange und traurige Geschichte. Weder Audrey noch Charles konnten so tun, als seien sie gefühlsmäßig unbeteiligt. Beide litten unsäglich.

»Du gehörst hierher ebenso wie ich.« Ein wenig fürchtete er, Charlotte würde sie hier draußen beobachten und ihm später eine Szene machen. Charlotte würde ihm erlauben, was immer er wollte, nur kein Gespräch mit Audrey, denn sie war sich der Gefahr nur zu bewußt. »Ich hätte Violet anrufen sollen, bevor wir kamen,... nie hätte ich gedacht...« Sein Blick suchte den ihren, weil er wollte, daß sie die Enttäuschung und den Zorn wahrnahm, die er vor einem Jahr empfunden hatte, doch waren diese Empfindungen plötzlich wie weggeblasen. Kümmernis war das einzige, was er empfand.

»Großvater ist im Juni gestorben.«

»Das tut mir leid.« Es war aufrichtig gemeint, denn er wußte, wie gern sie den alten Mann gehabt hatte. Das wußte er besser als jeder andere. Audrey nickte nur. Und dann stellte er die Frage, vor der er am meisten Angst hatte. »Warum bist du gekommen?«

Mit angehaltenem Atem sagte sie: »Um James und Violet zu besuchen.« Ihr Zögern dauerte nur den Bruchteil einer Sekunde. Charles wandte sich ab und blickte aufs Wasser, das silbrig im Mondschein schimmerte.

»Als ich letztes Jahr aus Amerika kam, war ich halb verrückt...«

Sie schüttelte den Kopf, weil sie nicht hören wollte, was er zu sagen hatte. Es war zu spät. Es spielte keine Rolle mehr. »Du schuldest mir keine Erklärung.«

»Nein?« Er war schon ein wenig betrunken, aber nicht so sehr, daß seine Gefühle dadurch gemildert worden wären, nicht so sehr, daß sie ihm weniger schön erschienen wäre... nicht so sehr, daß seine innere Stimme geschwiegen hätte und er ohne Herzklopfen in ihre blauen Augen hätte sehen können...

»Vielleicht muß ich es sagen. Als ich zurückkam, wollte ich dich nie mehr wiedersehen. Ich glaube, eine Weile habe ich dich sogar gehaßt. Und Charlotte war sehr gut zu mir. Sie goß Balsam auf meine Wunden, unterstützte mich bei der Arbeit, half mir, nüchtern zu werden, wenn ich betrunken war... sie war für mich da... ständig... so wie du es nie sein wolltest... sie begleitete mich nach Ägypten. Dort verbrachte ich Monate und arbeitete an meinem neuen Buch.« Sie glaubte Tränen in seinen Augen zu sehen, aber vielleicht täuschte der Mondschein sie. »Charlotte war einmalig...« Das klang nach einer Entschuldigung, doch Audrey konnte nicht unterscheiden, ob er sich bei ihr oder bei Charlotte entschuldigen wollte.

»Und meine Sympathie wuchs. Ehrlich gesagt, verstehe ich mich sehr gut mit ihr.« Er drehte sich um und sah Audrey direkt an. Jetzt erst merkte sie, daß er ziemlich betrunken war. Es spielte keine Rolle. »Das Schlimmste ist, daß ich sie nicht liebe.« Audrey war so schockiert, daß sie erstarrte. Sie wollte nicht hören, was er noch zu sagen hatte... er hatte kein Recht auf sie beide... doch noch ehe sie etwas sagen konnte, um ihn aufzuhalten, fuhr er fort: »Das sagte ich ihr vor unserer Heirat. Ich bin nicht so niederträchtig, daß ich jemandem Liebe vorheuchle...« Seine Stimme klang sanft, und Audrey spürte, wie ihre Kehle eng wurde... »und auch nicht tapfer genug, um jemandem zu sagen, daß ich eine andere liebe... sie sagte, es sei ohne Bedeutung. Sie erwarte keine große Leidenschaft und übertriebene Romantik, nur Loyalität und Freundschaft. Und Freunde sind wir, gute Freunde. Ich verstehe mich gut mit ihr...« Er wiederholte sich, und Audrey war schockiert über sein Geständnis... über das, was er getan hatte, es war Wahnsinn. Warum hatte er Charlotte geheiratet? Im nächsten

Atemzug beantwortete er ihre Frage. »Ich hätte sie nicht geheiratet, mußt du wissen. Freundschaft wäre mir zu wenig gewesen, egal, was Charlotte denken mag. Du und ich, wir wissen es besser, nicht?« Einen Augenblick lang glaubte sie, daß Verbitterung aus seinen Worten sprach. Sie stand auf. Sie wollte nicht dasitzen und ihm zuhören, wenn er ihr erzählte, daß er seine Frau nicht liebte. »Das Teuflische ist, daß sie in Ägypten schwanger wurde. Es muß in den letzten Tagen passiert sein.« Er sah Audrey bekümmert an, die das Gefühl hatte, das Herz würde ihr brechen oder für den Rest ihres Lebens wie Blei in ihrer Brust liegen.

»Sie ist erst zweieinhalb Monate schwanger... man sieht noch nichts, niemand weiß es. Eine Abtreibung wollte sie nicht.« Er sah die Frau, die er liebte, so kummervoll an, daß Audrey ihre Tränen nicht mehr zurückhalten konnte. »Wir werden ein Kind haben. Und wir werden Freunde sein und fest zusammenhalten.« Die Worte waren die eines gebrochenen Mannes. Er wandte sich wieder ab. »Und sie wird meine Bücher zum Erfolg führen, nicht daß mir daran viel läge...« Mit brüchiger Stimme fuhr er fort. »Sicher ist es wundervoll, ein Kind zu haben...« Er dachte an Sean, und dann ganz plötzlich drehte er sich um und ging die zwei Schritte zu Audrey und berührte ihre Schultern mit den Fingerspitzen. Die Berührung ließ sie am ganzen Leib erbeben.

»Ich wollte, daß du den Grund kennst, egal, wie aufgebracht ich war, ich wollte, daß du weißt, daß ich dich liebe. Sehr liebe...« Langsam rollten ihr die Tränen über die Wangen. Er beugte sich zu ihr, küßte sie, dann ging er ohne ein weiteres Wort ins Haus.

27

In den nächsten Tagen schien das Haus in Cap d'Antibes ständig kleiner zu werden. Charles und seine junge Frau dachten nicht daran, sich am nächsten Tag wieder zu empfehlen. Trotz Violets unmißverständlichen Andeutungen blieben sie. Charles folgte Audrey mit den Blicken überallhin, und Charlotte beobachtete, wie er Audrey ansah. Die Situation war für alle unerquicklich, und Audrey war tapfer bemüht, sich unbefangen zu geben. Sie verbrachte viel Zeit mit Molly am Strand und unternahm mit Karl und Uschi Ausflüge. Mit Vi ging sie im Städtchen einkaufen, und die übrige Zeit verbrachte sie in ihrem Zimmer unter dem Vorwand, sie sei müde. Sie wußte, daß sie nicht länger bleiben konnte, und konnte es seit dem Augenblick von Charles' Ankunft kaum erwarten fortzukommen. Sie hatte nur vermeiden wollen, Charlotte zu brüskieren. Charlie ging sie möglichst aus dem Weg, und er näherte sich ihr nach dem ersten Abend nicht mehr. Beide leckten ihre Wunden. Audrey hatte sich endlich entschlossen, Uschi und Karl nach Italien zu begleiten, und wartete jetzt nur darauf, daß die beiden losfuhren. Nach der Anspannung, mit Charlie und Charlotte unter einem Dach leben zu müssen, wäre ihr buchstäblich alles als Erlösung erschienen. Immer wieder versuchte Audrey sich klarzumachen, daß Charlotte schwanger war..., daß Charlotte sein Kind bekommen würde... und nicht sie. Sie wußte jetzt, daß das einzige Kind, das sie je haben würde, Molly bleiben würde.

»Es heißt, sie hätten die Kleine aus China mitgebracht.« Audrey schrak zusammen. Charlotte war gekommen und dicht hinter ihr stehengeblieben, während sie dagesessen und zugesehen hatte, wie Molly mit James im Sand Kuchen formte. Sie wandte sich um. Charlottes Nähe wirkte so beklemmend auf sie, daß sie kaum Luft bekam. Diese vollendeten, ebenmäßigen Züge, dazu das makellose Make-up... Charlottes Kleid stammte von Patou, ihr Hut war genau darauf abgestimmt. Alles an ihr war überwältigend. Charlotte war fast zu perfekt. Und sie war mit Charles verheiratet.

»Ja, das stimmt...« Sie versuchte sich zu erinnern, was Charlotte gefragt hatte. Es war das erste Mal, daß sie miteinander direkt sprachen. »Ich brachte Mai Li aus Harbin mit. Dort lebte ich acht Monate.«

»Ich weiß.« Ihr Ton ließ erkennen, daß sie mehr wußte als das, und Audrey schwieg. Da stieß Charlotte mit einer einzigen raschen Bemerkung das Messer noch tiefer in ihre Wunden.

»Sie lieben ihn noch immer. Habe ich recht?«

»Ich...« Audrey war so erschrocken, daß ihr keine passende Antwort einfiel. »Ich glaube, wir werden immer Freunde bleiben. Manche Dinge kann man nicht vergessen, aber die Zeit ändert vieles.« Das war alles, was ihr einfallen wollte, und die Antwort war so diplomatisch, wie sie unter diesen Umständen nur sein konnte.

»Ja, das ist richtig, die Zeiten ändern manches. Es freut mich, daß sie das auch so sehen.« Charlotte sagte es mit besonderer Betonung. »Charles hat eine große Karriere vor sich. Im Moment ist ihm das noch nicht ganz klar. Eines Tages wird er der bedeutendste Sachbuchautor der Welt sein.« Das Dumme daran war nur, daß ihm selbst nichts daran lag, wie Audrey nur zu gut wußte. Er hatte seinen Erfolg immer nur als angenehme Überraschung angesehen. Was er wirklich genoß, waren die Entdeckungen, die Reisen, die Abenteuer, das Gefühl, das dieses unstete Leben mit sich brachte. Aber davon hatte Charlotte keine Ahnung. »Er braucht eine Frau, die ihm mit Rat und Tat zur Seite steht.«

Audrey nickte, gegen die Tränen ankämpfend. Dann sah sie die Frau an, die ihn erobert hatte. »Das Kind wird ihm mehr bedeuten als seine Karriere.«

Einen Augenblick lang war Charlotte sprachlos. »Also hat er Ihnen davon erzählt?« Sie schien über diese Eröffnung nicht sehr erbaut, und Audrey nickte mit undeutbarem Blick.

»Er hat es erwähnt... er ist sehr froh darüber«, log sie. »Ich bin sicher, daß Sie beide sehr glücklich sein werden.« Mit tränennassen Augen sah sie Charlotte an, die nur nickte. Sie schien noch immer unangenehm berührt, daß Charlie von ihrer Schwangerschaft gesprochen hatte, andererseits hatte es vielleicht auch sein Gutes. Charlotte lächelte ihrer Gegnerin zu.

»Sie wären für ihn ohnehin nicht die Richtige gewesen«, äußerte sie, eine Feststellung, die Audrey sehr anmaßend vorkam. Wieso glaubte Charlotte zu wissen, was gut für Charlie war? Sie kannte ihn ja kaum. Die Ehe hatte sie erzwungen, indem sie sich weigerte, eine Abtreibung vornehmen zu lassen. Audrey argwöhnte, daß diese Weigerung keineswegs der Liebe zu ihm oder zu dem Kind entsprungen war. Sie konnte sich diese Frau mit einem Kind gar nicht vorstellen, und genau in diesem Augenblick kam James und drückte Audrey eine rundliche, nasse und sandverkrustete Molly in die Arme, was dem kleinen Ding einen Entzückensschrei entlockte und Audrey eine Menge nasser, sandiger Küsse entgegenbrachte.

Am Nachmittag unternahm Audrey mit Karl und Uschi eine Fahrt im offenen Wagen. Ihre Haare wehten im Fahrtwind, und sie mußten ihre Hüte festhalten. »Wir haben die Absicht, morgen abzureisen. Kommst du mit?« fragte Uschi sie unterwegs. Audrey suchte nur noch nach einem Vorwand, der ihr einen anständigen Abgang verschaffte. »Wir fahren nach San Remo«, fuhr Uschi fort. Das war zwar nicht weit, die Atmosphäre war aber schon eine ganz andere, ganz italienisch und weniger mondän, dafür aber viel ungezwungener.

Karl warf ihr einen aufmunternden Blick zu. »Na, was ist? Hast du keine Lust?«

Audrey lächelte. Es war ein idealer Vorwand, und sie mochte Karl und Uschi sehr. »Gern«, sagte sie. »Ich würde aber nur ein paar Tage mit euch zusammenbleiben, dann lasse ich euch wieder allein. Vielleicht schiebe ich noch eine oder zwei Wochen Rom ein, bevor ich nach London zurückfahre.« Und für nachher hatte sie gar nichts vor. Obwohl ihre Pläne bisher samt und sonders gescheitert waren, wollte sie auf keinen Fall sofort wieder nach San Franzisko zurück.

»Warum kommst du nicht mit nach Venedig?« Es war die romantischste Stadt der Welt, und die Erinnerung an die zwei Tage, die sie mit Charles dort verbracht hatte, stimmten Audrey schlagartig traurig.

»Das wäre nicht richtig«, wandte sie ein. Ein Wiedersehen mit Venedig wäre ihr in ihrer jetzigen Verfassung unerträglich. »Venedig ist eine Stadt für Hochzeitsreisende und nicht für alte Jungfern.«

Diese Äußerung gab Anlaß für Protestrufe und lautes Gehupe, und Audrey registrierte es lachend, beharrte aber auf dieser Bezeichnung.

»Dann bist du die hinreißendste alte Jungfer, die mir je unter die Augen gekommen ist.« Karl warf ihr einen anerkennenden Blick zu, und sie lachte und schalt ihn im Spaß aus. Natürlich nahm Uschi diesen scherzhaften Flirt nicht ernst. Die beiden waren glücklich, paßten ideal zusammen und waren auch noch nach mehrjähriger Verlobungszeit verliebt wie am ersten Tag. »Über Venedig sprechen wir, wenn wir in San Remo sind.«

»Das lassen wir lieber sein.« Doch war sie wenigstens einverstanden, mit ihnen bis San Remo zu fahren, damit der Aufbruch am nächsten Tag zwangloser über die Bühne ging. Das sagte sie später auch Violet, die sehr bedauerte, daß alle zugleich abreisten. Sie war wütend auf Charlie. Am Abend führte sie bei James erbitterte Klage darüber, daß Charlie alle vertrieben und die nette Gesellschaft gesprengt hätte.

»Alle hat er nicht vertrieben, mein Schatz, nur Audrey. Karl und Uschi wollten ohnehin fort, und für Audrey ist es sicher amüsanter, mit ihnen zu fahren. Vielleicht sollte sie die beiden in Berlin besuchen. Uschi gibt immer so fabelhafte Gesellschaften.« Er lächelte seiner Frau liebevoll zu und drückte ihr einen Kuß auf die Lippen. Sein Vorschlag heiterte sie tatsächlich ein wenig auf. Eine Reise nach Berlin war eine wunderbare Idee, vielleicht ließ es sich einrichten, daß nicht nur Audrey, sondern alle gemeinsam hinfuhren.

Am nächsten Tag rückte Vi beim Frühstück mit ihrem Plan heraus. Bis auf Charlotte und Molly saßen alle um den Tisch. Charlotte lag noch im Bett, und Molly wurde vom Kindermädchen der Hawthornes beaufsichtigt, solange Audrey frühstückte. Die Kleine war versessen auf die Gesellschaft der größeren Kinder, von denen sie wie eine Puppe behandelt wurde, besonders von Alexandra, die in Molly geradezu vernarrt war.

»Es war eigentlich James' Idee«, erklärte Violet lachend. »Wäre das nicht ein Riesenspaß, wenn wir alle nach Berlin führen, sobald die Turteltäubchen sich eingelebt haben? Wir könnten im Kempinsky wohnen und in die Oper gehen.« Vi war eine große Opernliebhaberin, aber noch mehr als Opern liebte sie Partys. Auch Uschi zeigte sich von der Idee begeistert.

»Karl, wir könnten bei dieser Gelegenheit unseren ersten Ball geben.« Ihre Augen blitzten, während sich ihre Gedanken überstürzten. Dann sah sie Violet an. »Du wirst natürlich nicht im Hotel wohnen, sondern bei uns. Und du auch.« Sie warf Audrey einen Blick zu, der unwillkürlich Charlie mit einbezog. Und plötzlich setzte eine angeregte Debatte ein. Alles schmiedete Pläne für die Berlinreise. Man lachte und redete durcheinander, bis Charlie komische Episoden von seinem letzten Berlinaufenthalt zum besten gab. Er neckte Audrey sogar, die herzlich lachen mußte, und stürzte sich in die Schilderung ihrer Bahnfahrt durch China. Und wieder lachten alle, Audrey ganz besonders. Es war für keinen der Anwesenden ein Geheimnis, daß sie ein Liebespaar gewesen waren, und das Gelächter bildete eine hübsche abschließende Note zum gemeinsamen Ferienausklang. Kein Mensch bemerkte, daß Charlotte den Raum betreten hatte.

Sie pflegte nie die Stimme zu erheben, doch als sie zu sprechen anfing, lief Audrey ein eiskalter Schauer über den Rücken, und Charlie verstummte augenblicklich.

»Was hat es mit dieser Berlinreise auf sich?« fragte Charlotte in einem Ton, der erkennen ließ, daß sie den Plan mißbilligte. Dann wandte sie sich mit einem Lächeln an Charlie. »Eigentlich wollte ich dich immer schon mit einem deutschen Verleger zusammenbringen.« Noch vor Jahresende sollten seine Bücher in sieben Sprachen übersetzt erscheinen. Das war ein Teil dessen, was sie ›Großplanung‹ nannte. Nur bei Themen wie diesen ging sie aus sich heraus. »Wir könnten bei dieser Gelegenheit Geschäft und Vergnügen miteinander verbinden.« Doch das Vergnügen schien mit ihrem Auftauchen zu versiegen.

Um das peinliche Schweigen zu überbrücken, fing Violet mit Karl ein Gespräch über dessen Reisepläne für die nächste Woche an. Er erwähnte Venedig, und Charlies Blick wanderte sogleich zu Audrey, die ihm auswich und ihre Serviette zusammenlegte. Karl und Uschi wollten die letzte Woche ihrer Hochzeitsreise in Venedig verbringen und Ende September nach Berlin zurückkehren, wo Karl seine Vorlesungen an der Universität wiederaufnehmen würde und für Uschi eine Saison voller gesellschaftlicher Aktivitäten begann. James versorgte sie noch mit Tips für Restaurants und legte ihnen Ausflüge ans Herz. Wenig später brachen die drei Reisenden auf. Audrey mit Molly im Arm. Für eine Frau, die keine eigenen Kinder hatte war es bemerkenswert, welches Geschick sie entwickelt hatte, und daß sie die Kleine überall mitnahm. Und Molly war glücklich und gutgelaunt, wo immer sie sich befanden. Für sie schien das Leben ein großes aufregendes Abenteuer zu sein.

»Audrey, gib schön acht auf dich«, ermahnte Violet sie besorgt.

»Und ruf an, damit wir wissen, wann du nach London kommst. Wir werden selbst sehr bald dort sein. Selbstverständlich kannst du bei uns wohnen, sobald wir zu Hause sind. Wenn du willst, auch schon eher.« Violet, die in London eine ständige Haushälterin hatte, umarmte Audrey ganz fest. Sie würde ihr sehr fehlen. Auch James verabschiedete sich mit einem Kuß. Dann sagten alle Karl und Uschi Lebewohl. Und plötzlich blickte Charlie in Audreys Augen. Sie wirkte so traurig, daß Violet sich rasch abwenden mußte. Sie wußte, daß Audrey einen Abschied von Charles hatte vermeiden wollen, doch war er aus seinem Zimmer gekommen, um ihr Lebewohl zu wünschen. Er sah sie jetzt mit einer Zärtlichkeit an, die Audrey fast das Herz brach.

»Alles Gute, Charles.« Wenigstens wußte sie jetzt mit Sicherheit, daß es endgültig aus war. Es gab keine Träume von einem zukünftigen gemeinsamen Glück mehr. Das wußten beide.

»Grüß Venedig von mir.« Seine Worte sprachen Bände... er wollte damit sagen, daß er sie liebte und an die gemeinsamen Tage in der Lagunenstadt dachte, doch sie schüttelte nur den Kopf und drückte Molly an sich.

»Ich fahre nicht nach Venedig. Das überlasse ich Karl und Uschi.« Charles nickte. Er verstand sie. Auch er wollte nie mehr nach Venedig, weil die Erinnerung zu schmerzlich gewesen wäre.

»Vielleicht sehen wir uns mal in London.«

Sie gab keine Antwort, sah ihn nur an und drehte sich dann um. Augenblicke später stieg sie ins Auto, nachdem sie Vi und James noch einen letzten Kuß gegeben hatte, und fuhr mit den Rosens davon.

28

»Fühlst du dich wohl, Charlotte?« Charles sah sie mitfühlend an, nachdem Audrey das Haus verlassen hatte, bemüht, seiner Frau ähnliche Gefühle wie der damaligen Geliebten entgegenzubringen, doch waren diese nicht vorhanden. Er mußte sich ins Gedächtnis rufen, daß das Kind, das sie erwartete, seines war, doch auch das erschien ihm ganz unwirklich.

Man sah noch nichts, und Charlotte war so tapfer, daß sie kaum jemals eine Bemerkung darüber fallenließ. Es war so, als würden sie es zeitweise vergessen, doch jetzt sah er sie lächelnd an, sehr darauf bedacht, lieb zu ihr zu sein, so als müßte er besonders betonen, daß Charlotte und nicht Audrey seine Frau war.

Ohne die Rosens und Audrey kam ihm das Haus in Antibes wie eine Gruft vor. Er unternahm mit James ausgedehnte Strandspaziergänge, ohne ihm Einblicke in seine Gedanken zu gewähren. Lady Vi konnte sich nicht vorstellen, wie Charlie das Leben mit seiner Frau aushalten konnte. Daß Charlotte über Intelligenz verfügte, reichte nicht, um sie nett zu finden.

»Ebensogut könnte er mit einem Mann verheiratet sein«, beklagte sich Vi bei James, nachdem sie sich in ihr Schlafzimmer zurückgezogen hatten. »Wie hat er sie nur heiraten können?«

James kannte den Grund, da Charlie mit ihm darüber gesprochen hatte.

»Sie ist schwanger.«

»Ach, du lieber Gott!« Violet starrte ihn entsetzt an und schüttelte den Kopf. »Wie schrecklich für Charlie. Hat er sie aus diesem Grund geheiratet?«

»Ich glaube schon, obwohl er es nicht so unverblümt ausdrückte, und ich bin im gezielten Fragen nicht so versiert wie du.« Er lächelte seiner Frau zu, glücklich, daß ihr Leben um so viel einfacher war als das von Charles. »Ich glaube, er hätte einen Schwangerschaftsabbruch vorgezogen. Charlotte muß wohl Katholikin sein.«

»Ach?« Lady Vi war überrascht. »Das glaube ich weniger. Sonntags ging sie nicht ein einziges Mal in die Kirche.« Die Hawthornes selbst waren Anglikaner und hatten kaum Katholiken unter ihren Bekannten.

»Vielleicht war ihr nicht danach zumute. Na, jedenfalls wird unser Charles Papa.«

»Freut er sich wenigstens?«

»Da bin ich mir nicht sicher. Ehrlich gesagt, habe ich den Eindruck, daß er es noch nicht ganz verarbeitet hat. Ich glaube, er hängt sehr an Charlotte. Ihre Beziehung dauert schon ziemlich lange. Sie ist mit ihm sogar nach Kairo gefahren ... nur glaube ich nicht, daß er damals schon an etwas Dauerhaftes dachte. Als Ehefrau wäre nur Audrey für ihn in Frage gekommen.«

»Natürlich... armer Charlie und arme Audrey. Was für ein schreckliches Durcheinander!« Sie sah ihren Mann mit gerunzelter Stirn an. »Ich wette, Charlotte hat es mit Absicht getan.« James belächelte ihren Argwohn. »Das soll vorkommen, obwohl ich sie nicht für diesen Typ halte. Sie ist doch viel zu sachlich und selbständig, um in so weiblichen Tricks Zuflucht zu suchen.«

»An deiner Stelle wäre ich nicht so sicher. Ich glaube, ihr liegt vor allem daran, Charles' Karriere aufzubauen und ihn wie eine Marionette nach ihren Wünschen tanzen zu lassen. Außerdem sieht er verdammt gut aus, und sie hatte sich ihn in den Kopf gesetzt. Ohne diese List hätte sie ihn nie herumgekriegt.«

»Guter Gott, was für eine Phantasie du hast! Hast du mich auch auf diese Weise herumgekriegt? Mit Ränken und Listen?«

»Natürlich«, entgegnete sie strahlend, »aber wenigstens mußte ich nicht zu dem schmutzigen Trick der vorsätzlich eingeplanten Schwangerschaft greifen.«

Er schickte einen geplagten Blick zur Decke. »Ich wünschte, du hättest es... zwei endlose Jahre lang hast du mich fast in den Wahnsinn getrieben... du eiserne Jungfrau, du...« Die Erinnerung ließ Violet erröten, und er strich über die Innenseite ihres Schenkels. Gleich darauf vergaßen beide Audrey und Charlie.

29

Die Tage, die Audrey mit den Rosens in San Remo verlebte, verliefen unbeschwert und in bester Stimmung. Sie fühlte sich entspannter und ausgeglichener als während der letzten Tage in Antibes. Es hatte sie viel Mühe gekostet, nicht Grund für eine Szene zu liefern und gleichzeitig mit den eigenen Gefühlen fertigzuwerden. So sehr ihr Violet und James fehlten, so war sie doch froh, daß sie sich zur Abreise entschlossen hatte. San Remo war voller Leben und bot viel Zerstreuung, auch jetzt gegen Ende des Sommers.

Eigentlich hatte Audrey die Absicht gehabt, sich hier von Karl und Uschi zu trennen und per Bahn nach Italien weiterzufahren. Die beiden redeten ihr so eindringlich zu, sie wenigstens bis Mailand zu begleiten, daß sie zu guter Letzt nachgab. Anschließend wollte sie nach Rom, während die Rosens nach Venedig fuhren. Vorerst aber verbrachten sie eine herrliche Zeit in Mailand. Sie wohnten bei Freunden, in einem Palazzo, wie ihn Audrey noch nie gesehen hatte. An den Wänden prangten Fresken und prachtvolle Tapisserien, die museumswürdig gewesen wären, dazu Gemälde alter Meister, von Renoir angefangen über Goya zu Leonardo da Vinci. In einem Raum befand sich eine umfassende Sammlung von Della-Robbia-Bildern. Es war ein wundervoller Urlaub in außergewöhnlicher Umgebung. Ihre Gastgeber waren ein Principe, ein Fürst, und seine Gemahlin. Audrey genoß es ungemein, jede Nacht bis zum Morgengrauen mit ihnen zu plaudern und Wein zu trinken, zu viel Wein. Außerdem besuchten sie alle Partys, die in der Stadt während ihres Aufenthalts gegeben wurden. Es wurde sogar ein ›kleiner Ball‹ für sie veranstaltet, eine improvisierte Gesellschaft, zu der zu Ehren von Uschi und Karl dreihundert der engsten Freunde der Fürstenfamilie gebeten wurden. Audrey trug eines der Abendkleider, die sie sich für die Schiffsreise zugelegt hatte. Sie kam sich darin neben den extravaganten Italienerinnen mit ihren schweren Colliers und Diademen, in denen Edelsteine in allen Farben funkelten, ziemlich unscheinbar vor.

Als der Zeitpunkt des Abschieds gekommen war, bedauerten es alle, Audrey am heftigsten. Ihre geplante Reise nach Rom erschien ihr nun gar nicht mehr so erstrebenswert. Beim Frühstück, das sie mit Molly einnahm, überlegte sie ernsthaft, ob sie nicht lieber direkt nach London fahren sollte. Insgeheim beklagte sie die Tatsache, daß sie keine konkreten Pläne hatte. Vielleicht konnte Violet sie auf einer kurzen Paris-Reise begleiten. Aber an diesem Morgen schnitten Karl und Uschi wieder das Thema der Venedigreise an und beharrten darauf, daß Audrey mitfuhr. Sie waren sicher, daß sie nicht allein sein wollten. Falls es dennoch der Fall sein würde, versprachen sie Audrey, es ihr nicht zu verhehlen.

»Ohne dich würden wir uns einsam vorkommen, Audrey.« Vor allem Molly hatte es ihnen angetan. Uschi nahm sie immer wieder in die Arme und beklagte den Umstand, daß sie nie ein Kind haben würde, das aussah wie Molly. Karl und Audrey lachten darüber. »Ich fürchte, du hast damit recht, mein Schatz«, neckte er sie. Bislang hatten sie leider keinen Grund zur Annahme, daß sie schwanger war. Immerhin waren ihre Versuche ungemein vergnüglich. »Du mußt unbedingt mit uns kommen. Wir erwarten das ganz einfach von dir.« Karl versuchte sehr preußisch zu wirken, als er das sagte, schaffte es aber nur, wie ein schmollendes Kind auszusehen. Er war, wenn auch ganz anders als Charlie oder James, ein sehr gutaussehender Mann, dunkel und exotisch. Audrey konnte gut verstehen, daß er Uschi gefiel. In diesem Zusammenhang stellte sie sich die Frage, ob sie selbst jemals einen Mann finden würde. Alle schienen den passenden Partner gefunden zu haben, Violet hatte James, Uschi hatte Karl, und auch ihre Mailänder Gastgeber schienen ideal zueinanderzupassen. Langsam bekam Audrey zu spüren, was es hieß, allein zu sein. Sie konnte sich jetzt nicht mehr vorstellen, was sie gemacht hatte, bevor Molly in ihr Leben getreten war.

»Also, wirst du mitkommen?« Erwartungsvoll sahen die beiden sie an, und ihr fiel keine Ausrede mehr ein.

»Wenn ich mitkäme, würde ich mich ganz ruhig im Hintergrund halten. Es gibt keinen romantischeren Ort als Venedig; ich möchte euch den Aufenthalt nicht verderben.«

Da kicherte Uschi spitzbübisch und zwinkerte Karl zu, der ebenfalls lachte und dann einen Finger an die Lippen legte, als wäre er im Begriff, ihr ein großes Geheimnis anzuvertrauen. »Wir waren schon letztes Jahr da...«

Alle drei brachen in Gelächter aus. Schließlich schrieb man das Jahr 1935, die Moralvorstellungen der Zeit vor dem Ersten Weltkrieg waren überwunden. Venedig war ja auch die Stadt, in der ihre Liebesaffäre mit Charlie ihren Anfang genommen hatte, deswegen hatte Audrey ein wenig Angst, mit dorthin zu fahren, Angst, daß die Erinnerungen zu schmerzlich sein würden.

»Kommst du mit?« Uschi sah sie wie ein bittendes Kind an, so daß Audrey lachte und mit einer Geste der Hilflosigkeit nachgab. Man konnte den beiden nichts abschlagen, sie war zu gern mit ihnen zusammen, und ihr Schuldgefühl, weil sie sich in ihre Flitterwochen drängte, ließ nach.

»Also gut, ich komme mit.« Die kleine Gruppe ließ einen Jubelruf erschallen, und am nächsten Tag fuhren sie in Hochstimmung los. In Venedig ließen sie den Wagen am Bahnhof, drängten sich in eine Gondel, und ließen sich während der Fahrt zum Gritti Palace Hotel vom Gondoliere eine Serenade vorsingen. Er fragte, ob sie schon einmal in Venedig gewesen seien, und alle drei nickten. Als er unter der Seufzerbrücke durchfuhr, bat er sie, mit geschlossenen Augen den Atem anzuhalten, damit alle ihre Wünsche in Erfüllung gingen. Uschi und Karl hielten sich dabei an den Händen. Audrey sah lächelnd auf Molly nieder, die sie in den Armen hielt. Sie hatte nichts mehr, was sie sich wünschen sollte, und kämpfte verzweifelt gegen ihre Erinnerungen an.

In Venedig zu sein war für Audrey an sich schon nicht einfach, Karls und Uschis Liebe aus unmittelbarer Nähe miterleben zu müssen machte es noch schwieriger. Andererseits aber wußte sie, daß sie, wenn sie das Wiedersehen mit Venedig heil überstand, alles verkraften würde. Zudem waren die Rosens so taktvoll, sie von ihren Unternehmungen nie auszuschließen. Und schließlich vertraute Audrey sich Uschi an, da sie ihre Gefühle jemandem mitteilen mußte. Das Hiersein mit allen seinen Erinnerungen und das Wissen, daß alles für immer vorbei war, war zu schmerzlich. Sie erzählte Uschi alles: über die Chinareise, ihr Leben in Harbin, über Charlies Besuch in San Franzisko und ihre Weigerung, alles liegen- und stehenzulassen und ihn zu heiraten, und schließlich über seine Ehe mit Charlotte.

»Wie schrecklich, daß du in Antibes mit ihm zusammengetroffen bist!« Uschi war nun klar, wie schwierig diese Tage für Audrey gewesen sein mußten. Sie bedauerte sogar, daß sie sie zu der Fahrt nach Venedig überredet hatte. Unter diesen Umständen erschien es ihr als Herzlosigkeit. »Und ich sagte noch zu Karl: ›Ich kann mir nicht vorstellen, daß er sie liebt.‹« Sie meinte damit Charlotte. »Sie ist eine kluge Frau, und Karl fand Gefallen an ihr. Doch sie ist keine Frau mit Herz... nicht wahr, Audrey?« Uschis Englisch entlockte Audrey ein Lächeln.

»Jedenfalls hat er sie geheiratet, Uschi.«

»Das muß für ihn auch nicht einfach gewesen sein.« Audrey nickte, doch änderte das nichts. Jetzt mußte sie ihn vergessen.

»Du mußt rasch einen anderen Mann kennenlernen.« Uschi dachte dabei konkret an Karls Freund, ebenfalls Professor. Er war Vierzig, ein Witwer mit zwei Kindern. Uschi mochte ihn sehr gern und war mit ihm befreundet, so wie Vi mit Charles befreundet war. »Du wirst uns sicher besuchen kommen.« Mehr ließ sie nicht verlauten, weil sie befürchtete, daß Audrey protestierte.

Die meiste Zeit ihres Aufenthalts verbrachten sie wie alle Touristen. Sie besuchten Museen, Kirchen und die Glasmanufakturen, und schließlich überwand Audrey ihre Beklommenheit und glaubte nicht mehr, an jeder Ecke Charlie zu sehen. Daß sie sich Uschi offenbart hatte, hatte ihr sehr geholfen.

Am Abend vor der geplanten Abfahrt wandte Karl sich ihr mit der Andeutung eines Lächelns zu. Uschi und er hatten sich mit Audrey richtig angefreundet und waren vernarrt in Molly.

»Warum kommst du nicht mit uns nach Deutschland?«

Audrey lachte. »Karl, hast du von mir noch nicht genug? Langsam wächst sich das alles wirklich zu einer ›ménage à trois‹ aus.« Ihr Lächeln schloß Uschi mit ein. »Man möchte meinen, du müßtest froh sein, mich loszuwerden...« Sie wollte am nächsten Tag mit der Bahn nach London fahren, während das Ziel der Rosens Berlin und ihr neues Heim war. Uschi freute sich schon auf das Einrichten, und auf Karl wartete seine Arbeit an der Universität.

»Uschi hätte nette Gesellschaft, während ich wieder mit meinen Vorlesungen beginne. James und Violet werden ohnehin nicht so früh in London sein.« Er wußte, daß Audrey bei den Hawthornes wohnen wollte. »Ohne die beiden wärst du viel zu einsam.« Er war stets sehr besorgt um sie, wie überhaupt beide während der Reise wunderbar zu ihr gewesen waren. Und Audrey mußte zugeben, daß der Vorschlag sie reizte.

»Ich möchte wirklich nicht aufdringlich sein.« Ihr Zögern war echt, andererseits wollte sie keineswegs spröde erscheinen, doch die beiden drängten so heftig, für ein oder zwei Wochen mit ihnen nach Berlin zu kommen, daß sie wieder einmal nachgab. Und erneut wurde es ein Aufbruch in Hochstimmung. So schön Venedig war, so froh war Audrey doch, der Stadt den Rücken zu kehren.

Sie nahmen den gleichen Zug, den sie mit Charlie benutzt hatte, doch als sie diesmal Salzburg erreichten, stiegen sie um. Hinter der Grenze hielt der Zug zum erstenmal in Rosenheim. Uschi bedauerte sehr, daß es ihr aus Zeitmangel nicht möglich gewesen war, ihre Familie von ihrem einstündigen Aufenthalt in München benachrichtigen zu können. Die Zeit reichte nicht aus, um im Elternhaus einen Besuch zu machen... Sie wollte zumindest von Rosenheim aus kurz anrufen. Alle drei registrierten belustigt, daß Molly auf der plüschbezogenen Sitzbank einschlief, als sie Italien verließen, und daß sie auch nicht aufwachte, als sie Österreich durchfuhren und sich der deutschen Grenze näherten. Bei der langsamen Einfahrt in die Grenzstation bestellten sie noch eine Flasche Champagner und Kaviar. Draußen auf dem Bahnsteig sah man Männer in Uniform, die mit dem Schaffner und anderem Zugpersonal verhandelten. Schließlich gewährte der Schaffner den Uniformierten mit einem Achselzucken Zutritt. Uschi sah Karl beunruhigt an.

»Was die im Zug wollen... was meinst du?«

»Ach, das sind ein paar Parteileute«, sagte er ganz leise in einem Ton, der seine Geringschätzung erkennen ließ. Von Hitler hatte er von allem Anfang an nicht viel gehalten, vor allem seine Herrenrassentheorien lehnte er vehement ab, war aber klug genug, seine politische Meinung für sich zu behalten. Einige Kollegen an der Universität hatten im vorausgegangenen Jahr einiges auszustehen gehabt, da die Nazis mit der Bezeichnung ›Kommunist‹ schnell zur Hand waren, wenn ein Intellektueller anderer Meinung war und diese auch äußerte. Karl hatte es sich daher zur Gewohnheit gemacht, seine Ansichten nicht laut werden zu lassen, außer wenn er allein mit seiner Frau war. Auch in Südfrankreich hatte er mit Charlie und James offen sprechen können. Als jetzt der Kellner den Kaviar brachte und ein Mann in Uniform direkt hinter ihm auftauchte, nahm er es mit unerschütterlicher Gelassenheit.

»Die Pässe, bitte«, befahl der Uniformierte, dessen Blick mißbilligend über die luxuriöse Ausstattung des Salonabteils schweifte. Karl reichte ihm alle drei Pässe. Als erstes wurde der amerikanische Paß kontrolliert.

»Sie sind Amerikanerin?« fragte er Audrey mit gezwungenem Lächeln.

»Ja.« Es war ihr peinlich, dabei ertappt zu werden, daß sie Kaviar auf ein Stück Toast schmierte – oder machten das alle Amerikaner so?

Sie lächelte ihm zu, und der Mann warf einen Blick auf das schlafende Kind. »Zu wem gehört das kleine Mädchen?«

»Sie ist meine Tochter.« Audrey beeilte sich mit der Antwort. Sie führte immer Mollys Adoptionspapiere mit sich, doch schien es jetzt deswegen keinerlei Schwierigkeiten zu geben. Mit einem knappen Nicken bekam sie ihren Paß zurück. Jetzt wurden die Pässe der Rosens kontrolliert.

»Sie tragen verschiedene Namen. Sind Sie befreundet?« In den Augen des Mannes lag Kälte, und Karl beeilte sich mit der Erklärung.

»Wir kommen von unserer Hochzeitsreise. Leider blieb uns vor der Abreise keine Zeit, neue Pässe zu beschaffen.«

Der Mann lächelte scheinbar erfreut, doch Audrey gefiel sein Blick nicht. Er starrte Karl direkt in die Augen.

»Sie sind Jude, nicht wahr?«

Audrey erschrak über diese unverblümte Frage und sah zu Karl hin, dessen Wangenmuskel zuckte. Sein Blick verriet nichts, als er sagte: »Ja, das bin ich.« Die Antwort kam ohne Zögern.

»Und Ihre Frau ist keine Jüdin?« Er hatte das ›von‹ ihres Mädchennamens gesehen, und wußte, daß sie Nichtjüdin war. Ohne ein weiteres Wort verließ er das Abteil und nahm die Pässe mit. Audrey hätte gern gefragt, warum er die Pässe nicht zurückgegeben hatte, doch sie war zu verängstigt, um auch nur ein Wort von sich zu geben.

»Offenbar sind sie in den letzten zwei Monaten noch liebenswerter geworden.« Karl schien sehr verärgert, und Uschi faßte nach seiner Hand.

»Kein Wort mehr davon, Schatz. Die machen sich gern wichtig. Wahrscheinlich hat er sich über den Kaviar und den Champagner geärgert.«

Karl zog die Schultern hoch. »Mißgünstige und ungehobelte Typen. Zum Teufel mit ihnen.« Sie lachten über Karls Ausspruch. In diesem Augenblick kehrte der Uniformierte in Begleitung zweier Vorgesetzter wieder. Sie traten ohne Umschweife auf den neben Uschi sitzenden Karl zu.

»Die Nürnberger Gesetze sind Ihnen bekannt?« Der größte der drei sprach Karl an. Audrey bemerkte, daß über seine Wange eine feine Narbe verlief wie von einer Mensur. Auf seinen Aufschlägen prangten die Zeichen der SS, und seine Augen waren hart wie Stahl, als er sie alle musterte.

Karl blieb äußerlich ganz ruhig. »Nein, ich kenne die Nürnberger Gesetze nicht.« Seine Haltung war respektvoll und gelassen, ohne daß er Uschis Hand losgelassen hätte. Niemand wußte, daß ihre Hand feucht war und seine unmerklich bebte.

»Vor einer Woche wurde in Nürnberg das Gesetz verabschiedet, und seit dem fünfzehnten September ist es in Kraft. Einem Juden ist es verboten, Verkehr mit einer Nichtjüdin zu haben. Wer dagegen verstößt, wird mit dem Tod bestraft.« Er sah rasch zu Uschi hin, dann wieder zu Karl. Die drei Freunde waren stumm vor Entsetzen. Karl schien unter Schockeinwirkung zu stehen. »Das kann nicht Ihr Ernst sein.«

Der SS-Mann erwiderte seinen Blick arrogant. »Dem Führer ist es immer ernst. Es handelt sich um ein schwerwiegendes Vergehen.«

Karl war kreidebleich geworden. »Dies ist meine Ehefrau.«

»Das ändert nichts an der rechtlichen Situation.« Er beobachtete Karl scharf. »Sie kommen mit uns, Herr Rosen, Sie sind festgenommen.« Karls Professorentitel unterschlug er mit Absicht. Die Rosens und Audrey wußten nicht, wie ihnen geschah, als dann die zwei anderen Uniformierten vortraten und Karl an den Armen packten. Uschi stieß einen entsetzten Schrei aus und wollte ihn festhalten, während Karl sie zu beruhigen versuchte. Verzweifelt sah er erst seine Frau an, dann Audrey, die in seinem Blick die Bitte las, sie möge sich um Uschi kümmern. Er konnte nichts tun, er mußte mitgehen. Audrey hielt fest die Hand ihrer Freundin umklammert, als man Karl abführte und sie ihm starr vor Entsetzen nachstarrten. Audrey faßte sich als erste. Sie ließ einen Träger kommen und das Gepäck ausladen. Sie mußten aussteigen und herausfinden, wohin Karl gebracht wurde.

Uschi war einem Nervenzusammenbruch nahe, während Audrey scheinbar ruhig blieb und dem Träger in ihrem holprigen Deutsch klarmachte, er solle ein Taxi besorgen. Das alles war der reinste Wahnsinn. Sie zwang Uschi, sich auf einen Koffer zu setzen, und versuchte sie im Auge zu behalten, während ihre Gedanken sich überstürzten. Uschi schluchzte und steckte mit ihren Tränen Molly an. Das Kind nahm verängstigt den Tumult um sich herum wahr. Mit Herzklopfen sah Audrey den Zug losfahren, als sie allein auf dem Bahnhof zurückblieben. Karl war in einem ominösen schwarzen Lieferwagen fortgeschafft worden, und Uschi weinte hemmungslos und ununterbrochen.

»Wohin hat man ihn gebracht? O Gott... wohin?«

»Das werden wir herausbekommen.« Die Situation war unmöglich. Ein böser Traum... »Verkehr mit einer Nichtjüdin« – strafbar mit dem Tode? Heller Wahnsinn. So gut sie konnte, verhandelte Audrey mit dem Stationsvorsteher, und endlich kam ein Wagen, der sie in ein Hotel brachte. Audrey ließ das Gepäck beim Empfang, bestellte Zimmer und meldete sofort ein Gespräch mit Uschis Vater in München an. Dieser Vorgang beruhigte Uschi ein wenig, doch kaum hatte sie Verbindung mit ihrem Vater, verlor sie wieder ihre Fassung. Audrey mußte ihm erklären, was geschehen war. Es war ein Alptraum.

»Mein Gott... sie haben was gemacht?... O Gott, und wo ist er jetzt?«

»Das wissen wir nicht. Ich hatte die Absicht, die Polizei nach diesem Anruf einzuschalten.«

»Unternehmen Sie ja nichts!« Er schien erschrocken und versprach ein paar Anrufe zu erledigen und dann wieder Kontakt mit ihr aufzunehmen. Und während sie warteten, drängte Audrey Uschi, sich auf das schmale Bett des Zimmers zu legen. Dort lag sie nun schluchzend, und Audrey brachte ihr ein Glas Wasser, das sie dankbar trank. Dabei sah sie ihre Freundin mit großen erschrockenen Augen an.

»O mein Gott... und wenn sie ihn umbringen?«

Uschi klammerte sich wie ein verstörtes Kind an sie, und es schien eine kleine Ewigkeit zu vergehen, bis Uschis Vater zurückrief. Endlich schrillte das Telefon, und die Vermittlung stellte ein Gespräch aus München durch. Doch Manfred von Mann wollte mit Audrey sprechen und nicht mit Uschi. Ihr sagte er, was er seiner Tochter nicht zu sagen wagte.

»Letzte Woche haben sie in München zwölf Männer aus demselben Grund hingerichtet. Wir wollten eigentlich anrufen und Uschi und Karl sagen, daß sie nicht nach Hause kommen sollen. Bei den Getöteten handelte es sich um einfache Arbeiter, Ladenbesitzer und ein paar arme Teufel, deretwegen die Kommunisten Wirbel machten. Niemand in Karls Position war darunter. Wir hätten nie gedacht, daß ihm so etwas zustoßen könnte.« Und doch hatten sie ihn verhaftet. Und Audrey fürchtete, sie würden es nicht schaffen, ihn freizubekommen. Was Uschis Vater da sagte, war unglaublich.

»Hat man Ihnen gesagt, wo er ist?«

»Noch nicht. Doch ich kenne jemanden in den oberen Parteirängen, der versprochen hat, mich anzurufen. Wie geht es Uschi?« Der alte Herr klang sehr besorgt, und Audrey warf einen Blick auf ihre Freundin. Uschi lag am ganzen Leib zitternd mit glasigem Blick auf dem Bett. Der typische Schockzustand. Audrey bekam es mit der Angst zu tun.

»Nicht sehr gut, fürchte ich.« Es war die einzige Antwort, die sie geben konnte.

»Ich komme selbst nach Rosenheim.«

»Das halte ich für eine gute Idee.«

Als er eintraf, hatte sich Uschis Zustand noch nicht gebessert, und sie hatten den ganzen Tag nichts Neues erfahren können... Uschi hatte darauf bestanden, persönlich zur Polizei zu gehen. Man gestattete ihr nicht, Karl zu sehen, trotz aller Bemühungen und aller Namen, die sie aufzählte. Sie bekam nur zu hören, daß er so gut wie verurteilt sei, und daß sie ihn nicht sprechen könne. Er hatte gegen ein Reichsgesetz verstoßen, und sie schulde es ihrem Volke jetzt, einen Arier zu heiraten und dem Reich Kinder zu schenken. Das reichte, um sie um den Rest ihrer Fassung zu bringen, so daß sie fast einen Beamten geohrfeigt hätte, wenn Audrey sie nicht mit Gewalt zurückgehalten und gezwungen hätte, zurück ins Hotel zu gehen.

Audrey nahm fassungslos wahr, was da geschah, und sobald Baron von Mann ankam, nützte sie die Gelegenheit, mit ihm allein zu sprechen. Sie fragte ihn, was seiner Meinung nach mit Karl geschehen würde.

Er machte ein finsteres Gesicht, als er ihr antwortete, da er an die Hingerichteten der Vorwoche dachte. »Ich weiß es nicht. Vielleicht schickt man ihn in ein Lager. Das macht man jetzt mit vielen Juden. Ich habe Uschi gewarnt.« Seine eigene Hilflosigkeit schmerzte ihn. »Die sind buchstäblich zu allem fähig.«

Und das waren sie. Die hohen Parteifunktionäre, die Baron von Mann kannte, versicherten ihm, daß ihnen die Hände gebunden waren. Nach den seit dem fünfzehnten September dieses Jahres geltenden Nürnberger Gesetzen hatte sich Karl Rosen eines Verbrechens schuldig gemacht, auf das die Todesstrafe stand. Audrey verspürte Haß, als sie diese Worte immer wieder hörte. Der Baron hatte, als er um Mitternacht wieder ins Hotel kam, für die beiden ungeduldig Wartenden keine gute Nachricht. »Er wird noch heute nacht irgendwohin geschafft. Ich weiß nicht, wohin, doch der diensthabende Offizier versprach, es uns morgen zu sagen. Ich werde gleich als erstes am Morgen hingehen.«

»Was hat das zu bedeuten?« Uschis Augen waren schreckgeweitet. Das lachende Mädchen, das sie noch vor wenigen Stunden gewesen war, existierte nicht mehr. Sie war kaum zu erkennen. Ihre Haare waren wirr, das Make-up verschmiert, ihr Gesicht von Tränen gezeichnet. Sogar ihr Kleid war von Wimperntusche verschmiert, doch das kümmerte sie nicht. Karl war das einzige, was zählte.

»Wohin wird er gebracht?«

»Wir werden es so rasch wie möglich herausfinden, das verspreche ich dir, Liebling.« Sie weinte sich in den Armen ihres Vaters aus, und er bedauerte seine eigene Hilflosigkeit und das schreckliche Schicksal seines Schwiegersohns. Jetzt machte er sich sogar Vorwürfe, daß er dieser Ehe zugestimmt hatte, da sie dadurch so viel Kummer erleiden mußte. Karl nahm er persönlich natürlich nichts übel. Am nächsten Tag ging er sofort zur Polizei und erfuhr dort, daß Karl nach Unterhaching gebracht worden war. Es war eine lange schweigsame Fahrt, auf der man nur Uschis Schluchzen hörte. Sogar die kleine Molly verhielt sich still. Nach ihrer Ankunft fuhren sie gar nicht erst zu einem Hotel, sondern direkt zur Polizeistation, aus Angst um Karls Leben, und wie durch ein Wunder sahen sie mit an, wie er bei ihrer Ankunft in Handschellen auf einen Laster geschafft wurde. Uschi stieß einen mitleiderregenden Schrei aus und wollte zu ihm, Molly fing zu weinen an. Instinktiv drückte Audrey die Kleine an sich und hielt ihr die Augen zu. Uschi hatte Karl fast erreicht, als ihr Vater sie einholte und sie zurückriß. Sie wehrte sich verzweifelt, während die Uniformierten auf Karl mit ihren Stöcken einschlugen. Er versuchte ihr etwas zuzurufen, als er auf den Laster gestoßen wurde.

»Mir geht es gut... mir geht es gut... ich bin...« Die Tür wurde zugeknallt, und Uschi hielt mit schreckgeweiteten Augen inne. Karl hatte wie ein Fremder ausgesehen. Seine Kleidung war zerrissen, Gesicht und Kopf blutverschmiert. Sie schluchzte hemmungslos in den Armen ihres Vaters, und gleich darauf war der Wagen fortgefahren. Die einzige Antwort auf ihre Anfrage lautete, daß man das Problem ›einer Lösung zugeführt hätte‹.

Der Baron war überzeugt, daß ihnen nichts übrigblieb, als nach München zu fahren. Dort hatte er die Möglichkeit, sich weitere Informationen zu verschaffen. Es hatte keinen Sinn, in Unterhaching zu bleiben, deswegen stiegen sie ein und fuhren nach München und hielten erst an, als sie vor seinem palaisähnlichen Haus angelangt waren. Er überließ seine Tochter der mütterlichen Obhut, und Audrey fütterte Molly und brachte sie nach einem warmen Bad zu Bett. Dann blieb sie allein in ihrem Zimmer sitzen und wartete. Alle hatten einen Schock erlitten. Es war wie ein Alptraum, und es sah aus, als könnten sie zu Karls Rettung nichts unternehmen.

Als der Baron später am Abend noch Licht unter ihrer Tür sah, lud er Audrey in die Bibliothek ein und bot ihr ein Gläschen Schnaps an. Sie sprachen über den Irrsinn der neuen Gesetze, doch auch hier, in seinem eigenen Haus, fühlte sich der Baron nicht völlig frei. Sie sprachen im Flüsterton miteinander, in der Nähe des prasselnden Feuers, hinter geschlossenen Türen. In Deutschland konnte man niemandem mehr trauen, nicht einmal in den eigenen vier Wänden. Noch während der Nacht tätigte er einige Anrufe, vergeblich, wie es sich zeigte. Es dauerte zwei Tage, bis endlich eine Nachricht kam. Zu seinem großen Bedauern hatte er Karls Eltern von allem in Kenntnis setzen müssen, und sie waren ihm dankbar für seine Bemühungen. Doch er richtete nichts aus. Er legte den Hörer auf und weinte lautlos, als er hinaufging, um seiner Frau und seiner Tochter die traurige Nachricht zu überbringen. Zuerst sprach er mit seiner Frau, und gemeinsam gingen sie zu Uschi, die sich in ihrem Zimmer vergraben hatte und inzwischen fast das Aussehen einer Irren angenommen hatte. Sie starrte ihnen entgegen, als sie eintraten, und spürte sofort, was sie ihr zu sagen hatten. Audrey hörte ihren mitleiderregenden Aufschrei. Sie lief hinaus in die Halle und wartete dort, als würde sich etwas ändern, als würde jemand kommen ... doch für Karl war alles vorbei. Er war tot. Ermordet von Hitlers Schergen. In dem langen, zugigen Gang stehend, dachte Audrey an Karls Lachen, an die Wärme in seinem Blick, und ihr wurde zum ersten Mal im Leben klar, was für eine seltene Gabe Liebe war ... wie hinfällig ... wie rasch entschwunden ... plötzlich war Uschi keine Braut mehr, sondern eine Witwe. Karl war tot ... Ihr wurde ganz plötzlich bewußt, wieviel Glück sie und Charlie gehabt hatten und wie dumm er war, daß er sein Leben vergeudete, mit einer ungeliebten Frau, die ihn eingefangen hatte.

Stunden vergingen, ehe Audrey Uschi in jener Nacht besuchen konnte, und als es soweit war, gab es nichts, was sie zu ihr hätte sagen können. Sie hielt sie in den Armen und ließ sie weinen. Es hörte sich an, als müsse ihr das Herz brechen, und als Audrey ihr wieder in die Augen sah, wußte sie, daß Ursula von Mann-Rosen nie wieder dieselbe Frau sein würde.

30

Kurz nach sechs Uhr morgens läutete in Antibes das Telefon. James hörte es als erster und langte über Violets Kopf nach dem Hörer.

»Wie spät ist es?« murmelte sie, nach der Uhr blinzelnd, die sie nicht sehen konnte. Die Sonne war eben aufgegangen, doch waren erst zwei Stunden vergangen, seitdem sie zu Bett gegangen waren, und alle hatten viel zuviel Champagner getrunken. Charlie und Charlotte waren noch im Haus, und Violet fand die junge Frau nicht netter als zuvor, doch kümmerte es sie nicht mehr. Sie konnte sich nicht vorstellen, wer jetzt anrief, als James im Bett auffuhr und sich steif aufsetzte.

»Ja?... Ja?« Eine lange Pause, ein Stirnrunzeln und dann: »Audrey? Was ist passiert?« Auf ihr Schluchzen hin argwöhnte er sofort, daß etwas Schreckliches geschehen sein mußte. »Hattest du einen Unfall?« Violets Herz drohte bei dem Gedanken an das kleine Mädchen auszusetzen, und sie umklammerte instinktiv James' Arm. »O mein Gott... nein...« Er wandte seinen Blick Vi zu, und sie wurde von Panik erfaßt.

»Was ist los, James? Was ist passiert?« Mit einer ungeduldigen Geste brachte er sie zum Schweigen und horchte angestrengt. Die Verbindung war alles andere als gut und Audrey viel zu erregt, als daß er sie bitten konnte, innezuhalten. Sie mußte unbedingt mit jemandem sprechen, und Vi und James waren die einzigen Menschen, die sie anrufen konnte.

»Mein Gott, wie schrecklich... die Ärmste. Wie geht es ihr?«

»Ach James...« Violet fing zu weinen an, überzeugt, daß Molly einem schrecklichen Unfall zum Opfer gefallen war. James faßte beruhigend nach ihrer Hand, schüttelte den Kopf und formte lautlos die Worte: »...nicht... das... Kind.«

»Nicht?« Sie war betroffen. »Wer denn?«

»Wo bist du jetzt? Möchtest du zurückkommen? In ein paar Tagen fahren wir nach London. Es würde dir vielleicht guttun, wenn du zu uns kämst, Aud... also gut... aber sieh zu, daß du aus diesem Land herauskommst. Warte in unserem Haus in London auf uns. Und gib mir deine Nummer. Versuch jetzt zu schlafen. Vi und ich werden dich in wenigen Stunden anrufen. Möchtest du sie jetzt sprechen?« Er drehte sich hoffnungsvoll zu seiner Frau um, gewillt, ihr den Hörer zu übergeben. »Schon gut, ich werde ihr alles erzählen... und Audrey...« Seine Augen füllten sich mit Tränen, und seine Stimme klang belegt. »Sag Uschi, wie leid es uns tut.« Er legte auf und saß da, den Blick auf seine Frau gerichtet. Ihm fehlten die Worte, dann seufzte er, bemüht, ganz ruhig zu bleiben. »Sie haben Karl umgebracht.« Das war roh und unverblümt, doch Violet wußte jetzt, was sie wissen mußte. Entsetzt sah sie ihn an.

»O Gott! Wer hat ihn ermordet? Und wie geht es Uschi? O

nein!« Sie brach in Tränen aus, starrte ihn verzweifelt an, so daß er den Arm um sie legte und sie an sich zog.

»Die Nazis. Man hat ihn aus dem Zug geholt, ihn verhaftet und erschossen. Offenbar haben die ein völlig wahnwitziges Gesetz herausgebracht, das einem Juden unter Androhung der Todesstrafe untersagt, mit einer Arierin sexuelle Beziehungen zu haben, verheiratet oder nicht. Hat man jemals schon so etwas gehört? Die sind ja wahnsinnig geworden.« Sie hatten Karl Rosen umgebracht!

»O mein Gott.« Mehr brachte Vi nicht heraus, und sie weinte in den Armen ihres Mannes. Dann gingen sie Hand in Hand ins Eßzimmer, um eine Tasse Kaffee zu trinken, und da saßen sie auch noch um acht Uhr morgens, als Charlie herunterkam. Er sah ernst aus und dazu ein wenig übernächtigt, aber er merkte sofort, daß etwas Schreckliches passiert sein mußte.

»War das der Anruf, den ich so um sechs herum hörte?« James nickte, und Vi fing wieder zu weinen an. »Meine Güte, was ist denn, Vi?« Er setzte sich neben Violet, und James berichtete ihm, was mit Karl passiert war, während Charlie ihn fassungslos anstarrte.

»Das kann nicht sein... so etwas können sie nicht tun!« Laut klang seine Stimme durch den stillen Raum... sie waren so glücklich gewesen, so sorglos, so lustig und so verliebt.

»Das sind ja Irre!«

»Ja, das sind sie.«

»Geht es Uschi halbwegs gut?«

»Das kann ich mir nicht vorstellen. Jedenfalls hat man ihr kein Haar gekrümmt. Sie befanden sich auf der Rückreise nach Berlin. Uschi ist jetzt aber in München bei ihren Eltern. Audrey ist bei ihr.«

»Was macht sie dort?« Er schien besorgt. Ihm gefiel es ganz und gar nicht, daß sie sich in Deutschland aufhielt, und es bereitete ihm Höllenqualen, daß sie alles hatte miterleben müssen.

»Ich habe nicht gefragt, aber ich denke, sie hat sich den Rosens noch weiter auf der Reise angeschlossen.«

»Geht es ihr gut?«

»Sie war verständlicherweise ganz außer sich. Ich versprach ihr, daß wir in ein paar Stunden zurückrufen würden.« Charles nickte, goß sich einen Schluck Whisky in seine Kaffeetasse und bot dasselbe James an. Dafür war es eigentlich noch zu früh, doch hatten beide eine Stärkung dringend nötig, und auch Vi gönnte sich diese Mischung, als Charlotte in einem bildschönen weißen Satinmorgenrock hereinkam.

»Was ist denn hier los? Alle noch vor Morgengrauen aus den Federn?« Sie lächelte kühl und geschäftsmäßig, ein Lächeln, das in jedem das Gefühl erweckte, daß vor ihr immer ein Schreibtisch stehen sollte. Diesmal erwiderte niemand ihr Lächeln.

Charlie sah sie ernst an und nahm einen Schluck von der reichhaltigen Mischung. »Die Nazis haben Karl Rosen umgebracht!«

»Wie gräßlich!« Charlotte war ehrlich entsetzt, und zu viert saßen sie beisammen. Charlotte hatte sehr klare Ansichten über die deutsche Politik und hielt Hitler für viel gefährlicher, als den meisten Menschen klar war. In diesem Punkt waren sie sich einig, doch spielte das jetzt keine Rolle mehr. Karl war tot und würde nie wiederkommen.

James und Vi riefen Audrey am Nachmittag an, und sie sagte ihnen, daß sie noch am Abend nach London fahren wollte. Die Nazis weigerten sich, Karls sterbliche Überreste herauszugeben, so daß es keine Beerdigung geben würde, und Uschi befand sich in einem Zustand, daß sie es für am besten hielt, sie in Ruhe zu lassen. Sie konnte für niemanden etwas tun, und es kam ihr taktvoller vor, unauffällig zu verschwinden. Sie versprach Vi und James, am nächsten Tag anzurufen, sobald sie in deren Londoner Haus angekommen sei. Audrey klang so schockiert und betroffen, wie sie alle in Antibes sich fühlten. Es wurde für alle ein stiller, trauriger Tag. Vi und James unternahmen einen langen Strandspaziergang, während Charles still auf der Terrasse saß und Charlotte auf ihrem Zimmer schlief. Erst zum Dinner kamen sie wieder zusammen. Vi fiel sofort auf, daß Charlotte schlecht aussah. Ihre Gesichtsfarbe spielte ins Grünliche.

»Geht es dir nicht gut?« Sie wußte, wie unangenehm die ersten Schwangerschaftsmonate sein konnten, und empfand widerwillig Mitleid mit ihr. Charlotte sah wirklich miserabel aus, tat es aber mit einem Achselzucken und einem kläglichen Lächeln ab, das kaum das Unwohlsein überdeckte, das sie schon den ganzen Tag empfand...

»Mir geht es gut, danke. Ich muß wohl etwas gegessen haben, was mir nicht bekommen ist.« Den ganzen Nachmittag über hatte sie sich übergeben müssen. Sie hatte Charlie richtig leid getan, als er hinaufgegangen war, um etwas aus dem Zimmer zu holen, und sie vor der Toilette kniend angetroffen hatte. Er hatte ihr eine Tasse schwachen Tee gebracht, doch auch diesen hatte sie nicht bei sich behalten können. Hoffentlich würde dieser Zustand nicht während der ganzen Zeit der Schwangerschaft andauern. Es war das erste Mal, seit sie ihm das Geheimnis enthüllt hatte, daß sie sich so schlecht fühlte.

Violet sah sie mit mitleidigem Lächeln an. »Charlotte, ich glaube nicht, daß es mit dem Essen zusammenhängt. Bei mir war es während der ersten drei oder vier Monate ebenso. Trockener Toast und Tee sind die einzigen Mittel, und auch die helfen nicht immer.«

»Ich glaube nicht, daß das Baby der Grund ist.« Charlotte war es peinlich, daß Violet über ihren Zustand informiert war, aber Vi sah sie nur mit wissendem Lächeln an.

Charlotte aß nur ganz wenig und ging sofort zu Bett. Violet überlegte mit James, ob sie nicht rasch nach London zurückkehren und sich dort mit Audrey treffen sollten. Natürlich waren die Parker-Scotts eingeladen, in Antibes zu bleiben, solange es ihnen gefiel.

»Nein, wir müssen auch zurück. Charlotte müßte längst im Büro sein, und ich muß mit meinem neuen Buch anfangen.« Sie hatten eigentlich eine Afrika-Safari als verspätete Flitterwochen geplant, leider waren ihre Termine so knapp, daß sie sich statt dessen auf zwei Wochen Südfrankreich geeinigt hatten. Und jetzt drängte wieder die Arbeit. Karls Tod hatte der Ferienstimmung ein Ende gemacht, es war für alle Zeit zur Heimkehr. Sorge machte Charles nur, daß Charlotte sich plötzlich so schlecht fühlte. Nach einem letzten Drink mit James, bei dem sie wieder von Karl sprachen, ging Charlie auf ihr Zimmer. Er fand Charlotte stöhnend auf dem Boden des Badezimmers. Den Kopf hatte sie auf die Toilette gestützt.

»Charlie...« Sie war so außer Atem, daß sie kaum ein Wort herausbrachte. »Ich habe... schreckliche Schmerzen...« Charles dachte sofort an eine Fehlgeburt und wollte schon Violet zu Hilfe holen, doch Charlotte winkte ihn näher heran und deutete auf ihren Unterbauch. »Hier.«

»Soll ich einen Arzt rufen?« Er war zutiefst erschrocken. Etwas Schreckliches ging mit ihr vor. Ohne ihre Antwort abzuwarten, lief er hinaus und klopfte an die Schlafzimmertür seiner Gastgeber.

»Ja?« antwortete Vi, und ein fassungsloser und zutiefst besorgter Charles trat ein. Er hatte Vi und James in einem Gespräch gestört. Wieder hatten sie von Uschi und Karl gesprochen, da dieser Alptraum sie nicht losließ. »Charles, ist etwas passiert?«

»Charlotte fühlt sich schrecklich. Sie hat große Schmerzen...« Hilflos sah er Violet an. »Leider verstehe ich von diesen Dingen gar nichts. Sie müßte sofort untersucht werden, glaube ich, am besten in einem Krankenhaus.« Ohne ein Wort zu verlieren, sprang Violet auf und streifte rasch einen Morgenmantel über. Charles wandte sich an seinen alten Freund.

»Vielleicht hätten wir nicht so viel von Karl sprechen sollen... Manchmal vergesse ich ganz, daß sie schwanger ist...« Nervös fuhr er sich durchs Haar und wartete auf Violets Rückkehr. Ihr besorgter Blick, als sie wiederkam, war nicht dazu angetan, ihn zu beruhigen.

»Ich glaube, du solltest Docteur Perrault anrufen«, riet sie ihm.

»Ist es eine Fehlgeburt?« Charlie war außer sich und von Schuldgefühlen geplagt. Vor Charlotte hätte man diese schrecklichen Dinge gar nicht besprechen dürfen. Aber sie hatte immer so viel Kraft ausgestrahlt. »Hat sie große Schmerzen?«

Vi tat Charles richtig leid. »Es wird alles wieder gut, Charles. Was immer passieren mag, es wird wieder gut. Diese weiblichen Probleme sehen manchmal schlimmer aus, als sie sind. Wir schaffen sie ins Krankenhaus, und morgen ist sie wieder wohlauf.«

Das zu glauben fiel ihm sehr schwer, als er die würgende und sich erbrechende Charlotte, in Decken und ihren Morgenmantel gehüllt, zum Wagen trug. James saß am Steuer, während Violet Charlottes Hand hielt und Charles halb umgedreht dasaß und sie nicht aus den Augen ließ. Auf dem Rücksitz liegend, sah sie aus, als müßte sie sterben, und ihn drückte das schlechte Gewissen über all das, was er nicht für sie empfand. Er hatte das Gefühl, als müsse er jemanden umsorgen, den er nicht kannte.

James fuhr auf der kurvenreichen Straße in halsbrecherischem Tempo, da Charlie in seiner Nervosität dazu drängte. Kaum waren sie vor dem Krankenhaus in Cannes angekommen, als Charlie hineinlief und mit zwei Krankenwärtern wiederkam, die Charlotte ohne Umstände auf eine rollende Tragbahre legten und mit ihr verschwanden. Die drei folgten ihr eilig. Docteur Perrault war schon zur Stelle und erwartete sie. Während Krankenschwestern unter Charlies besorgten Blicken Puls und Blutdruck maßen, sah der Arzt sich Charlotte gründlich an. Er brauchte keine zwei Minuten, um festzustellen, wie es um ›Madame‹ stand. Anschließend wandte er sich mit besorgt gerunzelter Stirn an Charles.

»Es ist der Blinddarm, Monsieur. Entweder ist es schon ein Durchbruch, oder er steht knapp bevor. Wir müssen sofort operieren.«

Charles nickte ein wenig erleichtert, obwohl seine Sorgen damit nicht ausgeräumt waren.

»Wird sie das Kind verlieren?«

Die Miene des Arztes verdüsterte sich. »Ach, sie ist außerdem schwanger?« Charles nickte. »Ich verstehe... na, wir werden sehen, was sich machen läßt, doch die Chancen, daß sie das Kind behält, sind sehr gering.«

Charles nickte mit feuchten Augen.

»Wir werden unser Möglichstes tun.« Der Arzt hatte den Satz kaum ausgesprochen, als Charlotte davongerollt wurde. Charles setzte sich mit James und Vi in den Warteraum.

Die Sekunden reihten sich endlos aneinander, und es dauerte drei Stunden, bis der Arzt wiederkam. Er trat ein, streifte die Chirurgen-Kopfbedeckung ab und sah sie mit einem so ernsten Blick an, daß alle erschraken. Einen Augenblick lang glaubte Charles schon, Charlotte sei tot.

»Ihrer Frau geht es gut, Monsieur.« Er sah Charles offen an. »Es handelte sich tatsächlich um einen Durchbruch, doch wir haben das noch rechtzeitig in Ordnung bringen können. Sie muß natürlich noch eine Zeitlang bei uns bleiben, bis sie wieder ganz gesund wird.«

Charles war erleichtert, obwohl der Arzt ihm nicht gesagt hatte, worauf es ihm vor allem ankam. Nach einem tiefen Durchatmen fragte er Dr. Perrault: »Und das Kind?«

Der Arzt sah ihn eindringlich an. Vor James und Vi wollte er die Sache nicht besprechen. »Kann ich Sie unter vier Augen sprechen, Monsieur?«

»Selbstverständlich.« Charles erwartete das Schlimmste für das Baby, und er merkte mit Entsetzen, wie viel es ihm bedeutete. Er hatte das Gefühl, es sei alles, was ihm geblieben war. Der Arzt führte ihn in ein kleines Sprechzimmer am Ende des Ganges, rückte zwei Stühle zurecht und bot Charles Platz an, während er sich selbst setzte.

»Darf ich Ihnen eine ziemlich persönliche Frage stellen, Monsieur Parker-Scott?«

»Aber gewiß.« Noch immer hatte der Arzt kein Wort über das Kind verloren, und Charlie wollte ihn nicht drängen. Womöglich hatte es Komplikationen gegeben, oder das Baby war schon verloren. Er ließ alle Möglichkeiten in seinem Bewußtsein Revue passieren, während er wartete, daß der Arzt etwas sagte.

»Wie lange sind Sie mit Madame verheiratet?«

Charlie hatte keine Hemmungen, ganz offen mit ihm zu sein, wenn es um das Wohl des Kindes ging. Das Baby bedeutete für ihn sehr viel. Für dieses Kind hatte er alles geopfert.

»Fast vier Wochen«, sagte er. »Aber sie wurde schon vor einem Vierteljahr in Ägypten schwanger...« Als ob das eine Rolle spielte. Doch der Arzt hörte es kopfschüttelnd.

»Ist die Schwangerschaft schon fortgeschrittener?« War das der Grund für die Besorgnis Perraults? Der Doktor sah ihn mitfühlend an. So mitfühlend, daß es schmerzte.

»Ich fürchte, hier liegt ein Mißverständnis vor, und ich möchte mich eigentlich nicht in ihr Privatleben drängen, Monsieur. Bei Ihrer Frau kann von einer Schwangerschaft keine Rede sein. Sie sagte mir, sie hätte vor fünf Jahren eine Hysterektomie gehabt. Ich habe sie gründlich untersucht, weil ich sicher sein wollte. Sie bekommt kein Kind, Monsieur. Sie ist nicht schwanger. Sie hat keinen Uterus mehr. Es kann also niemals zu einer Schwangerschaft kommen. Es tut mir sehr leid, Ihnen das sagen zu müssen.« Er blickte Charles unverwandt an, und dieser hatte das Gefühl, ein Hammer hätte ihn auf den Kopf getroffen.

»Sind Sie sicher?« fragte er gequält.

»Ganz sicher. Ihre Frau wird es Ihnen selbst sagen, so wie sie es mir sagte. Vielleicht hatte sie Angst, Ihnen zu gestehen, daß sie keine Kinder bekommen kann, aber ich bin sicher, daß Sie sich im Laufe der Jahre damit abfinden werden. Außerdem gibt es den Weg der Adoption...« Er faßte nach Charles' Arm. »Es tut mir sehr leid, Monsieur.« Charles nickte nur, unfähig etwas zu erwidern, als er aufstand.

»Danke... vielen Dank, daß Sie so offen waren...« Mehr brachte er nicht heraus, als er hinausging. Charlotte hatte ihn angelogen, sie hatte ihm kaltblütig eine Lüge aufgetischt. Alles war Lüge, die ganze Geschichte von dem Baby, das sie angeblich in Kairo empfangen hatte. Und er hatte so unter Schuldgefühlen gelitten, weil er nicht aufgepaßt hatte... und dann ihre angebliche Ablehnung einer Abtreibung. Wie war sie deswegen in seiner Achtung gestiegen, auch wenn es bedeutete, daß er sie heiraten mußte. Das Kind, das wie Sean sein würde und das nie zur Welt kommen würde... Charlotte hatte gelogen. Von blinder Wut erfüllt, kam er zu den anderen in den Warteraum. Er war kaum imstande, etwas zu sagen.

»Möchten Sie Ihre Frau sehen, Monsieur?« Eine junge Krankenschwester stellte ihm diese Frage, auf die er nur mit einem Kopfschütteln reagierte. »Sie ist jetzt aufgewacht... Sie können Sie für *une petite minute* sehen.« Er lief hinaus und wartete vor dem Gebäude auf Vi und James. Tief sog er die frische Luft ein. Violet sah ihm an, daß er eine schlimme Nachricht erhalten hatte. Sie war überzeugt, daß Charlotte das Kind verloren hatte.

»Charles?«

»Bitte, frag mich nicht.«

»Charlie...«

Er fuhr herum und faßte nach ihrem Arm. »Vi, bitte nicht!« Sie sah seine Tränen, wußte aber nicht, daß es nicht Tränen des Kummers, sondern Zornestränen waren.

»Weißt du, was sie mir angetan hat?« Er schleuderte es ihnen entgegen, nicht imstande, sich zu beherrschen. »Sie hat mich angelogen! Sie erwartet kein Kind! Sie war nie schwanger! Vor fünf Jahre hatte sie eine Hysterektomie. Sie hat keine Gebärmutter mehr.«

James starrte ihn fassungslos an, und Vi blieb die Luft weg. »Das kann nicht dein Ernst sein!« Sie war außer sich vor Empörung. Und die arme Audrey...

»Es ist so!«

»Das ist ja entsetzlich!« James startete den Wagen und bedeutete ihnen, einzusteigen.

»Komm, du brauchst jetzt einen Drink.« Und er bekam, zu Hause angekommen, mehr als einen. Erst zu Mittag am nächsten Tag wachte er auf, und als er aufgestanden war, sich geduscht und rasiert hatte, fuhr er direkt zum Krankenhaus, ging in Charlottes Zimmer und blickte voller Zorn auf die im Bett Liegende. Ihr war klar, was der Grund seines Kommens war und was seine Miene bedeutete. Sie hatte das Risiko auf sich genommen und damit gerechnet, den Betrug vor ihm länger geheimhalten zu können, aber sie hatte das Spiel verloren. Charlotte war klug genug, um zu erkennen, wann der Zeitpunkt gekommen war, die Karten auf den Tisch zu legen.

»Charles, es tut mir leid. Ich dachte, es sei die einzige Möglichkeit, dich zu einer Ehe zu bewegen.« Natürlich hatte sie recht, doch das machte die Sache auch nicht besser, für keinen von beiden. »Ich wollte aus deiner Karriere etwas ganz Besonderes machen, mich um dich kümmern...«

»Meine Karriere bedeutet mir nichts. Hast du das inzwischen nicht begriffen?«

»Damals noch nicht. Jetzt ist es mir einigermaßen klar. Doch deine Haltung ist nicht richtig. Du könntest einer der bedeutendsten Schriftsteller der Welt werden, ein Mann von internationalem Ansehen...« Sie sagte das, als böte sie ihm einen Thron an, und er starrte sie an.

»Und was würde aus dir? Meine Verlegerin? Ist dir das so wichtig?« Sie wollte ihn nach ihrem Gutdünken tanzen lassen wie eine Marionette.

»Männer wie du sollten wie seltene Pflanzen umhegt werden.« Charlotte versuchte ein Lächeln, dem man anmerkte, daß sie noch an den Nachwirkungen der Operation litt, obwohl sie hellwach war. Ihre Sinne waren klar, ihr Blick ruhte auf Charles.

»Was hast du dir vorgestellt? Wie hättest du dich aus der Affäre gezogen?«

»Sind Kinder für dich so wichtig, Charles?« Die Antwort kannte Charlotte bereits. Nicht umsonst hatte sie beobachtet, wie hingebungsvoll Charles mit Molly und Alexandra und dem kleinen James spielte. »Du brauchst keine Kinder, um ausgefüllt zu sein. Du hast deine Arbeit. Und wir haben uns.«

»Was für ein leeres Leben.« Traurig sah er sie an. Wie wenig sie von ihm wußte. »Ich sollte mit meiner Eröffnung wohl eine oder zwei Wochen warten... bis du wieder auf den Beinen bist.« Sie ahnte, was als nächstes kommen würde, und sah ihn traurig an. Sie hatte sich Charles schon so lange gewünscht, so wie man einen kostbaren Edelstein begehrt. »Ich möchte dich nicht mit Lügen hinhalten. Ich werde dich verlassen. Das Spiel ist aus. Jeder kann in sein eigenes Leben zurückkehren. Du hast deine Wohnung, ich die meine. Alles wird wieder so sein wie früher, bis auf den Umstand, daß ich mit dir nie wieder zusammenkommen werde. Meine Projekte soll ein anderer betreuen, vielleicht würde dein Vater sie wieder übernehmen. Aber das ist unser geringfügigstes Problem. In London will ich mich sofort mit meinem Anwalt in Verbindung setzen.«

»Warum? Warum tust du das?« Sie wollte nach seiner Hand fassen, doch er wich ihr aus, und sie konnte sich kaum rühren. »Was macht es schon aus, wenn wir kein Kind bekommen?«

»Damit könnte ich leben, aber mit einer Lüge kann ich nicht leben. Du hast mich betrogen. Du wolltest mich besitzen wie eine Sache. Aber ich lasse mich nicht kaufen oder einfangen und in einen Käfig sperren. Das Kind war die einzige Hoffnung, daß sich zwischen uns etwas Annehmbares entwickeln könnte.

Ich habe deinen Vater angerufen und ihm gesagt, daß du operiert wurdest. Er ist bereits unterwegs. Ich warte, bis er kommt, dann fahre ich mit Vi und James nach London. Violet sagt, du könntest in der Villa wohnen, solange du möchtest, nachdem man dich hier entläßt. Wenn du willst, kannst du deinem Vater alles erklären. Ich selbst möchte dich nicht in Verlegenheit bringen. Aber verheiratet sein möchte ich auch nicht mehr mit dir. Sicher wirst du mir eines Tages dafür dankbar sein.«

Damit drehte er sich um und ging aus dem Zimmer. Auf der Straße blieb er stehen und starrte zum Himmel empor. Er hatte das Gefühl, in seinem Leben hätte es Charlotte gar nicht gegeben. Plötzlich galten seine Gedanken allein Uschi und Karl und der Liebe, die sie verbunden hatte, einer Liebe, die jener so ähnlich war, die er mit Audrey erlebt hatte. Ebenso plötzlich packte ihn das Verlangen, zu Audrey zurückzukehren. Als er in Antibes ankam und ins Haus stürmte, sah er aus wie ein neuer Mensch.

»Wann fahren wir?« fragte er Vi, die ihn verblüfft anstarrte.

»Ich dachte, du wolltest warten, bis Charlottes Vater eintrifft.«

»Er kommt heute abend und steigt ohnehin in Cannes im Carlton ab.«

»Hm, der morgige Vier-Uhr-Zug müßte reichen. Ich werde James fragen, was er davon hält.« Und vorsichtig setzte sie hinzu: »Ach, übrigens hat Audrey wieder angerufen. Sie ist schon in London.« Charles nickte und sah ihr offen in die Augen. »Ich soll dich grüßen.«

Charles runzelte die Stirn, als er hinausging.

Zu einem Wiedersehen mit Charlotte sollte es nicht mehr kommen. Mit ihrem Vater sprach er nur telefonisch. Das Gespräch verlief in angespannter Atmosphäre. Der alte Herr schien zu glauben, Charlotte hätte eine Fehlgeburt und einen Blinddarmdurchbruch gleichzeitig gehabt, doch Charles gab keine Erklärung dazu ab. Das war Charlottes Problem. Sie hatte die Lügen in die Welt gesetzt, sollte sie doch ihrem Vater selbst alles erklären.

Sein einziger Gedanke galt dem bevorstehenden Wiedersehen mit Audrey, bei dem er sie überzeugen mußte, daß er kein kompletter Idiot war. Immerhin bestand die Möglichkeit, daß sie mit ihm nichts mehr zu tun haben wollte. Das mußte er herausfinden.

31

Charles fuhr mit Vi und James per Bahn zurück nach London. Mit Kindern und Kindermädchen belegten sie im Nachtzug drei Privatabteile. Die übrigen Angestellten blieben in Antibes zurück. Vi brachte immer nur den Butler aus England mit, der die Oberaufsicht führte. Er hatte den Frühzug genommen, um bei der Ankunft der Hawthornes in London zur Stelle zu sein. Und wie immer war im Londoner Haus alles tadellos in Ordnung.

»Möchtest du auf einen Sprung hereinkommen, Charles?« Lady Vi hielt Alexandra an der Hand, während James mithalf, das Gepäck zu sortieren, um zu entscheiden, was wem gehörte, und Anweisungen zu geben, was in welches Zimmer geschafft werden sollte. Der Großteil des Gepäcks gehörte Vi und Alexandra, die von ihrer Mutter jedes Jahr in Paris neu eingekleidet wurde.

Charlie war anzusehen, daß er unschlüssig war. Vi lächelte. Er sah plötzlich ganz jung aus, so daß ihr Mitgefühl erwachte. Der Schock, den er erlitten hatte, lag erst zwei Tage zurück, und sie wußte, wie schwer ihn das alles getroffen hatte. Während der Bahnfahrt hatten sie sich leise darüber unterhalten, als James schlief, und er hatte Vi gestanden, wie sehr er sich das Kind gewünscht hatte. Das fand sie ein wenig verwunderlich. Er hatte stets den Eindruck gemacht, ein ungebundener Mensch zu sein, der seine Freiheit schätzte und festen Bindungen aus dem Weg ging. Doch schien das Kind das einzig Positive an seiner Ehe mit Charlotte gewesen zu sein.

»Sie wird doch in eine Scheidung einwilligen?« Violet hatte angenommen, Charlotte würde Einsicht zeigen, da er nun die Wahrheit über ihre Schwangerschaft kannte, doch Charlie hatte nur düster den Kopf geschüttelt.

»Sie ist Katholikin.«

Vi war betroffen. »Unter diesem Vorwand hat sie auch die Schwangerschaftsunterbrechung abgelehnt... sie kann dir doch nicht allen Ernstes die Freiheit verweigern. Schließlich hat sie dich betrogen.«

»Ich weiß. Trotzdem sagt sie, daß sie nie einwilligen wird. Noch immer spricht sie davon, Großes für meine Karriere tun zu können.« Er hatte geseufzt und nicht weiter davon gesprochen. Charlotte wollte, daß er sich alles gründlich überlegte, während sie sich von der Operation erholte. In einigen Wochen, wenn sie wieder in London war, konnten sie sich zu einer Aussprache treffen.

Seine Gedanken waren nicht bei Charlotte, als er zögernd das Haus der Hawthornes betrat und sich umblickte, als erwarte er jeden Moment, Audrey durch eine Tür kommen zu sehen.

»Vielleicht ist sie ausgegangen«, flüsterte Vi ihm zu, die genau wußte, was er dachte. Charles blickte sie mit einem Lächeln an, doch in diesem Augenblick hörte er Audreys Stimme. Er wandte sich um und sah sie langsam die Treppe herunterkommen. Trotz der Sonnenbräune sah sie mitgenommen aus, und in ihren Augen lag tiefe Trauer. Seit ihrer Ankunft hatte sie ständig an Uschi und Karl denken müssen. Man konnte ihr ansehen, wie schrecklich das Geschehen, dessen Zeuge sie geworden war, auf ihr lastete.

Fast unmerklich stockte ihr Schritt, als sie Charles erblickte. Dann kam sie die letzten Stufen herunter, um erst Vi mit einem Kuß zu begrüßen, sodann James und die Kinder. Zuletzt wandte sie sich Charles mit bekümmertem Blick zu. »Na, wie war die Fahrt?«

»Sehr angenehm.« Er kam sich vor wie ein Schuljunge. »Und wie geht es dir?«

Als sie nickte, tat er einen Schritt auf sie zu, und Violet dachte schon, er würde Audrey küssen. Auch Audrey schien dies zu vermuten und wich einen Schritt zurück. Befangen standen sie in der Halle, während Vi ihren Hut abnahm, die Kinder mit dem Mädchen hinaufschickte und dann meinte, sie alle hätten eine Tasse Tee nötig. Die hinter ihnen liegende Woche hatte sie viel Nerven gekostet. Audrey wußte noch gar nicht, was Charlotte passiert war.

Nachdem sich beide in der Bibliothek niedergelassen hatten, verschwand Violet, um mit der Köchin etwas zu besprechen, gleich darauf James, der mit dem Butler etwas zu bereden hatte, und plötzlich fand Audrey sich allein mit Charles – eine peinliche Situation. Sie nahm natürlich an, Charlotte sei direkt ins Büro oder in ihre Wohnung gefahren, und sie war nicht mehr sicher, ob es sehr vernünftig war, bei James und Vi zu wohnen, da dies bedeutete, Charles oft zu sehen. Die Begegnung in Antibes war schon schmerzlich genug gewesen, auf eine Wiederholung konnte sie gut verzichten. In ihrer Befangenheit begann sie, von Karl zu sprechen, obwohl es ihr schwerfiel und sie mehrmals verstummte, als sie versuchte, das Geschehen zu schildern.

»Es war... es war das Schrecklichste, was ich je erlebt habe...« Die Erinnerung an den Augenblick, als man Karl aus dem Zug holte und Uschi in ihrer Verzweiflung zu schreien begann, konnte sie nicht auslöschen. Und dann, als Karl mit Blutspuren am Kopf in Handschellen abgeführt wurde. »Ach Charlie« – als sie ihn so nannte, fühlte er sich in alte Zeiten zurückversetzt – »was soll jetzt aus ihr werden?« Seufzend schloß sie die Augen in dem Bemühen, die Fassung wiederzuerlangen, und plötzlich spürte sie, wie er ihre Hand berührte.

»Du mußt versuchen, alles zu vergessen.« Das sagte er ganz sanft, doch sie schlug erschrocken die Augen auf.«

»Vergessen? Wie könnte ich das?«

»Na ja, ganz vergessen wirst du es nicht. Aber was nützt es, wenn du dich so quälst. Du kannst nichts ungeschehen machen. Mit der Zeit wird die Erinnerung verblassen.« Er sah sie eindringlich an. »Das ist bei den meisten Dingen so.« Schon wollte sie ihm widersprechen, doch er schien ihre Gedanken lesen zu können. »Aber nicht bei allen.« Das war kaum mehr als ein Flüstern, und ihre Blicke trafen aufeinander. »Ich weiß, es ist nicht der richtige Augenblick für diese Eröffnung...« Charles atmete tief durch, ehe er fortfuhr: »...aber ich habe Charlotte verlassen.«

Audrey glaubte, sie habe nicht richtig gehört, obwohl er laut und deutlich gesprochen hatte.

»Kommt sie bald nach?« fragte sie.

Er schüttelte den Kopf. »Ich sagte ›verlassen‹. Ich möchte mich scheiden lassen.«

»Großer Gott, Charlie, was ist passiert?« Audrey war wie vor den Kopf geschlagen.

»Sie hat mich bezüglich des Kindes belogen.«

Audrey war schockiert. »Es war nicht dein Kind?«

»Nein, das heißt, es war niemandes Kind. Sie war gar nicht schwanger.«

»Bist du sicher?« Audrey konnte sich auch nicht annähernd vorstellen, wie jemand zu einer solchen Lüge greifen konnte. »Vielleicht hat sie das Kind verloren.«

Er schüttelte nur den Kopf. »Sie stand vor einem Blinddarmdurchbruch, wir mußten sie ins Krankenhaus schaffen. Vor der Operation machte ich den Arzt auf die Schwangerschaft aufmerksam.« Mit einem verbitterten Auflachen lehnte er sich zurück. Der Augenblick der Wahrheit stand ihm noch überdeutlich vor Augen. »Der Arzt muß mich für einen Idioten gehalten haben. Er sagte mir, ihr sei vor einigen Jahren die Gebärmutter entfernt worden.« Nach einem tiefen Seufzer zwang er sich zu einem Lächeln für die Frau, die er noch immer liebte. »Charlotte hat es zugegeben. Sie war wohl der Meinung, der Zweck heilige die Mittel. Leider stimme ich mit ihr nicht überein. Das einzige, was mir die Ehe erstrebenswert erscheinen ließ, war das Kind.«

Audrey war nicht weiter verwundert, sollte aber den nächsten Schock erleben, als sie fragte: »Ist sie mit einer Scheidung einverstanden?«

»Noch nicht. Aber das kommt noch, da es keinen anderen Ausweg gibt. Ich kann nicht mehr mit ihr zusammenleben. Wir haben wegen des Kindes geheiratet, und ich sagte ihr vor der Hochzeit, daß bei mir von Liebe nicht die Rede sein könne.«

Audrey sah ihn mit einem sonderbaren Ausdruck an. Wieder mußte sie an Karls Tod denken. Sie wußte, wie Uschi ihn geliebt hatte. Was, wenn sie gewußt hätte, daß er nur Wochen später tot sein würde? Hätte sie in diesem Fall etwas anders gemacht? Mit einem Schlag sah sie alles in einem anderen Licht und hatte nicht mehr das Herz, Charlie böse zu sein. »Es tut mir leid, Charlie.« Sie sah ihm in die Augen, und er las darin Zärtlichkeit und Mitgefühl wie früher. Zum erstenmal seit zwei Tagen kam sein Lächeln von Herzen.

»Ich weiß gar nicht, ob es mir so leid tut...« Als wäre es ganz selbstverständlich, faßte er nach ihrer Hand und drückte sie auf sein Herz. »Kannst du mir jemals verzeihen?« Er hielt ihre Fingerspitzen fest, und sie lächelte ihm zu. Diesmal entzog sie ihm ihre Hand nicht, sie blickte ihn nur an und versuchte zu begreifen, was ihnen in dieser kurzen Zeit widerfahren war.

»Charles, es gibt nichts zu verzeihen. Ich konnte nicht bei dir bleiben, als du mich dringend brauchtest.«

»Jetzt verstehe ich alles besser. Damals aber war ich wütend. Ich wünschte mir verzweifelt, du könntest mitkommen.« Jetzt erschien es ihm nicht mehr so unvernünftig, daß sie in San Franzisko geblieben war, obwohl es ihn damals rasend gemacht hatte. »Ich wollte zurück nach London und dich vergessen ... und darauf verwandte ich einige Mühe.« Charles grinste albern. »Und Charlotte hat mitgeholfen.« Als er diesen Namen aussprach, schloß er die Augen. »Mir war eigentlich nie klar, mit welcher Entschlossenheit sie sich verschaffte, was sie wollte. Eigentlich erschrekkend.« Audrey nickte. Auch sie vermutete, daß Charlotte ihn nicht so einfach aufgeben würde, wie er hoffte.

»Und was hast du zum Abschied zu ihr gesagt?«

»Daß es aus ist. Endgültig aus. Sie sollte sich darüber keine falschen Vorstellungen machen.« Den Blick unverwandt auf Audrey gerichtet, fuhr er fort: »Du übrigens auch nicht ... falls die Sache für dich von Interesse ist.«

Ihr Lächeln ließ sie ganz mädchenhaft erscheinen. »Könnte sein.« In ihren Augen tanzten Lachfünkchen. Das Leben war zu kurz, um nur einen Augenblick zu vergeuden, wenn man jemanden so liebte, wie sie Charlie liebte. »Es kommt darauf an, wie du deine Karten ausspielst ...«

»Ach, so ist das also ... du willst mich nach Belieben zappeln lassen?« Jetzt lachte auch er. Ihm war leichter ums Herz als seit einem Jahr ... genauer gesagt, seitdem er sie in China zurückgelassen hatte.

»Das wäre möglich, Charles Parker-Scott. Schließlich verdienst du nichts anderes ... einfach davonzulaufen und eine andere zu heiraten!« Sie sah ihn mit gespielter Empörung an, die Hand auf eine Hüfte gesetzt. »Was für ein ungehobeltes Benehmen!« Da lachte er noch mehr und zog sie an sich, um sie zu küssen. Genau diesen Augenblick erwischte Violet, als sie die Bibliothek betrat.

»Hoppla ... Entschuldigung ...« Mit befriedigtem Lächeln wollte sie auf dem Absatz kehrtmachen und wieder hinausgehen, als Audrey sie zurückrief. »Ich möchte nicht stören«, meine Vi entschuldigend.

»Schon gut.« Charles grinste. »Audrey malte mir eben die schrecklichsten Foltern aus... um mich meine Sünden büßen zu lassen.« Er wurde wieder ernst. »Ich kann es ihr nicht verübeln.«

»Ganz recht«, meinte Lady Vi. »Du verdienst eine saftige Strafe, nach allem, was das arme Mädchen durchmachen mußte.«

»Das arme Mädchen? Ich höre immer das arme Mädchen! Und wer spricht von mir? Ich versichere dir, daß meine glückliche Zeit mit ihr sehr kurz bemessen war!«

Lady Vi bedachte ihn mit einem mißbilligenden Blick, aber Audrey lächelte nur. Sonderbar, wie alles mit einemmal nun heiter aussah, obwohl noch vor wenigen Stunden ihr Herz so schwer gewesen war, daß sie glaubte, es nicht ertragen zu können. Audrey sah ihn ernst an. »Bist du sicher, daß es vorbei ist, Charles?«

»Es hätte niemals anfangen sollen. Ich war sehr, sehr dumm.«

»Und jetzt?«

»Jetzt bin ich hoffentlich klüger geworden. Wenn es sein muß, gebe ich sogar die geschäftliche Beziehung zum Verlagshaus Beardsley auf.«

»Ich kann mir nicht denken, daß Mr. Beardsley so unklug ist, dich laufenzulassen«, ergänzte James, der mit einer Karaffe hereinkam. »Möchte jemand Sherry?«

Die Damen machten von seinem Angebot Gebrauch, während Charles um etwas Stärkeres bat. Plötzlich hatte er das Bedürfnis zu feiern. Noch wußte er nicht, wie es weitergehen würde, doch er fühlte sich freier als seit langer Zeit. Plötzlich erschien es ihnen allen als großes Glück, am Leben zu sein, es war ein Gefühl, das sie als Geschenk empfanden, wenn sie an Karl und Uschi Rosen dachten.

An jenem Abend versuchten sie, Uschi telefonisch zu erreichen, um ihr Trost zuzusprechen, doch ihr Vater sagte ihnen, daß sie nicht ansprechbar sei. Ihm war anzumerken, wie verzweifelt er über das schreckliche Geschehen war.

»Es ist nicht zu fassen, nicht wahr, Aud?« Charlie hatte den Arm um sie gelegt, als sie vor dem Feuer in der dunklen Bibliothek saßen. James und Vi waren schon zu Bett gegangen. Sie sprachen schon stundenlang miteinander, über das vergangene Jahr, über Uschi und Karl, über Audreys Großvater und sogar über Charlotte. »Das Leben ist viel zu kurz... man weiß gar nicht, was für ein Geschenk es ist, und plötzlich ist es zu spät.«

»Ich glaube, das Geheimnis eines erfolgreichen Lebens besteht darin, jeden Augenblick zu genießen. Es erscheint einem unfaßbar, daß Karl tot ist...« Audrey starrte gedankenvoll ins Feuer. Charlie zog sie fester an sich.

»Audrey...« Sie spürte, daß er sie ansah, und wandte den Kopf.

»Ja, was ist?«

»Wirst du mich heiraten, sobald ich mich mit Charlotte geeinigt habe?« Den ganzen Tag hatte er sich darüber den Kopf zerbrochen, wann er sie fragen sollte, wie lange er anstandshalber warten mußte, und war schließlich zu dem Entschluß gekommen, alle Vorsicht fallenzulassen und sie einfach jetzt zu fragen. Audrey sah ihn mit ruhigem Lächeln an.

»Das hätte ich schon längst tun sollen. Wir hätten uns sehr viel Verdruß erspart.«

Doch er schüttelte den Kopf. Mittlerweile hatte er sie verstehen gelernt. »Damals konntest du nicht. Ich habe lange gebraucht, bis ich das verstehen konnte.« Er sah sie eindringlich an.

»Du hast meine Frage nicht beantwortet. Nun, wirst du mich heiraten?«

»Ja.« Es war ein starkes, stilles Wort. Kaum hatte sie es ausgesprochen, küßte er sie.

32

Die Angelegenheit mit Charlotte löste sich nicht so einfach, wie Charles hoffte. Anfang Oktober kehrte sie nach London zurück, und Charles nahm durch seinen Anwalt sofort Kontakt mit ihr auf. Doch er rannte gegen eine Mauer. Charlotte Parker-Scott, wie sie sich beharrlich nannte, dachte nicht an eine Scheidung, weder jetzt noch in voraussehbarer Zukunft, soweit es sie betraf. Sie schob religiöse Gründe vor, doch konnte Charlie diesen Vorwand nicht akzeptieren. Während ihres gemeinsamen Lebens hatte sie, von der Hochzeit abgesehen, kein einziges Mal eine Kirche betreten.

»Was will sie damit erreichen?« Der Anwalt stand vor einem Rätsel. »Sie hat so viel Geld, wie sie möchte, und sie scheint mir nicht die Frau zu sein, die sich an jemanden klammert.« Charlotte war an die Sache wie ein Mann, um nicht zu sagen brutal, herangegangen.

Charlie konnte sich keinen Reim darauf machen, doch Audrey, James und Vi waren sich einig. Ihrer Meinung nach lag Charlotte viel daran, als Charlies Frau aufzutreten. Es verlieh ihr das Ansehen, an dem es ihr bislang gefehlt hatte, dazu den Nimbus, mit einem der berühmtesten englischen Autoren verheiratet zu sein. Sie wollte ihren Freunden damit imponieren.

»Aber das kann sie nicht, wenn ich nicht da bin, oder?« Charlie begriff noch immer nicht. Die anderen aber waren ihrer Sache sicher.

»Sehr schön. Dann soll sie den Namen behalten.« Das teilte er auch seinem Anwalt mit und bat ihn, Charlotte anzurufen. Sie dürfe den Namen behalten, wenn sie mit der Scheidung einverstanden sei, aber Charlotte lehnte das Angebot wieder ab. Er bot ihr sogar die Rechte an seinen beiden Filmen an, da sie sich um deren Zustandekommen so bemüht hatte. Aber wieder lehnte sie ab, und schließlich suchte Charles in seiner Verzweiflung ihren Vater auf. Leider mußte er feststellen, daß der alte Beardsley sich so unbeugsam zeigte wie seine Tochter, noch starrer womöglich.

»Aber warum? Was liegt ihr an einer Scheinehe?«

»Vielleicht glaubt sie, du kehrst zu ihr zurück. Wäre ja möglich...« Der Alte maß ihn mit einem Blick. »Charles, sie tut deiner Karriere gut. Charlotte wird dich zu einem Autor aufbauen, der du ohne sie nicht werden könntest.« Doch das spielte nur für die Beardsleys eine Rolle, nicht für Charlie.

»Ich finde die gegenwärtige Situation eigentlich befriedigend. Beruflich, meine ich. Gewiß kann Charlotte nicht einen Mann haben wollen, der praktisch ihr Gefangener ist.«

Ihr Vater lächelte mit kalten Augen. An Frostigkeit konnte es sein Blick mit dem Charlottes aufnehmen. »Das mag ja stimmen. Ich selbst sagte ihr, daß es eine bessere Lösung geben müßte, sie aber begnügt sich damit, dich festzuhalten, Charles. Und ich erwarte, daß unsere geschäftlichen Interessen davon nicht berührt werden.« Charles' Vertrag mit dem Verlag lief noch fünf Jahre, ein Umstand, der zu großen Unannehmlichkeiten führen konnte, wie er Audrey gestand.

»Ich nehme an, du besitzt so viel Takt, nicht zu erwarten, daß ich mit ihr zusammenarbeite«, sagte nun Charles.

»Wenn du unbedingt willst.« Doch es war Beardsley anzumerken, daß er es vorgezogen hätte. Argwöhnisch kniff der die Augen zusammen. »Du mußt wissen, daß Charlotte mir nicht sagte, warum du sie verlassen hast, doch ich nehme an, daß der Grund die Frau ist, in die du verliebt warst, als du Charlotte trafst.«

»Damit hat es gar nichts zu tun, das kann ich dir versichern. Es handelt sich um ein Mißverständnis zwischen Charlotte und mir.« Mißverständnis. Eine höfliche Umschreibung von Lüge, Betrug und Vortäuschung falscher Tatsachen. Allein der Gedanke daran weckte in ihm unbändigen Zorn. »Wenn ihr danach zumute ist, soll sie es dir selbst erklären. Ich werde es nicht, Sir.«

»Sie auch nicht. Sie ist zu sehr Dame.« Wie die meisten Väter war er blind für die Fehler seiner Tochter, und Charles war fast versucht, ihm ein paar Illusionen zu rauben.

»Und was wird aus dir, mein Lieber?« fragte ihn Audrey abends beim Dinner. Sie trafen sich fast jeden Abend und auch tagsüber sehr häufig, seit sie vor einem Monat wieder nach London gekommen waren. Audrey wohnte noch immer bei Vi und James, ließ aber verlauten, daß sie beabsichtigte, wenigstens vorübergehend eine eigene Wohnung zu mieten. Sie wollte ihren Freunden nicht zur Last fallen, obwohl für Molly die Gesellschaft anderer Kinder wunderbar war, besonders die der kleinen Alexandra, die sie wie eine große Puppe behandelte, sie kämmte und anzog.

»Glaubst du, daß sie Vernunft annehmen wird?« Audrey machte sich Sorgen, weil Charlotte sich so unnachgiebig zeigte.

»Ach, mit der Zeit wird Charlotte jemanden kennenlernen, jemanden, der bedeutender ist als ich, und dann wird sie mich loswerden wollen. Schleunigst, wie ich hoffe.«

»Vielleicht sollten wir ihr jemanden vorstellen.« Sie sah Charles mit gespielt schlechtem Gewissen an, und er lachte und zog sie an sich, um sie zu küssen. Und nachher berichtete sie ihm, womit sie den Nachmittag zugebracht hatte, doch er war darüber nicht so erfreut, wie sie hoffte. Sie war auf Wohnungssuche gewesen. Audrey wollte eine Wohnung, die für sie, Molly und ein Mädchen genügend Platz bot. »Sehr erfreut scheinst du nicht zu sein.« Er tat ihren enttäuschten Blick mit einem Achselzucken ab.

»Bin ich auch nicht, obwohl ich dich natürlich hier in London haben möchte.« Er war froh, daß es jetzt nichts mehr gab, das sie nach Hause zog, aber er hatte gehofft, sich in der Zwischenzeit auch offiziell von Charlotte trennen zu können. Doch im Moment war keine Erleichterung in Aussicht. »Ich hätte eine viel bessere Idee.« Er war nicht sicher, was sie davon halten würde. Fast hatte er Angst, sie zu fragen. »Mein Gästezimmer ist so gut wie unbenutzt. Nur selten findet sich jemand, der dumm genug ist, bei mir zu wohnen.«

Audrey lachte. »Und du möchtest mir das Zimmer vermieten?«

Mit einem Lächeln schüttelte er den Kopf. Es war zwar nur die zweitbeste Lösung, mußte aber fürs erste genügen. Außerdem hatte er es satt, sie ständig bei Vi und James besuchen zu müssen. Er sehnte sich danach, wieder so mit ihr zu leben, wie sie es in China getan hatten; gemeinsam aufwachen am Morgen, engumschlungen einschlafen, das Gefühl der seidigen Haarflut über seinem Arm, ihr leiser Atem auf seiner Brust. »Audrey, ich möchte, daß du zu mir ziehst. Das Gästezimmer könnten wir für Molly herrichten und das Mädchen im Ankleidezimmer unterbringen. Und falls es zu eng werden sollte, mieten wir uns zusammen eine andere Wohnung. Ehrlich, das würde mir nichts ausmachen...« Seine Miene hellte sich auf, als er Audrey ansah, und eine halbe Stunde später erwogen sie ernsthaft, ein Haus in der Nähe der Hawthornes zu mieten. Unvermittelt hielt er inne und sah sie an. »Du weißt hoffentlich, daß ich dich noch immer heiraten möchte? Der gegenwärtige Zustand dauert nur so lange, bis ich die Scheidung durchgesetzt habe, und wenn es sich noch so lange hinziehen sollte. Das ist dir doch klar?«

»Ja, mein Liebling.« Sie schien in seinen Armen dahinzuschmelzen. Noch nie im Leben war sie so glücklich gewesen, verheiratet oder nicht. Und sie konnte es kaum erwarten, mit Charles in ein Haus zu ziehen.

33 In Gesellschaft wurden Charles und Audrey von nun an ständig zusammen gesehen. Charles stellte sie seinen Freunden vor, die sie mit offenen Armen willkommen hießen, erleichtert, daß er sich von Charlotte getrennt hatte. Sie besuchten zahllose Partys, Opernaufführungen und Bälle, auf denen Audrey sich stets an Charles' Seite zeigte – unter anderem ein Kostümfest, bei dem sie der als ›Rosenkavalier‹ kostümierten Charlotte über den Weg liefen, die in ihren Satinkniehosen einen auffallend gutaussehenden Mann abgab, wie Vi boshaft bemerkte. Im Vorübergehen hatte Charles nur kurz ihren Blick aufgefangen, ehe sie sich abwandte. Langsam fand er es unerträglich, daß sie sich so hartnäckig an seinen Namen klammerte. Auf den Wirtschaftsseiten der Zeitungen war sehr oft etwas über Charlotte Parker-Scott zu lesen. Er hätte es natürlich vorgezogen, Audrey seinen Namen zu geben. Aber bislang hatte Charlotte sich unnachgiebig gezeigt.

Zu Weihnachten hatten Audrey und Charles ihr neues Haus bezogen, unweit vom Domizil der Hawthornes. Nach der Einweihungsparty zu Silvester empfahlen sich die Gäste erst um acht Uhr morgens.

Nur drei Wochen später starb König George, dem Edward VIII., ein gutaussehender Mann von einundvierzig Jahren, auf den Thron folgte. Audrey fand es unglaublich, daß sie dem jetzigen König von England erst vor wenigen Monaten an der Riviera begegnet war. Mit seiner Thronbesteigung wurde die Frage akut, was aus seiner Romanze mit Wallis Simpson, der geschiedenen Amerikanerin, werden sollte, von der alle Welt sprach. Was man einem Prinzen noch nachsah, war einem König versagt, deswegen war zu erwarten, daß es für die beiden Probleme geben würde. In England stieß Edwards Beziehung mit einer Geschiedenen bei vielen auf vehemente Ablehnung.

Doch das Interesse der Öffentlichkeit wurde von der königlichen Romanze abgelenkt, als Hitler im Frühjahr das Rheinland besetzte. Charlie und Audrey verfolgten die Entwicklung mit großer Besorgnis und waren in Gedanken bei ihrer deutschen Freundin. Nachdem ein Dutzend Briefe an Uschi unbeantwortet geblieben war, rief Audrey schließlich deren Eltern an und vernahm erschüttert die Erklärung für das hartnäckige Schweigen ihrer Freundin.

»Unsere Tochter lebt jetzt in einem Kloster in Österreich, meine Liebe.« Audrey spürte, wie alt und müde Uschis Vater geworden war. Deutschland war kein Land mehr, in dem man gern lebte. Und als sie ihn um Uschis Adresse bat, erklärte er ihr, daß es zwecklos sei. Uschi war in einen strengen Orden eingetreten und durfte auch von ihren Eltern keine Post empfangen. Jeder Kontakt mit der Außenwelt war verboten. Uschi hatte der Welt entsagt und damit auch ihrer Familie. Audrey war wie vor den Kopf geschlagen, als sie das hörte. Die Erinnerungen an ihre Freundin verfolgten sie auch noch, als sie mit Molly nachmittags in den Park ging. Sie dachte daran, wie sehnsüchtig sich Uschi ein Baby gewünscht hatte. Sechs Kinder hatten die beiden gewollt – und jetzt war Uschi eine Nonne in einem Orden, der totale Abgeschiedenheit forderte. Man würde von ihr nie wieder etwas hören. Der Gedanke trieb ihr Tränen in die Augen. Sie besuchte Vi, um ihr die Neuigkeit zu überbringen, und Vi reagierte ebenso schockiert. Es erschien beiden als grausame Verschwendung von Jugend, Charme und Schönheit. Und wieder mußte Audrey daran denken, wie sehr Uschi Karl geliebt hatte und wie sinnlos das Leben für sie ohne ihn geworden war. Es erinnerte sie in gewisser Hinsicht an das, was sie für Charlie empfand. Charles und Molly stellten jetzt für sie den Mittelpunkt ihres Lebens dar. Manchmal war es erschreckend, wenn ihr klarwurde, wie sehr sie die beiden liebte. Sie bedeuteten ihr mehr als alles auf der Welt. Es fiel ihr manchmal schwer, daran zu denken, daß Charlie auf dem Papier noch mit einer anderen verheiratet war. Ihr war, als sei sie mit Charlie schon immer zusammen gewesen. Sie konnte sich gar nicht mehr vorstellen, daß jemand, wenn auch nur für kurze Zeit, zwischen ihnen gestanden hatte. Dieser Jemand hatte für sie jetzt aber keinerlei Bedeutung mehr.

»Stört es dich, Aud?« hatte Violet sie einmal gefragt, und sie hatte aufrichtig verneinen können.

»Vermutlich sollte es mich stören. Natürlich ist unser Zusammenleben irgendwie anstößig, aber niemand scheint etwas daran zu finden, und wir selbst am allerwenigsten. Schwierig daran ist nur, daß wir keine Kinder haben können. Aber Molly hält uns im Moment ganz schön in Trab.« Vi lächelte. Molly war ein außergewöhnlich liebes Mädchen, und sie hatte die Kleine ins Herz geschlossen – fast wie ein eigenes Kind.

Audrey knipste Hunderte Fotos von Molly, ebenso wie von Alexandra und dem kleinen James. Sie fotografierte Kinder besonders gern.

Charles hatte mit der Arbeit an einem neuen Buch begonnen. Er weigerte sich, wieder nach Amerika zu gehen und einen Filmvertrag auszuhandeln, weil er hoffte, Charlottes Interesse an ihm würde nachlassen. Sie aber hatte an seiner Stelle den Vertrag abgeschlossen und ihm damit zu einem kleinen Vermögen verholfen, vielleicht in der Hoffnung, ihn damit beeindrucken zu können. Sie hatte damit keinen Erfolg. Charles ließen ihre Bemühungen völlig kalt. Seine Liebe galt Audrey und der kleinen Molly, die ihn Daddy nannte, was ihm wie Musik in den Ohren klang.

Viel zu rasch ging das Jahr vorüber. Charlotte gab keine Handbreit nach, und Audrey und Charles fuhren fort, ihr eigenes Leben zu leben. Sie war mit den Fotos für sein neues Buch sehr beschäftigt, und beide machten sich zunehmend Sorgen wegen der politischen Lage. Es war ein an unheilvollen Entwicklungen reiches Jahr, da Hitler seine gierigen Finger immer weiter ausstreckte. Im Herbst kam es zu einem Abkommen zwischen Rom und Berlin. Und im November schloß Hitler einen Pakt mit Japan, der nötigenfalls ein gemeinsames militärisches Vorgehen gegen die Russen vorsah.

Im Dezember aber trat das schockierendste Ereignis ein. Seine Auswirkungen waren zwar nicht so bedeutsam wie die Absichten Hitlers, doch Audrey war erschüttert wie alle in England, als sie am zehnten Dezember in der Küche die Rundfunkansprache König Edwards hörte, während sie Molly beim Spielen zusah.

Wie angewurzelt blieb sie stehen, als sie Edwards Stimme erkannte. Es war der Mann, dem sie in Gesellschaft von Wallis Simpson in Antibes begegnet war. Mit tiefer Bewegung hörte sie die Worte, die England und die ganze Welt in Erstaunen versetzten. »Mir ist es unmöglich, meinen Pflichten als König nachzukommen... ohne die Hilfe und Unterstützung der Frau, die ich liebe...« Er gab ein Königreich auf... was konnte ein Mann mehr tun, um seine Liebe zu beweisen? Wie glücklich sich Edward und Wallis schätzen durften, daß sie sich so liebten. Audrey dachte an die Frau, der sie an der Riviera begegnet war. Gleichzeitig drängte sich ihr die Frage auf, was Wallis Simpson besitzen mochte, das eine so große Liebe entfachen konnte. Edward klang ziemlich niedergeschlagen, als er nach weniger als einem Jahr auf dem Thron abdankte, um die zweifach geschiedene Amerikanerin zu heiraten.

Obwohl Edward nicht ihr König war, fühlte Audrey mit den Briten. Was mußte er vor dieser Entscheidung durchgemacht haben... und auf sonderbare Weise wurde sie entfernt an ihr und Charles' Verhältnis zu Charlotte erinnert... allen Widerständen zum Trotz hatten sie sich zum Zusammenleben entschlossen, Ehe oder nicht... sicher würde sich ihr Leben weniger kompliziert gestalten als das von Edward und Mrs. Simpson.

Lange nachdem sie das Radio abgeschaltet hatte, stand sie noch da, betrachtete ihr Kind und dachte daran, was König Edward getan hatte. Er hatte für die Frau seiner Liebe ein Königreich aufgegeben... ein Entschluß, der ihm für immer einen Platz in ihrem Herzen sichern würde. Sie lächelte traurig bei dem Gedanken an diese große Liebe.

34

Ganz England vergoß Tränen über die Abdankung Edwards VIII., dem sein ein Jahr jüngerer Bruder George VI. auf den Thron folgte. Irgendwie wirkte der neue König nicht so charmant und romantisch wie Edward, der für sein persönliches Glück alles aufgegeben hatte. Audrey pflegte ihn bei ihren Bekannten, die seine Abdankung schockierend fanden, stets zu verteidigen. Charlie zog sie auf, daß sie Wallis' Partei nur ergriff, weil diese auch Amerikanerin sei. Doch der Entschluß des Königs hatte etwas sehr Bewegendes, das beide berührte. Er war bereit gewesen, für seine Liebe alles aufzugeben, und das war in Charles' und Audreys Augen eine großartige Sache.

Charlotte machte ihnen das Leben noch immer schwer, aber nach eineinhalb Jahren machte es ihnen nicht mehr viel aus. Sie hatten sich mit den ihnen auferlegten Einschränkungen abgefunden, und Audrey hatte mit ihren Fotos zu viel zu tun, als daß sie sich viel Sorgen darüber gemacht hätte. Charlie ermutigte sie immer wieder, so daß sie sogar eine Ausstellung einiger ihrer besten Schwarzweißaufnahmen, die ihr im Laufe der Jahre geglückt waren, veranstaltete. Es war Abstraktes darunter, Porträtaufnahmen, sogar ihre Fotos von Madame Sun Yat-sen, und eine Reihe wunderbarer Schnappschüsse von Molly.

Charlie war sehr stolz auf Audrey. Sie schienen sich in ihrer Arbeit wunderbar zu ergänzen. Charlotte mußte wutentbrannt hinnehmen, daß seine Bücher in Zukunft mit Audreys Fotografien illustriert wurden. Sie konnte nichts dagegen unternehmen. In Charles' Vertrag war schon früher das Recht auf die Auswahl des Fotografen vertraglich eingeräumt worden, und er hatte seine Wahl getroffen.

»Na, klammerst du dich noch immer an sie, Charles?« hatte Charlotte ihn eines Tages in ihrem Büro verbittert gefragt. Er hatte eigentlich ihren Vater sprechen wollen, doch sie hatte ihn abgefangen.

»So wie du dich an mich klammerst, könnte man sagen.« Wenn Charles sie sah, flammte Empörung in seinem Blick auf, denn er verübelte Charlotte die Verweigerung der Scheidung sehr viel mehr als Audrey, die sich mit dem gegenwärtigen Zustand zufriedengab. Doch Charles wünschte sich unbedingt ein Kind, aber erst wenn sie verheiratet waren. »Charlotte, wann wirst du endlich Vernunft annehmen?« Es war eine Debatte, wie beide sie schon unzählige Male geführt hatten. Er konnte sich nicht vorstellen, warum sie nicht nachgeben wollte. Seiner Ansicht nach war ihr Starrsinn völlig sinnlos, und er zermarterte sich das Gehirn, weil er herausfinden wollte, was dahinterstecken mochte. Die Erklärungen oder Vermutungen anderer befriedigten ihn nicht. Die Antwort wußte allein Charlotte.

»Charles, ich werde niemals in eine Scheidung einwilligen.« Sie warf ihm einen kühlen Blick zu, und sie ging zur Tür. »Du verschwendest mit ihr deine Zeit.«

»Du bist diejenige, die Zeit verschwendet.« Er stand auf und machte Anstalten, auf sie zuzugehen und sie zu schütteln, um sie zur Vernunft zu bringen, doch sie zog die Schultern hoch und schlug die Tür hinter sich zu.

Immer wenn er an diese unerträgliche Situation dachte, brachte es ihn in Rage, und als Audrey einen Brief von Annabelle bekam, in dem diese ihre Heirat ankündigte, war es für ihn der Gipfel.

Annabelle heiratete zu Ostern in Reno einen Berufsspieler. »Einen Bridgespieler«, wie sie es beschönigend nannte. Charles' Meinung nach ein nichtswürdiger Kerl. Es erregte hilflose Wut in ihm, wenn er daran dachte, daß Annabelle frei war und heiraten konnte, während er und Audrey von Charlotte daran gehindert wurden.

Im Sommer kamen Annabelle und ihr neuer Ehemann nach London, Charles war entsetzt, als er sie kennenlernte. Ein größerer Kontrast zwischen den beiden Schwestern war kaum möglich. Seit Audrey Amerika verlassen hatte, war Annie womöglich noch aufreizender geworden. Trotz ihrer teuren Kleider und des auffallenden Schmuckes, der vermutlich falsch war, schien Annabelle in einem fort nur zu jammern. Audrey war dieser Besuch ziemlich peinlich, Charles ertappte sie mehrmals dabei, wie sie ihre Schwester anstarrte, als versuche sie herauszufinden, wer sie sei. Sie waren wie zwei Fremde und nicht wie Geschwister. Erleichtert atmete sie auf, als der Besuch zu Ende ging, obwohl Annabelle es schaffte, noch ein paar Giftpfeile abzuschießen. So fragte sie Audrey scheinheilig, ob das Zusammenleben mit Charles auf Dauer geplant sei oder ob es sich nur um eine vorübergehende Episode handle.

»Er wartet auf seine Scheidung.« Audrey bewahrte Ruhe. Nur ihr Blick verriet den Schmerz über die Bemerkung ihrer Schwester.

»Na, das kennt man ja.« Annabelle blies lässig Rauchringe in die Luft und sah ihre Schwester an, als wäre sie eine billige Nutte und sie selbst die Dame.

»In diesem Fall stimmt es.«

»Schätzchen, warte nicht zu lange. Du wirst auch nicht jünger.« Audrey empfand Bedauern über das, was aus Annabelle geworden war. Ihre Schwester wirkte billig, und es war nicht zu übersehen, daß sie zu viel trank. Ständig schien sie angeheitert zu sein, sie lachte meist zu laut oder jammerte und bemitleidete sich selbst.

So kam es, daß niemand es bedauerte, als sie wieder abreiste, obwohl Charles spürte, wie bedrückt Audrey war. Nicht, daß ihr Annabelle fehlen würde, Audrey bedauerte nur, daß sie sich so unvorteilhaft verändert hatte.

»Früher war sie ganz anders. Sie ist für mich eine völlig Fremde...« Bekümmert sah sie Charles an. »Ich habe Annabelle praktisch großgezogen, und sieh sie dir jetzt an!« Annabelle benahm sich wie eine billige Nutte, das wußten beide. Das Komische war, daß ausgerechnet sie Audrey Vorwürfe wegen ihres Zusammenlebens mit Charles machte. »Ich kann mir nicht denken, daß diese Ehe Bestand hat«, meinte Audrey nachdenklich. Annabelles neuer Ehemann war so undiskutabel, daß Audrey die beiden Vi und James gar nicht vorgestellt hatte, das wäre zu peinlich gewesen. »Jetzt ist auch meine letzte Bindung zu San Franzisko abgerissen.« Charles hörte das nicht ungern, und das wußte Audrey genau. Trotzdem wurde ihr ganz elend bei der Vorstellung, daß Annabelle und ihr Mann das großväterliche Haus bewohnten. Dieser Kerl mit seinen dicken, übelriechenden Zigarren und dem gräßlich protzigen Diamantring! Ihren Großvater hätte bei seinem Anblick glatt der Schlag getroffen. Allein der Gedanke brachte sie zum Lachen, und sie lachte auch Tränen, als sie sich ausmalte, welche Bemerkungen ihr Großvater von sich gegeben hätte. Diese Vorstellung genügte, um sie aufzuheitern.

Sie mußte auch an ihren Großvater denken, als Roosevelt über Alfred Landon siegte und wiedergewählt wurde. Die Erinnerung an die politischen Debatten war herzerwärmend, und jetzt genoß sie es, über dieselben Themen mit Charlie zu diskutieren. So gab es ausreichend Gesprächsstoff, als Japan im Sommer China angriff und den Großteil des Landes in Kämpfen einnahm, die sich bis zum Jahresende hinzogen und gewaltige Opfer in der Zivilbevölkerung forderten. Peking und Tientsin fielen den Japanern zu, und bei der Eroberung Nankings gab es zweihunderttausend Tote unter der Zivilbevölkerung. Audrey mußte an die Tage denken, die sie dort mit Charlie so friedlich verbracht hatte. Es schmerzte, wenn man sich jetzt die Zerstörungen vorstellte. Kommunisten und Nationalarmee bildeten eine gemeinsame Front gegen die Japaner. Audrey war froh, daß sie Molly mitgenommen hatte. In Harbin waren die Verhältnisse vermutlich nicht chaotischer als zuvor, da aber das übrige Land von den Japanern verwüstet wurde, konnte man annehmen, daß Mollys Leben sicher sehr unglücklich verlaufen wäre. Audrey hoffte inständig, Shin Yu und die anderen hätten alle widrigen Umstände heil überstanden. Vielleicht hatten die Nonnen die Kinder nach Frankreich gebracht, doch das war eher unwahrscheinlich. Die Schwestern ließen sich nicht so leicht entmutigen und hatten vermutlich ausgeharrt wie 1933.

Im gleichen Sommer, nämlich im Juli 1937, richteten die Deutschen ein Lager in Buchenwald ein, ein Arbeitslager für Strafgefangene und ›Unerwünschte‹. Gleichzeitig wurden sämtliche Juden aus Handel und Industrie ausgeschlossen. Juden durften sich nicht mehr in Parks blicken lassen, sie durften nicht bei gesellschaftlichen Anlässen anwesend sein, durften keine Theater, Museen oder Bibliotheken betreten. Alle öffentlichen Einrichtungen waren für sie unzugänglich geworden. Und vom sechzehnten Juli an mußten alle Juden einen gelben Stern sichtbar an der Kleidung tragen, damit man sie auf den ersten Blick erkennen konnte. Das alles weckte in Audrey die Erinnerung an Karl und Uschi. Immer wieder fragte sie sich, wie es ihrer Freundin gehen mochte und ob sie im Kloster ein wenig Frieden gefunden hatte. Karls Tod hatte Audrey und Charlie damals eng aneinandergeschmiedet und stellte für sie ein ganz besonderes Ereignis dar. Für sie hatte auch das Wort ›Jude‹ eine ganz eigene Bedeutung angenommen. Sie würden es nie wieder so hören wie früher. Immer war damit die Erinnerung an Karl verknüpft, und jeder neue Erlaß in Deutschland schien gegen ihn und indirekt gegen sie selbst gerichtet. Es war unglaublich, daß Karl schon seit zwei Jahren tot war. Die Zeit war viel zu rasch vergangen, und die Ereignisse in der Welt überstürzten sich. Kein Mensch konnte wissen, worauf das alles zusteuerte. Im Dezember fand der Austritt Italiens und Deutschlands aus dem Völkerbund statt – ein böses Omen. Für Audrey und Charlie war es ein richtiger Schock, als Hitler im März 1938 in Österreich unter dem Vorwand einmarschierte, die Bevölkerung wünsche den Anschluß. Audreys Sorge galt in erster Linie Uschi, denn unwillkürlich mußte sie an die ermordeten Nonnen in Harbin denken. Sie konnte nur hoffen, daß die Nazis ihre Freundin im Kloster unbehelligt ließen. Alle traditionellen Werte schienen in Frage gestellt, und die einzige Sicherheit in einer aus den Fugen geratenen Welt bot Audreys Beziehung zu Charlie.

Ihr kam es unglaublich vor, daß sie bereits drei Jahre zusammenlebten. Vi und James gaben aus diesem Anlaß ihnen zu Ehren eine Dinnerparty, um den Jahrestag inoffiziell zu feiern. Anschließend tanzte man Samba und Conga und hörte Schallplatten von Benny Goodman. Um vier Uhr morgens erklärte Audrey auf dem Nachhauseweg, daß sie wunschlos glücklich sei. Sie war jetzt einunddreißig und war nie verliebter gewesen.

Zu ihrem vollkommenen Glück fehlte ihnen nur noch ein Kind, doch das blieb dank Charlottes Unbeugsamkeit ein Wunschtraum. Deswegen ließen sie ihre ganze Liebe Molly zuteil werden.

Im folgenden Jahre gab es erneut Grund zu Angst und Sorge. Nach dem Münchner Abkommen hatte man gehofft, es würde nichts mehr passieren, und ganz Europa hatte so getan, als wäre jede Gefahr beseitigt. Wer es sich leisten konnte, schwelgte plötzlich in Luxus, schaffte sich tolle Autos an, gab glänzende Feste und trug kostbare Pelze und Schmuck zur Schau, als wäre die Situation entschärft und als könne diese gezwungene Fröhlichkeit mithelfen, weitere Katastrophen zu verhindern. Doch die Ängste waren noch da, versteckt zwar, aber sehr lebendig, und das Schreckliche nahm seinen Fortgang wie ein Ungeheuer, dem niemand Einhalt zu gebieten vermochte. Hitler ging seinen Weg der Gewalt weiter. Der Spanische Bürgerkrieg endete mit entsetzlichen Verlusten. Die Zahl der Toten überschritt eine Million, die Verwüstungen waren unvorstellbar. Und wer gute Ohren hatte, konnte im Hintergrund das Säbelrasseln immer deutlicher vernehmen.

Die Deutschen besetzten Böhmen und Mähren und schlossen mit der Sowjetunion einen Nichtangriffspakt. Die beiden Großmächte bildeten nun einen doppelt furchteinflößenden Block. Am ersten September griff Hitlers Armee Polen an, ein Vorgang, den die Welt atemlos und wie betäubt verfolgte.

Zwei Tage darauf, am dritten September, erklärte England

Deutschland den Krieg, Churchill wurde Erster Lord der Admiralität. In der Stunde der Gefahr vertraute man seiner Erfahrung. Und der Anfang der Auseinandersetzungen war schrecklich genug. Innerhalb von zwei Wochen versenkten deutsche U-Boote die *Athenia* und die *Courageous*. Audrey und Charles hörten fassungslos die Meldung im Radio. Langsam bekam man den Eindruck, die ganze Welt sei ein Opfer des Wahnsinns geworden. Charlie überlegte, ob Audrey in Amerika nicht besser aufgehoben wäre, da Europa keinerlei Sicherheit mehr zu bieten schien. Die meisten Amerikaner beeilten sich mit der Rückkehr in die Heimat. Der Botschafter der Vereinigten Staaten versuchte, für alle in England lebenden amerikanischen Staatsbürger Schiffspassagen zu bekommen, und Charlie fragte Audrey, ob sie sich nicht zur Heimkehr entschließen wolle.

Sie lächelte und griff zur Teekanne. Als sie antwortete, sah sie ihn mit einem Blick an, aus dem die stille Kraft sprach, die er schon so oft bewundert hatte. »Ich bin hier zu Hause, Charlie.«

»Ich meine es ernst. Wenn du willst, schicke ich dich mit Molly hinüber. Es werden Passagen für alle Amerikaner gebucht. Vielleicht ist es die letzte günstige Gelegenheit. Wer weiß, was diesem Irren noch alles einfallen wird.« Damit meinte er natürlich Hitler.

»Ich bleibe hier. Bei dir.« Das sagte sie ganz leise, und er faßte nach ihrer Hand. Ihre Liebe hatte nun schon so lange Bestand... Es war fast sechs Jahre her, seit sie Asien durchquert hatten. Seite an Seite hatten sie einen langen Weg zurückgelegt. Audrey legte keinen großen Wert mehr darauf, verheiratet zu sein und eigene Kinder zu bekommen. Molly und der Mann, den sie liebte, genügten ihr. Von der Londoner Gesellschaft wurden sie rückhaltlos akzeptiert. Sie waren als ›Mrs. Driscoll‹ und ›Mr. Parker-Scott‹ bekannt. Es wurde erst gar nicht so getan als ob, und niemand nahm Anstoß an ihrer Lebensweise. Audrey hatte nicht die Absicht, Charles nach sechs Jahren zu verlassen, nicht wegen des Krieges. Auch wenn London in Flammen aufgehen sollte, würde sie bis zum bitteren Ende bei ihm ausharren, und das sagte sie ihm klipp und klar, und Charles war wieder überwältigt. Diese Frau besaß eine ungeheure Tiefe und ein Feuer, die man über ihrer stillen, sachlichen Art oft vergaß.

»Ich glaube, damit ist dieser Punkt abgehakt, oder?«

Charles war erleichtert, daß sie bei ihm bleiben wollte, obwohl er sich bereits freiwillig gemeldet hatte ebenso wie James, der unbedingt zur RAF wollte, während Charles mehr Interesse für den Nachrichtendienst hatte. Als Journalist hatte er dafür die bestmöglichen Voraussetzungen. Man hatte ihm zu verstehen gegeben, daß man mit ihm Verbindung aufnehmen würde. Er vermutete, daß er erst gründlich durchleuchtet werden mußte, ehe man ihm Bescheid gab. Schließlich war es so weit, und zwar am Tag, als Warschau fiel. Es war eine Tragödie, die alle zutiefst erschütterte. Ganz Europa ließ den Mut sinken.

Zwei Tage später wurde Polen zwischen Rußland und Deutschland aufgeteilt wie ein Kadaver, dem zwei Wölfe ein Glied nach dem anderen ausrissen. Audrey verspürte jedesmal Übelkeit, wenn sie Nachrichtenfetzen aus dem Radio hörte und besonders wenn es darum ging, was sich unter den Ghettobewohnern abspielte. Sie besprach das alles ausführlich mit Charles, der sehr erleichtert war, als er schließlich vom Innenministerium verständigt wurde, daß man sehr bald mit ihm Kontakt aufnehmen würde. Aber noch ehe es dazu kam, schickten die Briten 158000 Mann nach Frankreich, um ihren Verbündeten zu Hilfe zu kommen. Charlie wäre zu gern einer von ihnen gewesen. Doch es vergingen weitere zwei Monate, bevor vom Innenministerium der Bescheid über seinen Einsatz als Kriegsberichterstatter kam. Er konnte sich seinen Standort selbst aussuchen, bis man eine nachrichtendienstliche Mission für ihn hätte.

Charles beneidete James heftig, der bereits bei der RAF war. Violet arbeitete mit großer Begeisterung als freiwillige Lastwagenfahrerin fürs Rote Kreuz. Immer wenn Audrey mit ihr zusammenkam, war sie in großer Eile und schien sehr beschäftigt zu sein. Verschwunden war die Lady Vi von ehedem, die mit Freundinnen ausgedehnte Einkaufsbummel unternahm, die mit den Kindern spielte und in der Bibliothek Gäste zum Tee empfing. Manchmal sehnte sich Audrey nach diesem alten Leben, obwohl ihre Arbeit als Fotografin ständig zunahm. Charlie konnte seinen ersten Einsatz kaum erwarten. Doch er bekam erst im Juli einen Befehl vom Innenministerium. Dänemark und Norwegen waren drei Monate zuvor gefallen, die Niederlande und Belgien einen Monat später. Zwei Wochen nach dem deutschen Einmarsch in Paris kam der ersehnte Anruf.

Unterdessen hatte Charles aus London berichtet und vor der deutschen Besetzung kleine Abstecher nach Holland, Belgien und Paris unternommen. Doch dabei hatte es sich nur um kurze Reisen gehandelt, Charlie aber lechzte nach anspruchsvolleren Aufträgen. Mehr als einmal hatte er sich deswegen bei Audrey beklagt, die ihm zur Geduld riet. Er arbeitete für bedeutende Zeitungen auf der ganzen Welt und veröffentlichte Informationen, an deren Weitergabe den Briten lag. Mehr als einmal traf er mit Churchill zusammen, vor dem er allergrößte Hochachtung empfand. Audrey versicherte Charles zwar immer wieder, daß er ausgezeichnete Arbeit leiste, doch insgeheim wußte sie, daß es ihn nicht befriedigte, ständig in London zu sitzen, während James für die RAF Einsätze flog.

Charlies Miene am Abend des Anrufs verriet ihr, daß etwas passiert sein mußte.

»Was ist denn?« Sie sah ihm argwöhnisch entgegen, als er zur Tür hereinkam.

»Nicht viel. Wie hast du den Tag verbracht?«

»Ach, ganz gut.« Sie zeigte ihm die Fotos, die sie am Nachmittag entwickelt hatte, anschließend plauderten sie eine Weile über Belanglosigkeiten. Schließlich sah sie ihn mit einem wissenden Lächeln an. »Charles, wann gedenkst du, mir die unangenehme Nachricht beizubringen?«

»Wie kommst du darauf?« Sein schuldbewußter Blick verriet alles. Er konnte nichts vor ihr geheimhalten, weil sie ihn zu gut kannte. Sie hatte gespürt, daß ihn etwas bedrückte. Auf der einen Seite war er begeistert von seiner neuen Aufgabe, andererseits ließ er sie ungern allein.

»Also, was ist es?« Das fragte sie ganz leise und sah ihn dabei so eindringlich an, daß er nicht ausweichen konnte.

»Hast du heute Nachrichten gehört?«

Sie schüttelte den Kopf. Heute hatte sie das Radio während der Arbeit in der Dunkelkammer nicht eingeschaltet, vielleicht, weil sie es satt hatte, von allen Greueln zu hören. Offensichtlich hatte sie etwas versäumt. »Was ist geschehen?« Mit jedem Tag wurde die Lage problematischer, und für Audrey war die Tatsache am schlimmsten, daß die Vereinigten Staaten bestrebt waren, sich aus den Konflikten herauszuhalten, als könnten sie den Krieg in Europa ignorieren. Diese Vogel-Strauß-Politik empörte sie, und sie schämte sich ein wenig, Amerikanerin zu sein. Am liebsten hätte sie es gesehen, wenn ihr Land die Ärmel hochgekrempelt hätte, um allen zu helfen, die Hilfe nötig hatten. Mit angsterfülltem Blick sah sie zu Charles auf. »Was ist los?«

»Heute haben wir in Oran die französische Flotte versenkt.«

»In Algerien?« Er nickte. »Warum?«

»Weil die Franzosen nicht mehr unsere Verbündeten sind. Frankreich ist in deutscher Hand, und wir wollten verhindern, daß die Deutschen die Schiffe bekommen. Eine schreckliche Vergeudung, aber das haben wir natürlich nicht eingestanden. In den Nachrichten hieß es nur, die Schiffe seien versenkt worden. Wir hatten keine Wahl.«

»Gab es viele Tote?« Sie hatte es so satt, davon zu hören, Tausende da und Tausende dort... und Menschen wie Karl und dazu die, die 1939 in Warschau umgekommen waren...

»An die tausend.« Ihre Blicke begegneten sich. »Man will mich hinschicken.«

»Nach Algerien?« Ein komisches Gefühl in ihrer Magengrube machte sich breit.

»Ich soll über das Debakel in Oran berichten und dann für eine Weile nach Kairo fahren, weil der Krieg sich auszubreiten scheint.« Bislang war dort noch nichts passiert, doch Mussolini hatte erst vor sechs Tagen mit einer Invasion gedroht. Die Briten wollten in Ägypten die Zahl ihrer Kriegsberichterstatter erhöhen, oder zumindest wollten sie Charles unbedingt dort haben. Ihm wurde elend zumute, als er Audreys Gesichtsausdruck sah. »Aud, mach kein solches Gesicht!«

Sie wandte ihm den Rücken zu, da ihr die Tränen kamen. So also war es, wenn man eine Verpflichtung eingegangen war und sie einhielt. Vielleicht hatten die Vereinigten Staaten doch nicht so unrecht, sich aus dem Krieg herauszuhalten. Audrey spürte, daß Charlie dicht hinter ihr stand und nach ihren Armen faßte.

Langsam drehte er sie zu sich um und nahm ihr Gesicht zwischen beide Hände. »Ich werde nicht lange fort sein.«

»Du hast es gewollt, nicht wahr?« Seit der Kriegserklärung vor zehn Monaten hatte er einen solchen Auftrag herbeigesehnt, doch ihr kam plötzlich alles so anders vor... jetzt, da es tatsächlich soweit war... ihr wurde fast übel, wenn sie an die Gefahren dachte, die ihm drohten. »Wann kommst du zurück?«

»Das weiß ich noch nicht. Es hängt davon ab, wie sich alles entwickelt. Ein Einsatz als Korrespondent ist ganz anders als der eines Soldaten. Man kann nach Gutdünken kommen und gehen und begibt sich nicht eigentlich in Gefahr...«

Sie unterbrach ihn traurig: »Du setzt wie alle anderen dein Leben aufs Spiel. Verdammt, warum kannst du nicht hier in England etwas Vernünftiges tun?«

»Was denn? Stricken vielleicht? Audrey, ich muß raus und dort etwas tun. Sieh dir James an. Der fliegt Angriffe gegen die Deutschen – und das seit einem halben Jahr.«

»Wie schön für ihn. Aber wenn er samt seinem Heldenmut draußen abgeschossen wird, wird es für Violet und die Kinder weniger schön sein.« Jetzt tat sie sich keinen Zwang mehr an und ließ ihren Tränen freien Lauf. Charles nahm sie in die Arme. Die Gründe für ihre heftige Reaktion konnte sie ihm nicht anvertrauen, das wäre nicht fair gewesen. Audrey hatte selbst erst vor zwei Tagen entdeckt, daß sie schwanger war. Und sie hatte unbedingt den richtigen Zeitpunkt abwarten wollen, um ihm die Neuigkeit zu eröffnen.

»Ich komme zurück, Audrey, das verspreche ich dir... In Kairo bin ich absolut sicher...«

Und plötzlich lachte sie unter Tränen und machte sich los, um ihn anzusehen. »Zum Teufel mit Kairo! Denk daran, was dir bei deinem letzten Aufenthalt dort passiert ist!«

Jetzt lachte auch er, da er genau wußte, was sie meinte. »Ich verspreche dir, daß so etwas nicht mehr vorkommt. Darauf hast du mein Wort.« Er hielt die Schwurhand hoch, und sie legte ihre Handfläche an seine.

»Ich liebe dich so sehr. Schwöre mir, daß du auf dich achtgeben wirst, sonst komme ich persönlich und spiele Aufpasserin.«

»Das glaube ich dir aufs Wort.« Charles fand das erheiternd, Audrey dachte jedoch daran, wie sehr sie unter der Trennung leiden würde.

»Ich scheue mich nicht, dir nachzulaufen. Vergiß das nicht, mein Lieber.« Ihr Blick gab ihm zu verstehen, daß dies keine leeren Worte waren.

»Ich werde daran denken.«

Später aber, als sie sich zum letzten Mal liebten, dachten sie an nichts, gaben sich nur ganz ihrer Leidenschaft hin. Am nächsten Tag mußte er sie verlassen. Viel Zeit hatte man ihm nicht gelassen, doch ihm sollte es recht sein. Beim Abschied sagte Charles, er würde höchstens ein oder zwei Monate fort sein, eher kürzer. Und Audrey versprach, auf sich und Molly achtzugeben und ihm täglich zu schreiben. Er würde im Shepheard wohnen, in einem Hotel, das jeden erdenklichen Luxus bot, doch das sagte er ihr nicht, als er ihr zum letzten Mal zuwinkte und in aller Herrgottsfrühe in dem Jeep davonbrauste, den man ihm geschickt hatte. Seine Maschine startete in wenig mehr als einer Stunde. Charles betete darum, daß Audrey und Molly gesund blieben. Sie hatten schon öfter eine Nacht in dem Luftschutzraum in der Nähe ihres Hauses zubringen müssen, und die Bewohner Londons hatten sich inzwischen daran gewöhnt, doch war das Leben dadurch sehr erschwert. Charles machte sich Sorgen um Audrey, weil sie allein waren. Seine Sorgen wuchsen mit der Entfernung natürlich noch, doch in Oran und Kairo lenkte ihn wenigstens seine Arbeit ab.

Nach dem Abschied blieb Audrey gedankenverloren im Wohnzimmer stehen und dachte mit leerem Blick an das Kind, das sie erwartete.

Wieder fragte sie sich, ob sie es Charles hätte sagen sollen, doch sie wurde das Gefühl nicht los, daß das unfair gewesen wäre. Eine Ironie des Schicksals, daß Charlottes Lüge ihn zur Ehe bewogen hatte... und jetzt, da wirklich ein Kind unterwegs war, behielt Audrey das Geheimnis für sich. Plötzlich wurde sie von Panik erfaßt. Wenn er ums Leben kam... wenn... Angst schnürte ihr die Kehle zu und drohte sie zu ersticken. Sie brauchte mehrere Stunden, bis sie ihre Fassung wiedergefunden hatte, und sie war noch immer ziemlich durcheinander, als sie abends zu Violet zum Dinner ging. Sie nahm Molly mit, da sie befürchtete, das Kind würde sonst nicht rechtzeitig in den Luftschutzraum kommen, wenn es nötig war. Die Kinder spielten oben, als Audrey Lady Vi ansah.

»Wie hältst du das nur aus?« Audreys Gesichtsausdruck hatte sich verändert. Ihre Augen wirkten müder und besorgter, obwohl ihr Zustand noch nicht fortgeschritten war. Als sie von ihrer Schwangerschaft erfahren hatte, war sie so selig gewesen, daß sie am liebsten nach Hause gelaufen und Charles davon berichtet hätte, doch sie hielt sich zurück, um den richtigen Augenblick abzuwarten, Charles sollte sich nicht zusätzlich Sorgen machen müssen. Und jetzt...

»Ob ich was aushalte?« Lady Vi lächelte. »Die Luftangriffe? Ich glaube, daran gewöhnt man sich.« Zumindest hatten sich die Kinder daran gewöhnt. Die Kinder fingen in den Luftschutzräumen trotz der Bomben zu spielen an, als wäre es die selbstverständlichste Sache der Welt. Allein das Zusehen kostete Audrey Nerven. Ihr erschien es schrecklich, unter diesen Bedingungen leben zu müssen, und daß die Kinder das so normal fanden, machte alles nur noch schrecklicher. Sie schüttelte als Antwort auf Vis Frage den Kopf und sagte:

»Nicht die Angriffe. Ich meine die Angst. Macht dich die Angst um James nicht wahnsinnig?«

Jetzt lächelte Violet nicht mehr. »Ja, ständig. Es gibt keinen Augenblick, in dem ich nicht an ihn denke. Aber was bleibt uns schon übrig, nicht?« Ihre Blicke trafen sich, und plötzlich kamen Audrey die Tränen, und sie konnte es nicht mehr aushalten – sie hatte das Bedürfnis, ihr Geheimnis mit jemandem zu teilen, und als Vi den Arm um sie legte, blickte sie benommen zu ihrer Freundin auf. »Ach, Vi... ich bekomme ein Kind, und Charlie weiß es nicht. Ich hatte die Absicht, es ihm zu sagen, bevor er ging, aber dann wollte ich ihn nicht damit belasten.« Sie schluchzte hemmungslos. »Und was wird sein, wenn er...«

»Hör auf damit!« Violet drückte sie an sich. So sehr sie sich für Audrey freute, so konnte sie sich gut vorstellen, wie elend ihr zumute sein mußte. Andererseits wußte sie, wie sehnsüchtig Charles sich ein Kind gewünscht hatte. Sie lächelte Audrey beruhigend zu. »Das ist eine wunderbare Nachricht. Jetzt mußt du gut auf dich aufpassen, vernünftig essen trotz Rationierung und dir viel Ruhe gönnen!« Beide dachten an die allnächtlichen Luftangriffe, und Audrey lächelte.

»Was meinst du, hätte ich es ihm sagen sollen, als er wegfuhr?«

Lady Vi schüttelte den Kopf. »Du hast ganz richtig gehandelt. Er würde vor Sorge den Verstand verlieren und womöglich vergessen, auf sich selbst aufzupassen. Ich mache es mit James ähnlich. Ich teile ihm immer nur mit, daß bei uns alles wie immer ist. In seiner Maschine kann er sich dann auf das Nächstliegende konzentrieren. Ablenkungen kann dort draußen keiner gebrauchen.«

Es konnte Menschenleben kosten, doch das sagte sie Audrey nicht. Die zwei Frauen plauderten noch lange miteinander, und Audrey war aufrichtig erleichtert, daß sie Violet in ihr Geheimnis eingeweiht hatte. Die Neuigkeit hatte Vi sehr gelassen aufgenommen, und sie wunderte sich insgeheim darüber, daß es nicht schon viel eher passiert war. Sie fragte sich, ob Charles nun Charlotte wieder um die Scheidung bitten würde. Violet hatte ihn vor seinem Einsatz nicht mehr sprechen können, doch waren ihr sonderbare Gerüchte über Charlotte zu Ohren gekommen, mit denen sie Audrey jetzt nicht aufregen wollte.

Audrey nahm Molly in die Arme und machte sich zum Gehen bereit, als Sirenengeheul einsetzte. Violet holte die Kinder und trommelte die Dienstboten zusammen. Gemeinsam gingen sie in den Luftschutzraum. Violet hielt Audreys Arm, damit sie nicht über einen losen Stein stolperte, Audreys Sicherheit lag ihr plötzlich sehr am Herzen. Dieses Kind war für beide Sinnbild des Lebens geworden, und es war ungeheuer wichtig, dieses ungeborene Kind, von dem nur sie allein wußten, zu beschützen.

Kaum waren sie im Luftschutzraum angelangt, als Audrey Violet mit einem Lächeln zuflüsterte: »Ich bin froh, daß du es weißt.«

»Ich auch.« Violet erwiderte das Lächeln, und die zwei Frauen hielten sich an den Händen, während um sie herum Bomben einschlugen.

35

Fast eine Woche verging, bis Audrey und Molly Vi wieder besuchten. Diesmal schien Vi in Sorge zu sein. Als die Kinder spielten, gestand sie Audrey, daß die RAF nächtliche Einsätze über Deutschland flog. Und sie machte kein Geheimnis daraus, daß sie sich große Sorgen um James machte, der fast ständig im Einsatz war und eine erstaunliche Anzahl von Abschüssen auf sein Konto buchen konnte. Audrey versuchte, sie nach besten Kräften aufzuheitern. Ihr war aufgefallen, wie stark Violet in letzter Zeit abgenommen hatte. Alle hatten Gewicht verloren, aber Vi war noch dünner als alle anderen. Violet hatte immer ein leichtes Leben, umgeben von Luxus, geführt. Jetzt mußte sie sich mit der Realität abfinden und gegen ihre Ängste ankämpfen, und sie fühlte sich ziemlich hilflos. Es gab nichts, was sie für James' Sicherheit tun konnte, und die ständige Ungewißheit drohte sie aufzuzehren.

»Violet, er wird gesund zurückkommen«, beruhigte Audrey die Freundin, inständig hoffend, daß sie recht behielt und James vom Glück nicht verlassen wurde. »Einen Besseren als ihn gibt es nicht.« Wieder wurde ein tränenumflorter Blick getauscht. Diesmal brauchte Violet Trost.

»Ohne ihn könnte ich nicht leben«, seufzte sie.

Lange standen sie engumschlungen da und sprachen einander Trost zu.

Schließlich sah Violet Audrey an, sichtlich gefaßt. »Wie fühlst du dich?«

»Sehr gut.« Audrey litt fast ständig unter Übelkeit, da aber die Ursache eine erfreuliche war, beklagte sie sich nicht. Langsam wuchs in ihr die Freude über das Kind, und sie konnte kaum erwarten, daß Charlie nach Hause kam und sie mit ihm darüber sprechen konnte. Das Baby sollte im März kommen. Jetzt war sie erst im zweiten Monat, und man sah noch nichts. Trotzdem hatte sie den Eindruck, ihr Bauch wäre runder als zuvor. Sie war ständig müde, was allerdings auch vom Schlafmangel herrühren konnte. Fast jede Nacht mußten sie in den Luftschutzraum, und in der Nachbarschaft gab es viele Bombentreffer. Viele Häuser waren zerstört, und wenn irgendwo in der Nähe eine Bombe einschlug, fiel alles von den Regalen, und es gab viele Scherben. Es war eine harte Nervenprobe für alle, doch Audrey schien das jetzt viel mehr zu spüren. Violet wollten die dunklen Ringe unter ihren Augen nicht gefallen.

»Du mußt dich mehr schonen. Charlie wäre außer sich, wenn er dich sehen könnte.«

»Sehe ich so schlecht aus?« Sie lächelte. Die Übelkeit war in den letzten Tagen schlimmer geworden, der Schlafmangel tat das übrige.

»Du siehst abgespannt aus.« Von der auffallenden Blässe sagte sie lieber nichts. »Legst du dich nachmittags hin?«

»Wenn es sich einrichten läßt.« Aber Molly war ein lebhaftes Kind, und außerdem hatte Audrey viel in der Dunkelkammer zu tun. Von dem Baby hatte sie Molly noch nichts gesagt, sie hatte vor, mit ihr zu reden, wenn man es sehen würde. Die Vorstellung gefiel ihr. Abends im Bett pflegte sie selig lächelnd dazuliegen, die Hand auf die kleine Wölbung gedrückt und von dem Bewußtsein erfüllt, sie hüte das süßeste Geheimnis der Welt. Sie lächelte Violet zu. Bis zur Geburt war es noch eine ganze Ewigkeit, doch die Frage, wie es sein würde, beschäftigte sie sehr. »Ist es wirklich so schlimm, wie alle sagen... die Entbindung meine ich.«

Lady Vi reagierte mit einem lässigen Achselzucken. Sie wollte Audrey nicht ängstigen, doch für sie selbst war es bei James gräßlich gewesen, und Alexandra war mit einem Kaiserschnitt zur Welt gekommen. Deswegen würde es für sie keine Kinder mehr geben. Sie waren ohnehin mit ihren zwei Sprößlingen zufrieden, und wenn sie ehrlich war, hätte sie das alles nicht noch einmal durchmachen wollen. »Ach, so schlimm ist es nicht, es wird zu viel Aufhebens davon gemacht. Man vergißt das alles sehr rasch.« Audrey sah ihr in die Augen und las darin etwas, was sie ängstigte, aber noch war es zu früh, um sich ernsthaft Sorgen zu machen. Und auch wenn es schmerzhaft sein würde, so war es doch wert, Charlies Kind zu bekommen. Unwillkürlich fiel ihr Ling Hwei in Harbin ein, aber sie verdrängte diese Erinnerung. Sie hatte jetzt andere Dinge zu bedenken, und bis zur Geburt war noch über ein halbes Jahr Zeit.

»Hin und wieder, wenn ich daran denke, habe ich Angst.«

»Das brauchst du nicht.« Vi sah sie liebevoll an. »Alles wird so schnell gehen, daß es vorüber ist, bevor du es dich versiehst, und dann wirst du ein rundes hübsches Baby in den Armen halten.« Die beiden Frauen tauschten ein Lächeln. Sie hatten etwas gemeinsam.

Als sie nach Hause kam, war Audrey in viel besserer Stimmung, doch in der Nacht kam der schlimmste Angriff des ganzen Krieges. Bis zum Morgen hockten sie zusammengedrängt im Luftschutzraum, und am nächsten Tag kam Violet, um etwas mit ihr zu besprechen.

»Ich glaube, wir sollten die Kinder fortschicken, was hältst du davon, Aud?« Die beiden gingen fast so vertraut miteinander um wie ein Ehepaar. Sie hatten niemanden sonst, mit dem sie Entscheidungen treffen konnten, niemanden, den sie um Rat fragen konnten. Dieses Thema hatten sie schon einmal besprochen, doch damals hatte Audrey noch geschwankt.

»Glaubst du, es könnte noch schlimmer werden?«

»Das ist kaum vorstellbar. Aber...« Sie sprach es nicht aus, doch die Worte lagen ihr auf der Zunge: Wenn den Kindern etwas passiert, würden wir es uns nie verzeihen. Zu viele Häuser waren bombardiert, zu viele Menschen verwundet worden. In unmittelbarer Nachbarschaft hatte es Tote gegeben. Audrey versuchte nachzuvollziehen, was Charles tun würde.

Bekümmert sah sie Violet an. »Ich glaube, wir sollten es rasch tun.«

Violet nickte. So ungern sie sich von den Kindern trennte, wollte sie sie doch in Sicherheit wissen. Deshalb hatte sie sich schon mit ihrem Schwiegervater in Verbindung gesetzt und mit James bei seinem letzten Urlaub darüber gesprochen. Er wollte, daß sie mitging, das wußte Audrey. »Selbst möchte ich aber nicht auf dem Land bleiben«, meinte Violet. »Ich habe hier zuviel zu tun.« Ihre Arbeit beim Roten Kreuz bestand darin, als Fahrerin eines Jeeps für einige Generäle zu fungieren. Audrey hatte sich eigentlich auch freiwillig melden wollen, hielt es aber in Anbetracht ihrer Schwangerschaft für günstiger zu warten, bis es ihr besser ging. Zudem war sie als Fotografin eifrig im Einsatz und hielt mit ihrer Kamera Schutt und Trümmer fest, die es jetzt überall gab,

Gesichter, die gezeichnet waren von den Schrecken des Krieges. Eines Tages sollten diese Fotos eine bemerkenswerte Sammlung abgeben, daran war aber jetzt nicht zu denken. Sie dachte vielmehr an Molly, die sie mit Alexandra und James aufs Land schicken wollte.

»Was meinst du, Aud?« fragte Violet abschließend.

»Wir sollten das so schnell wie möglich erledigen, vielleicht schon diese Woche.«

»Sollen wir selbst bei meinem Schwiegervater bleiben?« Er würde ein Auge auf die Kinder haben, und außerdem schickte Violet natürlich das Kindermädchen mit.

»Noch nicht. Ich habe noch einiges vor.« Audrey runzelte die Stirn. Es gab noch so vieles, was sie aufnehmen wollte, und in der Dunkelkammer hingen bereits Hunderte von Fotos.

»Ich werde meinen Schwiegervater anrufen. Wir können die Kleinen am Wochenende hinbringen. Wäre dir das recht?«

»Ja, sehr sogar.«

Violet nickte und stand mit einem besorgten Blick auf. Audrey nahm ab, anstatt zuzunehmen, und sah noch immer sehr mitgenommen aus. »Du mußt versuchen, dich vor der Fahrt auszuruhen.«

»Jawohl, gnädige Frau.« Sie lächelten sich an, und Lady Vi verabschiedete sich.

Samstags fuhren sie im großen Wagen der Familie Hawthorne los. Audrey und Violet halfen den größeren Kindern und dem Kindermädchen auf die Rücksitze und wiesen Molly an, sich vorn zwischen sie zu setzen. Das Gepäck wurde im Kofferraum verstaut. Vier Stunden später rollten sie durch eine ländliche Gegend, die nicht friedlicher hätte sein können, so daß man sich kaum vorstellen konnte, daß Krieg war. Alles war schön und ruhig, und als sie Lord Hawthornes Haus erreichten, war Audrey unendlich erleichtert, daß sie sich zu diesem Entschluß durchgerungen hatte. Hier waren die Kinder in Sicherheit und würden glücklich sein. Der alte Herr war begeistert und freute sich schon auf die bevorstehenden Besuche der jungen Frauen.

Auf der Rückfahrt gestand Audrey Violet, daß sie im November auch die Stadt verlassen wollte. Die Schwangerschaft würde dann schon so fortgeschritten sein, daß es nicht mehr ratsam wäre, in der Stadt zu bleiben. Allein der allnächtliche Wettlauf in den Luftschutzraum war zu anstrengend. Violet mußte ihr recht geben.

»Du könntest schon früher aufs Land ziehen.«

»Wir werden sehen.« Sie hatten die Absicht, in zwei Wochen ein paar Tage bei den Kindern zu bleiben und auszuspannen. Insgesamt war es für sie eine große Erleichterung, in London der Sorge um die Kinder enthoben zu sein. »Ich habe jetzt ein viel besseres Gefühl. Du nicht auch, Vi?«

Lady Vi nickte. Es war Spätnachmittag, und sie befanden sich unterwegs nach London. Alles ging glatt, bis sie eine Reifenpanne hatten, die sie selbst beheben mußten. Vi wollte nicht zulassen, daß Audrey sich anstrengte, aus Angst, es könnte ihr schaden. Sie hatte jedoch mit ihren Protesten wenig Erfolg. Es dauerte dennoch einige Stunden, bis sie weiterfahren konnten. Kaum hatten sie London erreicht, als die Sirenen aufheulten und sie den Wagen stehenlassen mußten, um im nächsten Luftschutzraum Zuflucht zu suchen. Um sie herum schien die Welt in Flammen aufzugehen. Ein Feuerstrahl ging knapp an ihnen vorüber, als sie über die Straße liefen. Es war eine schreckliche Nacht. Erst nach Mitternacht konnten sie weiterfahren, mühsam dem Schutt auf der Straße ausweichend, weil sie nicht noch eine Panne riskieren wollten.

Total erschöpft traf Audrey zu Hause ein. Eine halbe Stunde später ertönten die Sirenen von neuem, und wieder mußte sie in den Luftschutzkeller. Sie sah sich nach Vi um, da diese oft den gleichen aufsuchte, doch es dauerte sehr lange, bis sie Violet entdeckte. Erst um vier Uhr morgens bemerkte sie, daß ihre Freundin ebenfalls da war und erschöpft in einer Ecke schlummerte, um den Kopf einen Schal geschlungen, in einem alten Mantel von James, das erste Stück, das ihr im dunklen Ankleidezimmer in die Finger gekommen war. Audrey ließ sich leise neben ihr nieder. Wenig später registrierte sie einen scharfen stechenden Schmerz im Rükken. Ob sie sich beim Reifenwechsel überanstrengt hatte? Dabei hatte sie nicht viel gemacht. Der Schmerz kam wieder, und als sie im Morgengrauen ins Freie konnten, spürte sie, wie ihre Beine schwer wurden. Sie gestand es Vi, als sie durch Schutt und Trümmer nach Hause gingen.

»Ich muß mir den Rücken verrenkt haben.« Audrey war so müde, daß sie sich kaum rühren konnte, und schaffte es nur mit Mühe zu Violets Haus.

»Wann ist dir das passiert?« Violet sah sie besorgt an.

»Gott weiß wann... irgendwann zwischen der Fahrt und dem Gehetze von einem Luftschutzraum zum anderen. Wahrscheinlich ist es nur Überanstrengung.« Sie sah schrecklich aus, doch das sagte Violet ihr lieber nicht.

»Komm lieber auf einen Sprung zu mir und ruh dich aus, bevor du nach Hause gehst. Ich mache uns eine Tasse Tee.« Audrey lächelte. Die typisch britische Lösung sämtlicher Probleme – eine Tasse Tee – sogar nach einer Bombennacht. Doch sie war tatsächlich zu erschöpft, um noch nach Hause zu gehen, deshalb nahm sie den Vorschlag dankbar an und ließ sich in einen von Violets bequemen Sesseln fallen. Gleich darauf war Vi mit Tee und Gebäck zur Stelle. Sie versorgte Audrey mit sämtlichen Leckereien, die sie noch hatte, da sie wußte, wie dringend sie etwas Nahrhaftes brauchte. Ihrer Meinung nach war sie viel zu dünn. »Na, was macht dein Rücken?«

»Danke, es geht schon wieder.« Das war gelogen, außerdem spürte sie einen sonderbar nagenden kleinen Schmerz im Unterleib. Violet las Besorgnis in Audreys Blick. Sie setzte sich und rauchte eine Zigarette an, während Audrey wortlos ihren Tee trank.

»Vielleicht solltest du heute noch zum Arzt. Wann wäre dein nächster Untersuchungstermin?«

»Erst nächste Woche.« Dann würden über drei Monate Schwangerschaft hinter ihr liegen. Die Reißverschlüsse an ihren Röcken ließen sich kaum mehr zuziehen, und sie war sehr stolz auf ihren kleinen Bauch. Sie freute sich darauf, daß man es bald deutlicher sehen würde, und sie konnte es kaum erwarten, daß Charlie es erfuhr. Vielleicht würde er es sogar von selbst bemerken, wenn er aus Nordafrika heimkam.

»Mir geht es tadellos, Vi, wirklich.«

»Bist du sicher?«

»Aber ja.« Doch als sie vor dem Nachhausegehen ins Bad ging, war sie dessen nicht mehr so sicher. Der Blutfleck in ihrem

Schlüpfer versetzte ihr einen ordentlichen Schock. Viel war es nicht, doch es genügte, um ihr angst zu machen. Sie vertraute sich Violet an. »War das bei dir auch?«

Vi schüttelte den Kopf. Gehört hatte sie von solchen Blutungen, und sie wußte auch, daß so etwas sogar bei Schwangerschaften, die ansonsten normal verliefen, vorkommen konnte. »Vielleicht ist das nicht weiter beunruhigend, aber ich glaube, du solltest dich untersuchen lassen.«

Sie riefen den Arzt unverzüglich an, und er riet Audrey, wenn irgend möglich, sofort zu kommen. Violet fuhr sie zu dem Krankenhaus, in dem er Dienst hatte. Der Arzt schien nicht besorgt zu sein, nachdem er sie untersucht hatte.

»Haben Sie Krämpfe?«

»Nein.« Audrey war totenblaß. Da fielen ihr die Rückenschmerzen ein, und sie erzählte dem Arzt davon.

»Mrs. Driscoll, Sie brauchen Bettruhe.« Er wußte nicht, daß sie und Charles nicht verheiratet waren. Charles kannte er eigentlich gar nicht. »Ich schicke Sie mit Ihrer Freundin nach Hause. Sie sollten mit hochgelagerten Beinen ruhen, es sei denn, es kommt ein Bombenalarm.«

Sie versprach ihm, seine Anweisung zu befolgen, und fuhr mit zu Violet. Es war ein gewisser Trost, daß sie jetzt nicht allein war. Die beiden Frauen redeten endlos über Schwangerschaften und mögliche Komplikationen, was das alles wohl zu bedeuten hatte. Die Blutung hörte auch nicht auf, als Audrey im Bett lag. In der Nacht wurde sie sogar stärker. Audrey betete darum, daß kein Bombenalarm käme, und als die Sirenen aufheulten, bat sie Violet unter Tränen, sie im Haus zu lassen.

»Es wird schon nichts passieren. Wenn ich aufstehe, wird die Blutung sicher stärker.«

»Und wenn du nicht aufstehst, kannst du in einer Stunde tot sein!« Violet ließ sich nicht erweichen. Sie half ihr aus dem Bett und legte ihren Pelzmantel um Audreys Morgenmantel. Viele Menschen suchten nur halbbekleidet in den Luftschutzräumen Zuflucht. Man hatte sich inzwischen daran gewöhnt. Unbedingt nötig war nur festes Schuhwerk, und Violet sorgte dafür, daß Audrey in anständige Schuhe schlüpfte.

Eilig liefen sie in den Schutzraum. Violet bewachte sie wie eine Mutterglucke, bis sie wieder nach Hause konnten. Die Blutung war nicht stärker geworden, wurde im Verlauf der nächsten beiden Tage sogar schwächer, trotz ihrer allnächtlichen Wettläufe während der Angriffe, doch am dritten Tag bekam Audrey plötzlich so heftige Schmerzen, daß sie von ihrem Nachmittagsschlaf hochschreckte. Sie spürte einen schneidenden Schmerz und fuhr mit einem lauten Schrei auf. Violet war sofort an ihrer Seite.

»Wie geht es dir?« Ihre Stimme klang verhalten in dem halbdunklen Raum.

»Ich weiß nicht... ich hatte eben...« Sie konnte nicht zu Ende sprechen, da der Schmerz ihren Körper von neuem durchschnitt. Sie verkrallte die Hände in die Decke und versuchte, die Luft anzuhalten, während sie Vi aus leeren Augen anstarrte, die ihretwegen zu Tode erschrak. »O Gott, Vi, ruf schnell den Arzt...«

»Blutest du stark?« Sie wußte, daß der Arzt diese Frage stellen würde. Hastig wurde die Decke zurückgeschlagen. Audrey lag in blutdurchtränktem Bettzeug.

»O mein Gott...«

»Schon gut... vielleicht besagt das nicht viel... halte dich ganz ruhig... ich bin gleich wieder da.« Vi hörte Audreys Stöhnen, als sie zum Telefon lief. Der Arzt ordnete an, daß Audrey sofort ins Krankenhaus gebracht wurde. Vi hüllte sie in Decken und läutete nach dem Butler, der ihr half, Audrey zum Wagen zu bringen. Er trug sie ganz behutsam, doch Audrey biß sich auf die Lippen, um nicht aufzuschreien. So starke Schmerzen hatte sie noch nie im Leben mitgemacht. Sie dachte an die Nacht, in der Molly zur Welt kam. Jetzt wußte sie, welche Qualen Ling Hwei durchgestanden hatte, nur mußte es noch viel ärger gewesen sein, da das Kind voll ausgereift war. Das konnte Audrey sich nicht annähernd vorstellen. Die Schmerzen durchschnitten ihr Herz wie ein Messer, und gleichzeitig hatte sie das Gefühl, ein ganzer Frachtzug würde durch sie hindurchfahren und alles im Weg Stehende mitreißen. Sie war kaum bei Bewußtsein, als sie im Krankenhaus ankam. Eine Schwester und ein Pfleger rollten sie eilig auf einer Bahre davon.

Violet war dabei, als der Arzt sie untersuchte. Audreys Schreie waren grauenhaft. Es war schrecklich, mit ansehen zu müssen, wie sie sich vor Schmerzen wand. Violet ertappte sich bei der Frage, ob sich das alles lohnte. Es war so viel ärger, einen anderen leiden zu sehen, als selbst diese Qualen auszustehen.

Der Arzt sprach leise mit Lady Vi, ehe Audrey fortgeschafft wurde. Sie keuchte vor Schmerzen, und eine Schwester hielt ihre Hand. »Lady Hawthorne, sie wird das Kind verlieren«, sagte der Arzt.

»Können Sie ihr nicht Erleichterung verschaffen?« Genau das hatte auch James damals gefragt... Doch der Arzt schüttelte nur den Kopf.

»Leider nein. Es dauert nicht mehr lange.« Violet erschien es wie eine Ewigkeit. Es vergingen noch fünf Stunden unausdenkbarer Qualen, ehe der Fötus, der einem Baby schon sehr ähnlich sah, endlich abging. Violet brach fast das Herz, als sie mit ansehen mußte, wie das tote Bündel eingewickelt und weggeschafft wurde. Sie hielt die schluchzende Audrey in den Armen. Beide Frauen weinten, und Violet ließ Audrey zwei Tage nicht allein. Sie fieberte und hatte noch immer Schmerzen. Zwei Tage mußten vergehen, ehe sie Violet mit klarem und leerem Blick ansah.

»Danke, Vi, ohne dich hätte ich das nicht überlebt...«

»Ach was, natürlich hättest du... und warst so tapfer.« Violets Augen füllten sich mit Tränen. Von Mitleid überwältigt drückte sie Audreys Hände. »Es tut mir so leid... ich weiß, wie sehr du es dir gewünscht hast.« Audrey nickte nur und wandte den Kopf ab. Man sah ihr an, daß sie dem Tod nahe gewesen war. Violet hatte noch nie etwas so Herzzerreißendes gesehen. Ständig dachte sie daran, was sie Charles sagen sollte, wenn Audrey etwas zustieß. Der Gedanke machte ihr große Angst. Als alles vorüber war, hatte sie darum gebetet, daß Audrey am Leben blieb. Sie war jetzt sehr erleichtert, und es fiel ihr schwer, Worte des Trostes für Audrey zu finden. Sie konnte sich nur annähernd vorstellen, wie erbärmlich sie sich fühlen mußte. »Du wirst ganz bestimmt wieder ein Kind bekommen. Vielleicht sogar zehn.« Violet lächelte unter Tränen, aber Audrey glaubte kein Wort. Im Moment wünschte sie sich nichts sehnlicher, als sich in Charlies Armen auszuweinen. Doch tat das ihrer Dankbarkeit gegenüber Vi natürlich keinen Abbruch. Vi besuchte sie jeden Tag, bis sie nach Hause konnte, und sie pflegte Audrey danach wie ein Kind, bis sie wieder einigermaßen bei Kräften war. Audrey selbst wunderte sich, wie lange sie brauchte, um wieder auf die Beine zu kommen. Es verging ein ganzer Monat, ehe sie wieder aufstehen konnte. Sie sah fast aus wie früher, obwohl sie sich ein wenig verändert hatte und einen niedergeschlagenen und bekümmerten Eindruck machte. Die ganze Zeit über war sie in Gedanken bei Charlie, den sie unsäglich vermißte. Einige Male hatte er ihr geschrieben, scherzhafte, in leichtem Ton gehaltene Briefe. Von dem, was sie durchgemacht hatte, ahnte er nichts. Als James nach Hause kam, berichtete Violet ihm die ganze traurige Geschichte, und er war voll des Mitgefühls für beide, für Audrey, die so viel durchgemacht hatte, und für seine Frau, die ihr tapfer beigestanden hatte.

»Vi, du bist ein wunderbares Mädchen.« Er war sehr stolz auf sie. Sie verbrachten ein schönes gemeinsames Wochenende, ehe er zu seiner Staffel zurück mußte. »Armer Charles, was für ein Schlag...« Vi fiel nicht ein, ihm zu sagen, daß Charles von Audreys Schwangerschaft nichts wußte. »Er hat sich immer schon ein Kind gewünscht. Deshalb hat er diese gräßliche Person geheiratet.«

»Ach, übrigens...« In diesem Zusammenhang fiel ihr etwas ganz anderes ein. Audrey hatte sie es noch nicht gesagt, nicht zuletzt deswegen, weil es ihr in der gegenwärtigen Situation unpassend erschienen wäre. »Ich habe etwas ganz Komisches über sie gehört.«

»Über Charlotte?« fragte James, und Violet nickte. »Na, willigt sie endlich in die Scheidung ein? Einfach lächerlich, wie sie sich an ihn klammert, obwohl alle Welt weiß, daß die Ehe nur eine Farce war. Man würde meinen, die dumme Gans würde endlich zur Besinnung kommen.« Es erbitterte ihn, daß Audrey und Charles durch Charlottes Halsstarrigkeit an einer Heirat gehindert wurden.

»Ich glaube, ich weiß jetzt, warum. Sie wollte Charles heiraten, um etwas anderes zu verdecken.« Lady Vi sagte das ein wenig zögernd, so daß James' Neugierde geweckt wurde.

»Los, um welches schmutzige Geheimnis handelt es sich?«

»Wie ich hörte … also …« Sie sprach das Wort nur ungern aus, doch James sollte die Wahrheit wissen. »… Charlotte soll Lesbierin sein.«

»Charlotte?« Erst schien er belustigt, dann wurde er nachdenklich. »Wer hat dir denn das zugetragen?«

»Elizabeth Williams-Strong.« Das war die größte Klatschbase Londons, aber meist brachte sie nur die Wahrheit in Umlauf. »Erst wollte ich es auch nicht glauben, aber dann passierte etwas Sonderbares. Vor ein paar Wochen fuhr ich für General Kildare den Jeep. Das war vor Audreys Krankheit. Da sah ich Charlotte auf der Straße mit einem überaus attraktiven jungen Mann – na, eigentlich sah er eher wie ein Junge aus.« Sie errötete. »Aus irgendeinem Grund behielt ich die beiden im Auge. Ich saß da und wartete, daß der General aus einem Laden kam. Und stell dir vor … es war gar kein Junge. Es war ein Mädchen, da bin ich ganz sicher.« Violet errötete bis unter die Haarwurzeln. »Sie küßten sich, nicht auf die Wange, sondern sehr lang und richtig leidenschaftlich …«

James lachte laut auf und war mit einem Satz bei seiner Frau. Er hatte sie zu lange entbehren müssen. »Du meinst, so wie ich jetzt?« Er küßte sie leidenschaftlich und tat so, als wolle er sie mit Gewalt nehmen. Violet machte sich lachend los.

»James, mehr Ernst, wenn ich bitten darf!«

»Mir ist es bitter ernst. Sechs verdammte Wochen lang habe ich dich nicht gesehen.« Sie liebten sich leidenschaftlich, doch nachher, als James eine Zigarette rauchte, sah Vi ihn an, und die Sprache kam wieder auf Charlotte.

»Was hältst du davon?«

»Ich glaube, das erklärt alles.« Da kam ihr ein Gedanke. »Wenn Charles das erfährt, könnte er sie vielleicht unter Druck setzen, damit sie ihn freigibt. Weißt du, was? – Wenn ich ihn nächste Woche sehe, werde ich es ihm selbst sagen. Hast du etwas dagegen?«

»Im Ernst? Natürlich habe ich nichts dagegen. Es wäre herrlich, wenn er sie endlich loswerden könnte.« Plötzlich sah sie ihn verwundert an. »Wo willst du ihn treffen? Kommt er etwa nach Hause?« In dem Brief, den Audrey am Tag zuvor bekommen hatte, war davon nicht die Rede gewesen.

»Man schickt mich für zwei Wochen nach Kairo.«

»Kann das gefährlich werden?« Mit angehaltenem Atem sah sie ihm in die Augen. Wenn sie ihn ansah, wußte sie immer, ob er die Wahrheit sagte. James schüttelte den Kopf.

»Nein, das wird es nicht. Und ehrlich gesagt, es wird eine Erleichterung sein, einmal keine Bombenangriffe gegen die Nazis zu fliegen. Langsam bekomme ich es satt.« Dasselbe galt für Violet.

»Ich werde Audrey fragen, ob sie dir eine Nachricht für Charles mitgeben möchte.«

»Sag ihm, daß ich ihn liebe«, war alles, was sie Charlie ausrichten ließ, und als James ihnen Lebewohl gesagt hatte, gestand Audrey Lady Vi: »Wie ich ihn um das Wiedersehen mit Charlie beneide.« Sie sehnte sich unbeschreiblich nach ihm. Noch immer hatte sie gegen die Depressionen anzukämpfen, an denen sie seit der Fehlgeburt litt. Sie fühlte sich leer, als hätte sie versagt. Daß ihr der Verlust des Kindes so nahe ging, gestand sie nicht einmal Violet ein, weil es ihr peinlich war. So viele Menschen hatten ihre Lieben verloren, daß es ihr schockierend vorkam, ein Kind zu betrauern, das sie noch nicht einmal gekannt hatte, doch die Vernunft half ihr nicht weiter. In ihrem Herzen fühlte sie einen unersetzlichen Verlust. Nichts vermochte den Schmerz zu dämpfen, nicht einmal ein Besuch bei Molly auf dem Lande, obwohl dies einen kleinen Lichtblick bedeutete. Sie saß mit der Kleinen auf dem Schoß da, blickte zu den sanften Hügeln hinüber und freute sich, daß Molly hier war und nicht in London.

»Kommt Daddy bald nach Hause?«

»Das hoffe ich, Schätzchen. Onkel James besucht ihn diese Woche, und er wird ihm von dir einen dicken Kuß geben.« Befriedigt sprang Molly von ihrem Schoß herunter und lief wieder fort, um mit James und Alexandra weiterzuspielen, doch in diesem Moment gab James an Charles keinen Kuß weiter, sondern jagte ihm den größten Schreck seines Lebens ein.

»Du lieber Gott... Menschenskind, das tut mir aber leid. Die beiden sagten mir kein Wort, daß du ahnungslos bist.« Er sah Tränen in Charlies Augen. Am liebsten hätte er sich die Zunge abgebissen. Eben hatte er ihm gesagt, daß Audrey das Kind verloren hatte, weil er der Ansicht war, Charles sollte es wissen und sich nicht in der Hoffnung wiegen, die Schwangerschaft verliefe normal. Nie wäre er auf den Gedanken gekommen, daß Audrey Charles die Schwangerschaft verheimlicht hatte.

»Warum hat sie es mir verschwiegen?« In seinem Blick lag wilde Verzweiflung, James hatte sich nie elender gefühlt.

»Wahrscheinlich wollte sie dich nicht belasten. Jetzt geht es ihr wieder gut...« Er sagte dasselbe wie Vi. »Und sie wird andere Kinder bekommen...« Charlie nickte. Dabei hatte er das Gefühl, jemand hätte sein Herz in Brand gesetzt.

»War es sehr schlimm?« Er sah James in die Augen, und dieser wußte nicht, was er sagen sollte. Sollte er lügen? Aber dafür war es zu spät.

James nickte bekümmert. »Violet sagte, es sei schrecklich gewesen, doch Audrey hätte sich wunderbar gehalten. Jetzt ist wieder alles gut. Letzte Woche habe ich sie getroffen – ein bißchen blaß und eine Idee zu dünn, aber hübsch wie eh und je.« Er versuchte ein Lächeln, vermochte aber Charlies Besorgnis nicht zu zerstreuen, der im Verlauf einer Stunde sieben Drinks an der Bar des Shepheard konsumierte. James konnte es ihm nicht verübeln und half ihm später auf sein Zimmer. Er hatte gar keine Gelegenheit, ihm zu sagen, was er von Vi über Charlotte gehört hatte. Aber das konnte warten. Er würde zwei Wochen in Kairo bleiben. Für den Londoner Klatsch blieb also ausreichend Zeit.

36

James kehrte mit überschwenglichen Liebesgrüßen für Audrey aus Kairo zurück. Er war mit Charles übereingekommen, ihr nicht zu sagen, daß dieser von der Fehlgeburt wußte. Es war besser, wenn sie es ihm selbst sagte – zu einem Zeitpunkt, den sie für den richtigen hielt. Von Charlottes angeblichen lesbischen Neigungen hatte er Charles natürlich erzählt, und dieser konnte es kaum erwarten, zurückzukommen und ihr die Daumenschrauben anzusetzen. Es war höchste Zeit, daß Charlotte der unerquicklichen Situation ein Ende bereitete. Sollte sie sich wieder weigern, ihn freizugeben, wollte er ihr drohen, ihrem Vater alles zu enthüllen. Seit Charles von Charlottes Geheimnis wußte, hatte sich seine Laune sehr gehoben. »Es ist höchste Zeit, daß dieses Biest endlich die Krallen von mir läßt«, hatte er vor James seinem Zorn Luft gemacht.

James flog neuerdings Angriffe über Deutschland, und Lady Vi war wieder allein. Sie fuhr mit Audrey öfter aufs Land und besuchte die Kinder. Es war auf einer dieser Rückfahrten vom Land, daß Audrey sie in großes Erstaunen versetzte. In der Stadt angelangt, händigte sie ihr einen dicken gefütterten Briefumschlag aus. Lady Vi sah sie verblüfft an.

»Noch mehr Fotos?« Audrey hatte wunderhübsche Aufnahmen von den Kindern und von James gemacht, auf die Violet ganz versessen war. Audrey schüttelte den Kopf.

»Nein, mein Testament.« Sie sah ihrer Freundin tief in die Augen. »Versprich mir, daß Molly bei dir bleibt, wenn mir etwas zustoßen sollte, zumindest bis Charles nach Hause kommt. Und wenn uns beiden etwas passieren sollte...« Violet starrte sie an. Sicher war Audrey wegen der Fehlgeburt noch deprimiert. Sie tat Violet herzlich leid.

»Warum sollte dir etwas zustoßen?«

»Man kann nie wissen.« Und dann entschied sich Audrey, ihr die Wahrheit zu sagen. »Ich habe mich beim Innenministerium als Fotoreporterin registrieren lassen. Das liegt schon einige Zeit zurück. Es war gleich nach... na, einerlei. Man scheint der Ansicht zu sein, daß ich als Fotografin etwas tauge. Morgen abend fahre ich weg.« Jetzt tat es ihr fast leid. Sie ließ ihre Freundin nur sehr ungern allein. Doch es bedeutete, daß sie wieder mit Charlie zusammen sein konnte, und darauf konnte sie nicht verzichten. Niemandem zuliebe. »Ich werde in Kairo eingesetzt. Angesucht habe ich um einen Posten in Nordafrika.«

»Weiß Charles davon?« Vi war entsetzt, als Audrey lächelnd verneinte.

»Noch nicht. Aber er wird es erfahren. Ich hoffe, daß ich mit ihm zusammen arbeiten kann und regelmäßig mit ihm eingesetzt werde. Im Ministerium weiß man, daß wir schon zusammen gearbeitet haben. Dort schien man das für eine gute Idee zu halten.«

»Sind die denn verrückt? Du bist eine Frau. Mein Gott, du begibst dich in große Gefahr.«

Audrey seufzte. »Die ist nicht größer als hier, wo man jede Nacht im Bombenhagel sitzt.« James wollte, daß Violet jetzt für eine Zeit aufs Land ging, und ohne Audrey, die ihr in London Gesellschaft leistete, würde sie es sicher tun. »Es tut mir leid, Vi.« Sie hatte das Gefühl, ihre Freundin im Stich zu lassen. »Ich muß zu ihm.« Als in ihren großen blauen Augen Tränen schimmerten, streckte Violet die Arme nach ihr aus.

»Aud, du bist ein verrücktes Ding.« Violet wußte, daß Audrey sich nach Charles sehnte und jede Stunde ihres Lebens mit ihm zusammensein wollte. In gewisser Weise fand Violet dies auch ganz richtig. Auch sie liebte James, doch Audrey und Charles verband etwas noch viel Intensiveres. Es war, als atmeten sie die Luft mit einem einzigen gemeinsamen Atemzug. Sie wußte, wie verzweifelt Audrey ihn vermißte. »Darf ich dich zum Flughafen bringen?«

Audrey schüttelte den Kopf. »Ich fliege in einer Militärmaschine mit, und du weißt ja, wie geheimniskrämerisch man da ist.«

»Ja, ich weiß.« Violet lächelte. Ganz plötzlich veränderte sich alles. Der Krieg nahm Einfluß auf ihrer aller Leben, und es drängte sich ihr die Frage auf, ob alles je wieder so sein würde wie früher.

Am Tag darauf küßten sie sich zum Abschied, und Audrey machte sich ans Packen. Das Haus ließ sie einfach zurück, verschlossen und leer, wie so viele Häuser in London.

Und als sie abends zum Flughafen fuhr, empfand sie eine Erregung, wie sie sie seit Jahren nicht mehr kennengelernt hatte, nicht seit dem Orient-Expreß oder seit der Fahrt mit dem Zug, der die Berge Tibets erklommen hatte... oder seit den Straßen von Schanghai und den Wundern von Peking... Sie war wieder auf Achse, unterwegs an einen Ort, von dem sie immer geträumt hatte, um mit dem Mann, den sie liebte, zusammenzusein. Audrey lächelte beglückt, als die Maschine startete.

37

Um sechs Uhr am nächsten Morgen setzte die Douglas DC-3 auf dem Flughafen Kairo auf. Drei Zwischenlandungen hatten sie hinter sich, bei denen sie Truppen, Post und Nachschubmaterial an Bord genommen und aufgetankt hatten. Audrey konnte sich nicht genug wundern, wie zuvorkommend man sie behandelt hatte.

Sie wurde das Gefühl nicht los, daß über sie bereits eine Akte existierte und man genau wußte, wer sie war, seitdem man Charles vor seinem Einsatz als Kriegsberichterstatter durchleuchtet hatte. Fast hatte sie den Eindruck, man legte es darauf an, amerikanischen Presseleuten bei jeder sich bietenden Gelegenheit Einblicke zu gewähren, in der leisen Hoffnung, die Vereinigten Staaten zum Kriegseintritt zu bewegen – obwohl Roosevelt keinerlei Neigung zeigte, den Briten beizustehen. Fast ein Jahr rührte er keinen Finger, und es sah nicht so aus, als hätte Amerika in naher Zukunft die Absicht, in den Krieg einzutreten. Audrey hatte sich oft die Frage gestellt, was passieren mußte, um ihre Landsleute zu überzeugen. Doch als die Maschine ruckartig auf der Piste aufsetzte, dachte sie nicht an ihre Heimat. Die Soldaten, die mit ihr an Bord gewesen waren, schwatzten munter miteinander, erzählten noch ein paar Witze und sammelten ihre Ausrüstungsgegenstände ein, als es ans Aussteigen ging.

»Wo werden Sie wohnen?« fragte sie einer. Er hatte seit London ihren Bewunderer gespielt und laut die Frage geäußert, wie ihre Beine aussehen mochten, wenn sie keine Hose trug. Audrey hatte sich für eine zweckmäßige graue Tweedhose entschieden, dazu trug sie eine Strickjacke und eine von Charlies Lederjacken. Sie hatte sich auch feste Stiefel zugelegt, die ihr bei einem Einsatz in unwegsame Gelände gute Dienste leisten würden. Nun lächelte sie dem jungen Mann zu, wohl wissend, wie sonderbar sie in ihrem Aufzug aussehen mußte.

»Ich werde versuchen, ein Zimmer im Shepheard zu bekommen.« Dort wohnte auch Charlie, und sie wußte nicht mit Sicherheit, ob es nur Militärs vorbehalten war. Charles hatte sich in seinen Briefen geradezu überschwenglich über das Hotel geäußert, und auch James war bei seinem Besuch im Shepheard abgestiegen.

»Na, ich komme Sie mal besuchen.« Der Soldat lächelte, und Audrey erwiderte freundlich seinen Blick, ermunterte ihn aber nicht weiter. Sie hatte überlegt, sich für den Flug einen Ehering zuzulegen, doch hatte sie niemals zu solchen Tricks Zuflucht genommen und wollte jetzt nicht damit anfangen. Sie war dreiunddreißig und unabhängig. Um sich sicher zu fühlen, brauchte sie nicht als verheiratete Frau aufzutreten. Schließlich hatte sie auch die Qualen der Fehlgeburt ertragen, ohne den Rückhalt einer Ehe zu haben. Sie hatte diesen Verlust noch immer nicht ganz überwinden können und war ratlos, ob sie Charlie überhaupt etwas davon sagen sollte.

Tausend Dinge gab es, die sie ihm gleich bei ihrer Ankunft erzählen wollte, doch mußte sie ihn erst finden. Ein Militärjeep nahm sie ins Zentrum mit. Eingepfercht zwischen einem Australier mit dichtem Schnurrbart und röhrendem Gelächter und einem riesigen Südafrikaner mit hellrotem Haar, der seiner Neigung zu schlüpfrigen Witzen freien Lauf ließ, mußte sie die Fahrt hinter sich bringen. Doch sie befand sich jetzt im Kriegsgebiet und wußte, daß sie sich sehr rasch an alle Unannehmlichkeiten gewöhnen mußte. Es war besser, als in London zu hocken und jede Nacht in Luftschutzkellern auf die Entwarnung zu warten, von der Angst besessen, ob noch eine Bleibe vorhanden war, in die sie zurückkehren konnte.

»Na, und was treiben Sie hier, Kleine?« Der Australier stellte diese Frage als erster, worauf der Fahrer, der Audrey zublinzelte, ihm mit unverfälscht schottischem Dialekt empfahl, die Finger von ihr zu lassen. »Besuchen Sie Ihren Freund?« Er wollte sie nur aufziehen, denn er hatte ihr Gepäck gesehen und die Kameras, die an ihrem Hals hingen, eine mit Schwarzweißfilm, die andere mit Farbfilm.

»Könnte sein.« Sie lächelte.

»Oder sich einen neuen zulegen?« mischte der Südafrikaner sich ein. Ihr fiel auf, daß alle Tropenuniformen in gelb-braungrau gemischten Tarnfarben trugen. »Da melde ich mich freiwillig.«

Audrey lachte. »Mein Freund ist in Kairo stationiert. Als Kriegsberichterstatter.« Alle buhten und zischten zum Spaß, während der Jeep weiterraste, Frauen, Kindern, Kamelen und den allgegenwärtigen Schafen und Ziegen ausweichend. Die Frauen waren verschleiert wie in der Türkei und in Afghanistan. Audrey wurde an ihre große Reise erinnert, wenn auch die Atmosphäre hier ganz anders war. Sie spürte die Aura der Exotik und eine Erregung, die davon herrührte, daß London so weit weg war. In Kairos Straßen sah man häufig Europäer, meist Angehörige der britischen Armee aus den verschiedensten Gegenden des Weltreiches. Inder, Neuseeländer, Australier, Südafrikaner, daneben aber auch Angehörige des französischen Korps und griechischer Kommandos, die sich hier den Engländern angeschlossen hatten. Die Australier und Neuseeländer trugen Lederjacken, die sie vor der Kälte der Wüstennächte schützen sollten. Und die Atmosphäre wurde beherrscht von einem Chaos von Farben und Geräuschen. Alles barg die wundersame Farbigkeit ihrer Reise um die halbe Welt, die sie vor Jahren unternommen hatte, und Audrey fragte sich unvermittelt, wie sie sich jahrelang mit dem Leben in San Franzisko und London hatte begnügen können. Hier war das Leben, das sie über alles liebte, das Ferne, Exotische, mit allen seinen Zaubervisionen, mit Düften und Verheißungen.

»Möchten Sie ein Foto von mir machen, Süße?« Zwei Männer stürzten auf den Wagen zu, als sie ruckartig anhielten, um zwei Kamele in einen Basar zu lassen, und Audrey lachte und duckte sich, als einer der Männer ihr einen Kuß zu rauben versuchte.

»Sie sind Amerikanerin, stimmt's?« Sein gönnerhaftes Lächeln forderte ihren Spott heraus. Er tat gerade so, als sei sie eine Vergnügungsreisende, ausgerechnet in Kairo mitten im Krieg!

»Vor einigen Jahren war ich länger in China, und jetzt lebe ich schon seit Jahren in London«, gab sie zur Antwort.

Er schien beeindruckt, und ihr fiel auf, daß die anderen mit erwachtem Interesse aufhorchten. »Wo in China?«

»In der Mandschurei, in Harbin. Während der japanischen Besetzung leitete ich dort ein Waisenhaus.«

Der schottische Fahrer stieß einen Pfiff aus, und die anderen machten neugierige Gesichter, als der Australier mit einem vernichtenden Blick zu seinem Kameraden hin den Ball aufnahm, den sie ihm zugespielt hatte. »Das kann nicht ganz einfach gewesen sein.« Ein tüchtiges Frauenzimmer, die Kleine. »Was hat Ihr Mann dazu gesagt?« Ob sie verheiratet war, interessierte alle, noch dazu, wenn sie länger in Kairo blieb. Man war besser dran, wenn man über die familiären Verhältnisse einer Frau Bescheid wußte. Audrey nahm die Frage lachend zur Kenntnis.

»Leider habe ich keinen.« Und dann entschloß sie sich, ihre Mitfahrer zu schockieren. Das waren die Menschen, mit denen sie von nun an ständig zusammensein würde. Mit Männern wie diesen, tagein, tagaus... falls Charles ihr zu bleiben erlaubte. Diese Hürde mußte sie erst nehmen... aber nach Hause wollte sie nicht, was er auch sagen mochte. Diesen Entschluß hatte sie schon während des Fluges gefaßt. Und sie war auf eine Auseinandersetzung mit ihm gefaßt.

»Aber dafür habe ich eine niedliche chinesische Tochter«, gestand sie voller Stolz.

Alle grölten auf einmal los, nur der Schotte hielt grinsend ihren Blick im Spiegel fest. »Ein Waisenkind aus Harbin?« Sie nickte. »Braves Mädchen. Wie alt ist die Kleine?«

»Sechs.« Audrey lächelte, bereit, Mollys Foto zu zeigen, und tatsächlich zog sie eines heraus, das sie selbst aufgenommen hatte und das Molly mit zahnlosem Lächeln zeigte. Die Männer reagierten entsprechend. Es zeigte sich, daß ungeachtet ihres Interesses für Audrey zwei der drei verheiratet waren und Kinder hatten. Fotos machten die Runde, und alle stellten sich einander vor. Als sie vor dem Shepheard vorfuhren, waren sie alte Freunde. Im Krieg ging es unter Kameraden sehr unkompliziert und freundschaftlich zu. Audrey war überglücklich, daß sie sich zu diesem Abenteuer entschlossen hatte. Sie konnte hier etwas Nützliches tun, anstatt in London die Zeit abzusitzen.

Alle stiegen vor dem Hotel aus, und Audrey folgte den Männern an die Rezeption, um nach Charlie zu fragen. Der Portier suchte nach dem Schlüssel, sah in seinen Unterlagen nach und teilte ihr dann mit, Mr. Parker-Scott sei außer Haus.

»Ist er verreist oder nur fortgegangen?« Sie war nicht sicher, ob der Mann mit der glatten olivgetönten Haut und den schönen schwarzen Augen Bescheid wußte. Audrey sah überrascht, daß es unter den Ägyptern sehr viele gutaussehende Männer gab.

»Ich glaube, er ist für den Nachmittag ausgegangen, Madame.« Sein Englisch war einwandfrei und fast so britisch wie das eines Eton-Absolventen. Audrey bedankte sich und ging auf die Terrasse, um sich umzusehen. Sie war sofort überwältigt von dem Blick über die Stadt, der sich ihr bot und der nicht malerischer hätte sein können. Direkt unterhalb der Hotelterrasse wimmelte die Straße vor Menschen, wobei Audrey auffiel, daß Männer in Uniformen besonders zahlreich vertreten waren, denn Kairo war Hauptstandort sämtlicher militärischer Operationen im Mittleren Osten und in Afrika. Stundenlang saß Audrey auf der Terrasse und beobachtete das von lauten Rufen und lebhaftem Stimmengewirr begleitete Leben und Treiben, während sie auf Charles wartete. Schließlich nickte sie ein. Und als sie erwachte, stand die Sonne schon tief am Horizont. Sie fuhr mit einem Ruck auf, als jemand ihren Arm anfaßte und sie unsanft schüttelte. Erst konnte sie sich nicht besinnen, wer es war, dann sah sie in ein Gesicht mit bekannten Augen, aber alles übrige schien ihr fremd. Als ihr klarwurde, wer vor ihr stand, lachte sie auf.

»Mein Gott, Charles, du hast dir einen Bart wachsen lassen!« Doch war es nicht der Bart, der ihr vor allem auffiel. Es waren seine Augen, in denen sie Zorn las.

»Was, zum Teufel, treibst du hier?« Der Mann am Empfang hatte ihm nur gesagt, daß ihn auf der Terrasse eine Dame erwarte. Dort hatte er Audrey schlafend in einer Ecke vorgefunden, ihre Reisetasche auf dem Boden neben sich, die Fotoausrüstung auf dem Schoß, den Hut tief über die Augen gezogen, und das alles in einer Aufmachung, die er vollkommen lächerlich fand. Sekundenlang hatte er an der Vorstellung, die ihm durch ihr Auftauchen in den Sinn kamen, Gefallen gefunden, dann aber hatte ihn der Ärger übermannt. Er wollte nicht, daß sie sich hier aufhielt. Sie gehörte nicht ins Kriegsgebiet. Er wollte sie in London in Sicherheit wissen.

»Charlie, ich habe dich so vermißt.« Sie streckte ihm die Arme entgegen, als sie sich dehnte und reckte und ihm engelhaft zulächelte. Sie hatte mit Ärger und Unwillen seinerseits gerechnet, und sie konnte damit fertig werden. Allmählich würde er sich schon beruhigen. Sie wußte, daß sie richtig gehandelt hatte. Sie hatte nicht so weiterleben und den ganzen Krieg über in London sitzen können, während er um die Welt reiste und seine Zeitungsartikel schrieb. »Willst du mich nicht wenigstens begrüßen?« Sie mußte sich zurückhalten, um nicht wieder laut loszulachen, so entrüstet sah er aus. »Dein Bart gefällt mir.«

Er konnte sich nicht beruhigen. »Du brauchst gar nicht erst auszupacken, Aud. Morgen in aller Herrgottsfrühe wirst du mit der ersten Maschine wieder verschwinden. Mit welchen Tricks hast du die Leute dazu gebracht, dich hier einzusetzen?«

»Ich habe mich als Fotoreporterin gemeldet.« Sie lächelte, weil sie gleich ihren nächsten Trumpf ausspielte. »Und ich sagte, daß wir schon oft zusammengearbeitet haben...«

»Wie bitte? Und man hat dir geglaubt? Diese verdammten Idioten...« Er warf seinen Hut zu Boden und stapfte über die Terrasse, belächelt von den Leuten in der unmittelbaren Umgebung. Audrey wartete, bis er wiederkam. Früher oder später würde er sich beruhigen, und als er tatsächlich wieder vor ihr stand, schlug sie vor, daß sie sich einen Drink bestellten. Jetzt aber lag mehr als nur Zorn in seinem Blick.

»Wenn ich nur eine einzige Nacht bleiben darf, dann müssen wir um so mehr feiern.« Sie sah ihn mit einem Blick an, der sein Herz zum Schmelzen brachte, doch er ließ nur ein Brummen ertönen und setzte sich unbehaglich in einem Sessel nieder. Er wußte, daß ihr nicht zu trauen war. So zahm war Audrey im allgemeinen nicht, und er hätte ihr auch nicht geglaubt, wenn sie ausdrücklich gesagt hätte, daß sie am nächsten Tag wieder verschwinden würde. »Molly läßt dich schön grüßen.«

»Wie geht es ihr?« Sein Blick wurde nur wenig sanfter, denn er hatte nicht die Absicht, in seiner Wachsamkeit nachzulassen.

»Sehr gut. Sie ist mit Vis Kindern bei James' Vater auf dem Land. Es scheint ihr dort sehr zu gefallen. Der alte Herr züchtet Bernhardiner, unter denen sie schon einen Lieblingshund gefunden hat. Den möchte sie natürlich nach London mitbringen, wenn sie zurückkommt.« Audrey und Charlie wechselten ein Lächeln, das erste aufrichtige, seitdem er sie schlafend auf der Terrasse entdeckt hatte.

»Ein Bernhardiner? Wir werden eine Wohnung nur für den

Hund mieten müssen.« Er lachte verhalten auf. Doch in seinen Augen lag Besorgnis, die er vor ihr nicht mehr verbergen konnte. Er hatte seine Gründe, sie nicht in Kairo haben zu wollen. Er war nämlich der Meinung, daß sie sich noch immer schonen sollte. In Wahrheit aber war der Flug nach Kairo das einzig Schöne gewesen, was sie nach der Fehlgeburt erlebt hatte. »Aud, du hast mir etwas verschwiegen... als ich fortging...« Sie hörte es mit Herzklopfen und fragte sich, woher er es wissen konnte... da fiel es ihr ein... James, natürlich!

»Ach?« Sie versuchte, die Sache lässig abzutun, drehte sich um und bestellte noch einen Drink. »Eigentlich nicht.«

»Doch, das hast du.« Er faßte nach ihrem Arm und zwang sie, ihn anzusehen. »Warum hast du es mir nicht gesagt?«

Unwillkürlich füllten sich ihre Augen mit Tränen. »Ich wollte nicht, daß du dir Sorgen machst«, antwortete sie im Flüsterton. Ohne ein weiteres Wort nahm er sie in die Arme und hielt sie fest, als sie zu weinen begann. »Es tut mir so leid. Es ist alles meine Schuld. Dauernd muß ich daran denken, wenn ich dies oder jenes nicht getan hätte, dann... vielleicht...« Sie konnte nicht weitersprechen, doch er hatte sie verstanden.

»Du darfst dir keine Vorwürfe machen, Liebling. Es ist nun mal passiert... und es tut mir schrecklich leid... aber es wird ein anderes Mal geben, das verspreche ich dir.« In seinem Lächeln lag große Zärtlichkeit. »Und ich hoffe sehr, daß du mir nächstes Mal Bescheid sagst.«

Sie nickte und lächelte, als sie sich mit dem Taschentuch, das er ihr reichte, die Nase putzte. Plötzlich zog er wieder ernst die Brauen zusammen. Es war wohl eine Erleichterung, sie zu sehen, denn seit James' Besuch in Kairo war Charles voller Sorgen um sie gewesen. »James sagte, daß es sehr schlimm gewesen ist. Ist jetzt alles in Ordnung?«

Sie beschönigte nichts und nickte. »Mir geht es jetzt gut. Und Vi war wunderbar.«

»Kann ich mir denken.« Er strich ihr über die Wange und küßte sie, plötzlich viel glücklicher, als er ihr gegenüber hätte zugeben wollen. »Es tut mir so leid, Aud... es tut mir leid, daß ich nicht bei dir sein konnte.«

»Du hättest gar nichts tun können.« Tief Atem holend wischte sie sich über die Augen. »Es war ganz schön schwer... du und Molly weit fort... darum kreisten alle meine Gedanken.« Traurig blickte sie zu ihm auf. Er sah jetzt, daß die Fehlgeburt ihren Tribut gefordert hatte. »Ich mußte einfach kommen.« Er nickte. Jetzt verstand er sie. Sie hatte vielleicht richtig gehandelt. Charles unterschrieb die Rechnung für ihre Drinks, ehe sie hinaufgingen. Vor seinem Zimmer angekommen, hob er sie hoch, trug sie über die Schwelle und legte sie aufs Bett.

»Willkommen daheim, sage ich zu der künftigen Mrs. Parker-Scott.« Er sah sie schmunzelnd an, und Audrey zog eine Braue hoch.

»Weißt du etwas, das ich nicht weiß? Hast du Nachricht von Charlotte?« Sie wagte es nicht zu hoffen, und er schüttelte den Kopf.

»Nein. Aber James hatte für mich einen interessanten kleinen Leckerbissen. Hat er dir nichts davon erzählt?« Sie schüttelte den Kopf. »Es sieht so aus, als hätte meine überaus charmante Gattin ein hochinteressantes Geheimnis.«

»Ach?« Audreys Neugierde war geweckt, und Charles schmunzelte vergnügt. Seit James es ihm gesagt hatte, befand er sich in Hochstimmung, von seiner Sorge um Audrey abgesehen. Doch es würde wunderbar sein, wenn sie endlich heiraten konnten, auch wenn dies bedeutete, daß er auf Charlotte ein wenig Druck ausüben mußte.

»Offenbar hat die Dame einen ganz speziellen Geschmack. Sie zieht Frauen vor.«

»Sie ist eine Lesbierin?« Audrey war nicht so prüde wie Lady Vi, sie sah Charlie erstaunt an. »Bist du sicher?«

»Ziemlich. Vi muß sie gesehen haben, als sie auf offener Straße eine Frau küßte. Mich wundert nur, daß Vi dich nicht eingeweiht hat.«

»Vielleicht hatte sie keine Gelegenheit«... Zumindest war der Zeitpunkt nicht günstig. »Wirklich erstaunlich. Was passiert nun?«

»Was hältst du davon, wenn ich ihr im Fall ihrer fortgesetzten Weigerung damit drohe, eine Anzeige in die *Times* setzen zu lassen?« Beide lachten, und noch immer lachend ließ sich Charles neben ihr auf dem Bett nieder. Gleich darauf vergaßen sie alles... Charlotte und James... und Vi... sie dachten nur an sich und an das Glück des Beisammenseins.

38

Am nächsten Morgen war Charlie wieder ernster. Ihn plagten Zweifel, ob er Audrey gestatten sollte, bei ihm zu bleiben. »Immerhin befinden wir uns in einem Kriegsgebiet. Mussolini hat mit der Invasion Ägyptens begonnen.«

Audrey lachte unbeschwert und drückte seine Hand. »Du kennst doch die Italiener, mein Schatz. Es kann Jahre dauern, bis sie hier sind.«

Sie hatte nicht die Absicht, wieder abzureisen. Und mit jeder Stunde gewöhnte er sich mehr daran, sie bei sich zu haben.

Ein Monat verging, und sie warteten noch immer auf einen Angriff der Italiener. Es herrschte eine allgemein festliche und fast ausgelassene Stimmung. Audrey hatte schon einige Freundschaften geschlossen, verbrachte mit Charlie viele Stunden auf der Terrasse des Shepheard und aß mit den anderen Korrespondenten, die sich an sie gewöhnt hatten. Charlie drängte sie nun nicht mehr, nach Hause zu fahren, er war froh, daß sie bei ihm war. Eine echte Gefahr bestand ohnehin nicht. Das einzig Unangenehme waren die Sandstürme, denen sie bei ihren Ausflügen in die Wüste gelegentlich ausgesetzt waren und die man nicht unterschätzen durfte, da sie schon etliche Opfer gefordert hatten. General Wavell, der oberste Befehlshaber, warnte die beiden ernsthaft. Man hatte kein Interesse, Kriegsberichterstatter bei Sandstürmen zu verlieren. Doch die meiste Zeit verbrachten sie ohnehin in Kairo, denn die Gefechte mit den Italienern waren bestenfalls halbherzig. Alles verlief in so geordneten Bahnen, daß Audrey sogar erwog, über Weihnachten nach Hause zu Molly zu fahren, doch sie befürchtete, Charlie würde sie dann nicht mehr nach Kairo kommen lassen. Violet hatte geschrieben, daß sie Weihnachten mit den Kindern, mit James und ihrem Schwiegervater verbringen würde, und sie beruhigte Audrey, daß Molly glücklich und zufrieden sei. Deswegen entschied sich Audrey, bei Charlie in Kairo zu bleiben.

Im Dezember machten die Briten endlich mit den Italienern ernst und faßten den Entschluß, sie ein für allemal aus Libyen hinauszujagen. Am einundzwanzigsten Januar nahmen sie Tobruk, und am siebten Februar ergaben sich die italienischen Truppen.

Doch gleichzeitig ging etwas viel Interessanteres vor sich, etwas, von dem man schon seit Wochen gesprochen hatte. Offensichtlich waren die Deutschen alles andere als erbaut davon, wie die Italiener sich im libyschen Feldzug gehalten hatten, und sie planten, einen deutschen General und ein deutsches Korps nach Afrika zu entsenden, die den Engländern Paroli bieten sollten. Nach dem Fall Tobruks schwirrte die Luft von Gerüchten, und als die Italiener sich ergaben, sprach man offen von dem geheimnisvollen deutschen General, der jeden Augenblick erwartet wurde. Im britischen Lager wußte niemand, um wen es sich handelte.

Zwei Tage nach der Niederlage der Italiener lud Wavell Charlie zum Dinner ein. Als Charlie zurückkam, gab er sich sehr zugeknöpft, was die Gesprächsthemen mit Wavell betraf.

»Hat er etwas von dem deutschen General gesagt? Weiß man schon, wer es sein soll?« Alle Welt sprach davon, und auch bei den anderen Berichterstattern, mit denen Audrey zu Abend gegessen hatte, war es das wichtigste Thema gewesen. Natürlich wollte jeder diesen Knüller als erster bringen, besonders die Engländer waren erpicht darauf.

»Nein, noch nicht.« Doch er wich ihrem Blick aus.

»Glaubst du, daß Wavell sich Sorgen macht?« Charles hatte tatsächlich diesen Eindruck gehabt, wollte das aber Audrey gegenüber nicht äußern. Er mußte ihr vielmehr sagen, daß er Kairo für ein paar Tage verlassen würde, und er durfte sie nicht wissen lassen, wohin er ging. Er überlegte, wie er es ihr beibringen konnte, als sie plötzlich vor ihm stand. »Charlie, du hörst mir ja gar nicht zu.« Forschend sah sie ihn an. Sie kannte ihn zu gut. Genau das hatte er befürchtet. Einem deutschen General hätte er unbefangener gegenübertreten können als dieser Frau.

»Doch, ich höre dir zu. Eben dachte ich ans Dinner. Verdammt gutes Essen. Es gab ein köstliches ägyptisches Dessert.«

»Lenk nicht ab.« Sie ließ sich auf der Bettkante nieder und beobachtete ihn argwöhnisch. »Du hast doch ein As im Ärmel, Charles Parker-Scott. Was ist es?«

»Ach, um Himmels willen, ich bin müde. Kein Verhör mehr, wenn ich bitten darf. Wenn ich etwas von den Deutschen wüßte, würde ich es dir sagen.« Er drehte ihr den Rücken und tat so, als wäre er richtig verärgert, auch noch, als sie im Bett lagen, doch sie ließ spielerisch ihre Hand zwischen seine Schenkel gleiten, so daß er sich ein Lachen verbeißen mußte, während er ihr noch immer den Rücken zuwandte. Sie lebten jetzt schon monatelang im Shepheard und sahen das Hotel als ihr Zuhause an. Im Moment überlegte Charles krampfhaft, wie er Audrey die Neuigkeit beibringen sollte.

»Charlie, heute bist du aber nicht sehr liebenswürdig«, flüsterte sie ihm ins Ohr, und er drehte sich um und sah sie reumütig lächelnd an.

»Weißt du, daß du hin und wieder ganz schön lästig sein kannst. Hat dir das noch niemand gesagt?«

Sie lächelte. Fast berührten sich ihre Nasen. »Niemand hatte bislang eine Gelegenheit dazu.« Charles wußte, daß er der einzige Mann war, mit dem sie je geschlafen hatte.

»Möchtest du heute nicht schlafen, Aud?« Er mußte am nächsten Morgen sehr zeitig aus den Federn, wollte ihr dies aber jetzt nicht sagen.

»Ich möchte wissen, was du vor mir verbirgst. Hast du dich heute in jemanden verliebt? Wir wissen, was dir einmal in Kairo zugestoßen ist. Na, was ist los, Charlie?« Auf einen Ellbogen gestützt sah sie auf ihn nieder. »Du wärest als Spion eine totale Niete, weißt du das? Ich weiß immer, wann du lügst.«

»Das ist ja schrecklich.« Ein Schauer überlief ihn. Er konnte nur hoffen, daß sie diese Meinung nicht im Innenministerium kundtat. »Ich lüge dich nie an.«

»Nicht wegen wichtiger Dinge. Aber du wirst ganz blaß um die Nase, wenn du schwindelst.«

Er drückte sich tiefer ins Kissen und schloß die Augen. Audrey war ein hoffnungsloser Fall. Es hatte keinen Zweck, vor ihr etwas verbergen zu wollen. Sie würde ihn die ganze Nacht damit verfolgen. Er hatte eine richtige Mata Hari an seiner Seite. »Ich muß für ein paar Tage fort und darf dir nicht sagen, wohin, also stell bitte keine weiteren Fragen.«

»Charlie!« rief sie aus, sich im Bett aufsetzend. »Dann tust du etwas, was du eben geleugnet hast.« Sie war selbst überrascht, wie richtig sie geraten hatte, während er müde und resigniert klang.

»Ich habe nicht gelogen.«

»Doch, das hast du.« Triumphierend sah sie auf ihn nieder. »Also, was hast du vor?«

»Ich sagte schon, daß ich dir nichts erzählen darf. Höchste Geheimhaltung.«

Audrey zögerte ein wenig. »Ist es gefährlich?«

»Nein.« Sie sollte sich keine Sorgen machen.

»Warum kannst du es mir dann nicht sagen?«

»Es handelt sich um einen kleinen Ausflug mit General Wavell. Ich mußte versprechen, es nicht weiterzusagen.« Er bemühte sich, das alles ganz nebensächlich erscheinen zu lassen, und Audrey äußerte den Verdacht, daß der General eine Geliebte hätte.

»Ist es das?« bohrte sie weiter.

»Also... ich darf nichts sagen. Es ist ein Ehrenwort zwischen Männern.« Er tat alles, um sie zu überzeugen. Zu seiner großen Erleichterung schluckte sie den Köder. Anschließend ließ er zu, daß sie ihn liebkoste, und sie küßte ihn ermattet, nachdem sie sich geliebt hatten.

»Wie lange wirst du mit dem General unterwegs sein?«

»Ein paar Tage... aber sag niemandem ein Wort.« Lächelnd schlief er ein. So schlecht wie Audrey glaubte, war er als Spion gar nicht. Er betete nur darum, daß er imstande sein würde, die gewünschte Information zu bekommen.

39

Während Charles sich am nächsten Morgen anzog, legte Audrey neue Filme in ihre Kamera ein und trank Kaffee. Das Frühstück wurde ihnen immer aufs Zimmer gebracht, fabelhafte Croissants, von denen sie behauptete, sie machten dick, und während sie wieder einmal dieses Klagelied anstimmte, warf sie einen verwunderten Blick auf Charles' Kommode und erstarrte.

»Was machst du mit meinem Paß?« Sie bewahrte den Paß immer in einem geschlossenen Fach in ihrer Kamerahülle auf, für den Fall, daß ihn jemand verlangte. Als Amerikanerin genoß sie viel größere Freiheiten als die Engländer. Ihr amerikanischer Paß war für sie ein großer Vorteil, da Amerika noch immer nicht in den Krieg eingetreten war. Anders als Charlie war sie Bürgerin eines neutralen Staates. Noch immer verwundert, wie der Paß dorthin gelangt sein mochte, trat sie an die Kommode, um ihn zur Hand zu nehmen, während Charles sich verzweifelt den Kopf zermarterte, wie er sie ablenken konnte. Er bat sie um eine Tasse Tee, und während er diese Bitte äußerte, faßte er nach dem Paß und ging durch den Raum, als wolle er ihn an ihrer Stelle in ihre Tasche tun. Als er sich jedoch daran zu schaffen machte, spürte er ihren Blick, der sehr ernst geworden war.

»Das ist gar nicht mein Ausweis, habe ich recht?« Ihr war schlagartig ein Licht aufgegangen, und er verwünschte den Tag, an dem er ihr erlaubt hatte, bei ihm in Kairo zu bleiben. Audrey war klüger, als für sie und diesmal auch für ihn gut war. Jetzt gab es kein Zurück mehr.

Kopfschüttelnd sah er sie an. »Nein, es ist nicht dein Ausweis.«

»Wem gehört er?«

Sie standen einander durch die Länge des Raumes getrennt gegenüber. Audrey kam langsam die Erkenntnis. Sie wußte jetzt, daß er immer schon für den Geheimdienst tätig gewesen war. Und jetzt würde er es nicht mehr leugnen können. Er würde ihr sein Leben anvertrauen und konnte nur hoffen, daß er nichts Falsches tat. Ein achtloses Wort ihrerseits konnte seinen Tod bedeuten. »Es ist mein Paß.«

Sie nickte. Jetzt war ihr alles klar. »Ich hatte bis jetzt keine Ahnung.« Das kam im Flüsterton. »Lautet er auf einen anderen Namen?« Sie wollte wissen, wie weit man in diesen Dingen ging, und wie tief er in die Sache verstrickt war.

Doch er schüttelte den Kopf. »Meine Mutter war Amerikanerin, deswegen war die Beschaffung relativ einfach.« Das einzig

Falsche an dem Paß waren ein paar Ein- und Ausreisestempel von Grenzbehörden auf der ganzen Welt. Für einen Amerikaner war er ziemlich weit gereist, wenn auch nicht übertrieben, aber immerhin ausreichend für einen Journalisten. Dazu hatte er sich einen lupenreinen amerikanischen Akzent zugelegt, der Audrey völlig überraschte, als er ihn ihr demonstrierte. Seine amerikanischen Freunde hatte er immer treffend nachmachen können, und das genügte für seine Zwecke. Sie sah ihn besorgt an.

»Das alles ist sehr ernst, nicht?« Er nickte. Beide wußten, wie ernst es war. »Kann ich mitkommen?«

Er schüttelte den Kopf. »Nein, das geht nicht.«

»Darf ich dich wenigstens fragen, wohin du gehst?«

Da beging er den ersten großen Fehler. »Nach Tripolis«, lautete seine Antwort, und mehr brauchte er gar nicht zu sagen. Sie wußte sofort, was dahintersteckte.

»Mein Gott, du sollst es herausbekommen, nicht wahr...« Er sollte herausfinden, wer der deutsche General war, der nach Ägypten abkommandiert worden ist. Er würde sich dabei als amerikanischer Journalist ausgeben... und nach seiner Rückkehr mußte er Wavell Bericht erstatten. »Charlie, du mußt mich mitnehmen!« Sie war plötzlich ganz aufgeregt. »Du wirst Fotos brauchen.«

Seine Miene blieb abweisend. »Die mache ich selbst. Audrey, du bleibst hier.«

»Wenn du mich nicht mitnimmst, fahre ich dir einfach nach!«

»Du bist total verrückt.«

»Wer weiß schon, daß einer von uns nicht echt ist? Wenn du eine Fotoreporterin bei dir hast, sieht es sogar noch besser aus. Und dazu noch eine Frau! Das ist besonders unverdächtig. Charlie... gib mir die Chance!«

»Was soll das, verdammt noch mal? Das ist kein Talentwettbewerb für das *Life-Magazin*. Du setzt dein Leben aufs Spiel, wenn du mitkommst, du dummes Ding! Ich fahre nach Port Saïd, und von dort aus mit einem kleinen Fischerboot nach Tripolis. Es ist nicht ausgeschlossen, daß man auf uns schießt und uns versenkt. Wenn die Italiener zu der Ansicht gelangen, etwas an mir sei faul, töten sie mich auf der Stelle. Noch wahrscheinlicher ist, daß die

Deutschen Verdacht schöpfen.« Diese Worte trieben Audrey die Tränen in die Augen. Sie lief zu Charles und schlang die Arme um ihn.

»Laß mich nicht hier zurück. Charlie, du bist mein Leben . . . du kannst mich nicht hier zurücklassen.« Er stand da und sah unverwandt auf sie nieder, in dem Bemühen, hart zu bleiben, sich gegen das zu sperren, was sie vorbrachte, doch waren ihre Argumente und ihr Ton ziemlich überzeugend.

»Ich setze dein Leben nicht aufs Spiel.« Das sagte er mit einer gewissen Schroffheit, weil er sie so sehr liebte.

Sie war wütend, als sie sich zu ihm umwandte. »Das ist meine Entscheidung und nicht deine. Und als ich mich entschloß, zu dir zu kommen, habe ich bereits eine Wahl getroffen, ohne zu wissen, was auf mich zukommt.« Monatelang war für sie der Aufenthalt wie ein Picknickausflug gewesen, doch jetzt war es mit der Gemütlichkeit schlagartig vorbei. »Ich habe den Entschluß gefaßt, dir überallhin zu folgen, Charlie Parker-Scott, und das ist mein Ernst. Und wenn du mich nicht mitnimmst, dann läßt du dir die einmalige Chance entgehen, die Sache richtig zu machen. Mit einem dummen Mädchen an der Seite gewinnst du an Glaubwürdigkeit, noch dazu, wenn das Mädchen ein paar Kameras um den Hals hängen hat.«

Was sie da sagte, stimmte irgendwie, doch hätte er jeden anderen lieber mitgenommen als Audrey.

»Dieses Risiko gehe ich nicht ein!« Charlies Ton hatte an Lautstärke bedrohlich zugenommen, der ihre auch.

»Ich aber! Es ist beschlossene Sache. Und wenn du mich nicht mitnimmst, dann treffen wir uns irgendwo da draußen. Ich verschaffe mir einen Jeep und fahre dir nach.«

Charles wußte, daß sie genau das tun würde. Er packte ihren Arm und schüttelte sie so heftig, daß ihre Zähne aufeinanderschlugen.

»Nimm endlich Vernunft an. Ich möchte, daß du hierbleibst.« Audreys Reaktion beschränkte sich auf ein eigensinniges Kopfschütteln. Da ließ er sich schwer in einen Sessel fallen und starrte sie an. »Ich geb's auf. Aber du gefährdest mein Leben ebenso wie deines, deshalb achte unterwegs auf jeden einzelnen Schritt.«

»Das werde ich... ich schwöre es...« Dankbar sah sie ihn an. Charles' Lächeln fiel etwas matt aus.

»Du bist beinhart.«

»Es lohnt sich.« Audrey lächelte beglückt.

40

Mit dem Jeep brauchten sie drei Stunden von Kairo nach Port Saïd, wo das versprochene Fischerboot sie bereits erwartete. Charlie hatte aus sämtlichen Kleidungsstücken die englischen Firmenetiketten herausgetrennt, und er hatte Audrey geraten, nur die Sachen mitzunehmen, die eindeutig als amerikanische gekennzeichnet waren oder denen man ihre Herkunft auf den ersten Blick nicht ansah. Sie hatte daher ein uraltes Paar Turnschuhe angezogen, die nicht einmal sehr bequem waren, und war froh, daß die meisten Sachen, die sie mitgebracht hatte, alt waren und größtenteils aus San Franzisko stammten. Sie hatten ihre besten Tage schon hinter sich, und falls jemand so weit gehen sollte, sie zu kontrollieren, gewann ihre Geschichte damit an Glaubwürdigkeit. Charles gab sich als amerikanischer Journalist aus und Audrey als freiberufliche Fotoreporterin. Dem Eigner des Fischerbootes hätte das alles nicht gleichgültiger sein können. Er war nur an dem Geld interessiert, das er dafür bekam, daß er sie nach Tripolis brachte. Unterwegs lief er Beida, Bengasi, Al-Agheila und Sirte an. Die Fahrt in dem stickigen kleinen Boot dauerte zwei Tage. Sie wären gut vorangekommen, behauptete der Kapitän. Audrey kämpfte heldenhaft gegen die Seekrankheit an, da sie nicht wagte, sich gehenzulassen, aus Angst, Charlie würde es ihr nie im Leben verzeihen. Wenn ihr danach zumute war, machte sie ein paar Aufnahmen, aber insgeheim waren beide in Gedanken bei ihrem Vorhaben.

Die Wirklichkeit umfing sie wieder, als sie lautlos in den Hafen glitten, inmitten von italienischen und deutschen Kriegsschiffen. Überall sah man Uniformen. Sie befanden sich nun auf feindlichem Gebiet. Falls einem von ihnen ein Fehler unterlief, würde es beide das Leben kosten. Der Eigner des Fischerbootes hätte sie verraten können, er hatte jedoch das ganze vergangene Jahr für die Briten gearbeitet und wollte eine so profitable Einkommensquelle nicht verlieren. Nachdem er sie abgesetzt hatte, fuhr er eiligst davon, die ganze Strecke zurück nach Port Saïd. Bei der Rückfahrt würden sie improvisieren müssen, und Audrey hoffte, daß sie über Land fahren würden, als sie Charlie durch den vor Leben brodelnden Hafen folgte. Sie fanden jemanden, der sie zum Hotel Minerva brachte. Charles führte sie als erstes in die Bar und bestellte Drinks. Dann nahmen sie zwei Zimmer auf derselben Etage. Sie waren noch unschlüssig, ob sie sich die spärlichen Sehenswürdigkeiten der Stadt ansehen sollten oder nicht.

»Was sollen wir tun?« Audrey blickte fragend zu ihm auf, heilfroh darüber, wieder festen Boden unter den Füßen zu haben.

»Wenn es soweit ist, dann werden wir alles erfahren, was wir wissen wollen, denke ich. Die Ankunft des Generals wird hier große Aufregung verursachen.« Sie gab ihm recht, und doch hatten beide nicht erwartet, so rasch davon zu hören. Von zwei Italienern, die erregt an der Bar debattierten, erfuhren sie am nächsten Tag, daß der deutsche General am Abend zuvor eingetroffen und in einem Hotel in der Nähe abgestiegen sei. Seinen Namen kannten sie nicht, doch sei es einer der größten, vertrauten sie Audrey und Charles mit freundlichem Lächeln an, das auch anhielt, als sie hörten, daß sie amerikanische Journalisten waren. Die Nachricht würde nun für alle freigegeben werden.

»Die Engländer werden bald das große Fürchten lernen!« behaupteten die zwei Italiener, worauf Charles sich zu einem Lächeln zwang. Beim Verlassen der Bar warf er Audrey einen siegesgewissen Blick zu.

»Sagte ich's doch, daß wir es erfahren würden.« Den Namen des Generals kannten sie noch immer nicht, aber das wollten sie jetzt gleich herausfinden. Zu diesem Zweck steuerten sie dreist das genannte Hotel an und betraten lässig die Bar, in der es ungeheuer lebhaft zuging. Man sah deutsche neben italienischen Uniformen, und in der Eingangshalle stand ein SS-Posten und unterhielt sich angeregt. Audrey und Charles wurden genau in Augenschein genommen. Zwei Männer bedachten Audrey mit einem hungrigen Lächeln, doch Charlie manövrierte sie mit desinteressiertem Blick direkt an die Bar und bestellte etwas zu trinken. Da er nicht betrunken werden wollte, nippte er nur an seinem Glas und ermahnte auch Audrey zur Vorsicht, während er sich lachend und scheinbar unbeschwert mit ihr unterhielt.

»Sieht aus, als wären wir hier mittendrin, mein Mädchen.« Sein Lächeln hätte nicht unbefangener sein können. Solange man sie nicht erwischte, war alles wirklich ganz einfach. Beide spürten, wie ihnen der Schweiß über Rücken und Arme lief, während sie sich um äußere Ruhe bemühten und sich so locker gaben wie die übrigen Gäste. Als sie nach einer Stunde berieten, wohin sie essen gehen sollten, betrat plötzlich ein Dutzend deutscher Offiziere die Bar, in ihrer Mitte ein untersetzter, kräftiger Mann mit auffallend blauen Augen. Er war als erster näher gekommen und hatte sofort alle Anwesenden eingehend gemustert. Alles an ihm wirkte straff, militärisch und korrekt. Seinem interessierten Blick entgingen Audrey und Charles nicht. Es war, als nehme er sie als Teil seines neuen Kommandos unter die Lupe. Kein Zweifel, das war der Mann, um dessentwillen sie gekommen waren. Man hörte Hakkenknallen und sah zackiges Salutieren, und sogar die Italiener zeigten sich beeindruckt, als die Adjutanten des Neuankömmlings ständig ›Mein General‹ riefen. Dennoch erweckte er nicht den Eindruck von Arroganz. Audrey stellte sogar fest, daß sein Blick Intelligenz verriet. Fast glaubte man zu hören, wie die Rädchen in seinem Kopf arbeiteten, während er alle musterte. Fast hätte Audrey auch salutiert. Atemlos sah sie ihn an und bemerkte – als einzige wie sie hoffte –, daß Charlie zusammenzuckte. Dann verließ der General die Bar ganz schnell, und sie begegnete Charles' Blick, von der Frage bewegt, ob er ihn erkannt hatte.

»Kennst du ihn?« Sie fragte es ganz leise. Charlie schüttelte den Kopf. Der Mann war ihm von Fotos her bekannt vorgekommen, aber er war seiner Sache nicht sicher.

»Ich werde mal herumfragen. Sicher weiß es hier jeder.« Obwohl sie noch eine Weile, mit allen angeregt plaudernd, an der Bar sitzen blieben, konnten sie nichts erfahren, bis – endlich ein junger deutscher Offizier laut auflachte.

»Amerikaner! Sie müßten doch den Namen des größten deutschen Generals kennen!« Kopfschüttelnd tat er sie als Einfaltspinsel ab. In ganz Deutschland war sein Name ein Begriff, auch wenn die Italiener keine Ahnung hatten. »General Rommel, natürlich!«

Sie hatten es geschafft! Als sie wenig später hinausschlenderten, mußte Audrey sich zwingen, nicht vor Freude zu jubeln und in die Hände zu klatschen. Sogar Charlie machte ein zufriedenes Gesicht und drückte triumphierend ihre Hand. Mit einem Taxi fuhren sie zu ihrem Hotel zurück, weil sie dort zu Abend essen wollten, um dann sofort die Fahrt zurück nach Kairo anzutreten. Es war alles so einfach gewesen. Aber plötzlich wollte Audrey sich nicht damit zufriedengeben, daß sie den Namen herausbekommen hatten.

»Warum machen wir mit ihm nicht ein Interview?« schlug sie beim Essen dem entsetzten Charlie vor.

»Bist du verrückt geworden? Was ist, wenn man dahinterkommt, wer wir sind?«

»Was sollen sie entdecken? Wir sind Amerikaner. Du bist Kriegsberichterstatter, ich bin Pressefotografin. Wir könnten wenigstens fragen...« In ihren Augen blitzte es auf. »Das wäre doch was, Charlie, oder?« Sie war in ihrem Element, und Charlie spürte, wie das Essen schwer in seinem Magen lag. Audrey mußte den Verstand verloren haben.

»Hör mal, du läßt deiner Phantasie zu sehr die Zügel schießen...« Doch nach gründlicher Überlegung wurde ihm klar, daß sie recht hatte. Da sie schon vor Ort waren... und vielleicht glückte es ihnen, auf diese Weise noch zusätzlich etwas herauszufinden... Beim Kaffee unterhielten sie sich eingehend darüber, und am Abend machten sie konkrete Pläne. Am nächsten Tag wollten sie in Rommels Hotel ein Schreiben hinterlassen, in dem sie um ein Interview baten. Und dann hieß es abwarten. Mit großem Herzklopfen fuhren sie in sein Hotel und hinterlegten die Nachricht, die beide gemeinsam abgefaßt hatten. Sie wußten, daß der Brief durch zahlreiche Hände gehen mußte, ehe er den General erreichte. Es stand nicht viel mehr darin, als daß sie zwei amerikanische Journalisten seien, die sich durch ein Interview mit General Rommel sehr geehrt fühlen würden.

Der Mann, dem sie den Brief aushändigten, bat sie, um vier Uhr nachmittags wiederzukommen. Und als sie wiederkamen, wurden sie erst von einem Paar blauer deutscher Augen abschätzend gemustert. Der junge Adjutant fragte sie, ob sie dem General schon begegnet seien.

»Nein.« Audrey lächelte ihn unschuldig an. »Aber wir möchten ihn gern kennenlernen. Wir arbeiten für etliche amerikanische Zeitungen und Magazine. Ich bin sicher, die amerikanische Öffentlichkeit wird vom Oberkommandierenden des neuen Afrikakorps begeistert sein.« Ihm war anzusehen, daß er sie für eine dumme Gans hielt.

»Fräulein, Sie bekommen morgen um zehn eine Antwort«, Charlie wurde mit einem knappen Nicken bedacht. Beide empfahlen sich ungezwungen und plauderten über Belanglosigkeiten, bis sie draußen vor dem Hotel standen und Audrey atemlos fragte: »Glaubst du, sie haben uns durchschaut?«

Charles schüttelte den Kopf. »Wohl kaum«, gab er halblaut zurück. Auf dem Weg ins Hotel wurde nur wenig gesprochen. Den Rest des Tages verbrachten sie mit einem Bummel durch die Straßen von Tripolis, in denen Audrey von anerkennenden Pfiffen der Italiener begleitet wurde. Allein Audreys Anwesenheit war schon belastend, und Charlie fürchtete, ihr Plan, Rommel zu interviewen, sei zu tollkühn. Was sie wissen wollten, das hatten sie erfahren. Mehr brauchten sie nicht in Erfahrung zu bringen, und er wollte die Rückkehr nicht zu sehr verzögern. »Was möchtest du heute abend unternehmen?« fragte er. Sie waren im Hafen angelangt, und Audrey hob den Kopf und sah ihn lächelnd an.

»Beten.«

Ihre Antwort entlockte ihm ein Lächeln. Sie gingen ins Hotel, aßen zu Abend und gingen sehr früh zu Bett. Punkt zehn am nächsten Morgen waren sie wieder im Hotel des Generals. Derselbe Adjutant betrachtete sie argwöhnisch, als sie vor seinem Schreibtisch standen. Mit Herzklopfen sah Audrey, wie er Charlie eine versiegelte Nachricht übergab, die dieser auf halbem Weg durch die Hotelhalle aufriß. Es stand nur der Name des Hotels, aus dem sie eben hinausgingen, darauf und die Uhrzeit. 13 Uhr. Erstaunt sah er Audrey an.

»Mein Gott, wir haben es geschafft!« Das äußerte er im Flüsterton, bemüht, sich seine Erregung nicht anmerken zu lassen, als er zur Bar vorausging, obwohl es erst kurz nach zehn Uhr morgens war. Er bestellte zwei Glas Bier und reichte ihr den Zettel. Sie standen nun vor dem Problem, was als nächstes zu tun sei. Für das Interview hatte Charlie einen Notizblock eingesteckt, und Audrey führte ständig ihre Kameras mit, um immer bereit zu sein, aber auch, um zu verhindern, daß sie ihr gestohlen wurden.

»Was machen wir bis eins?« Audrey war nervös wie eine Braut am Hochzeitsmorgen, aber die nächsten drei Stunden vergingen wie im Flug, während sie spazierenliefen und besprachen, was sie General Rommel fragen wollten. Doch als sie ihm schließlich gegenüberstanden, fühlten sie sich ganz unvorbereitet. Die Räume, die er als Hauptquartier benutzte, waren so üppig eingerichtet wie das gesamte Hotel, einiges von dem Pomp hatte er allerdings entfernen lassen. Als er den Raum betrat, in dem Charlie und Audrey warteten, waren sie wieder auf den ersten Blick von seiner Erscheinung beeindruckt, die erkennen ließ, daß man einen Mann von Bedeutung vor sich hatte. Auch ohne Uniform wäre er allein durch seine Haltung aufgefallen. Er hatte eindringlich blickende, leuchtend blaue Augen und ein herzliches und warmes Lächeln. Zudem schien er außerordentlich erfreut, sie bei sich zu sehen, und äußerte sich sehr anerkennend über Präsident Roosevelt. Er erzählte ihnen, daß er vor dem Krieg in Amerika gewesen sei. Im Moment habe er natürlich für Reisen keine Zeit, eine scherzhaft gemeinte Bemerkung, die er selbst belächelte. Als Audrey das Foto einer Frau auf dem Schreibtisch bemerkte, folgte der General ihrem Blick.

»Das ist Lucie, meine Frau.« Sein Ton ließ erkennen, wie viel ihm seine Frau bedeutete. Und die ganze Zeit über erschien es ihnen unglaublich, daß sie sich Zugang zu diesem Mann verschafft hatten, indem sie als amerikanische Journalisten getarnt um ein Interview mit General Rommel baten. Charlie konnte es nicht fassen, wie einfach alles gewesen war, während Audrey staunte, wie leicht man mit dem General ins Gespräch kam. Von Deutschland und vom Führer sprach er in einem Ton, der fast an jenen heranreichte, mit dem er von seiner Frau erzählt hatte. Und während er redete und Charlie sich eifrig Notizen machte, wurde klar, daß Rommel Soldat durch und durch war. Er sagte, daß er begeisterter

Flieger sei, und zeigte sich an dem wenigen, was er bislang von Afrika gesehen hatte, sehr interessiert. Und er legte großen Wert darauf, Charlie klarzumachen, daß das Afrikakorps eine außergewöhnliche Einheit der Armee werden sollte. Kaum hatte er ausgesprochen, als er die Hand nach Audreys Kamera ausstreckte. Erschrocken über diese Geste überließ sie ihm die Kamera und hoffte, daß nichts daran war, was sie verraten konnte: keine verräterischen Streichholzheftchen oder Zettel mit dem Aufdruck ihres Hotels oder Zimmerschlüssel oder gar – was Gott verhüten möge – Charlies britischer Paß.

Audrey sah Rommel zu, wie er ihre Kamera gründlich begutachtete. »Stimmt etwas nicht daran?« Ihr Herzschlag dröhnte ihr in den Ohren, doch er begegnete lächelnd ihrem Blick und nickte anerkennend.

»So eine habe ich auch. Nur benutze ich eine andere Linse. Hier«, er sprang auf, »ich zeige sie Ihnen.« Zwei schnelle Schritte durch den Raum – und er zog ein Schubfach auf und holte drei Kameras hervor, die mit der ihren identisch waren, jede mit einem geringfügig abgewandelten Objektiv. Audrey war sehr daran interessiert. Minutenlang sprachen sie über seine und ihre Linsen, warum er diese und jene verwendete und warum er verschiedene Kameras benutzte. Er war ein begeisterter Fotograf und zeigte sich in keiner Weise beunruhigt, als sie nach Beendigung des Interviews Bilder von ihm machte. Fast zwei Stunden hatten sie mit ihm verbracht. Als sie sich bedankten und sich zum Gehen wenden wollten, verabschiedete er sie mit einem Händedruck. »Vom Afrikakorps werden Sie noch große Dinge hören.«

»Davon bin ich überzeugt.« Audreys anmutiges Lächeln war nicht ganz unaufrichtig.

Auf dem Weg aus dem Hotel mußte sie sich immer wieder in Erinnerung rufen, daß der General zu jenen gehörte, die Karl Rosen auf dem Gewissen hatten. Und sie wandte sich Charlie zu, der ihren Erfolg immer noch nicht fassen konnte. »So ungern ich es eingestehe, der Mann gefällt mir«, sagte sie.

»Mir auch.« Charles fand vor allem die Offenheit des Generals überwältigend. Natürlich hatte er nichts Direktes über seine Pläne verlauten lassen, doch abgesehen davon hatte er sich über alles, was man ihn fragte, sehr gesprächig gezeigt. Aufgrund dieses Interviews war es unmöglich, ihn zu verabscheuen. Es war ganz klar, daß er seine Frau, die Armee und seine Kameras liebte, sehr wahrscheinlich in dieser Reihenfolge. Er war in jeder Hinsicht der geborene Soldat, und Charlie plagten schon Zweifel, ob die Briten ihm gewachsen sein würden. Insgeheim hatte er große Bedenken.

Im Hotel angekommen, packten sie rasch die wenigen Sachen, die sie mitgebracht hatten, bezahlten und verließen das Haus, um zum Hafen zu fahren. Charlie war der Meinung, es sei zu gefährlich, über Land nach Kairo zurückzukehren, und er wollte sehen, ob es im Hafen ein Boot zu mieten gäbe. Es bedurfte stundenlanger Verhandlungen mit den Kapitänen verschiedener kleiner Schiffe, aber schließlich stießen sie auf einen, der für einen enormen Preis bereit war, sie bis Alexandria zu bringen. Bei Sonnenuntergang liefen sie mit der Flut aus. Atemlos sah Charlie Audrey an und legte ihr einen Arm um die Schulter. Er betete darum, daß Rommel sie nicht beobachten ließ. Doch auch wenn es der Fall sein sollte, war nichts weiter dabei, daß sie nach Ägypten fuhren. Schließlich waren sie Amerikaner und auf der Jagd nach interessanten Kriegs-Storys. Rommel hatte sie ihres Mutes wegen sogar gelobt, besonders Audrey. »Eine hübsche junge Frau so fern der Heimat und an einem so gefährlichen Ort«, hatte er gesagt, ohne daß Blick und Miene auf irgendwelche Hintergedanken hätten schließen lassen. Seine Augen leuchteten bei jeder Erwähnung seiner geliebten Lucie auf. Er war ein anständiger und aufrechter Mensch. Audrey bedauerte, daß sie auf verschiedenen Seiten standen. Wie man allgemein hörte, wurde er von seiner Truppe sehr respektiert, da er zu den Offizieren gehörte, die an der Seite ihrer Männer kämpften.

Diesmal dauerte die Fahrt drei Tage. In Alexandria organisierten sie sich einfach einen Jeep, der sie nach Kairo brachte. Als sie schließlich das Shepheard vor sich sahen, erschien es ihnen wie eine Fata Morgana in der Wüste. Audrey stieß bei der Ankunft einen Freudenschrei aus und schlang in einem nervösen Lachanfall die Arme um Charlies Hals.

»Wir haben es geschafft! Wir haben es geschafft!« Er riet ihr, ihren Ton zu dämpfen, doch war er ebenso hochgestimmt wie sie und nahm sie zu General Wavell mit, den sie sofort aufsuchten, nachdem sie geduscht und sich umgezogen hatten. Rückblickend erschien ihnen jetzt alles wie ein Traum. Unglaublich, daß es ihnen geglückt war, tatsächlich ein Interview mit Rommel zu machen.

Sie fuhren in den Gezira-Klub, wo Wavell den Nachmittag über Golf spielte. Der General war sichtlich erfreut, Charles zu sehen, erschrak aber bei Audreys Anblick. Charlie sagte ihm ganz offen, daß Audrey die Fahrt nach Tripolis mitgemacht hätte. Wavells Gesicht lief rot an, und er schien schon viel weniger erfreut, bis Charles ihm kommentarlos, aber mit einem vielsagenden Blick zwei Filmrollen aushändigte.

»Ich glaube, damit werden Sie sehr zufrieden sein, Sir.«

Wavell sah erst Audrey an und dann Charles. »Ich wußte nicht, daß Sie Mitarbeiter haben, Parker-Scott.« Charles war nahe daran zu sagen ›Ich auch nicht‹, hielt sich aber zurück, da dieser Einwurf den General sicher alles andere als amüsiert hätte. Sie waren ihm in einen privaten Raum innerhalb des Klubs gefolgt. »Es ist ein großes Glück für Sie, daß Sie alles wohlbehalten überstanden haben.« Vorwurfsvoll sah er Charles an. »Man hätte die junge Dame als Geisel festhalten können, wenn sich Zweifel an Ihrer Geschichte eingestellt hätten.«

Charles, der Audrey in diesem Augenblick am liebsten erwürgt hätte, nickte reumütig und sagte: »Wir haben die gewünschte Information, Sir.«

Man hätte das Schweigen mit dem Messer schneiden können. »Nun?«

»Es ist General Rommel.«

Langsam erhellte sich Wavells Miene wieder. »Verdammt will ich sein...« Und dann kniff er die Augen zusammen. »Sie haben ihn selbst gesehen? Sind Sie sicher, daß er es ist?«

Audrey blickte angestrengt in eine andere Richtung. Sie konnte es kaum erwarten, bis er die Bilder zu sehen bekäme. Aber Charlie sagte: »Ja, Sir.« Kaum imstande, sein Lächeln zu unterdrücken, setzte er hinzu: »Wir haben ein Interview mit ihm gemacht.«

»Sie haben... was?«

Tief Atem holend, versuchte Charles alles ganz rasch zu erklären. »Es war eigentlich Miß Driscolls Idee. Wir gaben uns als amerikanische Journalisten aus und interviewten ihn in seinem Hotel.«

Der General starrte sie an und setzte sich. Die zwei Filmrollen hielt er so fest in der Hand, als könnten sie davonfliegen. »Und das sind Fotos, die Sie von Rommel während des Interviews gemacht haben?« Die beiden waren zwei unglaubliche Draufgänger und total verrückt, doch er war hocherfreut.

Charlie ließ Audrey die verdiente Würdigung angedeihen. »Miß Driscoll hat die Fotos gemacht, während ich mit dem General sprach.«

»Haben Sie sich Notizen gemacht?«

»Ja, Sir.« Da strahlte General Wavell und schüttelte Charles und Audrey mit schmerzhafter Heftigkeit die Hand. »Sie sind beide absolut fabelhaft.« Noch einmal bedachte er sie mit einem eindringlichen Blick, um ihnen sodann zu versichern, sie würden von ihm in Kürze hören. Auf jeden Fall wünsche er sie am nächsten Tag um acht Uhr morgens zu sehen. Er wollte Charlies Notizen lesen, obwohl Charlie ihn darauf aufmerksam machte, daß Rommel nichts preisgegeben hätte, am allerwenigsten seine Absichten, wie und wo er das neue Afrikakorps einsetzen wollte. Aber Wavell und sein Stab waren versessen auf sämtliche Einzelheiten. Der Film sollte schon in der Nacht entwickelt werden. Noch einmal schüttelte er ihnen die Hand und verließ eilig den Klub, nicht ohne Audrey und Charles vorher zu Drinks einzuladen, falls sie Lust dazu hätten, doch der Gezira-Klub war ihnen zu steif. Sie waren froh, wieder ins Shepheard zu kommen und ihre alten Bekannten in den bequemen Korbsesseln auf der Terrasse anzutreffen.

41

Über andere Kontakte in Tripolis erfuhren die Briten in den nächsten Wochen, daß Generalfeldmarschall Rommel genau einen Monat nach seiner Ankunft in Tripolis eine Truppeninspektion ansetzte. Und er brüstete sich mit seinem geliebten Afrikakorps vor allen Zuschauern, zur Erheiterung der britischen Kontaktleute sogar mehrmals. Dabei griff er zu einer List, um alle jene, die dem Feind Informationen verkauften, irrezuführen. Viele der Panzer ließ er mehrfach bei der Parade vorüberrollen. Doch zwei gebrochene Raupenketten verrieten seinen Trick schließlich. Es war ein glänzender Einfall, der sämtliche Zuschauer gebührend beeindruckte. Rommel war ein hochintelligenter brillanter Mann, der den Briten großen Respekt abnötigte. Ebensolchen Respekt aber hatten sie vor Audrey und Charlie nach deren erfolgreicher Mission. Audreys vergrößerte Aufnahmen waren in Wavells Stab von Hand zu Hand gewandert. Sie gehörten zu den besten Bildern, die je von einem Mitglied des Oberkommandos der Wehrmacht gemacht worden waren. General Wavell hatte Audrey deshalb mehrfach geneckt.

»Schade, daß Sie die Bilder nicht Rommels Frau schicken können. Sie sind ausgesprochen gut... sie würde sich gewiß sehr freuen...« Auch Audrey freute sich. Die Fotos zeigten Rommel, wie er war, als nachdenklichen, überaus fähigen, einsichtigen und wahrscheinlich anständigen Menschen. Nie hätte sie gedacht, dies jemals von einem von Hitlers Anhängern sagen zu können; Rommel hatte ihr auf Anhieb gefallen.

Zwölf Tage nach der Truppeninspektion in Tripolis unternahm der Generalfeldmarschall einen Vorstoß nach Osten und griff Al-Agheila an der Küste mit Panzern an. Die Briten zogen sich dreißig Meilen in nordöstlicher Richtung zurück. Es war Rommels erster Sieg, und er hatte ihn unter Einsatz seiner zwei Lieblingswaffen gegen den Feind gewonnen, nämlich durch Schnelligkeit und durch Ausnützung des Überraschungsmoments. Vor Beginn des Angriffs hatte er das Gebiet überflogen, und zu Mittag kämpfte er an der Seite seiner Truppen in einem eigenen Panzer mit, bis am späten Nachmittag die Schlacht gewonnen war. Bis zum zehnten April waren die Briten bis Tobruk zurückgeworfen, wo sie sich einigelten. Tobruk mußte um jeden Preis gehalten werden. Charlie und Audrey hörten in Kairo die Geschichten, die im Umlauf waren, und in ihnen wuchs die Sorge, Rommel könnte die Oberhand behalten. Er war in mancher Hinsicht ein großer Mann, der sie sehr beeindruckt hatte. Der Gedanke, daß er nun mit jedem Tag näher kam, war erschreckend. Und mit jedem Tag wurden auch die Legenden größer, die ihn umgaben. Er trug die Wüstenbrille eines britischen Offiziers, eine ›Kostbarkeit‹, die er nach einem erfolgreichen Kampf vom Boden aufgelesen hatte, und er war ständig in seiner eigenen Maschine unterwegs, um sich einen Überblick über das Land zu verschaffen. Er kämpfte Seite an Seite mit seinen Soldaten, in Panzern, zu Fuß und in der Luft. Wollte man den von der Front kommenden Männern glauben, dann war er allgegenwärtig. Mittlerweile war allen klar, daß das Afrikakorps eine Streitmacht war, die man sehr ernst nehmen mußte. Neu oder nicht, es setzte sich aus hervorragenden Soldaten zusammen.

Die Kämpfe mit Rommel zogen sich monatelang hin. Die Briten versuchten verzweifelt, Tobruk zu halten, und Rommel setzte ihnen schwer zu. Charles fuhr sogar einmal hin und schlich sich spät nachts mit einem kleinen, von General Wavell entsandten Trupp per Jeep in die Stadt. Mittlerweile hatte man gelernt, bei allen Aktionen mit größter Vorsicht vorzugehen. Sämtliche Hinweise und Spuren in der Wüste mußten verwischt werden, sogar die Windschutzscheiben wurden abgenommen, der verräterischen Spiegelwirkung wegen. Einige Tricks übernahm man von Rommel, dem Listenreichen. Charles war erschrocken über die Heftigkeit der Kämpfe, über die hohen Verluste und darüber, wie hoffnungslos zeitweise die Lage aussah. Doch die Engländer ließen sich von Rommel nicht unterkriegen.

Es wurde aber noch schlimmer, denn das Wetter war nicht mehr auf ihrer Seite. Die milden Wintermonate waren vorüber, jetzt machten heftige Regenfälle es zusehends schwieriger, die Panzer zu manövrieren. Und dann kamen die gewaltigen Sandstürme der Trockenzeit, die den feinen Sand zu undurchdringlichen Wänden hochwirbelten. Der Sand durchdrang alles und blendete die Männer, Briten und Deutsche gleichermaßen, und verursachte Atemnot. Die Sandstürme hatten so viel Gewalt, daß sie Militärlaster glatt umwerfen konnten. Die Soldaten legten ihre Stahlhelme ab und umhüllten die Köpfe mit Tüchern, Wasser wurde noch kostbarer als zuvor, und die lästigen Stechfliegen nahmen überhand. Hatte man einmal Kairos Luxus den Rücken gekehrt, präsentierte sich das Schlachtfeld als Ort des Schreckens. Soldaten verloren sich in den Sandstürmen und kamen ziellos umherirrend um oder verhungerten elend in ihren Panzern. Anfang April waren sechs britische Generäle doch tatsächlich in ein deutsches Lager geraten, nachdem sie sich im Sandsturm verirrt hatten.

Das Afrikakorps rückte bis auf achtzig Kilometer an Alexandria heran. Rommel war ständig in der Luft unterwegs, um den Überblick zu behalten. Die Briten hatten sich in Tobruk verbarrikadiert, und Charlie war froh, als er endlich wieder nach Kairo kam, wo ihn Audrey sehr erleichtert über seine Rückkehr erwartete. Sie warf sich in seine Arme. Wie gewöhnlich hatte sie mit Freunden auf der Terrasse gesessen und sich die Wartezeit vertrieben. Und plötzlich war er da, und sie lachte und weinte gleichzeitig, küßte ihn auf Augen und Wangen und Bart, während er sie hochhob und herumwirbelte.

»Du Wahnsinnige, was hast du während meiner Abwesenheit angestellt?«

»Nur gewartet, mein Schatz.« Sie sah ihm lächelnd in die Augen. »Mir war vor Angst und Sorge ganz elend.«

»Ich bin so unbezwingbar wie die britische Flotte.« Doch es gab in jüngster Zeit Berichte, daß auch dies nicht mehr ganz zutreffend war, denn die deutschen U-Boote forderten von der englischen Flotte einen hohen Zoll. Audrey sah ihn besorgt an.

»Ich hatte jede Minute Angst um dich.«

»Eine schreckliche Zeitverschwendung, Audrey.« Zusammen gingen sie auf ihr Zimmer. »Wir haben bisher alles überlebt, was uns bedrohte, wir werden auch das überleben. Denk doch, wie gut wir dran sind, weil wir zusammen sein können, anders als die arme Vi, die James kaum noch zu sehen bekommt.«

»Ich weiß... aber mir ist doch lieber, wenn deine gefährlichste Aktion darin besteht, um fünf Uhr auf der Terrasse einen doppelten Whisky zu bestellen.« Charles lachte und schubste sie mit kräftigen Armen aufs Bett. An jenem Abend gingen sie nicht mehr hinunter. Sie lagen zusammen in dem bequemen Bett, und er erzählte ihr von Tobruk. Sie sprachen miteinander, liebten sich und dösten dazwischen ein, bis Charles bei Tagesanbruch aufstand, duschte und dann wieder ins Zimmer kam, um auf ihr schlafendes Gesicht niederzusehen. Audrey sah aus wie ein Engel, der von der Stuckdecke auf sein Bett gefallen war. Wie glücklich sie waren... wie glücklich er war... dann legte er sich behutsam neben sie und streichelte sie. Es gab ihm so viel, mit ihr im selben Raum zu sein. Sie rührte sich, lächelte und machte ein Auge auf, um ihn verschlafen anzublinzeln.

»Was für eine reizende Art, aufgeweckt zu werden...« Sie zog ihn an sich, küßte seinen Nacken und seine Brust, dann seine Lippen, ohne die Augen zu öffnen. Körper und Seele gehörten ihm und waren von unstillbarem Hunger nach ihm erfüllt.

Im Juni 1941 kam der britische Gegenangriff, mit dem die Deutschen zurückgeworfen werden sollten, General Wavell versagte total und wurde von einem Mann ersetzt, der liebevoll ›The Auch‹ genannt wurde. General Auchinleck führte eine Reorganisation der westlichen Wüstenarmee durch und setzte General Cunningham an die Spitze der Truppen. Volle vier Monate sollte es dauern, bis man Rommel unter Aufbietung sämtlicher Streitkräfte zurückgeworfen hatte. Am achtzehnten November kam es bei Fort Maddalena zu einer Begegnung mit Rommel, und noch vor Ablauf einer Woche war klar, daß Cunningham genauso versagen würde wie Wavell. Am sechsundzwanzigsten wurde Cunningham von Auchinleck abgesetzt. Und am dreißigsten begann Rommel mit der erneuten Belagerung Tobruks, entschlossen, es um jeden Preis zu nehmen. Charlie wußte, daß er seinen Bericht unmittelbar vor Ort schreiben mußte. Die Schlacht war zu wichtig, als daß man über sie von der Terrasse des Shepheard oder vom Gezira-Sporting-Club aus hätte berichten können. Bisher war es für ihn ein leichter Einsatz gewesen. Er ging mit Audrey allabendlich essen und anschließend mit Bekannten in Nachtklubs. Jetzt war damit Schluß. Audrey wurde sehr nervös, als sie sah, daß er den kleinen Reisesack packte, den er mit ins Feld zu nehmen pflegte.

»Du willst also wieder nach Tobruk?« Aus ihren Augen sprach Angst, und Charles nickte. An jenem Tag hatten die Verluste tausend Mann betragen, und ›The Auch‹ hatte ihm versprochen, ihn irgendwie hinzuschaffen. »Ich will nicht, daß du gehst.« Das sagte sie im Flüsterton.

»Ich muß, Aud. Deswegen bin ich hier.«

»Aber es ist einfach zu dumm, wegen eines Kampfes getötet zu werden, der ohnehin schon seit Monaten tobt. Um Tobruk wird seit dem Frühjahr gekämpft. Und du warst schon einmal dort.«

Er lächelte liebevoll. »Aud, du weißt, daß ich gehen muß.«

»Verdammt, warum kann das nicht ein anderer übernehmen? Es gibt hier eine Menge anderer Berichterstatter. Es handelt sich ja nicht um eine geheime Mission, die niemand sonst übernehmen könnte. Von einer Belagerung kann jeder Hohlkopf berichten.«

»Na, ich schätze, daß es dieser Hohlkopf da machen muß«, er faßte nach seinem Kopf. »Keine Angst, Aud. In ein paar Tagen bin ich wieder da, unversehrt und heil.«

»Und wenn du in Gefangenschaft gerätst?« Sie bekam es plötzlich mit der Angst zu tun. Eine innere Stimme sagte ihr, daß er diesmal nicht nach Tobruk gehen sollte.

»Außer dir will mich niemand haben.«

»Mir ist es ernst.« In ihren Augen standen Tränen. Und mit gutem Grund.

Er war liebevoll, aber unnachgiebig, und er fuhr in der Nacht los, als sie schlief. Es würde schwer werden, hinzukommen und noch schwerer, hinter die Linien zu gelangen. Doch er schaffte es und lieferte eifrig Berichte über die Kämpfe. Charles war fast vier Tage im Kampfgebiet, als es passierte. Um einem Verwundeten seine Feldflasche mit dem wenigen übrigen Wasser zu reichen, drehte er sich um, als ihn plötzlich eine Explosion flach auf den Boden drückte. Ein unerträglicher Schmerz breitete sich auf seinem Rücken aus. Als nächstes wußte er nur, daß er auf dem Bauch lag und Stimmen vernahm. Danach wurde alles schwarz, ihm wurde kalt, dann heiß, und der Schmerz war qualvoll, während er, wie es schien, tagelang hin und her wankte. Er befand sich in einem Zelt irgendwo hinter den Linien. Jemand hatte gesagt, in der Nähe gäbe es Beduinen, und er fragte sich schon, ob ihn einer angegriffen hätte oder ob er entführt worden sei. Vielleicht war er sogar den Deutschen in die Hände gefallen... er wußte nichts mehr, und es schienen Jahre zu vergehen, bis er seinen Namen hörte. Er glaubte, Audreys Stimme zu vernehmen, war aber seiner Sache nicht sicher. Er wußte nichts mehr sicher, wußte nur, daß der gräßliche Schmerz in seinem Rücken bis in die Beine ausstrahlte.

»Charlie... Charlie... mein Liebling...« Es schien eine Ewigkeit zu dauern, bis er wieder die Augen öffnen konnte, und als er es tat, sah sie ihn an. Er befand sich im British Hospital in Kairo. Neben Audrey stand eine Oberschwester in gestärkter Schwesterntracht, um sich herum hörte er Stöhnen und entdeckte, daß er selbst zu den Stöhnenden gehörte. »Schon gut, mein Schatz. Jetzt bist du in Sicherheit...«

Erst nach Tagen war er so weit ansprechbar, daß sie ihm alles erklären konnte. Ein Schrapnell hatte ihn getroffen, als er sich umdrehte, um dem Mann die Feldflasche zu reichen.

»Werde ich jemals wieder gehen können?« fragte er niedergeschlagen auf dem Bauch liegend in seinem Krankenbett. Sie lächelte.

»Ja, gehen schon, aber mit dem Sitzen wird es hapern...« Plötzlich war ihm klar, woher der Schmerz kam, doch er fand es nicht lustig, mochten auch alle anderen sich sehr darüber amüsieren. Er war ins Gesäß getroffen worden. »Na, wenigstens wird man bei Dinnerpartys nichts davon merken.« Er lächelte ihr tapfer zu, wenn er sich auch noch ganz elend von der Verwundung und dem langen Transport fühlte.

»Wie läuft es draußen?«

»Wunderbar. Wir haben einen großen Sieg errungen. Gestern wurde Rommel zurückgeworfen.« In der Zwischenzeit hatte sich aber noch viel Wichtigeres ereignet. »Charlie...« Sie versuchte, ihn aus der vom Fieber und den Medikamenten verursachten Benommenheit zu reißen. »Gestern haben die Japaner Pearl Harbor angegriffen.« Das hörte sich ungeheuer wichtig an. Charles versuchte, sich gleichzeitig zu konzentrieren und sie anzusehen.

»Wo liegt das?«

»Auf Hawaii.« Er war nicht sicher, was dies zu bedeuten hatte, doch Audrey fuhr fort, es ihm zu erklären. »Amerika ist in den Krieg eingetreten. Roosevelt hat den Japanern den Krieg erklärt. Er sprach von einem ›Tag der Schande‹, und er hat recht.« Sie war auf Hawaii geboren, und deswegen traf es sie besonders, doch Charlie nickte wieder ein. Er war noch zu matt, um alles richtig zu begreifen, und es dauerte eine Woche, bis er sich mit ihr darüber unterhalten konnte.

»Na, jetzt steckt ihr mit uns drin«, sagte er.

Audrey sah ihn stirnrunzelnd an. »Ich war von Anfang an dabei.«

»Du schon, aber deine Landsleute nicht. Denk an die verdammte Ansprache Lindberghs in Des Moines im September, in deren Verlauf er die Vereinigten Staaten zur Neutralität ermahnte. Und Roosevelt hatte es mit dem Kriegseintritt so lange nicht eilig, bis man ihm eine Bombe vor die Hintertür warf. Schon vor Jahren hätten wir amerikanische Hilfe brauchen können.«

»Na, wenigstens bekommt ihr die Hilfe jetzt. Einem gewissen Jemand wird jedenfalls geholfen.« Sie lächelte ihm zu. In wenigen Tagen, wenn die Situation es erlaubte, würden sie nach Hause fliegen. Außerdem gab es noch etwas, was Audrey ihm sagen mußte. Sie waren mit Vi bereits übereingekommen, diese auf dem Land zu besuchen und die Weihnachtsfeiertage mit Molly zu verbringen, falls genug Platz für alle war. Für Charlie war es der ideale Erholungsort. Dennoch klagte er sehr, als sie Kairo verließen. Er wäre lieber bis zum bitteren Ende in Nordafrika geblieben, und er protestierte, bis sie an Bord der Maschine gingen. Plötzlich dachte Charles an die Vergnügungen in der Heimat, an das Wiedersehen mit Vi, James und Molly. Als er sich zu Audrey umdrehte, fiel ihm zum erstenmal auf, wie blaß sie war. Sie sah gar nicht gut aus. Sie war zwar wochenlang nicht an die frische Luft gekommen, weil seine Pflege sie in Anspruch genommen hatte, und ihre Sonnenbräune war verblaßt, aber es war mehr: Er sah ihr an, daß es ihr nicht gut ging. Charles fühlte sich plötzlich schuldig, weil ihm dies nicht eher aufgefallen war.

»Wie lange siehst du schon so aus?«

»Wie denn?« Sie mimte die Unschuldige, doch war ihr klar, daß er ihr auf die Schliche gekommen war. Sie hatte es lange genug vor ihm geheimgehalten. Sie war seit fast drei Monaten schwanger.

»Du bist blaß. Fühlst du dich nicht wohl?«

Sie lächelte. Jetzt konnte sie es ihm sagen. Sie befanden sich auf dem Flug in die Heimat, es bestand nicht mehr die Gefahr, daß er sie allein nach Hause schickte. »Ich fühle mich wunderbar... in Anbetracht der Umstände...« Jetzt wollte sie ihn aufziehen, und er machte ein verwirrtes Gesicht.

»In Anbetracht... wessen?«

»In Anbetracht der Tatsache, daß ich fast im dritten Monat bin.«

»Du bist was?« Wie betäubt starrte er sie an. »Und du hast kein Wort gesagt! Verdammt, du hättest die ganze Zeit im Bett sein sollen.« Keiner hatte die Fehlgeburt vergessen. Doch sie war in Kairo beim Arzt gewesen, der ihr geraten hatte, die Sache nicht zu dramatisieren, und das hatte sie getan. Vorsichtig war sie zwar auch gewesen, aber es konnte keine Rede davon sein, daß sie im Bett blieb, und sie hatte auch jetzt nicht diese Absicht. »Bist du verrückt?« Doch Schock und Zorn wichen reinem Entzücken, als er ihr zärtlich in die Augen sah. »Du hinterlistige kleine Geheimniskrämerin...« Er küßte sie. »Ich liebe dich.« Sanft legte er ihr die Hand auf den Bauch und sah sie glücklich an. »Spürst du ihn schon?«

»Woher willst du wissen, daß es ein Junge wird?« Das erste war ein Junge gewesen, doch daran dachte sie jetzt lieber nicht.

»Molly braucht ein Brüderchen.« Beide lächelten und hielten sich bei der Landung an den Händen. Noch in der Nacht nahmen sie den Zug und fuhren aufs Land auf Lord Hawthornes Landsitz, wo Vi sie mit Sandwiches und heißer Schokolade erwartete. Sie warfen einen Blick zu Molly hinein, Audrey setzte sich auf die Bettkante und strich ihr übers Haar, während ihr die Tränen über die Wangen liefen. Lächelnd blickte sie zu Charles auf. Er beugte sich herab und küßte beide. Es tat gut, wieder daheim zu sein... Und es war noch viel schöner, daß ein Baby unterwegs war.

42

Das Wiedersehen und Zusammensein mit Molly, mit Vi und deren Kindern war zu schön, um es durch eine Unterbrechung zu stören, doch Charles bestand darauf, mit der Bahn nach London zu fahren, als er sich wieder einigermaßen kräftig fühlte.

»Warum denn?« fragte Audrey ihn. »Du hast dort nichts zu tun!« Weihnachten war nahe, und Audrey wollte von ihm nicht getrennt sein, nicht einmal für eine Minute, besonders jetzt nicht. Es sah aus, als wolle sie sich die ganze Zeit über an ihn klammern. Daran war ihr Zustand schuld, das war beiden klar. Molly hatten sie noch nichts von dem Baby gesagt, weil sie das Gefühl hatten, es sei zu früh. Sie wollten sicher sein, daß Audrey das Kind behielt, damit Molly nicht enttäuscht würde. »Wohin willst du, Charles?«

»Ich muß etwas Geschäftliches erledigen, das ist alles.« Er wollte ihr nichts sagen, ehe er nicht mit Charlotte gesprochen hatte. In ihrem empfindlichen Zustand wollte er ihr keine Hoffnungen machen, die sich dann womöglich nicht erfüllten. »Vi, bitte paß auf sie auf. Sie soll nichts, aber auch gar nichts unternehmen.«

»Geht in Ordnung.« Violet hatte das alles schon einmal mit Audrey durchgemacht und wollte alles tun, um zu verhindern, daß es erneut zu einer Katastrophe kam. Sie drohte ihrer Freundin scherzhaft mit dem Finger, und Audrey, die gern gewußt hätte, was Charles vorhatte, lachte dazu. Am Nachmittag waren beide sehr beschäftigt und dadurch abgelenkt.

Charlie überlegte sich im Zug sitzend, was er Charlotte sagen wollte. Die Bahnfahrt bedeutete für ihn noch eine ziemliche Strapaze, doch wäre er über heiße Kohlen gegangen, um an sein Ziel zu kommen.

Fünf vor vier traf der Zug in London ein. Auf seinen Krücken humpelte Charles vor den Bahnhof und winkte ein Taxi herbei. Er gab dem Fahrer die Adresse seines Verlegers an und setzte sich in den Fond. Er war nervös, und im Moment empfand er nicht einmal mehr den Wundschmerz, weil er mit den Gedanken schon bei seinem Vorhaben war. Er bedankte sich beim Fahrer mit einem saftigen Trinkgeld, ehe er ins Haus eilte, so schnell es ihm möglich war. In dem vertrauten Büro angelangt, blieb er vor dem Schreibtisch der Sekretärin stehen. Seiner Ansicht nach war es am besten, Charlotte ohne Voranmeldung zu überrumpeln. Das Mädchen, das noch neu hier war, sah zu ihm auf. Das Gesicht kam ihr bekannt vor, doch erkannte sie ihn nicht und bat ihn um seinen Namen, als er nach Charlotte fragte.

»Sagen Sie ihr bitte, ihr Mann möchte sie sprechen.« Er lächelte das Mädchen, das ihn überrascht anstarrte, überaus liebenswürdig an. Kein Mensch hatte ihr gesagt, daß Mrs. Parker-Scott einen Ehemann hatte. Sie hatte angenommen, ihre Chefin sei verwitwet oder geschieden. Jetzt lief sie in Charlottes Büro, um ihr zu sagen, daß ihr gutaussehender Mann von der Front zurückgekommen wäre. Sie war ganz aufgeregt, daß sie eine so gute Nachricht überbringen durfte, eine Nachricht, die Charlotte jedoch längst nicht so erfreulich fand. Die Sekretärin kam mit hochrotem Kopf wieder und erklärte, Mrs. Parker-Scott sei beschäftigt. Er möge so gut sein und sie wegen eines Termines anrufen. »Natürlich.« Lächelnd ging er auf die Tür von Charlottes Büro zu, verfolgt vom fassungslosen Blick des Mädchens.

»Nein... das können Sie nicht...«

»Das geht schon in Ordnung.« Leise schloß er die Tür hinter sich und blieb stehen, den Blick auf Charlotte gerichtet.

»Hallo, Charles.« Sie saß kühl an ihrem Schreibtisch. Ihr erster Blick galt seinen Krücken, der zweite seinem Gesicht. »Verwundet?«

»Pech für dich. Nur leicht.«

»Ich habe dir nie etwas Böses gewünscht.« Sie sah so wohlfrisiert und gepflegt aus wie immer.

»Ich bin nicht sicher, ob ich in diesem Punkt mit dir übereinstimme.« Er kam näher und ließ sich unbeholfen ihr gegenüber nieder, ohne auch nur eine Sekunde den Blick von ihr zu wenden. »Ich bin gekommen, um geschäftlich mit dir zu reden.«

Verärgert zog sie die Schultern hoch. »Das wird vergeblich sein, wenn es sich um das handelt, was ich vermute. Oder möchtest du mit mir über deine Bücher sprechen?«

»Wohl kaum. Wie du weißt, kann ich das mit deinem Vater abmachen. Nein, ich dachte, wir könnten uns über unsere Scheidung unterhalten.«

»Charles, du kannst dir jedes Wort sparen. Es wird keine Scheidung geben.«

»Nein?« Er lächelte boshaft. »Charlotte, haben denn deine Freundinnen nichts dagegen einzuwenden? Ich könnte mir denken, daß es ihnen gar nicht paßt, daß du verheiratet bist.«

In ihren Augen flackerte Argwohn auf. »Was haben meine Freundinnen mit der Sache zu tun?«

»Das weiß ich doch nicht. Es wäre an dir, es mir zu erklären. Ehrlich gesagt, ich finde es ungemein interessant, daß du so eifrig darauf bedacht bist, deine Neigungen mit dem Mäntelchen der ehrenwerten verheirateten Frau zuzudecken.« Am liebsten hätte er laut gelacht, wagte es aber nicht. Charlotte sah aus, als müßte sie ersticken, als sie sich halb erhob und wieder fallen ließ, wobei sie erst erbleichte und dann hochrot anlief.

»Wie kannst du es wagen, so etwas zu behaupten! Wie kannst du es nur wagen! Du und diese gräßliche Person, mit der du zusammenlebst, wie könnt ihr es wagen, mich so zu besudeln...« Doch man merkte ihr an, daß sie nervös war.

»Was heißt besudeln?« Charles behielt seine Ruhe. »Ich halte das Ganze für gar nicht so schockierend. Mich wundert nur, daß du nicht aufrichtiger bist. Aber Aufrichtigkeit war ja wohl nie deine starke Seite, meine Liebe.«

»Hinaus aus meinem Büro!« Charlotte sprang auf und wies mit ausgestrecktem Arm zur Tür. Charles rührte sich nicht.

»Liebe Charlotte, ich werde nirgendwohin gehen, ehe wir diese Angelegenheit nicht geregelt haben.«

»Du hast keinen Beweis...« Ihre Unsicherheit wuchs jedoch, so daß er zum letzten Schlag ausholte, mit einer Lüge, die größer war als alle ihre Lügen.

»Leider habe ich Beweise. Ich ließ dich das ganze vergangene Jahr beschatten und... na ja, den Rest kannst du dir denken...« Er sah ihr in die stahlharten Augen. Sie griff quer über den Schreibtisch, doch er wich ihr aus und erfaßte ihren Arm.

»Du Schwein!« Charlotte brach in Tränen aus, doch Charles empfand kein Mitleid.

»Charlotte, warum kommen wir nicht zur Sache. Mir macht das alles ebensowenig Vergnügen wie dir. Ich möchte die Scheidung, und zwar jetzt.«

»Warum?«

»Das geht dich absolut nichts an. Du hast viel zu verlieren, und wenn du nicht einverstanden sein solltest, werde ich deinen Vater ins Vertrauen ziehen. Ich werde ihm zeigen, welches Beweismaterial über dich vorliegt.« Sie wurde blaß. »Und dann werde ich es in ganz London verbreiten.«

»Das ist Verleumdung!«

»Nur wenn es nicht wahr wäre... aber es stimmt ja!« Plötzlich fiel sie in sich zusammen wie ein angestochener Ballon. Haßerfüllt starrte sie Charles an.

»Du elender Dreckskerl, du...« Sie stockte, und er schüttelte den Kopf.

»Ich habe mich sehr kameradschaftlich verhalten und das seit Jahren, aber jetzt ist das Spiel aus, Charlotte!« Er stand auf, rückte die Krücken zurecht und blickte eiskalt auf sie hinunter. »Ist jetzt alles klar? Kann ich meinen Anwälten sagen, daß sie sich mit dir in Verbindung setzen können?«

»Ich werde es mir überlegen.« Sie bluffte nur, wie beide wußten.

»Bis morgen lasse ich dir Zeit. Dann werde ich deinen Vater besuchen... mit meinem Beweismaterial.«

»Raus jetzt!« Charlotte zitterte am ganzen Körper. Er neigte nur mit grimmigem Lächeln den Kopf. »Mit Vergnügen.«

Im Hinausgehen nickte Charles der Sekretärin kurz zu und kehrte dann in sein eigenes leeres Haus zurück, das er seit vielen Monaten nicht mehr gesehen hatte. An jenem Abend rief er Audrey an und versprach, am folgenden Nachmittag zurück zu sein. In der Nacht schlief er gut, bis die Sirenen aufheulten. Im Moment waren die Luftangriffe besonders schlimm, und er hatte gehört, daß etliche Häuserblocks zerstört worden waren und die Zahl der Todesopfer sehr hoch sei. In sein Haus zurückgekehrt, fand er einige zerbrochene Scheiben vor. Er vernagelte die Fenster, nahm ein Bad und zog sich um, ehe er wieder zu Charlotte ging.

Dieselbe Sekretärin saß da. Sie sah aus wie am Boden zerstört und blickte ihn erschrocken an, als sie ihn erkannte. Charlotte mußte ihr Gott weiß was erzählt haben. Inzwischen kannte er alle ihre Ränke.

»Mrs. Parker-Scott erwartet mich.« Das war nur die halbe Wahrheit. Das Mädchen schüttelte sichtlich erschüttert den Kopf.

»Sie kann Sie nicht empfangen.«

»Doch, sie kann.« Er ging zur Tür wie am Tag zuvor, aber das Mädchen kam ihm nachgelaufen.

»Sie können nicht hinein, Mr. Beardsley ist drinnen...«

»Das geht in Ordnung. Er ist mein Schwiegervater.« Charles sah sie mit strahlendem Lächeln an und öffnete die Tür, um sodann rasch hineinzuhumpeln. Er wußte, daß die Anwesenheit ihres Vaters Charlotte so nervös machen würde, daß sie gewiß mit allem einverstanden war. Unter einem Arm trug er eine Aktenmappe, in der sie die Beweise vermuten sollte.

Charles war auf die Szene, die ihn in Charlottes Büro erwartete, in keiner Weise vorbereitet. Charlotte war nicht da. Hinter dem Schreibtisch saß der alte Beardsley, den Kopf in die Hände gestützt. Charles fragte sich, ob sie ihm alles gesagt hatte, aus Angst, ihr Vater würde es von ihm erfahren. Als der Alte aufblickte, lag in seinen Augen abgrundtiefer Schmerz. Einen Moment lang empfand Charles Mitleid mit ihm.

»Guten Tag.« Charles wußte nicht, was er sagen sollte, als ihre Blicke aufeinandertrafen. Der alte Mann nickte.

»Ich wußte nicht, daß du einen Termin bei Charlotte hattest.« Beardsley warf einen Blick auf den Terminkalender, als ob das etwas ausgemacht hätte. »Alle anderen habe ich verständigen lassen.«

»Ist sie krank?« fragte Charles verwundert.

»Soll das heißen, daß du es nicht weißt?« Beardsley schüttelte wie benommen den Kopf. »Sie wurde beim gestrigen Angriff getötet. Ihr verdammter Hund lief aus dem Haus, und als sie ihn suchte, hat es sie erwischt.« Er fing zu weinen an, und jetzt bedauerte Charles ihn aufrichtig. Mochte Charlotte sich zu Charles schrecklich benommen haben, für ihren Vater war sie alles gewesen. »Sie wurde sofort ins Krankenhaus gebracht, aber ...« Er sah Charlie mitleiderregend an. »Heute morgen ist sie gestorben.«

»Das tut mir sehr leid.«

Beardsley nickte. »Was wolltest du von ihr? Ich dachte, ihr beide sprecht kein Wort mehr miteinander.«

»Es ist jetzt unwichtig geworden.« Plötzlich war es ihm peinlich ... »Ach, es ist nichts«, ich wollte nur deine Tochter erpressen, vollendete er den Satz im stillen. Er kam sich dreckig vor und wollte schleunigst weg. Er hatte es kaum erwarten können, von ihr endgültig loszukommen, und nun kam ihm alles so erbärmlich und im Grunde kleinlich vor. Er empfand für Charlotte schon lange nichts mehr, doch früher einmal, da hatte er sie gemocht, vor langer Zeit, und diese Erinnerung kam jetzt wieder. »Es tut mir sehr leid. Kann ich etwas für dich tun?«

Beardsley schüttelte den Kopf. Er sah Charles nachdenklich an, auf seinen Wangen glänzten Tränen. »Mir war nie klar, was mit euch passierte. Zuerst war ich wütend auf dich, aber sie sagte immer, es wäre nicht deine Schuld. Sehr anständig von ihr, finde ich.«

»Ja, sehr.« Charles erstickte fast an den Worten, die er dem Alten zuliebe aussprach. »Es war etwas, das nur uns beide anging.« Beardsley nickte. »Laß mich wissen, wenn ich helfen kann. Meine Nummer hat die Sekretärin.« Wieder nickte Beardsley, und Charles ging. Er war totenbleich, als er dem Blick des jungen Mädchens begegnete.

»Ich versuchte es Ihnen zu sagen...«

»Schon gut.« Er kritzelte Lord Hawthornes Telefonnummer auf ein Stück Papier, nahm ein Taxi zum Bahnhof und war bei Einbruch der Dunkelheit wieder auf dem Land. Leise betrat er den großen hochherrschaftlichen Wohnsalon, verwundert, niemanden anzutreffen. Die Bahnfahrt war lang und einsam gewesen, und er hatte seine Gedanken in die Vergangenheit wandern lassen zu der Zeit, als er Charlotte heiratete. Und dann hatte er an ihre Lüge gedacht. Nach den vielen Jahren des Hasses empfand er gegen sie keine Abneigung mehr. Er wollte jetzt nur noch Audrey heiraten. Natürlich tat ihm der alte Beardsley von Herzen leid.

»Charles, bist du es?« Vi kam aus der Bibliothek. Sie hatte eine Schürze umgebunden und trug eine Weihnachtskugel in der Hand. »Die Kinder sind dabei, den Baum zu schmücken. Er wird zauberhaft...« Da bemerkte sie die Müdigkeit in seinen Augen. »Ist etwas?« Sie war ständig in Sorge um James, ständig in Sorge, daß jemand etwas vor ihr über ihn erfuhr. Aber Charlie schüttelte den Kopf.

»Ach, die Fahrt war lang und ermüdend.«

Erleichtert nickte sie und bot ihm Tee an.

»Ja, gern«, sagte er. »Wie geht's Audrey?«

»Wunderbar. Heute hat sie sich sogar nachmittags hingelegt, nachdem ich drohte, daß ich sie sonst bei dir verpetze.« Er folgte

Vi in die Küche, wo Audrey saß. Ein Blick in seine Augen sagte ihr, daß etwas passiert war.

»Was ist?« fragte sie.

»Nichts? Warum?«

»Du siehst müde aus.«

»Ich bin müde.« Er deutete im Hinsetzen auf seine Krücken. »Diese Dinger erleichtern einem das Leben nicht eben.« Beide wußten, daß es Monate dauern würde, bis er ohne sie auskommen konnte. Sein Ischiasnerv war in Mitleidenschaft gezogen worden – der Schmerz würde nicht ewig andauern, hatte es geheißen, doch die Heilung würde sich in die Länge ziehen. In gewisser Hinsicht war Audrey froh darüber. Sie wollte, daß Charles bei ihr blieb, bis das Baby auf der Welt war.

Dennoch sah sie ihn forschend an, als er seinen Tee trank. »Charles, du verschweigst mir etwas?« Sie fürchtete, daß er ihr wieder eine Geheimmission verschwieg, was angesichts seiner Verwundung allerdings unwahrscheinlich war.

Ihre Beharrlichkeit brachte ihn zum Lachen. »Du Mata Hari, du.« Er entschloß sich, es ihr zu sagen. Vi, die mit den Kindern beschäftigt war, würde es später erfahren. »Charlotte kam letzte Nacht ums Leben.«

Momentan schien Audrey wie betäubt. Ihr war die volle Bedeutung seiner Worte gar nicht klar. »Woher weißt du das?«

»Ich habe sie gestern besucht.«

»Warum?«

»Es ging um die Scheidung. Rundheraus gesagt, ich wollte Charlotte erpressen, damit sie in die Scheidung einwilligt. Zu diesem Zweck gab ich vor, ich hätte sie das ganze vergangene Jahr über beschatten lassen.« Jetzt war er alles andere als stolz auf diese Finte, doch wäre sie noch am Leben, wäre dies sein einziger Ausweg aus dieser Ehe gewesen.

»Und was sagte sie?« Audrey fragte es ganz leise, noch immer schockiert von der Nachricht.

»Charlotte war außer sich, aber gegen eine Scheidung hätte sie wohl nichts mehr einwenden können. Sie sagte, sie brauche Bedenkzeit, ein Bluff, wie man sich denken kann, und als ich heute wieder hinging, traf ich ihren Vater an. Er berichtete, daß Charlotte...« Audrey faßte nach seiner Hand. Sie vermutete zu Recht, daß er sich ganz elend fühlte, doch hatte er eigentlich keine andere Wahl gehabt. Erst rückblickend bekam die Sache ein ganz anderes Gesicht. Wer hatte wissen können, daß Charlotte in der Nacht darauf umkommen würde? »Der alte Beardsley war verzweifelt, und ich kam mir vor wie ein Schuft.«

Sie nickte besänftigend. »Charles... du kannst nichts dafür. Bist du deswegen nach London gefahren?«

»Ja.« Er seufzte. »An Charlottes Ende läßt sich nichts ändern, und wie schrecklich es sich auch anhört, so ist es besser. Rascher. Ich möchte dich auf der Stelle heiraten.« Beide lächelten.

»Wäre das anständig?«

»Das fragst du noch? Unter den gegebenen Umständen wäre es lächerlich, wenn ich vorgeben würde, zu trauern. Ich war mit ihr nur kurz zusammen, und sie tat alles, um mich unglücklich zu machen. Ich schulde ihr nicht einen einzigen Tag der Trauer.« Dennoch empfand er so etwas wie Mitgefühl für sie oder zumindest für ihren Vater. Er sah Audrey tief in die Augen. »Möchtest du mich heiraten, Aud?«

»Du weißt, daß ich es möchte.«

»Wann?« Er wollte keinen Augenblick länger warten.

»Jetzt... morgen... nächste Woche, wann du möchtest.« Sie lächelte.

Sie warteten die Heimkehr von James ab und ließen sich am Tag nach Weihnachten trauen. Lord Hawthorne und James fungierten als Trauzeugen, Vi war Ehrendame. Molly spielte Blumenmädchen, und Alexandra und James junior stellten die Hochzeitsgesellschaft dar. Es war eine zauberhafte Hochzeit an einem frischen, kalten, sonnigen Tag. Audrey trug eines von Vis Kleidern, ein traumhaftes weißes Kleid aus einem musselinähnlichen Material. Es war eine Spur zu groß und kaschierte ihr Bäuchlein perfekt. In der Nacht lagen Audrey und Charles Seite an Seite und dachten an den weiten Weg, den sie zurückgelegt hatten, und an ihre Liebe.

Flüsternd lagen sie in der Dunkelheit, und nachdem sie sich geliebt hatten, legte Charles den Arm um sie. Sie sahen ins Mondlicht, dankbar, daß sie nicht den Bombenangriffen in London ausgesetzt waren.

»Ich möchte, daß du hierbleibst, bis das Kind kommt«, sagte Charles.

Besorgt sah sie ihn an.

»Bleibst du nicht auch?«

»Solange es geht. Aber früher oder später wird man mich wieder nach Kairo oder sonstwohin schicken.«

»Dann sag denen doch, daß man damit ein halbes Jahr warten soll.«

»Immer mit der Ruhe. Egal, was kommen mag, ich werde bei der Geburt bei dir sein.« Es war ein Versprechen, und er hoffte, es halten zu können. Er wollte nicht, daß sie noch einmal ohne ihn so viel durchstehen mußte. Wenn sie Glück hatten, würde das Kleine gegen Ende seines Krankenurlaubes kommen. Viel länger wollte er nicht in England bleiben. »Wie wollen wir ihn übrigens nennen?« fragte er in leichterem Ton.

»Wie wär's mit Edward, nach meinem Großvater?«

Das klang nicht übel, und er zog sie an sich. »Das könnte mir gefallen. Und wie wär's mit Anthony nach meinem Großvater? Edward Anthony Parker-Scott.«

»Edward Anthony Charles...« setzte sie mit einem Lächeln hinzu und schlief in seinen Armen ein. Ein wundervolles Gefühl, verheiratet zu sein.

43

Nach Weihnachten plätscherten die Tage dahin, und Audrey fühlte sich wohler als seit Jahren. Sie unternahm ausgedehnte Spaziergänge über Land, und auch Charles schien sich gut zu erholen. Einmal wöchentlich mußte er sich im nächsten Militär-Krankenhaus melden, und man war mit seinen Fortschritten sehr zufrieden. Auch das Baby schien sich gut zu entwickeln, denn Audrey wurde mit jeder Woche dicker, so daß Charles sie im Frühling damit neckte, wie schwerfällig sie sich bewege. In keines ihrer Kleider paßte sie hinein, ein Grund für Charles, Audrey ein- oder zweimal nach London mitzunehmen, damit sie sich ein paar Sachen kaufen konnte, die weit genug waren. Bei diesen Gelegenheiten sahen sie in ihrem und in Violets Haus nach, ob alles in Ordnung war. Natürlich brachten sie für Molly und die anderen Kinder aus London immer etwas mit. Molly war ein reizendes kleines Mädchen geworden und voller Vorfreude auf das Kleine, das im Sommer kommen sollte.

»Wie wird sie kommen, Mami? Wird eine Fee sie im Garten fallen lassen?«

»Also das nun wieder nicht... Daddy und ich müssen ins Krankenhaus, das Baby holen. Und außerdem könnte es ein Junge werden.« Sie selbst sprach von dem Kind stets als ›sie‹, Charlie hingegen war überzeugt, daß es ein Junge würde. »Ein Junge wäre auch sehr nett.«

»Hmmm...« Molly schien unbeeindruckt. »Vielleicht. Muß Daddy zurück in den Krieg, wenn das Baby da ist?« Sie schien sich deshalb große Sorgen zu machen. Audrey nickte und zog sie an sich.

»Ja, mein Liebling, das wird er. So wie Onkel James.«

»Und du auch?«

Audrey schüttelte den Kopf. »Ich bleibe hier bei dir und dem Baby.« Diese Antwort schien für Molly eine Erleichterung zu bedeuten. Sie hatte die Abwesenheit ihrer Eltern zwar gut verkraftet, freute sich aber sehr, wenn diese zu Hause waren. Und Audrey spürte sehr deutlich, wie Alexandra und James der Vater fehlte. Charlie versuchte in die Bresche zu springen, spielte mit ihnen, unternahm mit dem kleinen James Ausfahrten und gab ihm sogar Fahrstunden im Chevrolet-Kombi. Aber nichts kam der Freude gleich, wenn James gelegentlich über ein Wochenende auf Urlaub kam.

Auch über die Osterfeiertage kam er nach Hause, und Vi organisierte ein allgemeines Ostereiersuchen. Sie hatte lustige Sprüche auf die Eier geklebt und Süßigkeiten an den auffallendsten Stellen hinterlegt. Audrey war inzwischen über den sechsten Monat hinaus, und Charles sprach im Scherz davon, sie als Hauptpreis zu verstecken. Sie sei das größte Ei von allen. Er spürte zu gern, wie das Kleine sich bewegte, wenn er die Hand auf ihren Leib legte.

»Bist du sicher, daß es keine Zwillinge gibt?«

»Charlie, das ist gar nicht lustig!« Aber auch Audrey mußte zugeben, daß sie sehr unförmig geworden war, und James zog beide auf, daß sie in diesem ›schockierenden Zustand‹ die Flitterwochen verbrächten. Sie waren alle sehr froh, daß Audrey und Charles doch endlich hatten heiraten können.

Es war eine friedvolle glückliche Zeit, eine Atempause im Krieg. Audrey wurde traurig, als ihr Annabelle schrieb, ihr Mann sei im Pazifik gefallen. Sie setzte sich hin, um ihr einen langen, ernsten Brief zu schreiben, doch nur zwei Wochen später traf Annabelles nächster Brief ein. Sie hatte in San Diego einen Navy-Offizier geheiratet. Audrey war richtig schockiert, denn Annabelle hatte sich in eine Richtung entwickelt, die ihr selbst völlig fremd war. Sie wollte gar nicht daran denken, wie ihre Schwester sich mit den vielen Offizieren in San Franzisko aufführte. Es beunruhigte sie zutiefst, aber Charles riet ihr, sich damit abzufinden, da sie ohnehin nichts ändern konnte. Sie selbst mußte sich eingestehen, daß es viele Jahre her war, seit sie ein Gefühl der Zugehörigkeit zu ihr empfunden hatte. Ihr eigenes Leben spielte sich jetzt hier in England ab, und es kam ihr ziemlich überflüssig vor, auf ihrem halben Besitzrecht an den Häusern in San Franzisko und am Lake Tahoe festzuhalten, die Annabelle mit Audreys voller Billigung bewohnte. Ihr neuer Ehemann war bereits auf See, und Annabelle war mit ihren Kindern in das Haus in der California Street zurückgekehrt.

»Seltsam, wie sehr sich Menschen voneinander unterscheiden können, auch Menschen einer einzigen Familie«, sagte sie nachdenklich zu Charlie, als sie im Gras unter einem großen Baum lagen. Audreys Leib wölbte sich wie ein Hügel über ihr auf, was Charles nicht hinderte, ihr sanft über die kupferne Mähne zu streichen und sie zärtlich anzusehen. Nie war sie ihm schöner erschienen. Hand in Hand gingen sie zum Haus zurück. Als das Telefon läutete, nahm Charles ab, da Vi im Dorf Einkäufe machte. Audrey schnitt eben einen Apfel auf, Lord Hawthorne war mit Vi gefahren, und die Kinder erledigten mit dem Kindermädchen ihre Hausaufgaben.

»Ja?... ja... nein, hier Charles Parker-Scott. Kann ich ihr etwas ausrichten?« Ein langes Schweigen. »Sind Sie sicher?« fragte er mit eigenartigem Unterton. »Ein Irrtum ist ausgeschlossen? Wann wird man es genau wissen? Verstehe... bitte, rufen Sie mich sofort an.« Er legte auf und blieb reglos stehen. Und als er sich zu Audrey umdrehte, standen Tränen in seinen Augen. Er hatte es ihr nicht sagen wollen, doch er konnte es nicht verbergen.

»Charlie, was ist...« Sie wußte es ohnehin. Im Innersten ihres Herzens hatte sie es gewußt, als Charlie die ersten Worte gesprochen hatte. Es ging um James. »Was ist passiert?«

»Nach einem Angriff auf Köln wurde James' Maschine abgeschossen. Er wird vermißt. Man weiß nicht, ob er tot ist oder in Gefangenschaft geriet. Sollte man mehr erfahren, wird man uns verständigen. Einige der Maschinen werden erst zurückerwartet.«

»Steht fest, daß er nicht darunter ist?«

Er schüttelte den Kopf. »Man hat gesehen, wie seine Maschine zu Boden ging.«

»Mein Gott...« Sie ließ sich auf einen Sessel sinken, ihren Leib umfassend.

»Ruhig Blut, Aud.« Er ging und holte ihr ein Glas Wasser, das sie mit zitternden Händen an die Lippen setzte. Beide dachten an Vi. Der zweite Anruf kam nach zwei Stunden, gerade als Vi zur Tür hereinkam, und sie lief wie immer an den Apparat, aber Charles kam ihr zuvor. »Bin schon dran, Vi.« Er drehte ihr den Rücken zu, wie er ihn Audrey beim ersten Anruf zugekehrt hatte. »Hier Parker-Scott.« In Audreys Ohren klang das plötzlich sehr britisch und viel zu offiziell. Sie wollte nicht, daß ihren Freunden etwas zustieß, und sie wußte nicht, was sie zu Vi sagen sollten... es hätte Charles an James' Stelle sein können... sie wollte nicht, daß einem von beiden etwas passierte. Sie mußte sich abwenden, damit Vi ihre Tränen nicht bemerkte. Charlie legte rasch auf und drehte sich mit grimmigem Blick um. Erst sah er Audrey an, dann Vi. »Setzen wir uns lieber.« Violet erstarrte.

»Was ist, Charles. Sag schon!« Sie fragte es mit bebender Stimme, während er sie zu einem Stuhl führte, ehe er zu sprechen anfing.

»Ich werde dir sagen, was ich weiß. James' Maschine wird vermißt. Seine Staffel überflog den besetzten Teil Frankreichs. Über James' weiteres Schicksal ist nichts bekannt. Man muß abwarten, ob er als Kriegsgefangener gemeldet wird oder nicht...« ... oder bis zum Kriegsende, doch das sprach keiner aus. »Die Leute, die ihn niedergehen sahen, behaupten, daß er es geschafft haben könnte.« Violets Stöhnen ließ an körperliche Qualen denken. Sie zitterte am ganzen Leib.

»Ich verstehe. Wann ist es passiert?«

»Heute am frühen Morgen.«

»Müßte man inzwischen nicht schon mehr wissen?«

»Nicht unbedingt. Das kann Wochen, ja Monate dauern. Man muß abwarten... und beten...« Es würde schrecklich sein, es den Kindern beizubringen.

Vi sagte es ihnen selbst. James versuchte, sich wie ein Mann zu benehmen, aber er ging hinaus, um sich in Charles' Armen auszuweinen, während die Frauen mit Alexandra und Molly zusammensaßen. Vi hielt ihr Töchterchen auf dem Schoß, und Audrey hielt Molly, und sie sprachen von Gott... wie gut er sei und wie lieb er ihren Daddy hätte. Molly sah mit riesiggroßen Augen in die Runde.

»Wird Onkel James nun meine andere Mami und meinen anderen Daddy treffen?« Sie wußte, daß sie eigentlich aus China stammte und andere Eltern hatte, und Audrey drückte sie an sich vom Kummer überwältigt.

»Vielleicht, mein Schatz. Vielleicht kommt er aber wieder nach Hause.« Vielleicht aber auch nicht. Die Ungewißheit war das Schlimmste.

Nachdem die Kinder zu Bett gegangen waren, saß Violet da und starrte mit dem Ausdruck völliger Verzweiflung ins Feuer. Den Kindern zu eröffnen, daß ihr Vater vielleicht nicht mehr am Leben sei, war das Schwerste, was sie je unternommen hatte. Audrey griff nach ihrer Hand. Seite an Seite saßen sie vor dem Feuer, hielten einander an der Hand und sprachen von James.

»Ich glaube noch immer daran, daß er nach Hause kommt. Klingt das nicht schrecklich albern?« Beide ließen ihren Tränen freien Lauf, und Audrey gestand, daß sie sich auch an diese Hoffnung klammerte. »Vielleicht wird das ›Freie Frankreich‹ ihm helfen. Er spricht fließend französisch...« Sie redete nicht weiter, sondern stand auf und brachte Lord Hawthorne einen Brandy hinauf. Er hatte sich in sein Arbeitszimmer zurückgezogen, zu stolz, um mit den anderen zu weinen. Charles wußte, wie schwer ihn dieser Schlag getroffen haben mußte.

Es wurde Mitternacht, ehe sie alle zu Bett gingen. Die ganze Nacht warteten sie auf ein Schrillen des Telefons, auf Nachricht von James... daß er zurückgekommen sei... daß alles ein Irrtum sei... doch in jener Nacht schwieg das Telefon.

44

Die letzten Tage der Schwangerschaft waren für Audrey die reinste Tortur. Charles war unterdessen fast vollständig hergestellt und ließ Anzeichen seiner alten Unruhe erkennen. Seit James vermißt wurde, war sein Drang, zurück an die Front zu gehen und etwas Nützliches zu tun, noch stärker geworden. Violet schien viel gereizter als zuvor, obwohl sie in stillen Augenblicken gestand, daß sie das Gefühl hatte, James sei noch am Leben, und die Hoffnung nie aufgeben würde, ehe ihr niemand mit Sicherheit sagen konnte, ihr Mann sei gefallen. Doch mit jedem vergehenden Tag schien es weniger wahrscheinlich, daß er den Absturz überlebt hatte.

Die Kinder gewöhnten sich allmählich an die Realität, nicht so gut vielleicht, wie es der Fall gewesen wäre, wenn Violet ihnen mit Sicherheit hätte sagen können, ihr Vater sei tot. Es war schwierig, so zu tun, als sei er nur vorübergehend aus ihrem Leben geschieden. James fehlte allen sehr, besonders Vi und den Kindern.

Audrey war mittlerweile so unförmig geworden, daß sie sich kaum noch rühren konnte, und um die Sache noch schlimmer zu machen, gab es im Juni eine Hitzewelle. Sie fühlte sich wie ein Gebirge auf Beinen und bekam in der Nacht kaum mehr Luft. Das Baby trat und drückte so heftig, daß sie sich kaum bewegen konnte. Sie hatte das Gefühl, von innen geschlagen zu werden, so zumindest erklärte sie Charlie ihre Empfindungen, und zwei Wochen nach dem errechneten Geburtstermin im Juli wartete sie noch immer. Der Arzt behauptete zwar, das wäre nicht weiter ungewöhnlich, und riet ihr zu langen Spaziergängen und zu viel

Schlaf – beides war für sie nahezu unmöglich wegen ihres Umfangs. Doch Charles und Vi zwangen sie, hinauszugehen und sich regelmäßig Bewegung zu verschaffen. Siebzehn Tage nach dem Termin schleppten sie Audrey durch das sanft hügelige Gelände, und sie beklagte sich laut, während die beiden sie antrieben. Gemeinsam lachten sie über ihren enormen Umfang. Die bevorstehende Ankunft des Babys war das einzige Gegengewicht gegen die Sorgen um James' Schicksal.

»Hört ihr, ich denke nicht daran, auch nur noch einen einzigen Schritt zu gehen, verstanden? Sonst müßt ihr mich zurücktragen! Zuerst drängt ihr mir ein gewaltiges Mittagessen auf, dann treibt ihr mich auf eine Wanderung über fünfzig Meilen!« Sie lachten, und Audrey setzte sich auf einen Felsblock und weigerte sich weiterzugehen. »So, das wär's! Nach Hause müßt ihr mich mit einem Laster schaffen.« Sie sah zu Charles auf, der sie auslachte.

»Das müßte aber ein ordentlich großer Laster sein...« Das sagte er wie in Gedanken, und sie holte scherzhaft gegen ihn aus. Zu Hause angekommen, war sie total erschöpft, dazu kamen heftige Rückenschmerzen. Vi bot ihr eine Wärmflasche an, als sie sich darüber beklagte. Sodann erwähnte Audrey, sie habe das Gefühl, sie hätte die Grippe.

»Warum?« Vi sah sie argwöhnisch an.

»Den ganzen Tag schon habe ich ein flaues Gefühl im Magen... und mein Rücken macht mich noch wahnsinnig.«

»Wirklich?« Violet lächelte triumphierend und eröffnete Charles wenig später, ihrer Vermutung nach würde sein Sohn ziemlich bald seinen ersten Schrei ertönen lassen.

»Du glaubst... es ist soweit?« Er erschrak. »Hat es schon angefangen?«

»Nein, nein...« Vi lächelte beruhigend, doch ihre Augen lächelten nicht mit... ohne James nicht mehr... »Ich erkenne nur einige Warnsignale.«

»Wird auch Zeit.« Er schien erleichtert, erlebte aber einen großen Schrecken, als Audrey sich am Abend daran machte, im Kinderzimmer herumzukramen, anstatt ins Bett zu gehen. Sie behauptete, sie hätte nicht alles, was sie brauchte, und ging erst um eins ins Bett, als er schon schlief. Doch sie hielt es im Bett nicht aus, stand wieder auf und schleppte sich durch den Raum. Die Rückenschmerzen waren schlimmer als den ganzen Tag über, dazu kamen kleine nagende Schmerzen an allen Ecken und Enden. Sie entschloß sich, ein warmes Bad zu nehmen, aber auch das half nichts, und dann, ganz plötzlich, als sie in der Wanne saß, überfiel sie eine heftige Wehe, die ihr den Atem nahm. Sie hatte erwartet, daß es, wie in den Büchern beschrieben, ganz leicht anfangen würde, aber diese Wehe war fast unerträglich. Kaum war die Wehe vergangen, fragte sie sich, ob sie sich den Schmerz nicht eingebildet hatte. Sie fühlte sich wieder besser, entspannte sich im Wasser und wollte eben aus der Wanne steigen, als sie wieder von einer Wehe erfaßt wurde. Sie mußte an den Armaturen Halt suchen, um nicht das Gleichgewicht zu verlieren. Danach trocknete sie sich rasch ab und wollte Charles Bescheid sagen, als das Fruchtwasser abging. Panik drohte sie zu überwältigen. Das alles hätte nicht so rasch gehen sollen. Es hätte sich planmäßig und ruhig steigern sollen bis zu dem Höhepunkt, der darin bestand, daß sie ein Kind in den Armen hielt. Doch was jetzt mit ihr passierte, jagte ihr Furcht ein, und sie versuchte, nicht an die panische Angst zu denken, die sie bei der Fehlgeburt erfaßt hatte.

Sie weckte Charles, als sie dazu imstande war. Es war vier Uhr vorbei, und er rekelte sich zuerst schlaftrunken, um sodann plötzlich erschrocken aufzufahren.

»Ich glaube, es ist soweit.« Freudig bewegt war sie nicht. Sie wirkte vielmehr total verängstigt und streckte eine Hand nach ihm aus. »Charlie... ich fürchte mich...«

»Keine Angst.« Er setzte sich auf und lächelte ihr zu. »Alles wird gut, mein Schatz. Ich ziehe mich rasch an. Du bleibst schön hier sitzen, und dann helfe ich dir beim Anziehen.« Aber noch ehe er eine Bewegung machen konnte, kam wieder eine Wehe, und Audrey klammerte sich an ihn, versuchte den Atem anzuhalten und gleichzeitig den Schmerz niederzukämpfen. Er war schokkiert, als er sah, wie sie leiden mußte. »Wie lange geht das schon so?« Er wunderte sich, daß sie ihn nicht früher geweckt hatte.

»Solche Wehen waren noch nicht viele... aber die sind... o Gott...« Er half ihr zurück ins Bett. Langsam begann er sich Sorgen zu machen...

»Ich rufe den Arzt.«

»Laß mich nicht allein...« Wieder kämpfte Audrey mit einer Wehe. Es war unglaublich. Sie hatte bereits Preßwehen, obwohl alles erst vor einer halben Stunde begonnen hatte.

»Laß mich nur rasch den Arzt anrufen. Ich bin gleich wieder da.« Auf dem Weg zum Telefon klopfte er bei Vi an, um ihr zu sagen, was los war. Der Arzt meldete sich verschlafen. Er würde sich mit ihnen im Krankenhaus treffen, sagte er. Er schien ganz ruhig, und Charlie beneidete ihn um seine Gelassenheit, als er zurück ins Zimmer lief. Audrey hielt Vis Hände umklammert, im Bett mit weit gespreizten Beinen sitzend, gegen die Wehen kämpfend. Charlie warf einen Blick auf sie und sagte dann zu Violet: »Wir müssen sie ins Krankenhaus schaffen.« Vi war da nicht so sicher, sie sagte aber nichts, als Charlie mit Hose, Hemd und Socken im Bad verschwand und dann korrekt angekleidet wieder auftauchte, um Audrey wegzubringen. Er schlüpfte rasch in seine Schuhe. »Ich starte schon mal den Wagen.« Aber Audrey schüttelte den Kopf und gestikulierte heftig, so daß er es nicht übers Herz brachte, sie allein zu lassen. Sie sah so verängstigt aus und litt so große Schmerzen. »Ich werde mich beeilen, das verspreche ich...«

»Nein... geh nicht... ich kann nicht fahren...«

Vi wollte ihn nicht beunruhigen. »Ich glaube, es ist vielleicht schon zu spät. Ruf den Arzt noch mal an und sag ihm, was los ist. Vielleicht könnte er herkommen.«

»Er soll Audrey zu Hause entbinden?« Charles war entsetzt. Was, wenn etwas schiefging? Er wollte, daß Audrey ins Krankenhaus kam, doch etwas in Vis Blick sagte ihm, er solle auf sie hören. Nur eine Stunde nach Einsetzen der Wehen fing Audrey zu schreien an. Dieser Schrei jagte Charles Entsetzen ein. Er lief zurück ans Telefon und erreichte den Arzt eben noch, als dieser aus dem Haus gehen wollte. Er war mit Vi einer Meinung und erklärte sich sofort bereit, nach Hawthorne House zu fahren. Es verging keine Viertelstunde bis zu seinem Eintreffen. Inzwischen glänzte Audreys Gesicht vor Schweiß, und sie umklammerte Charles' Hand, völlig außer Kontrolle, hysterisch vor Schmerzen, während der Kopf des Kindes nach unten drängte. Plötzlich fing sie an, sich wie in Krämpfen zu schütteln. Lautlos trat der Arzt ein, warf einen Blick auf sie, kam näher und sah ihr mit strengem Blick in die Augen. Als er sie ansprach, war sein Ton bestimmt, aber nicht schroff. »Hören Sie zu. Das Kind wird gleich da sein. Hören Sie! Holen Sie ganz tief Atem...« Er beobachtete ihre Augen, in denen sich die Angst vor der kommenden Wehe spiegelte. »Jetzt! Atmen... Atmen! Hecheln... hecheln, wie ein Hund... ja, genau!« Er schrie sie an, und Charles sah zu. Audrey befolgte die Anweisungen, und als die Wehe verebbte, wirkte sie zufrieden mit sich. Der Arzt riet ihr, wieder Atem zu holen und dann die Augen zu schließen. Als er unter seinen leicht auf ihrem Leib liegenden Händen den Beginn der nächsten Kontraktion spürte, gab er ihr dieselben Anweisungen. Sie hatte ihre Fassung wiedergewonnen, während Charles neben ihr stand und sie beobachtete. »Audrey, ich werde Sie jetzt untersuchen«, bereitete der Arzt sie vor und wies sie an, wieder zu hecheln. Charles bat er, ihre Schultern zu umfassen. Doch diesmal verlor sie unter dem Schmerz der Untersuchung wieder die Kontrolle. »Es dauert nicht mehr lange«, bemerkte der Arzt halblaut zu Charles. Einmal verlor sie noch die Fassung, und die letzten fünf Minuten tat sie nichts anderes als hecheln, pressen und schreien, doch dann rückte der Arzt noch näher, und am Ende ihres schrecklichsten Schreies knurrte er befriedigt und warf nur einen kurzen Blick zu Charles hin, dem die Tränen über die Wangen liefen. Der Kopf des Kindes wurde sichtbar, das Kleine stieß einen Klageton aus. Audrey starrte Charles verblüfft an, der überrascht den Blick auf das Baby zwischen ihren Beinen richtete.

»O Gott... Liebling... er ist da... er ist wunderschön.« Charlie war überwältigt, als der Arzt die kräftigen kleinen Schultern drehte und das ganze Kind auf die Welt beförderte. Sekunden später lag das Kleine auf dem Bauch seiner Mutter und sah sie an. Die glücklichen Eltern weinten, und Charlie berührte ganz zart den Sohn, den er sich so lange gewünscht hatte. Und dann lachten und weinten sie, gemeinsam mit Vi. Etwas Schöneres hatte Vi niemals erlebt. Und das sagte sie dem Arzt, der sich mit erfreuter Miene aufrichtete.

»Eine neue Methode... für eine uralte Kunst.« Er lächelte

Audrey und ihrem Neugeborenen zu. »Mrs. Parker-Scott, Sie haben sich prachtvoll gehalten. Dr. Dick-Read wäre sehr stolz auf Sie.« Er wendete dessen Methode mit großem Erfolg an, und Audrey hatte nie strahlender ausgesehen, als in dem Augenblick, als Charlie ihr half, das Kind an die Brust zu legen.

Eine Stunde später lag sie gewaschen und frisiert in ihrem Bett, hielt das Kind im Arm, und Charlie saß neben ihr und betrachtete das Wunder, das geboren worden war. Der Kleine hatte weiches rötliches Haar wie Audrey und dazu große Augen, alles in allem sah er aber eher Charles ähnlich. Die Szene war so traulich und intim, daß Vi die drei allein ließ. Sie fand den Anblick fast unerträglich... seit James... fast schämte sie sich, weil sie so glücklich für ihre Freunde war. Es war sechs Uhr morgens, die Sonne war gerade für einen herrlichen blaugoldenen Julitag aufgegangen, und die Vögel fingen in den Baumkronen zu zwitschern an.

Vi trat vor die Küchentür und sah dem Arzt nach, der losfuhr. Da bemerkte sie einen anderen Wagen die Auffahrt entlangrollen, eine alte zerbeulte Kiste, die sie nie zuvor gesehen hatte. Ein Mann saß am Steuer. Verwundert blickte sie genauer hin, da sie sich nicht denken konnte, wer... und plötzlich drohte ihr Herz auszusetzen... es war unmöglich... konnte nicht sein... Sie stieß einen Schrei aus, den Audrey und Charles hörten... Charles lief eilig hinunter, um nachzusehen, was los war. Er sah die offene Küchentür, sah Vi draußen wie angewurzelt stehen, die Hand vor dem Mund, als James ausstieg und dastand und von ihrer Schönheit geblendet war... die Frau, von der er drei Monate lang geträumt hatte, während er sich mit Hilfe der Résistance durch ganz Frankreich durchschlug... Plötzlich stand sie vor ihm, während er in Tränen ausbrach und langsam auf sie zugehinkt kam. James hatte einen Arm verloren, doch das kümmerte keinen, Hauptsache, er war noch am Leben... noch am Leben! Charlie drehte sich weg. Er lief zu Audrey zurück, und sie sah seinem gerührten und erstaunten Gesicht an, daß noch etwas passiert war. Sie saß aufrecht im Bett und fragte: »Was ist?«

Ihm fehlten die Worte, und er fing zu schluchzen an... beide waren am gleichen Tag gekommen, nur Minuten voneinander getrennt, sein Sohn, und sein ältester, bester Freund... »James ist gekommen.« Da ließ Audrey sich in ihr Kissen zurücksinken, das Baby an sich gedrückt, und brach in Tränen aus. Ihre Gebete waren erhört worden, Vi hatte also die ganze Zeit über doch recht gehabt. James hatte es überlebt, und jetzt war er heimgekehrt.

»Gott sei Dank.« Sie faßte nach Charlies Hand. Da saßen sie nun, dankbar für das Glück, das ihnen zuteil geworden war.

Es verging einige Zeit, bis James hereinkam und sie besuchte, Worte konnten nicht ausdrücken, was sie empfanden. Es gab Lachen und Weinen, wenig später jubelten und schrien die Kinder und vergossen ebenfalls Tränen. James und Alexandra bestürmten ihn, Molly umtanzte ihn und bewunderte das Brüderchen, das endlich gekommen war. Es war ein Tag, den keiner von ihnen je vergessen würde. Charles und Audrey einigten sich überglücklich, ihrem Erstgeborenen noch einen zusätzlichen Namen zu geben. Er sollte James Edward Anthony Charles Parker-Scott heißen... ein bildhübsches Baby.

45

Es dauerte noch einen ganzen Monat, bis Charlie sich völlig von seiner Verwundung erholt hatte. Dann aber meldete er sich sofort wieder beim Innenministerium. Seine Verletzung machte ihm zwar noch ab und an zu schaffen, doch nicht so sehr, daß er es zu Hause ausgehalten hätte. Er war jetzt lange genug in England, fast acht Monate, und er konnte es kaum erwarten, wieder aktiv zu werden, da man eine interessante neue Aufgabe für ihn hatte. Er sollte wieder nach Nordafrika gehen, diesmal nach Casablanca. Dort gab es für ihn einiges zu tun, und Audrey verspürte fast so etwas wie Neid, als er Abschied nahm... und sie fühlte sich sehr einsam ohne ihn. Seine Tätigkeit war sehr wichtig, wie sie wußte, denn er hatte sich ihr anvertraut, ehe er ging. Er sollte wieder als Kriegsberichterstatter auftreten, in Wahrheit aber war er in geheimer Mission für die ›Operation Torch‹ tätig, wie das Unternehmen hieß. Es handelte sich um eine britisch-amerikanische Aktion, bei der es um die für kommenden Herbst geplante Landung der Alliierten in Nordafrika ging. Das

Kräfteverhältnis im Mittelmeerraum sollte damit entscheidend verschoben werden. Es war genau das, was Charlie sich gewünscht hatte. Mit leuchtenden Augen hatte er Audrey dies alles erklärt. Für später war sogar seine Teilnahme an den Begegnungen mit Eisenhower vorgesehen. Aber vorerst war sein Ziel Casablanca, wo er vor der Landung Informationen sammeln sollte.

In Casablanca war die Situation ganz anders als in Ägypten, da die Stadt nicht unter der Oberhoheit der Alliierten stand. Auf dem Papier waren Casablanca, Algier und Oran in der Hand der Vichy-Regierung, doch fand dort in Wirklichkeit ein ständiges Kräftemessen statt. Anwesend waren ferner auch die Deutschen, wenn auch nicht offiziell, daneben das ›Freie Frankreich‹, die Briten und die Amerikaner. Und jeder verkaufte Informationen an jeden, alle klauten und schacherten mit Waren aller Art, von Maultieren angefangen bis zu Drogen. Es herrschten Verhältnisse, bei denen man auf alles gefaßt sein mußte. Das Beste daran war, daß die Deutschen im Osten alle Hände voll zu tun hatten und hier den Dingen ihren Lauf lassen mußten. Deswegen war die Wahrscheinlichkeit sehr groß, daß es mit der Landung klappen würde.

Trotz des leisen Anflugs von Neid sah Audrey ein, daß ihr Platz jetzt bei dem Baby zu Hause war, außerdem war es nur recht und billig, daß sie Vi entlastete und ihr damit mehr gemeinsame Zeit mit James verschaffte nach allem, was Vi für sie getan hatte. In nächster Zeit wurden die Rollen getauscht. Audrey übernahm meist alle vier Kinder, während James und Vi über Land fuhren, lange Spaziergänge machten und jeden Augenblick genossen, seitdem er praktisch von den Toten auferstanden war. Und Audrey las ihnen sämtliche Briefe von Charlie vor. Die Berichte über Casablanca hörten sich faszinierend an, und aus seinen Schreiben ging hervor, daß er dort sehr zufrieden war.

Seinen Schilderungen nach schien die Stadt zu brodeln vor Menschen, vor Intrigen, Verwirrspielen und Dekadenz, und Audrey fühlte sich merkwürdigerweise an Schanghai erinnert. Das alles war so ganz anders als das geordnete Leben in Kairo, doch lag Casablanca viel näher. Wollte man Charles glauben, war es drekkig und sehr heiß. Allein seine Schilderung des Hotelzimmers rief bei Audrey eine Gänsehaut hervor. Aber das Wichtigste war, daß die Landung der alliierten Truppen in Nordafrika zu einem Gutteil von seiner Tätigkeit abhing. In seinen Briefen durfte er sich nicht offen darüber äußern, so daß Audrey vor Neugierde fast verging.

Sie wußte nur, daß das ›Freie Frankreich‹ sich dort feste Positionen geschaffen hatte, obwohl offiziell die Vichy-Regierung an der Macht war, ein Umstand, der niemanden zu kümmern schien. Die Vertreter der Regierungsgewalt waren entweder ständig betrunken oder trieben sich in Bordellen herum, ohne sich darum zu kümmern, was sich tagtäglich vor ihrer Nase abspielte. Niemand schien etwas daran zu finden, daß Italiener, Deutsche, Briten und Amerikaner sich offen zeigten. Charlie schrieb einige interessante Berichte von dort und schickte Audrey Fotos von Zigaretten verkaufenden Kindern, von Dirnen an Straßenecken, von lüstern grinsenden Soldaten. Es war ein Potpourri der Menschheit, das sich faszinierend ausnahm, wenn es einem gelang, Dreck und Korruption zu übersehen. Charles hatte auch in Oran, Rabat und Algier zu tun, doch Casablanca war die Achse, um die sich alles drehte.

Von September bis November durchpflügten die Landungstruppen das Mittelmeer. Die Deutschen wußten von ihrem Vorhandensein, waren sich jedoch über deren Ziel nicht im klaren. Ihre eigenen Truppen waren immer noch in Ägypten und Libyen gebunden.

Für alle war es eine Überraschung, als die Alliierten am siebten und achten November 1942 gleichzeitig erfolgreich in Casablanca, Oran und Algier landeten. Es gab ein paar kurze Gefechte zwischen den Briten und den Garnisonen der Vichy-Regierung, doch die Briten machten kurzen Prozeß, und die Truppen Eisenhowers stießen rasch nach. Und dann verlief das Leben in der Stadt wie zuvor, wenn nicht noch betriebsamer. Casablanca schäumte über vor Aktivität, vor Geheimnissen und Intrigen zwischen den verschiedenen dort zusammengedrängten Parteien und wurde zu einer Durchgangsstation für die Leute des ›Freien Frankreich‹ und zur Informationsschaltstelle der Résistance.

Im Januar trafen Churchill, Roosevelt und die Generäle Giraud und de Gaulle zu einer bejubelten Konferenz in Casablanca ein. Im Anschluß daran erhielt Eisenhower den Oberbefehl über die alliierte Streitmacht in Nordafrika. Kurz darauf fiel Tripolis in die Hand der Briten. Und von diesem Zeitpunkt an lieferte Charlie seine Berichte direkt an die Amerikaner. Das erklärte er Audrey ausführlich in einem Brief, und sie sprach mit Vi und James darüber. Von nun an war es ihr einziges Thema – Charlie und seine Mission in Nordafrika. James und Vi waren die einzigen, die Audrey einweihte.

»Die Ärmste ist so schrecklich einsam ohne ihn«, bemerkte Vi eines Nachts zu James. Sie wußte nur zu gut, wie schwierig das Alleinsein für sie selbst gewesen war, doch konnte Audrey wenigstens sicher sein, daß Charlie nicht in Gefahr war, jedenfalls für den Moment. Und aus seinen Briefen ging nicht hervor, daß ihm irgendwelche sehr gefährliche Missionen bevorstünden.

Um diese Zeit erwartete James seinen Einsatz in einer Dienststelle in London, und Vi spielte mit dem Gedanken, mit ihm zu gehen und die Kinder in Hawthorne House bei ihrem Schwiegervater zu lassen. Natürlich würde auch Audrey auf dem Land bleiben – mit Molly und Edward, wie sie das Baby nannten. Es wäre zu verwirrend gewesen, drei James im Haus zu haben.

»Womöglich bezichtigt mich noch jemand, ich hätte meine Windeln voll, und behauptet, er trinke ein Bier«, hatte James eines Tages im Spaß zu Audrey gesagt, und sie hatte dazu gelacht. Sein Sinn für Humor war ihm geblieben, und Vi war inzwischen wieder ganz die alte, wenn auch in ihren Augen noch hauchdünn der Schmerz lag. Sie hatte in der Zeit der Ungewißheit, während alle anderen James für tot hielten, sehr viel gelitten. Die Geschichte seiner Flucht durch Frankreich war ein Abenteuer für sich. Das Schlimmste daran war der Verlust seines Armes gewesen. Achtzehn Tage lang hatte er im Delirium in einer Scheune in der Provence gelegen. Allein der Gedanke daran ließ Audrey schaudern. Aber jetzt war alles wieder gut.

Im April schrieb Charlie, Rommel sei geschlagen und krank nach Deutschland zurückgekehrt, und Audrey dachte an das ›Interview‹ mit ihm, das nun schon so lange zurücklag. Die Erinnerung ließ wieder ihren Hunger, an alldem teilzuhaben, aufleben. Im Mai zogen Vi und James nach London und bezogen wieder ihr Haus. James konnte zu Hause wohnen und arbeitete tagsüber in seiner Dienststelle. Violet wollte sich jetzt nie mehr von ihm trennen. Nicht einmal für einen einzigen Tag, und Audrey hatte Verständnis dafür. Sie erwartete Charlies Kommen für ein paar Tage, doch kurz vor Edwards Geburtstag kam ein Telegramm, daß er nicht abkömmlich sei, wie er es ohnehin schon vorausgesehen hatte.

Werde mein Bestes tun. Komme baldmöglichst. Tut mir leid. Halte die Festung. Ewige Liebe. Charlie.

Langsam bekam Audrey diesen Zustand satt. Vor einigen Monaten schon hatte sie den Kleinen abgestillt, und sie hatte alle Kinder so oft fotografiert, daß sie sich nicht vorstellen konnte, hier auch nur ein weiteres Bild machen zu können. Bis auf Edward waren jetzt alle ziemlich selbständig. Molly hatte viele Freunde und war immer beschäftigt, Alexandra und James waren auf dem Weg, erwachsen zu werden, und der kleine Edward war mit dem Kindermädchen oder mit Lord Hawthorne ebenso glücklich wie mit seiner Mutter. Das alles deutete sie Vi und James eines Abends bei einem Besuch in London an. Wieder mußten sie im Luftschutzkeller Zuflucht suchen. Nichts hatte sich geändert.

»Ich habe das Gefühl, daß du etwas im Schilde führst.« James sah sie fragend an. »Habe ich recht?« Er hatte ihre Gedanken gelesen, ehe sie ihr selbst bewußt waren.

»Eigentlich habe ich nicht daran gedacht.« Eineinhalb Jahre waren seit ihrem Einsatz in Nordafrika vergangen, und es reizte sie, wieder hinzugehen, ob sie es sich nun eingestand oder nicht – in der Hauptsache, weil sie mit Charlie zusammen sein wollte. Sie wußte, daß James recht hatte. Es war genau das, was sie tun wollte. Gleich am nächsten Tag ging sie ins Innenministerium und legte ihre persönliche Situation dar. Es bedurfte keiner großen Überredungskünste ihrerseits, um wieder eingesetzt zu werden. Sie hatte schon einmal gute Arbeit geleistet. In Nordafrika hatte man für sie reichlich Verwendung. In einigen Tagen würde sie Bescheid bekommen, hieß es. So blieb sie bei James und Vi und wartete auf Nachricht. Und als dann der Anruf kam, stieß sie einen Freudenschrei aus und nahm noch am Abend den Zug aufs Land. Aber bei gründlicherer Überlegung war sie nicht mehr so sicher, ob sie richtig gehandelt hatte. Der Kleine brauchte sie noch, Molly ebenso... und doch wünschte sie sich nichts so sehr, wie mit Charlie zusammenzusein. Nein, die Kinder waren in Sicherheit, sie waren zufrieden, wo sie waren, und sie konnte zurück, wann immer sie wollte. Audrey fühlte sich ziemlich hin- und hergerissen, als sie in dem einzigen Taxi des Ortes nach Hause fuhr. Im Haus traf sie Edward in Lord Hawthornes Armen glücklich krähend an, während Molly sich mit James stritt. Sie blickten auf, und sie lächelte ihnen zu, von der Frage bewegt, wie sie es Molly beibringen sollte.

An jenem Abend setzte sie sich an Mollys Bett und strich ihr über das seidige schwarze Haar und sagte ihr, daß sie fortgehen wolle. »Diesmal werde ich mich bemühen, nicht so lange auszubleiben.«

»Wurde Daddy wieder verwundet?« fragte Molly besorgt. Doch Audrey schüttelte beruhigend den Kopf.

»Nein, Liebling, es geht ihm gut. Ich habe nur das Gefühl, ich sollte bei ihm sein, damit er nicht so einsam ist.« Es war etwas, auf das sie keinen Einfluß hatte, und sie war gar nicht stolz darauf. Es war ein Teil von ihr, und es war Wirklichkeit... dieselbe Erbmasse, die ihren Vater ans Ende der Welt geführt hatte. Vielleicht würde Edward eines Tages ähnliches bei sich entdecken und sich fragen, woher er es hatte. »Aber ich möchte gleichzeitig hier sein. Manchmal ist es wirklich schwierig, das Richtige zu tun.«

Molly nickte. Das konnte sie verstehen. Sie war begreiflicherweise nicht begeistert, daß ihre Mutter wieder fortstrebte, doch verstand sie, was sie ihr sagte. Auch die Mutter von James und Alexandra war fort, wenn auch nicht so weit. Aber sie hatten ja einander und Grampa, wie sie Lord Hawthorne nannten. »Wirst du mir schreiben?« Als Molly sie mit großen Augen ansah, spürte Audrey einen Stich in der Herzgegend. Noch elender fühlte sie sich, als am nächsten Tag der kleine Edward zu laufen anfing. Es war beinahe unmöglich, sich loszureißen, und sie spürte ihr Zaudern, als sie mit Lord Hawthorne spätabends am Kamin saß und mit ihm das letzte Glas Port trank. Alle würden ihr fehlen. Blieb sie aber, dann vermißte sie Charlie.

»Audrey, du mußt dorthin gehen, wohin dich dein Herz führt«, sagte Lord Hawthorne, der sie in gewisser Weise an ihren Großvater erinnerte, obwohl er weder so streng noch so schwierig war. Aber wie ihr Großvater war er ein kluger Mann mit einem liebevollen Herzen.

»Manchmal fällt einem eine Entscheidung so schwer. Ich möchte hier bei den Kindern bleiben und gleichzeitig bei Charles sein. Ich bin ratlos, was ich tun soll.«

»Ich werde an deiner Stelle auf die Kinder gut achtgeben.« Mit sanftem Lächeln sah er sie an, und sie wußte, daß er sein Wort halten würde.

»Das weiß ich, andernfalls würde ich es gar nicht in Erwägung ziehen...« Und im Innersten ihres Herzens wußte sie, daß sie gehen mußte. Es war die schwerste Entscheidung, die sie je hatte treffen müssen, besonders, als sie ein paar Tage darauf beim Abschied ihr Söhnchen in den Armen hielt und es dann Lord Hawthorne übergab. Anschließend umarmte sie Molly ein letztes Mal. Sie hatte sich ausbedungen, daß man sie nicht zur Bahn begleitete. Das hätte sie nicht ertragen, und als sie im Wagen losfuhr, blickte sie sich um und sah, wie Molly über den Rasen lief, hinter James her. Ihr schwarzes Haar flog im Wind, und der kleine Edward versuchte auf unsicheren Beinchen Schritt zu halten, fröhlich krähend und lachend, als er umfiel. Sie winkten nur einmal, wandten sich dann ihren Spielen zu, und Audrey wußte, daß die Kinder auch ohne ihre Mutter nichts entbehrten.

46

Als Audrey und Vi sich trafen, um loszufahren, hatten sie nur einige Augenblicke Zeit, um ein paar Worte miteinander zu wechseln. Vor dem Eingangstor zur RAF-Basis stiegen sie aus und verabschiedeten sich mit einer Umarmung.

»Paß auf dich auf, Aud. Und komm wohlbehalten wieder.«

»Das werden wir beide. Gib auch du auf dich und James acht.« Die Freundinnen lächelten unter Tränen. »Du wirst mir sehr fehlen.« Sie hatten gemeinsam so viel durchgestanden, und Audrey kam sich gegenüber den Kindern wie eine Verräterin vor. Aber der

Drang, in die Fremde zu gehen und mit ihrem Mann zusammenzusein, war unwiderstehlich.

»Du bist ein Prachtmädchen. Ich bewundere dich grenzenlos.«

»Warum das?« Audrey war verlegen und erstaunt.

»Weil du den Mut hast, auf und davon zu gehen, um mit Charles zusammenzusein. Es ist genau das Richtige. Die Kinder kommen allein zurecht.« Genau das hatte Audrey hören wollen, und es verlieh ihr ein Gefühl der Freiheit, als sie Violet ein letztes Mal umarmte und ihr nachsah, wie sie davonfuhr.

Danach meldete sich Audrey als einsatzbereit und ging abends an Bord der Maschine. Unterwegs dachte sie an ihren Flug nach Kairo, als sie zu Charles geflogen war, ohne ihm vorher Bescheid zu geben. Auch diesmal erwartete er sie nicht, doch irgendwie hatte sie das Gefühl, daß er nichts dagegen haben würde.

Es war ein langer strapaziöser Flug in einer zugigen Maschine, der mit einem sehr harten Aufsetzen auf der Piste endete. Fast ein ganzes Jahr hatte sie Charlie nicht gesehen, und allein der Gedanke an ihn bereitete Audrey Herzklopfen. Was würde er sagen, wenn er sie sah? Vielleicht würde er wütend sein, weil sie gekommen war. Schließlich waren sie verheiratet und hatten ein Kind. Beim Aussteigen umklammerte sie krampfhaft ihre Kamera, und wie damals in Kairo wurde sie in einem Jeep zum Hotel mitgenommen. Doch die Atmosphäre war hier ganz anders. Audrey wurde an Istanbul mit seinen Moscheen und Basaren, seinem Schmutz und den Gerüchen erinnert, denn in der Luft lag ein berauschender Duft. Es gab hier so viel zu sehen, daß sie instinktiv ihre Kamera einzustellen begann. Bei jedem Stopp schoß sie ein Dutzend Fotos, und plötzlich war sie wieder sehr froh, daß sie gekommen war. Sie gehörte hierher. Mit einem tiefen Atemzug sog sie die beißenden Düfte tief ein. Vor dem Hotel angekommen, fühlte sie sich wie ein neuer Mensch. Sie blickte um sich und betrat das Haus, um nach Charles zu fragen. Der Mann am Empfang sprach französisch und wußte genau, wer Charlie war.

»*Oui, mademoiselle, il est là.*« Er war da. »*Dans la bar.*« Sie lächelte. Die Bar. Dort, wo sämtliche Transaktionen stattfanden. Mit Herzklopfen betrat sie den Raum und dachte an Dutzende andere Male ... an ihr Treffen in Venedig, die Fahrt nach Istanbul ...

nach Schanghai und Peking... als er Harbin verlassen hatte... das Treffen in San Franzisko... und dann wieder Antibes und London... Kairo, als sie ihm das erste Mal nachgeflogen war. Sie waren um die Welt gefahren, hatten sie mit ihren Herzen und Händen umfangen, und jetzt stand sie direkt hinter ihm und strich ihm sanft mit dem Finger über den Nacken.

»Möchtest du noch einen Drink?«

Erschrocken fuhr Charles auf und drehte sich zu ihrem Entzükken wütend um. Dann riß er die Augen auf.

»Also... das ist...« Er war sprachlos. »Was machst du denn hier?« Ungehalten schien er nicht zu sein. In seinem Blick lag Wärme, am liebsten hätte er sie geküßt. Sie hatte ihm sehr gefehlt, aber er hätte nie gewagt, ihr vorzuschlagen, zu ihm zu kommen, da sie sich um das Kind kümmern mußte. Um so glücklicher war er, daß sie gekommen war.

»Ich dachte, ich müßte mal nachsehen, was du treibst... da du nicht nach Hause kommen konntest...«

Seine Antwort war von einem Lächeln begleitet. »Alles in Ordnung daheim?«

Audrey nickte, und er winkte den Kellner heran und bestellte eine Flasche Champagner.

»Zu Hause ist alles in bester Ordnung. Alle senden dir liebe Grüße.« Er zog ihr einen Stuhl zurecht, und sie setzte sich neben ihn, ohne den Blick von ihm zu wenden, und als der Kellner den Champagner servierte, beugte Charles sich zu ihr und küßte sie mit einer Leidenschaft, die er ein Jahr lang für sie aufgespart hatte.

Lächelnd hob er sein Glas. »Auf die Wanderlust, die dich zu mir führte... immer schon... und die dich hoffentlich immer zu mir führen wird...« Mit zärtlichem Blick sah er sie an, als sie das Glas hob.

»Auf uns, Charlie.«

»Amen.« In seinen Augen tanzten Fünkchen, als er sich wieder zu ihr neigte und sie küßte.